DAVID BA
Die Versu

Über den Autor

David Baldacci, geboren 1960, war Strafverteidiger und Wirtschaftsanwalt, ehe er 1996 mit DER PRÄSIDENT (verfilmt als Absolute Power) seinen ersten Weltbestseller veröffentlichte. Seine Bücher wurden in fünfundvierzig Sprachen übersetzt und erscheinen in mehr als achtzig Ländern. Damit zählt er zu den Top-Autoren des Thriller-Genres. Er lebt mit seiner Familie in Virginia, nahe Washington, D.C.

DAVID BALDACCI

DIE VERSUCHUNG

THRILLER

Aus dem Amerikanischen von
Edda Petri

Lübbe

Cradle to Cradle Certified® ist eine eingetragene Marke
des Cradle to Cradle Products Innovation Institute.

MIX
Papier | Fördert
gute Waldnutzung
FSC® C014496

Vollständige Taschenbuchausgabe

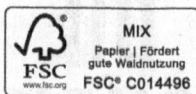

Umschlaggestaltung: Massimo Peter-Bille
Einband-/Umschlagmotiv: © TrifonenkoIvan/shutterstock
Satz: hanseatenSatz-bremen, Bremen
Gesetzt aus der Caecilia
Druck und Verarbeitung: GGP Media GmbH, Pößneck

Printed in Germany
ISBN 978-3-404-19426-1

2   4   5   3   1

Sie finden uns im Internet unter:
luebbe.de
Bitte beachten Sie auch: lesejury.de

Für Collin,
meinen Kameraden,
meinen Jungen,
meinen Sohn

DANKSAGUNG

Mein Dank gilt Michelle, die dafür gesorgt hat, daß alles weiterlief, während ich in meiner Traumwelt weilte.

Jennifer Steinberg danke ich für ihre Forschungsarbeit, die so überragend war wie immer.

An Steve Jennings geht mein Dank für sein stets scharfes Auge als Lektor.

Carl Patton, meinem Lieblingsbuchhalter, und Tom De-Pont von der NationsBank möchte ich für die dringend erforderliche Hilfe bei komplizierten steuertechnischen Fragen danken, die in diesem Roman eine Rolle spielen.

Larry Kirschbaum, Maureen Egen und den anderen Mitgliedern der Warner-Crew danke ich für ihre großartige Unterstützung – und schlicht und einfach deshalb, weil sie gute Menschen sind.

Mein Dank gilt auch Aaron Priest, der für mich Seher, Mentor und – allem voran – mein Freund ist.

Frances Jalet-Miller danke ich, weil sie die Geschichte wieder einmal unschätzbar verbessert hat.

Und last, not least geht ein Dankeschön an meine anderen Familienangehörigen und an alle meine anderen Freunde für ihre immerwährende Liebe und Unterstützung.

ERSTER TEIL

Jackson ließ den Blick über die lange Passage des Einkaufszentrums schweifen. Abgehetzte Mütter schoben Kinderwagen vor sich her. Eine Gruppe Senioren schlenderte an den
Läden vorüber, um sich Bewegung zu verschaffen und zu
plaudern. Der kräftig gebaute, untersetzte Jackson, in einen
grauen Nadelstreifenanzug gekleidet, blickte gespannt zum
Nordeingang des Einkaufszentrums. Der Bus hielt direkt davor; also würde die Frau zweifellos diesen Eingang benutzen. Jackson wußte, daß sie keine andere Fahrtmöglichkeit
als den Bus hatte. Der Pickup ihres Lebensgefährten war
wieder einmal beschlagnahmt – zum viertenmal in ebenso-
vielen Monaten. Langsam muß ihr das doch zum Hals her-
aushängen, dachte Jackson. Die Bushaltestelle befand sich
an der Hauptstraße. Die Frau mußte ungefähr eine Meile zu
Fuß gehen, um dorthin zu kommen, aber das tat sie öfter.
Was blieb ihr auch anderes übrig? Und das Baby würde bei
ihr sein. Sie würde es niemals bei ihrem Freund lassen, da
war Jackson ganz sicher.

Den Namen – Jackson – behielt er bei all seinen geschäftlichen Transaktionen bei, doch sein Aussehen würde sich im
nächsten Monat dramatisch ändern. Bald würde er nicht
mehr der untersetzte Mann mittleren Alters sein wie jetzt.
Die Gesichtszüge würden wieder einmal verändert werden;
vermutlich würde er an Gewicht verlieren, etwas größer
oder kleiner werden, und das Haar würde anders aussehen.
Mann oder Frau? Älter oder jünger? Oft wählte Jackson für

seine neue Identität Menschen, die er kannte, und nahm sie entweder insgesamt zum Vorbild, oder er wählte bestimmte Bestandteile ihrer Persönlichkeit aus, die dann so sorgfältig verwoben wurden, daß sie ein perfektes Einzelstück aus feinstem Stoff ergaben. In der Schule war Biologie Jacksons Lieblingsfach gewesen. Hermaphroditen, die seltensten Exemplare in der Vielfalt der Arten, hatten ihn stets fasziniert. Er lächelte bei dem Gedanken an diese großartigste Doppelform in der Natur.

Jackson hatte an einer renommierten Universität an der Ostküste eine erstklassige Ausbildung genossen. Durch die Verknüpfung seiner Liebe zur Schauspielkunst mit der natürlichen Begabung für Naturwissenschaften und Chemie war ihm die seltene Kombination gelungen, sowohl Chemie als auch Schauspielerei als Hauptfächer zu studieren. Morgens saß er über dicke Wälzer mit komplizierten Formeln gebeugt oder vor übelriechenden Mixturen im Labor der Universität, und abends stürzte er sich mit Feuereifer in die Aufführung eines Klassikers von Tennessee Williams oder Arthur Miller.

Das Wissen, das er sich damals erworben hatte, war ihm nun sehr von Nutzen. Er wünschte sich, seine Kommilitonen könnten ihn jetzt sehen.

Schweißtropfen traten ihm auf die Stirn, was gut zu seiner derzeitigen Rolle paßte – ein Mann in mittleren Jahren, etwas zu dick und wegen der vorwiegend sitzenden Tätigkeit außer Form. Jackson lächelte. Das Schwitzen, diese körperliche Reaktion, befriedigte ihn ungemein, obgleich sie nicht nur durch seine innere Erregung, sondern auch durch die Isolierschicht des dicken Futters hervorgerufen wurde, das er trug, um seinem drahtigen Körper die für seine jetzige Rolle erforderliche Beleibtheit zu verschaffen. Doch es war noch mehr als das: Jackson war stolz darauf, stets so vollkommen zu der Person zu werden, die zu sein er vorgab, daß selbst die verschiedenen chemisch-biologischen Reaktionen des Körpers seinem jeweiligen Äußeren entsprechend abliefen.

Normalerweise besuchte er keine Einkaufszentren. Sein persönlicher Geschmack war weitaus gehobener. Doch seine Kundschaft fühlte sich in einer solchen Umgebung am wohlsten, und bei Jacksons Tätigkeit war es überaus wichtig, daß die Leute sich wohl fühlten. Bei den Gesprächen mit ihm gerieten sie allerdings leicht aus der Fassung, manchmal auch in negativer Hinsicht. Mitunter waren die Gespräche so lebhaft geworden, daß Jackson blitzschnell hatte improvisieren müssen.

Als er daran dachte, mußte er wieder lächeln. Doch der Erfolg sprach für sich. Er ging jetzt auf die Tausendermarke zu. Doch schon ein einziger Mißerfolg konnte den makellosen Rekord zunichte machen. Jacksons Lächeln schwand schlagartig. Töten war nie eine angenehme Erfahrung. Es war selten gerechtfertigt, aber wenn doch, mußte man es einfach hinter sich bringen und weitermachen. Aus mehreren Gründen hoffte Jackson, das heutige Treffen würde nicht zu einem derartigen Ergebnis führen.

Sorgfältig tupfte er sich die Stirn mit einem Taschentuch ab und zupfte die Manschetten zurecht. Dann glättete er eine kaum sichtbar verrutschte Strähne der gepflegten Perücke aus synthetischem Haar. Sein echtes Haar wurde von einer straffen Kappe aus Latex an den Kopf gepreßt.

Er öffnete die Tür zu dem kleinen Raum, den er im Einkaufszentrum gemietet hatte, und trat ein. Alles war sauber und ordentlich. Eigentlich zu ordentlich, dachte er plötzlich, als er das Innere betrachtete. Es sah nicht so aus, als würde hier tatsächlich gearbeitet.

Die Empfangsdame saß hinter dem billigen Metallschreibtisch und blickte zu ihm auf. Gemäß den zuvor von Jackson erteilten Anweisungen machte sie gar nicht erst den Versuch, ihn anzusprechen. Sie hatte keine Ahnung, wer er war oder weshalb sie hier war. Sobald Jacksons Gesprächspartner eintraf, sollte die Frau verschwinden. Kurz darauf würde sie in einem Bus sitzen und die Stadt verlassen, mit einer großzügigen Entlohnung für ihren minimalen Arbeitsaufwand. Jackson würdigte die Frau keines Blickes. Sie war lediglich eine Kulisse in seiner neuesten Aufführung.

Das Telefon stand schweigend vor ihr, die Schreibmaschine daneben sah unbenutzt aus. Ja, alles zu steril, dachte Jackson. Er sah einen Stapel Papiere auf dem Schreibtisch vor der Empfangsdame. Mit raschen Bewegungen breitete er einige Blätter auf der Schreibtischplatte aus. Dann verschob er das Telefon ein bißchen und spannte ein Blatt Papier in die Maschine, indem er ein paarmal den ratschenden Drehknopf betätigte.

Jackson betrachtete sein Werk und seufzte. Man konnte nicht an alles gleichzeitig denken.

Er ging durch die kleine Rezeption nach hinten, bog nach rechts ab und öffnete die Tür zu dem winzigen Büro. Er setzte sich hinter den verkratzten Holzschreibtisch. Von dem kleinen Fernseher in der Ecke des Zimmers starrte ihm der leere Bildschirm entgegen.

Jackson nahm eine Schachtel Zigaretten aus der Tasche und steckte sich eine an. Dann lehnte er sich im Stuhl zurück und versuchte sich trotz des ständigen Adrenalinausstoßes zu entspannen. Er strich sich über den dünnen dunklen, ebenfalls künstlichen Schnurrbart. Die synthetischen Fasern waren auf einen Streifen feinster Gaze geknüpft und mit einem Hauch Gummi auf die Haut geklebt. Auch Jacksons Nase war verändert. Mit Hilfe von Plastikmasse hatte er aus seiner schmalen, geraden Nase einen dicklichen Riechkolben geschaffen. Das Muttermal neben der Nasenwurzel war ebenfalls eine Fälschung: eine Mischung aus Gelatine und Luzernensamen, in heißem Wasser aufgelöst. Acrylkronen bedeckten seine geraden Zähne, so daß sie unregelmäßig und ungepflegt aussahen. Selbst ein zufälliger Beobachter würde sich an all diese vorgetäuschten Merkmale erinnern.

Waren sie erst entfernt, löste Jackson sich buchstäblich in Luft auf. Was mehr konnte jemand sich wünschen, der voll und ganz in illegalen Geschäften verstrickt war?

Und bald – wenn diese Sache hier nach Plan lief – würde alles von neuem beginnen. Jedesmal war es ein bißchen anders, aber das war ja das Spannende: das Nicht-Wissen. Jackson schaute auf die Uhr. Ja, sehr bald. Er erwartete ein äußerst produktives Gespräch, das für beide Seiten vorteilhaft verlaufen würde.

Jackson mußte LuAnn Tyler nur eine Frage stellen. Eine einfache Frage, deren Beantwortung jedoch sehr komplexe und weitreichende Auswirkungen haben konnte. Aufgrund seiner Erfahrung war Jackson sich der Antwort gewiß, aber man wußte ja nie. Er hoffte inständig – um der Frau willen –, daß sie die richtige geben würde. Denn es gab nur eine einzige »richtige« Antwort.

Und was, wenn sie nein sagte? Nun, dann würde das Baby nie Gelegenheit haben, die Mutter kennenzulernen, weil es dann zur Waise würde.

Jackson schmetterte die Hand auf die Schreibtischplatte. Die Frau würde ja sagen. Alle anderen hatten es auch getan. Er schüttelte heftig den Kopf, als er alles noch einmal überdachte. Er würde ihr die Sache klarmachen, würde sie von der unausweichlichen Logik überzeugen, daß sie sich mit ihm zusammentun mußte. Er würde ihr erklären, auf welche Weise sich alles für sie verändern würde. Mehr als sie sich vorstellen konnte. Mehr als sie sich jemals erhoffen durfte. Wie konnte sie da nein sagen? Es war ein Angebot, das niemand ausschlagen konnte.

Falls sie kam. Jackson rieb sich mit dem Handrücken die Wange und nahm einen tiefen Zug an der Zigarette. Dann starrte er abwesend auf einen Nagelkopf in der Wand. Nein, der Gedanke war einfach absurd. Sie würde kommen.

KAPITEL 2

Der scharfe Wind pfiff über die schmale unbefestigte Straße und durch den dichten Wald. Die Straße machte eine plötzliche Kehre nach Norden, um dann ebenso plötzlich in östlicher Richtung abzufallen. Hinter einer Anhöhe waren weitere Bäume zu sehen. Manche waren von Wind, Wetter oder Krankheit gekrümmt und wirkten wie schmerzgepeinigte Gestalten. Die meisten jedoch standen kerzengerade da und breiteten ihre Äste mit dichten grünen Blättern aus. Links von der Straße hätte ein aufmerksamer Betrachter eine halbkreisförmige Lichtung erblickt, die von Schlamm und frischem Frühlingsgras bedeckt war. In die natürliche Umgebung auf dieser Lichtung fügten sich überdies verrostete Motorblöcke ein, Abfallhaufen, ein kleiner Berg leergetrunkener Bierdosen, weggeworfene Möbel und jede Menge anderer Schrott. Wenn der Schnee alles bedeckte, wirkte es wie eine Ausstellung visueller Kunstobjekte. Ansonsten machten sich hier Schlangen und andere Geschöpfe breit, sobald die Minusgrade nach Norden wanderten.

Direkt in der Mitte dieser halbkreisförmigen Insel stand auf einem bröckelnden Fundament aus Hohlziegeln ein kurzer, breiter Wohnwagen. Die einzige Verbindung mit dem Rest der Welt schienen die Strom- und Telefonleitungen zu sein, die sich von den schiefen Masten an der Straße bis zu einer Seite des Wohnwagens spannten. Diese Behausung inmitten des Nirgendwo war eine ausgesprochene Beleidigung für das Auge. Die Bewohner hätten dieser Beschreibung zugestimmt: Auch auf sie traf die Bezeichnung »mitten im Nirgendwo« zu.

Im Wohnwagen betrachtete LuAnn Tyler sich in dem kleinen Spiegel, den sie auf der windschiefen Kommode aufgestellt hatte. Sie hielt das Gesicht nicht nur deshalb in einem ungewöhnlichen Winkel, weil das Möbelstück wegen eines abgebrochenen Beins schief stand, sondern auch, weil der Spiegel gesprungen war. Wie zarte Zweige zogen sich Schlangenlinien von der Mitte des Glases nach außen. Hätte LuAnn direkt in den Spiegel geschaut, hätte sie nicht eines, sondern drei Gesichter gesehen.

LuAnn lächelte nicht, als sie sich betrachtete. Sie konnte sich nicht erinnern, jemals über ihr Aussehen gelächelt zu haben. Ihr Aussehen war ihr einziges Kapital – das hatte man ihr eingehämmert, solange sie zurückdenken konnte. Allerdings hätten die Zähne einiger Korrekturen bedurft. Daß sie nie eine Zahnarztpraxis betreten hatte und mit Quellwasser ohne Fluorzusatz aufgewachsen war, hatte zu diesem Mißstand beigetragen.

»Schwachkopf«, hatte ihr Vater Benny sie immer genannt. War sie wirklich ein Schwachkopf? Oder hatte sie bloß keine Gelegenheit, ihren Verstand zu benutzen? Über dieses Thema hatte LuAnn nie eingehend mit ihrem Vater gesprochen, der nun schon fünf Jahre tot war. LuAnnes Mutter Joy war vor fast drei Jahren gestorben, und nie war Joy so glücklich gewesen wie nach dem Tod ihres Mannes. Inzwischen hätte LuAnn die Meinung des Vaters über ihren Mangel an Intelligenz eigentlich längst vergessen haben müssen, doch kleine Mädchen glauben meist vorbehaltlos, was ihr Daddy ihnen sagt.

LuAnn blickte zur Uhr an der Wand. Es war der einzige Gegenstand, den sie von ihrer Mutter besaß. Eine Art Familienerbstück, da Joy Tyler diese Uhr von ihrer Mutter am Tag der Hochzeit mit Benny bekommen hatte. Sie war nichts wert. In jedem Pfandhaus hätte man sie für zehn Dollar kaufen können. Doch für LuAnn war die Uhr ein Schatz. Als kleines Mädchen hatte sie bis tief in die Nacht dem langsamen, gleichmäßigen Ticken gelauscht. Sie wußte, daß diese Uhr immer da sein würde, auch inmitten der Dunkelheit, und sie in den Schlaf begleitete, um sie am Morgen wieder zu begrüßen. Als LuAnn aufwuchs, war diese Uhr eines der wenigen Dinge in ihrem Leben gewesen, an die sie sich stets hatte klammern können. Eine Zuflucht, ein Hafen – um so mehr, als die Uhr ihrer Großmutter gehört hatte, einer Frau, die LuAnn angebetet hatte. Wenn die Uhr in ihrer Nähe war, hatte sie das Gefühl, auch die Großmutter sei ständig bei ihr. Im Laufe der Jahre hatte das Werk sich abgenützt, so daß die Uhr einzigartige Töne hervorbrachte. Sie hatte LuAnn durch mehr schlechte als gute Zeiten begleitet und den Takt dazu geschlagen. Kurz bevor Joy Tyler gestorben war, hatte sie LuAnn aufgefordert, die Uhr zu nehmen und sie gut zu bewahren. Und jetzt würde LuAnn sie für *ihre* Tochter aufbewahren.

LuAnn kämmte ihr dichtes kastanienfarbenes Haar zurück, versuchte es zu einem Knoten zu binden und flocht es dann zu einem kunstvollen Zopf. Da ihr weder das eine noch das andere gefiel, türmte sie ihre Haarpracht zu einer Hochfrisur auf und steckte sie mit zahllosen Nadeln fest. Dabei drehte sie mehrmals den Kopf, um ihr Werk zu betrachten. Da LuAnn eins fünfundsiebzig groß war, mußte sie sich bücken, um sich im Spiegel sehen zu können.

Alle paar Sekunden schaute sie zu dem kleinen Bündel auf dem Stuhl neben ihr. Sie lächelte, als sie die winzigen schläfrigen Augen, die gespitzten Lippen, die Pausbäckchen und die kleinen Fäuste betrachtete. Ihre Tochter war acht Monate alt und wuchs schnell. Sie war bereits im Krabbelalter und hatte schon die ersten, schwankenden Schritte eines Kleinkindes gemacht – einer vor, zwei zurück. Bald würde sie laufen können.

LuAnns Lächeln schwand, als sie sich umschaute. Lange würde Lisa nicht brauchen, um die Grenzen dieser Behausung zu erkunden. Trotz LuAnns sorgfältigem Bemühen, alles sauberzuhalten, glich das Innere des Wohnwagens dank der Wutausbrüche des Mannes, der ausgestreckt auf dem Bett lag, sehr der Umgebung draußen. Duane Harvey war um vier Uhr morgens durch die Tür getaumelt, hatte sich ausgezogen und aufs Bett geworfen. Nun lag er regungslos dort, zuckte und grunzte nur hin und wieder.

LuAnn dachte sehnsüchtig an einen Abend zurück, als ihre Beziehung noch ziemlich neu und aufregend gewesen war. Damals war Duane nicht betrunken heimgekommen. Lisa war das Ergebnis. Für einen Moment glitzerten Tränen in LuAnns hellen Augen. Sie hatte weder Zeit noch Mitleid für Tränen, vor allem nicht für ihre eigenen. Mit zwanzig Jahren, ging es ihr durch den Kopf, habe ich schon so viele Tränen vergossen, daß es für den Rest meines Lebens reichen müßte.

Sie wandte sich wieder dem Spiegel zu. Mit einer Hand spielte sie mit Lisas winziger Faust, mit der anderen zog sie sämtliche Haarnadeln heraus. Sie strich sich die Haare zurück und ließ den Pony lose über die hohe Stirn fallen. So hatte sie das Haar in der Schule getragen, jedenfalls in der siebten Klasse, als sie wie viele ihrer Klassenkameraden von der Schule abgegangen war, um auf dem Land bezahlte Arbeit zu suchen. Sie alle hatten geglaubt – fälschlicherweise, wie sich herausstellte –, eine volle Lohntüte sei bei weitem besser, als einen Tag länger in der Schule herumzusitzen. Doch LuAnn hatte kaum eine andere Wahl gehabt. Mit der Hälfte ihres Lohnes half sie ihren chronisch arbeitslosen Eltern. Die andere Hälfte ging für Dinge drauf, die die Eltern ihr nicht geben konnten: Essen und Kleidung.

Sie behielt Duane vorsichtig im Auge, als sie ihren abgetragenen Bademantel öffnete und den nackten Körper entblößte. Da Duane kein Lebenszeichen von sich gab, zog sie rasch die Unterwäsche an. Als LuAnne herangewachsen war, hatten die Jungen in der Gegend sich förmlich die Augen nach ihrem aufblühenden Körper ausgeguckt und sich danach gesehnt, richtige Männer zu sein, noch ehe die natürliche Ordnung der Dinge ihnen offiziell den Eintritt in die Welt des Sex gestattete.

LuAnn Tyler, zukünftiger Filmstar oder Supermodel. Viele Einwohner im Rikersville County, Georgia, hatten sich eingehend mit dem Thema LuAnn beschäftigt und ihr das volle Gewicht dieser Titel aufgebürdet, die zu den höchsten Erwartungen Anlaß gaben. Lange würde dieses Mädchen nicht wie alle anderen hier leben, das sei klar zu sehen, verkündeten die fetten, faltengesichtigen Frauen, die auf den breiten, verfallenen Veranden ihrer Häuser über LuAnn zu Gericht saßen, und niemand widersprach ihnen. LuAnns natürliche Schönheit würde ihr nichts Geringeres einbringen als den glänzendsten aller Blechorden. Für die Leute in der Gegend war sie eine strahlende Hoffnung. New York, oder vielleicht Los Angeles, würde »ihre« LuAnn rufen. Es war nur eine Frage der Zeit.

Doch sie war immer noch hier, immer noch in demselben County, in dem sie ihr ganzes Leben verbracht hatte. Irgendwie war sie eine Enttäuschung – wenngleich sie vor kurzem noch ein Teenager gewesen war –, obwohl sie nie eine Chance gehabt hatte, eines ihrer Ziele zu verwirklichen. Sie wußte, daß die Leute in der Stadt überrascht gewesen wären, hätten sie gewußt, daß LuAnns Ehrgeiz nicht darauf zielte, nackt im Bett neben Hollywoods »Mann des Monats« zu liegen oder einem schaulustigen Publikum die neuesten Kreationen der Haute Couture auf dem Laufsteg vorzuführen. Doch jetzt, als sie den Büstenhalter zumachte, kam ihr der Gedanke, daß es gar nicht so übel sein müsse, für tausend Dollar am Tag die neueste Mode zu tragen.

Ihr Gesicht. Und ihr Körper. Auch über diese Attribute hatte ihr Vater oft gesprochen. Als »üppig« hatte er ihren Körper bezeichnet, als »verführerisch«, als wäre er ein von ihrem Verstand abgetrenntes Etwas. Nichts im Kopf, aber ein wundervoller Körper. Gott sei Dank hatte Dad es bei seinen Äußerungen belassen. Manchmal, in der Nacht, fragte LuAnn sich, ob ihr Vater sie je begehrt hatte und ob es ihm nur an Mut oder Gelegenheit gefehlt hatte, die eigene Tochter zu mißbrauchen. Jedenfalls hatte er sie manchmal sehr sonderbar angeschaut. Bei seltenen Gelegenheiten wagte LuAnn sich in die tiefsten Abgründe ihres Unterbewußtseins und der Erinnerungen – und spürte einen plötzlichen Stich, wie von einer Nadel. Denn irgendwelche zusammenhanglosen Erinnerungsfetzen führten sie zu der Frage, ob sich ihrem Vater vielleicht doch die Gelegenheit geboten hatte. Wenn LuAnn an diesen Punkt gelangte, fing sie stets zu zittern an und sagte sich, daß es nicht richtig sei, Schlechtes über Tote zu denken.

Sie musterte den Inhalt des kleinen Wandschranks. Eigentlich besaß sie nur ein einziges Kleid, das für ihre Verabredung geeignet war. Es war marineblau, hatte kurze Ärmel und weiße Paspelierung um Kragen und Saum. Sie erinnerte sich an den Tag, als sie das Kleid gekauft hatte. Ein voller Lohnscheck war dafür draufgegangen. *Die ganzen fünfundsechzig Dollar.* Das war vor zwei Jahren gewesen, und LuAnn hatte diese wahnwitzige Extravaganz nie wiederholt. Tatsächlich war es das letzte Kleid, das sie sich gekauft hatte. Inzwischen war es da und dort ein wenig ausgefranst, doch sie hatte den Schaden mit Nadel und Faden geschickt beseitigt. Um ihren langen Hals lag eine kurze Kette mit falschen Perlen, das Geschenk eines einstigen Verehrers.

Gestern abend hatte LuAnn mühsam alle abgestoßenen Stellen ihres einzigen Paares hochhackiger Schuhe nachgefärbt. Sie waren dunkelbraun und paßten nicht zum Kleid, doch LuAnn besaß nichts Besseres. Heute konnte sie ja nicht mit den Sandalen oder den Leinenschuhen gehen. Allerdings würde sie die Leinenschuhe tragen, wenn sie die eine Meile bis zur Bushaltestelle lief. Heute würde der Aufbruch zu etwas Neuem stattfinden – zumindest zu etwas anderem. Wer konnte sagen, ob dieser Aufbruch nicht in eine bessere Zukunft führte, irgendwohin. Vielleicht brachte er sie und Lisa von hier weg, fort von den Duanes dieser Welt.

LuAnn holte tief Luft, öffnete das Reißverschlußfach ihrer Handtasche und faltete sorgfältig einen Zettel auseinander. Sie hatte die Adresse und andere Informationen notiert, welche der Anrufer ihr gegeben hatte, der sich Jackson nannte. Beinahe hätte LuAnn das Gespräch gar nicht entgegengenommen, weil sie gerade von Mitternacht bis sieben Uhr früh als Kellnerin in der Fernfahrerkneipe *Number One* geschuftet hatte.

Als der Anruf kam, hatte LuAnn mit fest geschlossenen Augen auf dem Fußboden in der Küche gesessen und Lisa gestillt. Das kleine Mädchen bekam Zähne, und LuAnns Brustwarzen brannten wie Feuer, doch die Babynahrung war zu teuer, und sie hatten keine Milch im Haus. Im ersten Augenblick hatte LuAnn gar keine Lust gehabt, ans Telefon zu gehen. Bei ihrem Job in der vielbesuchten Fernfahrerkneipe an der Interstate war sie pausenlos auf den Beinen, während Lisa sicher unter der Theke in ihrer Babytasche steckte. Zum Glück konnte die Kleine schon die Flasche halten, und der Geschäftsführer des *Number One* mochte LuAnn gern genug, daß dieses Arrangement ihren Job nicht gefährdete.

Sie bekamen nicht viele Anrufe. Hauptsächlich erkundigten sich Duanes Kumpel, ob er Lust hätte, sie auf einer Sauftour zu begleiten oder ein paar Autos auszuschlachten, die auf der Schnellstraße liegengeblieben waren. Die Kerle nannten es ihr »Sauf-und-Fick-Geld«, und oft sagten sie es LuAnn direkt ins Gesicht. Aber so früh riefen Duanes Kumpel nicht an. Um sieben Uhr morgens lagen diese Kerle nach dem nächtlichen Besäufnis erst seit drei Stunden im Tiefschlaf.

Aus irgendeinem Grund hatte LuAnn nach dem dritten Klingeln die Hand ausgestreckt und den Hörer abgenommen. Die Stimme des Mannes klang kühl und geschäftsmäßig. Er hatte geklungen, als würde er von einem Manuskript ablesen, und trotz ihrer Schläfrigkeit hatte LuAnn das

Gefühl, daß er ihr etwas verkaufen wollte. Was für ein Witz. Keine Kreditkarten, kein Girokonto, nur das bißchen Bargeld in einer Plastiktüte im Korb für Lisas schmutzige Windeln. Es war der einzige Platz, an dem Duane nie suchen würde. Nur zu, Mister, versuchen Sie mal, mir was anzudrehen! Kreditkartennummer? Moment, ich denke mir schnell eine aus. VISA? Mastercard? Amex? Platin. Die habe ich alle – jedenfalls in meinen Träumen.

Doch der Mann hatte ihren Namen gekannt. Und dann hatte er von ihrem Job gesprochen. Er wollte ihr nichts verkaufen, er bot ihr einen Job an.

Wie er an ihre Telefonnummer gekommen sei, hatte LuAnn ihn gefragt. Diese Information sei mühelos zugänglich, hatte der Mann geantwortet – so überzeugend, daß LuAnn ihm auf Anhieb geglaubt hatte. Aber ich habe schon einen Job, hatte sie ihm gesagt. Der Mann hatte gefragt, wieviel sie verdiene. Anfangs wollte LuAnn die Frage nicht beantworten, dann aber schlug sie die Augen auf, während Lisa zufrieden nuckelte, und sagte es ihm. Sie wußte selbst nicht warum. Später redete sie sich ein, sie hätte vorausgeahnt, was kommen würde.

Denn da hatte der Mann die Bezahlung erwähnt.

Hundert Dollar pro Wochentag, zwei Wochen garantiert. Rasch hatte LuAnn die Summe im Kopf ausgerechnet. Das waren tausend Dollar und die reelle Chance, noch mehr Arbeit zu den gleichen Bedingungen zu bekommen. Und es waren nicht einmal ganze Tage. Der Mann hatte von vier Stunden pro Tag gesprochen. LuAnn könnte ihren Job in der Truckerkneipe also weiterführen wie gehabt. *Fünfundzwanzig* Dollar die Stunde bot ihr der Mann. LuAnn kannte niemanden, der soviel Geld verdiente. Mein Gott – in einem Jahr machte das fünfundzwanzigtausend Dollar! Und dabei würde sie nur halbtags arbeiten. Das entsprach fünfzigtausend Dollar jährlich im Vollzeitjob. Nur Ärzte und Anwälte und Filmstars verdienten eine so unvorstellbare Summe, nicht aber eine ledige Mutter ohne Schulabschluß, die sich mit einem versoffenen Typen namens Duane hoffnungslos in den Krallen der Armut befand. Wie als Antwort auf ihre unausgesprochenen Gedanken rührte sich Duane und starrte LuAnn aus blutunterlaufenen Augen an.

»Wo, zum Teufel, willst du hin?« Duane sprach mit dem gedehnten Akzent der Gegend. LuAnn hatte das Gefühl, als hätte sie die gleichen Worte und den gleichen Tonfall ihr Leben lang von allen möglichen Männern gehört. Als Antwort nahm sie eine leere Bierdose von der Kommode.

»Na, noch 'n Bier, Liebling?« Sie lächelte scheu und zog die Brauen hoch. Jede Silbe kam verführerisch über ihre vollen Lippen. LuAnn erzielte die erwünschte Wirkung. Duane stöhnte beim Anblick seiner Malz-und-Hopfen-Gottheit in der Blechrüstung und überließ sich den Schmerzen des heranrückenden Katers. Obwohl er häufig auf Sauftour ging, konnte er Alkohol schlecht vertragen. In der nächsten Minute war er wieder eingeschlafen.

Abrupt verschwand das Baby-Doll-Lächeln von LuAnns Gesicht. Sie las noch einmal den Zettel. Der Mann hatte gesagt, LuAnns Aufgabe bestehe darin, neue Produkte auszuprobieren, sich Werbespots anzuhören und ihre Meinung dazu abzugeben. Eine Art Marktforschung. »Demographische Analyse« hatte der Mann es genannt, was immer das bedeuten mochte. So etwas würde überall gemacht, hatte er gesagt. Es hinge mit den Preisen für die Werbung zusammen, bei Werbespots im Fernsehen und so was. Hundert Dollar pro Tag, um ihre Meinung zu sagen. Das tat LuAnn fast jede Minute ihres Lebens kostenlos.

Dieses Angebot ist zu schön, als daß nicht irgendein Haken daran wäre, hatte sie sich seit dem Anruf immer wieder gesagt. Sie war keineswegs so dumm, wie ihr Vater geglaubt hatte. Im Gegenteil – hinter dem hübschen Gesicht steckte eine weitaus höhere Intelligenz, als der verstorbene Benny Tyler sich je hätte träumen lassen, und diese Intelligenz war

23

mit einer gewissen Cleverneß, ja, Gerissenheit gekoppelt. Nur so hatte LuAnn all die Jahre überleben können. Doch nur selten machte ein Mann sich die Mühe, mehr als ihr hübsches Äußeres zu ergründen. Oft träumte LuAnn von einem Leben, in dem Titten und Hintern nicht das Erste, Letzte und Einzige waren, das die Leute bei ihr sahen und worüber sie Bemerkungen machten.

Sie schaute zu Lisa. Die Kleine war jetzt wach. Ihre Blicke huschten im Zimmer umher, bis die Augen sich strahlend auf das Gesicht der Mutter hefteten. LuAnn lächelte ihre kleine Tochter an. Nur Mut, sagte sie sich. Schlimmer als das Leben, das sie und Lisa jetzt führten, konnte es nicht kommen. Normalerweise behielt sie einen Job ein paar Monate oder – wenn sie großes Glück hatte – ein halbes Jahr. Dann kam die Entlassung mit dem Versprechen, sie wieder einzustellen, sobald bessere Zeiten kamen, was aber anscheinend nie der Fall war.

Ohne Abschlußzeugnis der High School wurde LuAnn auf Anhieb als hübsch, aber doof eingestuft. Sie fand, daß sie dieses Etikett vollkommen verdiente, da sie schon so lange mit Duane zusammenlebte. Doch er war Lisas Vater, auch wenn er nicht die Absicht hatte, LuAnn zu heiraten. Sie hatte ihn auch nicht dazu gedrängt. Sie war, weiß Gott, nicht scharf darauf, Duanes Familiennamen anzunehmen oder das Mannkind, das dazu gehörte.

Obgleich LuAnn keineswegs in der Geborgenheit einer glücklichen, liebevollen Familie aufgewachsen war, war sie fest davon überzeugt, daß die Familieneinheit unabdingbar für das Wohlergehen eines Kindes war. Sie hatte alle Illustrierten gelesen und sich unzählige Talkshows angeschaut, die sich mit diesem Thema befaßt hatten. Lisa sollte – und würde – es besser als ihre Mutter haben. LuAnn hatte ihr Leben diesem Ziel gewidmet, auch wenn sie in Rikersville, wo sich auf jeden miesen Job mindestens zwanzig Leute meldeten, die meiste Zeit nur knapp über dem Sozialhilfesatz lag. Doch mit tausend Dollar würde sie vielleicht selbst ein besseres Leben finden. Eine Busfahrkarte nach irgendwo. Ein bißchen Geld, von dem sie leben konnte, bis sie einen Job fand. Es könnte der Notgroschen sein, den sie sich all die Jahre so sehnlichst gewünscht hatte, ohne jemals in der Lage gewesen zu sein, ihn anzusparen.

Rikersville lag im Sterben. Der Wohnwagen war Duanes heimliches Grabmal. Ehe die Erde ihn verschluckte, würde es ihm nie besser gehen als jetzt, wahrscheinlich sogar viel schlechter. Dieser Wohnwagen könnte auch meine Gruft werden, dachte LuAnn. Nein, nicht nach diesem Anruf! Nicht, wenn sie diesen Termin einhielt.

Sie faltete den Zettel zusammen und steckte ihn zurück in die Handtasche. In einer kleinen Schachtel in einer Schublade fand sie genug Kleingeld für die Busfahrkarte. Sie strich sich noch einmal übers Haar, knöpfte das Kleid zu, nahm Lisa auf den Arm und verließ leise den Wohnwagen – und Duane.

KAPITEL 3

Jemand klopfte kräftig an die Tür. Der Mann stand schnell auf, rückte die Krawatte zurecht und schlug eine Akte auf, die vor ihm auf dem Schreibtisch lag. Im Aschenbecher daneben lagen die Reste von drei Zigaretten.

»Herein«, sagte er mit fester, klarer Stimme.

Die Tür öffnete sich, und LuAnn trat ein und schaute sich um. Mit der linken Hand hielt sie die Tragegurte der Babytasche fest, in der Lisa lag. Neugierig schweiften LuAnnes Blicke umher. Über ihrer rechten Schulter hing eine große Tragetasche. Der Mann sah die Ader an LuAnns sehnigem Oberarm, die sich am Unterarm mit einem Labyrinth anderer Adern verknüpfte. Die Frau war körperlich offenbar ziemlich stark. Aber was war mit ihrem Charakter? War er ebenso stark?

»Sind Sie Mr. Jackson?« fragte LuAnn. Sie blickte ihn beim Sprechen fest an und wartete darauf, daß seine Augen die unausweichliche Bestandsaufnahme ihres Gesichts, ihres Busens, ihrer Hüften und so weiter vornahmen. Es spielte keine Rolle, aus welchen Kreisen die Männer stammten – wenn es um »das Eine« ging, waren alle gleich.

LuAnn war sehr überrascht, als der Blick des Mannes auf ihrem Gesicht ruhen blieb. Er streckte ihr die Hand entgegen, und LuAnn schüttelte sie kräftig.

»Bin ich. Bitte, setzen Sie sich, Miss Tyler. Danke, daß Sie gekommen sind. Eine süße Tochter haben Sie. Möchten Sie die Kleine vielleicht dort drüben unterbringen?« Er zeigte auf eine Ecke des Büros.

»Sie ist gerade aufgewacht. Wenn ich sie herumtrage oder mit dem Bus fahre, schläft sie immer. Ich lasse sie einfach neben mir, wenn es nichts ausmacht.« Lisa begann zu brabbeln und wedelte mit den Ärmchen, als wollte sie ihr Einverständnis bekunden.

Der Mann nickte, setzte sich wieder und blickte für einen Moment in die Unterlagen.

LuAnn stellte die Babytasche mit Lisa neben sich. Dann holte sie einen Ring mit Plastikschlüsseln hervor und gab ihn ihrer Tochter zum Spielen. Sie richtete sich auf und musterte Jackson mit unverkennbarem Interesse. Sein Anzug war sehr teuer. Auf der Stirn hingen Schweißtropfen wie eine Perlenkette. Er schien ein bißchen unruhig zu sein. Normalerweise hätte LuAnn seine Nervosität ihrem Aussehen zugeschrieben. Die meisten Männer, die sie bisher kennengelernt hatte, benahmen sich entweder wie Idioten, um sie zu beeindrucken, oder verschlossen sich wie waidwunde Tiere. Irgend etwas sagte ihr, daß bei diesem Mann beides nicht zutraf.

»Ich habe kein Schild über Ihrem Büro gesehen. Da kann doch kein Mensch wissen, daß Sie hier sind.«

Jackson lächelte gezwungen. »Bei unseren Geschäften haben wir es nicht mit Laufkundschaft zu tun. Es spielt keine Rolle, ob die Leute im Einkaufszentrum wissen, daß wir hier unser Büro haben. Unsere Geschäfte werden telefonisch nach Terminabsprache abgewickelt.«

»Dann bin ich im Moment wohl die einzige, die einen Termin hat. Im Vorzimmer ist sonst keiner.«

Jacksons Wange zuckte, als er die Hände pyramidenförmig aneinander legte. »Wir legen unsere Termine so, daß niemand warten muß. In dieser Stadt bin ich der einzige Repräsentant der Firma.«

»Dann haben Sie noch andere Filialen?«

Er nickte geistesabwesend. »Würde es Ihnen etwas ausmachen, dieses Informationsblatt auszufüllen? Lassen Sie sich ruhig Zeit.« Er schob ihr ein Blatt und einen Kugelschreiber hin. LuAnn füllte das Formular rasch aus. Sie schrieb mit kurzen, verkrampften Bewegungen. Jackson beobachtete sie genau. Nachdem LuAnn fertig war, las er ihre Angaben, obwohl er bereits alles wußte.

LuAnn schaute sich im Büro um. Sie hatte ihre Umgebung immer schon genau gemustert. Als Gegenstand vieler Männerträume prägte sie sich gewohnheitsmäßig jeden Raum ein, falls sie schnell einen Fluchtweg brauchte.

Als Jackson aufschaute, bemerkte er ihre forschenden Blicke. »Stimmt irgendwas nicht?« fragte er.

»Ist alles irgendwie ... komisch.«

»Verzeihung, ich verstehe nicht recht.«

»Sie haben ein komisches Büro. Das ist alles.«

»Wie meinen Sie das?«

»Na ja, nirgends ist eine Uhr, oder ein Papierkorb. Es gibt keinen Kalender, kein Telefon und so was. Ich habe zwar noch nie in einem Laden gearbeitet, wo die Männer Schlipse tragen, aber sogar Rod in meiner Fernfahrerkneipe hat einen Kalender, und dauernd hängt er an der Strippe. Und Ihre Empfangsdame da draußen hat keinen blassen Schimmer, was hier läuft. Mit ihren langen Krallen könnte sie sowieso nicht tippen.« LuAnn bemerkte den verblüfften Blick Jacksons und biß sich schnell auf die Lippe. Ihr vorlautes Mundwerk hatte ihr schon mehr als einmal Ärger eingebracht, und gerade bei diesem Einstellungsgespräch konnte sie es sich nicht leisten, alles zu vermasseln. »Das soll aber gar nichts heißen«, fügte sie rasch hinzu. »Ich rede bloß so dahin. Bin wohl ein bißchen nervös. Das wird's sein.«

Jackson öffnete den Mund, lächelte dann aber. »Sie sind eine hervorragende Beobachterin.«

»Ich habe zwei Augen im Kopf, wie jeder andere auch.« LuAnn lächelte liebenswürdig. Vielleicht war es besser, die altbewährte Methode zu benutzen.

Jackson beachtete sie nicht und raschelte mit den Papieren. »Sie erinnern sich an die Arbeitsbedingungen, die ich Ihnen am Telefon genannt habe?«

LuAnn wurde sofort sachlich. »Hundert Dollar am Tag für zwei Wochen und vielleicht noch ein paar weitere Wochen bei gleichem Lohn. Im Moment arbeite ich bis sieben Uhr morgens. Wenn's Ihnen recht ist, würde ich bei Ihnen gern am frühen Nachmittag anfangen. So gegen zwei? Und ich würde gern meine Kleine mitbringen. Um diese Zeit schläft sie normalerweise. Sie macht bestimmt keine Schwierigkeiten. Das verspreche ich.« Automatisch bückte sich LuAnn und hob die Schlüssel vom Boden auf, wohin Lisa sie geworfen hatte, und gab sie der Kleinen zurück. Lisa bedankte sich mit lautem Glucksen bei der Mutter.

Jackson stand auf und schob die Hände in die Hosentaschen. »Das geht in Ordnung. Kein Problem. Sie sind Einzelkind, und Ihre Eltern sind tot, nicht wahr?«

Bei diesem plötzlichen Themenwechsel zuckte LuAnn zusammen. Sie zögerte erst, dann nickte sie. Ihre Augen wurden schmal.

»Und seit fast zwei Jahren leben Sie in einem Wohnwagen im Westen von Rikersville mit einem gewissen Duane Harvey zusammen. Ungelernter Arbeiter. Zur Zeit ohne Job.« Er schaute sie an, als würde er diese Informationen aus dem Gedächtnis zitieren. Er wartete auch gar nicht auf ihre Bestätigung. LuAnn spürte es, starrte ihn stumm an. »Duane Harvey ist der Vater Ihrer acht Monate alten Tochter Lisa. Sie haben nach der siebten Klasse die Schule verlassen und danach in mehreren Billigjobs gearbeitet – berufliche Sackgassen ohne jede Perspektive. Sie sind ungewöhnlich klug und verfügen über ein bewundernswertes Überlebenstalent. Das Wohlergehen Ihrer Tochter geht Ihnen über alles. Sie sind verzweifelt, möchten unbedingt Ihre Lebensumstände ändern und alles so weit wie möglich hinter sich zurücklassen, auch Mr. Harvey. Im Augenblick fragen Sie sich, wie Sie das zuwege bringen können, obwohl Ihnen die finanziellen Mittel dazu fehlen – was wohl auch in Zukunft der Fall sein wird. Sie kommen sich wie in einer Falle vor, und das zu Recht. Sie sitzen tatsächlich in der Falle, Miss Tyler.« Er schaute sie über den Schreibtisch hinweg scharf an.

LuAnn erhob sich. Ihr Gesicht war hochrot. »Was soll das? Woher nehmen Sie das Recht …?«

Ungeduldig unterbrach er sie. »Sie sind hergekommen, weil ich Ihnen mehr Geld angeboten habe, als Sie *je im Leben* verdient haben. Stimmt's?«

»Woher wissen Sie das alles über mich?« fragte sie.

Er verschränkte die Arme und musterte sie scharf, ehe er antwortete. »Es ist wichtig für mich, alles über einen Menschen zu wissen, ehe ich eine Geschäftsbeziehung mit ihm eingehe.«

»Ich dachte, ich soll so was wie Meinungsforschung machen. Wieso müssen Sie da alles über mich wissen? Das kapiere ich nicht.«

»Es ist ganz einfach, Miss Tyler. Um feststellen zu können, wie gut Ihr Urteilsvermögen als Meinungsforscherin ist, muß ich Sie ganz genau kennen. Was für ein Mensch sind Sie? Was wollen Sie? Was wissen Sie und was nicht? Was mögen Sie, was nicht? Ich muß Ihre Vorurteile kennen, Ihre Stärken und Schwächen, wie wir alle sie in unterschiedlichem Maße haben. Kurz gesagt, wenn ich nicht alles über Sie weiß, habe ich meine Schulaufgaben nicht gemacht.« Er erhob sich und setzte sich auf die Schreibtischkante. »Es tut mir leid, wenn ich Ihnen zu nahegetreten bin. Manchmal bin ich ziemlich undiplomatisch. Aber ich wollte Ihnen nicht Ihre Zeit stehlen.«

Langsam wich der Ärger aus LuAnns Augen. »Na gut, wenn Sie es so sehen.«

»Allerdings, Miss Tyler. Darf ich Sie LuAnn nennen?«

»So heiße ich«, sagte sie brüsk und setzte sich wieder. »Gut, ich will Ihnen auch keine Zeit stehlen. Was ist nun wegen der Arbeitszeit? Ist Ihnen nachmittags recht?«

Abrupt nahm Jackson wieder Platz, schaute auf die Schreibtischplatte und strich langsam über die rissige Oberfläche. Als er LuAnn wieder anblickte, war seine Miene noch ernster als zuvor.

»Haben Sie je davon geträumt, reich zu sein, LuAnn? Ich meine, reicher als in Ihren kühnsten Phantasien? So reich, daß Sie und Ihre Tochter sich buchstäblich alles auf der Welt leisten könnten, was und wann immer Sie es wollen? Hatten Sie je diesen Traum?«

Beinahe wäre LuAnn in Gelächter ausgebrochen, fing dann aber Jacksons Blick auf. In den Augen des Mannes lagen weder Humor noch Zweifel, noch die Spur von Mitgefühl, nur der brennende Wunsch, ihre Antwort zu hören.

»Na klar. Wer hat nicht schon davon geträumt.«

»Nun, die Superreichen wohl kaum. Das kann ich Ihnen versichern. Aber Sie haben natürlich recht, die meisten Menschen haben zu irgendeinem Zeitpunkt ihres Lebens diesen Traum gehabt. Aber so gut wie keinem ist es gelungen, dieses Wunschbild in die Realität umzusetzen. Der Grund dafür ist einfach: Sie konnten es nicht.«

LuAnn lächelte entwaffnend. »Aber hundert Mäuse pro Tag sind auch nicht übel.«

Jackson strich sich mehrere Sekunden lang übers Kinn. Dann räusperte er sich. »LuAnn, spielen Sie schon mal in der Lotterie?«

Die Frage verwunderte sie, doch sie antwortete bereitwillig. »Ab und zu. Das machen alle hier. Aber es kann ins Geld gehen. Duane spielt jede Woche. Manchmal geht sein halber Lohnscheck dafür drauf. Das heißt, wenn er einen Lohnscheck bekommt. Aber er ist immer überzeugt davon, daß er gewinnt. Er spielt jedesmal dieselben Zahlen. Behauptet, er hätte sie im Traum gesehen. Ich glaube, er ist dämlicher, als die Polizei erlaubt. Aber warum fragen Sie mich das?«

»Haben Sie je bei der bundesweiten Lotterie mitgespielt?«

»Sie meinen, dem Lotto für die ganzen USA?«

Jackson nickte, ohne sie aus den Augen zu lassen. »Ja«, antwortete er langsam. »Genau das.«

»Ziemlich selten. Die Chancen stehen so schlecht, daß ich wohl eher auf dem Mond spazierengehe, als zu gewinnen.«

»Da haben Sie vollkommen recht. In diesem Monat stehen die Chancen ungefähr eins zu dreißig Millionen.«

»Sehen Sie? Da spiele ich lieber bei den Mickymaus-Lotterien mit. Dabei hat man wenigstens die Chance, auf die Schnelle mal zwanzig Dollar zu machen. Ich sage immer, es ist Schwachsinn, gutes Geld schlechtem hinterherzuwerfen. Besonders, wenn man keins hat.«

Jackson leckte sich die Lippen und stützte die Ellbogen auf den Schreibtisch. »Was würden Sie sagen, wenn ich Ihnen erkläre, wie Sie Ihre Chancen auf einen Lotteriegewinn drastisch verbessern können?« Mit geschultem Blick ließ er sie nicht aus den Augen.

»Wie bitte?«

Jackson sagte nichts. LuAnn blickte sich im Zimmer um, als rechnete sie damit, irgendwo eine versteckte Kamera zu entdecken. »Was hat das mit dem Job zu tun? Mister, ich bin nicht hergekommen, um bei schwachsinnigen Spielchen mitzumachen.«

»Was wäre, wenn ich Ihre Gewinnchancen in der Lotterie auf eins zu eins verbessern könnte?« fuhr Jackson fort, ohne auf ihre Bemerkung einzugehen. »Würden Sie mitmachen?«

LuAnn platzte der Kragen. »Wollen Sie mich veräppeln? Wenn ich es nicht besser wüßte, würde ich glauben, daß Duane hinter diesem Schwachsinn steckt. Verdammt noch mal, erklären Sie mir sofort, was dieser Blödsinn soll, ehe ich richtig wütend werde.«

»Das ist kein Witz, LuAnn.«

LuAnn stand auf. »Sie kochen irgendein stinkendes Süppchen, Mister. Nee, damit will ich verdammt noch mal nichts zu tun haben. Nichts! Auch nicht für hundert Dollar pro Tag«, sagte sie. Jackson hörte die tiefe Enttäuschung in ihrer Stimme, da ihre Hoffnung, so viel Geld zu verdienen, sich in Luft auflöste. Sie nahm die Tasche mit Lisa und wollte gehen.

Jacksons ruhige Stimme streichelte ihren Rücken. »Ich garantiere Ihnen, daß Sie in der Lotterie gewinnen werden, LuAnn. Ich garantiere Ihnen, daß Sie mindestens fünfzig Millionen Dollar kassieren.«

LuAnn blieb stehen. Obwohl ihr der Verstand riet, so schnell wie möglich zu verschwinden, drehte sie sich unwillkürlich um und schaute Jackson an.

Er hatte sich nicht bewegt. Immer noch saß er mit gefalteten Händen hinter dem Schreibtisch. »Keine Duanes mehr, keine Nachtschichten mehr in der Fernfahrerkneipe, keine Sorgen mehr, wie Sie an Essen und saubere Kleidung für Ihre Tochter kommen. Sie können sich leisten, was Sie wollen. Sie können reisen, wohin Sie wollen. Sie möchten eine andere werden? Auch das können Sie dann.« Seine Stimme blieb ruhig und fest.

»Würde es Ihnen etwas ausmachen, mir zu erklären, wie ich das anstellen soll?« *Hatte er »fünfzig Millionen Dollar« gesagt? Du lieber Gott!* LuAnn hielt sich mit einer Hand an der Tür fest.

»Ich brauche eine Antwort auf meine Frage.«

»Was für eine Frage?«

Jackson breitete die Hände aus. »Möchten Sie reich sein?«

»Sind Sie übergeschnappt? Hören Sie, falls Sie irgendwelche krummen Dinger mit mir vorhaben ... ich bin kräftig genug, Sie in den Arsch zu treten, daß Sie auf der Straße landen. Und dann kann Ihnen noch eins auf die Rübe geben, daß Sie nur noch halb so viel Hirn haben wie jetzt.«

»Darf ich das als ›nein‹ verstehen?« fragte er.

LuAnn schleuderte mit einem Ruck des Kopfes ihr Haar aus der Stirn und nahm Lisas Babytasche in die linke Hand.

Das kleine Mädchen blickte zwischen den beiden hin und her, als würde es die heiße Diskussion mitverfolgen. »Hören Sie, Mister, es ist völlig bescheuert, mir so was zu garantieren. Ich gehe jetzt und rufe in der Klapsmühle an, daß man Sie abholt.«

Jackson schaute auf die Armbanduhr, ging zum Fernseher und schaltete ihn ein.

»In einer Minute kommt die tägliche Ziehung. Heute geht es nur um eine Million, aber das dürfte genügen, um es Ihnen zu beweisen. Verstehen Sie mich recht: Ich profitiere nicht von der heutigen Ziehung. Sie dient lediglich zur Demonstration, um Ihr durchaus verständliches Mißtrauen zu zerstreuen.«

LuAnn blickte auf den Bildschirm. Die Trommel drehte sich, und die Ziehung begann.

Jackson schaute ihr in die Augen. »Die heutigen Gewinnzahlen lauten: acht, vier, sieben, elf, neun und sechs – genau in dieser Reihenfolge.« Er schrieb die Ziffern auf einen Zettel und gab ihn LuAnn.

Beinahe hätte sie gelacht. Sie schnaubte nur verächtlich. Doch das Lachen verging ihr, als die erste gezogene Zahl die Acht war. Es folgten rasch die Vier, Sieben, Elf, Neun und Sechs. Es war die Gewinnkombination. Mit blassem Gesicht starrte LuAnn auf den Zettel, dann auf die Gewinnzahlen auf dem Bildschirm.

Jackson schaltete den Fernseher aus. »Ich nehme an, damit sind Ihre Zweifel beseitigt, was meine Möglichkeiten angeht. Vielleicht könnten wir jetzt wieder auf mein Angebot zurückkommen.«

LuAnn lehnte sich an die Wand. Ihre Haut kribbelte so heftig, als wären eine Million Ameisen auf ihrem Körper unterwegs. Sie schaute sich den Fernseher genau an. Nirgends waren Drähte oder elektronische Hilfsmittel zu sehen, die Jackson bei der Voraussage hätten helfen können. Kein Videorecorder. Der Fernseher war ganz normal angeschlossen, mit Netz- und Antennenstecker. LuAnn schluckte kräftig und blickte Jackson wieder an.

»Wie haben Sie das gemacht?« fragte sie leise, beinahe ängstlich.

»Diese Information ist völlig bedeutungslos für Sie. Bitte, beantworten Sie nur meine Frage.«

Sie holte tief Luft und bemühte sich, ihre vibrierenden Nerven zu beruhigen. »Sie fragen mich, als ob ich etwas Unrechtes tun will. Ich sage Ihnen klipp und klar, nein. Ich hab' nicht viel, aber ich bin keine Kriminelle.«

»Wer behauptet, daß es sich um etwas Illegales handelt?«

»Entschuldigung, aber Sie wollen mir doch nicht weismachen, daß es mit rechten Dingen zugeht, wenn Sie mir einen Millionengewinn in der Lotterie garantieren? Für mich klingt das eindeutig nach Schiebung. Halten Sie mich für dämlich, bloß weil ich nur in Scheißjobs gearbeitet habe?«

»Im Gegenteil. Ich halte Sie für ausgesprochen intelligent. Deshalb sind Sie hier. Und irgend jemand muß das Geld ja gewinnen, LuAnn. Warum nicht Sie?«

»Weil die Sache stinkt, deshalb.«

»Und wem würden Sie schaden? Außerdem geht technisch gesehen alles mit rechten Dingen zu, solange niemand etwas weiß.«

»Ich würd's wissen.«

Jackson seufzte. »Das ist eine selbstlose und hehre Einstellung. Aber wollen Sie wirklich den Rest Ihres Lebens mit Duane verbringen?«

»Er hat auch seine guten Seiten.«

»Ach, wirklich? Würden Sie mir welche nennen?«

»Gehen Sie doch zum Teufel, Sie Blödmann! Ich sollte zur Polizei gehen. Einer von meinen Freunden ist Cop. Würde ihn bestimmt sehr interessieren, was Sie mir hier erzählt haben.« Sie drehte sich um und legte die Hand an den Türknopf.

Auf diesen Augenblick hatte Jackson gewartet. »Dann wächst Lisa also in einem dreckigen Wohnwagen im Wald auf«, erklärte er mit einer Stimme, die immer lauter wurde. »Ihr kleines Mädchen wird einmal wunderschön, wenn es nach der Mutter kommt. Sobald Lisa ein gewisses Alter erreicht hat, werden die jungen Burschen sich für sie interessieren. Sie geht von der Schule ab, bekommt vielleicht ein Baby, und der Kreislauf beginnt von neuem. Wie schon bei Ihrer Mutter Joy.« Leise fügte Jackson hinzu: »Und bei Ihnen.«

LuAnn drehte sich langsam um. Ihre Augen waren groß und feucht.

Jackson betrachtete sie voller Mitgefühl. »Genau so wird es kommen, LuAnn. Ich spreche die Wahrheit, und das wissen Sie. Welche Zukunft haben Sie und Lisa bei Duane? Und wenn nicht dieser Duane, dann wird es ein anderer sein, und wieder ein anderer. Sie leben arm und werden arm sterben und Ihre kleine Tochter ebenfalls. So ist es, und so wird es bleiben. Natürlich ist es nicht gerecht, aber deshalb ändert sich nichts daran. Oh, sicher, Menschen, die nie in Ihrer Situation gewesen sind, würden sagen: Pack deine Sachen und geh fort! Schnapp dir deine Tochter und geh einfach weg! Aber diese Leute könnten Ihnen nicht sagen, wie Sie das anstellen sollen. Woher soll das Geld für die Busfahrkarte kommen, fürs Motelzimmer, fürs Essen? Wer wird auf die Kleine aufpassen, wenn Sie Arbeit suchen, und später, wenn Sie welche gefunden haben – *falls* Sie welche finden?«

Jackson schüttelte in einer mitfühlenden Geste den Kopf, stützte das Kinn auf die verschränkten Hände und schaute LuAnn an. »Selbstverständlich können Sie zur Polizei gehen, wenn Sie wollen. Aber wenn Sie zurückkommen, wird niemand mehr hier sein. Und glauben Sie ernsthaft, die Polizei würde Ihnen diese Geschichte abkaufen?« Seine Miene wurde herablassend. »Und was hätten Sie damit erreicht? Sie hätten die Chance Ihres Lebens verpaßt. Die einzige Möglichkeit, nach oben zu kommen. Weg. Futsch.« Mitleidig schüttelte er den Kopf, als wollte er sagen: »Bitte, Mädel, sei nicht so dumm.«

LuAnns Hand krampfte sich um die Gurte der Babytasche. Die kleine Lisa quengelte, wollte herausgenommen werden. Automatisch schaukelte ihre Mutter die Tasche hin und her. »Sie reden von Träumen, Mr. Jackson. Ich habe meine eigenen Träume. Große Träume. Verdammt große.« Ihre Stimme zitterte. LuAnn Tyler hatte während langer, harter Jahre, in denen sie um ihre Existenz kämpfen mußte, ohne es je weit zu bringen, eine rauhe Schale bekommen. Doch Jacksons Worte hatten sie verletzt – vielmehr die Wahrheit in seinen Worten.

»Das weiß ich, LuAnn. Wie ich schon sagte, Sie sind klug, und Sie haben bei unserem Gespräch meine Meinung nur bestärkt. Sie verdienen ein weitaus besseres Leben, als Sie es jetzt führen. Leider bekommen die Menschen im Leben nur selten, was sie verdienen. Ich biete Ihnen die Möglichkeit, Ihre großen Träume zu verwirklichen.« Er schnippte mit den Fingern. »Einfach so.«

Plötzlich schaute LuAnn ihn mißtrauisch an. »Woher soll ich wissen, daß Sie nicht von der Polizei sind und mir 'ne Falle stellen wollen? Wegen Geld gehe ich nicht in den Knast.«

»Weil das eine Vorspiegelung falscher Tatsachen wäre und vor Gericht nie Bestand hätte. Und warum, um alles in der Welt, sollte die Polizei gerade Sie für eine so komplizierte Sache auswählen?«

LuAnn spürte, wie ihr Herz heftig pochte.

Jackson stand auf. »Ich weiß, daß Sie mich nicht kennen. Aber ich versichere Ihnen, daß ich mein Geschäft sehr, sehr ernst nehme. Ich tue niemals etwas ohne guten Grund. Ich wäre nicht hier, wollte ich Ihre Zeit mit irgendwelchen dummen Scherzen verschwenden. Und meine kostbare Zeit erst recht nicht.« Jacksons Stimme klang sehr überzeugend, und er schaute LuAnn mit einer solchen Eindringlichkeit in die Augen, daß sie es unmöglich ignorieren konnte.

»Warum gerade ich, wo's auf dieser Scheißwelt so viele Menschen gibt? Warum klopfen Sie da ausgerechnet an meine Tür?« Ihre Stimme klang beinahe flehend.

»Die Frage ist berechtigt. Doch ich bin nicht bereit, sie zu beantworten, und sie ist auch nicht besonders wichtig.«

»Woher wollen Sie wissen, daß ich gewinne?«

Er blickte auf den Fernseher. »Falls Sie es nicht für einen unglaublichen Zufall halten, was Sie vorhin gesehen haben, sollten Sie meine Worte nicht anzweifeln. Sie haben doch Augen im Kopf.«

»Im Moment traue ich nicht mal meinen Ohren. Und was ist, wenn ich mitmache und nicht gewinne?«

»Was hätten Sie dann schon verloren?«

»Die zwei Dollar Einsatz. Für Sie mag das nicht viel Geld sein, aber soviel kostet mich der Bus für eine Woche.«

Jackson lächelte, nahm vier Dollarnoten aus der Tasche und reichte sie LuAnn. »Damit wäre das Risiko wohl ausgeschaltet, und Sie haben noch hundert Prozent Gewinn gemacht.«

LuAnn rieb die Geldscheine zwischen den Fingern. »Und was springt für Sie bei der Sache raus? Ich bin ein bißchen zu alt, um noch an gute Feen zu glauben und daß Wünsche in Erfüllung gehen, nur weil man eine Sternschnuppe sieht.« LuAnns Augen waren jetzt klar und scharf.

»Wieder eine gute Frage. Doch sie wird nur aktuell, wenn Sie mitmachen. Aber Sie haben natürlich recht. Ich tue das nicht aus reiner Herzensgüte.« Er lächelte. »Es ist eine geschäftliche Transaktion. Und bei allen guten geschäftlichen Transaktionen profitieren beide Seiten davon. Ich bin allerdings sicher, daß Sie freudig überrascht sein werden, wenn Sie die Bedingungen erfahren.«

LuAnn steckte das Geld in die Handtasche. »Wenn Sie die Antwort auf der Stelle haben wollen, sage ich laut und deutlich nein.«

»Mir ist klar, daß mein Vorschlag etwas ungewöhnlich ist. Deshalb lasse ich Ihnen Zeit, darüber nachzudenken.« Er schrieb eine gebührenfreie Telefonnummer auf einen Zettel und hielt ihn LuAnn hin. »Aber viel Zeit ist es nicht. Die Monatsziehung der Lotterie findet in vier Tagen statt. Ich muß Ihre Antwort bis übermorgen um zehn Uhr früh haben. Sie können mich jederzeit unter dieser Nummer erreichen.«

LuAnn betrachtete den Zettel in seiner Hand. »Und wenn ich in zwei Tagen immer noch nein sage, was sehr wahrscheinlich ist?«

Jackson zuckte mit den Schultern. »Dann wird jemand anders die Lotterie gewinnen, LuAnn. Jemand anders wird dann um mindestens fünfzig Millionen reicher sein und deshalb bestimmt kein schlechtes Gewissen haben, das versichere ich Ihnen.« Er lächelte freundlich. »Sie können mir glauben, daß sehr, sehr viele Leute gern an Ihrer Stelle wären. *Mit Freuden.*« Er drückte ihr den Zettel in die Hand und legte ihre Finger darum. »Denken Sie daran: Übermorgen, eine Minute nach zehn, ist das Angebot für Sie gestorben. Für immer.« Jackson erwähnte nicht, daß auch LuAnn, falls sie ablehnte, nicht mehr lange leben würde. Seine Stimme hatte zuletzt beinahe schroff geklungen, doch er lächelte rasch wieder, als er LuAnn die Tür aufhielt und Lisa dabei anschaute. Das kleine Mädchen wurde ganz ruhig und blickte ihn mit großen Augen an. »Sie sieht Ihnen sehr ähnlich. Ich hoffe, Sie hat auch Ihren Verstand geerbt.« Als LuAnn hinausging, fügte er hinzu: »Danke, daß Sie gekommen sind, LuAnn. Einen schönen Tag noch.«

»Wieso werde ich das dumme Gefühl nicht los, daß Sie überhaupt nicht Jackson heißen?« sagte sie und blickte ihn durchdringend an.

»Ich hoffe sehr, bald von Ihnen zu hören, LuAnn. Ich sehe es gern, wenn Menschen Gutes widerfährt, die es verdient haben. Sie nicht?« Leise schloß er die Tür hinter ihr.

KAPITEL 4

Auf dem Heimweg hielt LuAnn den Zettel mit der Telefonnummer und Lisa gleichermaßen fest an sich gepreßt. Sie hatte das unangenehme Gefühl, daß alle Mitreisenden im Bus genau wußten, was sie gerade erlebt hatte, und sie deshalb scharf verurteilten. Eine alte Frau in einem abgetragenen Mantel und rutschenden Strümpfen, die bis zu den Knien Laufmaschen hatten, hielt ihre Plastik-Einkaufstüten fest und musterte LuAnn mit stechendem Blick, als würde sie tatsächlich etwas über das Gespräch mit Jackson wissen. Doch es konnte ebensogut sein, daß sie LuAnn nur um ihre Jugend, ihr Aussehen und die hübsche Tochter beneidete.

LuAnn lehnte sich im Sitz zurück und stellte sich ihr Leben vor, je nachdem, ob sie ja oder nein zu Jacksons Vorschlag sagte. Im Fall einer Ablehnung trugen alle Konsequenzen irgendwie Duanes Züge, doch eine Zusage erschien LuAnn auch nicht problemlos. Sollte sie tatsächlich in der Lotterie gewinnen und unglaublich reich werden, könnte sie alles haben, was sie wollte. Das hatte der Mann gesagt. Alles! Überall hinfahren. Alles tun. Mein Gott!

Bei dem Gedanken, daß ein einziges Telefonat ihr in vier Tagen diese schrankenlose Freiheit bringen könnte, wäre sie am liebsten vor Freude laut jubelnd durch den Bus gelaufen. Sie glaubte nicht mehr, daß alles nur ein schlechter Scherz oder ein verrückter Plan sei. Jackson hatte kein Geld verlangt. Sie hätte ihm auch keins geben können. Er hatte auch nicht den kleinsten Hinweis gegeben, daß er sexuelle Gefälligkeiten von ihr wollte. Allerdings hatte er ihr noch nicht die endgültigen Bedingungen erklärt. Doch sie hatte bei Jackson nicht den Eindruck, daß er sexuell an ihr interessiert war. Er hatte nicht mal versucht, sie anzufassen. Er hatte auch nichts über ihr Aussehen gesagt, jedenfalls nicht direkt. Er schien es in jeder Hinsicht rein geschäftlich und ernst zu meinen. Möglich, daß er ein Verrückter war, aber dann war es ihm auf alle Fälle großartig gelungen, ihr gegenüber völlig normal zu erscheinen. Außerdem kostete es Geld, das Büro zu mieten und die Empfangsdame zu bezahlen. Falls Jackson ein Irrer war, hatte er lichte Momente, soviel stand fest. LuAnn schüttelte den Kopf. Und er hatte die genauen Gewinnzahlen genannt, ehe dieses verdammte Ziehungsgerät sie ausgespuckt hatte. Das konnte sie nicht bestreiten.

Wenn Jackson also die Wahrheit sagte, war der einzige Haken an der Sache, daß sein Vorschlag sich irgendwie illegal anhörte und einen Beigeschmack von Betrug besaß, von üblen Machenschaften, über die LuAnn lieber gar nicht erst nachdenken wollte. Und da lag der Hund begraben. Was war, wenn sie mitmachte und erwischt wurde und die Wahrheit herauskam? Vielleicht würde sie für den Rest ihres Lebens in den Knast wandern. Was würde dann aus Lisa?

Plötzlich fühlte sie sich hundeelend. Wie die meisten Menschen hatte auch sie oft von dem Topf voller Gold geträumt. Dieses Traumbild hatte sie durch viele hoffnungslose Zeiten getragen, wenn sie in Selbstmitleid zu ertrinken drohte. Doch in ihren Träumen war an dem Topf voller Gold keine Kette mit einer Eisenkugel.

»Verdammt!« fluchte sie leise. Sie stand vor der Wahl zwischen Himmel und Hölle, so einfach war das. Und was waren Jacksons Bedingungen? Sie war sicher, daß der Mann einen hohen Preis dafür verlangen würde, sie von einer Frau ohne einen Cent in eine Prinzessin zu verwandeln.

Was würde sie tun, wenn sie das Angebot annahm und tatsächlich in der Lotterie gewann? Welche Möglichkeiten ihr das Geld eröffnete, war leicht zu sehen, zu spüren und zu hören. Aber die Möglichkeiten in die Tat umzusetzen stand auf einem ganz anderen Blatt. Die Welt bereisen? Sie war nie aus Rikersville herausgekommen, und das Kaff war nur wegen seiner jährlichen Landwirtschaftsausstellung mit Jahrmarkt und seiner stinkenden Schlachthöfe wegen bekannt. LuAnn konnte an einer Hand abzählen, wie oft sie in einem Aufzug gefahren war. Nie hatte sie ein Haus besessen oder ein Auto. Tatsache war, daß sie eigentlich nie *irgend etwas* besessen hatte. Kein Bankkonto hatte je ihren Namen getragen. Sie konnte die englische Sprache ganz gut lesen, schreiben und sprechen, aber sie war eindeutig nicht für die Gesellschaftsseiten der Zeitungen geschaffen. Jackson hatte gesagt, sie könnte alles haben. Aber konnte sie das wirklich? Konnte man eine Kröte tatsächlich aus dem Schlamm herausholen und in ein Schloß in Frankreich setzen und glauben, daß es gutgeht? Aber sie brauchte das alles ja gar nicht zu tun. Sie mußte ihr Leben ja nicht so radikal ändern und zu einem Menschen werden, der sie nie und nimmer war. Es lief ihr eiskalt über den Rücken.

Genau darum ging es. Sie warf das lange Haar aus dem Gesicht, lehnte sich gegen Lisa und streichelte ihrer Tochter über die Stirn, über die goldene Löckchen hingen. LuAnn holte tief Atem und füllte die Lungen mit der duftenden Frühlingsluft, die durch das offene Fenster in den Bus wehte. Ja, genau darum ging es: Sie wünschte sich sehnlichst, jemand anderer zu sein als jetzt. Beinahe ihr ganzes Leben lang hatte sie diesen Wunsch gehabt und darauf gehofft, es eines Tages zu schaffen. Doch mit jedem Jahr war die Hoffnung blasser geworden, zu einer Art Traum, der sich irgendwann ganz von ihr lösen und davonschweben würde. Und schließlich, wenn sie alt und verschrumpelt war, wenn ihr rasch schwindendes, unbedeutendes Leben verblaßte, würde sie sich nicht einmal mehr daran erinnern, je solche Träume gehabt zu haben. Jeden Morgen, wenn sie neben Duane aufwachte, wurde ihre düstere Zukunft deutlicher – wie die Bilder im Fernsehen, wenn man eine Antenne anschloß.

Und jetzt hatte sich alles auf einen Schlag verändert. LuAnn starrte auf die Telefonnummer, während der Bus über die holprige Straße fuhr und sie und Lisa zurück zu dem Feldweg brachte, der zum dreckigen Wohnwagen führte, in dem Duane Harvey die Zeit totschlug und mit zweifellos selten mieser Laune auf ihre Rückkehr wartete. Er würde Geld für Bier verlangen. LuAnns Miene hellte sich auf, als sie an die beiden Dollarscheine in der Handtasche dachte. Mr. Jackson hatte ihr jetzt schon etwas Gutes getan. Wenn Duane erst verschwunden war, konnte sie in Ruhe alles überdenken. Das war wenigstens ein Anfang. Heute abend fand im *Squat and Gobble*, Duanes Lieblingskneipe, einer dieser Saufabende statt, an denen man für einen Dollar immer wieder den Bierkrug nachgefüllt bekam. Für zwei Dollar konnte Duane sich fröhlich bis zur Besinnungslosigkeit vollaufen lassen.

LuAnne blickte durchs Fenster auf die Welt, die aus dem Winterschlaf erwachte. Der Frühling war gekommen. Ein neuer Anfang. Vielleicht auch für sie? Die Entscheidung mußte vor übermorgen zehn Uhr fallen.

LuAnnes und Lisas Blicke trafen sich. Mutter und Tochter lächelten sich liebevoll an. Sanft legte LuAnn den Kopf auf Lisas Brust. Sie wußte nicht, ob sie weinen oder lachen sollte. Am liebsten hätte sie beides getan.

KAPITEL 5

Die rostige Fliegengittertür quietschte, als LuAnn, Lisa auf dem Arm, den Wohnwagen betrat. Drinnen war es dunkel, kühl und still. Möglich, daß Duane noch schlief. Trotzdem hielt sie Augen und Ohren offen. Nichts rührte sich.

Solange Duane sie nicht hinterrücks überfiel, hatte sie keine Angst vor ihm. In einem offenen Kampf war sie ihm keineswegs unterlegen. Sie hatte ihm schon mehrmals eine kräftige Abreibung verpaßt, wenn er stinkbesoffen nach Hause gekommen war. Duane riskierte normalerweise keine allzu große Lippe, wenn er halbwegs nüchtern war, und diesen Zustand – weiter kam er ohnehin nie – mußte er inzwischen erreicht haben. Es war eine seltsame Beziehung mit einem Mann, der eigentlich ihr »Lebensgefährte« hätte sein müssen. Doch LuAnn hätte zehn andere Frauen nennen können, die sich ähnlich arrangiert hatten – aus rein wirtschaftlichen Gründen, aus Mangel an Möglichkeiten, im Grund aber aus Trägheit, jedoch keineswegs aufgrund irgendwelcher zärtlicher Gefühle. LuAnn hatte andere Angebote gehabt. Aber das Gras war selten grüner auf der anderen Seite des Zaunes; das wußte sie aus eigener Erfahrung.

Als sie im Schlafzimmer Schnarchlaute hörte, ging sie schneller durch den engen Gang. Sie steckte den Kopf in den kleinen Raum. Dann holte sie tief Luft, als sie die beiden Gestalten unter der Bettdecke sah. Duanes Kopf schaute zur rechten Seite heraus. Die andere Person war völlig verdeckt, doch die beiden Hügel in Brusthöhe verrieten, daß nicht irgendein Saufkumpan neben Duane lag und seinen Rausch ausschlief.

Leise ging LuAnn durch den Gang zurück, stellte die verängstigt dreinschauende Lisa in der Babytasche im Bad ab und schloß die Tür. LuAnn wollte nicht, daß ihre kleine Tochter einen Schreck bekam bei dem, was gleich geschehen würde.

Als sie wieder die Tür zum Schlafzimmer öffnete, schnarchte Duane immer noch laut. Doch die Gestalt neben ihm hatte sich bewegt. Jetzt sah man deutlich die dunkelrote Mähne. In Sekundenschnelle hatte LuAnn die Haare gepackt und zog mit ihrer beträchtlichen Kraft die unglückliche Eigentümerin der roten Mähne aus dem Bett, so daß sie splitternackt gegen die Wand prallte.

»Scheiße!« schrie die Frau, als sie auf dem Hintern landete, sofort von der wütenden LuAnn gepackt und erbarmungslos über den rauhen, abgetretenen Teppich gezerrt wurde, wobei ihre fetten Oberschenkel schwabbelten. »Verflucht, LuAnn, laß los!«

LuAnn schaute sie kurz an. »Shirley, wenn du noch einmal hier herumhurst, dreh' ich dir den Hals um. Das schwöre ich.«

»Duane! Mein Gott, hilf mir doch! Sie ist verrückt!« Shirley schrie vor Schmerz und versuchte vergeblich, LuAnns Griff zu lockern, indem sie schlug und kratzte. Shirley war klein und hatte ungefähr zehn Kilo Übergewicht. Ihre prallen, schwabbeligen Brüste klatschten gegeneinander, als LuAnn sie zur Schlafzimmertür schleifte.

Duane wachte auf. »Was is' 'n hier los?« fragte er verschlafen.

»Halt's Maul!« fuhr LuAnn ihn an.

Als Duanes trübe Augen sich klärten, so daß er sah, was vor sich ging, nahm er eine Schachtel Marlboro aus der Schublade des Nachttischs. Er grinste Shirley an, als er sich eine Zigarette ansteckte.

»Gehst du schon, Shirley?« Er wischte sich Haarsträhnen aus dem Gesicht und zog zufrieden an der Zigarette.

Shirley funkelte ihn an. Ihre Pausbacken waren burgunderrot. »Du bist ein mieses Stück Scheiße!« schrie sie wütend.

Duane blies ihr einen Kuß zu. »Ich liebe dich auch, Shirl. Danke für den Besuch. Hat Spaß gemacht.« Er lachte schallend und schlug sich auf den Schenkel. Dann verschwanden LuAnn und Shirley auf dem Gang.

LuAnn schubste Shirley neben dem verrosteten Motorblock vor dem Wohnwagen zu Boden und wollte wieder hineingehen.

Shirley sprang auf und schrie: »Du hast mir Haare ausgerissen, du Miststück.« LuAnn ging weiter, ohne sich umzudrehen. »Ich will meine Sachen. Gib mir meine verdammten Sachen, LuAnn.«

LuAnn drehte sich um. »Du hast in meinem Bett keine Klamotten gebraucht, deshalb sehe ich nicht ein, daß du sie jetzt brauchst.«

»Ich kann so nicht nach Hause gehen.«

»Dann gehst du eben nicht nach Hause.« LuAnn stieg die Stufen aus Hohlbeton hinauf und knallte die Tür hinter sich zu.

Im Gang kam ihr Duane entgegen. Er hatte sich Boxershorts angezogen. Im Mundwinkel hing eine Marlboro, die er noch nicht angezündet hatte. »Tut einem Mann richtig gut, wenn sich zwei streunende Katzen wegen ihm prügeln. Hat mich schwer geil gemacht, LuAnn. Wie wär's, Baby? Komm, gib mir 'nen Kuß.«

Er grinste und wollte LuAnn den Arm um den Hals legen. Im nächsten Moment stöhnte er vor Schmerzen, als LuAnns rechte Faust auf seinem Mund landete und einige Zähne lockerte. So schmerzhaft dieser Schlag gewesen war – er war nichts im Vergleich zu dem Tritt, den sie ihm zwischen die Beine versetzte. Duane sank zu Boden.

LuAnn baute sich vor ihm auf. »Wenn du noch mal so 'n Scheiß machst, Duane Harvey, reiß ich ihn dir ab und schmeiß ihn ins Klo. Das schwöre ich.«

»Du blöde Sau, bist du völlig übergeschnappt?« stieß Duane keuchend hervor und hielt sich wimmernd seine edelsten Teile. Blut lief ihm über die Lippen.

Sie packte ihn mit eisernem Griff an den Wangen. »Nein, aber du mußt verrückt sein, wenn du auch nur eine Sekunde lang geglaubt hast, daß ich mir diesen Scheiß gefallen lasse.«

»Wir sind nicht verheiratet.«

»Stimmt, aber wir leben zusammen. Wir haben ein Kind. Und dieser Wohnwagen gehört nicht nur dir, sondern auch mir.«

»Shirley ist mir doch scheißegal. Was machst du so ein Theater?« Er schaute zu ihr auf. In seinen Augenwinkeln standen Tränen. Immer noch hielt er sich die Hände vor die Geschlechtsteile.

»Weil diese kleine, fette Schlampe beim Friseur und in deiner verdammten Kneipe allen, die es hören wollen, erzählen wird, was passiert ist. Und ich stehe dann da wie der letzte Dreck.«

»Du hätt'st mich heute morgen eben nicht allein lassen sollen.« Duane rappelte sich mühsam auf. »Eigentlich ist ja alles deine Schuld. Shirley wollte was von dir. Was hätte ich denn tun sollen?«

»Weiß ich nicht, Duane. Aber du hättest ihr ja eine Tasse Kaffee geben können und nicht deinen Schwanz.«

»Ich fühl' mich sauschlecht, Baby. Ehrlich.« Er lehnte sich an die Wand.

Sie stieß ihn grob zur Seite, als sie zum Bad ging, um nach Lisa zu sehen. »Das ist die beste Nachricht, die ich heute gehört habe.«

Gleich darauf marschierte sie wieder an ihm vorbei und riß im Schlafzimmer die Laken und Bezüge vom Bett.

Schmollend beobachtete Duane sie von der Tür aus. »Na los, schmeiß alles weg. Mir doch scheißegal. Du hast den ganzen Dreck ja gekauft.«

Sie blickte ihn nicht an. »Ich bringe alles zu Wanda. Da kann ich es waschen. Wenn du deine Nutten vögelst, will ich nicht auch noch dafür bezahlen.«

Als sie die Matratze hochhob, sah sie die grünen Scheine. »Was, zum Teufel, ist das?«

Duane blickte sie kühl an. Dann kam er ins Zimmer und stopfte die Scheine lässig in eine Papiertüte, die auf dem Nachttisch neben dem Bett gelegen hatte. Er ließ LuAnn nicht aus den Augen, als er die Tüte verschloß. »Sagen wir mal ... ich hab's in der Lotterie gewonnen«, meinte er schnippisch.

Bei diesen Worten zuckte LuAnn zusammen, als hätte er sie ins Gesicht geschlagen. Für einen Moment hatte sie das Gefühl, ohnmächtig zu werden. Steckte Duane doch hinter der ganzen Geschichte? Machten er und dieser Jackson gemeinsame Sache? Nein, sie konnte sich kein ungleicheres Paar vorstellen. Es war unmöglich. Rasch faßte sie sich wieder und verschränkte die Arme vor der Brust. »Red keinen Stuß! Wo hast du das Geld her, Duane?«

»Sagen wir einfach, es ist ein echt guter Grund, daß du nett zu mir bist und die Schnauze hältst.«

Wütend schob sie ihn aus dem Zimmer und schloß die Tür ab. Sie schlüpfte aus dem blauen Kleid und zog Jeans und ein Sweatshirt an. Dann packte sie rasch ein paar Sachen für eine Nacht. Als sie aufschloß und die Tür öffnete, stand Duane immer noch an derselben Stelle und hielt die Tüte in der Hand. Rasch schob sie sich an ihm vorbei und holte Lisa. Dann ging sie zur Tür, die Reisetasche mit der schmutzigen Wäsche in der einen Hand, Lisa in ihrer Babytasche in der anderen.

»Wo gehst du hin, LuAnn?«

»Das geht dich einen Scheißdreck an.«

»Wie lange willst du eigentlich noch sauer auf mich sein? Ich bin ja auch nicht sauer, weil du mich in die Eier getreten hast. Ich hab' die Sache schon vergessen.«

Sie wirbelte herum und funkelte ihn wütend an. »Duane, du bist der dümmste Hund auf der Welt.«

»Ach ja? Und für wen hältst du dich? Für 'ne Prinzessin, was? Wenn du mich nicht hättest, hätte Lisa nicht mal ein Dach überm Kopf. Ich hab' dich aufgenommen, sonst hättest du überhaupt nichts.« Er steckte sich noch eine Zigarette an, blieb aber außer Reichweite ihrer Fäuste. Das Streichholz trat er auf dem schäbigen Teppich aus. »Vielleicht solltest du mal aufhören, pausenlos an mir herumzumeckern, und ein bißchen nett zu mir sein.« Er hielt die Tüte mit den Geldscheinen hoch. »Wo diese Knete herkommt, ist noch jede Menge mehr, Baby. Ich werd' nicht länger in diesem Drecklock bleiben. Überleg's dir gut. Sehr gut. Ich hab' die Schnauze voll, mir von dir oder sonst jemand irgendeinen Scheiß anzuhören. Sei nett zu mir! Kapiert?«

Sie machte die Vordertür auf. »Ich bin jetzt schon richtig nett zu dir, Duane. Und weißt du warum? Weil ich abhaue, bevor ich dich noch umbringe!« Lisa fing an zu weinen, so wütend war die Stimme ihrer Mutter – so, als würde Mom mit ihr schimpfen. LuAnn küßte die Kleine und sagte ihr etwas Zärtliches ins Ohr, um sie zu beruhigen.

Duane schaute LuAnn hinterher, als sie über die schlammige Wiese ging, und bewunderte ihr Hinterteil in den engen Jeans. Shirley fiel ihm ein. Suchend blickte er sich um, doch sie war offensichtlich getürmt, splitternackt, wie sie war.

»Ich liebe dich, Baby«, rief er LuAnn grinsend hinterher.

»Geh zur Hölle, Duane.«

KAPITEL 6

Das Einkaufszentrum war viel belebter als bei ihrem Besuch am Vortag. LuAnn war froh, daß so viele Menschen unterwegs waren, als sie einen weiten Bogen um das Büro schlug, in dem sie gestern gewesen war. Allerdings riskierte sie im Vorbeigehen einen Blick durch die Scheiben. Alles war dunkel. Sie war sicher, daß die Tür abgeschlossen war. Sie konnte sich auch nicht vorstellen, daß Jackson noch lange geblieben war, nachdem sie sich auf den Weg gemacht hatte. LuAnn vermutete, daß sie seine einzige »Klientin« gewesen war.

Sie hatte bei der Fernfahrerkneipe angerufen, sich krank gemeldet und eine schlaflose Nacht bei einer Freundin damit verbracht, den Vollmond anzustarren und Lisa zu betrachten, deren kleines Mündchen im Schlaf die komischsten Grimassen schnitt. LuAnn hatte sich dazu durchgerungen, die endgültige Entscheidung über Jacksons Vorschlag erst dann zu fällen, wenn sie weitere Informationen besaß.

Nur einen Entschluß hatte sie sehr schnell gefaßt: Sie würde nicht zur Polizei gehen. Sie konnte nichts beweisen, und wer würde ihr glauben? Dieser Schritt würde sie keinen Fingerbreit weiterbringen, und mindestens fünfzig Millionen Gründe sprachen dagegen. Obgleich LuAnn sonst sehr genau wußte, was richtig und was falsch war, nagte ständig die Versuchung in ihr: Vielleicht lag unglaublicher Reichtum direkt vor ihren Augen. Sie hatte ein schlechtes Gewissen, weil die Entscheidung nun nicht mehr schwarz und weiß war. Doch die letzte Episode mit Duane hatte sie darin bestärkt, daß Lisa nicht in einer solchen Umgebung aufwachsen durfte. Es mußte etwas geschehen.

Die Verwaltung des Einkaufszentrums befand sich am Ende eines Korridors auf der Südseite des Gebäudes. LuAnn machte die Tür zum Büro auf und trat ein.

»LuAnn?«

Verblüfft starrte LuAnn in die Richtung, aus der die Stimme erklungen war. Hinter dem Schalter stand ein junger Mann in kurzärmeligem Hemd, Krawatte und schwarzer Hose. Vor Aufregung schnippte er mit dem Kugelschreiber. LuAnn blickte ihn an, ohne die leiseste Ahnung zu haben, wer der Bursche war.

Der junge Mann schwang sich über den Schalter. »Ich hab' auch nicht erwartet, daß du dich an mich erinnerst. Johnny Jarvis. Aber ›John‹ ist mir lieber.« Er streckte ihr geschäftsmäßig die Hand entgegen, grinste und schloß sie in die Arme. Dann bewunderte er Lisa eine volle Minute lang. LuAnn nahm eine kleine Decke aus der Tasche und setzte ihre Tochter samt einem Stofftier darauf.

»Ich kann's nicht fassen. Du bist es, Johnny. Ich hab' dich seit – wie lange? – seit der sechsten Klasse nicht mehr gesehen.«

»Du warst damals in der siebten und ich in der neunten.«

»Du siehst gut aus. Wirklich gut. Wie lange arbeitest du schon hier?«

Jarvis lächelte stolz. »Nach der High School bin ich aufs Community College gegangen und habe mein Diplom in Naturwissenschaften gemacht. Ich hab' hier mit dem Eingeben von Daten in den Computer angefangen, aber inzwischen bin ich so was wie ein Assistent der Geschäftsleitung des Einkaufszentrums.«

»Gratuliere. Das ist ja großartig, Johnny – ich meine, John.«

»Ach was. Du kannst Johnny zu mir sagen. Ich kann's immer noch nicht glauben, daß du einfach durch die Tür gekommen bist. Ich dachte, mich trifft der Schlag, als ich dich gesehen habe. Ich hätte nie geglaubt, daß wir uns noch mal über den Weg laufen. Ich dachte, du wärst nach New York City oder sonstwohin gegangen.«

»Nee, ich bin immer noch hier«, sagte sie schnell.

»Dann wundert es mich aber, daß ich dich bis jetzt noch nie hier im Einkaufszentrum gesehen habe.«

»Ich komme nicht oft. Es ist ziemlich weit von da, wo ich jetzt wohne.«

»Setz dich doch und erzähl mir, was du so gemacht hast. Ich hatte keine Ahnung, daß du ein Baby hast. Ich hab' nicht mal gewußt, daß du verheiratet bist.«

»Bin ich nicht.«

»Oh.« Jarvis errötete. »Äh, möchtest du einen Kaffee oder sonst etwas? Ich habe gerade frischen gekocht.«

»Ich hab's ein bißchen eilig, Johnny.«

»Ja, nun, was kann ich für dich tun?« Plötzlich lächelte er nicht mehr. »Du suchst doch nicht etwa 'nen Job, oder?«

LuAnn blickte ihn scharf an. »Und wenn doch? Wäre das so schlimm?«

»Nein, äh, natürlich nicht. Ich hab' nur nicht damit gerechnet ... na ja, ich hätte nie erwartet, daß du mal in einem Einkaufszentrum arbeiten würdest. Das hab' ich gemeint.« Er lächelte.

»Ein Job ist ein Job, stimmt's? Du arbeitest doch auch hier. Und überhaupt – was hätte ich deiner Meinung nach mit meinem Leben anfangen sollen?«

Jarvis lächelte nicht mehr, sondern wischte sich nervös die Hände an den Hosenbeinen ab. »Ich wollte dir wirklich nicht zu nahetreten, LuAnn. Aber ich hatte mir immer vorgestellt, daß du in irgendeinem Schloß leben würdest, schicke Kleider trägst und tolle Autos fährst. Tut mir leid.«

LuAnns Zorn verrauchte, als sie an Jacksons Vorschlag dachte. Schlösser könnten jetzt zum Greifen nahe vor ihr liegen. »Schon gut, Johnny. Es war eine lange Woche. Du weißt schon, was ich meine. Ich suche keinen Job. Ich brauche nur ein paar Informationen über einen eurer Mieter hier im Einkaufszentrum.«

Jarvis warf einen Blick über die Schulter in den hinteren Teil des Büros, wo Telefone klingelten, Tasten klickten und leise gesprochen wurde. »Informationen?« fragte er.

»Ja. Ich war schon gestern hier. Ich hatte einen Termin.«

»Mit wem?«

»Das sollst du mir ja gerade sagen. Es war in dem kleinen Büro, das gleich rechts liegt, wenn man den Eingang an der Bushaltestelle nimmt. Da ist kein Schild oder Name, aber das Büro liegt direkt neben der Eisdiele.«

Im ersten Moment war Jarvis ratlos. »Ich dachte, der Laden ist immer noch leer. Wir haben viele Räume, die nicht vermietet sind. Dieses Einkaufszentrum steht nicht gerade in einer blühenden und kaufkräftigen Umgebung.«

»Tja, gestern war das Büro jedenfalls nicht leer.«

Jarvis ging zum Computer und drückte auf ein paar Tasten. »Worum ging es denn bei dem Termin?«

»Ach, so einen Job im Außendienst. Klinkenputzen.«

»Ja, wir hatten schon mehrere Leute, die Räume auf Zeit gemietet haben. Als eine Art Besprechungszimmer. Wenn wir Platz haben, was meist der Fall ist, vermieten wir denen was, manchmal nur für einen Tag, vor allem, wenn die Räume schon als Büro eingerichtet sind.«

Er blickte auf den Bildschirm, dann wieder zum hinteren Teil des Büros, und machte rasch die Tür zu. Schließlich schaute er LuAnn an. Seine Miene war ein wenig angespannt. »Also, was willst du genau wissen?«

LuAnn bemerkte Johnnys besorgten Ausdruck und blickte zur Tür, die er soeben geschlossen hatte. »Du bekommst deshalb doch keinen Ärger, Johnny, oder?«

Er winkte ab. »Ach wo. Ich hab' dir doch gesagt, daß ich Assistent der Geschäftsleitung bin«, erwiderte er wichtigtuerisch.

»Na gut. Sag mir alles, was du weißt. Wer die Leute sind. Was für ein Geschäft das ist. Die Adresse und so weiter.«

Jarvis blickte sie verblüfft an. »Haben sie dir das denn nicht beim Einstellungsgespräch gesagt?«

»Schon«, antwortete sie zögernd. »Aber ehe ich den Job annehme, will ich sicher sein, daß alles legal ist, weißt du. Ich muß mir neue Kleider kaufen, vielleicht sogar ein Auto. Aber da muß ich erst wissen, daß alles lupenrein in Ordnung ist.«

»Das ist sehr klug von dir. Ich meine, bloß weil wir den Leuten ein Büro vermieten, heißt das nicht, daß sie es ehrlich mit dir meinen.« Beunruhigt fuhr er fort: »Sie haben doch kein Geld von dir verlangt, oder?«

»Nein, keinen Cent, aber es hat ziemlich verrückt geklungen, wieviel Geld sie mir versprochen haben.«

»Wahrscheinlich zu schön, um wahr zu sein.«

»Genau. Und deshalb kommt's mir komisch vor.« Sie beobachtete, wie Johnnys Finger über die Tastatur huschten. »Wo hast du das gelernt?« fragte sie mit Bewunderung.

»Was? Ach, das! Auf dem Community College. Die haben da Programme, die dir fast alles beibringen. Computer sind cool.«

»Würde mir nichts ausmachen, eines Tages wieder zur Schule zu gehen und den Abschluß nachzuholen.«

»Auf der Schule warst du ein echtes As, LuAnn. Ich wette, du würdest schneller lernen als die meisten anderen.«

Sie schenkte ihm ein dankbares Lächeln. »Vielleicht mache ich irgendwann wirklich den Abschluß und gehe zum College. Aber jetzt erzähl schon, was sagt der Computer?«

Jarvis betrachtete den Monitor. »Die Firma heißt Associates, Inc. Jedenfalls haben sie das auf den Mietvertrag geschrieben. Läuft nur für eine Woche. Gestern war der erste Tag. Bezahlt haben sie bar. Keine andere Adresse. Bei Barzahlung ist uns das auch egal.«

»Jetzt ist aber keiner mehr da.«

Jarvis nickte geistesabwesend und tippte auf den Schirm. »Den Mietvertrag hat der Typ mit ›Jackson‹ unterschrieben«, sagte er.

»Ungefähr meine Größe? Schwarze Haare? Ziemlich dick?«

»Genau. Jetzt erinnere ich mich an den Burschen. Hat einen sehr seriösen Eindruck gemacht. Ist bei dem Einstellungsgespräch irgendwas Ungewöhnliches passiert?«

»Hängt davon ab, was du ungewöhnlich nennst. Aber der Mann hat sich auch mir gegenüber seriös verhalten. Kannst du mir sonst noch was sagen?«

Jarvis blickte wieder auf den Computer und suchte nach weiteren Informationshappen, mit denen er LuAnn füttern konnte. Schließlich aber zeigte sich Enttäuschung auf seinem Gesicht. Er schaute LuAnn an und seufzte. »Nichts mehr, leider.«

LuAnn nahm Lisa auf den Arm, als sie auf dem Schalter einen Stapel Stenoblöcke und eine Tasse sah, in der Kugelschreiber steckten. »Könnte ich einen von den Blöcken und einen Kuli haben, Johnny? Ich kann dafür bezahlen.«

»Macht du Witze? Du liebe Güte, nimm dir, soviel du willst.«

»Ein Block und ein Kuli reichen. Danke.« Sie steckte beides in die Handtasche.

»Null Problem. Solches Zeug haben wir tonnenweise.«

»Also dann, Johnny. Ich bin dir ehrlich dankbar, daß du mir geholfen hast. Wirklich. Es war schön, dich mal wiederzusehen.«

»Und ich werde mich noch ein ganzes Jahr lang freuen, daß du heute hergekommen bist.« Er warf einen Blick auf die Armbanduhr. »In zehn Minuten habe ich Mittagspause. Ein Stück weiter gibt's ein nettes chinesisches Restaurant. Hast du Zeit? Ich lade dich ein. Wir könnten noch ein bißchen über die alten Zeiten plaudern.«

»Vielleicht ein andermal. Wie ich schon sagte, ich hab's ziemlich eilig.«

LuAnn bemerkte Johnnys Enttäuschung und bekam ein schlechtes Gewissen. Sie stellte Lisa in ihrer Babytasche ab und nahm Johnny in die Arme. Sie lächelte, als er den Kopf in ihrem frisch gewaschenen Haar vergrub und tief einatmete. Als Jarvis die Hände auf ihr Gesäß legte und die Wärme und Weichheit ihres Busens auf seiner Brust spürte, war er sofort wieder in Hochstimmung.

»Du hast es wirklich weit gebracht, Johnny«, sagte LuAnn und trat einen Schritt zurück. »Ich hab' immer schon gewußt, daß aus dir mal was wird.« Vielleicht hätte sich alles anders entwickelt, hätte ich Johnny vor einiger Zeit wiedergesehen, dachte sie.

Jarvis schwebte jetzt auf Wolke sieben. »Ehrlich? Es überrascht mich, daß du überhaupt an mich gedacht hast.«

»Wie du siehst, bin ich immer für eine Überraschung gut. Paß auf dich auf. Vielleicht sieht man sich mal wieder.« LuAnn nahm Lisa hoch. Die Kleine rieb das Stofftier gegen die Wange ihrer Mutter und plapperte fröhlich vor sich hin, als LuAnn zur Tür ging.

»He, LuAnn.«

Sie drehte sich um.

»Nimmst du den Job an?«

Sie dachte kurz über die Frage nach. »Ich weiß es noch nicht. Aber wenn, wirst du's erfahren, schätze ich.«

LuAnns nächster Halt war die öffentliche Bibliothek. Während ihrer Schulzeit hatte LuAnn sie oft besucht, doch inzwischen war es Jahre her, seit sie das letzte Mal dort gewesen war. Die Bibliothekarin war sehr nett und machte LuAnn Komplimente über ihr Töchterchen. Lisa kuschelte sich an die Mutter, während diese die vielen Bücher betrachtete.

»Da. Da. Uu.«

»Sie mag Bücher«, sagte LuAnn. »Ich lese ihr jeden Tag etwas vor.«

»Sie hat Ihre Augen«, meinte die Frau und blickte zwischen Mutter und Tochter hin und her. LuAnn legte zärtlich die Hand an Lisas Wange.

Das Lächeln der Bibliothekarin schwand, als sie sah, daß LuAnn keinen Ehering trug.

LuAnn bemerkte es. »Es war das Beste, was ich je getan habe. Ich habe zwar nicht viel, aber an Liebe wird es diesem kleinen Mädchen niemals fehlen.«

Die Frau lächelte gequält und nickte. »Meine Tochter ist alleinerziehende Mutter. Ich helfe ihr, so gut ich kann, aber es ist sehr schwierig. Das Geld reicht einfach nie.«

»Davon kann ich auch ein Lied singen.« LuAnn holte eine Flasche und einen Wasserbehälter aus der Windeltasche, mischte etwas Babynahrung und half Lisa, die Flasche festzuhalten. »Ich glaube, ich könnte es gar nicht begreifen, wenn ich irgendwann am Ende einer Woche mal mehr Geld hätte als am Anfang.«

Die Frau nickte verständnisvoll. »Es heißt zwar, daß Geld die Wurzel allen Übels ist, aber ich denke oft daran, wie herrlich es wäre, sich nicht laufend wegen der Rechnungen Sorgen machen zu müssen. Ich kann mir das Gefühl gar nicht vorstellen. Können Sie's?«

»Ja, ich schon. Ich glaube, es wäre ein verdammt schönes Gefühl.«

Die Frau lachte. »Also, wie kann ich Ihnen helfen?«

»Sie haben doch mehrere Zeitungen hier auf Film oder so, nicht wahr?«

Die Frau nickte. »Auf Mikrofilm. In dem Raum dort drüben.« Sie zeigte auf eine Tür am Ende der Bibliothek.

LuAnn zögerte.

»Können Sie den Mikrofilmapparat bedienen? Wenn nicht, zeige ich es Ihnen. Es ist nicht schwierig.«

Das Zimmer war leer und dunkel. Die Frau schaltete die Deckenbeleuchtung ein, ließ LuAnn vor einem der Geräte Platz nehmen und holte eine Mikrofilmspule aus dem Archiv. Es dauerte nur eine Minute, dann hatte sie die Spule eingelegt, und die Information stand auf dem hellen Bildschirm. Die Frau drehte an einigen Knöpfen. Textzeilen glitten über den Schirm. LuAnn schaute genau zu, wie die Frau die Spule wieder herausnahm und das Gerät ausschaltete. »Versuchen Sie es jetzt mal selbst«, sagte die Frau.

Geschickt legte LuAnn die Spule ein und drehte an den Knöpfen, um den Film zu transportieren.

»Das ist sehr gut. Sie lernen schnell. Die meisten Leute begreifen es nicht auf Anhieb.«

»Ich hatte schon immer geschickte Hände.«

»Der Katalog ist beschriftet. Wir haben natürlich die örtlichen Zeitungen, aber auch ein paar bundesweit erscheinende Blätter. Die Erscheinungsdaten stehen außen auf den Katalogschubladen.«

»Vielen Dank.«

Sobald die Bibliothekarin gegangen war, erforschte LuAnn mit Lisa auf dem Arm die vielen Schubladen des Archivs. Dann setzte sie Lisa samt Flasche auf den Boden. Erheitert sah sie zu, wie Lisa sich zu einem Schrank rollte und versuchte, sich daran hochzuziehen. LuAnn entdeckte eine überregionale Zeitung und suchte in der Schublade die Spulen heraus, auf denen die Ausgaben der letzten sechs Monate archiviert waren. Dann wechselte sie rasch Lisas Windeln und ließ sie ein Bäuerchen machen, ehe sie die erste Spule ins Mikrofilmgerät einlegte.

Während Lisa auf LuAnns Schoß saß, aufgeregt plapperte und auf die Zeilen auf dem Bildschirm wies, überflog LuAnn die erste Seite der Zeitung. Es dauerte nicht lange, bis sie den gesuchten Artikel gefunden hatte. Die fette Schlagzeile lautete: »*Fünfundvierzig Millionen Dollar für Lotteriegewinner.*«

Rasch las LuAnn die Story. Von draußen drang das Prasseln eines Platzregens an ihre Ohren. Im Frühjahr regnete es viel in dieser Gegend, meist begleitet von heftigen Gewittern. Wie eine Antwort auf LuAnns Fragen erfolgte ein so starker Donnerschlag, daß das Gebäude zu beben schien. Beunruhigt blickte sie zu Lisa, doch das kleine Mädchen schien völlig unbeeindruckt zu sein.

LuAnn nahm die Decke aus der Tasche, breitete sie auf dem Boden aus und setzte Lisa mitsamt ein paar Spielsachen darauf. Dann widmete sie sich wieder der Schlagzeile. Sie holte den Stenoblock und den Stift hervor und machte sich rasch Notizen. Dann nahm sie sich den nächsten Monat vor.

Die Ziehung der U.S.-Lotterie fand stets am Fünfzehnten jeden Monats statt, so daß LuAnn nur die Ausgaben vom Sechzehnten bis zum Zwanzigsten las. Zwei Stunden später hatte sie die Berichte über die letzten sechs Gewinner gelesen. Sie drehte die letzte Spule zurück und legte sie wieder in die Schublade. Dann lehnte sie sich zurück und betrachtete ihre Notizen. Ihr dröhnte der Schädel, und liebend gern hätte sie eine Tasse Kaffee getrunken. Immer noch prasselte der Regen.

LuAnn nahm Lisa auf den Arm und ging in den Bibliothekssaal. Dort holte sie einige Kinderbücher, zeigte Lisa die Bilder und las ihr vor. Nach zwanzig Minuten war die Kleine eingeschlafen. LuAnn legte Lisa in ihre Babytasche und stellte diese auf den Tisch. Im Saal war es still und warm. Als LuAnn spürte, daß sie einschlief, streckte sie rasch die Hand aus und umfaßte schützend Lisas Beinchen. Irgendwann schreckte sie auf, als sie eine Hand auf der Schulter spürte. Sie hob den Blick und schaute direkt in die Augen der Bibliothekarin.

»Es tut mir leid, daß ich Sie geweckt habe, aber wir schließen jetzt.«

Benommen blickte LuAnn sich um. »Du meine Güte, wie spät ist es?«

»Kurz nach sechs, meine Liebe. Sie haben fast zwei Stunden geschlafen.«

LuAnn packte schnell zusammen. »Tut mir leid, daß ich einfach so eingeschlafen bin.«

»Ach, das hat mich überhaupt nicht gestört. Es tut mir nur leid, daß ich Sie wecken mußte. Sie haben so friedlich ausgesehen mit Ihrer süßen kleinen Tochter.«

»Nochmals vielen Dank für Ihre Hilfe.« LuAnn legte den Kopf schief und lauschte dem Trommeln des Regens auf dem Dach.

Die Frau blickte sie an. »Ich wünschte, ich könnte Sie irgendwohin mitnehmen, aber ich fahre mit dem Bus.«

»Ist schon gut. Ich und der Bus sind auch alte Freunde.«

LuAnn zog den Mantel über Lisa und verließ die Bibliothek. Sie rannte zur Bushaltestelle, wo sie eine halbe Stunde warten mußte, bis der Bus mit quietschenden Bremsen hielt. Die luftdruckbetriebene Tür öffnete sich mit lautem Zischen. LuAnn fehlten zehn Cent fürs Fahrgeld, doch der Busfahrer, ein kräftiger Schwarzer, den sie vom Sehen kannte, winkte ab und legte die zehn Cent aus eigener Tasche drauf.

»Wir alle brauchen ab und zu ein bißchen Hilfe«, sagte er. LuAnn dankte ihm mit einem Lächeln. Zwanzig Minuten später betrat sie die Fernfahrerkneipe *Number One*, mehrere Stunden vor Beginn ihrer Schicht.

»He, Mädel, wieso kommst du jetzt schon?« fragte Beth, LuAnns Arbeitskollegin, und wischte den Tresen mit einem feuchten Lappen ab. Sie war um die Fünfzig und ein mütterlicher Typ.

Ein gut zwei Zentner schwerer Lastwagenfahrer musterte LuAnn über den Rand der Kaffeetasse hinweg. Obwohl sie vom Regen klatschnaß war, zollte er ihr pflichtschuldig Bewunderung, wie alle anderen. »Sie ist so früh gekommen, weil sie den guten alten Frankie nicht verpassen wollte«, sagte er mit breitem Grinsen. »Sie hat gewußt, daß ich die Nachmittagsschicht fahre und konnte den Gedanken nicht ertragen, mich nicht zu sehen.«

»Da hast du recht, Frankie. Es würde LuAnn glatt das Herz brechen, wenn sie dich alten haarigen Affen nicht regelmäßig zu Gesicht bekäme«, meinte Beth und stocherte sich mit einem Cocktailquirl zwischen den Zähnen herum.

»Hi, Frankie, wie geht's?« fragte LuAnn.

»Jetzt geht's mir super«, erwiderte Frankie und grinste immer noch übers ganze Gesicht.

»Beth, kannst du einen Moment auf Lisa aufpassen? Ich muß meine Uniform anziehen«, sagte LuAnn und wischte sich Gesicht und Arme mit einem Handtuch ab. Sie nahm Lisa hoch und war froh, daß die Kleine trocken und hungrig war. »Ich mache ihr gleich 'ne Flasche zurecht. Und Weizenbrei. Dann müßte sie eigentlich durchschlafen, obwohl sie erst vor kurzem ziemlich lange gepennt hat.«

»Na klar. Ich nehm' dieses wunderschöne Mädelchen gern in meine Arme. Komm her, mein Schatz.« Beth nahm Lisa hoch und drückte sich die Kleine an die Brust. Lisa plapperte fröhlich und zog an dem Kugelschreiber, der hinter Beths Ohr steckte. »Aber mal ehrlich, LuAnn. Du mußt doch erst in ein paar Stunden anfangen. Was ist los?«

»Ich bin klatschnaß, und die Uniform ist das einzige saubere Stück, das ich habe. Außerdem hatte ich ein schlechtes Gewissen, weil ich euch gestern abend versetzt habe. Sag mal, ist noch was vom Mittagessen übrig? Ich glaube, ich hab' heute noch keinen Happen gegessen.«

Beth warf LuAnn einen tadelnden Blick zu und stemmte eine Hand in die Hüfte. »Wenn du doch auf dich auch so gut aufpassen würdest wie auf dieses Baby! Mein Gott, Kind, es ist fast acht Uhr.«

»Mach keinen Aufstand, Beth. Ich hab's schlicht und einfach vergessen.«

Beth brummte. »Vergessen. Ha! Duane hat dein Geld wieder mal versoffen, stimmt's?«

»Du solltest diesen Mistkerl endlich in die Wüste jagen«, meinte Frankie. »Aber laß mich ihn vorher noch kräftig in den Arsch treten. Für dich, Kleine. Du hast was Besseres verdient als dieses Scheißleben.«

Beth zog eine Braue hoch – ein deutliches Zeichen, daß sie Frankies Meinung teilte.

LuAnn musterte die beiden mit finsterer Miene. »Ich danke euch, daß ihr über *mein* Leben bestimmt, aber wenn ihr mich jetzt entschuldigen würdet?«

Einige Zeit später setzte LuAnn sich in eine Ecke und aß die Riesenportion, die Beth ihr zurechtgemacht hatte. Schließlich schob sie den Teller von sich und trank einen Schluck frischen Kaffee. Es hatte wieder heftig zu regnen angefangen. Das Prasseln auf dem Wellblechdach der Fernfahrerkneipe klang tröstlich. LuAnn zog den dünnen Pullover straffer um die Schultern und schaute auf die Uhr hinter der Theke.

Sie hatte immer noch zwei Stunden, bis ihr Dienst anfing. Normalerweise versuchte sie Überstunden angerechnet zu kriegen, wenn sie früher kam, doch der Geschäftsführer ließ das nicht mehr zu. Es schade der Bilanz, hatte er zu LuAnn gesagt. Und was ist mit meiner Bilanz, hatte sie zurückgefragt. Doch es hatte nichts genützt. Ansonsten aber war der Mann in Ordnung. Er gestattete LuAnn, Lisa mitzubringen. Ohne dieses Entgegenkommen hätte sie überhaupt nicht arbeiten können.

Lisa lag in ihrer Tasche und schlief. LuAnn stopfte die Decke fest. Sie hatte Lisa etwas von ihrem Essen gegeben. Bei fester Nahrung stellte Lisa sich schon sehr geschickt an. Allerdings war sie bei den gestampften Möhren wieder eingeschlafen. LuAnn machte sich Sorgen, daß ihre Tochter keine geregelten Schlafzeiten hatte. Würde es Lisa die Zukunft verbauen, wenn sie jede Nacht unter dem Tresen einer Kneipe schlief? Es konnte ihre Selbstachtung zerstören und andere seelische Schäden anrichten, wie LuAnn in Illustrierten gelesen und im Fernsehen gesehen hatte. Dieser alptraumhafte Gedanke hatte LuAnn mehr Schlaf gekostet, als ihr lieb war.

Und das war noch nicht alles. Wenn Lisa erst mal richtig aß – würde dann immer genug Essen da sein? LuAnn hatte kein Auto und mußte stets das Geld für den Bus zusammenkratzen. Wenn es nicht reichte, mußte sie zu Fuß gehen, auch im Regen. Was war, wenn Lisa krank wurde? Oder wenn sie selbst krank wurde? Wenn sie eine Zeitlang nicht arbeiten konnte? Wer würde dann für Lisa sorgen? LuAnn hatte keine Versicherungen irgendwelcher Art. Wenn Impfungen oder Untersuchungen erforderlich waren, ging sie mit Lisa zum kostenlosen Gesundheitsdienst in der Bezirksklinik, doch LuAnn selbst war seit zehn Jahren nicht mehr beim Arzt gewesen. Sie war jung und kräftig, aber das konnte sich schnell ändern. Man wußte ja nie. Beinahe mußte sie lachen, als sie sich vorstellte, wie Duane für Lisas tägliche Bedürfnisse sorgen würde. Der Kerl würde nach wenigen Minuten laut brüllend in den Wald flüchten. Nein, eigentlich war das überhaupt nicht komisch.

Während LuAnn beobachtete, wie Lisas Mündchen sich öffnete und schloß, wurde ihr das Herz plötzlich so schwer wie einer der Sattelschlepper, die vor der Fernfahrerkneipe parkten. Ihre Tochter war vollkommen abhängig von ihr, und die traurige Wahrheit sah so aus, daß LuAnn nichts besaß. An jedem Tag ihres Lebens war sie nur einen Schritt vom Abgrund entfernt, und der Abstand wurde ständig geringer. Ein Sturz war unausweichlich. Es war nur eine Frage der Zeit. Sie dachte an Jacksons Worte. Ein Kreislauf. Ihre Mutter. Sie selbst. Duane ähnelte Benny Tyler mehr, als sie zu denken wagte. Die nächste würde Lisa sein, ihr kleiner Liebling, für den sie töten oder sich töten lassen würde – alles, was nötig war, um die Kleine zu beschützen.

Amerika war das Land der unbegrenzten Möglichkeiten. Jedenfalls sagten das alle. Man mußte sich die Möglichkeiten nur erschließen. Aber man hatte vergessen, einigen Menschen den Schlüssel zu geben. Menschen wie LuAnn. Oder hatte man es gar nicht vergessen? Vielleicht war es Absicht. Wenn LuAnn tief deprimiert war – wie jetzt –, kam es ihr verdammt so vor.

Sie schüttelte heftig den Kopf, um wieder klaren Verstand zu bekommen, und preßte die Hände zusammen. Solche Gedanken halfen ihr jetzt auch nichts. Sie nahm den Stenoblock aus der Handtasche. Was sie in der Bibliothek entdeckt hatte, hatte sie ungeheuer fasziniert.

Sechs Lotteriegewinner. LuAnn hatte mit den Gewinnern vom vergangenen Herbst angefangen und alle aufgelistet, bis zum letzten. Sie hatte die Namen und sämtliche Informationen notiert, die in der Zeitung gestanden hatten. Zu jedem Artikel war ein Foto des jeweiligen Gewinners gebracht worden; mit ihrem Lächeln schienen diese Glücklichen die volle Breite der Zeitungsseite in Beschlag nehmen zu wollen. In rückläufiger Reihenfolge lauteten die Namen der Gewinner: Judy Davis, siebenundzwanzig Jahre, alleinerziehende Mutter von drei kleinen Kindern, Sozialhilfeempfängerin. Herman Rudy, achtundfünfzig Jahre, ehemaliger Fernfahrer, arbeitsunfähig nach Betriebsunfall, mit gigantischen Arzt- und Krankenhausrechnungen. Wanda Tripp, sechsundsechzig, verwitwet, hing kümmerlich im »sozialen Netz«, das aus Fäden bestand, die knapp vierhundert Dollar im Monat dünn waren. Randy Stith, einunddreißig, kürzlich verwitwet, mit kleinem Kind, Fließbandarbeiter, jetzt arbeitslos. Bobbie Jo Reynolds, dreiunddreißig, eine Kellnerin in New York, die laut Zeitungsartikel ihre Träume von einer Karriere am Broadway oder als Malerin in Südfrankreich aufgegeben hatte. Der letzte war Raymond Powell gewesen, vierundvierzig, dessen Firma kurz zuvor pleite gegangen war und der damals im Obdachlosenasyl lebte.

LuAnn ließ sich zurücksinken. Und *LuAnn Tyler, zwanzig Jahre, alleinerziehende Mutter, arm wie eine Kirchenmaus, keine Aussichten, keine Zukunft.* Sie paßte perfekt in diese Gruppe Verzweifelter.

Sie war nur sechs Monate zurückgegangen. Wie viele Gewinner gab es noch? Stoff für großartige Zeitungsstorys, das mußte sie zugeben. Menschen im Elend knacken den Jackpot. Alte Menschen, reich über Nacht. Junge Leute aus ärmlichen Verhältnissen, die plötzlich vor einer strahlenden Zukunft standen. Alle Träume wurden wahr.

Jacksons Gesicht tauchte in LuAnns Gedanken auf. *Jemand muß gewinnen. Warum nicht Sie, LuAnn?* Seine ruhige, kühle Stimme klang verlockend. Und ständig hallten diese beiden Sätze in LuAnns Kopf wider. Sie hatte das Gefühl, über die imaginäre Mauer eines Staudamms zu laufen. Was erwartete sie im tiefen Wasser dort unten? Sie wußte es nicht. Diese Ungewißheit machte ihr angst, zog sie aber auch magisch an.

Sie betrachtete Lisa. Sie konnte das Bild nicht abschütteln, wie ihre Tochter in einem Wohnwagen zur Frau heranwuchs, ohne eine Chance zu haben, vor den jungen Wölfen zu fliehen, die diese jämmerliche Behausung umkreisten.

»Was 'n los, Süße?«

LuAnn zuckte zusammen. Sie drehte sich um und schaute in Beths Gesicht. Die ältere Frau balancierte gekonnt volle Teller mit beiden Händen.

»Nicht viel. Ich zähle nur meine Sternstunden«, antwortete LuAnn.

Beth grinste und warf einen Blick auf den Stenoblock. LuAnn klappte ihn rasch zu. »Na schön. Aber vergiß die kleinen Leute nicht, wenn du auf 'ne Goldmine stößt, Miss LuAnn Tyler.« Beth kicherte und brachte den wartenden Gästen das Essen.

LuAnn lächelte unsicher. »Das werde ich nicht, Beth. Ich schwör's«, sagte sie leise.

KAPITEL 7

Es war acht Uhr morgens und DER TAG. LuAnn stieg mit Lisa aus dem Bus. Es war nicht die übliche Haltestelle, aber nahe genug, um von hier aus zu Fuß in einer halben Stunde beim Wohnwagen zu sein, was für LuAnn kein Problem darstellte. Der Regen hatte aufgehört. Der Himmel war jetzt strahlend blau und die Erde üppig grün. Vögel sangen in Scharen den Lobpreis für den Jahreszeitenwechsel und den Abschied von einem langen, beschwerlichen Winter. Wohin LuAnn auch schaute, überall sproß frisches Grün unter der gerade aufgegangenen Sonne. LuAnn liebte diese Tageszeit. Es war still, voller Ruhe ringsum, und sie schöpfte Hoffnung für die Zukunft.

LuAnn blickte nach vorn auf die sanft wogenden Felder. Langsam schritt sie durch den Torbogen und an dem mit Grünspan bedeckten Schild vorüber, das den Eingang zum Heavenly-Meadow-Friedhof kennzeichnete. Ihre langen, schlanken Beine trugen sie wie von selbst zu Bereich 14, Platz 21, Grab 6. Die Stelle befand sich auf einer Anhöhe im Schatten alter Hartriegelbüsche, die bald schon ihre einzigartige Pracht entfalten würden.

LuAnn legte Lisa in ihrer Babytasche auf die Steinbank am Grab ihrer Mutter und nahm das kleine Mädchen heraus. Dann kniete sie sich ins taunasse Gras und entfernte Zweige und Erde von der bronzenen Grabplatte.

LuAnns Mutter Joy hatte nicht sehr lange gelebt: siebenundvierzig Jahre. Für Joy Tyler hatte das Leben nur kurze

Zeit und zugleich eine Ewigkeit gedauert, das wußte LuAnn. Sie war fest davon überzeugt, daß die schwierigen, unerfreulichen Jahre mit Benny den Tod ihrer Mutter beschleunigt hatten.

»Erinnerst du dich, Lisa? Hier ist jetzt deine Grandma. Wir waren ziemlich lange nicht mehr hier, weil das Wetter so schlecht war. Aber jetzt ist der Frühling gekommen, und es wird Zeit, daß wir sie wieder besuchen.« LuAnn hielt die Tochter hoch und zeigte mit dem Finger auf die Grabplatte. »Genau hier schläft sie jetzt. Aber immer wenn wir herkommen, wacht sie ein bißchen auf. Sie kann nicht mit uns sprechen, aber wenn du die Augen so fest zumachst wie ein kleiner Vogel und genau hinhörst, ganz genau, kannst du sie irgendwie hören. Dann sagt sie dir, was sie über alles denkt.«

Nach diesen Worten setzte LuAnn sich auf die Bank und nahm Lisa auf den Schoß. Es war ein kühler Morgen, und die Kleine war dick angezogen und noch schläfrig. Für gewöhnlich brauchte Lisa eine Zeitlang, um richtig wach zu werden. Doch war sie es erst einmal, blieb sie mehrere Stunden in Bewegung oder plapperte unablässig. Der Friedhof war verlassen, abgesehen von einem Arbeiter, den LuAnn in der Ferne Rasen mähen sah. Das Motorengeräusch der kleinen Fahrmaschine drang nicht bis zu ihr. Auch auf der Straße fuhren wenig Autos. Die Stille war friedvoll, und LuAnn machte die Augen so fest zu wie ein kleines Vögelchen und lauschte, so angestrengt sie konnte.

In der Fernfahrerkneipe hatte sie beschlossen, Jackson gleich nach Feierabend anzurufen. Er hatte gesagt, sie könne ihn jederzeit erreichen, und LuAnn war sicher, er würde nach dem ersten Klingeln den Hörer abnehmen, ganz gleich, wieviel Uhr es wäre. Es war ihr wie die leichteste Sache der Welt vorgekommen, ja zu sagen. Und die klügste. Jetzt war sie an der Reihe. Nach zwanzig Jahren voller Traurigkeit, Enttäuschungen und tiefer Verzweiflung, diesem ewigen Auf und Ab, hatten die Götter ihr zugelächelt. Aus Milliarden von Menschen war LuAnn Tyler als Gewinnerin des Jackpots gezogen worden.

So eine Chance würde sich ihr nie wieder bieten, davon war sie felsenfest überzeugt. Und sie war sicher, daß die anderen Gewinner, über die sie in der Zeitung gelesen hatte, einen ähnlichen Telefonanruf gemacht hatten. Sie hatte nichts davon gelesen, daß einer von ihnen Schwierigkeiten bekommen hätte. So eine Meldung hätte überall Schlagzeilen gemacht, auf alle Fälle in der armen Gegend, in der LuAnn lebte, wo jeder in der verzweifelten Hoffnung Lotterie spielte, das bittere Los eines Habenichts abwerfen zu können. Doch irgendwann, nachdem sie die Kneipe verlassen hatte und bevor sie in den Bus gestiegen war, hatte LuAnn tief im Inneren irgend etwas gespürt, das sie daran hinderte, zum Telefon zu greifen. Statt dessen war sie eine Haltestelle eher ausgestiegen, um Rat bei jemand anderem als bei sich selbst zu suchen.

LuAnn kam oft hierher, um zu reden, um Blumen zu bringen, die sie gepflückt hatte, oder um die letzte Ruhestätte der Mutter zu pflegen. In der Vergangenheit hatte sie oft den Eindruck gehabt, tatsächlich mit Joy in Verbindung zu stehen. Sie hatte nie Stimmen gehört; es war mehr auf der Ebene des Fühlens, Empfindens. Hier, am Grab, war LuAnn zuweilen von Euphorie oder tiefer Traurigkeit überfallen worden, was sie sich schließlich damit erklärt hatte, daß die Mutter ihre Meinung kund tat, indem sie in den Körper und die Gedanken ihrer Tochter schlüpfte und sich zu deren Sorgen, Ängsten und Hoffnungen äußerte. LuAnn wußte, daß Ärzte sie wahrscheinlich für verrückt erklären würden, aber das änderte nichts daran, daß sie eine Verbindung zur Mutter fühlte.

Und nun erhoffte sie sich irgendein Zeichen, mit dem Joy ihr sagte, was sie tun solle. Joy hatte sie gut erzogen. LuAnn hatte nie gelogen, bis sie neunzehn wurde und zu Duane gezogen war. Von da an schienen die Lügen einfach ... zu geschehen, schienen ein unausrottbarer Bestandteil des nackten Überlebenskampfes zu sein. Doch nie im Leben hatte LuAnn etwas gestohlen oder bewußt irgend etwas Unrechtes getan. Trotz der Schicksalsschläge der letzten Jahre hatte sie sich stets ihre Würde und Selbstachtung bewahrt. Das war ein gutes Gefühl. Es half ihr, aufzustehen und sich den Mühen des nächsten Tages zu stellen, obgleich dieser Tag wenig Hoffnung verhieß, daß der nächste Tag irgendwie anderes werden würde, irgendwie besser.

Doch heute geschah nichts. Der laute Rasenmäher kam näher, und auf der Straße wurde der Verkehr dichter. LuAnn schlug die Augen auf und seufzte. Es klappte nicht. Offenbar war die Mutter nicht jeden Tag erreichbar.

LuAnn stand auf und wollte schon gehen, als sie plötzlich eine überwältigend starke Empfindung verspürte. So etwas hatte sie noch nie erlebt. Ihre Blicke schweiften wie von selbst zu einem anderen Abschnitt des Friedhofs, zu einer Grabstelle, die fast fünfhundert Meter weiter weg war. Irgend etwas zog sie dorthin, und LuAnn wußte, was es war. Ihre Beine schienen sich von allein zu bewegen, als sie mit weit aufgerissenen Augen über den schmalen, geteerten Weg ging. Sie drückte Lisa fest an ihre Brust, als befürchtete sie, das kleine Mädchen könnte von der unsichtbaren Kraft fortgerissen werden, die LuAnn in ihr Epizentrum zog.

Der Himmel schien sich auf gespenstische Weise zu verdunkeln, je näher sie dem Grab kam. Der Rasenmäher war verstummt, und auf der Straße war der Verkehr völlig erstorben. Das einzige Geräusch stammte von Wind, der über den kurz geschnittenen Rasen flüsterte und um die verwitterten, stummen Gedenksteine der Toten pfiff. LuAnns Haar wurde nach hinten geweht, als sie schließlich stehenblieb und den Blick senkte.

Die bronzene Grabplatte war ähnlich wie die ihrer Mutter. Und der Nachname war derselbe: Tyler. Benjamin Herbert Tyler.

LuAnn hatte dieses Grab nicht besucht, seit ihr Vater gestorben war. Bei der Beerdigung war sie erst vierzehn gewesen und hatte krampfhaft die Hand der Mutter festgehalten. Beide Frauen hatten keine Trauer empfunden, nicht im geringsten, mußten aber der vielen Freunde und der Familie des Verstorbenen wegen die angemessene Trauermiene aufsetzen.

Das Leben spielte seltsame Streiche. Benny Tyler war beinahe allseits beliebt gewesen, nur nicht in der eigenen Familie, weil er großzügig und herzlich gewesen war, nur nicht in der eigenen Familie.

Als LuAnn jetzt seinen Namen im Metall eingeritzt sah, holte sie tief Luft. Es sah aus, als wäre die Platte an einer Bürotür befestigt, und man würde sie gleich ins Zimmer führen, um mit dem Mann zu sprechen.

Sie wich ein wenig vom Grab zurück, um den scharfen Stichen zu entgehen, die sie bei jedem Schritt tiefer getroffen hatten, als sie sich den sterblichen Überresten des Vaters näherte. Und plötzlich überfiel sie jenes intensive Gefühl, das sich beim Grab ihrer Mutter nicht eingestellt hatte. Ausgerechnet hier. Beinahe konnte sie die Fetzen eines hauchdünnen Schleiers über dem Grab wirbeln sehen, als würde der Wind ein Spinnennetz dahintreiben.

LuAnn fuhr herum und rannte los. Selbst mit Lisa auf dem Arm entwickelte sie nach drei Anlaufschritten ein Sprinttempo, daß jeder Olympiateilnehmer vor Neid erblaßt wäre.

Am Grab des Vaters hatte LuAnn die Augen nicht so fest wie ein Vögelchen geschlossen. Sie hatte nicht einmal besonders angestrengt gelauscht. Und trotzdem waren die Worte des toten Benny Tyler aus Tiefen heraufgedrungen, die LuAnn sich gar nicht vorstellen konnte, und hatten sich mit brutaler Gewalt in die Ohren seines einzigen Kindes gebohrt.

Nimm das Geld, meine Kleine. Hör auf Daddy. Nimm es, und scheiß auf alles und alle anderen. Hör auf mich. Benutze dein bißchen Verstand. Wenn der Körper vergeht, hast du nichts mehr. Nichts! Wann habe ich dich je angelogen, meine Süße? Nimm es! Verdammt noch mal, nimm es, du dämliches Luder! Daddy liebt dich. Tu es für Big Daddy. Du willst es doch selbst.

Im Laufschritt preßte LuAnn die Babytasche mit Lisa an sich und flitzte durchs Tor des Friedhofs. Der Mann auf dem Rasenmäher hielt an und schaute ihr nach, wie sie unter dem unwahrscheinlich blauen Himmel dahinrannte, der darum bettelte, fotografiert zu werden. Jetzt herrschte wieder ziemlich starker Verkehr auf der Straße. Alle Geräusche des Lebens, die während der wenigen Augenblicke für LuAnn auf so unerklärliche Weise verstummt waren, erklangen nun wieder.

Der Mann auf dem Rasenmäher blickte zu dem Grab, von dem LuAnn geflüchtet war. Auf einem Friedhof kriegen es manche Leute sogar bei hellem Tageslicht mit der Angst zu tun, dachte er und mähte weiter.

LuAnn war schon nicht mehr zu sehen.

Der Wind trieb die beiden den langen Feldweg hinab. LuAnns Gesicht war schweißüberströmt. Die Sonne traf sie durch Lücken im Laub. Ihre langen Beine verschlangen Meter um Meter, bewegten sich mit der Regelmäßigkeit einer Maschine und zugleich mit der Anmut einer Gazelle.

In ihrer Jugend hatte LuAnn schneller laufen können als fast alle Leute im County, einschließlich der meisten Auswahlspieler des schuleigenen Footballteams. In der siebten Klasse hatte der Sportlehrer ihr gesagt, diese außergewöhnliche Schnelligkeit sei eine Gabe Gottes. Doch niemand hatte ihr gesagt, was sie mit dieser Gabe anfangen sollte. Für die dreizehnjährige LuAnn, ein Mädchen mit dem Körper einer Frau, hatte Schnelligkeit lediglich bedeutet, daß sie einem Jungen vielleicht davonlaufen konnte, wenn er sie betatschen wollte und zu groß und stark war, als daß sie ihn verprügeln konnte.

Nun aber brannte es in ihrer Brust. Für einen Augenblick fragte sie sich, ob sie mit einem Herzinfarkt zusammenbrechen würde wie ihr Vater. Vielleicht trugen die Nachkommen dieses Mannes irgendeine angeborene körperliche Schwäche im Inneren, die nur darauf wartete, hervorzubrechen und den nächsten Tyler aus den Reihen der Lebenden zu holen. Sie wurde langsamer. Lisa weinte.

Schließlich blieb LuAnn stehen und schloß ihre Kleine fest in die Arme. Dabei flüsterte sie ihr zärtliche, beschwichtigende Worte ins Ohr. Langsam schritt LuAnn im Schatten der Bäume im Kreis herum, bis Lisa zu weinen aufhörte.

Den Rest des Heimwegs ging LuAnn mit langsamen Schritten. Die Worte Benny Tylers hatten die Entscheidung gebracht. Sie würde jetzt im Wohnwagen das Nötigste packen und später irgend jemanden schicken, um den Rest zu holen. Eine Zeitlang konnte sie bei Beth wohnen. Beth hatte es ihr schon mehrmals angeboten. Ihr Haus war eine ziemliche Bruchbude, besaß aber viele Zimmer, und nach dem Tod ihres Mannes waren zwei Katzen ihre einzigen Freunde und noch verrückter als sie selbst, wie Beth beteuerte. Und dann würde LuAnn aufs Community College gehen. Falls nötig, würde sie Lisa mit ins Klassenzimmer nehmen; aber sie war fest entschlossen, den Schulabschluß zu machen und anschließend vielleicht Computerkurse auf dem College zu belegen. Wenn Johnny Jarvis es geschafft hatte, hatte sie auch das Zeug dazu. Und Mister Jackson konnte sich jemand anderen suchen, der »mit Freuden« ihren Platz einnehmen würde.

All diese Antworten auf die Probleme in ihrem Leben waren so schnell auf LuAnn eingestürmt, daß sie das Gefühl hatte, der Kopf würde ihr vor Erleichterung platzen. Ihre Mutter hatte zu ihr gesprochen, wenn auch vielleicht auf verschlungenen Pfaden, doch die Magie hatte gewirkt. »Vergiß niemals die lieben Verstorbenen, Lisa«, flüsterte LuAnn ihrer kleinen Tochter ins Ohr. »Man kann nie wissen.«

Vor dem Wohnwagen verlangsamte LuAnn ihre Schritte. Gestern hatte Duane noch im Geld geschwommen. Wieviel mochte er zurückgelassen haben? Er war sehr schnell damit bei der Hand, in seiner Stammkneipe eine Runde nach der anderen zu geben, wenn er ein paar Dollar in der Tasche hatte. Gott allein wußte, was er mit dem Geld unter der Matratze angestellt hatte. Wie er an die Dollars gekommen war, wollte LuAnn gar nicht erst wissen. Für sie war es nur ein Grund mehr, so schnell wie möglich zu verschwinden.

Als sie um die Straßenbiegung kam, flatterte ein Schwarm Stare aus den Bäumen über ihr auf und erschreckte sie. Für einen Moment blickte sie verärgert zu den Vögeln hinauf und ging dann weiter. Endlich kam der Wohnwagen in Sicht – und LuAnn blieb wie angewurzelt stehen. Ein Auto parkte davor. Ein Buick-Cabriolet, ein Riesenschlitten, schwarz glänzend und mit Weißwandreifen. Auf dem Kühler befand sich eine Figur, die aus der Entfernung wie eine Frau bei irgendeiner obszönen sexuellen Betätigung aussah. Duane fuhr einen alten klapprigen Ford-Pickup, den LuAnn zum letztenmal auf dem Abstellplatz für beschlagnahmte Wagen gesehen hatte. Auch keiner von Duanes Saufkumpanen fuhr einen so tollen Schlitten. Was, um alles auf der Welt, ging da vor sich? Hatte Duane völlig den Verstand verloren und dieses Schiff gekauft?

Vorsichtig ging LuAnn zum Buick und betrachtete ihn näher, ließ dabei den Wohnwagen nicht aus den Augen. Die weißen Ledersitze waren mit burgunderfarbenen Applikationen verziert. Das Wageninnere war makellos. Das Armaturenbrett war so glänzend poliert, daß man geblendet wurde, wenn das Sonnenlicht darauf fiel. Auf den Vorder- und Rücksitzen gab es nichts, das einen Hinweis auf den Besitzer des Wagens hätte liefern können. Die Schlüssel steckten im Zündschloß. Am Ring hing eine winzige Bierdose. Das Mobiltelefon steckte in einer speziellen Halterung neben dem Fahrersitz.

Vielleicht gehörte der Wagen tatsächlich Duane. Aber nein, um diesen Schlitten zu kaufen, hätte das Geld unter der Matratze nie und nimmer gereicht.

Rasch stieg LuAnn die Stufen hinauf und lauschte erst einmal auf Geräusche im Inneren des Wohnwagens. Als sie nichts hörte, faßte sie sich ein Herz und öffnete die Tür. Sie hatte Duane beim letztenmal in die Eier getreten. Sie konnte es noch einmal tun.

»Duane?« Sie knallte die Tür zu. »Duane! Was, zum Teufel, hast du getan? Gehört der Schlitten da draußen dir?« Immer noch keine Antwort. LuAnn legte die quengelnde Lisa in die Babytasche und ging durch den Wohnwagen. »Duane, bist du da? Komm schon, antworte bitte, ja? Ich hab' keine Zeit für dumme Spielchen.«

Sie ging ins Schlafzimmer. Dort war er nicht. Sie schaute auf die Uhr an der Wand. In Sekundenschnelle hatte sie die Schnur herausgezogen und die Uhr in eine Reisetasche gesteckt. Dieses Erinnerungsstück würde sie nicht Duane überlassen. Sie verließ das Schlafzimmer. Auf dem Gang beruhigte sie Lisa und stellte die Reisetasche neben der Kleinen ab.

Dann sah sie Duane. Er lag auf der zerschlissenen Couch. Der Fernseher lief, doch der Ton war abgestellt. Auf dem Couchtisch stand ein kleiner Eimer aus Pappe mit dicken Fettflecken und gebratenen Hühnerflügeln. LuAnn war sicher, daß die Bierdose daneben leer war. Sie hatte keine Ahnung, ob es die Reste von Duanes Frühstück oder von seinem gestrigen Abendessen waren.

»He, Duane, hast du mich nicht gehört?«

Langsam, ganz langsam, drehte er den Kopf in LuAnns Richtung. Wut stieg in ihr auf. Er war immer noch besoffen. »Duane, wirst du nie erwachsen?« Sie trat einen Schritt vor. »Wir müssen miteinander reden. Und was ich zu sagen habe, wird dir ganz und gar nicht gefallen, aber das ist mir scheißegal, weil...«

In diesem Augenblick legte sich eine große Hand auf

ihren Mund, um sie am Schreien zu hindern. Gleichzeitig preßte ihr jemand die Arme an den Leib. Als ihre Blicke voller Panik durchs Zimmer huschten, sah sie, daß Duanes Hemd vorn mit Blut bespritzt war. Entsetzt und hilflos mußte sie mit ansehen, wie er von der Couch fiel. Er stöhnte leise, dann bewegte er sich nicht mehr.

Die Hand drückte LuAnn den Kopf so gewaltsam nach hinten, daß sie Angst hatte, ihr Genick würde brechen. Gierig schnappte sie nach Luft. Dann sah sie die Messerklinge in der anderen Hand des Fremden.

»Tut mir leid, Lady. Falsche Zeit, falscher Ort.« LuAnn kannte die Stimme nicht. Der Atem des Mannes roch nach billigem Bier und stark gewürzten Hühnerflügeln. Der Geruch drängte sich so dicht an ihre Wange, wie die Hand sich an ihre Kehle preßte. Doch der Mann hatte einen Fehler begangen. Da er mit einer Hand LuAnns Kopf nach hinten drückte und in der anderen das Messer hielt, hatte er ihre Arme losgelassen. Vielleicht glaubte er, sie würde vor Angst wie gelähmt sein. Doch weit gefehlt. LuAnn trat kräftig nach hinten gegen das Knie des Mannes und rammte ihm gleichzeitig den spitzen Ellbogen in die Magengrube.

Nach diesem Schlag zuckte der Mann zurück, wobei er LuAnn mit dem Messer am Kinn streifte. Sie schmeckte Blut. Der Mann sank spuckend und fluchend zu Boden. Das Jagdmesser fiel neben ihm auf den Teppich. LuAnn wollte zur Vordertür laufen, doch der Angreifer erwischte sie am Knöchel, so daß sie dicht vor ihm ebenfalls zu Boden stürzte.

Obwohl der Mann sich vor Schmerzen krümmte, hielt er LuAnns Knöchel fest und zerrte sie zurück. LuAnn wehrte sich, trat wild um sich. Dabei kam sie auf dem Rücken zu liegen und sah zum erstenmal den Angreifer. Sonnengebräuntes Gesicht, dick, buschige Brauen, schwitzend, dichtes schwarzes Haar und volle Lippen, die jetzt vor Schmerzen verzerrt waren. Die Augen des Mannes konnte LuAnn nicht sehen, da er die Lider halb geschlossen hatte.

Binnen eines Augenblicks hatte sie alle diese Merkmale in sich aufgenommen. Noch offensichtlicher war jedoch, daß der Kerl ein Hüne war, doppelt so schwer wie sie. Sie hatte keine Chance, den eisernen Griff um ihren Knöchel zu sprengen. Wenn der Mann sie hatte töten wollen, ehe sie ihn zu Boden gebracht hatte, würde er es jetzt zweifellos noch einmal versuchen – und dann auf noch schmerzhaftere Art und Weise.

Doch LuAnn war nicht gewillt, ihm Lisa zu überlassen. Nicht ohne noch erbitterter zu kämpfen als bisher.

Statt sich weiter zu wehren, warf sie sich laut schreiend auf den Mann. Ihr plötzlicher Sprung und der Schrei überraschten ihn dermaßen, daß er ihren Fuß losließ. Jetzt konnte sie seine Augen sehen. Sie waren dunkelbraun wie alte Centstücke. In der nächsten Sekunde waren die Lider wieder geschlossen. LuAnn stieß die Zeigefinger vor, in beide Augen des Mannes. Vor Schmerzen heulend fiel er nach hinten gegen die Wand. Dann aber stieß er sich wie ein Gummiball ab und prallte blindlings gegen sie. Beide fielen auf die Couch.

Noch im Fallen hatte LuAnn den erstbesten Gegenstand gepackt, den sie zu greifen bekam. Sie sah nicht genau, was es war, doch es handelte sich um irgend etwas Schweres und Hartes. Das genügte ihr. Sie holte aus und schmetterte dem Mann den Gegenstand mit aller Kraft an den Schädel. Dann stürzte sie zu Boden, dicht neben Duane, rutschte weiter und prallte mit dem Kopf gegen die Wand.

Das Telefon war in Stücke zersplittert, als LuAnn es dem Angreifer an den Schädel geschmettert hatte. Nun lag der Mann auf dem Teppich, offenbar bewußtlos. Das schwarze Haar färbte sich rot, als Blut aus der Kopfwunde strömte. LuAnn lag einen Moment regungslos da; dann setzte sie sich auf. Schmerzen durchrasten ihren Arm. Sie hatte sich beim Sturz am Couchtisch gestoßen. Auch das Gesäß tat ihr weh, da sie ziemlich hart aufgeprallt war. Der Kopf schmerzte an der Stelle, wo sie gegen die Wand geprallt war.

»Verdammt«, sagte sie und bemühte sich, das Gleichgewicht wieder zu erlangen. Mach, daß du wegkommst, drängte sie sich selbst. Nimm Lisa und lauf, solange deine Beine dich tragen, solange deine Lungen durchhalten.

Plötzlich wurde ihr schwindlig. Ihre Augäpfel rollten nach oben. »O Gott«, stöhnte sie, als sie die nahende Ohnmacht spürte. Ihr Mund öffnete sich; dann sank sie bewußtlos zu Boden.

KAPITEL 8

LuAnn hatte keine Ahnung, wie lange sie ohnmächtig gewesen war. Das Blut, das aus der Wunde am Kinn geflossen war, war noch nicht getrocknet, also konnte die Ohnmacht nicht allzu lange gedauert haben. Ihre Bluse war zerrissen und blutig. Eine Brust hing aus dem Büstenhalter heraus. Langsam setzte sie sich auf und stützte sich auf dem unverletzten Arm ab. Dann strich sie über die Schnittwunde am Kinn. Es tat scheußlich weh. Langsam stand sie auf. Sie konnte kaum atmen. Der Nachhall der Todesangst und die Verletzungen bereiteten ihr seelische und körperliche Schmerzen.

Die beiden Männer lagen Seite an Seite. Der Hüne atmete noch. Man konnte es deutlich sehen, weil seine Brust sich hob und senkte. Was Duane betraf, war LuAnn nicht sicher. Sie kniete bei ihm nieder, um seinen Puls zu fühlen, doch falls sein Herz noch schlug, konnte sie es nicht spüren. Sein Gesicht sah grau aus, doch im Dämmerlicht war alles nur undeutlich zu erkennen.

LuAnn knipste eine Lampe an, doch sie brachte nicht viel Helligkeit. Wieder kniete sie neben Duane nieder, berührte zaghaft seine Brust. Dann hob sie sein Hemd. Rasch zog sie es wieder nach unten. Beim Anblick des vielen Blutes wurde ihr übel. »O Gott, Duane, was hast du bloß getan! Duane, kannst du mich hören? Duane!«

Trotz des schummrigen Lichts sah sie, daß kein Blut mehr aus Duanes Wunden strömte – ein Anzeichen dafür, daß das Herz nicht mehr schlug. LuAnn packte einen Arm Duanes. Er war noch warm, doch die Finger krümmten sich bereits und wurden kalt.

LuAnn betrachtete das zerschmetterte Telefon. Sie hatte keine Möglichkeit, einen Rettungswagen zu rufen. Allerdings sah es auch nicht so aus, als würde Duane noch einen Arzt brauchen. Am besten, sagte sich LuAnn, laufe ich los und verständige die Polizei. Vielleicht würde sie dann auch erfahren, wer der Fremde war, warum er Duane erstochen und versucht hatte, auch sie umzubringen.

Als LuAnn sich schwerfällig erhob, um sich auf den Weg zu machen, fiel ihr das Häufchen Tüten auf, das hinter dem fettigen Pappeimer mit den Hühnerflügeln gelegen hatte und beim Kampf offenbar vom Tisch gefallen waren. Die Plastiktüten waren durchsichtig, und in jeder war eine kleine Menge weißes Pulver. Drogen.

In diesem Moment hörte LuAnn das klägliche Wimmern. O Gott, wo war Lisa? Dann war da noch ein Geräusch. LuAnn stockte der Atem. Sie drehte sich ruckartig um und sah, wie die Hand des riesigen Mannes sich bewegte. Er wollte aufstehen. Er wollte wieder auf sie los! Lieber Gott, er wollte sie umbringen! LuAnn ließ die Tüte fallen und rannte auf den Gang. Mit dem unverletzten Arm ergriff sie die Tasche mit Lisa. Die Kleine fing an zu schreien, als sie die Mutter sah. Dann stürmte LuAnn durch die Vordertür, knallte sie gegen die Außenwand des Wohnwagens. Sie rannte am Buick vorbei, blieb dann stehen und ging zurück.

Der Hüne, den sie mit dem Telefon niedergeschlagen hatte, kam nicht aus dem Wohnwagen gestürmt. Jedenfalls noch nicht. LuAnns Blicke schweiften zu dem Auto. Die Schlüssel glänzten verführerisch im Sonnenlicht. Sie zauderte nur einen Sekundenbruchteil, dann war sie mit Lisa im Wagen, ließ den Motor an und trat aufs Gaspedal. Der Schlitten schlingerte durch den Schlamm bis zur Hauptstraße. Vor der Abbiegung hielt LuAnn kurz an, um ihre flatternden Nerven unter Kontrolle zu bekommen, ehe sie in Richtung Stadt weiterfuhr.

Jetzt ergab Duanes plötzlicher Reichtum einen Sinn. Der Verkauf von Drogen war offensichtlich sehr viel einträglicher, als Autos auszuschlachten, um den Lebensunterhalt zu bestreiten. Aber Duane war offenbar zu geldgierig geworden und hatte ein bißchen zu viel von den Drogen oder dem Geld für sich behalten. Dieser blöde Hund! Ja, sie mußte die Polizei rufen. Auch wenn Duane seine Rettung – falls er noch lebte, was LuAnn bezweifelte – mit einem längeren Aufenthalt im Knast bezahlen mußte. Doch wenn er tatsächlich noch lebte, konnte sie ihn nicht einfach sterben lassen. Der andere Kerl war LuAnn völlig egal. Sie wünschte nur, sie hätte ihn schlimmer verletzt.

Während sie den Wagen beschleunigte, blickte sie auf Lisa. Die Kleine saß mit großen Augen in der Babytasche. Sie hatte sich furchtbar erschreckt. Ihre Lippen und Wangen zitterten. LuAnn legte den verletzten Arm um ihre Tochter. Sie mußte die Lippen zusammenpressen, weil schon diese kleine Bewegung ihr sehr weh getan hatte. Ihr Hals fühlte sich an, als wäre ein Auto darübergefahren. Mit einem Mal leuchteten ihre Augen auf. Sie blickte auf das Mobiltelefon. Sofort hielt sie an und nahm es aus der Halterung.

Nachdem sie rasch nachgeschaut hatte, wie das Ding funktionierte, wählte sie die 911, hängte den Hörer dann aber sofort wieder ein. Sie schaute auf ihre Finger hinunter, die so heftig zitterten, daß sie die Hand nicht einmal zur Faust ballen konnte. Und sie waren voller Blut – wahrscheinlich nicht ihr eigenes.

Plötzlich wurde LuAnn klar, wie rasch sie in diese Sache verwickelt werden konnte. Auch wenn der Hüne aufzustehen versucht hatte – vielleicht war der Bursche ja wieder umgekippt und lag jetzt tot im Wohnwagen. Dann hätte sie ihn in Notwehr getötet. Sie wußte es, aber würde man ihr glauben?

Ein Drogendealer. Und sie fuhr seinen Wagen!

Bei diesem Gedanken schaute LuAnn sich um, ob jemand sie beobachtete. Mehrere Wagen kamen ihr entgegen. Das Dach! Sie mußte das Faltdach schließen. Sie kletterte auf die Rückbank und packte den steifen Stoff, zerrte daran, und dann senkte sich das große weiße Cabrio-Verdeck über ihr und Lisa, als würde eine Muschel sich schließen. LuAnn sprang wieder in den Fahrersitz, drückte auf die Schnappverschlüsse des Faltdachs, lenkte den Wagen wieder auf die Straße und fuhr weiter in Richtung Stadt.

Ob die Polizei ihr glauben würde, daß sie nichts von Duanes Drogengeschäften gewußt hatte? Er hatte es irgendwie geschafft, die Wahrheit vor ihr zu verbergen, aber wer würde ihr das glauben? Sie konnte es ja selbst kaum glauben.

Alle diese Gedanken stürmten über sie hinweg wie eine Feuersbrunst, die durch ein Haus aus Papier raste; es schien keinen Ausweg zu geben, kein Entrinnen. Oder vielleicht doch?

Beinahe hätte LuAnn voller Verzweiflung aufgeschrien, als ihr der Gedanke kam. Für einen Moment erschien das Gesicht ihrer Mutter vor LuAnns geistigem Auge. Mit unglaublicher Willensanstrengung verscheuchte sie es. »Tut mir leid, Mom. Mir bleibt keine andere Wahl.« Sie mußte es tun. Sie mußte Jackson anrufen.

In diesem Augenblick fiel ihr Blick aufs Armaturenbrett. Für einige Sekunden stockte ihr der Atem. Sie hatte das Gefühl, daß jeder Blutstropfen aus ihrem Körper geströmt sei, als ihre Augen starr auf die schimmernde Uhr gerichtet blieben.

Es war fünf Minuten *nach* zehn.

Vorbei. Für immer. Das hatte Jackson gesagt, und LuAnn zweifelte keine Sekunde daran, daß er es ernst gemeint hatte. Sie fuhr an den Straßenrand und sank verzweifelt über dem Lenkrad zusammen. Was sollte aus Lisa werden, wenn sie im Gefängnis saß? Dummer, dummer Duane. Erst hatte er ihr Leben versaut, und jetzt schadete er ihr auch noch im Tod.

Langsam hob LuAnn den Kopf und blickte über die Straße. Sie rieb sich die Augen, um deutlich zu sehen. Ein niedriger, fester Ziegelbau – eine Bankfiliale. Hätte sie eine Waffe gehabt, hätte sie ernsthaft überlegt, die Bank zu überfallen. Aber nicht einmal das war möglich. Es war Sonntag, und die Bank war geschlossen. Während LuAnns Blicke über die Fassade schweiften, schlug ihr Herz plötzlich wie wild. Die Veränderung kam so unvermittelt, als hätte sie Drogen genommen.

Die Uhr der Bank zeigte vier Minuten *vor* zehn an.

Banker galten als verläßliche Menschen. LuAnn hoffte, daß man sich auf ihre Uhren ebenso verlassen konnte. Sie griff nach dem Autotelefon und suchte in der Tasche hektisch nach dem Zettel mit der Nummer. Sie schien nicht mehr in der Lage zu sein, ihre Bewegungen zu koordinieren. Nur mit Mühe konnte sie die Finger zwingen, die Tasten des Telefons zu drücken. Es kam ihr wie eine Ewigkeit vor, bis das Klingelzeichen ertönte. Zum Glück läutete es nur ein einziges Mal, ehe der Teilnehmer antwortete, sonst hätte LuAnn vollends die Nerven verloren.

»So langsam habe ich schon an Ihnen gezweifelt, LuAnn«, sagte Jackson. Sie konnte beinahe sehen, wie er auf die Armbanduhr blickte. Wahrscheinlich konnte er es nicht fassen, daß sie sich buchstäblich in letzter Sekunde gemeldet hatte.

Sie zwang sich, normal zu atmen. »Ich hatte furchtbar viel um die Ohren. Da ist mir die Zeit ... irgendwie durch die Finger gerutscht.«

»Ihre lockere Haltung ist zwar sehr erfrischend, aber offen gesagt bin ich doch etwas erstaunt.«

»Wie sieht's denn nun aus?«

»Vergessen Sie nicht etwas?«

LuAnn machte ein verdutztes Gesicht. »Was denn?« Ihr

Verstand war einem Kurzschluß nahe. Ihr Arm tat weh, ja, ihr ganzer Körper schmerzte höllisch. *O Gott, wenn alles doch bloß nur ein Witz war ...?*

»Ich habe Ihnen ein Angebot unterbreitet, LuAnn. Doch für eine gültige Übereinkunft brauche ich Ihre Einwilligung. Wahrscheinlich nur reine Formsache, aber ich muß leider darauf bestehen.«

»Einverstanden.«

»Großartig. Ich kann Ihnen hundertprozentig zusichern, daß Sie diese Entscheidung niemals bereuen werden.«

LuAnn blickte nervös umher. Die Leute auf der anderen Straßenseite schauten neugierig auf den Buick. LuAnn legte den Gang ein und fuhr weiter die Straße hinunter. »Und wie geht's jetzt weiter?« fragte sie Jackson.

»Wo sind Sie?«

»Warum?« fragte sie mißtrauisch, fügte jedoch schnell hinzu. »Zu Hause.«

»Sehr gut. Dann gehen Sie zum nächsten Laden, in dem es Lotterielose gibt, und kaufen Sie sich eins.«

»Welche Zahlen soll ich nehmen?«

»Das spielt keine Rolle. Wie Sie wissen, haben Sie die Wahl zwischen zwei Möglichkeiten. Entweder nehmen Sie ein Los, auf dem die Zahlen bereits automatisch vom Computer eingetragen sind, oder Sie wählen eigene. Alle Zahlen werden in dasselbe Zentralcomputersystem eingegeben, das sekundenschnell die Ergebnisse ausspuckt. Eine bestimmte Kombination darf nicht zweimal gespielt werden, um dafür zu sorgen, daß es nur einen einzigen Gewinner gibt. Wenn Sie eine Zahlenkombination wählen und der Zentralcomputer gibt an, daß die Kombination bereits gespielt wurde, nehmen Sie andere Zahlen.«

»Aber das verstehe ich nicht. Ich dachte, Sie würden mir sagen, welche Zahlen ich spielen soll. Die Gewinnzahlen.«

»Es ist nicht nötig, daß Sie irgend etwas verstehen, LuAnn.« Jacksons Stimme war eine Tonlage höher geworden.

»Tun Sie einfach, was ich Ihnen sage. Sobald Sie Ihr Los gekauft haben, rufen Sie mich wieder an und geben mir die Zahlen durch. Alles andere erledige ich.«

»Und wann bekomme ich das Geld?«

»Es wird eine Pressekonferenz stattfinden…«

»Pressekonferenz?« Beinahe hätte LuAnn den Buick in den Graben gelenkt. Hektisch riß sie mit dem unverletzten Arm das Steuer herum, während sie das Telefon unters Kinn geklemmt hielt.

Jetzt war Jackson wirklich verärgert. »Haben Sie denn noch nie so etwas im Fernsehen gesehen? Der Gewinner wird auf einer Pressekonferenz vorgestellt, üblicherweise in New York. Sie wird in den gesamten USA im Fernsehen übertragen, ja, auf der ganzen Welt. Man macht ein Foto von Ihnen, auf dem Sie einen großen Scheck aus Pappmaché in die Höhe halten. Dann stellen Reporter Ihnen Fragen über Ihre Herkunft, Ihren Job, Ihre Familie, Ihr Kind, Ihre Träume und was Sie mit dem Geld machen werden. Die ganze Sache ist ziemlich lästig, aber die Lotterie-Gesellschaft besteht nun mal darauf. Für sie ist das eine phantastische Werbung. Deshalb haben sich in den letzten fünf Jahren die Losverkäufe auch jedes Jahr verdoppelt. Alle Welt liebt einen Gewinner, der es verdient. Und sei es auch nur aus dem Grund, daß die meisten Menschen glauben, sie selbst hätten es besonders verdient.«

»Muß ich da mitmachen?«

»Bitte?«

»Ich will nicht im Fernsehen auftreten.«

»Tja, ich fürchte, da bleibt Ihnen keine Wahl. Denken Sie daran, daß Sie dann mindestens um fünfzig Millionen Dollar reicher sein werden, LuAnn. Für so viel Geld erwartet man von Ihnen, daß Sie sich einer *einzigen* Pressekonferenz stellen. Und offen gesagt, haben die Leute recht.«

»Also muß ich dahin?«

»Unbedingt.«

»Muß ich meinen richtigen Namen angeben?«

»Haben Sie deshalb Bedenken? Warum?«

»Ich habe meine Gründe, Mr. Jackson. Also, muß ich?«

»Ja! Es gibt da eine gewisse Vorschrift, LuAnn, das Gesetz des ›Rechts auf Wissen‹ für die Allgemeinheit. Aber ich erwarte nicht, daß Sie Bescheid darüber wissen. Einfach ausgedrückt, bedeutet es: Die Öffentlichkeit hat das Recht, die Identität – die *wahre* Identität – aller Lotteriegewinner zu erfahren.«

LuAnn stieß langsam die Luft aus. Sie war enttäuscht. »Okay, und wann kriege ich dann das Geld?«

Jackson machte absichtlich eine Pause. LuAnns Nackenhaare stellten sich auf. »Hören Sie, Mister, versuchen Sie ja nicht, mich zu verarschen. Was ist mit dem verdammten Geld?«

»Es gibt keinen Grund, ausfallend zu werden, LuAnn. Ich muß bloß überlegen, wie ich Ihnen alles so einfach wie möglich erklären kann. Das Geld wird auf ein Konto Ihrer Wahl überwiesen.«

»Aber ich habe kein Konto. Ich hatte nie genug Geld, um ein Scheißkonto zu eröffnen!«

»Beruhigen Sie sich, LuAnn. Ich kümmere mich um alles. Sie brauchen sich keine Sorgen zu machen. Sie müssen nur eins: gewinnen.« Jackson bemühte sich, LuAnns Laune zu heben. »Sie fahren mit Lisa bloß kurz nach New York, halten den Pappscheck hoch, lächeln, winken und sagen ein paar nette, bescheidene Worte. Anschließend verbringen Sie den Rest Ihres Lebens an einem sonnigen Strand.«

»Wie komme ich nach New York?«

»Eine gute Frage, um deren Beantwortung ich mich aber schon gekümmert habe. Es gibt in der Nähe Ihres Wohnorts keinen Flughafen, aber eine zentrale Bushaltestelle. Von dort nehmen Sie den Bus zum Bahnhof in Atlanta. Dort hält der Zug der Amtrak-Crescent-Linie. Der Bahnhof in Gainsville ist zwar näher, aber dort werden keine Fahrkarten verkauft. Die Bahnfahrt dauert ziemlich lange, ungefähr achtzehn Stunden. Der Zug hält sehr oft. Aber einen Großteil der Strecke können Sie schlafen. Der Zug fährt direkt nach New York. Sie brauchen nicht umzusteigen. Ich würde Sie ja in ein Flugzeug nach New York setzen, aber das ist komplizierter. Sie müssen sich ausweisen, und – offen gesagt – ich will Sie noch nicht so früh in New York haben. Am Bahnhof wird eine auf Ihren Namen reservierte Karte für Sie bereit liegen. Sie können übermorgen fahren, gleich nach der Ziehung.«

Vor LuAnns geistigem Auge tauchte das Bild des auf dem Boden liegenden Duane und des Mannes auf, der versucht hatte, sie umzubringen. »Ich weißt nicht, ob ich so lange hier bleiben will.«

»Warum nicht?« fragte Jackson verblüfft.

»Das ist meine Sache«, antwortete sie schroff. Dann wurde ihr Tonfall weicher. »Na ja, falls ich tatsächlich gewinne, will ich nicht hier sein, wenn die Leute es erfahren. Das ist der Hauptgrund. Die würden sich wie Wölfe auf ein Lamm stürzen, wenn Sie wissen, was ich meine.«

»Das wird nicht geschehen. Sie werden erst bei der offiziellen Präsentation in New York als Gewinnerin bekanntgegeben. Wenn Sie dort eintreffen, wird jemand Sie abholen und in die Hauptstelle der Lotteriegesellschaft bringen. Man wird Ihr Los überprüfen und den Gewinn bestätigen. Die Pressekonferenz findet am Tag darauf statt. Früher hat es wochenlang gedauert, bis der Gewinner ermittelt war. Mit der heutigen Technologie braucht man nur ein paar Stunden.«

»Und was ist, wenn ich heute mit dem Wagen nach Atlanta fahre und den Zug nehme?«

»Sie haben ein Auto? Meine Güte, was wird Duane sagen?« Der Spott in Jacksons Stimme war unüberhörbar.

»Das ist ja wohl mein Problem, oder?« fuhr LuAnn ihn an.

»Wissen Sie, LuAnn, Sie könnten ruhig ein bißchen dankbarer sein. Oder ist es für Sie eine Selbstverständlichkeit, daß jemand Sie reicher macht, als Sie sich je im Leben hätten träumen lassen?«

LuAnn schluckte. Ja, sie würde reich sein. Durch Betrug. »Ich bin Ihnen ja dankbar«, sagte sie langsam. »Es ist nur so, daß ich mich entschlossen habe, alles zu ändern. Mein ganzes Leben. Und das von Lisa. Plötzlich ist alles so ganz anders für mich ... da schwirrt mir einfach der Kopf.«

»Natürlich, das verstehe ich. Aber denken Sie daran, daß all diese Veränderungen überaus erfreulich für Sie sind. Es ist ja nicht so, als müßten Sie ins Gefängnis.«

LuAnn kämpfte gegen den Frosch im Hals und biß sich auf die Unterlippe. »Kann ich nicht doch schon heute den Zug nehmen? Bitte.«

»Warten Sie einen Moment.« Jackson legte den Hörer neben den Apparat. LuAnn schaute nach vorn. Ein großer blauer Polizeiwagen stand am Straßenrand. Das Radargerät ragte aus der Tür. LuAnns Blick huschte zum Tacho, und sie nahm den Fuß etwas vom Gas, obgleich sie unterhalb des erlaubten Tempolimits fuhr. Erst nachdem sie einige hundert Meter weiter war, atmete sie auf. Dann meldete Jackson sich wieder. Seine plötzlich abgehackte Sprechweise überraschte LuAnn.

»Der Crescent fährt um neunzehn Uhr fünfzehn in Atlanta ein und ist morgen um dreizehn Uhr dreißig in New York. Von dort, wo Sie jetzt sind, fahren Sie nur ein paar Stunden nach Atlanta.« Er machte eine kurze Pause. »Aber Sie werden Geld für die Fahrkarte brauchen und für sonstige Ausgaben während der Fahrt.«

LuAnn nickte, als säße sie Jackson gegenüber. »Ja«, sagte sie und kam sich plötzlich dreckig vor, wie eine Hure, die nach getaner Arbeit um eine kleine Zulage bittet.

»In der Nähe des Bahnhofs ist ein Büro der Western Union. Dorthin überweise ich Ihnen telegrafisch fünftausend Dollar.« LuAnn verschlug es den Atem, als sie die Summe hörte. »Sie erinnern sich doch an mein ursprüngliches Jobangebot? Nun, bezeichnen wir das Geld einfach als Ihr Gehalt für gute Arbeit. Sie müssen sich nur ausweisen.«

»Ich habe keinen Ausweis.«

»Führerschein oder Paß reichen auch.«

LuAnn hätte beinahe gelacht. »Paß? Den braucht man nicht, wenn man vom Supermarkt in die Bäckerei geht. Und ich habe auch keinen Führerschein.«

»Aber ... aber Sie fahren doch gerade ein Auto.«

LuAnn fand Jacksons Erstaunen ausgesprochen lustig. Dieser Mann plante minutiös einen Multimillionen-Coup und konnte nicht fassen, daß LuAnn ohne Führerschein fuhr.

»Sie wären überrascht, wie viele Leute irgendwelche Dinge tun, zu denen sie gar nicht berechtigt sind.«

»Aber ohne gültigen Ausweis können Sie das Geld nicht bekommen.«

»Sind Sie irgendwo in der Nähe?«

»LuAnn, ich bin ins wundervolle Rikersville gefahren, nur um Sie zu treffen. Danach hat mich dort nichts mehr gehalten.« Erneut machte er eine Pause. LuAnn hörte die Verärgerung in seiner Stimme, als er fortfuhr: »Tja, da haben wir jetzt ein Problem.«

»Wieviel würde die Fahrkarte denn kosten?«

»Ungefähr tausendfünfhundert.«

LuAnn fiel Duanes Geldschatz ein. Plötzlich kam ihr ein Gedanke. Sie hielt an der Straße, legte das Telefon auf den Sitz und durchsuchte rasch das Innere des Wagens. Die braune Papiertüte, die sie unter dem Fahrersitz entdeckte, enttäuschte sie nicht. Es war genug Geld darin, um sämtliche Zugabteile zu reservieren.

»Eine Kollegin hat ein bißchen Geld geerbt, als ihr Mann gestorben ist. Ich könnte sie bitten, mir etwas zu borgen. Sie gibt mir das Geld bestimmt, da bin ich sicher«, sagte sie zu Jackson. »Wenn ich bar zahle, brauche ich keinen Ausweis, oder?«

»Bargeld lacht, LuAnn. Ich bin sicher, daß Amtrak dann keine Schwierigkeiten macht. Aber natürlich dürfen Sie nicht Ihren richtigen Namen benutzen. Wählen Sie irgendeinen schlichten Namen, der nicht zu hochgestochen klingt. Und jetzt kaufen Sie das Lotterielos und rufen mich sofort wieder an. Kennen Sie die Strecke nach Atlanta?«

»Ist doch eine ziemlich große Stadt. Hab' ich mir jedenfalls sagen lassen. Ich werde es schon finden.«

»Tragen Sie irgend etwas, um Ihr Gesicht zu verbergen. Wir wollen auf keinen Fall, daß jemand Sie erkennt.«

»Verstehe, Mr. Jackson.«

»Sie haben es beinahe geschafft, LuAnn. Herzlichen Glückwunsch.«

»Mir ist nicht nach Feiern zumute.«

»Keine Bange. Sie haben den Rest Ihres Lebens Zeit, die Feier nachzuholen – jeden Tag.«

LuAnn hängte den Hörer ein und schaute sich um. Der Buick hatte getönte Scheiben. Sie glaubte nicht, daß jemand sie gesehen hatte, aber das konnte sich ändern. Sie mußte den Wagen so schnell wie möglich loswerden.

Die Frage war nur: wo? Sie wollte beim Aussteigen nicht gesehen werden. Aber eine hochgewachsene, blutverschmierte Frau, die mit einem Baby auf dem Arm aus einem Luxusschlitten mit getönten Scheiben und einer obszönen Kühlerfigur stieg, übersah man nicht so leicht.

Plötzlich kam ihr eine Idee. Vielleicht war die Sache nicht ganz ungefährlich, aber sie hatte keine große Wahl. LuAnn wendete den Wagen und fuhr zurück. Nach zwanzig Minuten glitt sie langsam über die ungeteerte Straße. Schließlich tauchte der Wohnwagen auf. Sie sah keine anderen Fahrzeuge. Alles war still.

Als sie vor dem Wohnwagen hielt, brach ihr der kalte Angstschweiß aus. Wieder spürte sie die Hände des Mannes am Hals und sah, wie die Messerklinge herabsauste. »Wenn du den Kerl aus der Tür kommen siehst«, sagte sie laut zu sich selbst, »fährst du ihn über den Haufen. Dann kann er die Ölwanne von unten küssen.«

LuAnn ließ das elektrisch betätigte Fenster auf der Beifahrerseite herunter und lauschte. Kein Laut kam aus dem Wohnwagen. Dann wischte sie mit einer von Lisas Windeln systematisch alles im Inneren des Wagens ab, das sie berührt hatte. Schließlich hatte sie mehr als eine Sendung von *Amerikas meistgesuchte Verbrecher* gesehen. Wäre es nicht zu gefährlich gewesen, hätte sie den Wohnwagen betreten und auch das zerschmetterte Telefon abgewischt. Aber schließlich hatte sie fast zwei Jahre in dem Wagen gehaust. Ihre Fingerabdrücke waren sowieso überall.

Sie stieg aus und stopfte das Geld aus der Tüte, die sie im Wagen gefunden hatte, unter die Decke in Lisas Babytasche. Dann zupfte sie ihre zerrissene Bluse einigermaßen zurecht, nahm Lisa mit dem heilen Arm und ging schnell zurück zur Hauptstraße.

Aus dem Wohnwagen beobachteten zwei dunkle Augen LuAnns eilige Flucht. Keine Einzelheit entging ihnen. Als LuAnn plötzlich über die Schulter blickte, trat der Mann rasch zurück in den Schatten. LuAnn kannte ihn nicht, doch er wollte nicht riskieren, daß sie ihn sah. Seine dunkle Lederjacke war vorn halb geschlossen. Man sah den Kolben einer Neunmillimeter, der aus der Innentasche ragte. Schnell trat er über die beiden Männer hinweg, die auf dem Fußboden lagen. Dabei wich er den Blutlachen aus.

Er war zu einem äußerst günstigen Zeitpunkt in den Wohnwagen geschneit und hatte die Beute eines Kampfes vorgefunden, den er selbst nicht hatte führen müssen. Was konnte ihm Besseres passieren? Er hob die Drogenpäckchen vom Tisch und vom Fußboden auf und steckte alles in eine Plastiktüte, die er aus der Tasche gezogen hatte. Nach kurzem Nachdenken legte er die Hälfte der Beute wieder zurück. Es war gefährlich, zu gierig zu sein. Wenn die Organisation, für die diese Burschen arbeiteten, Wind davon bekam, daß die Polizei im Wohnwagen keine Drogen gefunden hatte, könnte es sein, daß sie nach dem Mann suchten, der sich den Stoff unter den Nagel gerissen hatte. Fehlte aber nur ein Teil, würden die Bosse vermuten, daß die Bullen selbst klebrige Finger gehabt hatten.

Der Mann warf einen Blick auf den Schauplatz des Kampfes und sah den Stoffetzen auf dem Fußboden. Er stammte von einer Bluse. Von der Bluse der Frau im Wagen, wie der Mann sich sofort erinnerte. Er steckte den Fetzen ein. Jetzt hatte er die Kleine in der Hand. Dann betrachtete er die Trümmerstücke des Telefons, schaute sich an, wie die beiden Toten lagen, besah sich das Messer und die Dellen in der Wand. Die Frau war offenbar mitten in den Kampf hineingeplatzt, schloß er. Der fette Schläger hat Duane kaltgemacht, und dann hatte die Frau irgendwie den fetten Schläger erledigt. Die Bewunderung des Mannes für LuAnn wuchs, als er den Hünen betrachtete.

Plötzlich bewegte sich der Fettsack, als würde er die Blicke spüren. Der Fremde wartete nicht, bis der Fette sich weiter erholte, sondern nahm das Messer mit einem Tuch in die Hand und stieß es dem Fetten mehrmals in die Seite. Der Sterbende wurde steif. Seine Finger krallten sich in den schäbigen Teppich. Verzweifelt klammerte er sich an die letzten Sekunden seines Lebens und wollte nicht loslassen. Doch nach wenigen Augenblicken zuckte der Körper krampfartig. Dann lösten sich die Finger, die Handflächen lagen still auf dem Boden. Das Gesicht war zur Seite gewandt. Ein blutunterlaufenes, leeres Auge starrte zum Mörder hinauf.

Als nächstes ging der Fremde zu Duane und betrachtete ihn blinzelnd im trüben Licht, um festzustellen, ob die Brust des Mannes sich noch hob und senkte. Er wollte kein Risiko eingehen. Deshalb versetzte er Duane Harvey mehrere gut gezielte Stiche, um sicherzustellen, daß der Bursche dem Fetten ins Jenseits folgte. Dann ließ er das Messer fallen.

Im nächsten Moment hatte der Fremde den Wohnwagen

verlassen und tauchte im Wald unter. Er hatte seinen Wagen neben einem Feldweg geparkt, der sich durch den dichten Wald schlängelte. Obwohl er auf dieser Rüttelpiste nur langsam fahren konnte, würde er die Hauptstraße früh genug erreichen, um seine eigentliche Aufgabe zu erledigen und LuAnn Tyler zu verfolgen. Als er sich ins Auto setzte, piepte das Telefon. Er nahm den Hörer aus der Halterung.

»Ihr Auftrag hat sich erledigt«, sagte Jackson. »Die Jagd ist abgeblasen. Sie werden die noch ausstehende Bezahlung über die üblichen Kanäle erhalten. Ich danke Ihnen für Ihre Arbeit und werde an Sie denken, sollte ich in Zukunft wieder mal einen Job für Sie haben.«

Anthony Romanellos Hand krampfte sich um den Hörer. Sollte er Jackson von den beiden Toten im Wohnwagen berichten? Doch dann beschloß er, den Mund zu halten. Vielleicht war er da über etwas wirklich Interessantes gestolpert.

»Ich habe gesehen, wie die kleine Lady zu Fuß von hier weggerannt ist. Aber sie sieht nicht so aus, als hätte sie die Mittel, weit zu kommen«, sagte Romanello.

Jackson lachte. »Ich glaube, um Geld braucht sie sich wirklich keine Sorgen zu machen.« Dann war die Leitung tot.

Romanello hängte den Hörer ein und dachte nach. Technisch gesehen, hatte man ihm den Auftrag entzogen. Die Arbeit war erledigt, und er konnte nach Hause fahren und auf den Rest des Geldes warten. Aber irgendwie ging die ganze Sache nicht mit rechten Dingen zu. Bei diesem Job stank irgendwas zum Himmel. Man schickte ihn hierher in die tiefste Provinz, um eine Tussi kalt zu machen. Und plötzlich wurde er zurückgepfiffen. Und dann war da noch Jacksons seltsam beiläufige Bemerkung über das Geld.

Dollars hatten immer schon eine ungemeine Faszination auf Romanello ausgeübt. Er faßte einen Entschluß, als er den Gang einlegte: Er würde LuAnn Tyler folgen.

KAPITEL 9

LuAnn hielt an einer Tankstelle und wusch sich, so gut es ging. Sie säuberte die Wunde am Kinn, nahm ein Pflaster aus Lisas Tasche und klebte es über den Schnitt. Während Lisa zufrieden an der Flasche nuckelte, kaufte LuAnn im nächsten Geschäft das Lotterielos und Salbe. Bei den zehn Ziffern, die sie wählte, brauchte sie nicht lange zu überlegen.

»Die Leute drängen sich hier rein wie 'ne verdammte Rinderherde«, sagte der Verkäufer. Er war ein Freund LuAnns und hieß Bobby.

»Was is'n da passiert?« fragte er und deutete auf das große Pflaster.

»Bin hingefallen und hab' mich geschnitten«, erwiderte sie rasch. »Na, wie hoch ist denn der Jackpot?«

»Lockere fünfundsechzig Millionen, Tendenz steigend.« Bobbys Augen glänzten erwartungsvoll. »Ich hab' selbst zwölf Lose gekauft. Diesmal hab' ich ein verdammt gutes Gefühl, LuAnn. He, kennst du den Film, wo der Bulle der Kellnerin die Hälfte von seinem Lotteriegewinn schenkt? Ich sag' dir was, LuAnn, Schätzchen, wenn ich diesen dicken Pott gewinne, geb' ich dir die Hälfte ab. Ich schwör's.«

»Vielen Dank, Bobby. Das ist wirklich nett. Und was muß ich für das Geld tun?«

»Na, mich heiraten – logisch.« Bobby grinste, als er ihr das Los gab, das sie gekauft hatte. »Na, wie sieht's aus? Die Hälfte von dir, wenn du gewinnst? Und wir heiraten trotzdem.«

»Ich glaube, diesmal spiele ich allein. Außerdem habe ich keine Lust zu heiraten. Und überhaupt – bist du nicht mit Mary Anne Simmons verlobt?«

»War ich, aber nur bis vorige Woche.« Bobby musterte LuAnn mit unverkennbarer Bewunderung. »Ich sag' dir, Duane ist dumm wie Affenscheiße.«

LuAnn stopfte das Los in die Jeanstasche. »Hast du ihn in letzter Zeit oft gesehen?«

Bobby schüttelte den Kopf. »Nee, hält sich seit neuestem ziemlich abseits. Ich hab' gehört, daß er viel Zeit drüben in Gwinnett County verbringt. Hat da irgendwelche Geschäfte laufen oder so.«

»Was für Geschäfte?«

Bobby zuckte mit den Schultern. »Keine Ahnung. Will's auch gar nicht wissen. Ich weiß mit meiner Zeit Besseres anzufangen, als mich um Typen wie Duane zu kümmern.«

»Hast du eine Ahnung, ob Duane zu Geld gekommen ist?«

»Hm, na ja, neulich hab' ich gesehen, wie er mit ein paar Scheinchen gewedelt hat. Ich habe gedacht, vielleicht hat er in der Lotterie gewonnen. Wenn das stimmt, würde ich mich am liebsten auf der Stelle umbringen. Verdammt, sie sieht genauso aus wie du.« Bobby streichelte sanft Lisas Wange. »Falls du deine Meinung änderst, wegen dem Jackpot mein' ich, und doch die Hälfte abhaben und mich heiraten willst, sag mir bald Bescheid, ja? Um sieben hab' ich Feierabend.«

»Bis dann, Bobby.«

LuAnn wählte von einem öffentlichen Telefon wieder Jacksons Nummer. Und wieder nahm Jackson nach dem ersten Klingelzeichen ab. LuAnn gab ihm die zehn Ziffern ihres Loses durch. Sie hörte, wie am anderen Ende Papier raschelte, als Jackson die Zahlen notierte.

»Lesen Sie mir die Zahlen noch mal langsam vor«, sagte er. »Sie werden gewiß verstehen, daß wir uns jetzt keine Fehler leisten können.«

LuAnn las die Zahlen vor, und Jackson wiederholte sie sicherheitshalber noch einmal.

»Gut«, sagte er. »Sehr gut. Damit wäre der schwierige Teil erledigt. Steigen Sie in den Zug, bringen Sie die kleine Pressekonferenz hinter sich, und segeln Sie hinein in den Sonnenuntergang.«

»Ich mache mich jetzt auf den Weg zum Bahnhof.«

»An der Penn Station wird jemand Sie abholen und ins Hotel bringen.«

»Penn Station? Ich dachte, ich soll nach New York fahren?«

»So heißt der Bahnhof in New York, LuAnn«, erklärte Jackson ungeduldig. »Die Person, die Sie abholt, hat Ihre und Lisas Beschreibung.« Er machte eine Pause. »Ich nehme an, daß Sie die Kleine mitbringen.«

»Ohne Lisa mache ich keinen Schritt!«

»Das habe ich nicht gemeint, LuAnn. Selbstverständlich können Sie Lisa mitbringen. Aber ich gehe davon aus, daß Sie Duane nicht in Ihre Reisepläne miteinbezogen haben.«

LuAnn schluckte, als sie an die Blutflecken auf Duanes Hemd dachte und wie er von der Couch gefallen war und sich nicht mehr gerührt hatte. »Duane kommt nicht mit«, sagte sie.

»Ausgezeichnet«, sagte Jackson. »Ich wünsche Ihnen eine gute Reise.«

Der Bus setzte LuAnn und Lisa am Bahnhof in Atlanta ab. Nach dem Anruf bei Jackson hatte sie in der Drogerie noch die wichtigsten Sachen für Lisa gekauft und alles in einem Beutel verstaut, den sie über der Schulter trug. Ihre zerrissene Bluse hatte sie durch eine neue ersetzt. Ein Cowboyhut und eine Sonnenbrille verdeckten ihr Gesicht. Sie hatte die Messerwunde auf der Damentoilette sorgfältig gereinigt und mit einem Pflaster verklebt. Danach fühlte sie sich viel besser. Anschließend ging sie zum Schalter, um die Fahrkarte nach New York zu kaufen. Und da beging LuAnn einen Riesenfehler.

»Den Namen, bitte«, sagte der Mann.

LuAnn hatte alle Hände voll zu tun, die quengelnde Lisa zu beruhigen, und antwortete daher automatisch: »LuAnn Tyler.« Kaum hatte sie es gesagt, stockte ihr der Atem. Sie blickte auf die Frau hinter dem Schalter. Diese tippte den Namen in den Computer. LuAnn konnte es nicht mehr ändern, sonst hätte sie die Frau mißtrauisch gemacht. Sie betete inständig, daß dieser Fehler ihr in der Zukunft nicht schaden möge. Die Frau empfahl den Schlafwagen De Luxe, da LuAnn mit einem Baby reiste. »Es ist noch ein Abteil frei. Sie haben es da sehr bequem, sogar eine eigene Dusche«, erklärte die Frau.

»In Ordnung«, sagte LuAnn. Während die Fahrkarte ausgestellt wurde, holte sie unter Lisas Matratze mehrere Dollarnoten hervor, um zu bezahlen. Die Frau hinter dem Schalter zog die Brauen hoch.

LuAnn bemerkte den skeptischen Blick, als sie sich die restlichen Scheine in die Tasche stopfte. Sie legte sich blitzschnell eine Erklärung zurecht und lächelte. »Mein Notgroschen. Aber ich hatte in letzter Zeit viel Arbeit und möchte endlich mal was anderes sehen ... nach New York fahren und mir die Stadt anschauen.«

»Na, dann wünsche ich Ihnen viel Spaß«, sagte die Frau. »Aber seien Sie vorsichtig. Sie sollten in New York nicht so viel Bargeld bei sich tragen. Mein Mann und ich haben den Fehler gemacht, als wir vor ein paar Jahren dort waren. Fünf Minuten nachdem wir den Bahnhof verlassen hatten, waren wir ausgeraubt. Ich mußte meine Mutter anrufen und sie bitten, uns Geld für die Heimfahrt zu schicken.«

»Vielen Dank. Ich werde aufpassen.«

Die Frau schaute LuAnn über die Schulter. »Wo ist denn Ihr Gepäck?«

»Ach, ich nehme nie viel mit. Außerdem haben wir Familie in New York. Nochmals vielen Dank.« LuAnn drehte sich um und ging zu den Bahnsteigen.

Die Frau blickte ihr nachdenklich hinterher. Dann zuckte sie zusammen, da ein Mann in dunkler Lederjacke plötzlich vor dem Schalter stand. Er schien aus dem Nichts aufgetaucht zu sein. Der Mann legte die Hände auf den Schalter.

»New York City. Einfach, bitte«, sagte Anthony Romanello höflich und warf einen verstohlenen Blick in LuAnns Richtung. Er hatte durch die Schaufensterscheibe der Drogerie beobachtet, wie LuAnn das Lotterielos gekauft hatte. Anschließend hatte sie vom öffentlichen Fernsprecher aus telefoniert. Er hatte es nicht gewagt, sich nahe genug heranzupirschen, um das Gespräch zu belauschen. Die Tatsache, daß sie jetzt auf dem Weg nach New York war, hatte seine Neugier auf die Spitze getrieben.

Außerdem hatte er Gründe genug, diese Gegend so schnell wie möglich zu verlassen. Obgleich sein Auftrag erledigt war, reizte es Romanello ungemein, herauszufinden, was LuAnn Tyler vorhatte und warum sie nach New York fuhr. Dabei kam ihm zustatten, daß er in New York wohnte. Vielleicht, sagte er sich, läuft die Frau bloß vor den beiden Leichen im Wohnwagen davon. Aber es konnte auch mehr dahinterstecken. Viel mehr. Er nahm die Fahrkarte und ging zu den Bahnsteigen.

Als der Zug lärmend und mit leichter Verspätung in den Bahnhof einfuhr, stand LuAnn ein Stück von der Bahnsteigkante entfernt. Mit Hilfe des Schaffners fand sie ihr Abteil. Im Schlafwagen De Luxe mit Aussichtsfenstern gab es zwei Betten, übereinander, einen Armsessel, ein Waschbecken, eine Toilette und eine Dusche. In Anbetracht der späten Stunde bat der Schaffner LuAnn um Erlaubnis, die Betten aufzudecken. Nachdem er fertig war, schloß LuAnn die Tür ab, setzte sich in den Sessel, holte die Flasche heraus und begann Lisa zu füttern.

Eine halbe Stunde später rollte der Zug gemächlich aus dem Bahnhof und wurde rasch schneller. Durch die beiden großen Fenster sah LuAnn die Landschaft vorübergleiten. Als Lisa die Flasche leergetrunken hatte, hielt LuAnn die Kleine an die Brust, bis sie ein Bäuerchen gemacht hatte. Danach spielte LuAnn »Backe, backe Kuchen« mit ihr und sang ihr Kinderlieder vor, in die das kleine Mädchen fröhlich krähend einstimmte. Nach einer guten Stunde wurde Lisa müde, und LuAnn legte sie in die Babytasche.

Dann saß LuAnn im Sessel und versuchte sich zu entspannen. Sie war noch nie zuvor mit einem Zug gefahren. Das Dahingleiten und das rhythmische Pochen der Räder machten sie schläfrig. Sie konnte sich nicht genau erinnern, wann sie das letzte Mal geschlafen hatte. Langsam fielen ihr die Augen zu.

Einige Stunden später wachte sie schlagartig auf. Es muß nach Mitternacht sein, dachte sie. Plötzlich wurde ihr bewußt, daß sie den ganzen Tag noch nichts gegessen hatte. Kein Wunder, wenn man bedachte, was an diesem Tag alles geschehen war.

LuAnn steckte den Kopf aus dem Abteil, sah den Schaffner und fragte ihn, ob es im Zug etwas zu essen gäbe. Der Mann schaute sie erstaunt an und blickte auf seine Uhr. »Der letzte Aufruf zum Abendessen war vor mehreren Stunden, Ma'am. Jetzt ist der Speisewagen geschlossen.«

»Oh«, sagte LuAnn. Aber es war nicht das erste Mal, daß sie hungerte. Hauptsache, Lisa hatte gegessen.

Doch als der Schaffner einen Blick auf Lisa geworfen hatte und sah, wie todmüde LuAnn war, lächelte er freundlich und bat sie, einen Moment zu warten. Zwanzig Minuten später brachte er ein Tablett mit Essen. Er ließ das untere Bett herab und deckte LuAnn diesen improvisierten Tisch. LuAnn gab ihm von ihrer Barschaft ein großzügiges Trinkgeld.

Als der Schaffner gegangen war, verschlang sie gierig das Essen. Dann wischte sie sich die Hände ab und holte das Los hervor. Sie blickte zu Lisa. Das kleine Mädchen bewegte im Schlaf die Händchen und lächelte übers ganze Gesicht. Muß ein schöner Traum sein, dachte LuAnn und lächelte beim Anblick ihres Schätzchens.

Ihre Züge wurden weich, als sie sich zu Lisa hinabbeugte und ihr leise ins Ohr flüsterte: »Bald kann Mom gut für dich sorgen, Baby. So gut, wie ich's schon die ganze Zeit hätte tun sollen. Der Mann hat gesagt, wir können überallhin fahren und alles tun, was wir wollen.« Sie streichelte Lisas Kinn und die Bäckchen. »Wo möchtest du denn hin, mein Kleines? Du brauchst es Mom nur zu sagen, und schon geht es los. Wie hört sich das an? Hört sich das nicht gut an?«

LuAnn verschloß die Abteiltür und legte Lisa aufs Bett, nachdem sie sich vergewissert hatte, daß die Kleine fest angeschnallt war. Dann legte auch sie sich aufs Bett und drehte sich auf die Seite, so daß sie ihre Tochter mit dem Körper schützte.

Während der Zug New York entgegenrollte, starrte LuAnn durchs Fenster in die Dunkelheit und fragte sich voller gespannter Erwartung, was wohl als nächstes geschehen würde.

KAPITEL 10

LuAnn und Lisa tauchten in die Menschenmenge der Penn Station ein. Der Zug war an mehreren Streckenabschnitten aufgehalten worden, so daß es jetzt fast halb vier Uhr nachmittags war.

LuAnn hatte im ganzen Leben noch nie so viele Menschen an einem Ort gesehen. Benommen blickte sie sich um. Menschen und Gepäck sausten wie Schrotkugeln an ihr vorbei.

Sie packte Lisas Babytasche fester, weil ihr die Warnung der Frau am Schalter in Atlanta einfiel. Noch immer tat der Arm ihr scheußlich weh, doch sie war sicher, daß sie jeden niederschlagen könnte, der ihr zu nahe käme. Sie blickte auf Lisa. Die Kleine fand alles dermaßen interessant, daß sie am liebsten aus der Tasche geklettert wäre.

Langsam bewegte LuAnn sich voran. Sie hatte keine Ahnung, wie oder wo sie den Bahnhof verlassen sollte. Sie sah ein Hinweisssschild: »Madison Square Gardens«. Vage erinnerte sie sich, daß sie vor mehreren Jahren im Fernsehen einen Boxkampf gesehen hatte, der von dort übertragen worden war. Jackson hatte gesagt, jemand würde sie abholen, doch LuAnn konnte sich nicht vorstellen, wie der Betreffende sie in diesem Chaos finden sollte.

Sie zuckte zusammen, als der Mann sie streifte. Sie blickte in dunkelbraune Augen und einen silbergrauen Schnurrbart unter einer breiten, plattgeschlagenen Nase. Für einen Moment fragte LuAnn sich, ob das der Mann war, den sie in Madison Square Gardens hatte boxen sehen. Aber dann wurde ihr klar, daß er viel zu alt war. Er mußte mindestens Anfang Fünfzig sein. Er hatte breite Schultern, Blumenkohlohren und Narben im Gesicht – alles Merkmale eines Ex-Boxers.

»Miss Tyler?« Die Stimme war tief, aber klar. »Mr. Jackson hat mich geschickt. Ich soll Sie abholen.«

LuAnn nickte und streckte die Hand aus. »Nennen Sie mich LuAnn. Wie heißen Sie?«

Der Mann zuckte zusammen. »Das spielt wirklich keine Rolle. Bitte, folgen Sie mir. Der Wagen wartet draußen.« Er marschierte los.

»Ich möchte aber wissen, wie die Leute heißen, mit denen ich es zu tun habe«, sagte LuAnn hartnäckig.

Der Mann blickte sie leicht verärgert an, doch LuAnn entdeckte den Anflug eines Lächelns auf seinen Zügen. »Okay, Sie können mich Charlie nennen. Alles klar?«

»In Ordnung, Charlie. Ich nehme an, Sie arbeiten für Mr. Jackson. Benutzen Sie untereinander eigentlich Ihre richtigen Namen?«

Er antwortete nicht, sondern führte sie in Richtung Ausgang. »Soll ich das kleine Mädchen tragen? Die Tasche sieht schwer aus.«

»Ich schaff' das schon, danke.« LuAnn zuckte zusammen, weil ein Schmerzstoß durch den verletzten Arm schoß.

»Sind Sie sicher?« fragte Charlie und betrachtete das Pflaster am Kinn. »Sie sehen aus, als wären Sie in eine Schlägerei geraten. Geht's wirklich?«

Sie nickte. »Alles in Ordnung.«

Die beiden verließen den Bahnhof und gingen an der langen Menschenschlange vorbei, die an den Taxiständen wartete. Charlie hielt LuAnn die Tür einer großen Limousine auf. Beim Anblick der Luxuskarosse war sie für einen Moment sprachlos. Dann stieg sie ein.

Charlie nahm ihr gegenüber Platz. LuAnn betrachtete staunend die Innenausstattung.

»In ungefähr zwanzig Minuten sind wir im Hotel. Möchten Sie in der Zwischenzeit etwas essen oder trinken? Das Essen im Speisewagen ist grauenvoll«, sagte Charlie.

»Ich habe schon schlechter gegessen, aber ich muß zugeben, daß ich ein bißchen Hunger habe. Aber ich möchte Ihnen keine Umstände machen. Wegen mir müssen Sie nicht anhalten.«

Er betrachtete sie neugierig. »Wir brauchen nicht zu halten«, sagte er, öffnete den Kühlschrank und holte Soda, Bier, mehrere Sandwiches und Knabberzeug heraus. Er schob einen Riegel in der Holzverkleidung der Limousine zurück, und ein Tischbrett klappte heraus. Verblüfft beobachtete LuAnn, wie Charlie alles darauf abstellte und dann einen Teller, Gläser, Besteck und Servietten hervorzauberte. Seine großen Hände arbeiteten schnell und methodisch.

»Ich wußte, daß Sie das Baby mitbringen. Deshalb habe ich auch Milch, Flaschen und so 'n Zeug eingepackt. Im Hotel haben Sie alles, was Sie brauchen.«

LuAnn bereitete ein Fläschchen für Lisa zu. Dann hielt sie die Kleine im Arm und gab ihr mit einer Hand die Flasche, während sie mit der anderen ein Sandwich verschlang.

Charlie beobachtete, wie behutsam LuAnn mit ihrer Tochter umging. »Die Kleine ist niedlich. Wie heißt sie?«

»Lisa. Lisa Marie. Sie wissen schon, wie die Tochter von Elvis.«

»Für einen Fan des King sehen Sie ein bißchen zu jung aus.«

»Ich war auch kein Fan – ich meine, ich stehe nicht auf solche Musik. Aber meine Mom war ein großer Elvis-Fan. Ich habe es für sie getan.«

»Dafür ist sie Ihnen bestimmt dankbar, nehme ich an.«

»Weiß nicht. Ich hoffe es. Sie ist gestorben, ehe Lisa auf die Welt kam.«

»Oh, tut mir leid.« Charlie schwieg einen Moment. »Und was für Musik hören Sie gern?«

»Klassische. Eigentlich kenne ich keinen Komponisten und habe auch keine Ahnung von solcher Musik. Es gefällt mir, wie sie sich anhört. Und wie ich mich dabei fühle. So sauber und leicht, als würde ich irgendwo in einem See in den Bergen schwimmen, wo man bis auf den Grund schauen kann.«

Charlie lächelte. »So habe ich das nie gesehen. Ich stehe eher auf Jazz. Spiele sogar selbst ein bißchen Trompete. Abgesehen von New Orleans gibt's nur in New York wirklich gute Jazz-Clubs. Dort spielt man, bis die Sonne aufgeht. Einige Clubs sind nicht weit weg vom Hotel.«

»In welches Hotel fahren wir?« fragte LuAnn.

»Ins Waldorf Astoria. Die ›Towers‹. Waren Sie schon mal in New York City?« Charlie nahm einen Schluck Club Soda und lehnte sich zurück. Dann knöpfte er sein Jackett auf.

LuAnn schüttelte den Kopf und schluckte einen Bissen vom Sandwich hinunter. »Eigentlich bin ich noch nie irgendwo anders gewesen als zu Hause.«

Charlie lachte leise. »Na prima, dann ist der Big Apple ein verdammt guter Startplatz.«

»Und wie ist das Hotel so?«

»Sehr schön. Erstklassig, besonders die ›Towers‹. Okay, es ist nicht das Plaza, aber was soll's? Vielleicht wohnen Sie eines Tages im Plaza, wer weiß.« Er lachte und wischte sich den Mund mit der Serviette ab. LuAnn fiel auf, daß seine Finger außergewöhnlich groß und kräftig und die Knöchel knotenartig verdickt waren.

LuAnn schaute ihn nervös an, aß das Sandwich auf und nahm einen Schluck Cola. »Wissen Sie, warum ich hier bin?«

Charlie blickte sie scharf an. »Sagen wir mal, ich weiß genug, um nicht zu viele Fragen zu stellen. Belassen wir es dabei.« Er lächelte ein wenig gequält.

»Haben Sie Mr. Jackson jemals persönlich kennengelernt?«

Jetzt wurde Charlies Miene verschlossen. »Lassen wir das Thema, ja?«

»Okay, ich war bloß neugierig.«

»Sie wissen doch, zuviel Neugier ist ungesund.« Charlies dunkle Augen funkelten bei diesen Worten. »Bleiben Sie einfach ganz locker und gelassen. Tun Sie, was man von Ihnen verlangt, dann haben Sie und Ihre Tochter nie mehr Probleme. Hört sich das gut an?«

»Ich finde, es hört sich *zu* gut an«, sagte LuAnn leise und drückte Lisa fester an sich.

Kurz bevor sie aus der Limousine stiegen, holte Charlie einen schwarzen Ledermantel und einen breitkrempigen Hut hervor und bat LuAnn, die Sachen anzuziehen. »Aus naheliegenden Gründen wollen wir nicht, daß jemand Sie jetzt sieht. Den Cowboyhut können Sie nachher wegwerfen.«

LuAnn zog den Mantel an und setzte den Hut auf. Dann knotete sie den Gürtel eng um die Taille.

»Ich erledige alles an der Rezeption. Ihre Suite ist auf den Namen Linda Freeman gebucht, amerikanische Topmanagerin, deren Firma in London ist und die mit ihrer Tochter eine kombinierte Geschäfts- und Vergnügungsreise macht.«

»Eine Topmanagerin? Dann kann ich nur hoffen, daß mich keiner irgendwas Kluges fragt.«

»Keine Angst. Niemand wird Ihnen Fragen stellen.«

»Also, ich soll diese Linda Freeman sein?«

»Nur bis zum großen Augenblick. Danach können Sie wieder LuAnn Tyler sein.«

Kann ich das wirklich? fragte LuAnn sich insgeheim. *Und will ich das?*

Nachdem Charlie an der Rezeption alles erledigt hatte, brachte er LuAnn in die Suite. Sie befand sich im einunddreißigsten Stock und war riesig, mit großem Wohn- und Schlafzimmer. Staunend betrachtete LuAnn die elegante Einrichtung. Als sie das phantastische Badezimmer sah, wäre sie beinahe in Ohnmacht gefallen.

»Darf man diese Bademäntel anziehen?« Sie strich über den weichen Frotteestoff.

»Sie können einen kaufen, wenn Sie wollen. Kostet um die fünfundsiebzig Dollar, glaube ich«, antwortete Charlie.

LuAnn ging zum Fenster und zog die Gardinen ein Stück beiseite. Ein Großteil der New Yorker Skyline bot sich ihren Blicken dar. Der Himmel war bewölkt, und es wurde schon dunkel. »So viele Häuser hab' ich noch nie im Leben gesehen. Wie können die Leute die bloß auseinanderhalten? Für mich sehen alle gleich aus.« Sie blickte Charlie an.

Er schüttelte den Kopf. »Wissen Sie, daß Sie echt komisch sind? Wenn ich es nicht besser wüßte, würde ich Sie für einen Bauerntrampel aus der finstersten Provinz halten.«

LuAnn schaute nach unten. »Ich *bin* ein Bauerntrampel aus der finstersten Provinz. Jedenfalls der größte Bauerntrampel, den Sie jemals sehen werden.«

Er fing ihren Blick auf. »He, so war das nicht gemeint. Wenn man hier aufwächst, sieht man den Rest der Welt aus einem bestimmten Blickwinkel. Sie verstehen, was ich meine?« Er machte eine Pause, während er LuAnn zuschaute, wie sie zu Lisa ging und ihr die Wange streichelte. »Schauen Sie, hier ist die Minibar«, sagte Charlie schließlich. Dann öffnete er eine dicke Schranktür. »Und hier ist der Tresor.« Er wies auf eine Metalltür, die in die Wand eingelassen war. Dann tippte er einen Zahlencode ein, und die Stahlzylinder öffneten sich mit hörbarem Klacken. »Es wäre ratsam, die Wertsachen hier reinzulegen.«

»Ich habe nichts, das wertvoll genug ist, um es in einen Tresor zu legen.«

»Und was ist mit dem Lotterielos?«

LuAnn schluckte und holte das Los aus der Tasche. »Sie wissen Bescheid?«

Charlie antwortete nicht. Er nahm das Los, warf einen flüchtigen Blick darauf und legte es in den Tresor. »Wählen sie als Kombination nicht so was Leichtes wie Geburtstage. Aber nehmen Sie Zahlen, an die Sie sich jederzeit sofort erinnern. Kapiert?«

LuAnn nickte, gab ihre Zahlenkombination ein und wartete, bis die Zylinder wieder eingerastet waren, ehe sie die Schranktür schloß.

Charlie ging zur Tür. »Ich komme morgen früh, so gegen neun Uhr. Falls Sie in der Zwischenzeit Hunger kriegen, rufen Sie einfach den Zimmerservice. Aber zeigen Sie dem Kellner nicht zu deutlich Ihr Gesicht. Binden Sie Ihre Haare zu einem Knoten, oder setzen Sie eine Duschhaube auf, als wollten Sie gerade in die Wanne steigen. Machen Sie nur die Tür auf, unterschreiben Sie die Rechnung mit ›Linda Freeman‹, und gehen Sie dann ins Schlafzimmer. Trinkgelder lassen Sie auf dem Tisch liegen. Hier.« Charlie nahm ein Bündel Banknoten aus der Tasche und reichte es ihr. »Sie müssen sich grundsätzlich *immer* bedeckt halten. Spazieren Sie nicht im Hotel herum oder so was.«

»Keine Bange. Ich weiß, daß ich nich' wie eine Topmanagerin quasseln kann.« LuAnn schob sich das Haar aus der Stirn und gab sich Mühe, schnoddrig zu klingen, doch es war offensichtlich, daß Charlies Worte sie verletzt hatten und ihr mangelndes Selbstvertrauen noch mehr angeschlagen war.

»Darum geht es doch nicht, LuAnn. Ich wollte Sie nicht...« Er zuckte mit den Schultern. »Hören Sie, ich habe nur mit Ach und Krach die High School abgeschlossen. Ich bin nie aufs College gegangen und hab's trotzdem zu etwas gebracht. Na schön, man würde uns beide nicht als Harvardverdächtig einstufen, aber das ist doch scheißegal, oder?« Er legte ihr die Hand auf die Schulter. »Jetzt schlafen Sie sich erst mal aus. Wenn ich morgen früh komme, fahren wir los und schauen uns New York an. Dann können Sie reden, soviel Sie wollen. Wie finden Sie das?«

LuAnns Miene hellte sich auf. »Ja, das wäre schön.«

»Morgen soll es kühl werden. Ziehen Sie was Warmes an.«

LuAnn blickte auf ihre zerknitterte Bluse und die Jeans. »Was anderes habe ich nicht. Ich bin – na ja – ziemlich plötzlich aufgebrochen«, sagte sie verlegen.

»Das ist schon in Ordnung«, sagte Charlie beruhigend. »Kein Gepäck, kein Problem.« Er musterte sie von Kopf bis Fuß. »Was tragen Sie? Sie sind ungefähr eins fünfundsiebzig, stimmt's? Größe 36?«

LuAnn nickte und wurde ein wenig rot. »Oben rum vielleicht etwas größer.«

Charlies Augen verharrten für einen Moment auf ihrem Busen. »Stimmt«, meinte er. »Ich bringe morgen ein paar Sachen mit, auch für Lisa. Aber dazu brauche ich ein bißchen Zeit. Sagen wir also lieber, ich komme gegen Mittag.«

»Ich kann Lisa doch mitnehmen, oder?«

»Selbstverständlich kommt die Kleine mit.«

»Danke, Charlie. Ich bin Ihnen wirklich sehr dankbar. Allein würde ich mich nicht hinauswagen. Aber es juckt mich schon, verstehen Sie? Ich habe noch nie eine so große Stadt gesehen. Ich wette, es gibt allein in diesem Hotel mehr Menschen als in meiner Heimatstadt.«

Charlie lachte. »Ja. Ich vermute, ich betrachte das alles hier als selbstverständlich, weil ich hier geboren bin. Aber ich verstehe, was Sie meinen. Ich verstehe Sie genau.«

Nachdem Charlie gegangen war, nahm LuAnn Lisa aus der Tasche, legte sie in die Mitte des riesigen Doppelbetts und streichelte ihr übers Haar. Dann zog sie die Kleine schnell aus und setzte sie in die Badewanne. Nach dem Bad streifte sie ihr den Schlafanzug über und legte sie wieder aufs Bett. Damit Lisa nicht herausfallen konnte, sicherte sie beide Seiten mit Kopfkissen. Sollte sie jetzt auch in die Wanne steigen? Ein heißes Bad linderte vielleicht die Schmerzen.

In diesem Augenblick klingelte das Telefon. LuAnn zögerte einen Moment. Sie hatte ein schlechtes Gewissen und kam sich gleichzeitig wie in einer Falle vor. Dann nahm sie den Hörer ab. »Hallo?«

»Miss Freeman?«

»Tut mir leid, Sie haben…« LuAnn trat sich im Geist in

den Hintern. »Ja, hier Freeman«, sagte sie schnell und gab sich Mühe, so gebildet wie möglich zu klingen.

»Nächstes Mal ein bißchen schneller, LuAnn«, sagte Jackson. »Die Menschen vergessen nur selten ihren Namen. Wie geht's, wie steht's? Hat man sich gut um Sie gekümmert?«

»Ganz toll. Charlie ist ein Schatz.«

»Charlie? Ach ja, natürlich. Sie haben das Los?«

»Es ist im Tresor.«

»Gute Idee. Haben Sie was zu schreiben zur Hand?«

LuAnn schaute sich im Zimmer um. »Moment«, sagte sie, legte den Hörer ab und nahm ein Blatt Papier und einen Stift aus der Schublade des antik aussehenden Schreibtisches am Fenster. »Okay.«

»Schreiben Sie soviel wie möglich mit«, fuhr Jackson fort. »Aber Charlie kennt auch alle Einzelheiten. Sie werden sicher froh sein zu hören, daß alles bestens steht. Übermorgen um achtzehn Uhr wird das Gewinnlos im Fernsehen gezogen. Die Sendung läuft in ganz Amerika. Sie können sie im Hotelzimmer sehen. Aber ich fürchte, für Sie wird es nicht allzu spannend werden.« Bei Jacksons Worten konnte LuAnn sein spöttisches Lächeln sehen. »Anschließend wartet das ganze Land fieberhaft auf den Namen des Gewinners. Sie werden aber nicht sofort erscheinen. Wir müssen Ihnen Zeit lassen – natürlich nur rein theoretisch –, sich von dem freudigen Schreck zu erholen, klaren Kopf zu bekommen, vielleicht Rat von Finanzexperten einzuholen, von Anwälten und so weiter, ehe Sie freudigen Herzens nach New York fliegen. Selbstverständlich sind die Gewinner nicht verpflichtet, nach New York zu kommen. Die Pressekonferenz kann überall stattfinden, sogar in der Heimatstadt des frischgebackenen Multimillionärs. Aber die meisten Gewinner sind gern hergekommen, und das ist natürlich ganz im Interesse der Lotterie-Gesellschaft. Es ist viel leichter, von hier aus eine landesweite Pressekonferenz zu senden. Also, alles in allem werden Ihre Aktivitäten ungefähr zwei Tage dauern. Offiziell haben Sie dreißig Tage Zeit, um Ihr Gewinnlos vorzulegen. Von daher haben wir also kein Problem. Übrigens, das war der Grund dafür, daß ich Sie gebeten hatte, mit der Reise nach New York noch zu warten – falls Sie inzwischen nicht selbst darauf gekommen sind. Es würde nicht gut aussehen, wenn die Leute merken, daß Sie schon in dieser Stadt sind, ehe das Gewinnlos gezogen wurde. Sie müssen also unerkannt bleiben, bis wir soweit sind, Sie als Gewinnerin präsentieren zu können.« Jacksons Stimme klang ein wenig verärgert, weil er seine Pläne hatte ändern müssen.

LuAnn schrieb alles mit, so schnell sie konnte. »Es tut mir wirklich leid, Mr. Jackson«, versicherte sie ihm. »Aber ich habe Ihnen ja gesagt, wie es bei mir zu Hause wäre. Es ist ein so kleines Kaff. Die Leute würden sofort wissen, daß ich gewonnen habe, und dann wäre die Hölle los.«

»Na schön, gut. Wir sollten nicht noch mehr Zeit damit verschwenden, darüber zu diskutieren«, sagte er schroff. »Es geht darum, daß wir Sie nach der Ziehung noch mindestens einen Tag unter Verschluß halten müssen. Sie haben den Bus nach Atlanta genommen, ja?«

»Ja.«

»Und Sie haben geeignete Maßnahmen getroffen, Ihr Äußeres zu verändern?«

»Einen großen Hut und Sonnenbrille. Und ich habe niemand getroffen, den ich kenne.«

»Und selbstverständlich haben Sie nicht Ihren richtigen Namen genannt, als Sie die Fahrkarte gekauft haben, oder?«

»Selbstverständlich nicht«, log LuAnn.

»Schön. Ich glaube, dann sind Ihre Spuren gut genug verwischt.«

»Das hoffe ich.«

»Im Grunde ist es unwichtig, LuAnn. Wirklich. In ein paar Tagen sind Sie viel weiter weg als bloß bis nach New York.«

»Ach. Und wo genau?«

»Das können Sie selbst bestimmten, wie ich Ihnen schon sagte. Europa? Asien? Südamerika? Sie lassen es mich wissen, und ich regle alles für Sie.«

LuAnn dachte kurz nach. »Muß ich mich jetzt gleich entscheiden?«

»Natürlich nicht. Aber wenn Sie sofort nach der Pressekonferenz abreisen wollen, sollten Sie mir möglichst bald Bescheid geben. Ich bin dafür bekannt, daß ich Wunder vollbringen kann, wenn es darum geht, Reisen zu arrangieren. Aber ich bin kein Zauberer – besonders dann nicht, wenn jemand keinen Reisepaß oder andere Ausweispapiere hat.« Jacksons Stimme hörte sich an, als könnte er es immer noch nicht fassen. »Diese Papiere müssen auch für Sie beschafft werden.«

»Können Sie das regeln? Könnten Sie mir auch eine Sozialversicherungskarte besorgen?«

»Sie haben nicht mal eine Sozialversicherungsnummer? Das ist unmöglich.«

»Wenn die Eltern nie die Papiere für ihr Kind ausgefüllt haben, ist es sehr gut möglich«, erwiderte LuAnn eingeschnappt.

»Ein Krankenhaus gibt doch kein Neugeborenes frei, ohne daß der Papierkram erledigt ist.«

LuAnn lachte. »Ich war nie im Krankenhaus, Mr. Jackson. Als ich zum erstenmal die Augen aufmachte, habe ich die dreckige Wäsche in Moms Schlafzimmer gesehen, weil sie mich da zur Welt gebracht hat, mit meiner Grandma als Hebamme.«

»Nun ja. Ich nehme an, ich kann Ihnen auch eine Sozialversicherungsnummer besorgen«, sagte Jackson ein wenig herablassend.

»Könnten Sie auch einen anderen Namen in den Paß setzen lassen? Mein Foto, aber mit anderem Namen? Und auf allen anderen Papieren auch?«

»Warum wollen Sie das, LuAnn?« fragte Jackson vorsichtig.

»Na ja, wegen Duane. Ich weiß, er macht den Eindruck, als wäre er ein Trottel, aber wenn er rauskriegt, daß ich so viel Geld gewonnen habe, setzt er Himmel und Hölle in Bewegung, um mich zu finden. Da ist es am besten, wenn ich verschwinde. Ganz von vorn anfange. Mit einem neuen Namen und so weiter.«

Jackson lachte laut auf. »Glauben Sie wirklich, Duane Harvey könnte Sie aufspüren? Ich bezweifle stark, daß er den Weg aus dem County finden würde, selbst mit Polizei-Eskorte.«

»Bitte, Mr. Jackson. Wenn Sie es so regeln könnten, wie ich gesagt habe, wäre ich Ihnen ewig dankbar. Aber wenn es zu schwierig für Sie ist, habe ich Verständnis dafür.« LuAnn hielt den Atem an und hoffte inständig, daß Jackson den Köder schluckte.

»Selbstverständlich ist es möglich«, antwortete er gereizt. »Es ist sogar einfach, wenn man die richtigen Verbindungen hat, und die habe ich. Aber ich nehme an, Sie haben sich noch nicht überlegt, wie Sie heißen möchten, oder?«

Zu Jacksons Erstaunen nannte sie sofort einen Namen, dazu noch den Ort, aus dem die fiktive Person stammte.

»Ich habe den Eindruck«, sagte er, »Sie haben schon länger mit dem Gedanken gespielt, Ihren Namen zu ändern. Ob Sie nun in der Lotterie gewinnen oder nicht, stimmt's?«

»Sie haben Geheimnisse, Mr. Jackson. Warum nicht auch ich?«

Sie hörte ihn seufzen. »Gut, LuAnn, bisher hat zwar noch niemand eine solche Bitte geäußert, aber ich werde mich darum kümmern. Jetzt muß ich nur noch wissen, wohin Sie fahren wollen.«

»Verstehe. Darüber muß ich noch nachdenken. Ich sage es Ihnen aber sehr bald.«

»Warum mache ich mir plötzlich Sorgen, daß ich es noch bedauern werde, Sie für dieses kleine Abenteuer ausgesucht zu haben.« In seiner Stimme lag plötzlich ein Beiklang, bei dem es LuAnn kalt über den Rücken lief. »Ich werde mich nach der Ziehung mit Ihnen in Verbindung setzen und Ihnen die letzten Einzelheiten mitteilen. Das wäre fürs erste alles. Genießen Sie Ihren Besuch in New York. Falls Sie etwas brauchen, sagen Sie es ...«

»Charlie.«

»Ja, Charlie, genau.« Jackson legte auf.

LuAnn ging sofort zur Minibar und machte sich eine Flasche Bier auf. Lisa wurde unruhig. LuAnn setzte sie auf den Fußboden. Dann beobachtete sie glücklich lächelnd, wie ihre Tochter im Zimmer umherkrabbelte. Erst in den letzten Tagen hatte ihr kleines Mädchen richtig gelernt, wie man krabbelte, und jetzt erforschte es mit beträchtlicher Energie die Suite. Schließlich ging auch LuAnn auf Hände und Knie und krabbelte eine halbe Stunde mit Lisa herum, bis die Kleine müde wurde und LuAnn sie schlafen legen konnte.

Anschließend ging sie ins Bad und ließ Wasser in die Wanne, während sie im Spiegel die Schnittwunde am Kinn betrachtete. Sie heilte recht gut, aber es würde wahrscheinlich eine Narbe bleiben. Es störte sie nicht; es hätte sehr viel schlimmer kommen können.

Sie holte sich noch ein Bier und stieg ins heiße Wasser, ehe sie den ersten Schluck trank. Dann dachte sie nach. Sie würde wohl noch viel Alkohol und heißes Wasser brauchen, um die nächsten Tage zu überstehen.

Punkt zwölf Uhr traf Charlie mit mehreren Einkaufstüten von *Bloomingdale's* und *Baby Gap* ein. In der nächsten Stunde probierte LuAnn verschiedene Kleidungsstücke an, bei denen sie eine Gänsehaut bekam, so gut paßten sie zu ihr.

»Die Sachen stehen Ihnen wirklich ausgezeichnet. Ja, einfach spitze«, sagte Charlie bewundernd.

»Danke. Vielen Dank, daß Sie das alles besorgt haben. Sie haben genau die richtige Größe erwischt.«

»Kein Wunder. Sie haben die Größe und die Figur eines

Models. Solche Sachen sind für Frauen wie Sie gemacht. Haben Sie schon mal daran gedacht, als Mannequin zu arbeiten?«

LuAnn zuckte mit den Schultern und zog eine cremefarbene Jacke zu einem langen schwarzen Faltenrock an. »Ab und zu, als ich jünger war.«

»Jünger? Mein Gott, Sie sind doch fast noch ein Teenager.«

»Ich bin zwanzig. Aber wenn man ein Baby hat, fühlt man sich älter.«

»Wird wohl stimmen.«

»Nein, ich bin nicht dafür gemacht, anderen Leuten schicke Klamotten vorzuführen.«

»Warum nicht?«

Sie schaute ihn an und sagte nur: »Ich mag's nicht, wenn man mich fotografiert, und ich mag mich nicht im Spiegel anschauen.«

Charlie schüttelte nur den Kopf. »Sie sind wirklich eine seltsame junge Frau. Die meisten Frauen in Ihrem Alter und mit Ihrem Aussehen kann man nicht mal mit Gewalt vom Spiegel wegschleppen, so selbstverliebt sind sie.« Er holte eine Schachtel Zigaretten hervor. »Stört es Sie?«

LuAnn lächelte. »Machen Sie Witze? Ich arbeite in einer Fernfahrerkneipe. Da läßt man Sie ohne Zigaretten gar nicht rein. Abends sieht's da aus, als ob es brennt.«

»Na, ab jetzt gibt es keine Fernfahrerkneipen mehr für Sie.«

»Wahrscheinlich nicht.« Sie drückte sich einen weichen Hut mit breiter Krempe aufs Haar. »Wie sehe ich aus?« fragte sie und posierte vor Charlie.

»Besser als jede Frau im *Cosmopolitan*, das ist mal sicher.«

»Und dabei haben Sie noch gar nichts gesehen. Warten Sie mal, bis ich erst meine Kleine angezogen habe«, sagte sie stolz. »*Davon* habe ich wirklich geträumt. Oft.«

Eine Stunde später setzte LuAnn die nach neuester Babymode gekleidete Lisa in die Babytasche und hob sie hoch. »Fertig, Charlie?« fragte sie.

»Noch nicht ganz.« Er öffnete die Tür der Suite, blickte dann aber noch einmal zu LuAnn. »Machen Sie mal die Augen zu. Wenn schon, denn schon.« LuAnn schaute ihn mißtrauisch an. »Na los, machen Sie die Augen zu«, sagte er grinsend.

Sie gehorchte. Nach wenigen Sekunden hörte sie seine Stimme wieder: »Okay, Augen auf.« Als LuAnn die Augen öffnete, blickte sie auf einen nagelneuen, sündhaft teuren Kinderwagen. »Oh, Charlie.«

»Wenn Sie dieses Ding noch lange herumschleppen, schleifen Ihre Hände bald auf dem Fußboden«, sagte er und deutete auf die Babytasche.

LuAnn umarmte ihn herzlich und setzte Lisa in den Wagen. Dann zogen die drei los.

KAPITEL 11

Shirley Watson schäumte vor Wut. Bei der Suche nach einer angemessenen Rache für die Erniedrigung durch LuAnn Tyler hatte sie ihren Einfallsreichtum – soweit sie darüber verfügte – bis zum Maximum ausgeschöpft. Sie parkte ihren Pickup an einer abgelegenen Stelle, ungefähr eine Viertelmeile vom Wohnwagen entfernt, und stieg aus. In der rechten Hand hielt sie einen Metallkanister. Sie warf einen Blick auf die Armbanduhr, ehe sie losmarschierte. Sie war sicher, daß LuAnn um diese Zeit im Wohnwagen schlief, nachdem sie die ganze Nacht gearbeitet hatte. Wo Duane sich herumtrieb, war Shirley egal. Wenn er ebenfalls da war, bekam er eben auch sein Fett ab. Warum hatte der Kerl sie nicht gegen LuAnn verteidigt, diese Wildkatze?

Mit jedem Schritt wurde die kleine, dicke Shirley wütender. Sie war mit LuAnn zur Schule gegangen und hatte sie ebenfalls ohne Abschluß verlassen. Wie LuAnn hatte auch Shirley ihr ganzes Leben in Rikersville verbracht. Doch im Gegensatz zu LuAnn hatte sie nicht den Wunsch, von hier fortzugehen. Deshalb war es um so schlimmer, was LuAnn ihr angetan hatte. Die Leute hatten gesehen, wie Shirley sich nach Hause geschlichen hatte – splitterfasernackt. Noch nie war sie so gedemütigt worden. Sie hatte sich so viele hämische Bemerkungen anhören müssen, daß es für den Rest ihres Lebens reichte. Und man würde die Geschichte immer wieder genüßlich ausbreiten – so lange, bis Shirley zum Trottel des ganzen Countys geworden war. Man würde sie für den Rest ihres Lebens verlachen und verspotten, bis sie tot und begraben war. Vielleicht würde es nicht einmal dann aufhören. Dafür würde LuAnn Tyler bezahlen!

Okay, sagte sich Shirley, sie hatte mit Duane geschlafen – na und? Alle wußten, daß Duane nicht die Absicht hatte, LuAnn zu heiraten. Und alle wußten überdies, daß LuAnn sich eher umbringen würde, als mit diesem Mann vor den Altar zu treten. Sie blieb bei Duane, weil sie nirgendwo anders hingehen konnte oder ihr der Mut fehlte, ihr Leben zu ändern. Das wußte Shirley ganz genau. Und alle hielten LuAnn für so schön, so tüchtig. Shirley kochte vor Wut, und trotz des kühlen Wetters wurde ihr Gesicht puterrot. O ja, sie würde sich genußvoll anhören, was die Leute über LuAnns Aussehen sagen würden, nachdem sie, Shirley Watson, mit diesem Miststück abgerechnet hatte.

In der Nähe des Wohnwagens duckte Shirley sich und huschte von Baum zu Baum. Der große Buick parkte immer noch vor dem Eingang. Shirley sah die Reifenabdrücke im Schlamm, wo der Schlitten ins Schlingern gekommen war. Als sie am Buick vorüber war, blieb sie stehen, um einen Blick in den Wohnwagen zu werfen, ehe sie weiterschlich. War Besuch gekommen? Plötzlich lächelte sie hämisch. Vielleicht leistete LuAnn sich eine kleine Extratour, während Duane weg war. Dann konnte sie es diesem Weibsstück mit gleicher Münze heimzahlen. Shirley strahlte bei dem Gedanken, wie eine nackte LuAnn kreischend aus dem Wohnwagen rannte.

Unvermittelt herrschte Stille. Wie auf einen unhörbaren Befehl war der Wind abgeflaut. Shirleys Lächeln schwand, und sie blickte sich nervös um. Sie packte den Kanister noch fester und nahm ein Jagdmesser aus der Jackentasche. Falls es mit der Batteriesäure im Kanister nicht klappte – mit dem Messer würde sie bestimmt nicht danebenstechen. Sie hatte fast ihr Leben lang Wild und Fische ausgenommen und konnte mit dem Messer umgehen. LuAnns Gesicht würde den Beweis dieser Meisterschaft liefern, zumindest da, wo die Haut nicht von der Säure zerfressen war.

»Verdammt«, murmelte Shirley, als sie die Stufen hinaufstieg und ihr der Gestank entgegenschlug. Wieder blickte sie sich um. So einen Gestank hatte sie nicht mal auf der Mülldeponie erlebt, wo sie kurze Zeit gearbeitet hatte. Sie steckte das Messer in die Tasche und schraubte den Verschluß vom Kanister. Dann stellte sie ihn ab und band sich ein Taschentuch vor die Nase. Jetzt, wo sie so weit gegangen war, würde sie keinen Rückzieher mehr machen – Gestank oder nicht.

Leise betrat sie den Wohnwagen und schlich zum Schlafzimmer. Vorsichtig schob sie die Tür auf. Leer. Sie ging in die andere Richtung. Vielleicht schliefen LuAnn und ihr Verehrer auf der Couch. Im Gang war es dunkel. Shirley tastete sich an der Wand entlang. Je näher sie dem Wohnzimmer kam, desto größer wurde ihre Entschlossenheit. Doch als sie mit einem Satz ins Zimmer springen wollte, stolperte sie über irgend etwas und stürzte. Und dann lag Shirley der verwesenden Quelle des Gestanks von Angesicht zu Angesicht gegenüber. Shirleys Schrei hätte man beinahe bis zur Hauptstraße hören können.

»Viel haben Sie wirklich nicht gekauft, LuAnn.« Charlie musterte die wenigen Tüten auf dem Sofa im Hotelzimmer.

LuAnn kam aus dem Bad, wo sie sich einen weißen Pullover und Jeans angezogen hatte. Ihre Haare waren zu einem Bauernzopf geflochten. »Ich hab' mir alles nur angeschaut. Das war schön genug für mich. Aber mich hat's fast umgehauen, als ich die Preise hier gesehen habe. Du meine Güte!«

»Aber ich hätte doch alles bezahlt«, protestierte Charlie. »Das habe ich Ihnen doch hundertmal gesagt.«

»Ich will nicht, daß Sie Geld für mich ausgeben, Charlie.«

Charlie setzte sich in einen Sessel und blickte sie an. »LuAnn, es ist nicht mein Geld. Das habe ich Ihnen doch gesagt. Das geht auf Spesen. Sie hätten nach Lust und Laune einkaufen können.«

»Hat Mr. Jackson das gesagt?«

»So in der Richtung. Sagen wir einfach, es ist ein Vorschuß auf Ihren baldigen Gewinn.« Er grinste.

LuAnn setzte sich auf die Couch und spielte mit den Händen. Ihre Miene war sehr besorgt. Lisa lag noch im Kinderwagen und spielte mit einigen Sachen, die Charlie ihr gekauft hatte. Ihr glückliches Glucksen erfüllte das Zimmer.

»Hier«, sagte Charlie und hielt LuAnn einen Stapel Fotos hin, die er tagsüber in New York gemacht hatte. »Für Ihr Erinnerungsalbum.«

LuAnn betrachte die Fotos und lächelte. »Ich hätte nie gedacht, daß ich in New York einen Wagen mit Pferden sehen würde. Hat echt Spaß gemacht, mit der Kutsche durch diesen großen alten Park zu fahren, der mitten zwischen all den Häusern liegt.«

»Jetzt sagen Sie bloß, Sie haben noch nie vom Central Park gehört.«

»Doch. Gehört schon. Aber ich hab's für reine Phantasie gehalten.« LuAnn gab ihm einen Fotostreifen, den sie in einem Automaten gemacht hatte.

»Hoppla. Danke, daß Sie mich daran erinnern«, sagte Charlie.

»Sind die für meinen Paß?«

Er nickte und steckte die Bilder in die Jackentasche.

»Braucht Lisa keine?«

Er schüttelte den Kopf. »Sie ist noch zu jung. Sie kann ohne Papiere bei Ihnen mitreisen.«

»Aha.«

»Wenn ich recht verstanden habe, wollen Sie Ihren Namen ändern.«

LuAnn legte die Fotos weg und öffnete eine Tüte. »Ja. Ich halte es für eine gute Idee. Ein neuer Anfang.«

»Jackson hat mir schon gesagt, daß Sie es so sehen. Na gut, wenn Sie's so möchten.«

Plötzlich ließ LuAnn sich auf der Couch zurückfallen und schlug die Hände vors Gesicht.

Charlie blickte sie beunruhigt an. »Aber, aber, LuAnn. Den Namen zu ändern ist keine so schmerzhafte Sache. Worüber machen Sie sich Sorgen?«

Nach einer Pause schaute sie ihn an. »Sind Sie sicher, daß ich morgen in der Lotterie gewinne?«

»Warten wir's einfach ab, LuAnn«, sagte er langsam, behutsam. »Aber ich glaube nicht, daß Sie enttäuscht werden.«

»So viel Geld. Aber ich habe kein gutes Gefühl dabei, Charlie. Ganz und gar nicht.«

Er steckte sich eine Zigarette an und rauchte, ohne LuAnn aus den Augen zu lassen. »Ich werde mal den Zimmerservice anrufen und uns etwas zu essen bestellen. Ein Menü mit drei Gängen und eine Flasche Wein. Hinterher gibt's Kaffee und was Süßes. Alles vom Feinsten. Wenn Sie gegessen haben, fühlen Sie sich bestimmt besser.« Er schlug das Serviceheft des Hotels auf und studierte die Speisekarte.

»Haben Sie das früher auch schon getan? Ich meine, sich um Leute kümmern, die ... Mr. Jackson kennt.«

Charlie blickte von der Speisekarte auf. »Ich arbeite schon eine ganze Zeit für ihn, ja. Aber ich habe ihn nie persönlich kennengelernt. Unsere Verbindung ist rein telefonisch. Er ist ein kluger Bursche. Für meinen Geschmack ein bißchen unterkühlt, ein bißchen seltsam, hat aber unheimlich was auf dem Kasten. Er bezahlt mich gut, sehr gut sogar. Und in schicken Hotels den Babysitter für erwachsene Leute zu spielen ist kein schlechtes Leben.« Er grinste. »Aber ich hab' mich noch nie um jemanden gekümmert, mit dem es so viel Spaß gemacht hat wie mit Ihnen.«

LuAnn kniete sich neben den Kinderwagen, holte unter

der Decke ein in Geschenkpapier eingewickeltes Päckchen hervor und reichte es Charlie.

Charlie blieb vor Überraschung der Mund offen stehen. »Was ist das?«

»Ein Geschenk für Sie. Eigentlich ist es von mir und Lisa. Ich hab' nach irgend etwas für Sie gesucht, und da hat Lisa gequietscht und darauf gezeigt.«

»Wann haben Sie das gekauft?«

»Sie haben sich in der Herrenbekleidungsabteilung umgeschaut, erinnern Sie sich?«

»LuAnn, das wäre doch nicht nötig gewesen...«

»Das weiß ich«, sagte sie schnell. »Deshalb nennt man so was auch Geschenk. Man muß es nicht tun.« Charlie nahm die Schachtel mit beiden Händen. Seine Augen hingen wie gebannt an LuAnn.

»Nun machen Sie schon auf. Du meine Güte«, sagte sie.

Während Charlie vorsichtig das Geschenkpapier entfernte, wurde Lisa munter. LuAnn ging zu ihr und nahm die Kleine auf den Arm. Beide schauten zu, als Charlie den Deckel von der Schachtel nahm.

»Oh, Mann!« Langsam nahm er den dunkelgrünen, weichen Filzhut heraus. Das äußere Hutband war zwei Finger breit und aus Leder, das Schweißband cremefarben und aus Seide.

»Ich habe gesehen, wie Sie den Hut im Geschäft anprobiert haben, und fand, daß Sie richtig schick damit aussahen. Aber dann haben Sie ihn zurückgelegt. Doch ich habe gemerkt, daß Sie ihn eigentlich gern gekauft hätten.«

»LuAnn, das Ding kostet verdammt viel.«

Sie winkte ab. »Ich habe noch was im Sparstrumpf. Ich hoffe, er gefällt Ihnen.«

»Ich finde ihn wundervoll, danke.« Er umarmte LuAnn, nahm Lisas winzige Fäuste in beide Hände und drückte sie leicht. »Und dir auch vielen Dank, kleine Lady. Du hast einen sehr guten Geschmack.«

»Setzen Sie ihn noch mal auf. Hoffentlich gefällt er Ihnen immer noch.«

Charlie tat wie geheißen und blickte in den Spiegel.

»Schick, Charlie. Todschick.«

Er lächelte. »Nicht übel, ja, nicht übel.« Er zupfte an der Krempe, bis sie den richtigen Winkel hatte. Dann nahm er den Hut ab und setzte sich wieder. »Ich habe noch nie ein Geschenk von den Leuten bekommen, die ich betreut habe. Normalerweise sehe ich sie sowieso nur ein paar Tage, dann übernimmt Jackson sie.«

LuAnn griff das Stichwort sofort auf. »Wie sind Sie an den Job bei Jackson gekommen?«

»Ich nehme an, Sie möchten gern meine Lebensgeschichte hören, ja?«

»Klar. Ich habe Sie ja auch vollgequatscht.«

Charlie machte es sich im Sessel bequem und wies auf sein Gesicht. »Ich wette, Sie wären nie darauf gekommen, daß ich meine Fähigkeiten früher mal im Boxring unter Beweis gestellt habe.« Er grinste. »Hauptsächlich war ich Sparringspartner. Ein lebender Sandsack für aufstrebende Talente. Aber ich war klug genug, die Brocken hinzuschmeißen, bevor mir der letzte Rest Hirn zu Brei geschlagen wurde. Danach habe ich Football gespielt, als Halbprofi. Das geht genauso auf die Knochen, das kann ich Ihnen sagen, aber man trägt wenigstens einen Helm und Schutzkleidung. Ich war immer ein sportlicher Typ. Harte Männersportarten. Ehrlich gesagt, hat's mir Spaß gemacht, meinen Lebensunterhalt mit Sport zu verdienen.«

»Sie scheinen immer noch gut in Form zu sein.«

Charlie schlug sich auf die straffe Bauchmuskulatur. »Nicht übel für einen Mann, der beinahe vierundfünfzig ist. Jedenfalls, nach meiner Footballkarriere habe ich eine Zeitlang als Trainer gearbeitet, dann geheiratet, habe mich hier und da herumgetrieben, hab' aber nie das Richtige gefunden. Sie verstehen?«

»Das Gefühl kenne ich sehr gut«, meinte LuAnn.

»Dann hat meine Karriere einen Riesenschlenker gemacht.« Charlie machte eine Pause, drückte die Zigarette aus und steckte die nächste an.

LuAnn nutzte die Gelegenheit, Lisa wieder in den Kinderwagen zu setzen. »Was ist passiert?«

»Ich habe einige Zeit als Gast der Regierung der Vereinigten Staaten gelebt.« LuAnn schaute ihn neugierig an. Sie hatte die Anspielung nicht verstanden. »Ich war im Staatsgefängnis, LuAnn.«

Sie war verblüfft. »So sehen Sie gar nicht aus, Charlie.«

Er lachte. »Na, ich weiß nicht. Da sitzen die verschiedensten Typen ein, LuAnn, das kann ich Ihnen sagen.«

»Was haben Sie verbrochen?«

»Steuerflucht. Der Staatsanwalt hat es Betrug genannt. Und er hatte recht. Ich hatte einfach keine Lust mehr, Steuern zu zahlen. Irgendwie hat's nie so richtig zum Leben gereicht, ganz zu schweigen davon, der Regierung noch eine Scheibe von meinem Geld abzugeben.« Er strich die Haare zurück. »Dieser kleine Schönheitsfehler hat mich drei Jahre und meine Ehe gekostet.«

»Das tut mir leid, Charlie.«

Er zuckte mit den Schultern. »Wahrscheinlich war's das Beste, was mir je im Leben passiert ist. Ich war in einem ziemlich harmlosen Knast, zusammen mit einem Haufen Wirtschaftskrimineller. Da mußte ich nicht jede Minute aufpassen, daß mir einer den Hals umdrehte. Ich habe 'ne Menge Weiterbildungskurse besucht und zum erstenmal so richtig darüber nachgedacht, was ich mit meinem Leben eigentlich anfangen will. Eigentlich ist mir im Knast nur eine schlimme Sache passiert.« Er hielt die Zigarette hoch. »Ich habe nie geraucht, bis ich ins Gefängnis kam. Im Knast hat fast jeder geraucht. Als ich rauskam, habe ich aufgehört. Sogar ziemlich lange. Aber vor sechs Monaten hab' ich wieder angefangen. Ach, was soll's. Jedenfalls, nachdem ich entlassen war, habe ich für einen Rechtsanwalt gearbeitet – als eine Art Privatdetektiv. Der Anwalt wußte, daß ich ehrlich und zuverlässig war, auch wenn ich im Knast gesessen hatte. Und ich kannte eine Menge Leute, querbeet durch alle Gesellschaftsschichten. Hatte viele Verbindungen. Außerdem habe ich im Knast verdammt viel gelernt. Erstklassige Ausbildung. Ich hatte Professoren in jedem Fach, vom Versicherungsbetrug bis zur Urkundenfälschung. Das hat mir sehr geholfen, als ich in der Kanzlei anfing. War ein prima Job. Die Arbeit hat mir Spaß gemacht.«

»Wieso haben Sie dann aufgehört, um für Mr. Jackson zu arbeiten?«

Mit einem Mal machte Charlie einen unbehaglichen Eindruck. »Sagen wir einfach ... Ich habe ihn zufällig eines Tages getroffen. Ich steckte ein bißchen in Schwierigkeiten. Nichts Ernstes, aber ich war noch auf Bewährung draußen. Die Sache hätte mir aber ein paar Jährchen eingebracht. Mr. Jackson hat mir seine Hilfe angeboten, und ich habe sein Angebot angenommen.«

»So ähnlich ging's mir auch«, sagte LuAnn mit bitterem Unterton. »Man kann Mr. Jacksons Angebote nur sehr schwer ausschlagen.«

Charlie betrachtete sie plötzlich mißtrauisch. »Ja«, sagte er nur.

»Ich habe nie im Leben betrogen, Charlie«, brach es aus ihr heraus.

Charlie zog an der Zigarette und drückte sie aus. »Ich nehme an, das hängt immer vom Standpunkt des Betrachters ab.«

»Wie meinen Sie das?«

»Na ja, überlegen Sie doch mal. Menschen, die ansonsten brave Leute sind, ehrlich und fleißig, betrügen an jedem Tag ihres Lebens. Manche in großen Dingen, manche in kleinen. Die Leute frisieren ihre Steuererklärung oder bezahlen einfach keine Steuern, so wie ich. Oder sie geben das Geld nicht zurück, wenn jemand sich zu ihren Gunsten verrechnet hat. Jeder Mensch lügt jeden Tag ein kleines bißchen, ganz von selbst, irgendwann, irgendwie. Manchmal, um den Tag durchzustehen, ohne den Verstand zu verlieren. Und dann gibt's den großen Betrug: Männer und Frauen haben ständig Affären. Auf dem Gebiet kenne ich mich verdammt gut aus. Ich glaube, meine Exfrau hat im Hauptfach Ehebruch studiert.«

»Davon kann ich auch ein Lied singen«, sagte LuAnn leise.

Charlie betrachtete sie. »Ihr Freund muß ein selten dämlicher Arsch sein. Na ja, im Laufe des Lebens kommt so einiges zusammen.«

»Aber keine fünfzig Millionen Dollar.«

»Vielleicht nicht in Dollar ausgedrückt, nein. Aber mir wäre ein großer Betrug im Leben lieber als tausend kleine, die einen mit der Zeit auffressen und dazu führen, daß man sich selbst nicht mehr leiden kann.«

LuAnn schlang die Arme um den Leib. Sie zitterte.

Charlie blickte sie stumm an. Dann widmete er sich wieder der Speisekarte. »Und jetzt bestelle ich das Essen. Mögen Sie Fisch?«

LuAnn nickte geistesabwesend und starrte auf ihre Schuhe, während Charlie telefonisch die Bestellung durchgab.

Nachdem er den Hörer aufgelegt hatte, steckte er sich noch eine Zigarette an. »Ach, zum Teufel. Ich kenne keinen Menschen, der das Angebot ablehnen würde, das man Ihnen gemacht hat. Sie wären schön dumm gewesen, hätten Sie nein gesagt.« Er machte eine Pause und spielte mit dem Feuerzeug. »Ich kenne Sie zwar nicht sehr gut, aber ich glaube, ich weiß, wie Sie sich reinwaschen könnten, zumindest vor sich selbst. Obwohl Sie das wirklich nicht nötig haben.«

LuAnn schaute ihn gespannt an. »Wie kann ich das?«

»Nehmen Sie einen Teil des Geldes, und helfen Sie damit

anderen Menschen«, sagte er schlicht. »Vielleicht durch eine öffentliche Stiftung oder so was. Ich will damit aber nicht sagen, daß Sie an dem Geld keinen Spaß haben sollen. Denn ich finde, das haben Sie verdient«, fügte er hinzu. »Ich habe einige Hintergrundinformationen über Sie bekommen. Sie hatten nicht gerade ein leichtes Leben.«

LuAnn zuckte mit den Schultern. »Ich habe mich durchgeschlagen.«

Charlie setzte sich neben sie. »Genau so ist es, LuAnn. Sie sind eine Überlebenskünstlerin. Deshalb werden Sie auch das hier überleben.« Er blickte ihr in die Augen. »Darf ich Ihnen eine persönliche Frage stellen – jetzt, wo ich Ihnen so viel über mich erzählt habe?«

»Das kommt auf die Frage an.«

»Na gut.« Er nickte. »Wie ich schon sagte, habe ich mich ein bißchen mit Ihrem Vorleben befaßt. Und nun frage ich mich, wie Sie sich je mit einem Kerl wie Duane Harvey einlassen konnten. Bei dem steht ›Verlierer‹ doch auf der Stirn geschrieben.«

LuAnn dachte an Duane, wie der schlanke Mann tot mit dem Gesicht auf dem schmutzigen Teppich lag und wie er gestöhnt hatte, ehe er vom Bett heruntergefallen war, als hätte er sie um Hilfe angefleht. Doch sie hatte auf seinen Hilferuf nicht reagiert. »Duane ist kein schlechter Kerl. Auch er mußte eine Menge Schicksalsschläge einstecken.« Sie erhob sich und ging auf und ab. »Damals ging es mir verdammt mies. Meine Mom war gerade erst gestorben. Ich habe Duane kennengelernt, als ich noch darüber nachdachte, was ich nun mit meinem Leben anfangen sollte. Entweder haut man so schnell wie möglich aus der Gegend ab, in der ich zu Hause bin, oder man verbringt dort sein ganzes Leben. Soviel ich weiß, ist noch nie jemand freiwillig nach Rikersville County gezogen.« Sie holte tief Luft und fuhr fort: »Duane war gerade in den Wohnwagen gezogen, den er gefunden hatte. Damals hatte er einen Job. Er hat mich gut behandelt. Wir haben sogar von Heirat gesprochen. Duane war anders als die anderen.«

»Wollten Sie wirklich zu den Leuten gehören, die in dem County geboren wurden und dort auch sterben?«

Entsetzt schaute sie ihn an. »Natürlich nicht. Wir wollten weg. Ich wollte es, und Duane auch. Jedenfalls hat er es gesagt.« Sie blieb stehen. »Dann kam Lisa. Und damit hat sich für Duane alles verändert. Ich glaube nicht, daß ein Kind in seine Pläne paßte. Aber wir hatten Lisa nun mal bekommen, und für mich ist sie das Beste, das mir je passiert ist. Aber von da an lief es zwischen Duane und mir überhaupt nicht mehr. Ich mußte fort, das war mir klar. Aber ich wußte noch nicht genau, wie ich das anstellen sollte. Tja, und da hat Mr. Jackson angerufen.«

LuAnn blickte aus dem Fenster auf die funkelnden Lichter vor dem dunklen Hintergrund. »Jackson hat gesagt, daß es bestimmte Bedingungen gibt. Was das Geld angeht. Ich weiß, daß er es mir nicht aus Nächstenliebe schenken will.« Sie schaute über die Schulter zu Charlie.

»Nein, da haben Sie vollkommen recht«, meinte er.

»Haben Sie eine Ahnung, was für Bedingungen das sind?«

Charlie schüttelte bereits den Kopf, ehe LuAnn die Frage beendet hatte. »Ich weiß nur, daß es so viel Geld ist, daß sogar Sie nicht wissen werden, was Sie damit anfangen sollen.«

»Und ich kann das Geld ausgeben, wie ich will, stimmt's?«

»Stimmt. Es gehört Ihnen, ohne Einschränkungen. Sie können *Saks Fifth Avenue* oder *Tiffanys* leerkaufen. Oder in Harlem ein Krankenhaus bauen. Das ist allein Ihre Entscheidung.«

LuAnn schaute wieder aus dem Fenster. Langsam trat Glanz in ihre Augen, als die Gedanken, die ihr durch den Kopf gingen, die New Yorker Skyline plötzlich winzig erscheinen ließen.

Und genau in diesem Augenblick funkte es bei LuAnn Tyler. Selbst das Häusermeer kam ihr mit einem Mal viel zu klein vor, um all die Dinge aufzunehmen, die sie mit ihrem Leben tun wollte. Mit dem Geld.

KAPITEL 12

»Wir hätten im Hotel bleiben und uns die Ziehung dort anschauen sollen.« Charlie blickte sich nervös um. »Jackson würde mich umbringen, wenn er wüßte, daß wir hier sind. Ich habe strikte Anordnung, niemals ›Klienten‹ herzubringen.«

»Hier« war die Zentrale der Lotterie-Gesellschaft der Vereinigten Staaten von Amerika. Sie befand sich in einem neuen, modernen Gebäude, einem Wolkenkratzer, spitz wie eine Nadel, an der Park Avenue, Nähe Sixth Street. Der riesige Saal war bis auf den letzten Platz gefüllt. Es wimmelte von Fernsehkorrespondenten mit Mikrofonen in den Fäusten, von Kamerateams, von Reportern aller großen Illustrierten und Zeitungen.

In der Nähe der Bühne drückte LuAnn Lisa an die Brust. Sie trug die Brille, die Charlie ihr gekauft hatte, dazu eine Baseballmütze, mit dem Schirm nach hinten, weil sie darunter ihre langen Haare hochgesteckt hatte. Ihre bemerkenswerte Figur war unter dem knöchellangen Trenchcoat verborgen.

»Keine Bange, Charlie. Kein Mensch wird sich in dieser Verkleidung an mich erinnern.«

Er schüttelte den Kopf. »Mir gefällt es trotzdem nicht.«

»Ich mußte einfach hierher kommen und es mir anschauen. Das ist doch ganz was anderes, als sich diese Sache in einem Hotelzimmer im Fernseher anzusehen.«

»Aber Jackson ruft wahrscheinlich sofort nach der Ziehung im Hotel an«, meinte Charlie mürrisch.

»Ich sage ihm einfach, daß ich eingeschlafen bin und das Telefon nicht gehört habe.«

»Na, toll.« Er dämpfte die Stimme. »Sie gewinnen mindestens fünfzig Millionen Dollar und schlafen ein!«

»Aber ich *weiß* doch schon, daß ich gewinnen werde. Was ist dann so aufregend daran?« gab sie gelassen zurück.

Charlie fiel keine passende Antwort darauf ein. Er schwieg und nahm den Saal und die Besucher genau in Augenschein.

LuAnn blickte auf die Bühne, wo auf einem Tisch das Ziehungsgerät stand. Es war knapp zwei Meter lang und bestand aus zehn großen Röhren. Jede war mit dem Korb verbunden, in dem sich die Kugeln befanden, auf denen die Ziffern standen. Sobald die Maschine eingeschaltet war, wirbelte Druckluft die Kugeln durcheinander, bis eine den Weg durch die winzige Luke fand, in die Röhre fiel und durch eine Spezialeinrichtung dort festgehalten wurde. War eine Kugel erst gefallen, schaltete der Korb sich automatisch ab, und die Ziehung ging beim nächsten weiter. Auf diese Weise wurden nacheinander alle zehn Gewinnzahlen ermittelt, wobei die Spannung im Publikum immer mehr stieg.

Die Leute blickten erwartungsvoll auf ihre Lose. Viele hielten mindestens ein Dutzend Scheine in der Hand. Ein junger Mann hatte einen aufgeklappten Laptop vor sich. Über den Bildschirm liefen Hunderte von Zahlenkombinationen, die auf den Losen standen, die er gekauft hatte, und nun ging er noch einmal sein elektronisches Inventar durch. LuAnn brauchte gar nicht erst auf ihr Los zu schauen. Sie kannte die Zahlen auswendig: 1008150821. Es waren ihr eigener und Lisas Geburtstag sowie das Alter, das LuAnn bei ihrem nächsten Geburtstag erreichen würde. Sie hatte kein schlechtes Gewissen mehr, als sie die hoffnungsvollen Mienen auf den Gesichtern um sich herum sah, die Lippen, die sich in stummem Gebet bewegten, je näher der Augenblick der Ziehung rückte. LuAnn würde mit der Enttäuschung der anderen fertig werden. Sie hatte ihre Entscheidung getroffen, und ihr Plan stand fest, und diese Entscheidung hatte ihr unglaubliche Kraft gegeben und war der Grund dafür, daß sie nun inmitten dieses Menschenmeeres stand, statt sich unter dem Bett im Waldorf zu verkriechen.

Sie wurde aus ihren Gedanken gerissen, als ein Mann die Bühne betrat. Sofort verstummte die Menge. LuAnn wäre nicht erstaunt gewesen, wäre Jackson dort oben erschienen. Doch der Mann war jünger und sah viel besser aus. Für einen Moment fragte sich LuAnn, ob er mit Jackson unter einer Decke steckte. Sie wechselte ein verkniffenes Lächeln mit Charlie. Eine Blondine in kurzem Rock, schwarzen Strümpfen und hochhackigen Pumps trat zu dem Mann und stellte sich vor das komplizierte Ziehungsgerät, die Hände auf dem Rücken verschränkt.

Der Mann gab eine kurze, präzise Erklärung ab. Die Fernsehkameras waren auf sein sympathisches Gesicht gerichtet. Die Ziehung würde gleich beginnen, erklärte er und begrüßte alle, die erschienen waren. Dann machte er eine bedeutungsvolle Pause, während er den Blick theatralisch über das Publikum schweifen ließ, um dann die große Sensation des Abends zu verkünden: Der offizielle Jackpot, errechnet nach den Losverkäufen bis zur letzten Minute, hatte die Rekordsumme von einhundert Millionen Dollar. Ein Raunen ging durch die Menge, als dieser gigantische Betrag genannt wurde. Sogar LuAnn verschlug es den Atem. Charlie schaute sie an und schüttelte den Kopf. Er konnte sich ein leichtes Grinsen nicht verkneifen, stieß ihr spielerisch den Ellbogen in die Seite und flüsterte ihr ins Ohr: »Na, jetzt können Sie *Saks* und *Tiffanys* leerkaufen *und* das Krankenhaus bauen – und das alles allein von den Zinsen.«

Es war tatsächlich der größte Jackpot, den es je gegeben hatte, und irgend jemand, ein »in doppelter Hinsicht unglaublich glücklicher Mensch«, würde ihn gewinnen, wie der junge Mann mit strahlendem Lächeln und dem Gehabe eines

Showmasters erklärte. Die Menge applaudierte lautstark. Der Mann wandte sich mit theatralischer Geste der Blondine zu, die auf den Schalter drückte, welcher an der Seite des Ziehungsgeräts angebracht war, um dieses in Gang zu setzen.

LuAnn beobachtete fasziniert, wie die Kugeln im ersten Korb herumhüpften. Als sie sich der engen Öffnung der Röhre näherten, spürte LuAnn, wie ihr Herz raste; ihre Kehle war wie zugeschnürt. Jetzt half es nichts, daß Charlie neben ihr saß, daß Mr. Jackson ihr ruhig und bestimmt alles erklärt hatte und daß er damals die Gewinnzahlen der täglichen Ziehung genau vorhergesagt hatte. Zum erstenmal vergaß sie völlig die zum Teil erschreckenden Erlebnisse in den letzten Tagen. Sie hatte urplötzlich das Gefühl, daß es vollkommen verrückt war, daß sie hier stand und damit rechnete, in wenigen Augenblicken um hundert Millionen Dollar reicher zu sein. Wie konnte Jackson – oder irgendein anderer – bestimmen, was diese umherwirbelnden Kugeln tun würden? Es kam LuAnn so vor, als würde sie beobachten, wie Spermien ein Ei bombardierten, wie sie es mal im Fernsehen gesehen hatte. Wie groß war die Chance, daß man genau jene Samenzelle heraussuchte, die eine Schwangerschaft bewirkte? All ihre Zuversicht schwand, als sie an die wahrscheinlichsten Alternativen dachte, die ihr bleiben würden, wenn diese Farce vorüber war: Sie konnte heimfahren und mußte dann irgendwie erklären, wie zwei Leichen und eine große Menge Drogen in einen Wohnwagen gekommen waren, den sie zufällig ihr Zuhause nannte – oder sie konnte die Gastfreundschaft des nächsten Obdachlosenasyls hier in New York in Anspruch nehmen und dort überlegen, was sie mit ihrem verpfuschten Leben anfangen sollte.

LuAnn drückte Lisa noch fester an sich. Die andere Hand wanderte zu Charlie und umklammerte seine dicken Finger. Eine Kugel zwängte sich durch die enge Öffnung und fiel in die erste Röhre. Es war die Ziffer Eins. Sie erschien auf einem großen Bildschirm über der Bühne. Inzwischen wirbelten bereits die Kugeln im zweiten Korb. Binnen wenigen Sekunden lag auch hier die Gewinnzahl in der Röhre. Die Null. In schneller Folge landeten sechs weitere Kugeln in den betreffenden Röhren. Bis jetzt lautete das Ergebnis: 1-0-0-8-1-5-0-8.

LuAnn sprach die ihr vertrauten Zahlen stumm aus. Schweißperlen bildeten sich auf ihrer Stirn. Sie spürte, wie ihr die Knie weich wurden. »O Gott«, flüsterte sie. »Es klappt tatsächlich.« Jackson hatte es irgendwie zustande gebracht. Auf irgendeine unerklärliche Art und Weise hatte dieser arrogante, seltsame Kerl es tatsächlich geschafft. LuAnn hörte um sich herum Stöhnen und Fluchen, als die Leute ihre Lose zerfetzten und auf den Boden warfen, während die Zahlen von der Bühne herunter die Menge angrinsten. LuAnn starrte wie hypnotisiert auf die Kugeln im neunten Korb. Sie hatte das Gefühl, alles würde in Zeitlupe ablaufen. Dann fiel die Kugel mit der Zwei. Jetzt waren keine hoffnungsvollen Gesichter mehr in der Menge – bis auf eins.

Nun kam Bewegung in die Kugeln im letzten Korb, und rasch kämpfte sich die Eins bis zur Öffnung der letzten Röhre durch und würde LuAnn im nächsten Moment den Gewinn bescheren. Sie lockerte den Griff um Charlies Finger. Doch plötzlich jagte die Kugel mit der Eins wieder in die Höhe, wie ein Ballon, den man mit einer Nadel angestochen hatte. Energisch übernahm die Vier den Platz neben der Öffnung, näherte sich ruckartig immer mehr dem Pfad in die zehnte und letzte Röhre, schien aber immer wieder von ihr zurückgestoßen zu werden.

LuAnn wurde totenblaß. Für einen Moment hatte sie das Gefühl, jeden Augenblick ohnmächtig zu Boden zu sinken. »Oh, Scheiße«, sagte sie laut. Doch im Lärm der Menschenmenge hörte nicht einmal Charlie ihren Fluch. LuAnn drückte seine Finger jetzt so fest, daß er beinahe aufgeschrien hätte.

Auch Charlies Herz raste. Er fühlte mit LuAnn. Zwar

hatte er noch nie erlebt, daß Jackson versagt hatte, aber man konnte ja nie wissen. Er schob die freie Hand unters Hemd und strich über das schwere silberne Kruzifix, das er trug, solange er zurückdenken konnte. Vielleicht brachte es Glück, wenn er darüber rieb.

LuAnn glaubte, ihr Herz würde zu schlagen aufhören. Plötzlich wechselten die beiden Kugeln – ganz langsam, als wäre es sorgfältig einstudiert – im Luftwirbel wieder die Position, und stießen an einem bestimmten Punkt sogar zusammen. Und dann, nach dieser blitzschnellen Kollision, fiel die Kugel mit der Eins durch die Öffnung in die zehnte und letzte Röhre.

Am liebsten hätte LuAnn laut aufgeschrien – nicht so sehr, weil sie in diesem Augenblick hundert Millionen Dollar reicher war, sondern aus schierer Erleichterung und um die unsägliche innere Spannung zu lösen. Sie und Charlie schauten sich mit großen Augen an. Beide zitterten. Ihre Gesichter waren schweißüberströmt, als hätten sie sich soeben leidenschaftlich geliebt. Charlie beugte sich zu ihr und zog eine Braue hoch, so als wollte er sagen: »Siehst du? Du hast gewonnen!«

LuAnn nickte. Ihr Kopf bewegte sich im Rhythmus ihres Lieblingsschlagers. Lisa quäkte und stieß um sich, als würde sie die Erregung ihrer Mutter spüren.

»Verdammt«, sagte Charlie. »Beim Warten auf die letzte Zahl hätte ich mir vor Aufregung beinahe in die Hose gemacht.«

Er führte LuAnn aus dem Saal. Kurz darauf gingen sie langsam über die Straße in Richtung Hotel. Es war eine wunderschöne, kühle Nacht. Am wolkenlosen Himmel funkelten unzählige Sterne, bis in die Unendlichkeit hinein. Alles paßte genau zu LuAnns Stimmung.

Charlie rieb sich die Hand. »Mein Gott, ich dachte schon, Sie würden mir die Finger brechen. Was war denn los?«

»Ach, das wollen Sie doch gar nicht wissen«, sagte LuAnn

entschieden. Sie lächelte ihn an und sog die herrliche, kalte Luft ein. Dann küßte sie Lisa liebevoll auf die Wange, stieß Charlie unvermittelt den Ellbogen in die Seite und grinste spitzbübisch. »Wer als letzter beim Hotel ist, zahlt fürs Abendessen.« Damit flitzte sie los wie ein geölter Blitz. Der Mantel blähte sich hinter ihr wie ein Fallschirm. Obwohl sie rasch einen Riesenvorsprung hatte, hörte Charlie ihre Freudenschreie. Grinsend rannte er hinter ihr her.

Keiner der beiden wäre so glücklich gewesen, hätten sie den Mann gesehen, der ihnen zur Ziehung gefolgt war. Jetzt stand er auf der anderen Straßenseite und ließ sie nicht aus den Augen. Er hatte damit gerechnet, daß die Beschattung LuAnns einige äußerst interessante Erkenntnisse bringen würde. Doch selbst er mußte zugeben, daß seine Erwartungen schon jetzt weit übertroffen worden waren.

KAPITEL 13

»Sind Sie sicher, daß Sie dorthin wollen, LuAnn?«

»Jawohl, Mr. Jackson«, erklärte LuAnn entschieden am Telefon. »Ich wollte immer schon mal nach Schweden. Die Familie meiner Mutter ist vor vielen Jahren von da eingewandert. Mom hat sich immer gewünscht, mal dorthin zu reisen, hatte aber nie die Gelegenheit. Ich tue es gewissermaßen für sie. Ist das schwierig zu regeln?«

»Alles ist schwierig, LuAnn. Es kommt nur auf den Grad der Schwierigkeit an.«

»Aber Sie schaffen es doch, oder? Ich meine, ich möchte in alle möglichen Länder fahren, aber am liebsten würde ich in Schweden anfangen.«

»Wenn ich dafür sorgen kann, daß jemand wie Sie einhundert Millionen Dollar gewinnt, kann ich mit Sicherheit auch Ihre Reisewünsche erfüllen«, sagte Jackson gereizt.

»Ich bin Ihnen wirklich dankbar. Ehrlich.« LuAnn blickte zu Charlie, der Lisa auf dem Arm hielt und mit ihr spielte. Sie lächelte ihn an. »Das steht Ihnen gut.«

»Wie bitte?« fragte Jackson.

»Entschuldigung, ich habe mit Charlie geredet.«

»Geben Sie ihn mir. Wir müssen über Ihren Besuch bei der Lotterieverwaltung sprechen, damit man Ihr Gewinnlos bestätigt. Je früher das erledigt ist, desto schneller geht es mit der Pressekonferenz. Und danach können Sie losfliegen.«

»Sie haben doch etwas über Bedingungen gesagt...«, begann LuAnn.

Jackson unterbrach sie. »Darüber möchte ich im Augenblick nicht sprechen. Geben Sie mir Charlie. Ich hab's eilig.«

LuAnn reichte Charlie den Hörer und nahm Lisa. Sie beobachtete Charlie. Doch er sprach sehr leise und kehrte ihr den Rücken zu. Sie sah ihn mehrmals nicken. Dann legte er auf.

»Alles in Ordnung?« fragte sie besorgt und bemühte sich, die unruhige Lisa zu bändigen.

Charlie ließ den Blick durchs Zimmer schweifen, ehe er LuAnn anschaute. »Klar, alles bestens. Sie müssen heute nachmittag zu den Lotterieleuten gehen.«

»Kommen Sie mit?«

»Ich bringe Sie mit dem Taxi hin, aber ich gehe nicht mit ins Gebäude, sondern warte draußen, bis Sie zurückkommen.«

»Was muß ich denn alles tun?«

»Nur das Gewinnlos vorzeigen. Es wird geprüft. Dann bekommen Sie eine offizielle Empfangsbestätigung. Es werden Zeugen dabei sein. Das Los wird mit einem High-Tech-Laser untersucht, damit sichergestellt ist, daß es echt ist. Um Fälschungen zu verhindern, sind in den Losscheinen Spezialfasern, manche direkt unter der Zahlenreihe, so ähnlich wie bei Banknoten. Es ist unmöglich, so ein Los zu fälschen, besonders in so kurzer Zeit. Nun, dann ruft die Gesellschaft bei der Filiale an, wo Sie das Los gekauft haben, um sich bestätigen zu lassen, daß die betreffende Losnummer tatsächlich dort erworben wurde. Und schließlich holt man Informationen über Sie selbst ein. Wo Sie herkommen, wo Sie wohnen, Kinder, Eltern und so weiter. Das alles dauert ein paar Stunden, aber Sie müssen nicht die ganze Zeit dort warten. Wenn das Verfahren abgeschlossen ist, setzt man sich mit Ihnen in Verbindung. Dann wird die Erklärung an die Presse abgegeben, daß der Gewinner sich gemeldet hat, der Name aber erst auf der Pressekonferenz bekanntgegeben wird. Sie wissen schon – um die Spannung zu steigern. Auf diese Weise schnell der Verkauf der Lose für die nächste Ziehung in die Höhe. Diese Pressekonferenz findet am Tag darauf statt.«

»Kommen wir hierher zurück?«

»Nein. ›Linda Freeman‹ zieht heute aus. Wir gehen in ein anderes Hotel, wo Sie sich als LuAnn Tyler einmieten, eine der reichsten Frauen des Landes, soeben in New York eingetroffen und bereit, die Welt zu erobern.«

»Waren Sie schon bei diesen Pressekonferenzen?«

Charlie nickte. »Bei mehreren. Manchmal geht es da ziemlich turbulent zu. Vor allem, wenn die Gewinner ihre Familie mitbringen. Geld hat auf manche Menschen einen merkwürdigen Einfluß. Aber das Ganze dauert nicht sehr lange.« Er machte eine Pause, ehe er fortfuhr: »Ich finde es sehr nett von Ihnen, daß Sie das tun. Ich meine, für Ihre Mutter nach Schweden zu reisen.«

LuAnn schlug die Augen nieder und spielte mit Lisas Füßen. »Ich hoffe es. Bestimmt ist es dort ganz anders.«

»Ja. Aber ich glaube, Sie könnten eine kleine Veränderung gut gebrauchen.«

»Ich hab' keine Ahnung, wie lange ich dort bleiben werde.«

»Bleiben Sie, solange Sie wollen. Teufel noch mal, Sie können für immer dort bleiben.«

»Ich weiß. Aber ich glaube nicht, daß ich damit klarkomme.«

Charlie packte sie bei den Schultern und blickte ihr in die Augen. »Stellen Sie Ihr Licht nicht unter den Scheffel, LuAnn. Okay, Sie haben keine tollen Diplome oder einen akademischen Grad, aber Sie sind intelligent, sorgen liebevoll für Ihr Kind und haben ein gutes Herz. Damit stehen Sie in meinen Augen höher als neunundneunzig Prozent der Bevölkerung.«

»Ich weiß nicht, ob ich das alles hier schaffen könnte, wenn Sie mir nicht helfen würden.«

Er zuckte die Schultern. »Na, na. Wie ich schon sagte, das gehört alles zu meinem Job.« Er ließ sie los und steckte sich eine Zigarette an. »Warum essen wir nicht eine Kleinigkeit, und dann gehen Sie los und melden Ihren Gewinn an? Was meinen Sie? Sind Sie bereit, stinkreich zu werden?«

LuAnn holte tief Luft, ehe sie antwortete. »Ich bin bereit.«

LuAnn verließ das Gebäude der Lotterie-Gesellschaft, ging die Straße hinunter und bog um eine Ecke. Dort wartete Charlie am verabredeten Treffpunkt. Er hatte auf Lisa aufgepaßt, während LuAnn bei der Gesellschaft gewesen war.

»Die Kleine hat alles genau beobachtet, was sich um sie herum abspielte. Sie hat wirklich ein helles Köpfchen«, sagte Charlie.

»Es wird nicht lange dauern, dann muß ich ständig hinter ihr herlaufen.«

»Sie wollte jetzt schon unbedingt runter und loswetzen.« Charlie lächelte und setzte Lisa wieder in den Wagen. »Und wie ist es gelaufen?«

»Alle waren furchtbar nett zu mir. Haben sich fast ein Bein ausgerissen. ›Möchten Sie Kaffee, Miss Tyler? Möchten Sie telefonieren?‹ Eine Frau hat mich sogar gefragt, ob ich sie als persönliche Assistentin einstelle.« Sie lachte.

»An so etwas müssen Sie sich gewöhnen. Haben Sie die Empfangsbestätigung?«

»Ja, in der Handtasche.«

»Um wieviel Uhr ist die Pressekonferenz?«

»Morgen nachmittag um sechs, hat man mir gesagt.« Sie musterte Charlie scharf. »Was ist los?«

Als sie die Straße hinuntergegangen waren, hatte Charlie mehrmals verstohlen über die Schulter geschaut. Jetzt blickte er LuAnn an. »Ich weiß es nicht. Im Knast und später in meinem Job als Privatdetektiv habe ich 'ne Art eingebautes Radar entwickelt, das mir anzeigt, wenn jemand sich ein bißchen zu sehr für mich interessiert. Und dieses Radar hat sich vorhin gemeldet.«

LuAnn wollte sich umdrehen, doch Charlie sagte rasch: »Nein, lassen Sie das. Gehen Sie einfach weiter. Uns kann nichts passieren. Ich habe Sie in einem anderen Hotel untergebracht. Es ist nur eine Querstraße weiter. Sobald ich Sie und Lisa dort abgeliefert habe, werde ich mich ein bißchen umschauen. Wahrscheinlich ist es bloß falscher Alarm.«

LuAnn sah die Sorgenfalten um Charlies Augen und schloß daraus, daß seine Worte nicht seinen Empfindungen entsprachen. Sie hielt den Kinderwagen ganz fest, als sie weitergingen.

Knapp zwanzig Meter hinter ihnen, auf der anderen Straßenseite, rätselte Anthony Romanello, ob die beiden ihn entdeckt hatten oder nicht. Um diese Zeit waren die Straßen sehr belebt, doch als die zwei Personen, die er beschattete, plötzlich stehengeblieben waren, hatte auch bei Romanello die Alarmglocke geschrillt. Er zog den Kopf ein, ließ sich zehn Meter zurückfallen, ohne die beiden aus den Augen zu lassen. Ständig hielt er dabei nach dem nächsten Taxi Ausschau, für den Fall, daß seine Zielpersonen sich eins schnappten. Allerdings besaß Romanello einen Vorteil: Die beiden mußten den Kinderwagen einladen, und das kostete so viel Zeit, daß auch er sich mühelos ein Taxi heranwinken könnte.

Doch die beiden gingen zu Fuß bis zum Hotel. Romanello wartete dicht vor dem Eingang, blickte rechts und links die Straße entlang und ging dann ins Gebäude. »Wann haben Sie das gekauft?« LuAnn starrte auf die Koffer, die in einer Ecke der Hotelsuite aufgestapelt waren.

Charlie grinste. »Sie können doch nicht ohne vernünftige Koffer reisen. Die Dinger sind superhaltbar. Nicht der teure Kram, der schon auseinanderfällt, wenn man ihn nur scharf anguckt. In einen der Koffer habe ich schon Dinge gepackt, die Sie für Ihre Reise brauchen. Sachen für Lisa und so. Ich habe eine Freundin gebeten, mir zu helfen. Wir müssen morgen noch mehr einkaufen, um die anderen Koffer voll zu machen.«

»Mein Gott, ich kann's nicht glauben, Charlie.« LuAnn umarmte ihn und gab ihm einen Kuß auf die Wange.

Verlegen blickte er zu Boden. Er war sogar rot geworden. »Das war doch keine große Sache. Hier.« Er gab LuAnn ihren Reisepaß. Mit feierlicher Miene schaute sie auf den Namen, als würde ihr erst jetzt allmählich die Tatsache ihrer Reinkarnation bewußt. Und so war es auch. Sie schloß das kleine blaue Buch. Dieser Paß bedeutete das Tor in eine andere Welt – eine Welt, die sie mit ein bißchen Glück schon bald umarmen würde.

»Lassen Sie den Scheißpaß bis zur letzten Seite vollstempeln, LuAnn. Schauen Sie sich den ganzen verdammten Planeten an.« Charlie wandte sich ab. »Ich muß mich jetzt um ein paar Dinge kümmern, bin aber bald zurück.«

LuAnn hielt immer noch den Paß. »Charlie«, sagte sie, »möchten Sie nicht mitkommen?«

Langsam drehte er sich wieder um und starrte sie an. »Was?«

LuAnn blickte auf ihre Hände und sagte hastig: »Ich hab' mir gedacht, wo ich doch jetzt das viele Geld habe und Sie so nett zu mir und Lisa waren. Und weil ich noch nie irgendwo gewesen bin. Und ... und überhaupt, ich möchte, daß Sie mitkommen. Natürlich nur, wenn Sie wollen. Wenn nicht, habe ich Verständnis dafür.«

»Das ist ein sehr großzügiges Angebot, LuAnn«, sagte er leise. »Aber im Grunde kennen Sie mich doch gar nicht. Und es ist eine große Verpflichtung, die man nicht mit einem Menschen eingehen sollte, den man kaum kennt.«

»Ich kenne Sie gut genug«, behauptete LuAnn stur. »Ich weiß, daß Sie ein guter Mensch sind. Ich weiß, daß Sie sich um uns gekümmert haben. Und Lisa ist ganz verrückt nach Ihnen. Das zählt sehr viel für mich.«

Charlie blickte lächelnd auf das kleine Mädchen. Dann

schaute er LuAnn wieder an. »Also gut, lassen wir uns die Sache durch den Kopf gehen, LuAnn. Wir reden später darüber, okay?«

Sie zuckte die Schultern und schob sich ein paar Haarsträhnen aus dem Gesicht. »Ich habe Ihnen keinen Heiratsantrag gemacht, Charlie, falls Sie das meinen.«

»Ist auch gut so. Ich bin fast alt genug, um Ihr Großvater zu sein.« Er lächelte.

»Aber ich habe es wirklich gern, wenn Sie bei mir sind. Ich hatte nie viele Freunde ... jedenfalls keine, auf die ich mich verlassen konnte. Auf Sie kann ich mich verlassen, das weiß ich. Sie sind doch mein Freund, oder?«

Charlie räusperte sich. »Ja«, sagte er. Dann schlug er einen mehr geschäftsmäßigen Tonfall an. »Ich denke darüber nach, LuAnn. Wir reden über diese Sache, wenn ich zurück bin. Versprochen.«

Nachdem die Tür sich hinter Charlie geschlossen hatte, machte LuAnn Lisa für ein Nickerchen fertig. Während die Kleine einschlief, lief LuAnn rastlos durch die Suite. Sie schaute aus dem Fenster und sah, wie Charlie das Hotel verließ und die Straße hinunterging. LuAnn folgte ihm mit Blicken, bis er außer Sicht war. Sie hatte niemanden gesehen, der ihn beschattete, aber es waren so viele Menschen unterwegs, daß sie nicht sicher war. Sie seufzte und runzelte die Stirn. Hier war sie nicht in ihrem Element. Sie wollte nur eins: daß Charlie heil und gesund zurückkam.

Dann dachte sie über die Pressekonferenz nach, doch bei der Vorstellung, daß eine Heerschar fremder Menschen ihr alle möglichen Fragen stellte, gingen ihr die Nerven durch, und sie schob den Gedanken weit von sich.

Es klopfte. LuAnn zuckte zusammen und blickte zur Tür. Sie wußte nicht, was sie tun sollte.

»Zimmerservice«, sagte jemand. LuAnn blinzelte durch den Türspion. Der junge Mann auf dem Flur trug tatsächlich eine Pagenlivree.

»Ich habe nichts bestellt«, sagte LuAnn und gab sich Mühe, daß ihre Stimme nicht zittrig klang.

»Ich habe ein Päckchen und eine Nachricht für Sie, Ma'am.«

LuAnn wich zurück. »Von wem?«

»Das weiß ich nicht, Ma'am. Ein Herr hat mich in der Lobby gebeten, es Ihnen zu bringen.«

Charlie? dachte LuAnn. »Hat er meinen Namen gewußt?«

»Nein, er hat auf Sie gezeigt, als Sie zum Aufzug gegangen sind, und mir gesagt, ich soll Ihnen das hier bringen. Möchten Sie es jetzt entgegennehmen, Ma'am?« fragte er geduldig. »Wenn nicht, lege ich es in Ihr Fach hinter der Rezeption.«

LuAnn öffnete die Tür einen Spalt. »Nein, geben Sie nur her.« Sie streckte den Arm heraus, und der Page gab ihr das Päckchen. Sofort schloß sie die Tür wieder. Der junge Mann stand verdutzt und enttäuscht da, weil seine Bemühungen und seine Geduld ihm kein Trinkgeld eingebracht hatten. Aber der Mann in der Lobby hatte ihm schon ordentlich was in die Hand gedrückt. Der Page machte sich wieder auf den Weg.

LuAnn riß das Kuvert auf und faltete den Brief auseinander. Die Nachricht war kurz und auf dem Briefpapier des Hotels geschrieben.

»Liebe LuAnn, wie fühlt Duane sich in letzter Zeit? Und der andere Bursche? Womit haben Sie ihm eigentlich eins verpaßt? Er ist mausetot. Sie wollen doch sicher nicht, daß die Polizei herausfindet, daß Sie dort waren. Ich hoffe, Ihnen gefällt der Artikel. Ein paar Neuigkeiten aus der Heimat. Wir müssen mal gemütlich plaudern. In einer Stunde. Nehmen Sie ein Taxi zum Empire State Building. Ist wirklich eine Sehenswürdigkeit. Lassen Sie den großen Burschen und das Kind zu Hause. Grüße und Küsse.«

LuAnn zerriß das braune Packpapier. Eine Zeitung fiel heraus. Sie hob sie auf. Es war die *Atlanta Journal and Constitution.* Eine Seite war mit einem gelben Zettel markiert. LuAnn setzte sich auf die Couch und las.

Beim Anblick der Schlagzeile fuhr sie hoch. Dann verschlang sie den Artikel. Hin und wieder huschten ihre Blicke auf das dazugehörige Foto. In körnigem Schwarz und Weiß wirkte der Wohnwagen noch schäbiger, sofern das überhaupt möglich war. Er sah aus, als wäre er buchstäblich zusammengebrochen und würde nur noch auf den Müllwagen warten, der ihn und seine Insassen zur Beerdigung fortschaffte. Auch der Buick war auf dem Foto zu sehen. Der lange Kühler mit der obszönen Figur war direkt auf den Wohnwagen gerichtet, wie die Schnauze eines Jagdhundes, der seinem Herrn zu verstehen gab: »Da ist die Beute.«

Beide Männer tot, stand in dem Artikel. Drogen im Spiel. Als LuAnn den Namen Duane Harvey las, fiel eine Träne auf die Zeitung und verwischte die Buchstaben. LuAnn setzte sich wieder, rang verzweifelt nach Fassung. Der zweite Mann war noch nicht identifiziert. LuAnn las schnell weiter. Dann stockte sie, als sie auf ihren Namen stieß. Die Polizei suchte nach ihr, obwohl in der Zeitung nichts davon stand, daß man sie irgendeines Verbrechens beschuldigte. Doch ihr plötzliches Verschwinden hatte das Mißtrauen der Polizei wahrscheinlich erhöht. Es versetzte LuAnn einen Stich, als sie las, daß ausgerechnet Shirley Watson die Leichen entdeckt hatte. Überdies hatte man im Wohnwagen einen Kanister mit Batteriesäure gefunden.

LuAnns Augen wurden schmal. *Batteriesäure.* Shirley war zurückgekommen, um sich zu rächen, und hatte die Säure mitgebracht. Klarer Fall. Doch LuAnn bezweifelte, daß die Polizei sich mit einer Tat befaßte, die nie verübt wurde, wenn sie alle Hände voll damit zu tun hatte, mindestens zwei Verbrechen aufzuklären, die tatsächlich begangen worden waren.

LuAnn starrte noch immer schockiert auf die Zeitung, als es wieder an der Tür klopfte. Erschrocken zuckte sie zusammen.

»LuAnn?«

Sie holte tief Luft. »Charlie?«

»Wer sonst?«

»Einen Moment.« LuAnn sprang auf, riß den Artikel heraus und stopfte ihn in die Tasche. Den Brief und die Zeitung schob sie unter die Couch.

Sie schloß die Tür auf. Charlie trat ein und legte den Mantel ab. »Blöde Idee von mir, daß ich bei den vielen Leuten auf der Straße jemanden entdecken könnte.« Er zog eine Zigarette aus der Schachtel und steckte sie an. Dabei blickte er nachdenklich durchs Fenster. »Aber ich werde trotzdem das Gefühl nicht los, daß jemand uns beschattet hat.«

»Vielleicht wollte uns jemand ausrauben, Charlie. Das geschieht hier doch oft, oder?«

Er schüttelte den Kopf. »Die Gauner sind in letzter Zeit immer dreister geworden. Aber bei 'nem Raub hätten sie uns eins über den Schädel gehauen und wären abgeschwirrt. Handtasche grapschen und weg. Keiner zieht inmitten von einer Million Menschen eine Kanone und brüllt: ›Hände hoch!‹ Ich hatte aber das deutliche Gefühl, daß jemand uns eine Zeitlang beobachtet hat.« Er drehte sich um und musterte LuAnn. »Ist Ihnen irgendwas Ungewöhnliches passiert?«

LuAnn schüttelte den Kopf und schaute ihn mit großen Augen an, weil sie Angst hatte, etwas zu sagen.

»Ist Ihnen jemand aufgefallen, der Ihnen nach New York gefolgt ist?«

»Ich habe niemanden gesehen, Charlie. Ich schwör's.« LuAnn fing an zu zittern. »Ich habe Angst.«

Er legte den Arm um sie. »He, halb so wild. Wahrscheinlich leidet der alte Charlie unter Verfolgungswahn. Warum gehen wir nicht noch ein bißchen einkaufen? Dann fühlen Sie sich gleich besser.«

LuAnn befingerte nervös den Zeitungsartikel in der Tasche. Das Herz klopfte ihr bis zum Hals. Doch als sie Charlie anschaute, war ihr Gesicht ruhig. Sie lächelte hinreißend. »Wissen Sie, was ich wirklich gern tun würde?«

»Was? Sagen Sie's. Ihr Wunsch ist mir Befehl.«

»Ich möchte zum Friseur gehen und vielleicht zur Maniküre. Ich sehe schrecklich aus. So möchte ich mich bei dieser Pressekonferenz nicht sehen lassen, vor Millionen von Zuschauern im ganzen Land.«

»Verflixt, warum bin ich nicht selbst darauf gekommen? Gut, suchen wir uns den schicksten Salon im Telefonbuch heraus und …«

»Unten in der Lobby ist einer«, unterbrach LuAnn ihn hastig. »Hab's beim Reinkommen gesehen. Die machen einem die Haare, Hände, Füße. Sogar 'ne Schönheitsmaske. Der Laden sah toll aus. Wirklich toll.«

»Okay, warum nicht?«

»Könnten Sie auf Lisa aufpassen?«

»Wir kommen mit und warten, bis Sie fertig sind.«

»Oh, Charlie. Sie haben wirklich keine Ahnung.«

»Wieso? Was hab' ich denn gesagt?«

»Männer gehen nicht mit zum Friseur und schauen zu. Wir Frauen haben unsere kleinen Geheimnisse. Wenn ihr Männer wüßtet, wie mühsam es ist, uns hübsch zu machen, wäre der ganze Reiz futsch. Aber Sie könnten etwas für mich tun.«

»Und was?«

»Sie könnten mir sagen, wie schön ich aussehe, wenn ich wiederkomme.«

Charlie grinste. »Ich glaube, das schaffe ich.«

»Ich weiß nicht, wie lange es dauert. Vielleicht komme ich nicht sofort dran. Im Kühlschrank ist eine Flasche für Lisa, wenn sie Hunger bekommt. Wahrscheinlich will sie auch noch ein bißchen spielen. Anschließend können Sie sie schlafen legen.«

»Lassen Sie sich ruhig Zeit. Ich habe nichts vor. Ein Bier und Fernsehen und die Gesellschaft dieser kleinen Dame, und ich bin wunschlos glücklich.« Er nahm Lisa auf den Arm.

LuAnn griff zum Mantel.

»Wozu brauchen Sie den Mantel?« fragte Charlie.

»Ich muß noch ein paar persönliche Dinge kaufen. Gegenüber ist eine Drogerie.«

»Die Sachen können Sie bestimmt auch unten im Hotel kaufen.«

»Wenn die Preise so hoch sind wie im letzten Hotel, gehe ich lieber über die Straße und spare mir das Geld. Danke.«

»LuAnn, Sie sind eine der reichsten Frauen der Welt. Sie könnten das ganze Hotel kaufen, wenn Sie Lust dazu hätten.«

»Charlie, ich habe mein Leben lang sparen müssen. Ich kann mich nicht über Nacht ändern.« Sie machte die Tür auf und blickte ihn an. Dabei gab sie sich alle Mühe, die innere Erregung zu unterdrücken, die immer stärker wurde. »Ich bin so schnell wie möglich wieder da.«

Charlie ging einen Schritt zur Tür. »Mir gefällt das ganz und gar nicht. Wenn Sie ausgehen, sollte ich Sie immer begleiten.«

»Charlie, ich bin eine erwachsene Frau und kann selbst auf mich aufpassen. Außerdem muß Lisa bald ihr Nickerchen machen, und wir können sie doch nicht allein lassen.«

»Natürlich nicht, aber ...«

LuAnn legte ihm die Hand auf die Schulter. »Sie kümmern sich um Lisa, und ich bin so schnell wie möglich wieder da.« Sie gab Lisa einen Kuß auf die Wange und drückte Charlie sanft den Arm.

Nachdem sie gegangen war, holte Charlie sich ein Bier aus der Hausbar, setzte sich mit Lisa auf dem Schoß in den Sessel und schaltete den Fernseher ein. Plötzlich runzelte er die Stirn und blickte nachdenklich zur Tür. Dann aber gab er sich die größte Mühe, Lisas Interesse für das Basketball-Spiel im Fernsehen zu wecken.

KAPITEL 14

Als LuAnn aus dem Taxi stieg, blickte sie ehrfürchtig zum gewaltigen Empire State Building hinauf. Doch ihr blieb nicht viel Zeit, die Architektur zu bewundern, denn Augenblicke später hakte jemand sie unter.

»Hier entlang. Da können wir reden.« Die Stimme klang weich und freundlich, doch LuAnn stellten sich die Nackenhaare auf.

Sie machte ihren Arm frei und betrachtete den Mann. Er war groß, mit breiten Schultern, glatt rasiert, Haar und Brauen dicht und dunkel. Die großen Augen strahlten.

»Was wollen Sie?« Jetzt, da LuAnn dem Mann gegenüberstand, der den Brief geschrieben hatte, schwand ihre Angst rasch.

Romanello blickte sich um. »Wissen Sie, sogar in New York würden wir Aufsehen erregen, würden wir unser Gespräch im Freien führen. Gegenüber ist ein Bistro. Ich schlage vor, wir plaudern dort weiter.«

»Warum sollte ich mit Ihnen reden?«

Er verschränkte die Arme und lächelte sie an. »Offensichtlich haben Sie meinen Brief und den Zeitungsartikel gelesen, sonst wären Sie jetzt nicht hier.«

»Ja, habe ich«, sagte LuAnn und bemühte sich, die Stimme ruhig zu halten.

»Dann ist doch wohl klar, daß wir über einige Dinge sprechen müssen.«

»Was, zum Teufel, haben Sie mit der Sache zu tun? Haben

Sie die Finger im Drogengeschäft?«

Das Lächeln verschwand aus dem Gesicht des Mannes, und für einen Moment wich er zurück. »Wissen Sie ...«

»Ich habe niemanden umgebracht«, sagte LuAnn heftig.

Wieder ließ Romanello den Blick nervös umherschweifen. »Wollen Sie, daß alle Leute hier erfahren, worum es sich dreht?«

LuAnn musterte die Passanten und schritt dann entschlossen auf das Bistro zu. Romanello blieb dicht hinter ihr.

Sie fanden einen freien Tisch in einer Nische im hinteren Teil. Romanello bestellte Kaffee; dann schaute er LuAnn an. »Reizt Sie irgendwas auf der Speisekarte?« fragte er höflich.

»Nein.« Sie funkelte ihn wütend an.

Nachdem die Kellnerin gegangen war, sagte Romanello entschlossen: »Ich kann verstehen, daß Sie dieses Gespräch nicht in die Länge ziehen wollen. Kommen wir also gleich zur Sache.«

»Wie heißen Sie?«

Verblüfft schaute er sie an. »Warum?«

»Denken Sie sich einfach einen Namen aus. Das scheinen hier sowieso alle zu tun.«

»Was reden Sie denn da?« Er dachte einen Moment nach. »Na schön, nennen Sie mich Rainbow.«

»Rainbow. Hm, mal was anderes. Sie sehen aber nicht wie die Regenbogen aus, die ich gesehen habe.«

»Genau da irren Sie sich.« Ein Funkeln trat in seine Augen. »Am Ende des Regenbogens steht immer ein Topf mit Gold.«

»Ach ja?« meinte LuAnn ruhig, musterte ihn aber mißtrauisch.

»Sie sind mein Topf mit Gold, LuAnn. Der Topf am Ende meines Regenbogens.« Er spreizte die Hände. LuAnn wollte aufstehen.

»Setzen Sie sich!« Die Worte kamen schneidend scharf. LuAnn hielt inne, starrte ihn an. »Setzen Sie sich wieder hin.

Es sei denn, Sie wollen den Rest Ihres Lebens im Gefängnis verbringen statt im Paradies.« Bestimmt deutete Romanello auf den Stuhl. Langsam, zögernd setzte sich LuAnn, ohne den Mann aus den Augen zu lassen.

»Ich habe nie viel für dumme Spielchen übrig gehabt, Mr. Rainbow. Warum rücken Sie nicht endlich mit der Sprache raus? Bringen wir's hinter uns.«

Romanello wartete, bis die Kellnerin ihm seinen Kaffee brachte. »Sind Sie sicher, daß Sie nichts bestellen möchten? Es ist ziemlich kalt draußen«, sagte er.

LuAnn schüttelte den Kopf, betrachtete ihn nur mit frostigem Blick. Die Kellnerin stellte Sahne und Zucker ab und fragte, ob die beiden noch Wünsche hätten. Nachdem sie gegangen war, beugte Romanello sich über den Tisch vor. Seine Augen waren dicht vor LuAnns. »Ich war in Ihrem Wohnwagen, LuAnn. Ich habe die Leichen gesehen.«

Sie zuckte zusammen. »Was hatten Sie im Wohnwagen verloren?«

Er lehnte sich zurück. »Bin zufällig vorbeigekommen.«

»Sie erzählen mir einen Scheißdreck, und das wissen Sie.«

»Vielleicht. Aber ich habe gesehen, wie Sie mit dem Buick vorgefahren sind. Ich habe gesehen, wie Sie auf dem Bahnhof einen Packen Geldscheine aus der Babytasche holten. Und ich habe gesehen, wie Sie mehrmals telefoniert haben.«

»Na und? Darf ich etwa nicht telefonieren?«

»Im Wohnwagen waren zwei Leichen und 'ne Menge Stoff, LuAnn. Und es war *Ihr* Wohnwagen.«

LuAnns Augen wurden schmal. *War dieser Rainbow ein Bulle, der ihr ein Geständnis entlocken sollte?* Unruhig ruckte sie auf dem Stuhl. »Ich habe keine Ahnung, wovon Sie reden. Ich habe keine Leichen gesehen. Sie müssen jemand anders beobachtet haben. Und wer sagt, daß ich mein Geld nicht aufheben kann, wo ich will?« Sie holte den Zeitungsartikel aus der Tasche. »Hier. Nehmen Sie diesen Scheiß und versuchen Sie, jemand anderem damit Angst einzujagen.«

Romanello nahm den Artikel, warf einen Blick darauf und steckte ihn ein. Als seine Hand wieder zum Vorschein kam, lief es LuAnn kalt über den Rücken. Romanello hielt den blutigen Fetzen ihrer Bluse.

»Erkennen Sie das wieder, LuAnn?«

Sie kämpfte darum, die Fassung zu wahren. »Sieht aus wie ein schmutziger Stoffetzen. Na und?«

Er lächelte. »Also wirklich, ich hätte nie geglaubt, daß Sie die Sache so ruhig aufnehmen. Sie sind tatsächlich nur eine dumme Pute aus der Provinz. Ich hatte erwartet, Sie würden vor mir auf die Knie fallen und um Gnade flehen.«

»Tut mir leid, wenn ich nicht so bin, wie Sie gedacht haben. Und wenn Sie mich noch mal eine dumme Pute nennen, trete ich Ihnen in die Eier.«

Plötzlich wurde sein Gesicht hart. Er zog den Reißverschluß seiner Jacke so weit auf, daß LuAnn den Griff der Neunmillimeter sah. »Sie wollen doch bestimmt nicht, daß ich wütend werde, LuAnn«, sagte er ruhig. »Wenn ich wütend werde, kann ich verdammt unangenehm sein. Sogar richtig gewalttätig.«

LuAnn warf nur einen flüchtigen Blick auf die Waffe. »Was wollen Sie von mir?«

Er zog den Reißverschluß wieder hoch. »Wie ich schon sagte, Sie sind mein Topf mit Gold.«

»Ich habe kein Geld«, erklärte sie hastig.

Beinahe hätte er gelacht. »Warum sind Sie in New York, LuAnn? Ich wette, daß Sie zum erstenmal aus diesem gottverlassenen Kaff rausgekommen sind. Warum sind Sie ausgerechnet nach New York gefahren?« Er legte den Kopf schief und wartete auf ihre Antwort.

LuAnn rieb nervös die Hände über die unebene Tischplatte. Als sie schließlich antwortete, schaute sie Romanello nicht an. »Na gut, vielleicht weiß ich, was in dem Wohnwagen passiert ist. Aber ich habe nichts getan. Ich mußte verschwinden, weil mir klar war, daß ich in einen ziemlichen

Schlamassel geraten konnte. Und New York war die erste Stadt, die mir eingefallen ist.« Sie hob den Blick, um seine Reaktion auf diese Erklärung zu beobachten. Romanello grinste.

»Was werden Sie mit dem vielen Geld machen, LuAnn?«

»Wovon reden Sie überhaupt? Was für Geld? Das in der Babytasche?«

»Ich hoffe, Sie versuchen nicht, hundert Millionen Dollar in eine Babytasche zu stopfen.« Er betrachtete ihren Busen. »Oder in Ihren Büstenhalter, obwohl dort viel Platz ist.« LuAnn starrte ihn mit offenem Mund an. »Mal sehen«, fuhr er fort. »Wie hoch liegen heutzutage die Raten bei Erpressung? Zehn Prozent? Zwanzig? Fünfzig? Selbst wenn ich die Hälfte nehme, haben Sie immer noch fünfzig Millionen auf Ihrem Konto. Damit können Sie sich und dem Kind für den Rest Ihres Lebens Jeans und Turnschuhe kaufen, stimmt's?« Er nahm einen Schluck Kaffee, lehnte sich zurück und spielte mit der Serviette, während er LuAnn betrachtete.

Sie hielt eine Gabel fest umklammert. Für einen Moment hatte sie den wilden Wunsch, den Kerl damit umzubringen.

»Sie sind verrückt, Mister. Total verrückt.«

»Die Pressekonferenz ist morgen, LuAnn.«

»Was für eine Pressekonferenz?«

»Sie wissen schon. Die Show, wo Sie diesen großen, schönen Scheck hochhalten und lächelnd der enttäuschten Menge zuwinken.«

»Ich muß jetzt gehen.«

Blitzschnell schoß seine rechte Hand vor und packte ihren Arm. »Ich glaube nicht, daß Sie das Geld ausgeben können, wenn Sie im Knast sitzen.«

»Ich sagte, ich muß jetzt gehen.« Sie riß ihren Arm los und stand auf.

»Seien Sie nicht dumm, LuAnn. Ich habe gesehen, wie Sie das Los gekauft haben. Ich war auch bei der Ziehung. Ich habe das Lächeln auf Ihrem Gesicht gesehen, und wie Sie vor

Begeisterung auf der Straße gejubelt haben. Ich war auch in der Lotteriezentrale, als Sie sich das Gewinnlos bestätigen ließen. Also versuchen Sie nicht, mich zu verarschen. Wenn Sie jetzt gehen, rufe ich als erstes den Sheriff in Ihrem Heimatkaff an und erzähle ihm alles, was ich gesehen habe. Und dann schicke ich ihm den Fetzen dieser Bluse. Sie haben keine Ahnung, was für raffinierte Geräte die Bullen heute in ihren Labors haben. Fingerabdrücke, Blutgruppe, DNA – das können die alles anhand dieses Fetzens bestimmen. Und dann werden sie die Stücke des Puzzles zusammensetzen. Und wenn ich den Cops dann noch erzähle, daß Sie gerade in der Lotterie gewonnen haben, buchtet man Sie wahrscheinlich ein, ehe Sie sich absetzen können. Dann ist Ihr schönes neues Leben gestorben. Sie können sich dann allenfalls noch leisten, Ihr Kind irgendwo gut unterzubringen, während Sie im Knast verfaulen.«

»Aber ich habe nichts Böses getan!«

»Nein, nur etwas selten Dämliches, LuAnn. Sie sind abgehauen. Und wenn jemand flieht, gehen die Bullen davon aus, daß er schuldig ist. So denken die nun mal. Die glauben, daß Sie bis zu Ihrem hübschen kleinen Arsch in der Sache drinstecken. Bis jetzt hat man Sie noch nicht aufgespürt, aber das ist nur eine Frage der Zeit. Ob die Bullen Ihnen in zehn Minuten im Genick sitzen oder erst in zehn Tagen – die Entscheidung liegt allein bei Ihnen. Wenn Sie sich für die zehn Minuten entscheiden, sind Sie so gut wie tot. Bei den zehn Tagen gehe ich davon aus, daß Sie für immer verschwinden können. Genau das habe ich übrigens auch vor. Ich will nur ein einziges Mal Geld von Ihnen. Das garantiere ich. Selbst wenn ich wollte, könnte ich so viel Knete nicht über Nacht ausgeben. Sie auch nicht. Gehen Sie auf meinen Vorschlag ein, gewinnen wir beide. Andernfalls verlieren Sie alles. Also, wie sieht's aus?«

LuAnn hatte sich erhoben und stand für einen Moment wie erstarrt da. Dann setzte sie sich ganz langsam wieder.

»Kluges Mädchen.«

»Ich kann Ihnen nicht die Hälfte geben.«

Romanellos Gesicht verdüsterte sich. »Nicht so gierig, Lady.«

»Das hat mit Gier nichts zu tun. Ich kann Ihnen Geld geben. Ich weiß nur nicht genau, wieviel. Aber es ist eine Menge. Genug, daß Sie alles tun können, was Sie wollen.«

»Ich verstehe nicht…«, begann er.

»Das brauchen Sie auch nicht«, unterbrach LuAnn ihn und bemühte sich, Jacksons Redeweise nachzuahmen. »Aber wenn ich Ihnen Geld gebe, müssen Sie mir eine Frage beantworten. Und ich will die Wahrheit wissen, sonst können Sie von mir aus die Bullen anrufen. Das ist mir dann völlig egal.«

Er betrachtete sie mißtrauisch. »Wie lautet die Frage?«

LuAnn beugte sich über den Tisch vor. »Was haben Sie im Wohnwagen gemacht?« Ihre Stimme war leise, aber fest. »Sie sind nicht zufällig vorbeigekommen. Das ist so sicher, wie ich hier sitze.«

»Was spielt es denn für eine Rolle, warum ich dort war?« Er winkte lässig ab.

LuAnn packte ihn so blitzschnell wie eine zustoßende Klapperschlange am Handgelenk und hielt es fest. Romanello stöhnte, so hart war ihr Griff. Obwohl er groß und muskulös war, würde er alle Kraft aufbieten müssen, um diesen Griff zu sprengen. »Ich habe gesagt, ich verlange eine Antwort. Und ich rate Ihnen, Mister, bei der Wahrheit zu bleiben.«

»Ich verdiene meinen Lebensunterhalt damit…«, er lächelte und verbesserte sich, »… bis jetzt *habe* ich mir meinen Lebensunterhalt damit verdient, daß ich mich um die kleinen Probleme anderer Leute gekümmert habe.«

LuAnn lockerte den Griff nicht. »Was für Probleme? Hat das mit Duanes Drogengeschäften zu tun?«

Romanello schüttelte den Kopf. »Von den Drogen wußte ich nichts. Duane war schon tot. Vielleicht hat er seine Lieferanten übers Ohr gehauen oder einen Teil vom Gewinn eingesackt, und deshalb hat der andere Typ ihn abgestochen. Wer weiß. Ist doch auch scheißegal.«

»Was ist mit diesem anderen Burschen?«

»Sie haben ihn doch selbst niedergeschlagen. Wie ich im Brief schrieb: mausetot.« LuAnn sagte nichts. Romanello holte tief Luft und fügte hinzu: »Übrigens dürfen Sie meine Hand jederzeit loslassen.«

»Sie haben meine Frage noch nicht beantwortet. Und wenn Sie das nicht tun, können Sie ruhig den Sheriff anrufen, denn von mir bekommen Sie keinen verdammten Cent.«

Romanello zögerte; dann aber siegte die Geldgier über die Vorsicht. »Ich bin zu dem Wohnwagen gefahren, um Sie zu töten«, erklärte er, als würde er über das Wetter reden.

Langsam ließ LuAnn sein Handgelenk los. Er rieb es sich, damit das Blut wieder zirkulierte.

»Und warum?«

»Ich stelle keine Fragen. Ich tue nur, wofür ich bezahlt werde.«

»Wer hat Ihnen gesagt, daß Sie mich umbringen sollen?«

Er zuckte die Schultern. »Keine Ahnung.«

Sie griff wieder nach seinem Gelenk, aber diesmal war er auf den Angriff vorbereitet und brachte den Arm blitzschnell in Sicherheit. »Verdammt, ich weiß wirklich nicht, von wem der Auftrag kam. Meine Kunden kommen nicht auf eine Tasse Kaffee bei mir vorbei und plaudern freundlich, wenn ich jemanden für sie kaltmachen soll. Ich kriege einen Anruf, die Hälfte des Geldes im voraus und den Rest, wenn ich den Job erledigt habe. Alles per Post.«

»Ich lebe noch.«

»Stimmt. Aber nur, weil man mich zurückgepfiffen hat.«

»Wer?«

»Der, von dem ich den Auftrag hatte.«

»Wann haben Sie den Anruf bekommen?«

»Ich war in Ihrem Wohnwagen. Hab' Sie aus dem Buick

aussteigen und weggehen sehen. Dann bin ich zu meinem Wagen gegangen, und da kam der Anruf. So gegen viertel nach zehn.«

LuAnn holte tief Luft, als ihr die Wahrheit dämmerte: Jackson. So also ›sorgte‹ er für diejenigen, die sein Spiel nicht mitspielen wollten.

Als LuAnn schwieg, beugte Romanello sich wieder zu ihr vor. »So, damit sind alle Ihre Fragen beantwortet. Jetzt können wir darüber reden, wie wir unser kleines Geschäft abwickeln.«

LuAnn starrte ihn eine volle Minute an; dann sagte sie: »Wenn ich herausfinde, daß Sie mich belogen haben, wird Ihnen ganz und gar nicht gefallen, was dann passiert.«

»Sie sind wirklich 'ne harte Nummer, LuAnn. Normalerweise scheißen die Leute sich die Hose voll, wenn sie 'nem professionellen Killer gegenübersitzen«, sagte er. Seine dunklen Augen flackerten. Wieder machte er den Reißverschluß der Jacke so weit auf, daß der Kolben der Neunmillimeter zu sehen war. »Treiben Sie's nicht auf die Spitze.« Seine Stimme klang drohend.

LuAnn blickte voller Verachtung auf die Pistole, ehe sie Romanello ins Gesicht schaute. »Ich bin unter Verrückten aufgewachsen, Mister Regenbogen. Da, wo ich herkomme, besaufen sich die Kerle, und wenn sie die Hucke voll haben, knallen sie anderen Leuten mit Schrotgewehren die Fresse weg. Einfach so, aus Spaß. Oder sie stechen einen ab und säbeln an ihm herum, daß nicht mal seine Mama ihn wiedererkennen würde. Und dann wetten sie, wie lange es dauert, bis das arme Schwein ausgeblutet ist. Wir hatten da mal einen Schwarzen. Den hat man aus dem See gefischt. Die Kehle war aufgeschlitzt und seine Geschlechtsteile abgeschnitten, weil jemand sich darüber aufregte, daß er angeblich ein weißes Mädchen angebaggert hat. Ich bin ziemlich sicher, daß mein Daddy dabei die Finger im Spiel hatte. Den Bullen war die ganze Sache scheißegal. So, vielleicht kapieren Sie jetzt, daß Sie mir mit Ihrer Mickymaus-Knarre und Ihrem Profikiller-Getue auf den Geist gehen. Sobald wir unser Geschäft abgewickelt haben, scheren Sie sich zum Teufel und verschwinden aus meinem Leben.«

Das bedrohliche Funkeln in Romanellos Augen erlosch schlagartig. »In Ordnung«, sagte er ruhig und zog den Reißverschluß hoch.

KAPITEL 15

Fünf Minuten später verließen Romanello und LuAnn das Bistro. LuAnn stieg in ein Taxi und fuhr zurück zum Hotel, wo sie die nächsten Stunden beim Friseur verbringen würde, um Charlie nicht mißtrauisch zu machen. Romanello ging die Straße in die andere Richtung und pfiff leise vor sich hin. Was für ein wundervoller Tag! Die Absprachen, die er mit LuAnn getroffen hatte, waren zwar nicht hundertprozentig wasserdicht, doch sein Instinkt sagte ihm, daß sie sich daran halten würde. Wenn die erste Rate des Geldes nicht in zwei Tagen, vor Geschäftsschluß der Bank, auf seinem Konto war, würde er die Polizei in Rikersville anrufen. LuAnn würde bezahlen. Da war Romanello ganz sicher. Warum sollte sie sich unglücklich machen?

Da er in Hochstimmung war, beschloß er, auf dem Weg zu seiner Wohnung eine Flasche Chianti zu kaufen. Seine Gedanken kreisten bereits um die große Villa, gegen die er seine mickrige Wohnung bald eintauschen würde. Irgendwo in einem schönen, fernen Land. Im Laufe der Jahre hatte Romanello mit dem Auslöschen von Menschenleben gutes Geld verdient, aber er mußte vorsichtig sein, wenn er es ausgab, und darauf achten, wo er es aufbewahrte. Es wäre ganz schön peinlich gewesen, hätte die Steuerfahndung an seine Tür geklopft, um sich seine Einkommensteuererklärungen anzuschauen. Doch dieses Problem lag jetzt hinter ihm. Die *wirklich* Reichen konnten dem Zugriff der Finanzämter und Steuerfahnder und aller anderen Geldgeier des Staates entschweben. Jawohl, heute ist ein herrlicher, erfolgreicher Tag, dachte Romanello.

Da nicht gleich ein Taxi zur Stelle war, nahm er die U-Bahn. Sie war ziemlich voll. Nur mit Mühe fand er einen Stehplatz in einem der Wagen und fuhr mehrere Haltestellen, ehe er sich durch die Menge drängte und wieder auf die Straße trat. An seiner Wohnung angelangt, drehte er den Schlüssel in der Eingangstür, ging hinein und schloß hinter sich ab. In der Küche stellte er die Flasche kalt. Er freute sich schon auf ein Glas Chianti. Er wollte gerade die Jacke ausziehen, als es klopfte. Er spähte durch den Spion. Die braune Uniform des UPS-Mannes füllte das Gesichtsfeld.

»Was wollen Sie?« fragte Romanello durch die Tür.

»Ich soll ein Paket für einen Anthony Romanello abliefern, bei dieser Adresse.« Der Mann blickte auf das Paket, das ungefähr zwanzig mal dreißig Zentimeter groß war und in der Mitte eine Ausbuchtung hatte.

Romanello öffnete die Tür.

»Sind Sie Anthony Romanello?«

Er nickte.

»Bitte, unterschreiben Sie hier.« Er hielt Romanello einen Stift hin, der an einem elektronischen Klemmbrett befestigt war.

»Sie bringen mir doch nicht etwa 'ne gerichtliche Vorladung?« Romanello grinste und unterschrieb.

»Das würde ich nicht für viel Geld und gute Worte tun«, sagte der UPS-Mann. »Mein Schwager war Gerichtsbote, oben in Detroit. Nachdem man das zweite Mal auf ihn geschossen hatte, hat er den Job gewechselt. Er fährt jetzt Brötchen aus. Schönen Tag noch.«

Romanello schloß die Tür und betastete den Inhalt des Pakets durch den dünnen Karton. Seine Lippen verzogen sich zu einem breiten Lächeln. Die zweite Rate für den LuAnn-Job. Man hatte Romanello erklärt, daß er möglicherweise zurückgepfiffen würde. Doch sein Auftraggeber hatte ihm versichert, er würde die restliche Summe trotzdem erhalten. Plötzlich gefror das Lächeln auf Romanellos Gesicht, als er sich erinnerte, daß das Geld an sein Postfach geschickt werden sollte. Niemand sollte erfahren, wo er wohnte. Oder seinen richtigen Namen.

Er wirbelte herum, als er das Geräusch hörte.

Jackson tauchte aus dem Schatten des Wohnzimmers auf. Er war so tadellos gekleidet wie beim Gespräch mit LuAnn. Er lehnte sich an den Türrahmen der Küche und musterte Romanello durch eine Sonnenbrille von Kopf bis Fuß. In seinem dunklen Haar waren graue Strähnen. Ein gepflegter Bart bedeckte das Kinn. Die Wangen waren aufgedunsen, die Ohren rot und dick – die Ergebnisse sorgfältig entworfener Latexformen.

»Wer sind Sie, verdammt? Wie sind Sie hereingekommen?«

Als Antwort deutete Jackson mit der Hand, die in einem Lederhandschuh steckte, auf das Paket. »Machen Sie's auf.«

»Was?« fragte Romanello verdutzt.

»Zählen Sie das Geld. Überzeugen Sie sich davon, daß nichts fehlt. Keine Angst, Sie verletzen damit nicht meine Gefühle.«

»Hören Sie ...«

Jackson nahm die Sonnenbrille ab. Seine Blicke bohrten sich in Romanellos Augen. »Aufmachen.« Seine Stimme war kaum lauter als ein Flüstern und klang auch keineswegs drohend. Romanello fragte sich, warum er trotzdem innerlich zitterte. Während der letzten drei Jahre hatte er kaltblütig sechs Menschen getötet. *Niemand* konnte ihn einschüchtern.

Schnell riß er das Paket auf. Der Inhalt fiel heraus. Romanello beobachtete, wie die Zeitungsschnipsel auf den Fußboden flatterten.

»Soll das ein Scherz sein? Wenn ja, kann ich nicht darüber lachen.« Er funkelte Jackson wütend an.

Jackson schüttelte traurig den Kopf. »Als ich nach dem Telefonat mit Ihnen aufgelegt hatte, war mir klar, daß mein kleiner Versprecher ernste Konsequenzen haben würde. Ich hatte von LuAnn Tyler und von Geld gesprochen. Und Geld – wie Sie wissen – bringt Menschen dazu, die seltsamsten Dinge zu tun.«

»Was reden Sie da?«

»Sie hatten den Auftrag, Mr. Romanello, einen Job für mich zu erledigen. Nachdem dieser Auftrag zurückgezogen wurde, hatten Sie mit meinen Angelegenheiten nichts mehr zu schaffen. Oder lassen Sie es mich anders ausdrücken: Sie *sollten* mit meinen Angelegenheiten nichts mehr zu schaffen haben.«

»Habe ich doch auch nicht. Ich habe die Kleine nicht umgelegt – und dafür bekomme ich von Ihnen nur Zeitungspapier? Sie wissen wohl nicht, mit wem Sie es zu tun haben, Mister.«

Jackson zählte mit den Fingern die einzelnen Punkte ab. »Sie sind der Frau nach New York gefolgt. Sie haben sie durch die ganze Stadt hindurch beschattet. Sie haben ihr einen Brief geschickt. Sie haben sich mit ihr getroffen. Zwar hatte ich nicht die Möglichkeit, Ihre Unterhaltung zu belauschen, aber – wie es aussieht – war das Thema alles andere als erfreulich.«

»Woher wissen Sie das alles, zum Teufel?«

»Es gibt nicht viel, was ich nicht weiß, Mr. Romanello. Wirklich nicht.« Jackson setzte die Sonnenbrille wieder auf.

»Sie können mir überhaupt nichts beweisen, Mann.«

Jackson lachte – ein Lachen, bei dem sich Romanellos Nackenhaare aufstellten. Er griff zur Pistole. Aber die war nicht mehr da.

Jackson sah Romanellos fassungslosen Gesichtsausdruck und schüttelte den Kopf. »Um diese Zeit sind die U-Bahnen immer schrecklich voll. Ich habe gehört, daß Taschendiebe ehrliche Menschen vollkommen ungestraft ausrauben können. Wer weiß, was Ihnen sonst noch abhanden gekommen ist.«

»He, Mann. Sie können nichts beweisen! Und Sie können auch nicht einfach die Bullen anrufen. Sie haben mir den Auftrag erteilt, jemanden zu töten. Das macht Sie nicht gerade glaubwürdig, wenn Sie die Cops …«

»Ich habe kein Interesse, mich an die offiziellen Stellen zu wenden. Sie haben meine Anweisungen mißachtet und damit meine Pläne gefährdet. Ich bin hergekommen, um Ihnen zu sagen, daß ich davon weiß, und um Ihnen deutlich vor Augen zu führen, daß Sie sich Ihres unkorrekten Verhaltens wegen den Rest des Geldes verscherzt haben. Überdies habe ich mich zu einer angemessenen Bestrafung entschlossen. Diese Bestrafung werde ich jetzt vornehmen.«

Romanello richtete sich zu seiner vollen Größe auf, so daß er Jackson überragte, und lachte schallend. »Ach, ja? Sie wollen mich bestrafen? Wie viele harte Jungs haben Sie denn mitgebracht?«

»Ich ziehe es vor, derartige Maßnahmen selbst durchzuführen.«

»Na, dann ist das aber Ihre letzte Maßnahme.« Blitzschnell schoß Romanellos Hand zum Fußknöchel. Sekunden später stand er wieder aufrecht da. Die gezackte Messerklinge glänzte in seiner Rechten. Er wollte sich auf Jackson stürzen, hielt jedoch in der Bewegung inne, als er das Gerät sah, das Jackson auf ihn richtete.

»Die vielgepriesenen Vorteile von Muskelkraft und Körpergröße werden häufig überschätzt. Würden Sie mir da zustimmen?« fragte Jackson. Die beiden Pfeile, jeweils mit einer Ladung von 120 000 Volt, schossen aus der Betäubungspistole und trafen Romanello genau in die Brust. Der große Mann kippte zu Boden, als hätte ein Axthieb ihn gefällt. Dann lag er da und starrte zu Jackson hinauf.

»Man sagt, diese Geräte würden in Zukunft in verstärktem Maße bei der Polizeiarbeit eingesetzt. Ihr militärisches

Potential dagegen ist ziemlich begrenzt. Dieses Modell garantiert mindestens zwanzig Minuten vollkommener Lähmung, mehr als genug für meine Zwecke.«

Hilflos mußte Romanello beobachten, wie Jackson sich neben ihn kniete, die beiden Pfeile herauszog und sie samt Gerät in die Tasche steckte. Geschickt knöpfte er Romanellos Hemd auf. »Ziemlich behaart, Mr. Romanello. Kein Gerichtsmediziner wird sich jemals fragen, woher die beiden winzigen Löcher in Ihrer Brust stammen, falls man sie überhaupt entdeckt, was ich stark bezweifle.« Dann holte Jackson einen Gegenstand aus dem Jackett, bei dessen Anblick Romanello vor Schreck erstarrt wäre, wäre er es nicht bereits gewesen. Seine Zunge fühlte sich so groß und rauh wie eine Baumwurzel an. Er glaubte, einen Schlaganfall erlitten zu haben. Er konnte sich nicht rühren; seine Gliedmaßen waren völlig taub und gefühllos. Nur sein Blick war ungetrübt. Nun aber wünschte er sich, die Pfeile hätten ihn auch geblendet. Entsetzt sah er, wie Jackson methodisch die Spritze inspizierte.

»Es ist in der Hauptsache eine harmlose Salzlösung«, erklärte Jackson, als spräche er zu einer Schulklasse im Chemieunterricht. »In der Hauptsache deshalb, weil ein zusätzlicher Wirkstoff unter bestimmten Umständen durchaus tödlich sein kann.« Er lächelte auf Romanello hinunter und legte eine Pause ein, als dächte er über die Tragweite seiner Worte nach. »Diese Lösung enthält Prostaglandin, eine Substanz, die der Körper auf natürliche Weise produziert«, fuhr er fort. »Normale Dosen werden in Mikrogramm gemessen. Ich aber werde Ihnen eine Dosis spritzen, die mehrere tausendmal stärker ist, so daß sie in Milligramm gemessen wird. Wenn diese Substanz Ihr Herz erreicht, bewirkt sie, daß die koronaren Arterien sich ganz plötzlich zusammenziehen. Die Ärzte bezeichnen so etwas in der Fachsprache als myokardialen Infarkt oder auch koronare Okklusion, gemeinhin bekannt als Herzinfarkt der übelsten und schmerzhaftesten Sorte. Ehrlich gesagt, habe ich noch nie die Wirkung des elektrischen Schlags der Betäubungspistole mit dieser Tötungsmethode kombiniert. Es dürfte interessant werden, den Vorgang zu beobachten.« Jackson zeigte nicht mehr Gefühl, als beim Sezieren eines Frosches in einer Biologiestunde. »Da Prostaglandin, wie ich bereits sagte, eine natürliche Körpersubstanz ist, wird es auch auf natürliche Weise abgebaut. Das bedeutet, daß selbst ein mißtrauischer Gerichtsmediziner keine verdächtig hohen Dosen dieser Substanz im Körper entdecken kann. Zur Zeit arbeite ich an einem enzymhaltigen Gift, welches in einer speziell beschichteten Kapsel verabreicht werden kann. Bestimmte Bestandteile des Blutes lösen die Schutzschicht sehr schnell auf. Dennoch ist ausreichend Zeit, daß das Gift zuvor seine Aufgabe erfüllen kann. Sobald die Schutzschicht der Kapsel verschwunden ist, tritt eine sofortige chemische Reaktion der Enzyme und der Giftmischung ein, wobei das Gift aufgelöst wird, um es laienhaft auszudrücken. Beim Beseitigen von Ölflecken benutzt man ein ähnliches Verfahren. Es hinterläßt absolut keine Spuren. Eigentlich wollte ich diese neue Methode heute bei Ihnen anwenden, aber sie ist noch nicht ganz ausgereift, und ich hasse es, solche Dinge zu überstürzen. In der Chemie sind Geduld und Präzision unabdingbar. Deshalb habe ich auf das alte, verläßliche Prostaglandin zurückgegriffen.«

Jackson hielt die Nadel dicht an Romanellos Hals, um die beste Einstichstelle zu suchen. »Man wird Sie hier finden, ein junger kräftiger Mann, gefällt in der Blüte seiner Jahre durch einen bedauerlichen Herzinfarkt. Wieder ein Fall für die Statistik der Gesundheitsdebatte, die zur Zeit geführt wird.«

Romanellos Augen drohten aus dem Kopf herauszuplatzen, während er all seine Willenskraft aufbot, um sich aus dem Griff der Betäubung zu befreien, die Jackson ihm mit den Pfeilen beigebracht hatte. Aufgrund der Kraftanstrengung traten die Venen am Hals dick wie Stricke hervor. Jackson dankte Romanello im stillen dafür, daß er ihm die Arbeit so erleichterte, ehe er die Nadel in die Halsschlagader stach und den Inhalt der Spritze in Romanellos Blutkreislauf drückte. Jackson lächelte und tätschelte den Kopf seines Opfers, während dessen Pupillen wie ein Metronom hin- und herschossen.

Dann entnahm Jackson seiner Aktentasche eine Rasierklinge. »Einem scharfäugigen Pathologen entgeht diese Einstichstelle vielleicht nicht, deshalb müssen wir etwas dagegen tun.« Er ritzte Romanellos Hals an der Einstichstelle. Ein Blutstropfen benetzte die Haut. Jackson verstaute die Rasierklinge wieder in der Tasche, holte ein Pflaster heraus und drückte es auf die frische Schnittwunde. Dann lehnte er sich zurück, um seine saubere Arbeit zu betrachten. Dabei lächelte er.

»Es tut mir leid, daß es dazu kommen mußte, vor allem, da mir Ihre Dienste in Zukunft möglicherweise von Nutzen gewesen wären.« Jackson hob Romanellos schlaffe rechte Hand und machte das Kreuzzeichen über der Brust des hilflosen Mannes. »Ich weiß, daß Sie als Katholik aufgewachsen sind, Mr. Romanello«, sagte er ernst. »Obwohl Sie offensichtlich von der kirchlichen Lehre abgewichen sind. Insofern wäre die letzte Ölung durch einen Priester wohl überflüssig. Ich glaube, die Absolution spielt dort, wohin Sie jetzt reisen, ohnehin keine Rolle. Was meinen Sie? Die Vorstellung vom Fegefeuer ist doch völlig absurd.« Er nahm Romanellos Messer hoch und schob es in die Scheide am Knöchel zurück.

Jackson wollte gerade aufstehen, als er den Rand des Zeitungsausschnitts sah, der aus Romanellos Jackentasche ragte. Rasch zog er das Papier heraus.

Als er den Artikel mit den Einzelheiten über zwei Morde, Drogen, LuAnns Verschwinden und die Suche der Polizei nach ihr las, wurden seine Züge finster. Das erklärte eine Menge. Romanello erpreßte LuAnn. Oder hatte es versucht.

Hätte Jackson diese Information gestern erhalten, wäre die Lösung einfach gewesen: Er hätte LuAnn auf der Stelle getötet. Jetzt ging das nicht mehr.

Jackson haßte den Gedanken, daß er die Kontrolle über die Situation teilweise verloren hatte. LuAnn war bereits als Gewinnerin der Lotterie offiziell bestätigt worden. In weniger als vierundzwanzig Stunden sollte sie der Welt als die neueste Lotto-Millionärin vorgestellt werden. Ja, jetzt ergaben LuAnns Wünsche mehr Sinn.

Er faltete das Papierstück zusammen und steckte es ein. Ob es ihm gefiel oder nicht, er war jetzt sozusagen mit LuAnn Tyler verheiratet, samt ihren Schönheitsfehlern. Es war eine Herausforderung, und Jackson liebte Herausforderungen – jederzeit. Außerdem würde er die Kontrolle wiedererlangen. Er würde LuAnn genau vorschreiben, was sie zu tun hatte, und sie umbringen, wenn sie seine Anweisungen nicht aufs Haar befolgte, nachdem sie ihren Gewinn erhalten hatte.

Jackson sammelte die Zeitungsschnipsel und die Reste des Pakets ein. Den dunklen Anzug, den er trug, konnte er durch Ziehen an verborgenen Stellen mühelos abstreifen. Jackson verstaute ihn zusammen mit den Polstern, die seine Leibesfülle vorgetäuscht hatten, in einer großen Pizzaschachtel, die er aus einer Ecke des Wohnzimmers holte.

Der viel schlankere Jackson war jetzt in ein blauweißes Hemd gekleidet, dessen Aufschrift ihn als Auslieferer von *Domino's Pizza* auswies. Aus einer Tasche holte er einen Faden, den er unter die Klebemasse auf der Nase schob. Dann löste er die künstliche Nase ab und steckte sie ebenfalls in die Pizzaschachtel. Desgleichen entledigte er sich des Muttermals, des Bartes und der Ohrstücke. Er reinigte das Gesicht mit Alkohol aus einer mitgebrachten Flasche. Damit entfernte er die mit Schminke aufgetragenen Glanzlichter und Schatten, die sein Gesicht hatten altern lassen. Aufgrund langjähriger Praxis verrichtete er alle diese Arbeiten schnell und methodisch. Als letztes kämmte er sich Gel ins Haar und entfernte so die aufgesprühten grauen Strähnen.

Er überprüfte sein neues Aussehen in dem kleinen Wandspiegel. Und dann veränderte er diese Chamäleon-Landschaft geschickt, indem er sich einen buschigen Schnurrbart anklebte. Er setzte eine Baseballmütze auf, unter der hinten ein langer Pferdeschwanz hing. Eine Sonnenbrille verdeckte die Augen. Tennisschuhe anstelle der eleganten Slipper. Wieder betrachtete er sein Aussehen: Ja, er war ein ganz anderer. Er mußte lächeln. Du bist ein talentierter Bursche, sagte er sich.

Als Jackson wenige Augenblicke später unauffällig das Gebäude verließ, waren Romanellos Züge entspannt und friedlich. Und würden es für immer bleiben.

KAPITEL 16

»Es wird alles prima klappen, LuAnn«, sagte Roger Davis, der junge, gut aussehende Mann, der vor zwei Abenden die Ziehung der Lotterie geleitet hatte, und tätschelte ihre Hand. »Ich weiß, Sie sind nervös, aber ich bin ja bei Ihnen. Wir werden es so kurz und schmerzlos wie möglich für Sie machen. Darauf gebe ich Ihnen mein Wort«, meinte er, ganz Kavalier.

Sie befanden sich in einem eleganten Zimmer im Gebäude der Lotteriezentrale, auf demselben Flur, wo im großen Saal die Meute der Journalisten und andere Zuschauer auf das Erscheinen des neuesten Gewinners warteten. LuAnn trug ein blaßblaues knielanges Kleid mit farblich dazu passenden Schuhen. Dank des hauseigenen Maskenbildners der Lotterie-Gesellschaft waren ihre Frisur und ihr Make-up makellos. Der Schnitt am Kinn war soweit verheilt, daß sie kein Pflaster mehr brauchte, sondern ihn überschminken konnte.

»Sie sehen wunderschön aus, LuAnn«, sagte Davis. »Ich kann mich nicht erinnern, daß eine Gewinnerin so hinreißend ausgesehen hat. Ehrlich.« Er setzte sich neben sie, so daß ihre Knie sich berührten.

LuAnn schenkte ihm ein flüchtiges Lächeln und rutschte ein Stück von ihm weg. Sie blickte auf Lisa. »Ich möchte nicht, daß Lisa mit hinaus muß. Die vielen Scheinwerfer und Menschen würden ihr schreckliche Angst machen.«

»Das geht schon in Ordnung. Sie kann hier bleiben. Jemand wird gut auf sie aufpassen. Wir legen größten Wert auf

Sicherheit, wie Sie sich wohl denken können.« Er machte eine Pause und bewunderte LuAnns Figur. »Aber wir werden bekanntgeben, daß Sie eine Tochter haben. Deshalb ist Ihre Geschichte ja so wundervoll. Junge Mutter mit Tochter, im strahlenden Glanz des Reichtums. Sie müssen überglücklich sein.« Er tätschelte ihr Knie und ließ die Hand einen Moment liegen, ehe er sie wegzog.

LuAnn fragte sich erneut, ob dieser Mann mit Jackson unter einer Decke steckte und wußte, daß sie durch Betrug zu diesem unvorstellbaren Vermögen gekommen war. Sie gelangte zu dem Schluß, daß Davis durchaus einer von den Typen sein konnte, die für Geld alles taten. Vielleicht wurde er fürstlich dafür bezahlt, daß er dabei half, so ein Riesending zu drehen.

»Wie lange dauert es noch, bis wir raus müssen?« fragte sie.

»Ungefähr zehn Minuten.« Davis lächelte ihr wieder zu und sagte so beiläufig wie möglich: »Ach ja, Sie haben sich zu Ihrem Familienstand nicht klar geäußert. Kommt Ihr Gatte...«

»Ich bin nicht verheiratet«, unterbrach LuAnn ihn hastig.

»Oh. Wird der Vater des Kindes denn kommen?« fragte Davis. »Wir müssen das wissen, wegen des Programmablaufs.«

LuAnn blickte ihn ausdruckslos an. »Nein, wird er nicht.«

Davis lächelte zufrieden und rückte ein Stück näher. »Verstehe. Hmmm.« Er faltete die Hände vor dem Gesicht und hielt sie an die Lippen. Dann legte er wie zufällig den Arm auf die Lehne hinter LuAnn. »Nun, ich kenne Ihre Pläne zwar nicht, aber falls Sie einen Fremdenführer brauchen, stehe ich Ihnen gern zur Verfügung, LuAnn. Nachdem Sie Ihr ganzes Leben in einer Kleinstadt verbracht haben...«, er hob den freien Arm in einer theatralischen Geste zur Decke, »muß New York einfach überwältigend für Sie sein. Ich kenne diese Stadt wie meine Westentasche. Die besten Restaurants, Theater, Geschäfte. Wir könnten uns prächtig amüsieren.« Er rückte noch näher heran und verschlang sie mit Blicken. Seine Finger glitten zu ihrer Schulter.

»Tja, tut mir leid, Mr. Davis, aber ich glaube, Sie haben da etwas falsch verstanden. Lisas Vater kommt nicht zur Pressekonferenz, aber gleich anschließend. Er mußte erst Urlaub bekommen.«

»Urlaub?«

»Er ist in der Navy. Bei einer Spezialeinheit.« Sie schüttelte den Kopf und blickte in die Ferne, als stiegen gräßliche Erinnerungen vor ihr auf. »Ich kann Ihnen sagen, Mr. Davis, manches, was Frank mir von seinen Einsätzen erzählte, hat mir schreckliche Angst eingejagt. Aber wenn einer auf sich aufpassen kann, dann mein Frank. Einmal hat er in einer Bar sechs Kerle bewußtlos geschlagen, bloß weil sie mich angestarrt haben. Wahrscheinlich hätte er die Männer totgeschlagen, hätte die Polizei ihn nicht weggezerrt. Fünf kräftige Cops waren dazu nötig, stellen Sie sich vor.«

Davis rutschte von LuAnn weg. »Du meine Güte!«

»Aber bitte, sagen Sie bei der Pressekonferenz nichts davon, Mr. Davis. Was Frank und seine Leute tun, ist strengste Geheimsache. Frank wäre furchtbar wütend, wenn Sie irgend etwas sagen. Ehrlich. Und dann ist er unberechenbar.« Amüsiert beobachtete LuAnn, wie sich panische Angst auf dem hübschen Jungengesicht ausbreitete.

Davis stand abrupt auf. »Ich werde selbstverständlich nichts darüber sagen. Kein Wort. Das schwöre ich.« Er leckte sich die Lippen und fuhr mit zittrigen Fingern durch die Locken. »Ich glaube, ich sehe mal nach, wie alles läuft, LuAnn.« Er zwang sich ein mattes Lächeln ab und hob die Daumen.

LuAnn erwiderte die Siegergeste. »Vielen Dank für Ihr Verständnis, Mr. Davis.«

Kaum war er verschwunden, wandte sie sich Lisa zu. »Du wirst so etwas nie tun müssen, mein Schatz. Und schon bald hat deine Mom es auch nicht mehr nötig.« Sie nahm Lisa auf den Arm und drückte sich die Kleine an die Brust. Dabei starrte sie auf die Wanduhr und beobachtete, wie die Zeit verrann.

Charlie ließ den Blick über die Menge im Saal schweifen, während er sich systematisch zur Bühne vorarbeitete. Er blieb an einer Stelle stehen, von der aus er alles gut beobachten konnte, und wartete. Am liebsten wäre er neben LuAnn auf der Bühne gewesen, um ihr zu geben, was sie nun dringend brauchte: moralische Unterstützung. Doch das kam nicht in Frage. Er mußte im Hintergrund bleiben. Es gehörte nicht zu seiner Tätigkeitsbeschreibung, Verdacht zu erregen.

Nach der Pressekonferenz war er mit LuAnn verabredet. Dann würde er ihr seine Entscheidung mitteilen müssen, ob er sie begleitete oder nicht. Das Problem war, daß Charlie sich noch nicht zu einer Entscheidung durchgerungen hatte.

Er schob die Hand in die Tasche, um eine Zigarette herauszuholen. Dann fiel ihm ein, daß im Gebäude Rauchverbot herrschte. Doch er gierte nach der nervenberuhigenden Wirkung des Nikotins. Einen Augenblick überlegte er, ob er rasch hinausgehen und eine Zigarette rauchen sollte, doch die Zeit reichte nicht mehr.

Er seufzte und ließ die breiten Schultern sinken. Die meiste Zeit seines Lebens hatte er damit verbracht, von einem Ort zum anderen zu reisen, ohne einen umfassenden Plan, ohne irgend etwas, das langfristigen Zielen auch nur annähernd gleichkam. Er mochte Kinder, würde aber nie ein eigenes haben. Er wurde gut bezahlt und führte ein finanziell sorgenfreies Leben, doch inneres Glück konnte man sich für kein Geld der Welt kaufen.

Charlie seufzte. Er war jetzt in dem Alter, wo sich für ihn nicht mehr viel ändern würde. Die Weichen, die er als junger Mann gestellt hatte, bestimmten ziemlich genau die

Bahnen, in denen die restlichen Jahre seines Lebens verlaufen würden. Jedenfalls war es bis vor kurzem so gewesen. LuAnn Tyler hatte ihm einen Ausweg vorgeschlagen. Charlie gab sich keinen Illusionen hin, daß LuAnn sexuell interessiert an ihm war, und im kalten Licht der Realität – fern ihrer schlichten und dennoch unglaublich verführerischen Präsenz – war Charlie zu der Einsicht gelangt, daß es ihm so auch lieber war. Er wünschte sich LuAnns aufrichtige Freundschaft, ihre Warmherzigkeit – Eigenschaften, die er in seinem bisherigen Leben schmerzlich vermißt hatte.

Das brachte Charlie zurück zu der Frage, ob er LuAnn begleiten sollte oder nicht. Falls er es tat, würde er mit LuAnn und Lisa zweifellos sehr glücklich leben; darüber hinaus konnte er für das kleine Mädchen die Vaterstelle einnehmen. Jedenfalls für ein paar Jahre. Trotzdem hatte Charlie die ganze Nacht wach gelegen und sich den Kopf darüber zerbrochen, was nach diesen paar Jahren geschehen würde.

Es war unausweichlich, daß die schöne LuAnn, mit ihrem neu erworbenen Reichtum und der gehobeneren Lebensart, die sie sich nach und nach aneignen würde, irgendwann das Ziel Dutzender der gefragtesten Männer der Welt war. Und sie war jung, hatte ein Kind und würde sich weitere Kinder wünschen. Sie würde einen dieser Männer heiraten. Und dann würde er bei Lisa die Vaterstelle übernehmen, und das mit gutem Recht. Er würde der Mann in LuAnns Leben sein. Und wo stand Charlie dann?

Er schob sich zwischen zwei CNN-Kameraleute, während er über diese Frage nachdachte. Vermutlich würde er LuAnn und Lisa dann verlassen müssen. Nein, die Situation wäre zu problematisch. Schließlich war er kein Familienangehöriger. Und wenn erst die Trennung kam, würde sie sehr schmerzhaft für ihn sein. Viel schmerzhafter als die Schläge, die er in seiner Jugend als lebender Sandsack beim Boxen hatte einstecken müssen.

Schon jetzt, nach den wenigen Tagen, die er mit LuAnn

und Lisa verbracht hatte, spürte Charlie eine innere Bindung zu den beiden, die er in zehn Jahren Ehe mit seiner Exfrau nie erreicht hatte. Wie würde es erst nach drei oder vier Jahren gemeinsamen Lebens sein? Konnte er sich dann ohne weiteres von Lisa und ihrer Mutter lösen, ohne daß sein Herz irreparablen Schaden nahm, ohne eine völlig geschundene Seele?

Charlie schüttelte den Kopf. Was war er doch für ein knallharter Bursche! Kaum hatte er dieses einfache Mädchen aus den Südstaaten kennengelernt, mußte er sich mit einer lebenswichtigen Entscheidung herumplagen, deren Auswirkungen viele Jahre in die Zukunft reichten.

Ein Teil von ihm riet: Fahr mit ihr und genieße dein Leben, nächstes Jahr schon könntest du an einem Herzinfarkt sterben. Zum Teufel mit den blöden Bedenken! Doch Charlie befürchtete, daß der andere Teil seines Selbst siegen würde. Er war sicher, LuAnn für den Rest seines Lebens ein guter Freund sein zu können – aber würde er das auch schaffen, wenn er jeden Tag bei ihr war und wußte, daß alles unvermittelt enden konnte?

»Scheiße«, fluchte er leise. Wenn er ehrlich zu sich selbst war, mußte er zugeben, daß er von Neid beherrscht wurde, von Eifersucht. Ja, wenn er zwanzig Jahre jünger wäre ... na ja ... dreißig. Doch er war jetzt schon neidisch auf den Kerl, der LuAnn irgendwann bekommen und ihre Liebe erringen würde. Eine Liebe, die ewig währte, da war Charlie ganz sicher, zumindest von LuAnns Seite aus. Und der Himmel sei dem armen Kerl gnädig, der sie betrog. LuAnn war eine Wildkatze, das war nicht zu übersehen. Eine Feuerwerksrakete mit einem Herzen aus purem Gold, aber genau das machte sie so attraktiv: Totale Gegensätze in derselben dünnen Schale aus Haut und Knochen und äußerst empfindlichen Nervenenden waren ein seltener Fund.

Charlie beendete unvermittelt seine Grübeleien und blickte zur Bühne. Atemlose Spannung schien alle Anwesenden gleichzeitig zu ergreifen, wie ein Bizeps, der durch Kontraktion einen Muskelberg bildet. Dann klickten die Kameras los, als LuAnn ruhig, beinahe königlich, in Sicht kam. Anmutig schritt sie nach vorn und blieb vor der Menge stehen. Charlie schüttelte in stummem Staunen den Kopf. »Verdammt«, sagte er leise. LuAnn hatte ihm die Entscheidung soeben noch schwerer gemacht.

Sheriff Roy Waymer spuckte beinahe das Bier durchs Zimmer, als er sah, wie LuAnn Tyler ihm aus dem Fernseher zuwinkte. »Jesus, Maria und Josef! Doris!« Er blickte zu seiner Frau hinüber, deren Blicke sich in den Bildschirm bohrten.

»Du suchst sie im ganzen County, und sie ist in New York City«, rief Doris. »So 'ne Unverschämtheit! Und dann gewinnt das Luder noch so viel Geld!« Voller Bitterkeit rang Doris die Hände und dachte an die vierundzwanzig zerrissenen Lotterielose, die im Mülleimer auf dem Hof lagen.

Waymer hievte seinen massigen Körper aus dem Fernsehsessel und ging zum Telefon. »Ich habe alle Bahnhöfe in der Umgebung und den Flughafen in Atlanta angerufen, aber bis jetzt noch keine Meldung bekommen. Aber ich wäre nie auf die Idee gekommen, daß LuAnn nach New York abhauen würde. Deshalb hab' ich noch keinen Fahndungsbrief ausgestellt. Ich hätte nie im Leben gedacht, daß die Kleine es schafft, aus dem County rauszukommen, ganz zu schweigen aus Georgia. Das Mädel hat ja nicht mal ein Auto. Und sie hat das Baby am Hals. Ich war todsicher, daß sie bei einer Freundin untergeschlüpft ist.«

»Wie es aussieht, ist sie dir entwischt.« Doris zeigte auf LuAnn im Fernseher. »Aber eins muß man ihr lassen. Gut sieht sie aus!«

»Tja, Mutter«, sagte Waymer zu seiner Frau, »wir haben hier unten nicht gerade so viele Leute wie das FBI. Und Freddie ist wegen seines Rückenleidens ausgefallen. Ich hab' nur zwei Beamte in Uniform. Und die Staatspolizei steckt bis zum Hals in Arbeit. Die können keinen Mann entbehren.« Er griff zum Telefon.

Doris schaute ihn besorgt an. »Glaubst du, LuAnn hat Duane und den anderen Kerl umgebracht?«

Waymer hielt den Hörer ans Ohr und zuckte mit den Schultern. »LuAnn könnte die meisten Männer, die ich kenne, zum Krüppel schlagen. Allen voran Duane. Aber der andere Kerl war ein Muskelberg, fast zweieinhalb Zentner.« Er drückte auf die Tasten. »Aber LuAnn hätte sich von hinten anschleichen und ihm das Telefon über den Schädel schlagen können. Jedenfalls *war* sie in irgendeine Schlägerei verwickelt. Mehrere Leute haben sie an dem Tag mit einem Pflaster am Kinn gesehen.«

»Auf alle Fälle ist es um Drogen gegangen«, erklärte Doris. »Das arme kleine Baby in dem Wohnwagen – inmitten von Rauschgift.«

Waymer nickte. »Ich weiß.«

»Ich wette, LuAnn war der Kopf bei diesen krummen Geschäften. Sie ist schlau, das wissen wir ja alle. Sie war schon immer zu gescheit für uns. Sie hat versucht, ihre Schlauheit zu verbergen, aber wir haben es trotzdem gemerkt. Sie gehörte nie hierher zu uns. Deshalb wollte sie ja von hier weg, hatte aber keine Möglichkeit. Das Drogengeld war ihre Chance. Ich sag's dir, Roy.«

»Mag sein, Mutter. Aber jetzt braucht sie kein Drogengeld mehr.« Er wies mit einem Kopfnicken auf den Fernseher.

»Dann solltest du dich beeilen, sonst ist sie weg.«

»Ich werde die Kollegen in New York anrufen, damit die das Weibsstück festnehmen.«

»Meinst du, die tun das?«

»Mutter, LuAnn ist die mutmaßliche Täterin bei einem Doppelmord«, erklärte Waymer wichtigtuerisch. »Und selbst wenn sie kein Verbrechen begangen hat, ist sie wahrscheinlich eine Hauptzeugin.«

»Ja, aber glaubst du, daß die Yankee-Polizei sich droben in New York dafür interessiert?«

»Polizei ist Polizei, Doris. Im Norden und im Süden. Und Gesetz ist Gesetz.«

Doris war von den Tugenden ihrer Landsleute im Norden nicht so überzeugt. Sie schnaubte verächtlich. Dann schaute sie ihren Mann plötzlich hoffnungsvoll an. »Hör mal, wenn LuAnn verurteilt wird, muß sie doch das Geld zurückgeben, das sie gewonnen hat, oder?« Doris blickte wieder auf den Fernseher, auf LuAnns lächelndes Gesicht, und überlegte, ob sie zur Mülltonne gehen und die Losfetzen suchen und zusammensetzen sollte. »Im Gefängnis kann sie mit dem Geld ja wohl nichts anfangen.«

Sheriff Waymer seufzte und bemühte sich, eine Verbindung mit der Polizei in New York zu bekommen.

LuAnn hielt den großen Scheck in die Höhe, winkte und lächelte der Menge zu. Dabei beantwortete sie die Fragen, mit denen man sie von allen Seiten bombardierte. Ihr Bild wurde in die gesamten Vereinigten Staaten und dann in die Welt übertragen.

Ob sie schon Pläne habe, was sie mit dem Geld anfangen würde? Und wenn ja, welche?

»Sie werden es erfahren«, hatte LuAnn geantwortet. »Sie werden es sehen, aber bis dahin müssen Sie sich gedulden.«

Es kamen eine Reihe voraussehbarer dämlicher Fragen, wie: »Sind Sie glücklich?«

»Unglaublich«, hatte sie erklärt. »Mehr als Sie sich vorstellen können.«

»Werden Sie das gesamte Geld an einem Ort ausgeben?«

»Wahrscheinlich nicht, sofern es nicht ein sehr, sehr großer Ort ist.«

»Werden Sie Ihre Familie unterstützen?«

»Ich werde alle Leute unterstützen, die ich mag.«

Sie erhielt drei Heiratsanträge und gab jedem Bewerber

eine andere, humorvolle Antwort, die aber immer auf ein »Nein« hinauslief. Charlie kochte insgeheim vor Wut über diese Kerle. Dann blickte er auf die Uhr und drängte sich zum Ausgang durch.

Nach weiteren Fragen, Fotos, Lachen und Lächeln war die Pressekonferenz endlich beendet, und LuAnn wurde von der Bühne geleitet. Sie ging zurück in den Warteraum, wechselte schnell in Hosen und eine Bluse, wischte sich das Make-up vom Gesicht, stopfte das lange Haar unter einen Cowboyhut und nahm Lisa hoch. Sie blickte auf die Uhr. Knapp zehn Minuten waren verstrichen, seit sie der Welt als die Lotteriegewinnerin des Monats präsentiert worden war. Sie rechnete damit, daß der Sheriff in Rikersville inzwischen Verbindung mit der New Yorker Polizei aufgenommen hatte. In LuAnns Heimatort schauten sich alle die Lotterieziehung mit gleichsam religiösem Eifer an, auch Sheriff Roy Waymer. Jetzt wurde die Zeit knapp.

Davis steckte den Kopf durch die Tür. »Miss Tyler, am Hintereingang wartet ein Wagen auf Sie. Ich lasse Sie dorthin begleiten, sobald Sie fertig sind.«

»Ich bin startklar.« Als Davis sich umdrehte, rief LuAnn ihm zu: »Falls jemand nach mir fragt, ich bin in meinem Hotel.«

Davis musterte sie kalt. »Erwarten Sie jemanden?«

»Lisas Vater. Frank.«

Davis' Gesicht wurde hart. »Und wo wohnen Sie?«

»Im Plaza«

»Natürlich.«

»Bitte, sagen Sie niemandem, wo ich bin. Ich habe Frank ziemlich lange nicht gesehen. Er war fast drei Monate im Manöver. Wir wollen nicht gestört werden.« Sie hob boshaft die Brauen und lächelte. »Sie wissen, was ich meine?«

Davis rang sich ein sehr unehrliches Lächeln ab und machte eine spöttische Verbeugung. »Sie können mir voll und ganz vertrauen, Miss Tyler. Ihre Kutsche wartet.«

LuAnn lächelte innerlich. Jetzt war sie sicher, daß die Polizei, falls sie hier aufkreuzte, umgehend zum Plaza Hotel geschickt wurde, um LuAnn Tyler zu verhaften. Damit gewann sie kostbare Zeit, die sie brauchte, um aus dieser Stadt und diesem Land zu fliehen. Nun begann ihr neues Leben.

KAPITEL 17

Der Hinterausgang des Gebäudes war sehr versteckt und deshalb sehr ruhig. Eine überlange schwarze Limousine wartete auf LuAnn, als sie das Gebäude verließ. Der Chauffeur tippte an die Mütze und riß die Tür auf. LuAnn stieg ein und setzte Lisa neben sich.

»Gute Arbeit, LuAnn. Ihre Darbietung war tadellos«, sagte Jackson.

LuAnn hätte beinahe aufgeschrien. Erschrocken starrte sie in die dunklen Winkel auf der anderen Seite des riesigen Rückteils der Limousine. Alle Lampen im Innern waren ausgeschaltet, bis auf die über LuAnns Kopf. Sie hatte das Gefühl, wieder auf der Bühne im Lotteriegebäude zu stehen. Sie vermochte kaum Jacksons Silhouette zu erkennen, da er sich tief in die Polster drückte.

Seine Stimme drang zu ihr herüber. »Wirklich sehr gefaßt und würdevoll, mit einem Hauch von Humor, wo es angebracht war. Ein Festessen für die Journalisten, wissen Sie. Und Ihr Aussehen war die Krönung. Drei Heiratsanträge in einer einzigen Pressekonferenz sind ein Rekord, soweit ich weiß.«

LuAnn gewann die Fassung wieder und lehnte sich zurück, während die schwere Limousine über die Straße glitt. »Danke.«

»Ehrlich gesagt, hatte ich Sorgen, Sie würden sich zum Narren machen. Nehmen Sie das aber nicht persönlich. Wie ich Ihnen bereits sagte, sind Sie eine intelligente junge Frau.

Trotzdem geschieht es oft, daß jemand, der unvermittelt in eine völlig ungewohnte Situation gestellt wird, plötzlich versagt, ganz gleich, wie intelligent er ist. Würden Sie mir zustimmen?«

»Ich habe eine Menge Übung darin.«

»Wie bitte?« Jackson beugte sich ein wenig vor, blieb LuAnns Blicken aber immer noch verborgen. »Übung worin?«

LuAnn starrte auf die dunkle Rückbank. Die Lampe über ihr blendete sie. »Mit ungewohnten Situationen fertigzuwerden.«

»Wissen Sie, LuAnn, daß Sie mich manchmal wirklich in Erstaunen versetzen? Ehrlich. Ja, es gab sogar einige wenige Beispiele, da Ihr Scharfblick sich mit dem meinen messen konnte. Und das sage ich nicht einfach so daher.« Er fixierte sie einige Sekunden; dann öffnete er die Aktentasche, die neben ihm auf den Sitz lag, und nahm einige Papiere heraus. Als er sich wieder in das weiche Leder zurücklehnte, huschte ein Lächeln über sein Gesicht. Er konnte einen Seufzer der Zufriedenheit nicht unterdrücken.

»Und nun, LuAnn, ist der Zeitpunkt gekommen, über die Bedingungen zu sprechen.«

LuAnn strich über ihre Bluse, ehe sie die Beine übereinander schlug. »Vorher müssen wir über etwas anderes reden.«

Jackson legte den Kopf schief. »Tatsächlich? Und das wäre?«

LuAnn stieß heftig den Atem aus. Sie hatte die ganze Nacht wach gelegen und überlegt, wie sie Jackson von dem Mann erzählen sollte, der sich Rainbow nannte. Anfangs hatte sie sich gefragt, ob Jackson überhaupt davon erfahren müsse, war dann aber zu der Einsicht gelangt, daß er es irgendwann herausfinden würde, weil es um das Lotteriegeld ging. Da war es besser, Jackson erfuhr es von ihr.

»Gestern hat mich ein Mann angesprochen.«

»Ein Mann, sagen Sie? Was wollte er?«

»Geld.«

Jackson lachte. »LuAnn, meine Liebe, alle werden Geld von Ihnen wollen.«

»Nein, es ging um etwas anderes. Der Mann wollte die Hälfte von meinem Gewinn.«

»Wie bitte? Das ist absurd.«

»Nein, ganz und gar nicht. Er ... er hatte Informationen über mich. Er wußte von Dingen, die ich erlebt habe, und die wollte er ausplaudern, wenn er das Geld nicht bekommt.«

»Du meine Güte, was für Dinge?«

LuAnn schwieg, blickte durchs Fenster. Schließlich fragte sie: »Kann ich etwas zu trinken bekommen?«

»Bitte, bedienen Sie sich.« Ein behandschuhter Finger erschien aus der Dunkelheit und wies auf die große Mittelkonsole der Limousine. Ohne in Jacksons Richtung zu blicken, öffnete LuAnn die Tür des kleinen Kühlschranks und nahm eine Coca Cola heraus.

Sie trank einen Schluck, wischte sich die Lippen ab und fuhr fort: »Mir ist da etwas passiert. Kurz bevor ich Sie angerufen und Ihnen gesagt habe, daß ich Ihr Angebot annehme.«

»Könnte es sich dabei um die beiden Leichen in Ihrem Wohnwagen handeln? Oder um die Drogen? Oder daß die Polizei nach Ihnen fahndet? Oder haben Sie vielleicht versucht, noch etwas vor mir geheim zu halten?«

LuAnn antwortete nicht gleich. Nervös drehte sie die Colaflasche im Schoß. Fassungsloses Erstaunen stand ihr ins Gesicht geschrieben.

»Mit den Drogen habe ich nichts zu tun. Und der Mann hat versucht, mich umzubringen. Ich habe mich nur verteidigt.«

»Ich hätte wissen müssen, daß etwas passiert war, als Sie so überhastet Ihre Heimatstadt verließen und Ihren Namen ändern wollten.« Traurig schüttelte er den Kopf. »Meine arme, arme LuAnn. Ich nehme an, auch ich hätte angesichts dieser Umstände die Stadt schnellstmöglich verlassen. Und wer hätte das von unserem kleinen Duane gedacht? Drogen! Wie entsetzlich. Aber ich will Ihnen etwas sagen, meine liebe LuAnn. Ich bin ein herzensguter Mensch und werde es Ihnen deshalb nicht nachtragen. Was geschehen ist, ist geschehen. Aber ...«, Jacksons Stimme bekam einen eisigen Beiklang, »versuchen Sie nie wieder, etwas vor mir zu verbergen, LuAnn. Bitte, tun Sie sich das nicht an.«

»Aber dieser Mann ...«

»Das ist erledigt«, unterbrach Jackson sie ungeduldig. »Sie brauchen ihm kein Geld mehr zu geben.«

Sie starrte wieder in die Dunkelheit. Erneut breitete sich Erstaunen auf ihrem Gesicht aus. »Aber wie haben Sie das geschafft?«

»Dauernd fragen mich die Leute: Wie haben Sie das geschafft?« Jackson schaute amüsiert drein und sagte mit gedämpfter Stimme: »Mir ist praktisch *nichts* unmöglich, LuAnn. Das müßten Sie inzwischen doch wissen. Macht es Ihnen angst? Nein? Sollte es aber. Sogar mir selbst macht es manchmal angst.«

»Der Mann hat gesagt, daß jemand ihn zum Wohnwagen geschickt hat, um mich zu töten.«

»Ach?«

»Aber dann wurde der Auftrag zurückgezogen.«

»Wie seltsam.«

»Und dann habe ich nachgedacht. Der Mann wurde gleich nach meinem Anruf bei Ihnen zurückgepfiffen.«

»Das Leben ist voller Zufälle, nicht wahr?« sagte Jackson spöttisch.

LuAnns Züge wurden entschlossen. »Wenn jemand mich beißt, beiße ich zurück, und zwar kräftig. Nur damit wir uns verstehen, Mr. Jackson.«

»Ich glaube, wir verstehen uns genau, LuAnn.« Sie hörte Papier in der Dunkelheit rascheln. »Aber was Sie mir da erzählt haben, macht die Sache leider ein wenig komplizierter. Als Sie Ihren Namen ändern wollten, dachte ich, wir könnten alles auf legale Weise über die Bühne bringen.«

»Was meinen Sie damit?«

»Steuern, LuAnn. Das leidige Thema Steuern.«

»Aber ich dachte, ich kann das ganze Geld behalten. Die Regierung kommt nicht heran. So steht es immer in den Anzeigen.«

»Das ist nicht ganz zutreffend, LuAnn. Diese Anzeigen sind irreführend. Seltsam, daß der Regierung eine solche Täuschung erlaubt ist. Das Kapital ist *nicht* steuerfrei. Die Steuer ist nur *aufgeschoben* – und auch nur für das erste Jahr.«

»Du lieber Himmel. Was soll das heißen?«

»Das heißt, daß der Gewinner im ersten Jahr keine Steuern zahlt. Die Steuersumme wird lediglich ins nächste Jahr geschoben. Die fällige Steuer ist dann genauso zu zahlen, nur der Zeitpunkt ist geändert. Selbstverständlich werden keine Geldbußen oder Zinsen berechnet, solange die Zahlung während des nächsten Steuerjahres pünktlich eingeht. Das Gesetz besagt, daß die Steuer binnen zehn Jahren in gleichen Raten bezahlt werden muß. Bei einhundert Millionen Dollar, zum Beispiel, schulden Sie Vater Staat etwa fünfzig Millionen Dollar Steuergelder, also die Hälfte der Gesamtsumme. Daß Sie jetzt in der höchsten Steuerklasse sind, dürfte Ihnen wohl klar sein. Auf zehn Jahre verteilt beträgt die jährliche Steuerschuld fünf Millionen. Steuerpflichtig sind ferner alle Gelder aus etwaigen Zinserträgen, ohne Abschreibung und ohne Ausnahme.

Und noch etwas, LuAnn. Ich habe Pläne, was das Kapital angeht. Ziemlich große Pläne. Sie werden in den kommenden Jahren noch viel mehr Geld verdienen – doch jeder Cent wird steuerpflichtig sein. Das gilt auch für Dividenden, Kapitalerträge, Zinserträge aus Staatsanleihen und so weiter und so fort. Normalerweise ist das für gesetzestreue Bürger kein Problem, sofern sie nicht auf der Flucht vor der Polizei sind oder unter angenommenem Namen ihre Steuererklärungen abgeben. Diese Leute bezahlen ihre Steuern und leben trotzdem aus dem Vollen. Sie, LuAnn, können das nicht mehr. Wenn meine Mitarbeiter Ihre Steuererklärung unter dem Namen LuAnn Tyler mit Ihrer derzeitigen Adresse und anderen persönlichen Daten einreichen, würde die Polizei bestimmt gleich an Ihre Tür klopfen, nicht wahr?«

»Ja ... aber kann ich die Steuer nicht unter meinem neuen Namen bezahlen?«

»Im Prinzip eine brillante Lösung, aber die Steuerbehörde pflegt ziemlich neugierig zu sein, wenn jemand, der gerade erst zwanzig ist, seine erste Steuererklärung gleich mit so vielen Nullen abgibt. Bestimmt würde man sich fragen, was Sie vorher gemacht haben und weshalb Sie plötzlich reicher als Rockefeller sind. Wieder würde es mit der Polizei enden – das heißt, wahrscheinlich würde das FBI an Ihre Tür klopfen. Nein, so geht das nicht.«

»Und was tun wir?«

Als Jackson weitersprach, erschauerte LuAnn bei seinem Tonfall und schloß unwillkürlich Lisa fest in die Arme.

»Sie werden genau das tun, was ich Ihnen sage, LuAnn. Sie haben ein Ticket für eine Maschine, die Sie außer Landes bringt. Sie werden niemals in die Vereinigten Staaten zurückkehren. Diese kleine Schweinerei in Georgia hat Ihnen ein unstetes Leben in der Fremde beschert. Für immer, fürchte ich.«

»Aber ...«

»Es gibt kein Aber, LuAnn. Es wird so gemacht, wie ich es gesagt habe, verstanden?«

LuAnn setzte sich aufrecht. »Ich habe jetzt genug Geld, um auch allein sehr gut zurechtzukommen«, erklärte sie stur. »Und ich kann es nicht ausstehen, wenn Leute mir sagen, was ich tun soll.«

»Ach ja?« Jacksons Hand umschloß die Pistole. In der Dunkelheit konnte er unbemerkt die Waffe ziehen und in Sekundenschnelle Mutter und Kind töten. »Gut, warum gehen Sie dann nicht das Risiko ein, das Land auf eigene Faust zu verlassen? Möchten Sie das?«

»Ich kann für mich selbst sorgen.«

»Darum geht es nicht. Sie haben ein Abkommen mit mir geschlossen, LuAnn. Und ich erwarte, daß Sie sich daran halten. Es sei denn, Sie sind so dumm, nicht mit mir, sondern gegen mich zu arbeiten. Sie werden sehen, am Ende sind meine Interessen und Ihre dieselben. Aber ich kann sofort die Limousine anhalten lassen und Sie und das Kind hinauswerfen. Dann rufe ich die Polizei an, und man wird Sie festnehmen. Sie können es sich aussuchen. Entscheiden Sie sich. Jetzt!«

Vor diese Wahl gestellt, blickte LuAnn verzweifelt auf Lisa. Ihre Tochter schaute mit ihren großen, sanften Augen zu ihr auf. Vollkommenes Vertrauen lag in diesem Blick. LuAnn seufzte. Im Grunde hatte sie keine Wahl.

»In Ordnung.«

Wieder raschelte Jackson mit den Papieren. »Gut. Wir haben gerade noch Zeit genug, um diese Dokumente durchzugehen. Sie müssen einige Papiere unterschreiben. Aber lassen Sie mich Ihnen zuvor die wesentlichen Punkte erklären. Ich werde mich bemühen, alles mit möglichst einfachen Worten darzulegen.«

Er räusperte sich. »Sie haben soeben einhundert Millionen Dollar und ein paar Zerquetschte gewonnen. Während wir uns hier unterhalten, wird das Geld von der Lotteriegesellschaft auf ein Sonderkonto unter Ihrem Namen überwiesen. Übrigens habe ich eine Sozialversicherungskarte mit Ihrem *neuen* Namen besorgt. Der Besitz einer solchen Karte macht das Leben sehr viel leichter. Sobald Sie diese Dokumente unterschrieben haben, wird es meinen Mitarbeitern möglich sein, das Geld von diesem Konto auf ein anderes zu überweisen, über das ich die absolute Kontrolle habe.«

»Aber wie komme *ich* an das Geld?« fragte LuAnn.

»Immer mit der Ruhe, LuAnn. Ich erkläre Ihnen alles. Das Geld wird so investiert, wie ich es für richtig halte – für mich selbst und für mein Konto. Von diesen Investitionen garantie-

re ich Ihnen die Hälfte des Gewinns, mindestens jedoch fünfundzwanzig Prozent der Gesamtsumme. Jährlich. Das wären
dann ungefähr fünfundzwanzig Millionen Dollar. Diese Summe steht Ihnen pro Jahr zur freien Verfügung. Ich habe Buchhalter und Finanzberater, die alles für Sie erledigen. Sie brauchen sich keine Sorgen zu machen.« Warnend hielt er den
Finger hoch. »Aber bedenken Sie, daß es sich dabei nur um
den Gewinn handelt. Das eigentliche Kapital, die hundert
Millionen Dollar, wird nie angerührt. Ich werde dieses Kapital
zehn Jahre lang kontrollieren und nach eigenem Ermessen
investieren. Um meine Pläne vollständig zum Abschluß zu
bringen, brauche ich mehrere Monate Zeit. Das heißt, daß die
Zehnjahresfrist ungefähr im Spätherbst beginnt. Das genaue
Datum teile ich Ihnen später mit. Auf den Tag genau zehn Jahre nach Ablauf dieser Frist erhalten Sie die gesamten hundert
Millionen zurück. Selbstverständlich können Sie alles behalten, was Sie in den zehn Jahren verdient haben. Wir werden
auch dieses Geld für Sie anlegen, gratis. Sie müssen sich darüber im klaren sein, daß Ihr Geld – abzüglich einer exorbi-
tanten Summe für den persönlichen Bedarf – sich auf diese
Weise alle drei Jahre verdoppelt, besonders, wenn Sie keine
Steuern zahlen. Bei praktisch jeder Hochrechnung werden
Sie am Ende der zehn Jahre ungefähr eine halbe Milliarde
Dollar besitzen, ohne jedes Risiko.« Jacksons Augen funkelten, als er die Zahlen herunterrasselte. »Das ist doch geradezu berauschend, nicht wahr, LuAnn? Und sehr viel besser als
hundert Dollar pro Tag, stimmt's? In einer Woche sind Sie
ganz schön weit gekommen, wirklich.« Er lachte laut auf. »Als
Anfangskapital schieße ich Ihnen fünf Millionen Dollar vor,
zinslos. Das dürfte genügen, bis die Gewinne aus den Investitionen hereinkommen.«

LuAnn schluckte, als sie die gigantischen Summen hörte. »Ich habe keine Ahnung von Geldanlagen, aber wie können Sie mir so viel Geld pro Jahr garantieren?«

Jackson schaute sie enttäuscht an. »Genauso wie ich Ihnen garantieren konnte, daß Sie die Lotterie gewinnen. Wenn ich dieses Kunststück zustande bringe, werde ich auch mit der Wall Street fertig.«

»Und was ist, wenn mir etwas passiert?«

»Der Vertrag, den Sie unterschreiben, gilt auch für Ihre Erben und Rechtsnachfolger.« Mit einem Kopfnicken wies er auf Lisa. »Ihre Tochter würde die Gewinne erhalten und am Ende der Zehn-Jahres-Periode auch das Kapital. Außerdem habe ich eine Vollmacht. Ich habe mir die Freiheit genommen, bereits den notariellen Teil auszufüllen. Ich bin ein Mann mit vielen Talenten.« Er lachte leise und hielt LuAnn aus der Dunkelheit die Unterlagen und einen Stift entgegen. »Es ist überall dort angekreuzt, wo Sie unterschreiben müssen. Ich bin sicher, Sie sind mit den Bedingungen zufrieden. Ich habe Ihnen ja von Anfang an gesagt, daß sie großzügig sein werden, nicht wahr?«

LuAnn zögerte einen Moment.

»Gibt es ein Problem, LuAnn?« fragte Jackson scharf.

Sie schüttelte den Kopf, unterschrieb rasch und gab ihm die Dokumente zurück. Jackson nahm die Papiere und öffnete ein Fach in der Innenverkleidung der Limousine.

LuAnn hörte, wie Jackson auf Tasten tippte; dann folgte ein lautes Quietschen, und dann herrschte Stille.

»Faxgeräte sind großartig«, sagte Jackson. »Besonders, wenn die Zeit drängt. In zehn Minuten wird das Geld telegrafisch auf mein Konto überwiesen.« Er nahm die Papiere aus dem Gerät und legte sie wieder in die Aktentasche.

»Ihr Gepäck ist im Kofferraum. Flugtickets und Hotelreservierungen habe ich bei mir. Für die ersten zwölf Monate habe ich Ihre Route geplant. Sie werden viel unterwegs sein, in wunderschönen Gegenden. Ich habe Ihren Wunsch erfüllt, nach Schweden zu fliegen, ins Land Ihrer Ahnen. Stellen Sie sich einfach vor, Sie würden einen sehr, sehr langen Urlaub machen. Vielleicht schicke ich Sie zum Schluß nach Monaco. Dort zahlen Sie keine Einkommensteuer. Nun, da ich jedoch ein übervorsichtiger Mensch bin, habe ich eine Tarnbiographie für Sie entworfen und bis in alle Einzelheiten dokumentiert.

Hier ist die Kurzfassung: Sie haben die Vereinigten Staaten als ganz junges Mädchen verlassen und einen reichen Ausländer geheiratet. Für die Steuerbehörde stammt das ganze Geld von Ihrem Mann. Verstehen Sie? Das Kapital wird nur im Ausland liegen. Die amerikanischen Banken müssen alles der Steuerbehörde melden. Von Ihrem Geld aber wird sich niemals auch nur ein Cent in den USA befinden. Doch vergessen Sie nicht, daß Sie als Bürgerin der Vereinigten Staaten mit einem amerikanischen Paß reisen. Möglicherweise wird ein Teil Ihres Reichtums nach hier zurückfließen. Darauf müssen wir vorbereitet sein. Aber das ganze Geld gehört ja Ihrem Mann, der kein amerikanischer Bürger ist, der niemals in diesem Land gewohnt hat, der in Amerika kein Geld verdient, auch nicht durch Investitionen oder Geschäfte mit den USA. Deshalb kann die Steuerbehörde Ihnen nichts anhaben.

Ich möchte Sie nicht mit den komplizierten Steuergesetzen langweilen, die auf Zins- oder Kapitalerträge anzuwenden sind, welche aus den Vereinigten Staaten stammen, zum Beispiel Zinsen aus Bundesanleihen oder Aktienerträge amerikanischer Konzerne oder Gewinne aus anderen Transaktionen oder Grundstücksverkäufen, die unmittelbare Verbindungen mit den Vereinigten Staaten haben. Über so etwas kann man sehr schnell stolpern, wenn man nicht aufpaßt. Meine Mitarbeiter kümmern sich um diese Angelegenheiten. Glauben Sie mir, Sie werden keine Probleme damit haben.«

LuAnn streckte die Hand nach den Flugtickets aus.

»Noch nicht, LuAnn. Wir müssen noch einige Schwellen überwinden. Die Polizei«, sagte er.

»Darum habe ich mich schon gekümmert.«

»Ach ja?« Jacksons Stimme klang unüberhörbar erheitert.

»Na, dann seien Sie nicht überrascht, wenn in genau dieser Minute die besten Ordnungshüter New Yorks an jedem Flughafen, Bahnhof und Busbahnhof Posten beziehen. Da Sie als Tatverdächtige bei einem Kapitalverbrechen über die Staatsgrenze Georgias geflohen sind, dürfte inzwischen auch das FBI verständigt sein. Und diese Leute sind clever. Die warten nicht geduldig in Ihrem Hotelzimmer, bis Sie hereinspaziert kommen.« Er schaute aus dem Fenster der Limousine. »Wenn wir durchfahren, können wir in vierzig Minuten am John-F.-Kennedy-Flughafen sein, sogar bei diesem Verkehr. Allerdings müssen wir noch einige Vorbereitungen treffen. Dadurch hat die Polizei zwar mehr Zeit, ihr Netz auszulegen, aber das müssen wir in Kauf nehmen.«

Während Jackson sprach, spürte LuAnn, daß die Limousine langsamer wurde und hielt. Dann hörte sie ein langgezogenes metallisches Geräusch, wie das Öffnen einer Rolltür. Anschließend fuhr die Limousine wieder ein Stück und hielt erneut.

»So, dann setzen Sie sich mal neben mich, LuAnn. Schließen Sie vorher die Augen, und geben Sie mir Ihre Hand«, sagte Jackson und streckte ihr die Hand entgegen.

»Warum soll ich die Augen zumachen?«

»Haben Sie Nachsicht mit mir, LuAnn. Ich kann einem kleinen Schauspiel nicht widerstehen, zumal die Gelegenheiten dazu so selten sind. Was ich jetzt tun werde, ist unbedingt notwendig, damit Sie der Polizei entkommen und ein neues Leben anfangen können. Das versichere ich Ihnen.«

LuAnn wollte ihm weitere Fragen stellen, hielt es dann aber für besser, den Mund zu halten. Sie nahm Jacksons Hand und schloß die Augen.

Jackson zog sie auf der Rückbank behutsam zu sich herüber. Sie spürte die Wärme einer Lichtquelle auf dem Gesicht. Dann zuckte sie zusammen, als Jackson ihr mit einer Schere die Haare zu schneiden begann. Sein Atem war ganz dicht neben ihrem Ohr. »Ich rate Ihnen, still zu halten. Es ist schwierig genug, dies alles auf so engem Raum, in so kurzer Zeit und mit so behelfsmäßigem Zubehör zu erledigen. Ich möchte Ihnen keine ernsthafte Verletzung zufügen, wo Sie doch gerade an der Schwelle zu einem neuen Leben stehen.«

Jackson schnitt weiter, bis LuAnns Haar nur noch knapp bis zu den Ohren reichte. Hin und wieder stopfte er die abgeschnittenen Strähnen in einen großen Müllbeutel. Dann massierte er eine feuchte Substanz in ihr Haar, worauf es so steif und fast so hart wie Beton wurde. Mit einer Rundbürste brachte Jackson die Strähnen in die gewünschte Form.

Als nächstes klemmte er einen tragbaren Spiegel – von Spezialglühbirnen, die nicht heiß wurden, umrahmt – an der Mittelkonsole fest. Nomalerweise hätte er für die Nasenplastik, die er nun vornehmen wollte, zwei Spiegel benutzt, um ständig das Profil zu überprüfen. Aber diesen Luxus konnte er sich in einer Limousine, die in einer Tiefgarage in Manhattan stand, nicht leisten. Er öffnete den Schminkkoffer. In den zehn Fächern lagen Schminkutensilien und eine Vielzahl von Geräten, um die Kosmetika aufzutragen.

Dann machte Jackson sich ans Werk. LuAnn spürte, wie seine Finger geschickt über ihr Gesicht huschten. Er verdeckte ihre Brauen mit Kryolan-Augenbrauen-Plastik, strich mit einem Abdeckstift darüber und legte zum Schluß Puder auf. Dann schuf er mit einer kleinen Bürste völlig neue Brauen. Mit Alkohol reinigte er gründlich die untere Gesichtspartie. Er strich eine hauchfeine Schicht flüssiges Gummi auf die Nase und ließ es trocknen. In der Zwischenzeit rieb er sich die Hände mit Gleitcreme ein, damit der Gummi nicht daran kleben blieb. Dann wärmte er die Plastikmasse in der Hand und formte geschickt eine neue Nase. »Ihre Nase ist lang und gerade, LuAnn, beinahe klassisch. Aber mit ein bißchen Plastik, ein wenig Aufheller und dunklen Abtönungen – *voilà* – haben wir einen dicken Zinken, der längst nicht so hübsch ist. Aber es ist ja nur vorübergehend. Schließlich sind wir alle vergänglich.«

Er kicherte leise über diese philosophische Bemerkung, während er die Plastikmasse mit einem schwarzen Schwämmchen betupfte und hautfarbene Schminke auftrug. Dann gab er etwas Rouge auf die Nasenflügel, um sie natürlicher erscheinen zu lassen. Mit Hilfe von Lidschatten und Aufhellern schminkte er LuAnns Augen so, daß sie näher zusammen zu stehen schienen. Durch Cremes und Puder ließ er ihre Kinnpartie weniger hervortreten. Das geschickt verteilte Rouge auf den Wangenknochen ließ diese flacher aussehen, so daß sie nicht mehr LuAnns Gesicht beherrschten.

Sie spürte, wie er behutsam die Wunde am Kinn untersuchte. »Schlimmer Schnitt. Souvenir von Ihrem Wohnwagenabenteuer?« Als LuAnn nicht antwortete, sagte er: »Ihnen ist doch klar, daß der Schnitt genäht werden muß? Selbst dann ist die Wunde so tief, daß eine Narbe zurückbleiben wird. Aber keine Angst. Wenn ich fertig bin, wird sie unsichtbar sein. Aber irgendwann sollten Sie eine Schönheitsoperation in Betracht ziehen.« Wieder kicherte er und fügte hinzu: »Nach meiner fachmännischen Meinung.«

Als nächstes schminkte Jackson sorgfältig LuAnns Lippen. »Ein bißchen schmaler als das klassische Ideal, fürchte ich, LuAnn. Vielleicht sollten Sie mal eine Behandlung mit Kollagen in Erwägung ziehen.«

Am liebsten wäre LuAnn aufgesprungen und schreiend davongerannt. Sie hatte nicht die leiseste Ahnung, wie sie nach Jacksons Behandlung aussah. Es war, als würde ein wahnsinniger Gelehrter sie von den Toten zurückholen.

»So. Jetzt werde ich noch Sommersprossen auftragen, auf Stirn, Nase und Wangen«, sagte Jackson. »Wenn ich Zeit hätte, würde ich auch noch Ihre Hände behandeln, aber dazu reicht es leider nicht mehr. Aber es würde sowieso niemand bemerken. Die meisten Leute sind sehr schlechte Beobachter.« Er schlug den Kragen ihrer Bluse auseinander, trug Grundierungsmittel auf und betupfte LuAnns Hals. Dann knöpfte er ihre Bluse wieder zu, packte seinen Schminkkoffer zusammen und schob LuAnn behutsam auf die andere Seite der Rückbank.

»In dem Fach neben Ihnen ist ein Handspiegel. Machen Sie die Augen auf, und schauen Sie hinein«, sagte Jackson.

Langsam nahm LuAnn den Spiegel heraus und hielt ihn sich vors Gesicht. Entsetzt stieß sie den Atem aus. Aus dem Spiegel blickte ihr eine rothaarige Frau mit kurzem, borstigem Haar und sommersprossiger Haut entgegen, die fast so weiß war wie die eines Albinos. Ihre Augen waren kleiner und standen näher zusammen, die Konturen von Kinn und Kieferpartie waren weniger ausgeprägt, die Wangen flach und oval. Ihre Lippen waren tiefrot, so daß ihr Mund riesig aussah. Ihre Nase war viel breiter und erkennbar nach rechts gekrümmt. Ihre von Natur aus dunklen Brauen besaßen einen viel helleren Farbton. LuAnn hätte sich beim besten Willen selbst nicht wiedererkannt.

Jackson warf ihr irgend etwas in den Schoß. LuAnn senkte den Blick. Es war ein Paß. Sie schlug ihn auf. Das Foto, das sie sah, war ein Bild der rothaarigen Frau, die sie soeben aus dem Spiegel angestarrt hatte.

»Eine wundervolle Arbeit, finden Sie nicht auch?« sagte Jackson.

Als LuAnn den Blick hob, drückte Jackson auf einen Schalter, und das Licht einer Lampe fiel auf ihn. Oder besser gesagt: auf LuAnn selbst, wie sie mit schockhaften Entsetzen erkannte. Denn neben ihr saß eine Doppelgängerin jener Frau, in die Jackson sie verwandelt hatte. Das gleiche kurze rote Haar, der helle Teint, die gekrümmte Nase – alles stimmte so perfekt überein, als säße LuAnn plötzlich einer Zwillingsschwester gegenüber. Der einzige Unterschied bestand darin, daß LuAnn Jeans trug und ihr Zwilling ein Kleid.

LuAnn war dermaßen aus der Fassung, daß sie kein Wort hervorbrachte.

Jackson klatschte leise in die Hände. »Ich bin schon öfters in die Rolle von Frauen geschlüpft, aber ich glaube, es ist das erste Mal, daß ich eine Nachahmung nachahme. Das Foto im Paß ist übrigens von mir. Heute morgen aufgenommen. Ich finde, ich habe es ziemlich gut getroffen, wenngleich ich zugeben muß, daß ich Ihrem Busen nicht gerecht geworden bin. Nun ja, nicht einmal Zwillinge müssen in *jeder* Hinsicht übereinstimmen.« Er lächelte, als er LuAnns schockierte Miene sah. »Kein Grund, in Beifallsstürme auszubrechen. Allerdings glaube ich, daß mein Werk ein kleines Lob verdient hat, wenn man die Arbeitsbedingungen berücksichtigt.«

Die Limousine setzte sich wieder in Bewegung. Sie fuhren aus der Tiefgarage und erreichten eine gute halbe Stunde später den John-F.-Kennedy-Flughafen.

Bevor der Fahrer die Tür öffnete, bedachte Jackson LuAnn mit einem scharfen Blick. »Setzen Sie den Hut nicht auf, und lassen Sie auch die Brille weg. Sonst könnte der Verdacht aufkommen, daß Sie Ihre Gesichtszüge verbergen wollen. Außerdem könnte dabei das Make-up in Mitleidenschaft gezogen werden. Denken Sie stets an Regel Nummer eins: Die sicherste Methode, möglichst unauffällig zu sein, besteht darin, so auffällig wie möglich zu sein. Es geschieht selten, daß man zwei erwachsene Zwillinge zu Gesicht bekommt, aber eben dadurch, daß wir den Leuten auffallen – die Polizei eingeschlossen –, ja, daß wir sogar von ihnen angestarrt werden, erregen wir keinen Verdacht. Überdies wird die Polizei nach einer einzigen Frau suchen. Wenn man uns zusammen sieht, uns hübsche Zwillinge, wird die Polizei uns in Ruhe lassen, selbst wenn wir ein Baby dabei haben, mag man uns noch so sehr begaffen. So ist nun mal die menschliche Natur.«

Jackson streckte den Arm nach Lisa aus. Instinktiv packte LuAnn sein Handgelenk und blickte ihn mißtrauisch an.

»LuAnn, ich gebe mir die größte Mühe, Sie und Ihr kleines Mädchen sicher außer Landes zu bringen. Wir müssen gleich ein kurzes Stück durch einen dichten Sperriegel aus Polizisten und FBI-Leuten gehen, die alles daransetzen werden, Sie zu verhaften. Ich habe kein Interesse, Ihre Tochter zu behalten, das können Sie mir glauben, aber ich brauche die Kleine aus einem ganz bestimmten Grund.«

Nach langem Zögern ließ LuAnn sein Handgelenk los. Sie stiegen aus der Limousine. In seinen Schuhen mit den hohen Absätzen war Jackson ein wenig größer als LuAnn. Sie kam nicht umhin, seine schlanke, schmalgliedrige Figur zu bewundern. In seinem modischen Aufzug sah er richtig gut aus. Jackson zog einen schwarzen Mantel über sein dunkles Kleid.

»Gehen wir«, sagte er zu LuAnn. Sie erstarrte für einen Moment, als sie Jacksons veränderte Stimme hörte. Er sah jetzt nicht nur genauso aus wie sie, nun *klang* er auch genauso.

»Wo ist Charlie?« fragte LuAnn, als sie sich wenige Minuten später der Abfertigungshalle näherten, einen mit den Taschen beladenen kleinen Gepäckkarren im Schlepptau.

»Wieso?« erwiderte Jackson rasch, der sich in den Schuhen mit den hohen Absätzen sehr gekonnt bewegte.

LuAnn zuckte die Schultern. »Ach, nur so. Er hat sich die ganze Zeit um mich gekümmert. Ich dachte, ich würde ihn auch heute sehen.«

»Ich fürchte, Sie müssen von nun an auf Charlies Dienste verzichten.«

»Ach.«

»Keine Sorge, LuAnn. Sie sind jetzt in viel besseren Händen.« Jackson blickte nach vorn, als sie die Abfertigungshalle betreten hatten. »Verhalten Sie sich ganz natürlich. Wir sind Zwillingsschwestern, falls jemand fragt – was nicht geschehen wird. Falls doch, habe ich entsprechende Ausweise dabei, so daß unsere Tarnung nicht auffliegen wird. Überlassen Sie mir das Reden.«

LuAnn schaute nach vorn und schluckte, als sie vier Polizeibeamte sah, die durch die belebte Abfertigungshalle schlenderten und jeden Reisenden eingehend musterten.

Die ›Zwillinge‹ gingen an dem Quartett vorüber, von dem sie tatsächlich angestarrt wurden. Einer der Polizisten nahm sich sogar die Zeit, eingehend Jacksons lange, schlanke Beine zu betrachten, als der Mantel aufklaffte. Jackson schien seine Freude daran zu haben, die Aufmerksamkeit des Mannes zu erregen. Doch schon kurz darauf verloren die Polizisten jegliches Interesse an den ›Zwillingen‹ und wandten sich den anderen Fluggästen zu, die ins Terminal strömten – genau wie Jackson es vorhergesagt hatte.

In der Nähe des Fernflug-Schalters der British Airways blieben LuAnn und Jackson stehen. »Ich werde Ihnen jetzt das Ticket besorgen«, sagte er. »Warten Sie da drüben in der Nähe der Snackbar.« Jackson wies auf die gegenüberliegende Seite des breiten Mittelgangs.

»Wieso kann ich mir das Ticket nicht selbst besorgen?«

»Wie oft haben Sie einen Überseeflug gemacht?«

»Ich bin noch nie geflogen.«

»Eben. Ich habe die Formalitäten sehr viel schneller erledigt als Sie. Falls Sie irgendeinen Fehler machen oder in Ihrer Unkenntnis irgend etwas Dummes von sich geben, könnten wir genau die Aufmerksamkeit erregen, die wir jetzt am allerwenigsten brauchen. Angestellte von Fluggesellschaften sind nicht gerade übermäßig auf Sicherheit bedacht, aber sie sind keine Schwachköpfe. Sie wären erstaunt, was diesen Leuten alles auffällt.«

»Also gut. Ich möchte nichts vermasseln.«

»Braves Mädchen. Geben Sie mir den Paß, den Sie vorhin im Wagen von mir bekommen haben.« LuAnn tat wie geheißen und beobachtete, wie Jackson zum Schalter schlenderte. In einer Hand hielt er die Babytasche mit Lisa, mit der anderen zog er den Gepäckkarren hinter sich her. LuAnn fiel auf, daß er sogar ihre Gewohnheit übernommen hatte, die Babytasche zu schaukeln. Beinahe ehrfürchtig schüttelte LuAnn den Kopf, als sie hinüber zur Snackbar ging.

In der kurzen Schlange vor dem Erste-Klasse-Schalter brauchte Jackson nicht lange zu warten. Schon nach wenigen Minuten kam er wieder zu LuAnn herüber. »Soweit, so gut. Jetzt zu etwas anderem. Ich rate Ihnen, Ihr Aussehen in den nächsten Monaten nicht zu verändern. Natürlich können Sie sich das rote Färbemittel aus dem Haar waschen, aber ehrlich gesagt finde ich, daß die Farbe Ihnen sehr gut steht.« Seine Augen funkelten. »Wenn die Wogen sich erst einmal geglättet haben und Ihr Haar wieder nachgewachsen ist, können Sie den Paß benutzen, den ich ursprünglich für Sie besorgt habe.« Er reichte LuAnn einen zweiten amerikanischen Paß, den sie rasch in ihrer Handtasche verstaute.

Aus den Augenwinkeln beobachtete Jackson, wie zwei Männer in Anzügen und eine Frau im Kostüm den Mittelgang hinunter kamen, wobei sie aufmerksam die Umgebung musterten. Jackson räusperte sich. LuAnns Blicke folgten den seinen. Jetzt sah auch sie das Trio – und schaute sofort wieder weg. LuAnn hatte das Fahndungsbild gesehen, das einer der Männer in der Hand hielt. Er war ein Foto von ihr, das man zweifellos während der Pressekonferenz aufgenommen hatte. LuAnn erstarrte, als sie plötzlich spürte, wie Jackson ihre Hand nahm und sie ermutigend drückte. »Das sind FBI-Agenten«, sagte er. »Aber denken Sie daran, daß Sie nicht mehr die geringste Ähnlichkeit mit der Frau auf dem Foto haben. Es ist, als wären Sie unsichtbar.« In Jacksons Stimme lagen so viel Gelassenheit und Zuversicht, daß LuAnns Ängste schwanden.

Jackson setzte sich wieder in Bewegung. »Ihre Maschine geht in zwanzig Minuten. Folgen Sie mir.« Unbehelligt gingen sie an den Sicherheitsbeamten vorüber bis zum Flugsteig und setzten sich auf eine der Bänke im Wartebereich.

»Hier.« Zusammen mit dem Paß reichte Jackson LuAnn ein kleines Päckchen. »Darin sind Bargeld, Kreditkarten und ein internationaler Führerschein, alles auf Ihren neuen Namen ausgestellt. Im Führerschein ist ein Foto mit Ihrem neuen Äußeren.« Er beugte sich vor und nahm sich einen Moment Zeit, mit LuAnns Haar zu spielen und ihr Gesicht zu betrachten, doch ohne jedes Gefühl, sondern völlig kühl, mit beinahe wissenschaftlichem Interesse.

Als er sich wieder zurücklehnte, lag Zufriedenheit in seiner Miene. Dann nahm er ihre Hand und klopfte ihr sogar leicht auf die Schulter. »Viel Glück. Falls Sie mal in irgendwelche Schwierigkeiten geraten, können Sie mich jederzeit anrufen. Hier ist eine Nummer, unter der Sie mich Tag und Nacht erreichen können, wo immer Sie auch sein mögen. Sollten sich aber keine Probleme ergeben, werden wir nie wieder miteinander reden und uns nie wieder sehen.« Er reichte ihr die Karte mit der Rufnummer.

»Möchten Sie mir denn gar nichts mehr sagen, LuAnn?« Jackson lächelte freundlich.

Sie schaute ihn neugierig an und schüttelte den Kopf. »Ich wüßte nicht was.«

»Wie wäre es mit ›danke‹?« Jetzt lächelte er nicht mehr.

Sehr langsam und bedächtig sagte LuAnn: »Danke.« Es fiel ihr schwer, den Blick von ihm zu nehmen.

»Keine Ursache«, erwiderte Jackson mit ebenso langsamer Stimme, wobei er LuAnn tief in die Augen blickte.

Schließlich schaute LuAnn nervös auf die Karte mit der Telefonnummer. Sie hoffte, sie niemals benutzen zu müssen. Es wäre ihr mehr als recht, wenn sie Jacksons Gesicht nie wieder zu sehen bekam. Im Beisein dieses Mannes beschlich sie beinahe das gleiche beklemmende Gefühl wie auf dem Friedhof, als das Grab ihres Vaters sie zu verschlucken drohte.

Als LuAnn den Blick wieder hob, war Jackson in der Menge verschwunden.

Sie seufzte. Sie war schon jetzt des Davonlaufens müde – und nun stand ihr der Aufbruch in ein Leben der *ständigen* Flucht bevor.

LuAnn nahm ihren Paß aus der Handtasche und schaute auf die leeren Seiten. Das würde sich bald ändern. Sie schlug die erste Seite auf und starrte auf das seltsame Foto und den noch seltsameren Namen darunter. Doch wenn erst einige Zeit vergangen war, würde der Name ihr nicht mehr so ungewöhnlich vorkommen: Catherine Savage aus Charlottesville, Virginia. LuAnns Mutter war in Charlottesville geboren und erst später, als junges Mädchen, in den tiefen Süden umgezogen. Sie hatte LuAnn oft von den schönen Zeiten erzählt, die sie als Kind im wundervollen Hügelland Virginias verbracht hatte. Der Umzug nach Georgia und die Heirat mit Benny Tyler hatten diese schönen Zeiten abrupt beendet. LuAnn fand es passend, daß ihr neues Ich aus Charlottesville stammte, wie ihre Mutter. Wieder schaute sie auf das Paßfoto. Bei dem Gedanken, daß Jackson sie von diesem Foto anstarrte, überlief sie eine Gänsehaut. Rasch schlug sie den Paß zu und steckte ihn weg.

Behutsam betastete sie ihr neues Gesicht. Dann wandte sie den Blick ab, als sie bemerkte, daß ein weiterer Polizist in ihre Richtung kam. LuAnn wußte nicht, ob er einer jener Männer war, die möglicherweise beobachtet hatten, wie Jackson das Flugticket gelöst hatte. Was ist, wenn dieser Cop es gesehen hat, fragte sich LuAnn. Wie wird er sich verhalten, wenn er sieht, daß nicht Jackson in die Maschine steigt, sondern ich? LuAnn wurde der Mund trocken, und sie wünschte sich im stillen, Jackson wäre noch nicht fortgegangen.

In diesem Augenblick wurde ihr Flug aufgerufen. Während der Polizist immer näher kam, zwang LuAnn sich aufzustehen. Als sie Lisa in ihrer Babytasche hochnahm, klatschte das Päckchen zu Boden, und die Papiere rutschten heraus. LuAnn stockte das Herz. Sie beugte sich nieder, um die Papiere mit der freien Hand aufzuheben, wobei sie gleichzeitig den unbeholfenen Versuch unternahm, Lisa in ihrem Baby-täschchen im Gleichgewicht zu halten. Plötzlich starrte Lu-Ann auf ein Paar schwarze Schuhe. Der Polizist beugte sich vor und musterte LuAnn von Kopf bis Fuß. In einer Hand hielt er das Foto von ihr. Für einen Augenblick erstarrte LuAnn zur Regungslosigkeit, als die aufmerksamen dunklen Augen des Mannes sich auf ihr Gesicht hefteten und ihre Blicke sich trafen.

Plötzlich lächelte der Polizeibeamte freundlich. »Warten Sie, ich helfe Ihnen, Ma'am. Ich habe selbst Kinder. Ist immer ein Problem, mit Kindern zu reisen, nicht wahr?«

Er hob die Papiere auf, schob sie ins Päckchen und reichte es LuAnn. Sie bedankte sich bei ihm. Der Polizist tippte an die Mütze und ging weiter.

LuAnn war sicher, hätte sie sich in diesem Augenblick geschnitten, wäre kein Tropfen Blut geflossen. In ihrem Inneren war alles kalt und starr.

Da die Erste-Klasse-Passagiere nach Belieben an Bord der Maschine gehen konnten, nahm LuAnn sich noch ein wenig Zeit und schaute sich um, doch ihre Hoffnungen schwanden rasch. Inzwischen war klar, daß Charlie nicht kam. Schließlich ging sie durch die Schleuse zur Maschine, wo sie an der Eingangstür von der Flugbegleiterin freundlich begrüßt wurde, während sie staunend den riesigen Innenraum der Boeing 747 betrachtete.

»Hier entlang, bitte, Miss Savage. Was für ein süßes kleines Mädchen.« Die Flugbegleiterin stieg mit LuAnn eine Wendeltreppe hinauf und führte sie an ihren Platz. LuAnn stellte Lisa in ihrer Babytasche auf den Sitz neben ihr und nahm vom Erste-Klasse-Steward ein Glas Wein entgegen. Wieder ließ sie den Blick ehrfürchtig durch das riesige Innere schweifen und sah, daß jeder Sitz über einen eingebauten Fernseher und ein Telefon verfügte. LuAnn war noch nie an Bord eines Flugzeugs gewesen, und es war geradezu berauschend, diese neue Erfahrung zu machen.

LuAnn stellte fest, daß es rasch dunkler wurde, als sie aus dem Fenster schaute. Lisa gab sich im Moment damit zufrieden, ihre nähere Umgebung in Augenschein zu nehmen, und LuAnn nutzte die Zeit, am Wein zu nippen und ihre flatternden Nerven zu beruhigen. Sie atmete mehrmals tief durch; dann betrachtete sie eine Reihe weiterer Fluggäste, als diese die Erste Klasse betraten. Einige waren älter und teuer gekleidet, andere trugen Geschäftsanzüge, ein junger Mann lediglich Jeans und ein Sweatshirt. LuAnn glaubte in ihm das Mitglied einer berühmten Rockband zu erkennen.

Sie ließ sich in den Sitz sinken und zuckte leicht zusammen, als die Schleuse sich von Rumpf der Maschine löste und ein Ruck durch das Flugzeug ging. Die Flugbegleiter erklärten den Passagieren routinemäßig die Notfallmaßnahmen, und binnen zehn Minuten rollte die riesige Maschine zur Startbahn.

LuAnn krampfte die Hände in die Sitzlehnen und preßte die Zähne zusammen, als die Triebwerke aufheulten und die 747 ruckend und schwankend beschleunigte. Sie wagte es nicht, aus dem Fenster zu schauen. O Gott, was hatte sie getan! Schützend warf sie einen Arm um Lisa, die sehr viel gelassener zu sein schien als ihre Mutter. Dann hob die Maschine anmutig von der Rollbahn ab und stieg sanft in die Höhe. Das Rucken und Schlingern endete abrupt. LuAnn hatte das Gefühl, in einer riesigen Seifenblase in den Himmel zu schweben. Ein Bild erschien und verharrte vor ihrem geistigen Auge: eine Prinzessin auf einem Zauberteppich.

LuAnns verkrampfte Hände lösten sich von den Sitzlehnen, und sie atmete durch. Dann schaute sie aus dem Fenster, hinunter auf die funkelnden Lichter der Stadt und das Land, das sie verließ. Für immer, wie Jackson erklärt hatte. Sie hob die Hand, winkte am Fenster symbolisch zum Abschied und ließ sich wieder in den Sitz sinken.

Zwanzig Minuten später hatte LuAnn die Kopfhörer aufgesetzt und wiegte zu den Klängen klassischer Musik sanft den Kopf. Als eine Hand sich auf ihre Schulter legte, schoß sie vor Schreck im Sitz empor. Gedämpft drang Charlies Stimme zu ihr hinunter. LuAnn schaute hoch. Er trug den Hut, den sie ihm geschenkt hatte. Sein Lächeln war strahlend und aufrichtig, doch in seiner Körpersprache und den unruhig zuckenden Lidern lag unverkennbar Nervosität. LuAnn nahm die Kopfhörer ab.

»Du meine Güte«, flüsterte Charlie. »Wenn ich Lisa nicht gesehen hätte, wäre ich glatt an Ihnen vorbeigegangen. Was, zum Teufel, ist passiert?«

»Das ist eine lange Geschichte.« LuAnn packte Charlies Handgelenk mit festem Griff und stieß ein kaum hörbares Seufzen aus. »Heißt das, Sie werden mir jetzt endlich Ihren richtigen Namen verraten, Charlie?«

Kurz nach dem Start der 747 hatte leichter Regen eingesetzt. Ein Mann in schwarzem Trenchcoat und mit imprägniertem Hut bewegte sich mit Hilfe eines Gehstocks langsam durch die Straßen im Zentrum Manhattans. Der Mann schien das unfreundliche Wetter gar nicht wahrzunehmen.

Seit seiner letzten Begegnung mit LuAnn hatte sich Jacksons Äußeres drastisch verändert. Er war um mindestens vierzig Jahre gealtert. Unter den Augen hingen dicke Tränensäcke, und sein kahler, von Altersflecken übersäter Schädel unter dem Hut wies nur noch einen dünnen weißen Haarkranz am Hinterkopf auf. Die Nase war lang und runzlig, wie auch Kinn und Hals. Die langsame, gemessene Gehweise paßte zu seiner schwächlichen Gestalt. Abends verwandelte er sich häufig in einen alten Mann; wenn die Dunkelheit kam, verspürte er das Verlangen, dahinzuschrumpfen, welk und schwach zu werden, dem Alter und dem Tod näher zu sein. Er blickte zum bewölkten Himmel hinauf. Inzwischen würde die Maschine sich auf ihrer konvexen Flugroute nach Europa über Neuschottland befinden.

LuAnn war nicht allein geflogen. Charlie war bei ihr. Nachdem LuAnn die Maschine bestiegen hatte, war Jackson noch eine Zeitlang am Flugsteig geblieben und hatte beobachtet, wie Charlie an Bord gegangen war – ohne zu wissen, daß sein Brötchengeber nur wenige Schritte von ihm entfernt stand. Aber vielleicht ist es gut so, sagte sich Jackson. Vielleicht geht die Rechnung doch auf.

Er hatte Bedenken, was LuAnn betraf, schwere Bedenken. Sie hatte ihm Informationen vorenthalten, normalerweise eine unverzeihliche Sünde. Es war ihm gelungen, ernsthafte Schwierigkeiten zu verhindern, indem er Romanello ausgeschaltet hatte. Allerdings mußte er zugeben, daß ihn bei dieser Sache eine gewisse Mitschuld traf. Schließlich hatte er Romanello beauftragt, seine Kandidatin zu töten, falls diese das Angebot ablehnte. Aber er hatte auch noch nie einen Gewinner gehabt, der auf der Flucht vor der Polizei war.

Nun würde er tun, was er immer tat, wenn eine mögliche Katastrophe bevorstand: Er würde abwarten und beobachten. Wenn alles glatt ging, würde er nichts unternehmen. Doch beim geringsten Anzeichen, daß es Ärger gab, würde er augenblicklich und rücksichtslos handeln. Wahrscheinlich war es gut für LuAnn, den tüchtigen Charlie zur Seite zu haben, denn sie war anders als die anderen. Das stand fest.

Jackson schlug den Kragen hoch und schlenderte eine Seitenstraße entlang. Auch in der Dunkelheit und bei Regen machte New York City ihm keine Angst. Er war schwer bewaffnet und ein Experte auf dem Gebiet des Tötens. Er kannte unzählige Mittel und Wege, alles zu töten, was atmete. Wer sich diesen »alten Mann« als leichtes Opfer erkor, würde seinen Fehler sehr bitter bereuen. Jackson hatte keine Freude am Töten. Manchmal war es erforderlich, aber es machte ihm keinen Spaß. Für ihn war die einzige Rechtfertigung, einen Mord zu begehen, der Erwerb von Reichtum und Macht – im Idealfall beides. Ansonsten aber wußte er Besseres mit seiner Zeit anzufangen.

Noch einmal wandte Jackson das Gesicht himmelwärts. Der sanfte Regen fiel auf die Latexfalten seines »Gesichts«. Er leckte die Tropfen auf. Sie waren kühl und fühlten sich angenehm auf der Haut an. »Viel Glück euch beiden«, flüsterte er und lächelte.

Aber Gott stehe euch bei, solltet ihr mich je hintergehen.

Er dachte angestrengt nach, als er seinen Weg fortsetzte. Es war an der Zeit, die Pläne für den Gewinner des nächsten Monats zu schmieden.

ZWEITER TEIL

ZEHN JAHRE SPÄTER

Der kleine Privatjet setzte auf der Landebahn des Flughafens Charlottesville-Albemarle auf und rollte aus. Es war fast zehn Uhr abends, und der Flughafen hatte den Betrieb bereits weitgehend eingestellt. Die Gulfstream V war die letzte Maschine, die an diesem Tag landete. Eine Limousine wartete auf dem Rollfeld. Drei Personen – ein Mann, eine Frau und ein Kind – stiegen schnell aus dem Jet und verschwanden im Wagen, der umgehend auf der Route 29 in Richtung Süden fuhr.

In der Limousine nahm die Frau ihre Sonnenbrille ab und legte einen Arm um die Schultern des Mädchens. Dann ließ LuAnn Tyler sich in die Polster sinken und atmete tief durch. Zu Hause. Endlich waren sie wieder in den Vereinigten Staaten. All die Jahre des Planens waren nun abgeschlossen. Seit geraumer Zeit hatte LuAnn an kaum etwas anderes denken können.

Sie blickte auf den Mann, der ihr gegenüber saß. Er starrte vor sich hin und trommelte mit seinen dicken Fingern einen monotonen Rhythmus an die Seitenscheibe. Charlie machte nicht nur ein besorgtes Gesicht – er *war* besorgt. Dennoch brachte er ein aufmunterndes Lächeln zustande. In den vergangenen zehn Jahren war es ihm stets gelungen, LuAnn Mut zu machen, wenn es notwendig war.

Er legte die Hände in den Schoß und blickte sie mit schiefgelegtem Kopf an. »Hast du Angst?« fragte er.

LuAnn nickte und schaute auf die zehnjährige Lisa, die

sogleich den Kopf auf den Schoß der Mutter gelegt hatte und erschöpft eingeschlafen war. Die Reise war lang gewesen.

»Und du?« fragte sie zurück.

Er zuckte mit den breiten Schultern. »Wir haben alles so gut wie möglich geplant und wissen um das Risiko. Jetzt müssen wir damit klarkommen.« Wieder lächelte er, diesmal breiter. »Uns wird schon nichts passieren.«

Auch LuAnn lächelte. Ihre Lider waren schwer. Im Laufe der letzten zehn Jahre hatten sie, Charlie und Lisa viel durchgemacht. LuAnn wäre die glücklichste Frau auf der Welt, müßte sie nie wieder an Bord eines Fliegers gehen, nie wieder Grenzkontrollen hinter sich bringen, nie wieder überlegen, in welchem Land sie war und in welcher Sprache sie sich durchschlagen mußte. Die längste Reise, die sie jetzt noch unternehmen wollte, war der Weg zum Briefkasten, um die Post zu holen, oder eine Fahrt ins nächste Einkaufszentrum. O Gott, wenn es doch nur so leicht wäre! Sie zuckte zusammen und rieb sich gedankenverloren die Schläfen.

Charlie merkte sofort, was los war. Im Laufe der Jahre hatte er ein ausgeprägtes Gespür dafür entwickelt, auch die feinsten Nuancen in den Gefühlen LuAnns zu erkennen. Er betrachtete Lisa längere Zeit, um sich zu vergewissern, daß sie fest schlief. Dann löste er zufrieden den Sicherheitsgurt, setzte sich neben LuAnn und sprach leise auf sie ein.

»Jackson hat keine Ahnung, daß wir zurückgekommen sind. Keinen blassen Schimmer.«

»Das wissen wir doch gar nicht, Charlie«, gab LuAnn flüsternd zurück. »Wir können nicht sicher sein. Mein Gott, ich weiß nicht, was mir mehr angst macht: die Polizei oder Jackson. Nein, das stimmt nicht. Ich habe mehr Angst vor Jackson. Er hat mir damals eingeschärft, niemals in die Staaten zurückzukehren. Niemals. Und jetzt bin ich wieder da. Wir alle.«

Charlie legte eine Hand auf die ihre und sagte, so ruhig er konnte: »Meinst du vielleicht, Jackson hätte uns so weit kommen lassen, wenn er es wüßte? Wir haben sehr viele Umwege gemacht. Wir haben fünfmal den Flieger gewechselt, dazwischen eine Bahnreise gemacht, sind durch vier Länder hierher gefahren – verdammt, wir sind im Zickzack durch die halbe Welt gereist, um herzukommen. Jackson hat keine Ahnung. Und selbst wenn, dürfte es ihm egal sein. Die ganze Sache ist zehn Jahre her. Das Abkommen ist nicht mehr gültig. Weshalb sollte es ihn jetzt noch interessieren?«

»Warum tut er überhaupt, was er tut? Kannst du mir das sagen? Er tut es, weil er es *will*.«

Charlie seufzte, knöpfte den Jackettknopf auf und lehnte sich zurück.

LuAnn blickte ihn an und streichelte seine Schulter. »Wir sind wieder zurück. Du hast recht: Wir haben diese Entscheidung getroffen, und jetzt müssen wir damit klarkommen. Und ich habe ja schließlich nicht vor, der ganzen Welt zu verkünden, daß ich zurück bin. Wir werden ein schönes, ruhiges Leben führen.«

»Und ein sehr luxuriöses. Du hast ja die Fotos gesehen.«

LuAnn nickte. »Ja. Es sieht wunderschön aus.«

»Ein altes Herrenhaus. Ungefähr tausend Quadratmeter Wohnfläche. Wird schon ziemlich lange angeboten, aber bei sechs Millionen Dollar ist das ja kein Wunder. Mit den dreieinhalb Millionen Kaufpreis haben wir ein echtes Schnäppchen gemacht, glaub mir. Aber ich mußte verdammt hart feilschen. Und dann kommt noch die Million hinzu, die wir in die Renovierung gesteckt haben. Fast vierzehn Monate; aber wir hatten ja Zeit, stimmt's?«

»Und die Villa liegt wirklich abgeschieden genug?«

»Bestimmt. Das Grundstück ist ungefähr hundertfünfzig Hektar groß, wurde mir gesagt. Fünfzig Hektar sind freies, ›sanft gewelltes‹ Land. So stand es jedenfalls in der Broschüre. Ich bin in New York aufgewachsen und habe noch nie so viel grünes Gras gesehen. Wunderschönes Piedmont,

Virginia, oder so. Das hat mir der Makler bei den unzähligen Fahrten gesagt, als ich die Häuser besichtigt habe, die für uns in Frage kommen. Die Villa war das schönste von allen. Sicher, es war 'ne Menge Arbeit nötig, sie auf Vordermann zu bringen, aber ich habe tüchtige Leute damit beauftragt, sich darum zu kümmern – Architekten und was weiß ich. Wir werden viele Außengebäude zur Verfügung haben und ein Haus für den Verwalter, einen Stall mit Boxen für drei Pferde und mehrere Cottages, die übrigens alle leerstehen und die wir wohl kaum vermieten werden, hm? Die Villa ist eins von diesen großen alten Herrschaftshäusern mit jeder Menge Platz. Außerdem gibt's einen Pool. Wird Lisa gefallen. Und wir könnten einen Tennisplatz anlegen. Alles vom Feinsten. Um die Villa herum ist dichter Wald, wie ein Burggraben aus Hartholz. Außerdem habe ich bereits eine Firma beauftragt, einen Sicherheitszaun zu bauen, mit einem schwer bewachten Tor an der Grundstücksgrenze zur Straße. Wahrscheinlich sind die Arbeiten schon abgeschlossen.«

»Als hättest du nicht schon genug zu tun. Du hast ohnehin viel zu viel geschuftet.«

»Hat mir nichts ausgemacht. Irgendwie gefällt es mir.«

»Und mein Name taucht nicht auf den Besitzurkunden auf?«

»Den Namen Catherine Savage wirst du nirgends finden. Wir haben einen Strohmann benutzt. Die Besitzurkunde ist auf die Firma ausgestellt, die ich gegründet hatte. Keine Spur führt zu dir.«

»Ich wünschte, ich hätte meinen Namen wieder geändert – nur für den Fall, daß Jackson uns sucht.«

»Ja, das wäre wirklich besser. Aber die Tarngeschichte, mit der wir das Finanzamt ausgetrickst haben, hat sich nun mal Jackson für dich ausgedacht. Und in dieser Geschichte heißt du Catherine Savage. Die Sache ist schon kompliziert genug, da sollten wir es nicht noch schlimmer machen. Meine Güte, den Totenschein für deinen ›verblichenen‹ Gatten hervorzuzaubern war schon eine Heidenarbeit.«

»Ich weiß.« LuAnn seufzte tief.

Charlie schaute sie an. »Charlottesville, Virginia, Wohngegend vieler Reicher und Berühmter. Hast du es deshalb ausgesucht? Und privat willst du leben wie eine Einsiedlerin, von der niemand etwas weiß?«

»Das war einer von zwei Gründen.«

»Und der andere?«

»Meine Mutter ist dort geboren«, sage LuAnn. Ihre Stimme senkte sich, während sie den Rocksaum befingerte. »Sie war glücklich dort. Jedenfalls hat sie es mir erzählt. Und reich war sie bestimmt nicht.« Sie verstummte und blickte ins Leere. Dann gab sie sich einen Ruck und schaute Charlie an. Ihr Gesicht war leicht gerötet. »Vielleicht überträgt sich ein bißchen von dem Glück auf uns, was meinst du?«

»Solange ich mit dir und der Kleinen zusammen bin«, sanft streichelte Charlie Lisas Wange, »bin ich glücklich.«

»Ist sie schon an dieser Privatschule angemeldet?«

Charlie nickte. »St. Anne's-Belfield. Ein exklusiver Laden. Sehr kleine Klassen – wenige Schüler, viele Lehrer. Aber wenn man bedenkt, wie ausgezeichnet Lisas Vorbildung ist, packt sie das mit links. Sie spricht mehrere Sprachen und hat die ganze Welt bereist. Sie hat jetzt schon mehr Dinge getan und gesehen als die meisten Erwachsenen im ganzen Leben.«

»Ich weiß nicht… Vielleicht hätte ich doch einen Privatlehrer nehmen sollen.«

»Also wirklich, LuAnn. Das Vergnügen hat sie gehabt, seit sie laufen kann. Sie muß endlich mal mit anderen Kindern zusammensein. Das ist gut für sie. Und auch für dich.«

Plötzlich lächelte LuAnn ihn an. »Fühlst du dich eigentlich bei uns gefangen, Charlie? Empfindest du so was wie … Klaustrophobie?«

»Und ob. Von jetzt an werde ich mich jeden Abend in der

Gegend herumtreiben. Vielleicht lege ich mir sogar irgendein Hobby zu. Golf oder so was.« Er grinste, um LuAnn zu
zeigen, daß es nicht ernst gemeint war.

»Es waren schöne zehn Jahre, nicht wahr?« Ihre Stimme
klang besorgt.

»Ich würde sie für nichts auf der Welt eintauschen«, antwortete er.

Hoffen wir, die nächsten zehn Jahre werden auch so schön,
dachte LuAnn und legte den Kopf an Charlies Schulter. Als
sie vor zehn Jahren auf die Skyline New Yorks geblickt hatte,
wäre sie vor Aufregung beinahe geplatzt, als sie plötzlich die
vielen Möglichkeiten erkannt hatte, Gutes mit dem Geld zu
tun. Sie hatte sich damals geschworen, ihre Pläne in die Tat
umzusetzen, und hatte diesen Schwur eingehalten.

Doch für LuAnn selbst waren die wundervollen Träume
nicht Wirklichkeit geworden. Die vergangenen zehn Jahre
waren sie ständig auf Reisen gewesen, hatten ständig Angst
vor Entdeckung haben müssen. Und wenn LuAnn Geld für
sich, Lisa oder Charlie ausgab, hatte sie bei dem Gedanken
daran, wie sie an das Geld gekommen war, stets Gewissensbisse verspürt. Sie hatte oft gehört, die Superreichen
wären aus den verschiedensten Gründen niemals glücklich. LuAnn, in Armut aufgewachsen, hatte nie daran geglaubt, hatte es für eine Täuschung gehalten, eine List der
Reichen. Jetzt wußte sie, daß es stimmte, jedenfalls in
ihrem Fall.

Während die Limousine dahinglitt, schloß LuAnn die Augen und versuchte, sich zu entspannen. Sie würde sehr viel
Kraft brauchen. Sie stand an der Schwelle zu ihrem zweiten
neuen Leben.

KAPITEL 19

Thomas Donovan saß inmitten des Chaos in der Nachrichtenredaktion der *Washington Tribune* und starrte auf den Computermonitor.

Journalistische Auszeichnungen, die er von verschiedenen angesehenen Organisationen erhalten hatte, zierten Wände und Regale seines vollgestopften Mini-Büros – darunter der Pulitzerpreis, den er bekommen hatte, als er noch keine dreißig gewesen war. Jetzt war er Anfang Fünfzig, besaß aber immer noch das Ungestüm und den Enthusiasmus seiner Jugendzeit. Wie die meisten Enthüllungsjournalisten konnte er mit einer kräftigen Prise Zynismus aufwarten, was den Zustand der Gesellschaft betraf – vielleicht, weil er das Schlimmste davon mit eigenen Augen gesehen hatte. Zur Zeit arbeitete er an einer Story, deren Inhalt ihn anwiderte.

Er warf einen Blick auf einige Notizen, als ein Schatten auf seinen Schreibtisch fiel.

»Mr. Donovan?«

Donovan blickte auf. Es war ein junger Bursche aus der Poststelle.

»Ja?«

»Das ist gerade für Sie gekommen. Ich glaube, es sind Unterlagen, die Sie angefordert hatten.«

Donovan dankte ihm und nahm das Päckchen entgegen. Begierig vertiefte er sich in den Inhalt.

Die Lotterie-Story, an der er arbeitete, bot Zündstoff genug für eine Riesengeschichte. Donovan hatte bereits umfängliche Nachforschungen angestellt. Die US-Lotterie machte Jahr für Jahr Milliardengewinne, und die Summe wuchs jährlich um mehr als zwanzig Prozent. Die Regierung zahlte ungefähr die Hälfte der Einnahmen als Gewinne aus; etwa zehn Prozent gingen für die Losverkäufer und die Betriebskosten drauf. Blieben vierzig Prozent Reingewinn für Vater Staat – ein Prozentsatz, für den die meisten Firmen morden würden.

Seit Jahren stritten sich Wissenschaftler und Gutachter über die Frage, ob die Lotterie im Grunde eine rückwirkende Besteuerung sei, bei der die Armen die Hauptverlierer seien. Die Regierung ihrerseits stellte sich auf den Standpunkt, daß – demographisch gesehen – die Armen keineswegs einen überproportionalen Teil ihres Einkommens für das Lotteriespiel ausgäben.

Doch solche Argumente zogen bei Donovan nicht. Er wußte, daß Millionen von Spielern an der Armutsgrenze lebten und ihre Sozialhilfe oder Essensgutscheine, ja, alles, was sie in die Finger bekommen konnten, für Lotterielose ausgaben, um sich die Chance auf ein sorgenfreies Leben zu erkaufen, selbst wenn die Aussichten auf einen Haupttreffer in so astronomischer Ferne lagen, daß es geradezu lächerlich war. Und die Reklame der Regierung für das staatliche Lotto war im höchsten Maße irreführend, wenn es um die präzise Erklärung der Gewinnchancen ging.

Aber das war noch nicht alles. Donovan hatte die verblüffende Tatsache aufgedeckt, daß jährlich fünfundsiebzig Prozent der Gewinner Konkurs anmelden mußten: Jedes Jahr waren neun von zwölf Gewinnern pleite gegangen.

Donovans Aufhänger hatte mit obskuren Finanzmanagementfirmen und verschlagenen, aalglatten Typen zu tun, die sich bei diesen armen Menschen einschlichen und sie bis auf den letzten Cent aussaugten. Wohlfahrtsorganisationen bombardierten die Gewinner mit Anrufen und jagten sie gnadenlos. Vertreter verkauften ihnen mit diebischer Freude alles, was sie nicht brauchten, indem sie den Neureichen ihre Waren als »unbedingt notwendige« Statussymbole aufdrängten und für ihre Bemühungen gleich tausend Prozent draufschlugen. Der plötzliche Reichtum hatte ganze Familien zerstört und lebenslange Freundschaften kaputtgemacht, wenn die Gier größer war als die Vernunft.

Nach Donovans Ansicht trug die Regierung eine ebenso große Schuld an diesen finanziellen und menschlichen Katastrophen wie die dubiosen Finanzhaie. Seit zwölf Jahren wurde der Lotterie-Hauptgewinn als Pauschalsumme ausgezahlt, wobei ein Jahr Steueraufschub gewährt wurde, um mehr Spieler anzulocken; denn in der Werbung wurde der Aufschub dramatisch hochgespielt, wobei das Wort »steuerfrei« ganz groß geschrieben wurde. Erst im Kleingedruckten wurde die Öffentlichkeit darüber aufgeklärt, daß die Steuer auf die Gewinnsumme lediglich für ein Jahr ausgesetzt war.

Früher hatte man die Gewinner über einen bestimmten Zeitraum hinweg ausbezahlt und die Steuer automatisch einbehalten. Nun aber waren sie allein auf sich gestellt, vor allem im Hinblick auf die Frage, auf welche Weise sie die Steuern bezahlen sollten. Wie Donovan herausgefunden hatte, waren einige Gewinner sogar der Meinung gewesen, überhaupt keine Steuern zahlen zu müssen, und hatten das Geld mit vollen Händen ausgegeben.

Weiter kam hinzu, daß sämtliche Erträge aus der Gewinnsumme steuerpflichtig waren – und das nicht zu knapp. Die Regierung führte der Öffentlichkeit die Gewinner mit einem freundlichen Schulterklopfen und einem dicken Scheck vor. Doch waren diese ›Glücklichen‹ erst aus dem Licht der Öffentlichkeit verschwunden und nicht gewieft genug, komplizierte Vermögensanlagen zu tätigen, kamen die Schergen des Finanzamts und nahmen ihnen auch den letzten Cent, den sie besaßen – alles unter dem Deckmantel legaler Bußgeldvorschriften und Gott-weiß-welcher Gesetze. Mit dem Ergebnis, daß die Millionäre von einst noch ärmere Schweine waren als zuvor.

Es war ein Spiel, das auf die völlige Vernichtung der Gewinner ausgerichtet war – was von der Regierung dadurch verschleiert wurde, daß alles nur zum »Wohle der Bürger« geschähe. Es ist das Spiel des Teufels, und unsere eigene Regierung zieht die Fäden, dachte Donovan. Und sie spielt dieses Spiel nur aus einem einzigen Grund: um Geld zu scheffeln. Wie alle anderen auch.

Donovan hatte in anderen Zeitungen Berichte gelesen, in denen das Problem heruntergespielt oder gar völlig vertuscht wurde, indem man lediglich vom glücklichen Leben der Neu-Millionäre berichtete. Doch sobald die Medien einen echten Angriff unternahmen oder das staatliche Lotto gar als riesigen Schwindel entlarvten, wurden von den Lotteriebossen sämtliche Informationen sofort mit einer Flut von Statistiken überschüttet, die zeigen sollten, wieviel Gutes die Lotteriegelder bewirkten. Die Öffentlichkeit wiegte sich in dem Glauben, das Geld sei für Schulen, Straßenbau und Ähnliches bestimmt; dabei verschwand ein Großteil unter der Rubrik »allgemeine Ausgaben« und endete an einigen sehr interessanten Orten, die mit dem Kauf von Schulbüchern und dem Ausbessern von Straßenschäden nicht das geringste zu tun hatten. Lotteriebosse erhielten fette Gehaltsschecks und noch fettere Prämien. Politiker, die sich für das Lotto stark machten, sahen reichlich Gelder in ihre bundesstaatlichen Kassen fließen.

Die ganze Sache stank zum Himmel, und Donovan fand, es war höchste Zeit, daß die Wahrheit ans Licht kam. Seine Feder würde die Glücklosen verteidigen, so wie er es seine gesamte Karriere hindurch getan hatte. Wenn schon nichts anderes, wollte Donovan zumindest bewirken, daß die Regierung beschämt über den moralischen Aspekt dieser riesigen Steuerquelle nachdachte. Wahrscheinlich würde sich nicht das geringste ändern, doch Donovan wollte sein Bestes geben.

Er widmete sich wieder dem Stapel Dokumente. Er hatte bereits seine Theorie über die Konkurse während der letzten fünf Jahre überprüft. Die Papiere, die nun vor ihm lagen, enthielten die Ergebnisse aus weiteren zehn Jahren.

Donovan schaute sich an, was aus den Lotteriegewinnern eines jeden Jahres geworden war, und die Ergebnisse waren beinahe identisch. Es blieb dabei: Stets waren neun von zwölf Gewinnern pleite gegangen. Das war mehr als verblüffend. Zufrieden lächelnd blätterte Donovan die Seiten durch. Sein Instinkt hatte ihn nicht getrogen. Die Sache war kein Windei.

Plötzlich hielt er inne und starrte auf eine Seite. Sein Lächeln schwand. Auf dem Blatt waren die zwölf Lotteriegewinner aufgelistet, die vor genau zehn Jahren bei den monatlichen Ausspielungen das große Los gezogen hatten. Und was Donovan da sah, war unmöglich. Da mußte irgendein Fehler vorliegen. Er griff zum Telefon und rief die Agentur an, die er mit den Nachforschungen für seinen Artikel beauftragt hatte. Nein, es sei kein Irrtum möglich, sagte man ihm. Sämtliche amtlichen Konkursverfahren seien der Öffentlichkeit zugänglich.

Langsam legte Donovan den Hörer auf und starrte wieder auf die Seite. Herman Rudy, Bobbie Jo Reynolds, LuAnn Tyler ... Er ging die Namensliste durch. Zwölf Gewinner in Folge. Und keiner von ihnen war pleite gegangen. Kein einziger. Und nur in den zwölf Monaten in diesem einen Jahr.

Die meisten Journalisten von Thomas Donovans Kaliber zeichneten sich durch zwei besondere Merkmale aus: den richtigen Riecher und Hartnäckigkeit. Und Donovans Nase verriet ihm, daß die Story, auf die er soeben gestoßen war, den ursprünglichen Aufhänger ungefähr so spannend erscheinen ließ wie einen Artikel über die Beschneidung von Obstbäumen.

Donovan mußte sofort einige Quellen durchsehen – zu Hause, wo er mehr Ruhe hatte als in der hektischen und lärmenden Redaktion. Er stopfte den Ordner in seine schäbige Aktentasche und verließ eilig das Büro. Da noch kein Stoßverkehr herrschte, erreichte er nach zwanzig Minuten seine kleine Wohnung in Virginia.

Zweimal geschieden, ohne Kinder, war Donovans Leben einzig und allein auf seine Arbeit ausgerichtet. Die einzige Beziehung zu einer Frau, die er unterhielt, köchelte auf Sparflamme. Alicia Crane war eine Bekanntheit aus der Washingtoner Gesellschaft und stammte aus einer wohlhabenden Familie, die einst über hervorragende politische Verbindungen verfügt hatte. In solchen Kreisen hatte Donovan sich niemals wohl gefühlt. Doch Alicia war hilfsbereit und stand zu ihm, und wenn Donovan ehrlich war, fand er es gar nicht so übel, am Rande ihres Luxuslebens umherzuflattern.

Er setzte sich in sein Arbeitszimmer und griff zum Telefon. Es gab eine sichere Methode, Informationen über Personen zu erhalten, insbesondere über reiche Leute, ganz gleich, wie abgeschottet ihr Leben war. Donovan wählte die Nummer eines langjährigen Informanten bei der Steuerbehörde und gab ihm die zwölf Namen durch.

Zwei Stunden später erhielt er den Rückruf. Während er zuhörte, hakte er die Namen von seiner Liste ab. Er stellte noch einige Fragen, dankte dem Freund, legte auf und blickte auf die Liste.

Hinter allen Namen war nun ein Häkchen, nur hinter einem nicht. Elf Lotteriegewinner hätten jedes Jahr pflichtschuldig ihre Einkommensteuererklärung abgegeben, hatte Donovans Informant erklärt. Doch weiter wollte er nicht gehen; er hatte sich nicht erweichen lassen, Donovan nähere Einzelheiten mitzuteilen. Er fügte nur hinzu, daß bei allen elf Steuererklärungen die Summen riesig gewesen seien. Donovan fragte sich, wie diese elf Gewinner nicht nur den Konkurs abgewendet, sondern während der letzten zehn Jahre ihr Vermögen offenbar vermehrt hatten. Und dabei stieß er auf das größte Rätsel.

Donovan starrte auf den Namen des einzigen Lotteriegewinners, der nicht abgehakt war. Seinem Informanten zufolge hatte diese Person keine Steuererklärung abgegeben, jedenfalls nicht unter ihrem eigenen Namen. Und mehr noch: Diese Person war schlichtweg verschwunden.

Donovan erinnerte sich verschwommen an den Grund dafür. Zwei Morde ... ihr Freund und noch ein Mann, in einem Kaff im ländlichen Georgia. Drogen waren im Spiel gewesen. Die Geschichte hatte Donovan vor zehn Jahren nicht übermäßig interessiert. Er hätte sich gar nicht daran erinnert, wäre diese Person nicht damals, unmittelbar nachdem sie hundert Millionen Dollar gewonnen hatte, mitsamt dem Geld verschwunden. Jetzt war Donovans Neugier geweckt, als er den Namen auf seiner Liste anstarrte:

»LuAnn Tyler«.

Auf der Flucht vor einer Mordanklage mußte sie die Identität gewechselt haben. Mit dem Geld aus der Lotterie war es ihr problemlos möglich gewesen, in eine neue Rolle zu schlüpfen und ein neues Leben anzufangen – irgendwo, unter falschem Namen.

Ein Lächeln huschte über Donovans Gesicht. Plötzlich war ihm eine Idee gekommen, wie er LuAnn Tylers neue Identität aufdecken konnte. Und vielleicht noch sehr viel mehr. Zumindest konnte er es versuchen.

Am nächsten Tag rief Donovan den Sheriff in LuAnns Heimatort Rikersville in Georgia an. Roy Waymer war vor fünf Jahren verstorben. Ironischerweise war der jetzige Sheriff, Billy Harvey, Duanes Onkel.

Harvey war äußerst mitteilsam, als Donovan ihn wegen LuAnn befragte.

»Sie hat Duane auf dem Gewissen«, sagte Harvey wütend. »Sie hat ihn in diese Drogengeschichte reingezogen. Das ist so sicher wie das Amen in der Kirche. Wir Harveys besitzen zwar nicht viel, aber wir haben unseren Stolz.«

»Haben Sie in den letzten zehn Jahren irgendwas von LuAnn gehört?« fragte Donovan.

Billy Harvey machte eine Pause. »Na ja, sie hat Geld geschickt.«

»Geld?«

»An Duanes Eltern. Aber sie haben nicht drum gebeten, das kann ich Ihnen versichern.«

»Haben sie das Geld behalten?«

»Na ja, sie sind nicht mehr jung und arm wie Kirchenmäuse. Und so 'ne Summe ist nicht zu verachten.«

»Welche Summe?«

»Zweihunderttausend Dollar. Wenn das kein Beweis für LuAnns schlechtes Gewissen ist, dann weiß ich es nicht.«

Donovan stieß einen leisen Pfiff aus. »Haben Sie herauszufinden versucht, woher das Geld kam?«

»Damals war ich noch nicht Sheriff. Aber Roy Waymer hat's versucht. Dabei haben ihm sogar ein paar Jungs vom FBI geholfen, aber sie konnten nicht den kleinsten Hinweis finden. LuAnn hat noch 'n paar anderen Leuten hier unter die Arme gegriffen, aber auch von denen haben wir nie erfahren, wo das Weibsstück sich rumtreibt. Als ob sie ein Gespenst wär'.«

»Sonst noch etwas?«

»Ja. Falls Sie jemals mit ihr reden, dann sagen Sie ihr, daß die Harveys nie was vergessen, auch nach so vielen Jahren nicht. Die Mordanklage steht immer noch. Wenn wir das Flittchen in Georgia zu fassen kriegen, wird sie ziemlich lange im Knast sitzen – zwanzig Jahre bis lebenslänglich. Bei Mord gibt's keine Verjährung.«

»Ich werde es ihr ausrichten, Sheriff, danke. Ach, könnten Sie mir vielleicht eine Kopie der Ermittlungsakte schicken? Autopsieberichte, gerichtsmedizinische Gutachten, polizeiliche Unterlagen und so weiter.«

»Glauben Sie wirklich, Sie können das Luder nach so langer Zeit finden?«

»Ich mache so etwas seit dreißig Jahren, und ich verstehe mich ziemlich gut darauf. Ich werde es auf alle Fälle versuchen.«

»Gut, dann schicke ich Ihnen die Kopien, Mr. Donovan.«

Donovan gab Harvey die Anschrift und Rufnummer der *Tribune*, legte auf und machte sich ein paar Notizen. LuAnn Tyler hatte einen anderen Namen, soviel stand fest. Also mußte er als erstes diesen Namen herausfinden.

Die folgende Woche verbrachte Donovan damit, jede Nische im Leben LuAnn Tylers zu erforschen. Er besorgte sich Kopien der Todesanzeigen ihrer Eltern in der *Rikersville Gazette*. Nachrufe waren stets voller interessanter Fakten: Geburtsorte, Namen von Verwandten und andere Informationen, die möglicherweise zu wertvollen Hinweisen führten. LuAnns Mutter war in Charlottesville, Virginia, geboren. Donovan unterhielt sich mit den noch lebenden Verwandten, die in der Todesanzeige genannt wurden, erfuhr aber wenig Brauchbares. LuAnn hatte nie versucht, Verbindung mit ihnen aufzunehmen.

Als nächstes grub Donovan so viele Fakten wie möglich über den letzten Tag aus, den LuAnn in den Vereinigten Staaten verbracht hatte. Er sprach mit Angehörigen der New Yorker Polizei und der dortigen FBI-Außenstelle. Am Freitag nach der Ziehung war LuAnn als Gewinnerin auf der üblichen Pressekonferenz aufgetreten. Sheriff Waymer hatte sie im Fernsehen gesehen und sofort die Polizei in New York verständigt, daß LuAnn in Georgia im Zusammenhang mit einem Doppelmord und Drogenhandel gesucht wurde. Die New Yorker Polizei hatte daraufhin eine

Großfahndung auf allen Eisenbahn- und Busbahnhöfen sowie den Flughäfen eingeleitet – die sinnvollste Maßnahme in einer Stadt mit sieben Millionen Einwohnern, in der Straßensperren schwerlich in Frage kamen. Doch es hatte sich keine Spur von der Frau gefunden.

Das FBI stand vor einem Rätsel. Dem Bericht des Agenten zufolge, mit dem Donovan gesprochen hatte und der mit der Akte vertraut war, hatten FBI und Polizei sich gefragt, wie ihnen diese Frau aus der Provinz, zwanzig Jahre alt, ohne Schulabschluß, mit einem Baby durch die Maschen geschlüpft war. Nach Ansicht des FBI kamen eine geschickte Verkleidung oder falsche Papiere nicht in Frage. Die Polizei hatte ihr Netz eine knappe halbe Stunde nach dem landesweiten Fernsehauftritt LuAnn Tylers ausgeworfen. So schnell war niemand. Aber schon damals hatten einige FBI-Beamte sich die Frage gestellt, ob irgend jemand der Frau geholfen hätte. Doch die Sache verlief bald im Sande, da andere, wichtigere Probleme von nationaler Bedeutung die Zeit und Arbeitskraft der Fahndungsbehörden in Anspruch nahmen.

Offiziell war das FBI zu dem Ergebnis gelangt, daß LuAnn Tyler das Land nicht verlassen hatte, sondern lediglich mit dem Auto oder der U-Bahn aus New York hinausgefahren und dann irgendwo im Land untergetaucht war, vielleicht auch in Kanada. Die New Yorker Polizei hatte Sheriff Waymer von dem Mißerfolg unterrichtet, und damit war die Sache abgeschlossen.

Bis jetzt. Denn jetzt hatte Donovan Blut geleckt. Und seine Nase sagte ihm, daß LuAnn Tyler die USA verlassen hatte. Irgendwie war sie dem Gesetz durch die Lappen gegangen. Und die naheliegendste Erklärung war eine Flucht mit dem Flugzeug.

Auf alle Fälle engte diese Theorie die andernfalls unüberschaubare Vielzahl von Möglichkeiten ein. Donovan konnte seine Nachforschungen auf einen Tag, ja, im Grunde auf mehrere Stunden dieses Tages eingrenzen. Dabei ging er von der Voraussetzung aus, daß LuAnn Tyler aus dem Land geflüchtet war. Also würde er sich auf die internationalen Flüge konzentrieren, die vor zehn Jahren an jenem Freitag vom Kennedy-Flughafen abgegangen waren. Sollte diese Suche nichts ergeben, wollte Donovan sich die Maschinen vornehmen, die von La Guardia gestartet waren. Falls auch das ein Fehlschlag war, würde er sich die Flüge vom Newark International Airport vornehmen.

Das war schon mal ein Anfang. Es gab allerdings viel weniger internationale als inländische Flüge. Falls sich die Notwendigkeit ergab, auch die Inlandsflüge zu überprüfen, mußte Donovan sich eine andere Vorgehensweise einfallen lassen.

Während er über dieses Problem nachdachte, traf ein Päckchen von Sheriff Harvey ein.

Donovan, der gerade in seinem Büro ein Sandwich hinunterschlang, öffnete das Päckchen und sah sich die Unterlagen durch. Die Autopsiefotos waren naturgemäß gräßlich, was einem alten Hasen wie Donovan jedoch nichts ausmachte. Er hatte im Laufe seiner Karriere Schlimmeres gesehen. Nach einer Stunde legte er die Akten beseite und machte sich Notizen.

So wie es aussah, war LuAnn Tyler an den Morden unschuldig. Donovan hatte in Rikersville auf eigene Faust ein paar Nachforschungen angestellt, und allen Aussagen zufolge war Duane Harvey ein arbeitsscheuer Tagedieb gewesen, dessen größter Ehrgeiz im Leben sich darauf beschränkte, sich zu besaufen und Weiberröcken hinterherzujagen. Er hatte der Menschheit absolut nichts von Wert hinterlassen.

LuAnn Tyler dagegen hatte man Donovan als fleißig, ehrlich und als liebevolle, besorgte Mutter ihres kleinen Mädchens beschrieben. Schon als Teenager zur Waise geworden, hatte LuAnn sich so durchgeschlagen, wie es unter diesen Umständen möglich gewesen war. Donovan hatte

Fotos von ihr gesehen, sogar das Video-Band der Pressekonferenz ausgegraben, auf der sie vor zehn Jahren als Lotteriegewinnerin vorgestellt worden war. Sie sah phantastisch aus, das mußte er zugeben, doch hinter dieser Schönheit steckte mehr. LuAnn hatte bestimmt nicht nur ihres guten Aussehens wegen ihr Leben gemeistert.

Donovan schluckte den letzten Bissen des Sandwiches hinunter und spülte mit Kaffee nach. Duane Harvey war übel zugerichtet. Der andere Mann, Otis Burns, war an Messerstichen in den Oberkörper gestorben. Überdies hatte er eine schwere, aber nicht tödliche Kopfverletzung und andere Kampfspuren davongetragen. LuAnns Fingerabdrücke waren auf dem zerbrochenen Telefon und überall im Wohnwagen entdeckt worden, was aber nicht weiter verwunderlich war; schließlich hatte sie in dem Wagen gelebt.

Es gab eine Zeugenaussage, derzufolge man LuAnn an jenem Morgen in Otis Burns' Buick gesehen hatte. Trotz Sheriff Harveys gegenteiliger Behauptungen war Donovan überzeugt, daß Duane der Drogendealer der Familie gewesen war und bei einem Täuschungsversuch erwischt wurde. Wahrscheinlich war Burns sein Lieferant gewesen. Der Bursche hatte ein umfangreiches Vorstrafenregister im benachbarten Gwinnett County, und alle Verurteilungen hatten mit Drogendelikten zu tun. Wahrscheinlich war Burns zum Wohnwagen gekommen, um mit Duane eine Rechnung zu begleichen.

Die Frage, ob LuAnn Tyler etwas von Duanes Drogengeschäften gewußt hatte, war nicht zu beantworten. LuAnn hatte in einer Fernfahrerkneipe gearbeitet, bis sie das Lotterielos gekauft hatte und verschwunden war. Dann war sie nur noch einmal kurz aufgetaucht: in New York City. Falls sie von Duanes »Nebenjob« gewußt hatte, hatte sie keinen erkennbaren Nutzen daraus gezogen. Ob sie an jenem Morgen im Wohnwagen gewesen war und etwas mit dem Tod der Männer zu tun gehabt hatte, war ebenfalls ungeklärt.

Donovan hielt LuAnn nicht für die Mörderin, doch im Grunde war es auch egal. Er hatte keinen Anlaß, Mitleid für Duane Harvey oder Otis Burns zu empfinden. Welche Gefühle er LuAnn Tyler gegenüber hegte, darüber war Donovan sich an diesem Punkt noch nicht klar.

Er wußte nur, daß er diese Frau finden wollte. Unbedingt.

KAPITEL 20

Jackson saß in einem Sessel im dunklen Wohnzimmer einer Luxuswohnung, die schon vor dem Krieg erbaut worden war und einen Blick über den Central Park gewährte. Seine Augen waren geschlossen, die Hände ordentlich im Schoß gefaltet. Er ging auf die Vierzig zu, war aber immer noch sehnig und drahtig. Seine wahren Züge waren zwitterhaft, obgleich die Jahre feine Falten um Augen und Mund gegraben hatten. Das kurze Haar war modisch geschnitten, seine Kleidung unaufdringlich elegant und teuer. Sein hervorstechendstes Merkmal waren eindeutig die Augen, die er sehr sorgfältig tarnen mußte, wenn er einem Job nachging.

Jackson erhob sich und schlenderte durch die geräumige Wohnung. Die Einrichtung war ein buntes Durcheinander: Englische, französische und spanische Antiquitäten vermischten sich ungezwungen mit asiatischen Kunstgegenständen und Skulpturen.

Dann betrat Jackson ein Zimmer, das an die Garderobe eines Broadway-Stars erinnerte. Es war sein Schmink- und Arbeitsraum. Indirekte Deckenbeleuchtung, an allen Wänden mehrere Spiegel mit speziellen Lampen, die nicht heiß wurden. Vor den beiden größten Spiegeln standen zwei gepolsterte Ledersessel auf Rollen, so daß er sich im Zimmer bewegen konnte, ohne aufzustehen. Unzählige Fotos waren säuberlich auf Korktafeln an den Wänden geheftet. Jackson war leidenschaftlicher Fotograf. Viele seiner Motive dienten als Grundlage für die Schein-Identitäten, die er sich im Laufe der Jahre geschaffen hatte. Perücken und Haarteile hingen an mit Baumwolle umwickelten Drähten. Die Wandschränke bargen Dutzende von Latexkappen und andere Körperteile aus Kunststoff, ferner Zahnkappen, Gußformen, synthetisches Material und Plastilin. Eines der Schrankfächer enthielt Watte, Aceton, flüssiges Gummi, Puder, Körperschminke, kleine, mittlere und große Pinsel verschiedener Härte, Theaterschminke, Kollodium, um Wund- und Pockennarben nachzuahmen, lockiges Haar für falsche Vollbärte, Schnäuzer und Augenbrauen, Dermawachs zur Veränderung des Gesichts, Hautgrundierung, Gelatine, Make-up-Paletten, Netze, Klebeband für Toupets, Schwämmchen und Stopfnadeln, um Haar auf Netze zu knüpfen und Bärte oder Perücken herzustellen. Dazu kamen Hunderte anderer Hilfsmittel, die einzig und allein dazu dienten, das Aussehen zu verändern. Es gab drei Garderobenständer mit den verschiedensten Kleidungsstücken für alle Gelegenheiten und mehrere Wandspiegel, um die Wirkung der Verkleidung zu überprüfen. In einem Wandtresor lagen in den Schubladen fünfzig vollständige Ausweismappen, mit denen Jackson die Welt als Mann oder Frau bereisen konnte.

Jackson lächelte, als er die Gegenstände im Raum betrachtete. Hier fühlte er sich am wohlsten. In die Persönlichkeiten anderer Menschen zu schlüpfen, seine vielen neue Rollen zu schaffen war die einzige beständige Freude in Jacksons Leben. Doch gleich an zweiter Stelle seiner Lieblingsbeschäftigungen stand das *Spielen* dieser Rollen.

Er setzte sich an den Tisch und strich über die Oberfläche. Dann starrte er in einen Spiegel. Im Unterschied zu jedem anderen Menschen, der in einen Spiegel blickte, sah Jackson nicht sich selbst, sondern ein gleichsam leeres Gesicht, das manipuliert und modelliert, geschminkt und verändert werden konnte, um zu jemand anderem zu werden. Wenngleich Jackson mit seiner Intelligenz und Persönlichkeit vollauf zufrieden war, sah er nicht ein, sich ein Leben lang mit nur einer Identität zufrieden zu geben, wo es doch so viel mehr gab, das man als anderer Mensch erleben konnte. Reisen, wohin es einem gefiel. Tun und lassen, was man wollte. Das hatte er auch seinen zwölf Lotteriegewinnern erklärt. Seinen Küken. Und alle hatten es ihm abgenommen, voll und ganz; denn er hatte absolut recht gehabt.

In den letzten zehn Jahren hatte Jackson für jeden seiner Gewinner Hunderte von Millionen Dollar verdient, und Milliarden für sich selbst. Ironischerweise war Jackson in einem sehr reichen Elternhaus aufgewachsen. Seine Familie hatte dem »alten Geldadel« angehört, doch seine Eltern waren lange tot. In Jacksons Augen war sein Vater ein typisches Beispiel für jene Mitglieder der Oberschicht gewesen, deren Geld und soziale Stellung ererbt und nicht durch eigene Leistung verdient waren.

Jackson Senior war arrogant und unsicher zugleich gewesen. Als langjähriger Politiker und Insider in Washington hatte er die Beziehungen seiner Familie so sehr strapaziert, bis seine Unfähigkeit ihn zu Fall brachte und die Rolltreppe sich nicht mehr nach oben bewegte. Um sie wieder in Fahrt zu bringen – ein vergebliches Unterfangen –, hatte er das Familienvermögen verschleudert. Plötzlich war das Geld futsch.

Jackson, der älteste Sohn, hatte im Laufe der Jahre oft die volle Wucht des väterlichen Zorns zu spüren bekommen. Mit einundzwanzig Jahren hatte er herausgefunden, daß das riesige Treuhandvermögen, das sein Großvater ihm ausgesetzt hatte, vom Vater dermaßen oft widerrechtlich geplündert worden war, daß nichts mehr übrigblieb. Die fortwährenden Beschimpfungen und körperlichen Mißhandlungen durch den Alten – mit denen er den Sohn auch dann noch quälte, nachdem dieser ihn zur Rede gestellt hatte – hatten bei Jackson tiefe Wunden hinterlassen.

Die körperlichen Wunden waren verschwunden. Der psychische Schaden war geblieben. Und Jacksons eigene innere

Wut schien mit jedem Jahr um eine Exponentialgröße zu wachsen, als wollte er seinen Vater, den Vorgänger auf diesem Gebiet, mit aller Gewalt übertrumpfen.

Anderen mochte das unwichtig erscheinen, und das verstand Jackson sogar. Das Vermögen verloren? Na und? Wen kümmert das? Jackson kümmerte es. Jahr um Jahr hatte er darauf gewartet, endlich an das Treuhandvermögen heranzukommen, um sich mit Hilfe dieses Geldes endlich von den tyrannischen Schikanen seines Vaters befreien zu können. Als diese lang gehegte Hoffnung ihm plötzlich genommen worden war, hatte der Schock eine tiefe Veränderung in seinem Inneren bewirkt. Der eigene Vater hatte ihm gestohlen, was rechtmäßig ihm gehörte. Er hätte seinen Sohn lieben und nur das Beste für ihn wollen, hätte ihn achten und beschützen müssen. Statt dessen hatte Jackson Junior ein leeres Bankkonto und die haßerfüllten Schläge eines Wahnsinnigen bekommen. Und Jackson hatte es hingenommen. Bis zu einem gewissen Punkt. Dann nicht mehr.

Jacksons Vater war plötzlich und unerwartet gestorben. Jeden Tag töteten Eltern ihre kleinen Kinder, und niemals aus gutem Grund. Im Vergleich dazu töteten Kinder die Eltern eher selten, doch normalerweise stets aus gutem Grund. Jackson lächelte, als er daran zurückdachte. Eines seiner frühen chemischen Experimente, ausgeführt mittels des geliebten Scotch seines Vaters. Das Ergebnis: eine geplatzte Pulsadergeschwulst im Hirn. Wie in jedem Beruf mußte man schließlich irgendwo anfangen.

Wenn Menschen mit durchschnittlicher oder unterdurchschnittlicher Intelligenz Verbrechen wie Mord begehen, tun sie das meist tölpelhaft, ohne Langzeitplanung oder Vorbereitung. Das typische Ergebnis ist eine schnelle Verhaftung und Überführung. Hochintelligente Täter begehen Schwerverbrechen nach sorgfältiger Planung, langer Vorbereitung und vielen Stunden mentaler Gymnastik. Das Ergebnis: Eine Verhaftung war selten, eine Überführung noch seltener.

Jackson, der älteste Sohn, war gezwungen gewesen, in die Welt hinauszuziehen und das Familienvermögen zurückzuverdienen. Ein Begabtenstipendium einer Eliteuniversität, Prädikatsexamen. Dann behutsames Wiederauflebenlassen alter Familienkontakte – denn diese Glut durfte nicht erlöschen, wenn Jacksons langfristiger Plan Erfolg haben sollte.

Im Laufe dieser Jahre hatte er sich intensiv die unterschiedlichsten Fähigkeiten angeeignet, sowohl körperliche wie geistige, die es ihm ermöglichten, seinen Traum von Reichtum und der damit verbundenen Macht zu verwirklichen. Sein Körper war so stark und durchtrainiert wie sein Verstand, und Geist und Körper befanden sich in vollkommenem Gleichgewicht.

Doch Jackson wollte unter allen Umständen vermeiden, in die Fußstapfen seines Vaters zu geraten, und hatte sich daher ein viel ehrgeizigeres Ziel gesetzt: seine Pläne zu verwirklichen und dabei für alle forschenden Blicke unsichtbar zu bleiben. Trotz seiner Liebe zur Schauspielerei sehnte er sich nicht nach dem Scheinwerferlicht, wie damals sein Vater als Politiker. Ihm genügte sein Ein-Mann-Publikum vollauf.

So hatte er sein unsichtbares Imperium errichtet, wenn auch auf durch und durch illegale Weise. Doch ganz gleich, woher die Dollars stammten, am Ende lief es aufs gleiche hinaus. Reisen, wohin es einem gefiel; tun und lassen, was man wollte. Das galt nicht nur für seine Küken.

Bei diesem Gedanken lächelte Jackson und ging weiter durch die Wohnung.

Er hatte einen jüngeren Bruder und eine jüngere Schwester. Der Bruder hatte die schlechten Eigenschaften des Vaters geerbt und erwartete infolgedessen, daß die Welt ihm das Beste in den Schoß legte, ohne daß er der Welt etwas vergleichbar Wertvolles zurückgeben müßte. Jackson hatte dem Bruder genug Geld gegeben, daß dieser ein sorgenfreies, aber keineswegs luxuriöses Leben führen konnte. Verschleuderte er das Geld, würde es keines mehr geben. Für den Bruder war die Quelle versiegt.

Bei seiner Schwester sah die Sache anders aus. Jackson hing sehr an ihr, obwohl sie den Vater mit jenem blinden Vertrauen verehrt hatte, mit dem eine Tochter oft am Vater hing. Jackson hatte ihr ein Leben in großem Stil ermöglicht, sie jedoch nie besucht. Er stand unter zu großem Zeitdruck. Einen Abend verbrachte er in Hongkong, den nächsten vielleicht in London. Außerdem hätten Besuche bei der Schwester unweigerlich zu Gesprächen geführt, und er wollte sie nicht belügen, auf welche Weise er seinen Lebensunterhalt verdient hatte – und weiterhin verdiente. Sie konnte ihr Leben in Luxus und Unwissenheit verbringen – und auf der Suche nach einem Mann, der ihr den Vater ersetzte, den sie für so gütig und edel hielt.

Was die Familie betraf, hatte Jackson sich richtig verhalten. Er brauchte sich deshalb nicht zu schämen oder gar Gewissensbisse zu verspüren. Er war nicht sein Vater, dem er nur eine einzige bleibende Erinnerung zugestand: Jackson – den Namen, den er bei all seinen Transaktionen benutzte. Sein Vater hatte Jack geheißen. Und ganz gleich, was Jackson auch tat, er würde immer Jacks Sohn sein.

Er blieb vor einem Fenster stehen und blickte hinaus auf einen prachtvollen Abendhimmel über New York. Die Wohnung, in der Jackson jetzt lebte, war dieselbe, in der er aufgewachsen war. Allerdings hatte er sie vollkommen verändert und umgebaut, nachdem er sie gekauft hatte. Vorgeblicher Grund waren die Modernisierung gewesen und die Notwendigkeit, alles nach seinen eigenen Bedürfnissen zu gestalten. Doch der eigentliche, tiefere Beweggrund war der Wunsch gewesen, die Vergangenheit soweit wie möglich auszulöschen.

Dieser Wunsch erstreckte sich beileibe nicht allein auf die Einrichtung der Wohnung: Jedesmal, wenn Jackson sich verkleidete, legte er eine Schicht über sein wahres Ich und verbarg darunter die Person, die sein Vater nie der Achtung oder Liebe für würdig gehalten hatte. Allerdings ließen sich diese Schmerzen nie vollständig ausmerzen, solange Jackson lebte und solange er sich an die Vergangenheit erinnern konnte. Die Wahrheit sah so aus, daß jeder Winkel dieser Wohnung ihm jederzeit schmerzliche Erinnerungen bringen konnte. Doch seit geraumer Zeit war er zu der Einsicht gelangt, daß das gar nicht so schlimm war. Schmerz war ein wunderbar motivierendes Instrument.

Jackson betrat und verließ sein Penthouse mittels eines privaten Aufzugs. Unter gar keinen Umständen durfte jemand die Wohnung betreten. Die Post und andere Lieferungen wurden beim Portier abgegeben. Doch es kamen nicht viele Sendungen. Die meisten Geschäfte wickelte Jackson telefonisch, über Computer-Modem oder per Fax ab. Er reinigte die Wohnung sogar selbst. Doch bei seinen vielen Reisen und seiner spartanischen Lebensweise war die häusliche Arbeit nicht allzu zeitaufwendig und mit Sicherheit ein geringer Preis für eine völlig ungestörte Privatsphäre.

Jackson hatte seine wahre Identität unter einer Tarnung verborgen, die er immer dann benutzte, wenn er die Wohnung verließ. Es war eine Vorsichtsmaßnahme für den schlimmsten Fall, daß die Polizei bei ihm auftauchte. Horace Parker, der betagte Portier, der Jackson jedesmal begrüßte, wenn dieser kam oder ging, war derselbe Mann, der freundlich an seine Mütze getippt hatte, als sich der scheue Junge, der Bücherwurm, vor vielen Jahren an die Hand der Mutter klammerte. Das war gewesen, bevor die Familie New York hatte verlassen müssen, weil der Vater Pech gehabt hatte und die Zeiten schwierig waren. Der gealterte Parker hatte Jacksons verändertes Aussehen schlicht der Reife zugeschrieben. Jetzt, wo dieses »falsche« Bild sich fest in den Köpfen der Menschen eingeprägt hatte, war er zuversichtlich, daß niemand ihn je identifizieren würde.

Für Jackson war es tröstlich und zugleich beunruhigend,

wenn Parker ihn mit seinem richtigen Namen ansprach. Es war nicht leicht, mit so vielen Identitäten zu jonglieren, und gelegentlich merkte Jackson, daß er nicht reagierte, wenn er seinen richtigen Namen hörte. Dabei war es schön, ab und zu er selbst zu sein, da sein wahres Ich eine Art Schlupfloch war, in dem er sich entspannen und die endlosen Kompliziertheiten der Stadt erforschen konnte. Doch ganz gleich, welche Identität er annahm – stets stand das Geschäft im Vordergrund. Nichts war wichtiger. Überall boten sich Gelegenheiten, und er hatte sie alle genutzt.

Mit seinen unbegrenzten finanziellen Mitteln hatte Jackson während der letzten Dekade die ganze Welt zu seinem Spielplatz gemacht. Die Auswirkungen seiner Manipulationen waren an den Finanzmärkten und an politischen Vorgängen auf dem gesamten Globus zu spüren. Jacksons Gelder hatten ebensoviele unterschiedliche Unternehmungen vorangetrieben, wie er Identitäten besaß – von Guerilla-Aktivitäten in Ländern der Dritten Welt bis hin zur Kontrolle des Edelmetallmarkts in den Industriestaaten. Wenn jemand die Weltereignisse derart beeinflussen konnte wie Jackson, war es ihm möglich, an den Börsen unvorstellbare Gewinne einzuheimsen. Warum sollte er in Termingeschäften investieren, wenn er die Waren und Rohstoffe kontrollieren konnte, auf deren Grundlage diese Geschäfte getätigt wurden, so daß er immer genau wußte, in welche Richtung der Wind wehte? Alles war voraussehbar und logisch, bei überschaubarem Risiko. Dieses Klima liebte Jackson.

Überdies hatte er eine ausgesprochen menschenfreundliche Seite gezeigt und auf dem gesamten Erdball große Summen für Projekte eingesetzt, die es verdienten. Doch auch dabei verlangte – und erhielt – Jackson die uneingeschränkte Kontrolle, wie unsichtbar sie auch sein mochte, da er seiner Meinung nach alles weitaus besser zu beurteilen vermochte als sonst jemand. Und wer konnte ihm widersprechen, wenn es um so viel Geld ging?

Niemals erschien er auf einer Spenderliste oder übte ein politisches Amt aus. Kein Wirtschaftsfachblatt würde je ein Interview mit ihm führen. Völlig mühelos schwebte Jackson von einer Leidenschaft zur nächsten. Er konnte sich keine vollkommenere Existenz vorstellen, obgleich er zugeben mußte, daß selbst seine globalen Schlängelpfade in letzter Zeit ein bißchen langweilig wurden. Die Übersättigung beraubte seine verschiedenen Geschäfte allmählich ihrer Originalität und Faszination. Deshalb hatte Jackson nach einem neuen Ziel gesucht, das seinen ständig wachsenden Appetit auf das Außergewöhnliche stillte, auf das größtmögliche Risiko – und sei es nur, um immer wieder seine Fähigkeit zu erproben, Macht und Kontrolle ausüben und letztendlich überleben zu können.

Jackson betrat ein kleines Zimmer, das bis unter die Decke mit Computeranlagen gefüllt war. Hier befand sich das Zentrum seines unsichtbaren Imperiums. Die flachen Monitore zeigten ihm in Ortszeit an, wie seine vielen weltweiten Unternehmungen florierten. Alles – von den Wechselkursen über die Termingeschäfte bis hin zu den neuesten Nachrichten – wurde hier gespeichert, katalogisiert und zum Schluß von Jackson ausgewertet.

Er verzehrte sich nach Information und saugte sie auf wie ein trockener Schwamm das Wasser. Er brauchte etwas nur einmal zu hören und vergaß es nie wieder. Seine Augen überflogen jeden Monitor. Aufgrund langer Übung konnte er binnen Minuten Wichtiges von Belanglosem unterscheiden und das Interessante vom Offensichtlichen trennen. Waren Jacksons Investitionen auf den Monitoren in weichem Blau gekennzeichnet, florierten die Geschäfte. Waren sie grellrot, liefen sie nicht so gut. Jackson seufzte zufrieden, als ihm ein Meer von Blau entgegenschimmerte.

Dann ging er in ein größeres Zimmer, das seine Sammlung von Erinnerungsstücken an vergangene Projekte barg. Er zog ein Album heraus und schlug es auf. Darin waren die

Fotos seiner zwölf Goldstücke – das Dutzend Menschen, denen er zu immensem Reichtum und einem neuen Leben verholfen hatte und die ihm als Gegenleistung ermöglicht hatten, sein Familienvermögen zurückzugewinnen. Er blätterte weiter. Gelegentlich lächelte er, als ihm angenehme Erinnerungen durch den Kopf gingen.

Jackson hatte seine Gewinner sorgfältig ausgewählt. Er hatte sie aus den Listen der Sozialhilfeempfänger und aus den Berichten über Bankrotte herausgefischt. Hunderte von Stunden war er durch arme, gottverlassene Gegenden des Landes gezogen, städtische und ländliche, auf der Suche nach verzweifelten Menschen, die alles zu tun bereit waren, um ihr Los zu ändern; normale, gesetzestreue Bürger, die – rein juristisch gesehen – ein Finanzverbrechen ungeheuren Ausmaßes begehen würden, ohne mit der Wimper zu zucken. Es war phantastisch, was der menschliche Verstand bei entsprechendem Anreiz bewerkstelligen konnte.

Die Lotterie zu manipulieren war erstaunlich einfach gewesen. So war es oft. Die Leute betrachteten es als gegeben, daß bestimmte Institutionen unantastbar waren, über jede Korruption erhaben, frei von jedem Fehl und Tadel. Offenbar hatten die Leute dabei vergessen, daß die staatlichen Lotterien noch im vorigen Jahrhundert wegen weit verbreiteter Korruption verboten worden waren. Die Geschichte neigte zu Wiederholungen, wenn auch auf raffiniertere und zielgerichtetere Art und Weise.

Wenn Jackson in all den Jahren eines gelernt hatte, dann dies: Es gab nichts, absolut nichts, das nicht korrumpiert und manipuliert werden konnte, solange Menschen dabei mitwirkten. Denn letztendlich konnte kaum jemand den Verlockungen des Geldes oder anderer materieller Reize widerstehen, besonders dann nicht, wenn er den ganzen Tag mit Riesensummen zu tun hatte. Irgendwann keimte in jedem der Gedanke auf, daß ihm von Rechts wegen ein Teil des Geldes zustünde.

Und Jackson brauchte keine Heerscharen von Mitarbeitern, um seine Pläne zu verwirklichen. Tatsächlich war für Jackson die Vorstellung einer weitverbreiteten Verschwörung, gar einer Art »Weltverschwörung«, ein Widerspruch in sich.

Natürlich hatte er eine Vielzahl von Partnern, überall auf der Welt. Doch keiner von ihnen wußte, wer er wirklich war, wo er lebte, wie er sein Vermögen erworben hatte. Keiner hatte Einblick in die gewaltigen Pläne, die Jackson entworfen, und keiner wußte von der weltweiten Maschinerie, die er errichtet und in Betrieb gesetzt hatte. Sie alle brauchten lediglich ihren kleinen Beitrag zu leisten und wurden fürstlich dafür entlohnt. Wenn Jackson irgend etwas wollte – etwa einen Teil einer Information, der ihm nicht auf Anhieb zugänglich war –, setzte er sich mit einem seiner Partner in Verbindung und hatte binnen einer Stunde alles, was er brauchte. Es war die perfekte Bühne für Überlegung, Planung und anschließendes Handeln – schnell, präzise und unwiderruflich.

Jackson traute keinem Menschen voll und ganz. Warum sollte er auch, bei seiner Fähigkeit, vollkommen fehlerlos und glaubhaft mehr als fünfzig Einzelpersönlichkeiten zu erschaffen? Mit Hilfe der leistungsfähigsten Computer und der neuesten Kommunikationstechnologie konnte er an mehreren Orten gleichzeitig sein. Als verschiedene Personen. Sein Lächeln wurde breiter. War nicht die ganze Welt seine private Bühne?

Sein Lächeln schwand, als er auf eine Seite des Albums blickte, und wich einer Miene, in der sich Interesse und Unsicherheit mischten – ein Gefühl, das Jackson kaum kannte. Doch es war noch mehr. Als Angst hätte Jackson diese Empfindung niemals bezeichnet; dieser Dämon hatte ihn nie gequält. Nein, er hätte es eher als ein Gefühl der Unausweichlichkeit beschrieben – die vollkommene Gewißheit, daß zwei Züge auf Kollisionskurs waren, ganz gleich, was der eine oder

der andere Lokführer tat. Und die unheilvolle Begegnung der beiden Züge würde auf höchst denkwürdige Art und Weise stattfinden.

Jackson starrte auf das wahrhaft beeindruckende Gesicht von LuAnn Tyler. Von den zwölf Lotteriegewinnern hatte sie bei ihm den größten Eindruck hinterlassen. In dieser Frau lag Gefahr – Gefahr und eine Flüchtigkeit, die Jackson anzog wie der stärkste Magnet der Welt.

Er hatte mehrere Wochen in Rikersville, Georgia, verbracht. Diese Gegend hatte er aus einem ganz einfachen Grund gewählt: Der ausweglose Kreislauf von Armut und Hoffnungslosigkeit. In Amerika gab es viele solcher Gegenden. Die Regierung dokumentierte sie hervorragend mit Kategorien wie »niedrigstes Pro-Kopf-Einkommen«, »unterdurchschnittliche Gesundheits- und Bildungsressourcen«, »negatives Wirtschaftswachstum«. Eine trockene, rein sachliche Terminologie, die wenig oder nichts dazu beitrug, etwas über die Menschen auszusagen, die sich hinter den Statistiken verbargen, und die kein Licht auf den freien Fall in die Verelendung warf, die ein Großteil der Bevölkerung erlebte. Obgleich Jackson ein Bilderbuchkapitalist war, machte es ihm überraschenderweise nichts aus, hier etwas Gutes zu bewirken. Nie wählte er Reiche als Gewinner aus, obwohl er keine Zweifel hegte, daß die meisten viel leichter zu überreden wären als die Armen, die er sich aussuchte.

LuAnn Tyler hatte er entdeckt, als sie mit dem Bus zur Arbeit fuhr. Jackson hatte ihr gegenübergesessen, selbstverständlich verkleidet. In seinen zerrissenen Jeans, dem fleckigen Hemd, der Georgia-Bulldog-Mütze und dem struppigen Bart, der die untere Gesichtshälfte bedeckte, verschmolz er mit dem Hintergrund. Die durchdringenden Augen hatte er hinter dicken Brillengläsern verborgen. LuAnns Aussehen hatte sofort seine Aufmerksamkeit erregt. Sie schien hier im Süden fehl am Platz zu sein. Alle anderen wirkten so ungesund, so hoffnungslos, als würden selbst die

Jüngsten bereits die Tage bis zur Beerdigung zählen. Jackson hatte LuAnn beim Spielen mit ihrer Tochter beobachtet, hatte zugehört, wie sie die Leute begrüßte und gesehen, wie deren bedrückte Stimmung sich durch LuAnns einfühlsame Bemerkungen hob.

In der Folgezeit hatte er LuAnn gründlich unter die Lupe genommen, hatte jeden Aspekt ihres Lebens erforscht – von ihrem ärmlichen Elternhaus bis hin zu dem Leben im Wohnwagen mit Duane Harvey. Jackson war sogar mehrere Male im Wohnwagen gewesen, wenn LuAnn und ihr »Lebensgefährte« nicht dort waren. Er hatte all die kleinen Zeichen gesehen, die LuAnns Bemühungen verrieten, diese Behausung trotz Duane Harveys schlampiger Art sauber und ordentlich zu halten. Und alles, was mit Lisa zu tun hatte, hielt LuAnn getrennt von allem anderen und makellos rein. Die Tochter war LuAnns Leben.

In der Verkleidung eines Fernfahrers hatte Jackson viele Abende in der Kneipe verbracht, in der LuAnn arbeitete. Er hatte sie genau beobachtet und festgestellt, wie ihre Lebensumstände zunehmend problematischer wurden, wie sie wehmütig in die Augen ihrer kleinen Tochter geschaut und von einem besseren Leben geträumt hatte. Und dann, nach all diesen Beobachtungen, hatte Jackson sie als eine der Glücklichen auserkoren. Vor zehn Jahren.

Und seit zehn Jahren hatte er LuAnn weder gesehen noch gesprochen. Doch es verging kaum eine Woche, in der er nicht an sie dachte. Anfangs hatte er ihre Reisen aufmerksam verfolgt, doch als die Jahre verstrichen und LuAnn – seinen Wünschen gemäß – von einem Land ins nächste gezogen war, hatte sein Eifer beträchtlich nachgelassen. Jetzt war LuAnn praktisch von seinem Radarschirm verschwunden. Zuletzt hatte Jackson gehört, daß sie sich in Neuseeland aufhielte. Nächstes Jahr würde er sie in Monaco entdecken oder in Skandinavien, in China oder Gott weiß wo. Das wußte er genau. Sie würde so lange von einem Ort zum nächsten ziehen, bis sie starb. Niemals würde sie in die Vereinigten Staaten zurückkehren, da war er sicher.

Jackson war in einem sehr wohlhabenden Elternhaus aufgewachsen und hatte jeden materiellen Vorteil genossen – und dann war auf einen Schlag aller Reichtum verschwunden. Er mußte ihn mit seinem Verstand, seinem Schweiß und seinem Mut zurückverdienen. LuAnn Tyler war in ärmlichsten Verhältnissen aufgewachsen, hatte wie ein Hund für ein paar Cent geschuftet, ohne Hoffnung und Perspektiven – und wie stand sie jetzt da? Er, Jackson, hatte LuAnn Tyler die Welt geschenkt und ihr ermöglicht, das zu werden, was sie immer hatte sein wollen: jemand anders als LuAnn Tyler.

Jackson lächelte. Ihm gefiel diese Ironie des Schicksals. Wie konnte es bei seiner tiefen Liebe zur Täuschung auch anders sein? Er hatte die meiste Zeit seines Erwachsenenlebens damit verbracht, ein anderer zu sein.

Er blickte in LuAnns lebhafte hellbraune Augen, vertiefte sich in die Betrachtung der hohen Wangenknochen, des langen Haares. Er fuhr mit dem Zeigefinger über den schlanken, aber kräftigen Hals – und dachte wieder einmal an die beiden Züge und den gewaltigen Zusammenprall, der eines Tages vielleicht geschehen mochte. Bei diesen Gedanken strahlten seine Augen.

KAPITEL 21

Donovan betrat seine Wohnung, setzte sich an den Eßtisch und breitete die Papiere aus, die er aus der Aktentasche genommen hatte. Er konnte seine Erregung kaum im Zaum halten. Wochenlang hatte er Dutzende von Telefonaten geführt und sich die Hacken abgelaufen, um jene Informationen zusammenzutragen, die er nun durchsah.

Anfangs war ihm die Aufgabe schier unlösbar erschienen, schon aufgrund der Menge an Informationen zum Scheitern verurteilt. In dem Jahr, als LuAnn Tyler verschwunden war, hatte der J.-F.-Kennedy-Flughafen siebzigtausend internationale Passagierflüge abgefertigt. Am Tag der mutmaßlichen Flucht LuAnns hatte es zweihundert Flüge gegeben – zehn pro Stunde, da zwischen ein Uhr nachts und sechs Uhr früh keine Maschinen gestartet waren. Donovan hatte die Parameter seiner Suche auf Frauen zwischen zwanzig und dreißig beschränkt, die vor zehn Jahren am Tag der Pressekonferenz zwischen neunzehn Uhr abends und ein Uhr früh von Kennedy Airport abgeflogen waren. Die Pressekonferenz hatte bis halb sieben gedauert. Donovan bezweifelte, daß LuAnn noch einen Flug um neunzehn Uhr erwischt hatte, doch die Maschine konnte Verspätung gehabt haben. Er wollte kein Risiko eingehen. Das bedeutete, er mußte sechzig Flüge und ungefähr fünfzehntausend Passagiere überprüfen.

Im Zuge seiner Nachforschungen hatte Donovan herausgefunden, daß die meisten Fluglinien ihre Passagierlisten fünf Jahre lang aufbewahrten. Anschließend wurden die Informationen archiviert. Da die meisten Fluglinien sich Mitte der siebziger Jahre auf EDV-Verwaltung umgestellt hatten, versprach dies Donovans Aufgabe insofern leichterzumachen. Dafür war er zunächst gegen eine Mauer gelaufen, als er Passagierlisten von vor zehn Jahren einsehen wollte. Nur das FBI erhalte Zugang zu diesen Unterlagen, hatte man ihm mitgeteilt, und auch das für gewöhnlich nur mit Gerichtsbeschluß.

Durch einen Kontaktmann beim FBI, der ihm einen Gefallen schuldete, hatte Donovan es geschafft, dennoch an die gesuchten Daten zu gelangen. Ohne ins Detail zu gehen und ohne Namen zu nennen, war es ihm gelungen, dem Kontaktmann sämtliche Informationen über die gesuchte Person zu geben, darunter auch die, daß sie mit einem relativ neu ausgestellten Paß und einem Baby gereist war. Das hatte den Spielraum beträchtlich verringert. Nur auf drei Personen trafen diese sehr eingeschränkten Kriterien zu. Und nun las Donovan diese Namen mit der jeweils letzten bekannten Anschrift.

Als nächstes holte er sein Adreßbuch hervor. Er rief bei *Best Data* an, einer bundesweiten, ziemlich bekannten Agentur zur Überprüfung der Kreditwürdigkeit. Im Laufe der Jahre hatte diese Agentur eine riesige Datensammlung mit Namen, Adressen und – was am wichtigsten war – Sozialversicherungsnummern zusammengetragen. *Best Data* war für zahlreiche Firmen tätig, vor allem Inkassounternehmen und Banken, die derartige Informationen benötigten. Donovan nannte dem Mitarbeiter von *Best Data* die drei Namen und die letzten Anschriften der Betreffenden und dann die Nummer seiner Kreditkarte, um der Agentur die Gebühren zu bezahlen. Innerhalb von fünf Minuten erhielt Donovan die Sozialversicherungsnummern der drei Personen, dazu ihre letzten bekannten Anschriften und fünf Adressen von Nachbarn.

Donovan verglich die Anschriften mit denen in den Unterlagen der Fluglinien. Zwei Frauen waren umgezogen, was nicht erstaunlich war, wenn man ihr Alter vor zehn Jahren berücksichtigte. In der Zwischenzeit hatten sie vermutlich Karriere gemacht oder geheiratet. Doch eine Frau hatte ihre Adresse nicht geändert. Den Angaben von *Best Data* zufolge lebte Catherine Savage noch immer in Virginia.

Donovan erkundigte sich bei der Auskunft nach der Rufnummer des Teilnehmers unter dieser Adresse, doch eine solche Nummer gab es nicht. Als nächstes rief er bei der Kraftfahrzeugstelle in Virginia an und nannte den Namen der Frau, ihre letzte bekannte Adresse und ihre Sozialversicherungsnummer, die in Virginia der Nummer des Führerscheins entsprach. Die Mitarbeiterin der Kraftfahrzeugstelle teilte Donovan mit, daß die Frau einen gültigen Führerschein für Virginia besäße, konnte ihm aber nicht sagen, wann dieser ausgestellt war, ebensowenig die derzeitige Anschrift der Frau.

Pech. Doch Donovan war in der Vergangenheit bei seinen Nachforschungen schon oft auf derartige Hindernisse gestoßen. Immerhin wußte er jetzt, daß die Frau in Virginia lebte oder wenigstens einen Führerschein dieses Staates besaß. Nun lautete die Frage, wo genau sich Catherine Savage aufhielt. Donovan besaß Mittel und Wege, dies herauszufinden, entschloß sich aber, in der Zwischenzeit erst einmal weitere Informationen auszugraben, was die Lebensgeschichte dieser Frau betraf.

Er kehrte in sein Redaktionsbüro zurück, wo er einen Online-Zugang der Zeitung benutzen konnte, und zapfte im Internet die Datenbank PEBES der Sozialversichung an, in der Einkommen und Rentenversicherungzahlungen jedes US-Bürgers gespeichert waren. Donovan gehörte zwar der alten Schule an und stützte sich für gewöhnlich auf altbewährte Methoden der Recherche, verstand sich jedoch auch auf das Surfen im Internet.

Um in PEBES Informationen über eine Person zu erlangen, mußte man lediglich ihre Sozialversicherungsnummer, den Geburtsort und den Geburtsnamen der Mutter eingeben. Diese Fakten besaß Donovan. LuAnn Tyler war in Georgia geboren; das wußte er mit Sicherheit. Doch die ersten drei Zahlen der Sozialversicherungsnummer von Catherine Savage waren die Kennziffern für eine in Virginia gebürtige Frau. Falls LuAnn Tyler und Catherine Savage also ein und dieselbe Person waren, hatte Tyler eine gefälschte Sozialversicherungsnummer erhalten. Es war nicht allzu schwierig, sich eine solche Nummer zu beschaffen, aber Donovan bezweifelte, daß eine Frau wie LuAnn Tyler über die erforderlichen Verbindungen verfügte.

Über PEBES konnte Donovan überdies die Einkünfte einer Person ermitteln, zurück bis zum Beginn der fünfziger Jahre, sowie die Beiträge zur Sozialversicherung und die Höhe der zu erwartenden Rente. Diese Informationen wurden normalerweise aufgelistet. Doch jetzt blickte Donovan auf einen leeren Bildschirm. Laut PEBES hatte Catherine Savage keinerlei Nachweise über irgendwelche Einkünfte vorzuweisen. LuAnn Tyler aber hatte gearbeitet, das wußte Donovan. Falls sie einen Lohnscheck bekommen hatte, hätte ihr Arbeitgeber die Steuern und Sozialbeiträge abführen müssen. War es deshalb nicht geschehen, weil LuAnn Tyler gar keine Sozialversicherungsnummer gehabt hatte?

Wieder rief Donovan bei *Best Data* an und gab die neuen Informationen ein, nachdem er sie erhalten hatte. Diesmal bekam er eine andere Antwort. Soweit es die Sozialversicherungsbehörde betraf, existierte LuAnn Tyler überhaupt nicht. Sie hatte keine Sozialversicherungsnummer. Ende, aus. Mehr war nicht zu erfahren. Es war an der Zeit, daß Donovan ernsthaftere Schritte unternahm.

Als er an diesem Abend nach Hause kam, öffnete er eine Akte und nahm das Steuerformular Nummer 2848 heraus. Es war eine Vollmacht. Obwohl das Formular für ein steuerliches Dokument relativ einfach und leicht verständlich war, besaß Formular 2848 gewaltige Durchschlagskraft: Mit Hilfe dieser Vollmacht konnte Donovan die verschiedensten vertraulichen Steuerakten jeder Person einsehen, über die er Nachforschungen anstellte. Sicher, er mußte beim Ausfüllen des Formulars die Wahrheit ein bißchen dehnen, mußte sogar Unterschriften fälschen, doch seine Motive waren lauter, und deshalb hatte er keinerlei Gewissensbisse. Und es bestand kaum Gefahr für ihn selbst. Donovan wußte, daß die Finanzämter jedes Jahr von den Steuerzahlern mehrere Millionen Anfragen bezüglich ihrer Steuerbescheide erhielten. Daß ein Finanzbeamter sich die Zeit nahm, Unterschriften zu vergleichen, war praktisch ausgeschlossen. Die Wahrscheinlichkeit war sogar noch geringer, als in der staatlichen Lotterie zu gewinnen.

Donovan lächelte bei diesem Gedanken. Er füllte das Formular aus und trug den Namen Catherine Savage, ihre letzte bekannte Adresse und ihre Sozialversicherungsnummer ein. Sich selbst deklarierte Donovan auf dem Formular als gesetzlichen Bevollmächtigten der Frau in Steuerangelegenheiten und forderte die Bundessteuererklärungen für die letzten drei Jahre an. Dann schickte er das Formular ab.

Die Antwort ließ zwei Monate auf sich warten und erforderte mehrere Telefongespräche, um die Sache voranzutreiben, doch das Warten lohnte sich. Als die Sendung von der Steuerbehörde endlich eintraf, stürzte Donovan sich begierig auf den Inhalt.

Catherine Savage war eine unglaublich reiche Frau. Die Steuererklärung des vergangenen Jahres umfaßte nicht weniger als vierzig Seiten und zeigte nicht nur diesen Reichtum auf, sondern auch die komplizierten finanziellen Transaktionen, die ein Einkommen dieser Höhe mit sich brachten. Donovan hatte die Unterlagen der letzten drei Jahre angefordert, doch die Steuerbehörde hatte ihm nur diese eine Erklärung geschickt – aus dem einfachen Grund, weil Catherine Savage nur diese eine Erklärung abgegeben hatte. Das Geheimnis, das sich dahinter verbarg, war rasch aufgeklärt, da Donovan als Bevollmächtigter direkt bei der Steuerbehörde praktisch sämtliche Auskünfte über seine »Mandantin« einholen konnte.

Donovan erfuhr, daß Catherine Savages Einkommensteuererklärung beim Finanzamt größtes Interesse erregte hatte. Was Wunder. Wenn eine US-Bürgerin im Alter von dreißig Jahren zum erstenmal eine Steuererklärung abgab, die auf einem so riesigen Einkommen basierte, reichte das aus, auch den lahmsten Finanzbeamten aufzuscheuchen. Es gab mehr als eine Million Amerikaner, die im Ausland lebten und nie eine Steuererklärung abgaben, was die Regierung Milliarden an nicht gezahlten Steuern kostete; demzufolge war die Aufmerksamkeit der Finanzämter stets besonders auf dieses Feld gerichtet. Doch im Fall Catherine Savage war das ursprüngliche Interesse bald erloschen, nachdem sämtliche Fragen der Finanzbehörde stichhaltig beantwortet und mit den entsprechenden Unterlagen belegt worden waren, wie man Donovan telefonisch mitteilte.

Donovan blickte auf die Notizen, die er sich beim Gespräch mit dem Finanzbeamten gemacht hatte. Catherine Savage war in den Vereinigten Staaten geboren – in Charlottesville, Virginia. Sie hatte als junges Mädchen das Land verlassen, weil ihr Vater beruflich nach Übersee mußte. Als junge Frau hatte sie in Frankreich gelebt, einen reichen deutschen Geschäftsmann kennengelernt, der damals seinen Wohnsitz in Monaco hatte, und ihn geheiratet. Der Mann war vor gut zwei Jahren gestorben, und sein Vermögen war ordnungsgemäß an seine junge Witwe übergegangen. Jetzt, als Bürgerin der Vereinigten Staaten, die frei über ein Vermögen verfügen konnte, das aus passivem, nicht selbst verdientem Einkommen stammte, hatte Catherine Savage mit den fälligen Steuerzahlungen an ihr Heimatland USA begonnen. Die zahlreichen Unterlagen in Savages Steuerakte waren allesamt hieb- und stichfest, wie der Beamte Donovan versichert hatte. Alles lag auf dem Tisch. Soweit es die Steuerbehörde betraf, war Catherine Savage eine verantwortungsvolle Bürgerin, die treu und brav ihre Steuern bezahlte, obwohl sie nicht in den Vereinigten Staaten lebte.

Donovan lehnte sich im Sessel zurück, die Hände im Nacken verschränkt, und starrte an die Decke. Der Finanzbeamte hatte ihm eine weitere interessante Neuigkeit mitgeteilt. Kürzlich hatte die Steuerbehörde von Catherine Savage ein Formular über eine Anschriftenänderung erhalten. Sie lebte jetzt in den Vereinigten Staaten. Laut Formular war Catherine Savage sogar in ihre Geburtsstadt Charlottesville zurückgekehrt. In dieselbe Stadt, in der LuAnn Tylers Mutter geboren war. Das konnte Donovan schwerlich als Zufall abtun.

Auf der Grundlage all dieser Informationen war Donovan sich einer Sache ziemlich sicher: LuAnn Tyler war in die Staaten zurückgekehrt. Und da er inzwischen mit praktisch jeder Facette ihres Lebens vertraut war, fand er es an der Zeit, sich mit LuAnn Tyler zu treffen. Und nun dachte Donovan über das Wie und Wo nach.

KAPITEL 22

Matt Riggs saß in seinem Pickup, der in einer scharfen Kurve am Straßenrand geparkt war, und musterte die Gegend durch einen Feldstecher. Das steil abfallende, dicht bewaldete Gelände war selbst für seine erfahrenen Augen undurchdringlich.

Eine halbe Meile gewundene, geteerte Fahrbahn lag zu seiner Rechten und bildete mit der Straße, auf der er parkte, eine T-förmige Kreuzung. Die Abzweigung führte zu einem großen Herrenhaus mit herrlichem Blick auf die nahen Berge. Da das Anwesen von dichten Wäldern umgeben war, konnte man es nur aus der Luft sehen. Deshalb fragte Riggs sich wieder einmal, weshalb der Besitzer so viel Geld für einen so ausgedehnten Schutzzaun ausgeben wollte, der entlang der Grundstücksgrenze verlief. Das Anwesen verfügte doch bereits über den besten Schutz, den die Natur gewähren konnte.

Riggs beugte sich im Sitz nach vorn und zog sich Stiefel und Jacke an. Der kalte Wind traf ihn wie ein Schlag ins Gesicht, als er aus dem Pickup stieg. Er sog die frische Luft ein und fuhr sich durchs dunkelbraune Haar. Dann machte er ein paar Dehnübungen, um die Muskeln zu lockern, ehe er die Lederhandschuhe überstreifte.

Bis zu der Stelle, wo das Eingangstor im Zaun errichtet werden sollte, mußte Riggs ungefähr eine Stunde zu Fuß gehen. Der Zaun selbst sollte zwei Meter zehn hoch werden, gekrönt von einem Stacheldrahtverhau mit spitzen

Dornen; die Pfosten, die in jeweils einem Meter Abstand standen, sollten in Betonsockeln verankert und mit schwarzem Schutzanstrich versehen werden. Hinzu kamen als weitere Sicherheitseinrichtungen elektronische Sensoren, die in unregelmäßigen Abständen auf dem Zaun angebracht werden sollten. Das Eingangstor schließlich wurde auf einem mit Ziegeln verkleideten Betonfundament errichtet, ein Meter achtzig hoch und ein Meter tief; es sollte mit elektronischen Suchgeräten, einer Videokamera, einer Gegensprechanlage und einem Schließsystem versehen werden, welches sicherstellte, daß allenfalls ein Schützenpanzer auf das Grundstück gelangen konnte, sofern der Besitzer das Betreten nicht erlaubte – was wohl häufig der Fall sein würde, wie Riggs aufgrund seiner bisherigen Erfahrungen vermutete.

Das Albemarle County, Virginia, grenzte im Südwesten an das Nelson County, im Norden an das Greene County und im Osten an die Countys Fluvanna und Louisa. Es war eine Wohngegend vieler Reicher – einige berühmt, andere nicht. Doch alle hatten eines gemeinsam: Sie wollten Abgeschiedenheit und waren bereit, dafür zu zahlen. Deshalb war Riggs über diese aufwendigen Schutzmaßnahmen nicht allzu erstaunt. Alle geschäftlichen Verhandlungen über den Bau des Zaunes hatte ein ordnungsgemäß ausgewiesener Beauftragter erledigt. Für Riggs war es verständlich, daß jemand, der sich einen Zaun wie diesen leisten konnte – Kostenpunkt mehrere hunderttausend Dollar –, wahrscheinlich Wichtigeres mit seiner Zeit anzufangen hatte, als sich mit einem kleinen Bauunternehmer an einen Tisch zu setzen und zu plaudern.

Der Feldstecher baumelte ihm um den Hals, als er pflichtgetreu die Straße hinuntermarschierte, bis er zu dem schmalen Waldweg gelangte. Die beiden schwierigsten Aufgaben bei der Errichtung des Zaunes bestanden darin, das schwere Gerät heraufzuschaffen, und in den beengten Ver-

hältnissen, unter denen die Männer arbeiten mußten. Beton-
mischen, Pfostenlöcher auszuheben, Rahmen auszulegen,
Rodungen vorzunehmen und den sehr schweren Zaun zu
montieren erforderte viel Platz. Und hier gab es nicht viel
Platz.

Riggs war froh, für diese Arbeit eine satte Prämie ausgehandelt zu haben, dazu noch eine Provision für die aus
den erwähnten Gründen zu erwartenden Mehrkosten. Offenbar hatte der Besitzer keinen Höchstpreis festgelegt,
denn der Beauftragte hatte sich sofort mit der immensen
Summe einverstanden erklärt, die Riggs ihm vorgerechnet
hatte. Deshalb nahm Riggs die Arbeitserschwernisse gern
in Kauf. Wenngleich seine Firma erst seit drei Jahren bestand, war sie vom ersten Tag an ständig gewachsen. Dieser eine Auftrag würde ihm das bislang beste Geschäfts-
jahr garantieren.

Und jetzt war es Zeit, mit der Arbeit anzufangen.Der BMW
glitt langsam aus der Garage und rollte die Auffahrt hinunter. Die abschüssige Straße war zu beiden Seiten von einem Zaun aus vier Eichenbrettern gesäumt, die jungfräu-
lich weiß gestrichen waren. Der größte Teil des gerodeten
Landes war von Zäunen wie diesem begrenzt. Die geraden
weißen Linien bildeten einen bestechenden Kontrast zum
grünen Gras.

Es war früh, noch keine sieben Uhr, und die Stille des
neuen Tages war ungebrochen. Diese morgendlichen Auto-
fahrten waren für LuAnn zu einem beruhigenden Ritual geworden. Sie schaute im Rückspiegel auf die Villa. Das prachtvolle Gebäude, errichtet aus wunderschönem Stein aus
Pennsylvania und verwitterten Ziegeln, mit der weißen Säu-
lenreihe vor der tiefen Vorderveranda, mit dem Schiefer-
dach, mit den auf alt getrimmten Kupferregenrinnen und
den vielen Terrassentüren wirkte trotz seiner eindrucksvollen Größe elegant.

Als die Villa außer Sicht war, wandte LuAnn die Aufmerksamkeit wieder der Straße vor ihr zu. Plötzlich nahm sie den Fuß vom Gaspedal und trat kräftig auf die Bremse. Der Mann winkte ihr mit ausgestreckten Armen wild zu. Langsam fuhr LuAnn heran und hielt. Der Mann trat an die Fahrerseite und bedeutete ihr, das Seitenfenster herunterzulassen. Aus dem Augenwinkel sah LuAnn den schwarzen Honda, der auf dem Grasstreifen neben der Straße parkte.

LuAnn musterte den Mann mißtrauisch, drückte aber auf den Knopf. Die Scheibe öffnete sich einen Spalt. Sie ließ den rechten Fuß auf dem Gaspedal, um es jederzeit durchtreten zu können, falls die Situation es erforderte. Doch der Mann sah eigentlich ganz harmlos aus. Mittleres Alter, schlank, graue Strähnen im Bart.

»Kann ich Ihnen helfen?« fragte LuAnn. Sie bemühte sich, dem Blick des Mannes auszuweichen, ihn aber gleichzeitig im Auge zu behalten, falls er eine heftige Bewegung machte.

»Ich fürchte, ich habe mich verfahren. Ist hier das Brillstein-Anwesen?« Er deutete die Straße hinunter, dorthin, wo die Villa stand.

LuAnn schüttelte den Kopf. »Wir sind erst vor kurzem hierher gezogen, aber die Vorbesitzer hießen anders. Die Villa dort heißt Wicken's Hunt.«

»Hm, ich hätte geschworen, daß ich hier richtig bin.«

»Nach wem suchen Sie denn?«

Der Mann beugte sich vor, so daß sein Gesicht das Seitenfenster ausfüllte. »Vielleicht kennen Sie die Frau. Sie heißt LuAnn Tyler. Aus Georgia.«

LuAnn sog so scharf den Atem ein, daß sie sich beinahe verschluckte. Sie konnte die Fassungslosigkeit auf ihrem Gesicht nicht verbergen.

Thomas Donovan lächelte zufrieden und beugte sich noch weiter vor. Seine Lippen waren in LuAnns Augen-

247

höhe. »LuAnn, ich möchte mit Ihnen reden. Es ist wichtig, und ...«

Sie trat aufs Gaspedal. Donovan mußte zurückspringen, um zu verhindern, daß die Reifen der Limousine ihm über die Füße rollten.

»He!« brüllte er ihr hinterher, doch der BMW war fast schon außer Sicht. Mit bleichem Gesicht rannte Donovan zu seinem Wagen, ließ den Motor an und jagte los. »Mein Gott!« stieß er hervor.

Donovan hatte sich in Charlottesville bei der Telefonauskunft erkundigt, aber dort war keine Catherine Savage bekannt. Es hätte ihn auch sehr überrascht. Jemand, der so viele Jahre auf der Flucht gewesen war, gab für gewöhnlich nicht seine Telefonnummer preis. Nach langem Nachdenken war Donovan zu dem Schluß gelangt, daß der direkte Angriff vielleicht nicht die beste, aber vielversprechendste Methode war. Während der vergangenen Woche hatte er die Villa beobachtet und LuAnns Gewohnheit ausgekundschaftet, morgens mit dem Wagen eine Spritztour zu machen. Und den heutigen Tag hatte Donovan für die Kontaktaufnahme ausgewählt.

Obwohl er beinahe überfahren worden wäre, verspürte er eine tiefe Befriedigung, recht gehabt zu haben. Er hatte sich gesagt, daß er nur dann die Wahrheit erfahren würde, wenn er LuAnn seine Frage völlig unerwartet stellte, aus heiterem Himmel. Und nun kannte er die Wahrheit.

Catherine Savage *war* LuAnn Tyler. Natürlich sah sie jetzt ganz anders aus als auf den Fotos und dem Videofilm von vor zehn Jahren. Doch die Veränderungen waren subtil, nicht drastisch, und erst in ihrem Zusammenspiel verliehen sie LuAnn Tyler ein anderes Äußeres. Hätte Donovan ihren Gesichtsausdruck nicht gesehen und hätte sie nicht so überstürzt die Flucht ergriffen – er hätte niemals erkannt, daß diese Frau LuAnn Tyler war.

Er konzentrierte sich auf die Straße. Weit voraus hatte

er den grauen BMW gerade noch gesehen. Der Wagen hatte bereits einen beträchtlichen Vorsprung, doch auf dieser bergigen und kurvenreichen Strecke würde Donovans kleinerer, wendigerer Honda die schwere Limousine rasch einholen.

Donovan spielte nicht gern den tollkühnen Helden. Diese Rolle war ihm schon in jüngeren Jahren zuwider gewesen, als er über gefährliche Situationen auf der halben Welt berichtet hatte, und jetzt haßte er sie geradezu. Doch er mußte LuAnn Tyler klarmachen, welche Pläne er verfolgte. Er mußte sie dazu bringen, ihm zuzuhören. Und er mußte seine Story bekommen. Er hatte mehrere Monate lang vierundzwanzig Stunden am Tag geschuftet, um diese Frau aufzuspüren, und jetzt wollte er sie um keinen Preis entwischen lassen.

Matt Riggs blieb stehen und betrachtete noch einmal das Gelände. Hier oben war die Luft so klar und rein, der Himmel so tiefblau und die Stille so wundervoll, daß er sich zum wiederholten Mal fragte, weshalb er so lange in der Großstadt geschuftet und damit gewartet hatte, in eine ruhigere, friedlichere Gegend zu ziehen. Jahrelang hatte er inmitten von Millionen gestreßter, zunehmend aggressiver Menschen gelebt, und nun empfand er das Gefühl, allein auf der Welt zu sein als beruhigender, als er sich je hatte vorstellen können – auch wenn dieses Gefühl nur wenige Minuten währte.

Denn gerade wollte Riggs die Landkarte aus der Jackentasche ziehen, um Einzelheiten der Grundstücksgrenze zu überprüfen, als seine Betrachtungen über die friedliche ländliche Gegend ein abruptes Ende fanden.

Mit einem Ruck drehte er den Kopf, riß den Feldstecher an die Augen und spähte hindurch, um Ausschau zu halten, was die morgendliche Stille so plötzlich gestört hatte. Rasch hatte er die Quelle des explosionsartigen Lärms entdeckt.

Durch die Bäume hindurch sah er zwei Autos, die mit Vollgas über die Straße jagten, die zur Villa führte. Vorn war ein grauer BMW, dahinter ein kleinerer Wagen. Was dem Kleinen im Vergleich zur schweren Limousine an Pferdestärken fehlte, machte er durch seine Wendigkeit in den Kurven wett. Angesichts der Geschwindigkeit der beiden Wagen hielt Riggs es für wahrscheinlich, daß sie entweder an einem Baum oder kopfüber in einem der tiefen Gräben enden würden, die an beiden Straßenrändern verliefen.

Riggs' nächste Beobachtungen durch den Feldstecher veranlaßten ihn, so schnell wie möglich zurück zu seinem Pickup zu laufen.

Er hatte den angsterfüllten Blick der Frau im BMW gesehen, als sie nach hinten schaute, um festzustellen, wie nahe der andere Wagen ihr schon war. Und Riggs hatte die grimmige Miene des Mannes gesehen, der die Frau im BMW offensichtlich verfolgte. Diese Beobachtungen riefen bei Riggs blitzschnell sämtliche Instinkte wach, die er in seinem früheren Leben erworben hatte.

Er trat das Gaspedal durch und jagte los. Er hatte keine Ahnung, was er tun sollte. Doch ihm blieb keine Zeit, sich einen Plan zurechtzulegen. Er lenkte den Pickup auf die Straße und schnallte sich beim Fahren mit einer Hand an. Normalerweise hatte er im Pickup stets eine Schrotflinte dabei, um Schlangen und andere unwillkommene Bewohner dieser Waldgegend zu vertreiben, doch heute morgen hatte er das Gewehr vergessen. Auf der Ladefläche lagen mehrere Schaufeln und ein Kuhfuß. Riggs hoffte, daß er weder das eine noch das andere benutzen mußte.

Während er den Fahrweg hinunterjagte, tauchten die beiden Autos auf der Hauptstraße auf. Der BMW nahm die Kurven beinahe auf zwei Reifen, ehe er schlingernd das Gleichgewicht wiederfand. Das kleine Auto saß der Limousine dicht im Nacken. Dann aber, auf gerader Strecke, konnte die Frau die mehr als dreihundert Pferdestärken des BMW ausspielen. Rasch war eine Lücke von hundert Metern zwischen ihr und dem Verfolger entstanden, und sie wuchs ständig. Aber das würde nicht so bleiben, wie Riggs wußte, da beide Wagen gleich eine höllisch gefährliche Kurve erreichen würden. Er hoffte inständig, daß die Frau von dieser Gefahr wußte. Falls nicht, würde er erleben, wie der BMW sich in einen Feuerball verwandelte, wenn er in der Todeskurve von der Straße abkam und gegen einen der dicken Bäume prallte.

Plötzlich, buchstäblich in letzter Sekunde, kam Riggs die rettende Idee. Er gab Gas. Der Pickup beschleunigte und näherte sich dem kleinen Wagen, einem schwarzen Honda, wie Riggs jetzt erkannte. Der Mann am Steuer war offenbar voll auf den BMW vor ihm konzentriert, denn er schaute nicht zu Riggs herüber – nicht einmal, als dieser den Honda überholte. Erst als Riggs den Wagen scharf schnitt, sich vor ihn setzte und mit der Geschwindigkeit auf vierzig Stundenkilometer herunterging, reagierte der Mann mit wildem Hupen und scherte nach links und rechts aus, um zu überholen.

Riggs sah, wie die Frau vor ihm in den Rückspiegel schaute. Ihre Augen weiteten sich, als sie den Pickup sah, der sich so plötzlich zwischen sie und ihren Verfolger geschoben hatte. Riggs bemühte sich, der Frau zu verstehen zu geben, daß sie langsamer fahren sollte. Doch er konnte nicht sehen, ob sie seine Zeichen richtig deutete, denn wie bei einem verrückten Ballett fuhren sein Pickup und der Honda in Schlangenlinien über die schmale Straße. Sie waren bereits gefährlich nahe am steilen Abhang auf der rechten Seite. Einmal schlitterte ein Reifen des Pickup bedrohlich über die rutschige Kiesbankette, und Riggs rechnete fast schon mit einem Sturz in die Tiefe, als es ihm gerade noch gelang, den Wagen wieder unter Kontrolle zu bringen.

Noch immer versuchte der Fahrer des Honda links oder rechts zu überholen, wobei er die ganze Zeit auf die Hupe drückte. Doch Riggs hatte in seinem letzten Job genügend Erfahrung bei Autoverfolgungsjagden gesammelt und vereitelte jedes Manöver des Gegners. Eine Minute später nahmen beide Wagen die nahezu V-förmige Todeskurve. Links war eine Felswand, rechts ein fast senkrechter Abhang. Ängstlich warf Riggs einen raschen Blick in die Tiefe, ob dort vielleicht das Wrack des BMW lag, und atmete erleichtert auf, als er keinen zerschmetterten Wagen entdeckte. Dann schaute er wieder nach vorn auf die nun kerzengerade Straße.

Weit voraus schimmerte die Stoßstange des BMW; dann verschwand der große Wagen aus dem Blickfeld. Riggs konnte seine Bewunderung nicht verhehlen. Die Frau hatte das Tempo in der Haarnadelkurve kaum gedrosselt. Selbst mit vierzig Sachen in der Stunde hatte Riggs alle Mühe gehabt, die Kurve zu nehmen. Verdammt.

Er streckte den Arm nach dem Handschuhfach aus und nahm das Handy heraus. Gerade wollte er die 911 wählen, als der Hondafahrer durchdrehte und den Pickup von hinten rammte. Das Telefon flog Riggs aus der Hand und gegen das Armaturenbrett. Riggs fluchte, packte das Lenkrad fester, schaltete herunter und wurde noch langsamer, während der Honda ihn immer wieder rammte.

Und dann geschah das, was Riggs sich erhofft hatte: Die vordere Stoßstange des Honda verhakte sich in der des Pickup. Riggs hörte das Getriebe kreischen, als der Hondafahrer versuchte, seinen Wagen freizubekommen. Doch vergeblich. Riggs sah im Rückspiegel, wie die Hand des Mannes im Wagen hinter ihm zum Handschuhfach glitt.

Riggs dachte nicht daran zu warten, ob eine Waffe erschien oder nicht. Er trat heftig auf die Bremse, schaltete in den Rückwärtsgang und gab Gas. Mit Genugtuung sah er, wie der Mann im Honda entsetzt hochfuhr und in Panik das Lenkrad umklammerte. Riggs nahm die gefährliche Kurve langsam, schob den Honda rückwärts vor sich her, und gab dann wieder Vollgas. Auf der Geraden schlug er das Lenkrad scharf nach links ein und schleuderte den Honda gegen die Felswand.

Beim Aufprall lösten sich die Stoßstangen der beiden Fahrzeuge voneinander. Der Hondafahrer schien unverletzt zu sein. Riggs legte den Vorwärtsgang ein, gab Gas und jagte wieder los, verfolgte den BMW. Mehrere Minuten blickte er immer wieder zurück, doch vom Honda war nichts zu sehen. Entweder war der Wagen beim Aufprall beschädigt worden oder der Fahrer hatte sich entschlossen, seine Verfolgungsjagd aufzugeben.

Das Adrenalin pulsierte noch einige Minuten durch Riggs' Körper, bis die Erregung schließlich verebbte. In den letzten Jahren hatte Riggs einen gewissen Abstand von den Gefahren seines früheren Berufs gewonnen und merkte jetzt, daß diese Fünf-Minuten-Episode ihn lebhaft daran erinnert hatte, wie oft er dem Tod von der Schippe gesprungen war. Er hatte nicht damit gerechnet und sich erst recht nicht gewünscht, daß dieses Gefühl der Angst an einem verschlafenen Nebelmorgen in Virginia wieder zum Leben erweckt wurde.

Die beschädigte Stoßstange des Pickup klapperte laut. Schließlich verlangsamte Riggs das Tempo, da jede Verfolgung des BMW hoffnungslos war. Von der Hauptstraße führten unzählige Nebenstraßen ab. Hatte die Frau irgendeine dieser Straßen genommen, war sie längst über alle Berge.

Riggs hielt am Straßenrand, zog einen Stift aus der Hemdtasche und notierte die Zulassungsnummer des Honda und des BMW auf einem Schreibblock, der am Armaturenbrett klebte. Dann riß er den Zettel ab und steckte ihn in die Hemdtasche.

Wer im BMW gesessen hatte, konnte er sich denken. Jemand, der in der großen Villa wohnte. In derselben Villa, die er mit einem hochmodernen Sicherheitszaun umgeben sollte. Offenbar nicht ohne Grund, wie Riggs jetzt erkannte.

Irgend jemand schien die Besitzer nicht leiden zu können. Und am meisten interessierte Riggs nun die Frage: warum?

Tief in Gedanken versunken fuhr er weiter. Der Friede des Morgens war durch den Ausdruck des blanken Entsetzens auf dem Gesicht einer Frau unwiederbringlich zerbrochen.

KAPITEL 23

Der BMW parkte einige Meilen hinter der Stelle, an der Riggs' Pickup und der Honda aneinandergeraten waren. Der Wagen stand am Straßenrand, die Fahrertür war offen, und der Motor lief. LuAnn hielt die Arme fest um den Oberkörper geschlungen, als würde sie frieren, und lief in engen Kreisen mitten auf der Straße, um den Schock abzureagieren. Sie keuchte, und ihr kondensierter Atem stieg in der kalten Morgenluft in heftigen Stößen zum Himmel. Wut, Verwirrung und Schrecken huschten über ihr Gesicht. Alle Spuren der Angst waren verschwunden, doch die Gefühle, die sie jetzt beherrschten, richteten einen viel größeren Schaden bei ihr an. Die Angst ging fast immer vorüber, doch die mentalen Rammböcke der Wut und der Ratlosigkeit hinterließen ihre Spuren. Das hatte LuAnn im Laufe der Jahre erfahren. Es war ihr sogar gelungen, damit fertig zu werden, so gut sie es vermochte.

LuAnn Tyler war jetzt dreißig Jahre alt, besaß aber noch immer die impulsive Energie und die geschmeidigen Raubkatzenbewegungen ihrer Jugend. Die Jahre hatten ihr eine vollkommenere, reife Schönheit verliehen. Doch die Merkmale dieser Schönheit hatten sich deutlich verändert. Ihr Körper war sehniger als früher, die Taille schmaler. Dadurch wirkte sie noch größer, als sie ohnehin war. Sie trug ihr Haar seit Jahren wieder lang, jetzt aber blond und nicht mehr kastanienrot, und so gekonnt geschnitten, daß die Frisur ihre hervorstechendsten Gesichtszüge betonte, auch die durch eine Operation verkleinerte Nase – ein Eingriff, der weniger aus Gründen der Ästhetik, sondern zur Tarnung vorgenommen worden war. Ihre Zähne waren nun makellos, was sie den jahrelangen Bemühungen der besten Zahnärzte verdankte. Doch eine Unvollkommenheit war geblieben.

LuAnn hatte Jacksons Rat nicht befolgt, was die Messerwunde am Kinn betraf. Sie hatte die Wunde nähen, die Narbe aber nicht beseitigen lassen. Sie war nicht allzu auffällig, doch jedesmal, wenn LuAnn in den Spiegel schaute, wurde sie unerbittlich daran erinnert, woher die Narbe stammte. Woher sie *selbst* stammte. Die Narbe war die sichtbarste Verbindung zur Vergangenheit – und keineswegs eine angenehme. Doch gerade deshalb wollte LuAnn diese Narbe nicht durch eine Schönheitsoperation beseitigen lassen. Sie wollte an die Schrecknisse und die Schmerzen erinnert werden.

Die Menschen, mit denen LuAnn aufgewachsen war, hätten sie vermutlich wiedererkannt. Doch LuAnn hatte nicht die Absicht, einen der alten Bekannten zu treffen. Sie hatte sich angewöhnt, einen großen Hut und Sonnenbrille zu tragen, wenn sie sich in der Öffentlichkeit zeigte, was nur selten geschah. Sich ein Leben lang vor der Welt zu verstecken war Teil der Abmachung.

Sie ging zum Wagen zurück, setzte sich hinein und rieb nervös die Hände über das gepolsterte Lenkrad. Immer wieder blickte sie nach hinten, hielt nach dem Verfolger Ausschau. Doch die einzigen Geräusche waren ihr heftiger Atem und der im Leerlauf grollende Motor des BMW.

LuAnn kuschelte sich in ihre Lederjacke, zog die Jeans hoch, schwang die langen Beine in den Wagen, schlug die Tür zu und verriegelte sie von innen.

Sie fuhr weiter. Für ein paar Augenblicke drehten ihre Gedanken sich um den Mann im Pickup. Offensichtlich hatte er ihr geholfen. War er nur ein guter Samariter, der zufällig zur rechten Zeit aufgetaucht war? Oder sah die Sache anders aus, viel komplizierter? LuAnn lebte schon so lange mit

diesem Verfolgungswahn, daß er sie wie eine Außenbema-
lung umgab, wie eine dicke Farbschicht. Alle Beobachtungen mußten zuerst durch diesen Filter dringen, und sämtliche Schlußfolgerungen LuAnns basierten darauf, wie sie die
Motive eines jeden Menschen einschätzte, der unerwartet in
ihr Leben eindrang.

Alles lief auf eine bittere, unumstößliche Tatsache hinaus: die Angst vor Entdeckung. LuAnn holte tief Atem und
fragte sich zum hundertstenmal, ob sie einen schrecklichen
Fehler begangen hatte, als sie in die Vereinigten Staaten
zurückgekehrt war.

Riggs fuhr mit seinem ramponierten Pickup über die Privatstraße zur Villa. Er hatte scharf nach dem Honda Ausschau
gehalten, als er von der Hauptstraße abgebogen war, doch
weder Wagen noch Fahrer waren aufgetaucht. Riggs mußte
die Polizei verständigen, und der schnellste Weg zu einem
Telefon war eine Fahrt zur Villa. Vielleicht fand er dort auch
Erklärungen, was die Ereignisse dieses Morgens betraf. Nicht
daß er Anspruch auf irgendwelche Erklärungen hatte, doch
durch sein Eingreifen hatte er der Frau geholfen, und das
gab ihm gewisse Rechte. Überdies konnte er die Sache jetzt
nicht mehr auf sich beruhen lassen.

Riggs war erstaunt, daß ihn auf der Zufahrt niemand
aufhielt. Offenbar gab es hier keinen privaten Sicherheits-
dienst. Riggs hatte sich mit dem Beauftragten der Villenbe-
sitzer in der Stadt getroffen. Heute war sein erster Besuch
auf dem Anwesen, das unter dem Namen »Wicken's Hunt«
bekannt war.

Die Villa war eines der schönsten Herrenhäuser in der
Gegend. Sie war Anfang der zwanziger Jahre dieses Jahr-
hunderts errichtet worden – mit einer handwerklichen
Kunst, wie sie es heutzutage einfach nicht mehr gab. Der
Wall-Street-Magnat, der die Villa als Sommerwohnsitz hatte
bauen lassen, war während des Börsenkrachs 1929 in New

York von einem Wolkenkratzer gesprungen. Später hatte das Haus mehrmals den Besitzer gewechselt und dann sechs Jahre lang zum Verkauf gestanden, bis der jetzige Eigentümer es erworben hatte. Natürlich war eine umfängliche Renovierung erforderlich gewesen. Riggs hatte mit einigen Handwerkern gesprochen, die diese Arbeiten vorgenommen hatten. Sie hatten mit Bewunderung, ja Ehrfurcht von dem handwerklichen Können der Erbauer und der Schönheit der Villa gesprochen.

Die Umzugsfirma, welche die Sachen des neuen Besitzers durch die Berge hinauf zur Villa transportiert hatte, mußte ihre Fahrten mitten in der Nacht unternommen haben, denn Riggs war noch niemandem begegnet, der irgendwelche Möbelwagen gesehen hatte. Auch den Besitzer hatte noch kein Mensch zu Gesicht bekommen. Riggs hatte sogar in den Grundbucheintragungen im Bezirksgericht nachgeschaut. Dem Eintrag zufolge gehörte die Villa einer Firma, von der Riggs noch nie gehört hatte.

Auch die üblichen Klatschkanäle hatten das Geheimnis nicht lüften können. Riggs wußte nur, daß es an der St. Anne's-Belfield School eine neue, zehnjährige Schülerin namens Lisa Savage gab, die Wicken's Hunt als Anschrift genannt hatte. Überdies hatte Riggs gehört, daß eine große junge Frau das Mädchen gelegentlich zur Schule brachte oder von dort abholte. Allerdings hatte die Frau stets eine Sonnenbrille und einen großen Hut getragen. Meist aber hatte ein Mann das Mädchen von der Schule abgeholt – ein älterer Mann mit der Figur eines Footballspielers, wie man ihn Riggs beschrieben hatte. In Wicken's Hunt schienen seltsame Familienverhältnisse zu herrschen. Riggs hatte ein paar Freunde, die in der Schule arbeiteten, doch keiner rückte mit der Sprache heraus, was die junge Frau betraf. Falls die Burschen ihren Namen kannten, wollten sie ihn nicht preisgeben.

Als Riggs um die Kurve bog, erschien die Villa plötzlich

direkt vor ihm. Sein Pickup ähnelte einem primitiven, schwerfälligen Schlepper, der sich der *Queen Elizabeth* II näherte. Das Haus war drei Stockwerke hoch, die doppelflügelige Eingangstür fast sieben Meter breit.

Riggs parkte den Pickup auf der runden Auffahrt, die um einen prachtvollen Springbrunnen führte, der an diesem kalten Morgen nicht in Betrieb war. Die Gartenanlagen waren ebenso großzügig und sorgfältig angelegt wie das Haus. Wo einjährige Blumen und spätblühende Arten verwelkt waren, füllten verschiedene immergrüne Pflanzen die Lücken.

Riggs stieg aus, nachdem er sich davon überzeugt hatte, daß der Zettel mit den Kennzeichen des BMW und des Honda in seiner Tasche steckte. Als er zum Vordereingang ging, fragte er sich, ob die Besitzer einer so herrschaftlichen Villa sich dazu herablassen würden, eine Klingel anzubringen, oder ob ein Butler ihm unaufgefordert die Tür öffnete, sobald er sich näherte. Riggs entdeckte weder eine Klingel noch einen Butler. Doch als er auf der obersten Stufe stand, ertönte eine Stimme aus einer offensichtlich nagelneu eingebauten Gegensprechanlage neben der Tür.

»Kann ich Ihnen helfen?« Es war eine Männerstimme, tief und fest. Und ein wenig bedrohlich, wie Riggs fand.

»Mein Name ist Matthew Riggs. Meine Firma hat den Auftrag, den Sicherheitszaun um das Grundstück zu bauen.«

»Aha.«

Die Tür bewegte sich nicht, und der Tonfall des Mannes ließ erkennen, daß sich nichts tun würde, falls Riggs keine weiteren Informationen vorbrachte.

Er blickte sich um. Plötzlich spürte er, daß er beobachtet wurde. Na klar. Über seinem Kopf war in einer Nische auf der Rückseite einer Säule eine Videokamera angebracht. Sie sah ebenfalls neu aus. Riggs winkte.

»Kann ich Ihnen helfen?« fragte die Stimme wieder.

»Ich würde gern Ihr Telefon benützen.«

»Tut mir leid, aber das ist nicht möglich.«

»Es sollte aber möglich sein. Ich habe nämlich gerade mit meinem Pickup ein Auto gerammt, das einen großen anthrazitgrauen BMW verfolgt hat, der von dieser Villa gekommen ist, da bin ich ziemlich sicher. Ich wollte mich nur vergewissern, daß es der jungen Frau gut geht, die den BMW gefahren hat. Sie sah ziemlich verängstigt aus, als ich sie zuletzt gesehen habe.«

Riggs hörte, wie der Riegel zurückgeschoben wurde; dann öffnete sich die Tür. Der ältere Mann, der vor Riggs erschien, war gut eins achtzig groß, wie Riggs selbst, hatte aber breitere Schultern und einen viel mächtigeren Brustkorb. Dann bemerkte Riggs, daß der Mann leicht hinkte, als würden die Beine oder Kniegelenke Spuren seines Alters zeigen. Doch wenngleich Riggs ein kräftiger, athletischer Mann war, hatte er keine Lust, sich mit diesem Burschen anzulegen. Trotz des fortgeschrittenen Alters und der Gehbehinderung sah er kräftig genug aus, Riggs mit Leichtigkeit das Genick brechen zu können. Dieser Bursche war offensichtlich der Mann, den Riggs' Freunde öfters gesehen hatten, wenn er Lisa Savage von der Schule abholte. Der fürsorgliche Footballspieler.

»Wovon reden Sie, zum Teufel?«

Riggs deutete auf die Straße. »Vor etwa zehn Minuten wollte ich mir einen ersten Überblick über die Grundstücksgrenze verschaffen, ehe ich meine Männer und das Gerät herkommen lasse. Plötzlich kommt dieser BMW angerast, eine Frau am Steuer. Blond, soweit ich es erkennen konnte. Sie hatte Todesangst. Ein schwarzer Honda Accord, wahrscheinlich ein 92er oder 93er Modell, hing praktisch an ihrem Auspuff. In dem Honda saß ein Kerl, und er sah verdammt entschlossen aus.«

»Ist der Frau etwas passiert?« Der ältere Mann trat einen Schritt vor.

Riggs wich zurück. Er hatte keine Lust, den Burschen zu nahe kommen zu lassen, ehe er die Situation genauer einschätzen konnte. Es war ja durchaus möglich, daß dieser Klotz von einem Mann mit dem Fahrer des Honda unter einer Decke steckte. Riggs' inneres Radar suchte die gesamte Umgebung gleichzeitig ab.

»Soviel ich weiß, ist ihr nichts passiert. Ich habe mich zwischen die beiden Wagen gesetzt und den Honda abgedrängt. Dabei hat es meinen Pickup ganz schön erwischt.«

Riggs rieb sich kurz den Nacken, denn die Erinnerung an den Zusammenprall rief schmerzhafte Stiche an dieser Stelle hervor. Heute abend würde er ein ausgiebiges heißes Bad nehmen müssen.

»Wir kümmern uns um den Pickup. Wo ist die Frau?«

»Ich bin nicht hergekommen, um mich wegen meines Pickup zu beschweren, Mister ...«

»Charlie. Sagen Sie einfach Charlie zu mir.« Der Mann streckte die Hand aus. Riggs schüttelte sie. Er hatte die Kraft des alten Burschen keineswegs unterschätzt. Als er die Hand zurückzog, sah er die roten Stellen an seinen Fingern, die der eiserne Griff des anderen hinterlassen hatten. Ob er wegen der Sicherheit der Frau so besorgt war oder gewohnheitsmäßig die Finger der Besucher quetschte, wußte Riggs nicht.

»Ich heiße Matt. Wie ich schon sagte, konnte die Frau entkommen, und soviel ich weiß, ist ihr nichts zugestoßen. Aber ich wollte es trotzdem melden.«

»Melden?«

»Der Polizei. Der Kerl im Honda hat mehr als ein Gesetz gebrochen, das ich kenne. Darunter sogar einige, die sich auf Schwerverbrechen beziehen. Verdammt schade, daß ich ihm nicht seine Rechte vorlesen konnte.«

»Sie reden wie ein Bulle.«

War Charlie errötet, oder bildete Riggs es sich nur ein? Er war nicht sicher.

»Ich war mal so was ähnliches wie ein Bulle. Ist schon lange her. Ich habe die Nummern der beiden Wagen.« Er blickte Charlie an, studierte das zerklüftete Gesicht und versuchte, hinter den ausdruckslosen Blick zu schauen, mit dem sein Gegenüber ihn musterte. »Ich nehme an, der BMW gehört hierher in die Villa – und die Frau ebenfalls.«

Charlie zögerte einen Moment, dann nickte er. »Sie ist die Besitzerin.«

»Und der Honda?«

»Nie gesehen.«

Riggs drehte sich um und schaute auf die Straße. »Der Kerl hätte ein Stück weiter auf der Zufahrt warten können. Da gibt's nichts, was ihn daran hindern könnte.« Riggs blickte wieder Charlie an.

»Deshalb haben wir Ihnen ja den Auftrag erteilt, den Zaun und das Tor zu bauen.« In Charlies Augen blitzte Zorn auf.

»Ja, jetzt sehe ich ein, daß das eine gute Idee ist, aber ich habe den unterschriebenen Vertrag erst gestern bekommen. Ich arbeite schnell, aber so schnell geht es nun auch wieder nicht.«

Charlie entspannte sich bei der offensichtlichen Logik von Riggs' Worten und blickte einen Moment zu Boden.

»Wie sieht's jetzt aus, Charlie? Kann ich das Telefon benützen?« Riggs trat einen Schritt vor. »Ich erkenne einen Entführungsversuch, wenn ich einen sehe, wissen Sie.« Er ließ den Blick über die Fassade des Hauses schweifen. »Ist auch nicht schwierig, den Grund dafür zu erraten, daß jemand die Frau kidnappen wollte, oder?«

Charlie holte tief Luft. Er wußte nicht, was er tun sollte. Er war krank vor Sorge um LuAnn – *Catherine*, verbesserte er sich in Gedanken; auch wenn zehn Jahre vergangen waren, hatte ihr neuer Name ihm nie gefallen. Doch es war viel zu gefährlich, Riggs zu gestatten, die Polizei anzurufen.

»Ich nehme an, Sie sind ein Freund von ihr oder ein Freund der Familie …«

»Beides«, sagte Charlie, der plötzlich über Riggs' Schulter blickte. Ein Lächeln legte sich auf sein Gesicht.

Der Grund für diesen Gefühlswechsel erreichte Riggs'
Ohren eine Sekunde später. Er drehte sich um und sah, wie
der BMW hinter seinem Wagen hielt.

LuAnn stieg aus und warf einen flüchtigen Blick auf den
Pickup. Für einen Moment betrachtete sie die zerbeulte
Stoßstange. Dann stieg sie rasch die Stufen zur Tür hinauf
und blickte Charlie an. Riggs hatte sie nur im Vorbeigehen
gemustert.

»Dieser Mann sagt, du hast Ärger gehabt.« Charlie deutete auf Riggs.

»Matt Riggs.« Er streckte die Hand aus. In den Stiefeln war
die Frau nicht viel kleiner als er. Der Eindruck außergewöhn-
licher Schönheit, den er bereits beim Blick durch den Feldstecher gewonnen hatte, verstärkte sich aus der Nähe noch
um einiges. Das Haar war lang und voll, mit goldenen Strähnen, die jeden Sonnenstrahl der aufgehenden Sonne einzu-
fangen schienen. Gesicht und Teint waren so makellos, wie
es auf natürliche Weise kaum zu erreichen war. Aber die Frau
war jung; sie hatte bestimmt noch nie in ihrem Leben Be-
kanntschaft mit dem Skalpell eines Schönheitschirurgen geschlossen. Riggs gelangte zu dem Schluß, daß diese Frau von
Natur aus so schön sein mußte.

Dann entdeckte er die Narbe am Kinn. Er war erstaunt.
Sie schien schrecklich fehl am Platz zu sein. Die Narbe faszi-
nierte Riggs, da er mit geschultem Auge sah, daß die Wunde
von einem Messer mit gezahnter Klinge stammte. Die meisten Frauen, besonders wenn sie so viel Geld besaßen wie
diese hier, hätten jede Summe bezahlt, um diesen Makel beseitigen zu lassen.

Zwei ruhige hellbraune Augen betrachteten Riggs und
ließen ihn zu dem Schluß gelangen, daß diese Frau ... anders war. Sie gehörte zu der seltenen Spezies höchst attraktiver Frauen, denen ihr Aussehen ziemlich egal war. Riggs'
Blicke glitten über ihren schlanken, wohlgeformten Körper.
Doch über den schmalen Hüften und der Taille wurden die

Schultern breit, so daß Riggs auf außergewöhnliche Kraft schloß. Als die Hand der Frau die seine umschloß, blieb ihm fast die Luft weg. Der Griff war beinahe so fest wie der von Charlie.

»Ich hoffe, Ihnen ist nichts passiert«, sagte Riggs. »Ich habe die Nummer des Honda. Ich wollte sie der Polizei melden, aber mein Handy wurde zerdeppert, als der Kerl im Honda mich gerammt hat. Hier ist es ziemlich abgelegen. Wir müßten den Burschen eigentlich noch erwischen, wenn wir schnell genug handeln.«

LuAnn schaute ihn an. Auf ihrem Gesicht spiegelte sich Verwunderung. »Wovon reden Sie eigentlich?«

Riggs trat einen Schritt zurück. »Von dem Wagen, der Sie verfolgt hat.«

LuAnn schaute zu Charlie hinüber. Riggs blickte genau hin, sah aber nicht, daß die beiden irgendwelche Zeichen tauschten. Dann deutete LuAnn auf Riggs' Pickup. »Ich habe diesen Pickup und einen anderen Wagen wie verrückt über die Straße rasen sehen, habe aber nicht angehalten, um Fragen zu stellen. Die Sache ging mich schließlich nichts an.«

Riggs holte tief Luft, ehe er antwortete: »Den Grund dafür, daß ich mit dem Honda Foxtrott getanzt habe, müßten Sie eigentlich kennen. Schließlich hat der Fahrer sich alle Mühe gegeben, Sie von der Straße zu drängen. Und um Haaresbreite hätte ich Ihren Platz als Wrack der Woche gewonnen.«

»Tut mir leid, aber ich weiß wirklich nicht, wovon Sie reden. Glauben Sie etwa, ich würde es nicht merken, wenn jemand mich von der Straße zu drängen versucht?«

»Wollen Sie mir weismachen, daß Sie aus lauter Spaß an der Freude mit hundertzwanzig Sachen über kurvenreiche Bergstraßen jagen?« fragte Riggs leicht gereizt.

»Ich glaube nicht, daß mein Fahrstil Sie etwas angeht«, fuhr sie ihn an. »Und da Sie sich auf meinem Grund und Boden befinden, habe ich wohl das Recht zu erfahren, warum Sie hier sind.«

»Das ist der Mann, der den Sicherheitszaun baut«, mischte Charlie sich ein.

LuAnn musterte Riggs, ohne mit der Wimper zu zucken. »Dann würde ich vorschlagen, daß Sie sich auf diese Arbeit konzentrieren und uns nicht irgendwelche Räuberpistolen über Autoverfolgungsjagden auftischen.«

Riggs' Gesicht wurde rot vor Zorn. Er wollte protestieren, sagte dann aber nur: »Einen schönen Tag noch, Ma'am.« Er machte kehrt und ging zu seinem Pickup.

LuAnn schaute ihm nicht nach, sondern ging an Charlie vorbei rasch ins Haus. Charlie starrte Riggs hinterher, dann schloß er die Tür.

Als Riggs in den Pickup stieg, fuhr ein anderes Auto auf die Auffahrt. Eine ältere Frau saß am Steuer. Auf dem Rücksitz waren Tüten mit Lebensmitteln.

Die Frau war Sally Beecham, die Haushälterin, die in der Villa wohnte. Sie kam soeben vom morgendlichen Einkauf. Sie musterte Riggs nur flüchtig. Obwohl er immer noch wütend war, nickte er Sally höflich zu. Sie erwiderte den Gruß mit der gleichen Geste.

Wie üblich fuhr sie zur Garage und drückte auf den automatischen Türöffner an der Sonnenblende des Autos. Von der Garage führte eine Tür direkt in die Küche: Sally war eine tüchtige Frau, die jede Zeitverschwendung verabscheute.

Riggs blickte noch einmal zurück zur großen Villa, als er davonfuhr. Der vielen Fenster wegen sah er nicht dasjenige, hinter dem LuAnn Tyler mit vor der Brust verschränkten Armen stand und ihm hinterherschaute. Auf ihrem Gesicht lag eine Mischung aus Sorge und schlechtem Gewissen.

KAPITEL 24

Der Honda wurde langsamer, bog von der Nebenstraße ab und fuhr über eine rustikale Holzbrücke, die über einen kleinen Bach führte. Dann verschwand der Wagen in dichtem Wald. Die Antenne knickte einige herabhängende Zweige, wodurch eine Dusche aus Tautropfen auf die Windschutzscheibe prasselte.

Ein Stück weiter die Straße hinauf erschien unter einem Regenschirm aus Eichen ein kleines Holzhaus. Der Honda fuhr auf den winzigen Hof hinter dem Gebäude und in einen Schuppen hinein. Der Fahrer stieg aus, schloß die Tür des Schuppens und ging zum Haus.

Donovan rieb sich den Rücken und drehte mehrmals den Hals, um die Nachwirkungen des Abenteuers an diesem frühen Morgen zu lindern. Er zitterte immer noch sichtlich, als er das Haus betrat, den Mantel abwarf und sich daranmachte, in der kleinen Küche Kaffee zu kochen. Nervös rauchte er eine Zigarette, während der Kaffee durchlief. Mit leichter Besorgnis blickte er durchs Fenster, obwohl er ziemlich sicher war, nicht verfolgt worden zu sein. Er rieb sich über die Stirn. Das Cottage lag sehr abgeschieden, und dem Besitzer war weder Donovans richtiger Name bekannt noch der Grund, weshalb er beschlossen hatte, eine Zeitlang hier zu wohnen.

Wer, zum Teufel, war der Kerl im Pickup gewesen? Ein Freund der Frau? Oder war er nur zufällig vorbeigekommen?

Donovan wußte, daß man ihn gesehen hatte. Also mußte er sich den Bart abrasieren und seine Frisur verändern. Außerdem mußte er sich einen anderen Wagen besorgen. Der Honda war beschädigt, und vielleicht hatte der Kerl im Pickup sich die Nummer gemerkt. Allerdings war der Honda gemietet, und Donovan hatte die Papiere mit einem falschen Namen unterschrieben. Er machte sich keine Sorgen, daß die Frau irgend etwas unternehmen würde, doch der Kerl konnte ihm einen Strich durch die Rechnung machen.

Donovan beschloß, nicht das Wagnis einzugehen und mit dem Honda in die Stadt zu fahren, um ihn gegen einen anderen Mietwagen einzutauschen. Er wollte nicht, daß man ihn am Steuer sah, und er wollte auch den Schaden an der Stoßstange nicht erklären müssen. Nein, er würde irgendwann abends zu Fuß zur Hauptstraße marschieren und den Bus in die Stadt nehmen, um sich einen anderen Mietwagen zu besorgen.

Er schenkte sich eine Tasse Kaffee ein und ging ins Eßzimmer, das er in ein Büro umfunktioniert hatte. Computer-Terminal, Drucker, Faxgerät und Telefon standen auf dem Tisch. In einer Ecke waren Kartons mit Akten ordentlich gestapelt. An zwei Wänden hingen mehrere große Aushängebretter, gespickt mit Zeitungsausschnitten.

Die Verfolgungsfahrt war idiotisch gewesen. Donovan fluchte leise vor sich hin. Es war ein Wunder, daß er und der Fahrer des Pickup jetzt nicht tot in irgendeinem Abgrund lagen. Die panische Reaktion LuAnn Tylers hatte ihn vollkommen verblüfft. Aber wenn er es sich recht überlegte, war diese wilde Flucht verständlich. Sie hatte es mit der Angst bekommen – und nicht ohne Grund.

Donovans nächstes Problem war offensichtlich. Was war, wenn sie die Villa verließ und wieder woanders untertauchte? Donovan hatte harte Arbeit leisten müssen und eine gehörige Portion Glück gehabt, LuAnn dieses erste Mal zu finden. Er hatte keine Garantie, noch einmal soviel Glück zu haben. Aber daran konnte er jetzt nichts ändern. Er konnte nur warten und die Augen offenhalten.

Donovan hatte mit dem örtlichen Flughafen Verbindung aufgenommen. Man würde ihn verständigen, falls eine Person in ein Flugzeug steigen wollte, auf die LuAnn Tylers Beschreibung paßte, oder falls eine Frau unter dem Namen Catherine Savage abreisen wollte. Sollte LuAnn Tyler sich nicht bereits eine neue Identität besorgt haben, würde es schwierig für sie sein, in der nächsten Zeit unter einem anderen Namen als ›Catherine Savage‹ zu reisen – und damit würde sie eine Spur für Donovan hinterlassen. Falls sie die Gegend mit einem anderen Verkehrsmittel als dem Flugzeug verlassen wollte ... nun ja, er konnte zwar die Villa beobachten, aber keine vierundzwanzig Stunden am Tag.

Donovan überlegte kurz, ob er von der *Tribune* Verstärkung anfordern sollte, doch es sprach zu viel dagegen. Fast dreißig Jahre lang hatte Donovan allein gearbeitet. Jetzt einen Partner zu holen ging ihm gegen den Strich, selbst wenn die Zeitung einverstanden war. Nein, er würde tun, was er konnte, um die Frau zu beschatten, und würde alles daransetzen, eine weitere persönliche Begegnung herbeizuführen, die aber weniger dramatisch verlief.

Donovan war sicher, daß er die Frau dazu bringen konnte, ihm zu vertrauen und mit ihm zusammenzuarbeiten. Er hielt sie nicht für eine Mörderin. Aber er war ziemlich sicher, daß sie – und vielleicht etliche der anderen Lotteriegewinner – irgend etwas verheimlichten, das mit der Lotterie zu tun hatte.

Und diese Story wollte er, wohin seine Jagd ihn auch führen mochte.

Ein Feuer brannte im Kamin der großen, zweigeschossigen Bibliothek. An drei Wänden standen Bücherschränke aus Ahorn, die vom Boden bis zur Decke reichten. Bequeme Polstersessel waren so aufgestellt, daß sie zum vertraulichen Gespräch einluden.

LuAnn saß auf einem Ledersofa und hatte die Beine hochgezogen; nur die bloßen Füße waren zu sehen. Ein bestickter Baumwollschal bedeckte ihre Schultern. Auf dem Tisch neben ihr standen eine Tasse Tee und ein Teller mit Frühstück, das sie noch nicht angerührt hatte. Sally Beecham, in grauer Uniform mit strahlend weißer Schürze, ging soeben mit dem Tablett aus dem Zimmer. Charlie schloß die geschwungene Doppeltür hinter ihr und setzte sich neben LuAnn.

»So, und jetzt erzählst du mir, was wirklich passiert ist, okay?« Als LuAnn nicht antwortete, ergriff Charlie ihre rechte Hand. »Deine Hände sind eiskalt. Trink deinen Tee.« Er stand auf und starrte ins Feuer, bis die Flammen seine Wangen rot färbten. Dann wandte er sich um, blickte LuAnn erwartungsvoll an. »Ich kann dir nicht helfen, wenn du mir nicht sagst, was los ist, LuAnn.«

Während der letzten zehn Jahre hatte sich ein unauflösliches Band zwischen ihnen entwickelt, das sie auf ihren Reisen durch viele Krisen geleitet hatte, kleine und große. Von dem Moment an, als Charlie LuAnns Schulter berührt hatte – damals vor zehn Jahren, als die 747 zum Himmel aufgestiegen war –, bis zu ihrer Rückkehr nach Amerika waren sie unzertrennlich gewesen. Obwohl sein eigentlicher Name »Robert« lautete, war er bei »Charlie« geblieben. Schließlich war es nicht allzu weit von der Wahrheit entfernt, da Charles sein Mittelname war. Und was hatte ein Name schon groß zu bedeuten? Charlie sagte allerdings immer nur LuAnn und niemals Catherine, wenn sie allein waren, so wie jetzt. Er war ihr bester Freund und Vertrauter – und ihr einziger, da es Dinge gab, die LuAnn nicht einmal ihrer Tochter erzählen konnte.

Als Charlie sich wieder setzte, zuckte er vor Schmerz zusammen. Er war sich im klaren darüber, daß seine Kräfte nachließen, was dadurch beschleunigt wurde, daß er in der Jugend Raubbau mit seinem Körper getrieben hatte. Der Altersunterschied zwischen ihm und LuAnn war jetzt, da die Natur ihren Tribut von Charlie forderte, auffälliger als je zuvor. Dennoch würde er alles für LuAnn tun, sich jeder Gefahr stellen und jeden ihrer Feinde mit letzter Kraft und dem letzten Funken Verstand bekämpfen, der ihm geblieben war.

LuAnn las diese Gedanken in Charlies Augen, und es war dieser Blick, der sie letztendlich zum Reden brachte.

»Ich hatte gerade das Haus verlassen. Da stand er mitten auf der Straße und hat gewunken, daß ich anhalten soll.«

»Und du hast gehalten?« fragte Charlie ungläubig.

»Ja. Ich konnte den Mann ja nicht über den Haufen fahren. Aber ich bin nicht ausgestiegen. Und wenn der Mann frech geworden wäre oder eine Waffe gezogen hätte, dann *hätte* ich ihn überfahren, das kannst du mir glauben.«

Charlie legte ein Bein über das andere – eine Bewegung, die ihn wieder vor Schmerz zusammenzucken ließ. »Erzähl weiter. Aber iß etwas dabei, und trink deinen Tee. Dein Gesicht ist weiß wie eine Wand.«

LuAnn tat wie geheißen. Sie brachte ein paar Bissen Ei und Toast herunter und trank einige Schlucke Tee. Dann setzte sie die Tasse ab und wischte sich mit der Serviette den Mund. »Der Mann hat mir Zeichen gegeben, die Scheibe herunterzulassen. Ich habe sie nur einen Spalt aufgemacht und ihn gefragt, was er will.«

»Langsam, langsam. Wie hat der Kerl ausgesehen?«

»Mittelgroß. Um die achtzig Kilo. Graumelierter Vollbart. Brille mit dünnem Metallrahmen. Dunkler Teint. Ende Vierzig, Anfang Fünfzig, würde ich sagen.« Während der letzten zehn Jahre war es LuAnn zur zweiten Natur geworden, sich das Aussehen fremder Menschen einzuprägen.

Charlie archivierte geistig die Beschreibung des Mannes. »Und weiter?«

»Er hat gesagt, er sucht das Brillstein-Anwesen.« LuAnn zögerte und nahm einen weiteren Schluck Tee. »Ich habe ihm gesagt, daß er hier verkehrt ist.«

Charlie beugte sich plötzlich vor. »Und was hat der Bursche dann gesagt?«

Jetzt zitterte LuAnn am ganzen Leib. »Er sagte, er würde jemanden suchen.«

»Wen? Wen?« fragte Charlie. LuAnn senkte den leeren Blick, starrte zu Boden.

Schließlich schaute sie Charlie wieder an. »LuAnn Tyler aus Georgia.«

Charlie lehnte sich zurück. Nach einem Jahrzehnt hatten sie beide die Angst, entdeckt zu werden, auf Sparflamme köcheln lassen, obgleich diese Angst stets präsent war und es immer bleiben würde. Und nun war die Flamme der Furcht wieder entfacht worden.

»Hat er sonst noch was gesagt?«

LuAnn rieb die Serviette über die trockenen Lippen. »Er sagte, er wolle mit mir reden. Dann ... dann ... ich ... ich bin durchgedreht und hab' aufs Gaspedal getreten und den Kerl beinahe überfahren.« Nach diesen Worten stieß sie die Luft aus und blickte Charlie an.

»Und er hat dich verfolgt?«

Sie nickte. »Ich habe starke Nerven, Charlie, das weißt du, aber auch die haben Grenzen. Ich wollte eine entspannende morgendliche Fahrt machen, und plötzlich kommt dieser Bursche, und mit einem Schlag ist *alles* anders.« Sie legte den Kopf schief. »Mein Gott, dabei hatte ich gerade angefangen, mich hier zu Hause zu fühlen. Jackson hat sich nicht blicken lassen. Lisa fühlt sich auf der Schule wohl. Und die Villa und das Anwesen sind so wunderschön ...« Sie verstummte.

»Was ist mit dem anderen Burschen, diesem Riggs? Stimmt seine Geschichte?«

LuAnn hielt es nicht mehr auf dem Sofa. Sie stand auf und schritt nervös im Kreis umher, wie es ihre Gewohnheit war. Schließlich blieb sie vor einem der Regale stehen und strich liebevoll über eine Reihe ledergebundener Buchrücken.

Im Laufe der Jahre hatte sie fast jedes Buch in der Bibliothek gelesen. Zehn Jahre intensiven Unterrichts durch die besten Privatlehrer hatten sie in eine wortgewandte, kultivierte, weltoffene Frau verwandelt, die nichts mehr mit dem Mädchen aus der Provinz gemein hatte, das von dem Wohnwagen und den Leichen fortgelaufen war. Jetzt aber konnte LuAnn diese blutigen Bilder nicht aus dem Kopf verbannen.

»Ja. Er hat sich zwischen mich und den anderen Wagen gesetzt. Dabei hätte ich den Kerl im Honda wahrscheinlich auch so abgehängt.« Leiser fügte sie hinzu: »Riggs hat mir tatsächlich geholfen. Und ich hätte mich gern bei ihm bedankt. Aber das konnte ich ja schlecht, nicht wahr?« In einer hilflosen Geste hob sie die Arme und setzte sich wieder.

Charlie rieb sich das Kinn, während er die Situation überdachte.

»Du weißt, daß der Lotteriebetrug vom gesetzlichen Standpunkt aus eine ganze Reihe schwerer Vergehen beeinhaltet. Aber die sind allesamt verjährt. Der Kerl kann dir nichts anhaben.«

»Und was ist mit der Mordanklage? Die verjährt nicht. Ich habe diesen Kerl im Wohnwagen umgebracht, Charlie – zwar in Notwehr, aber wer würde mir das jetzt noch glauben?«

»Die Polizei hat den Fall vor Jahren zu den Akten gelegt.«

»Okay. Willst du, daß ich mich stelle?«

»Nein, natürlich nicht. Ich glaube nur, daß du die Sache wahrscheinlich viel zu ernst nimmst.«

LuAnn zitterte. Wegen der Lotteriemanipulation oder des Totschlags ins Gefängnis zu wandern war nicht ihre größte Sorge. Sie legte die Hände zusammen und blickte Charlie an.

»Mein Dad hat wahrscheinlich nie ein ehrliches Wort zu mir gesagt. Er hat sich die größte Mühe gegeben, daß ich mich wie das wertloseste Stück Dreck auf der Welt fühlte, und jedesmal, wenn ich ein bißchen Selbstvertrauen aufgebaut hatte, machte er alles wieder kaputt. Er war der Meinung, daß ich zu nichts anderem tauge, als Babys in die Welt zu setzen und für meinen Mann hübsch auszusehen.«

»Ich weiß, du hattest eine harte Kindheit, LuAnn...«

»Ich habe mir geschworen, daß ich meinen Kindern so etwas niemals antun würde. Niemals. Das habe ich auf einen Stapel Bibeln geschworen und immer wieder am Grab meiner Mutter gesagt und Lisa zugeflüstert, als ich sie noch in mir getragen habe, und auch noch jeden Abend nach ihrer Geburt, ein halbes Jahr lang.« LuAnn schluckte und erhob sich wieder. »Und weißt du was? Alles, was ich Lisa erzählt habe, alles, was sie über sich weiß ... du, ich, jedes verdammte Molekül ihrer Existenz ist eine Lüge. Alles erfunden, Charlie. Ja, gut, vielleicht ist die Sache verjährt, vielleicht muß ich nicht ins Gefängnis, weil es der Polizei egal ist, daß ich einen Drogendealer umgebracht habe. Aber wenn dieser Mann im Honda meine Vergangenheit ausgegraben hat und sie an die Öffentlichkeit bringt, wird Lisa es erfahren. Dann wird sie wissen, daß die eigene Mutter ihr mehr Lügen aufgetischt hat, als mein Dad sich in seinem ganzen Leben hätte ausdenken können. Ich bin hundertmal schlimmer als Benny Tyler und werde mein kleines Mädchen so sicher verlieren, wie morgens die Sonne aufgeht. Ich werde Lisa verlieren!« Nach diesem Ausbruch zitterte LuAnn am ganzen Leib und schlug die Hände vors Gesicht.

»Tut mir leid, LuAnn, so habe ich die Sache nicht betrachtet.« Charlie blickte zu Boden.

LuAnn ließ die Hände sinken und schaute ihn an. Ein fatalistischer Ausdruck lag in ihren Augen. »Und wenn das passiert, wenn Lisa alles erfährt, bin ich erledigt. Im Vergleich dazu kommt mir das Gefängnis wie ein Tag im Park vor. Denn wenn ich mein kleines Mädchen verliere, hat das Leben keinen Sinn mehr für mich. Trotz all dem hier.« Sie machte eine weit ausholende Geste, die das ganze Zimmer umfaßte. »Nicht den geringsten.«

Sie setzte sich wieder und rieb sich die Stirn.

Schließlich brach Charlie das Schweigen. »Riggs hat die Kennzeichen von beiden Autos.« Er befingerte sein Hemd und fügte hinzu: »Der Mann ist ein Exbulle, LuAnn.«

LuAnn stützte den Kopf in die Hände und schaute ihn an. »Großer Gott. Und ich dachte, schlimmer könnte es nicht kommen.«

»Keine Angst. Wenn er dein Kennzeichen überprüfen läßt, wird er nur auf den Namen Catherine Savage, auf diese Adresse und auf die legale Sozialversicherungsnummer stoßen. Deine Identität ist vollkommen hieb- und stichfest. Nach all dieser Zeit kann dir nichts mehr geschehen.«

»Meinst du? Ich fürchte, es gibt da ein kleines Problem, Charlie. Den Kerl im Honda.«

Charlie nickte knapp. »Ja, ja, okay. Aber ich spreche von Riggs. Soweit es ihn betrifft, kann dir nichts passieren.«

»Aber vielleicht redet der andere Kerl, wenn Riggs ihn aufspürt, und...«

»Dann haben wir möglicherweise ein Problem«, beendete Charlie den Satz.

»Meinst du, Riggs tut das?«

»Keine Ahnung. Aber ich weiß, daß er dir das Märchen nicht abgekauft hat ... von wegen, daß du keinen Verfolger bemerkt hast. Unter den gegebenen Umständen mache ich dir keinen Vorwurf, daß du es nicht zugegeben hast, aber Riggs war früher Bulle. Verdammt, er muß mißtrauisch werden. Ich glaube nicht, daß er die Sache so einfach auf sich beruhen läßt.«

LuAnn schob sich das Haar aus der Stirn. »Und was sollen wir jetzt tun?«

Charlie nahm liebevoll ihre Hände. »Du tust gar nichts. Du läßt den alten Charlie mal sehen, was er herausfindet. Wir waren doch schon öfters in der Klemme und sind heil rausgekommen, oder?«

Sie nickte zögernd und leckte sich nervös die Lippen. »Aber

diesmal sitzen wir wahrscheinlich so tief in der Patsche wie nie zuvor.«

Matt Riggs stieg schnell die Stufen zum Eingang des alten viktorianischen Hauses hinauf, dessen rundum laufende Veranda er im vergangenen Jahr gewissenhaft restauriert hatte. Riggs hatte einige Jahre als Schreiner und Zimmermann gearbeitet, ehe er nach Charlottesville gekommen war. Er hatte diese Jobs angenommen, um den Streß abzubauen, den sein früherer Beruf mit sich gebracht hatte. Doch im Augenblick dachte er nicht an die anmutige Schönheit seines Hauses.

Er ging durch den Flur zu seinem Büro, denn er führte von zu Hause aus seine Geschäfte. Er schloß die Tür, griff zum Telefon und rief einen alten Freund in Washington an. Der Honda hatte ein Washingtoner Nummernschild. Riggs war ziemlich sicher, was die Überprüfung ergeben würde: Der Wagen war gemietet oder gestohlen.

Mit dem BMW war es eine andere Sache. Doch zumindest würde er den Namen der Frau herausfinden. Auf der Heimfahrt war ihm plötzlich aufgegangen, daß weder der Mann, der sich Charlie nannte, noch die Frau je ihren Namen erwähnt hatten. Riggs vermutete, daß der Nachname Savage lautete und daß die Frau im BMW entweder Lisa Savages Mutter oder – ihres jugendlichen Aussehens wegen – eine ältere Schwester war.

Eine halbe Stunde später hatte Riggs die Antworten. Der Honda war tatsächlich in der Bundeshauptstadt gemietet worden, vor zwei Wochen, und zwar auf den Namen Tom Jones. Tom Jones! Wirklich clever, dachte Riggs. Die angegebene Adresse war bestimmt ebenso falsch wie der Name, da war er sicher. Eine Sackgasse. Er hatte nichts anderes erwartet.

Dann starrte Riggs auf den Namen der Frau, den er auf einen Zettel geschrieben hatte. Catherine Savage. Geboren in

Charlottesville, Virginia. Alter: dreißig. Sozialversicherungsnummer überprüft. Jetzige Anschrift zutreffend: Wicken's
Hunt. Ledig. Exzellente Kreditwürdigkeit. Keine Vorstrafen. In
ihrer gesamten Vorgeschichte war nirgends eine rote Alarm-
flagge zu entdecken. Nach einer halben Stunde hielt Riggs
ein gutes Stück ihrer Vergangenheit in der Hand. Computer
waren eine tolle Sache. Und dennoch…

Er sah wieder auf ihr Alter. Dreißig Jahre. Er dachte zu-
rück an die Villa und den riesigen Grundbesitz, hundertfünfzig Hektar bestes Land. Er wußte, daß der geforderte Kauf-
preis für Wicken's Hunt sechs Millionen Dollar betragen hatte.
Mit viel Glück hatte Catherine Savage das Anwesen für einen
Preis zwischen vier und fünf Millionen bekommen, doch die
Renovierungskosten dürften noch einmal locker eine sie-
benstellige Summe betragen haben. Jedenfalls, wenn die
Gerüchte stimmten. Woher, zum Teufel, hatte eine so junge
Frau so viel Geld? Sie war kein Filmstar, keine Rocksängerin,
keine Erbin eines bekannten Industriemagnaten. Der Name
Catherine Savage sagte ihm nichts.

Oder besaß Charlie das Geld? Die beiden waren nicht
verheiratet, soviel stand fest. Charlie hatte gesagt, er gehöre
zur Familie, aber irgend etwas stimmte da nicht.

Riggs lehnte sich zurück, zog eine Schreibtischschublade
auf, nahm zwei Aspirin heraus und schluckte sie, da sein
Hals wieder steif wurde. Möglich, daß die Frau ein Vermögen
von ihrer Familie geerbt hatte oder daß sie die schwerreiche
Witwe irgendeines alten Geldsacks war. Wenn er sich ihr Gesicht vor Augen rief … diese Erklärung lag nahe. Sehr viele
Männer würden diese Frau mit allem überschütten, was sie
besaßen.

Und was nun? Riggs schaute aus dem Fenster seines
Büros auf die herbstliche Schönheit der Bäume, die in leuch-
tenden Farben prangten. Alles lief gut für ihn: Er hatte seine
unglückliche Vergangenheit hinter sich gelassen. Er besaß
eine gutgehende Firma an einem Ort, den er liebte. Er führ-

te ein ruhiges, unauffälliges Leben und hatte die Aussicht, dieses Leben noch viele Jahre gesund und in Wohlstand genießen zu können. Und jetzt das!

Riggs hielt den Zettel mit dem Namen Catherine Savage in Augenhöhe. Obgleich er keinen triftigen Grund hatte, sich über diese Frau den Kopf zu zerbrechen, war seine Neugier angestachelt.

»Wer, zum Teufel, bist du, Catherine Savage?«

KAPITEL 25

»Na, bist du bald soweit, Schatz?« LuAnn steckte den Kopf ins Zimmer und blickte liebevoll auf den Rücken des Mädchens, das sich fertig ankleidete.

Lisa schaute ihre Mutter an. »So gut wie.«

Mit ihrem Gesicht und dem athletischen Körperbau, einem Abbild LuAnns, war Lisa Savage der einzige unveränderliche Orientierungspunkt im Leben ihrer Mutter.

LuAnn betrat das Zimmer, schloß die Tür und setzte sich aufs Bett. »Miss Sally sagt, daß du nicht viel gefrühstückt hast. Fühlst du dich nicht gut?«

»Ich schreib' heute eine Klassenarbeit. Ich bin wohl ein bißchen nervös.« Daß Lisas Aussprache unzählige Spuren verschiedener Dialekte und Akzente aufwies, war eines der Ergebnisse des Lebens auf der ganzen Welt. Es war eine anziehende Mischung. Allerdings hatten ein paar Wochen in Virginia bei Lisa bereits die ersten Ansätze eines leichten Südstaatenakzents hervorgebracht.

LuAnn lächelte. »Ich hätte eigentlich gedacht, daß du nach so vielen Einsen überhaupt nicht mehr nervös wirst.« Sie berührte die Schulter ihrer Tochter. In den zehn Jahren des ständigen Reisens hatte LuAnn all ihre Energie und viel Geld darauf verwendet, sich zu einer Persönlichkeit umzuformen, die sie stets hatte sein wollen – ein Mensch, der so weit wie möglich vom weißen Abschaum aus dem Süden entfernt war, der den Namen LuAnn Tyler trug.

Inzwischen war LuAnn eine gebildete Frau, die zwei

Fremdsprachen gelernt hatte und stolz darauf war, daß ihre Tochter sogar vier Sprachen beherrschte und sich in China ebenso zu Hause fühlte wie in London. In den letzten zehn Jahren hatte sie mehr erlebt, mehr von der Welt gesehen als die meisten Menschen in ihrem ganzen Leben. Wenn LuAnn daran dachte, wie der heutige Morgen verlaufen war, war das vielleicht gut so. Lief ihre Zeit ab?

Lisa zog sich fertig an und setzte sich mit dem Rücken zur Mutter. LuAnn nahm eine Bürste und frisierte ihre Tochter. Es war ein tägliches Ritual, das es beiden erlaubte, sich zu unterhalten und zu erfahren, was der andere dachte oder erlebt hatte.

»Ich kann nichts dagegen tun. Ich bin vor jeder Klassenarbeit nervös. Es ist nicht immer leicht.«

»Die meisten Dinge im Leben, die es wert sind, fliegen einem nicht zu. Aber du gibst dir Mühe, und vor allem darauf kommt es an. Du gibst dein Bestes. Mehr kann ich nicht von dir erwarten, ganz gleich, welche Noten du bekommst.« Sie flocht Lisas Haar zu einen Pferdeschwanz und band eine Schleife darum. »Aber bring mir ja keine Zwei nach Hause.« Beide lachten.

Als sie nach unten gingen, blickte Lisa die Mutter an. »Ich habe gesehen, wie du draußen mit einem Mann geredet hast. Du und Onkel Charlie.«

LuAnn bemühte sich, ihr Erschrecken zu verbergen. »Du warst schon wach? Es war ziemlich früh.«

»Ich hab' doch gesagt, daß ich wegen der Klassenarbeit nervös war.«

»Verstehe.«

»Wer war der Mann?«

»Er baut den Sicherheitszaun um unser Grundstück. Er hatte wegen der Baupläne ein paar Fragen. Deshalb war er hier.«

»Warum brauchen wir einen Sicherheitszaun?«

LuAnn nahm Lisas Hand. »Darüber haben wir doch schon gesprochen, Lisa. Uns geht es finanziell sehr, sehr gut. Das weißt du. Aber es gibt schlechte Menschen auf der Welt. Sie könnten versuchen, Geld von uns zu verlangen.«

»Du meinst, uns ausrauben?«

»Ja, oder etwas anderes.«

»Zum Beispiel?«

LuAnn blieb stehen, setzte sich auf die Treppenstufen und bedeutete Lisa, neben ihr Platz zu nehmen. »Erinnerst du dich, daß ich dir immer eingeschärft habe, vorsichtig zu sein und Fremden nicht zu trauen?« Lisa nickte. »Das habe ich deshalb zu dir gesagt, weil schlechte Menschen versuchen könnten, dich mir wegzunehmen.«

Lisa blickte sie furchtsam an.

»Ich will dir keine Angst machen, Schatz, aber ich möchte, daß du immer und überall gut aufpaßt, was um dich herum geschieht. Wenn du deinen Verstand gebrauchst und die Augen offenhältst, kann gar nichts geschehen. Onkel Charlie und ich werden nicht zulassen, daß dir etwas passiert. Das verspreche ich dir, okay?«

Lisa nickte. Dann stiegen Mutter und Tochter Hand in Hand die Treppe hinunter.

Charlie wartete in der Eingangshalle auf sie. »Aber hallo! Heute morgen sehen wir aber ganz besonders hübsch aus.«

»Ich schreibe eine Klassenarbeit.«

»Glaubst du, das weiß ich nicht? Ich habe doch gestern abend bis halb elf mit dir gebüffelt. Du schreibst eine Eins, das steht mal fest. Hol deinen Mantel. Ich warte vorn im Wagen auf dich.«

»Bringt Mom mich heute nicht zur Schule?«

Charlie warf LuAnn einen flüchtigen Blick zu. »Ich löse Mom heute ab. Außerdem können wir dann noch mal den Stoff durchgehen, stimmt's?«

Lisa strahlte. »Stimmt.«

Nachdem Lisa gegangen war, schaute Charlie LuAnn mit besorgter Miene an. »Ich werde in der Stadt einige Dinge überprüfen, sobald ich Lisa abgesetzt habe.«

»Meinst du, du findest diesen Kerl?«

Charlie zuckte mit den Schultern und knöpfte den Mantel zu. »Vielleicht ja, vielleicht nein. Die Stadt ist nicht groß, aber es gibt viele Verstecke. Einer der Gründe, warum wir sie ausgesucht haben, nicht wahr?«

LuAnn nickte. »Und was ist mit Riggs?«

»Den hebe ich mir für später auf. Wenn ich gleich bei ihm anklopfe, wird er vielleicht noch mißtrauischer, als er ohnehin schon ist. Ich ruf' dich vom Auto aus an, wenn ich etwas rausfinde.«

LuAnn beobachtete, wie die beiden in Charlies Range Rover stiegen und davonfuhren. Tief in Gedanken versunken zog sie eine dicke Jacke an und ging durchs Haus nach hinten. Dann vorbei am Swimmingpool, der olympiareife Ausmaße besaß und von einer mit Steinplatten gedeckten Terrasse und einer fast ein Meter hohen Mauer umgeben war.

Zu dieser Jahreszeit war der Pool trockengelegt und durch eine Metallabdeckung geschützt. Nächstes Jahr würden sie wohl den Tennisplatz anlegen. LuAnn hatte für beide Sportarten nicht viel übrig. In ihrer ärmlichen Kindheit hatte sie keine Gelegenheit gehabt, aus Spaß an der Freude einen gelben Ball über ein Netz zu schlagen oder in gechlortem Wasser zu schwimmen. Lisa jedoch war eine begeisterte Schwimmerin und Tennisspielerin. Kaum waren sie in Wicken's Hunt eingezogen, hatte das Mädchen sich sehnlichst einen Tennisplatz gewünscht. Eigentlich war es schön zu wissen, so lange an einem Ort zu bleiben, daß man tatsächlich so etwas planen konnte wie einen Tennisplatz weiter unten an der Straße.

Doch auch LuAnn hatte während ihrer Reisen die Vorliebe für eine Sportart entwickelt, und deshalb war ihr Ziel jetzt der Pferdestall, der knapp vierhundert Meter hinter der Villa stand und auf drei Seiten von dichtem Wald abgeschirmt war. Mit schnellen Schritten war sie dort. Sie hatte mehrere Leute fest angestellt, die sich um Garten und Stall kümmerten, aber sie fingen erst später mit der Arbeit an. LuAnn holte Sattel und Zaumzeug aus der Sattelkammer und machte gekonnt ihr Pferd reitfertig, das sie nach ihrer Mutter »Joy« genannt hatte. Dann nahm sie einen Stetson und Lederhandschuhe von der Wand und schwang sich in den Sattel.

Sie besaß Joy nun schon mehrere Jahre. Das Pferd war mit ihnen zusammen in etliche Länder gereist. Es war nicht einfach gewesen, aber machbar für jemanden, dessen Geldmittel unerschöpflich sind. LuAnn, Charlie und Lisa waren mit dem Flugzeug nach Amerika gekommen, Joy hatte die Überfahrt auf einem Schiff gemacht.

Einer der Gründe, warum LuAnn und Charlie sich für dieses Anwesen entschieden hatten, waren die unzähligen Reitwege, von denen einige wohl noch aus der Zeit Thomas Jeffersons stammten.

LuAnn trabte los, und bald war die Villa nicht mehr zu sehen. Der Atem begleitete Roß und Reiterin in weißen Doppelwolken, als sie einen Abhang und dann um eine Kurve trabten. Dichter Wald stand auf beiden Seiten des Pfades. Die morgendliche Kühle half LuAnn, einen klaren Kopf zu bekommen und über alles nachzudenken.

Sie hatte den Mann im Honda nicht erkannt; sie hatte es allerdings auch nicht erwartet. Gegen alle Instinkte hatte LuAnn immer damit gerechnet, daß die Entdeckung von unbekannter Seite her erfolgen würde. Der Mann hatte ihren richtigen Namen gekannt. Sie hatte keine Ahnung, ob er ihn erst kürzlich erfahren hatte oder schon vor langer Zeit.

Oft hatte sie daran gedacht, nach Georgia zurückzugehen und die Wahrheit zu sagen, reinen Tisch zu machen und zu versuchen, alles hinter sich zu bringen. Doch diese Gedanken waren niemals so weit gereift, daß ihnen Taten gefolgt waren. Die Gründe dafür lagen auf der Hand. Obgleich LuAnn den Kerl im Wohnwagen aus Notwehr getötet hatte, mußte sie ständig an die Worte des Mannes denken, der sich Rainbow genannt hatte. Sie hatte sich damals aus dem Staub gemacht, und deshalb würde die Polizei das Schlimmste annehmen. Hinzu kam, daß sie jetzt unermeßlich reich war – wer würde da noch Mitleid mit ihr haben? Kaum jemand. Am allerwenigsten die Leute in ihrer Heimatstadt. Es gab viele Shirley Watsons auf der Welt.

Und noch etwas kam hinzu. Sie, LuAnn, hatte etwas getan, das sie niemals hätte tun dürfen. Das Pferd, das sie ritt, die Kleider, die sie trug, das Haus, in dem sie lebte, die Bildung und Weltgewandheit, die sie und auch Lisa sich im Laufe der Jahre angeeignet hatten – das alles war im Grunde mit gestohlenen Dollars gekauft und erworben worden. Zumindest was die Steuerbehörde betraf, war LuAnn eine der größten Gaunerinnen der Geschichte. Falls nötig, würde sie einen Prozeß wegen dieser Sache durchstehen – aber dann erschien Lisas Gesicht vor ihrem geistigen Auge. Beinahe gleichzeitig drangen wie durch einen Filter die Worte Benny Tylers auf sie ein, die sie damals auf dem Friedhof zu hören geglaubt hatte.

Tu es für Big Daddy. Wann habe ich dich je angelogen, meine Süße? Daddy liebt dich.

Sie zügelte Joy, blieb stehen und barg den Kopf in den Händen, als eine schmerzliche Vision in ihren Verstand drang.

Lisa, meine Süße, dein ganzes Leben ist eine Lüge. Du bist in einem Wohnwagen im Wald geboren, weil ich es mir nicht leisten konnte, dich irgendwo anders zu bekommen. Dein Vater war ein totaler Versager, der wegen einer Drogengeschichte ermordet wurde. Ich habe dich unter die Theke der Fernfahrerkneipe Number One in Rikersville, Georgia, gestellt, während ich an den Tischen bedient habe. Ich habe einen Mann getötet und bin vor der Polizei davongelaufen. Mom hat das ganze Geld gestohlen – mehr Geld, als du dir vorstellen kannst. Alles, was du und ich haben, alles, was wir sind, haben wir mit diesem gestohlenen Geld gekauft.

Wann hat Mom dich je belogen, meine Süße? Mom liebt dich.

Langsam stieg LuAnn vom Pferd und ließ sich auf einen großen Stein niedersinken, der aus dem Boden ragte. Es dauerte einige Zeit, bis sie sich wieder in der Gewalt hatte. Ihr Kopf pendelte langsam hin und her, als wäre sie betrunken.

Schließlich stand sie auf, nahm eine Handvoll kleiner Steine und warf sie mit schnellen, anmutigen Bewegungen aus dem Handgelenk über die glatte Oberfläche eines kleinen Teichs. Jedes Steinchen flog weiter als das letzte. Sie konnte jetzt nie mehr zurück. Es gab keinen Ort, an den sie hätte zurückgehen können. Sie hatte sich ein neues Leben verschafft, doch um welchen Preis! Ihre Vergangenheit war reine Erfindung, ihre Gegenwart eine Lüge und ihre Zukunft ungewiß. Und jeden Tag war da die Angst, daß die fadenscheinige Fassade zusammenbrechen könnte, die ihre wahre Identität kaschierte; jeden Tag waren da die schrecklichen Schuldgefühle des Verbrechens wegen, das sie begangen hatte. Wenn sie überhaupt noch für irgend etwas lebte, dann nur, um dafür zu sorgen, daß Lisas Leben auf keine Weise durch die Taten ihrer Mutter in der Vergangenheit – und der Zukunft – Schaden nahm. Was immer auch geschehen mochte, ihr kleines Mädchen würde nicht durch ihre Schuld leiden.

LuAnn stieg wieder in den Sattel, trieb Joy zum Galopp und zügelte die Stute nach einer Weile, bis sie im Schritt ging, da die Zweige tief herabhingen. Sie lenkte Joy an den Rand des Pfades und beobachtete die dahinhuschenden Gischtwirbel des Baches, der Hochwasser führte und auf einem Zickzackweg ihr Anwesen durchschnitt. In letzter Zeit hatte es heftig geregnet, und der frühe Schneefall in den Bergen hatte den sonst so ruhigen Bach in ein reißendes, gefährliches Gewässer verwandelt. LuAnn lenkte Joy vom Ufer weg und ritt weiter.

Vor zehn Jahren, als sie, Charlie und Lisa in London gelandet waren, hatten sie sofort ein Flugzeug nach Schweden genommen. Jackson hatte ihnen einen detaillierten Marschbefehl für die ersten zwölf Monate gegeben, und sie hatten es nicht gewagt, davon abzuweichen. Die nächsten sechs Monate waren sie wie ein Wirbelwind kreuz und quer durch Westeuropa gereist. Danach folgten mehrere Jahre in Holland; dann ging es wieder zurück nach Skandinavien, wo eine große, blonde Frau nicht so fehl am Platz wirkte. Sie hatten auch einige Zeit in Monaco und den Mittelmeerländern verbracht. Die letzten beiden Jahre waren sie in Neuseeland gewesen und hatten die ruhige, zivilisierte, beinahe ein wenig altmodische Lebensart genossen. Lisa beherrschte zwar mehrere Fremdsprachen, doch Englisch war stets ihre Hauptsprache gewesen. Darauf hatte LuAnn bestanden. Sie war Amerikanerin, auch wenn sie sehr viel Zeit im Ausland verbracht hatte.

Es war ein ausgesprochener Glücksfall gewesen, daß Charlie ein so erfahrener Globetrotter war. Zu einem großen Teil war es sein Verdienst gewesen, daß sie etliche Male einer möglichen Katastrophe entronnen waren. Von Jackson hatten sie zwar nichts gehört, sie waren jedoch davon ausgegangen, daß er wußte, daß Charlie bei LuAnn und Lisa war. Gott sei Dank war er bei ihnen! LuAnn wußte nicht, was sie getan hätte, wäre Charlie damals nicht zu ihr ins Flugzeug gestiegen.

Und noch immer kam sie ohne Charlie nicht zurecht. Doch er wurde nicht jünger. LuAnn überlief es eiskalt bei der Vorstellung, ohne diesen Mann leben zu müssen. Dann wäre sie des einzigen Menschen beraubt, der ihr Geheimnis teilte, der sie und Lisa liebte. Charlie würde alles für sie beide tun. Doch er wurde alt, und wenn er starb und diese Leere sich auftat ... LuAnn holte tief Luft.

Ihre neuen Identitäten waren im Laufe der Jahre gleichsam zementiert worden, da LuAnn sich größte Mühe gegeben hatte, die Geschichte als wahr darzustellen, die Jackson für sie und ihre Tochter zusammengestrickt hatte. Dabei hatte Lisa sich als das größte Problem erwiesen. Das Mädchen glaubte, ihr Vater wäre ein superreicher europäischer Finanzmagnat gewesen, der gestorben war, als sie noch ein kleines Mädchen gewesen war, und der außer Frau und Tochter keine Familie mehr gehabt hatte. Obwohl sie Lisa nie vollends erklärt hatte, welche Rolle Charlie spielte, war es für das Mädchen selbstverständlich, daß er zur Familie zählte und ganz natürlich zum »Onkel« wurde.

Es gab keine Fotos von Mr. Savage. LuAnn hatte Lisa erklärt, ihr Vater wäre sehr zurückgezogen und ein bißchen exzentrisch gewesen und hätte nicht einmal Fotos von sich erlaubt. LuAnn und Charlie hatten lange darüber diskutiert, ob sie für Lisa gleichsam einen Vater »erschaffen« sollten, mit Fotos und allem Drum und Dran, doch letztendlich war es ihnen zu gefährlich erschienen. Eine Wand, in die Löcher gestanzt waren, stürzte irgendwann ein. Und deshalb glaubte Lisa, ihre Mutter wäre die sehr junge Witwe eines schwerreichen Mannes, dessen Vermögen sie zu einer der wohlhabendsten Frauen der Welt gemacht hatte – und zu einer der großzügigsten.

LuAnn hatte Beth, ihrer ehemaligen Kollegin, soviel Geld geschickt, daß sie ihre eigene Restaurantkette eröffnen konnte. Johnny Jarvis aus dem Einkaufszentrum hatte genug bekommen, um an den besten Universitäten des Landes ein Studium zu absolvieren. Duanes Eltern ermöglichte LuAnns Geld ein sorgenfreies Rentnerdasein. LuAnn hatte sogar Shirley Watson Geld geschickt – eine Reaktion des schlechten Gewissens, denn sie war schuld daran, daß Shirley am einzigen Ort auf der Welt, an dem sie mit ihrem Mangel an Mut und Ehrgeiz leben konnte, nun für immer einen schlechten Ruf besaß. Und das Grab von LuAnns Mutter zierte jetzt ein weitaus prächtigeres Monument.

LuAnn war sicher, daß die Polizei alles versucht hatte, sie aufgrund dieser Großzügigkeiten aufzuspüren, doch ohne Erfolg. Jackson hatte das Geld gut versteckt; es hatte nicht den geringsten Anhaltspunkt gegeben, dem die Polizei hätte nachgehen können.

Darüber hinaus hatte LuAnn die Hälfte ihres jährlichen Einkommens anonym verschiedenen Wohltätigkeitseinrichtungen gespendet und anderen guten Zwecken zukommen lassen. LuAnn und Charlie hatten im Laufe der Jahre viele Organisationen kennengelernt, die das Spendengeld sinnvoll verwendeten, und sie hielten stets nach weiteren Ausschau, die das Geld aus der Lotterie *wirklich* verdienten. LuAnn war fest entschlossen, mit dem Geld soviel Gutes wie möglich zu tun, um – zumindest teilweise – Wiedergutmachung für ihren Lotteriebetrug zu leisten.

Doch trotz allem kam das Geld schneller herein, als sie es ausgeben konnten. Jacksons Investitionen hatten mehr Gewinn gebracht, als selbst er vorausgesehen hatte; die erwartete jährliche Rendite von fünfundzwanzig Millionen Dollar hatte sich im Schnitt auf fast vierzig Millionen pro Jahr belaufen. Alles Geld, das LuAnn nicht ausgab, war von Jackson reinvestiert worden, und der Überschuß hatte derart immense Gewinne erbracht, daß LuAnn inzwischen unter ihrem eigenen Namen etwa eine halbe Milliarde Dollar zur Verfügung stand. Beim Gedanken an diese atemberaubende Summe schüttelte sie den Kopf. Und gemäß ihrem Vertrag würde Jackson ihr auch das ursprüngliche Lotteriepreisgeld zurückgeben – hundert Millionen Dollar –; denn die zehn Jahre waren um. Doch LuAnn interessierte dieses Geld nicht. Was sie betraf, konnte Jackson es behalten. Sie brauchte es nun wirklich nicht. Aber er *würde* es ihr zurückgeben. Eines mußte man Jackson lassen: Er hielt seine Versprechen.

In all den Jahren war jedes Quartal eine detaillierte Aufstellung der finanziellen Transaktionen eingetroffen – ganz gleich, wo auf der Welt LuAnn, Lisa und Charlie sich gerade aufhielten. Da aber nur die Papiere kamen und niemals Jackson selbst, hatte LuAnns Angst vor diesem Mann sich nach und nach gelegt. Stets war den Unterlagen ein Begleitbrief einer Investmentfirma mit Anschrift in der Schweiz beigefügt gewesen.

LuAnn hatte keine Ahnung, welche Verbindung zwischen Jackson und dieser Firma bestand. Es war ihr auch egal – so egal, daß sie keine Lust hatte, der Sache nachzugehen. Sie hatte genug von Jackson gesehen, um Respekt vor ihm zu haben: seiner Cleverneß, seiner Geschäftstüchtigkeit, seiner Unberechenbarkeit und – was noch viel beängstigender war – seiner völligen Skrupellosigkeit. LuAnn erinnerte sich auch daran, daß Jackson bereit gewesen war, sie töten zu lassen, hätte sie sein Angebot zurückgewiesen. Dieser Mann hatte etwas Unnatürliches an sich. Die Kräfte, über die er verfügte, schienen nicht von dieser Welt zu sein.

LuAnn zügelte ihr Pferd an einer großen Eiche. Von einem Ast baumelte ein dickes Seil, in das Knoten geflochten waren. LuAnn packte das Seil und hob sich aus dem Sattel. Joy war dieses Ritual gewohnt und wartete geduldig. LuAnns Arme arbeiteten wie gut geölte Kolben. Blitzschnell kletterte sie bis zum anderen Ende des Seils, das um einen dicken Ast gewunden war, fast zehn Meter über dem Erdboden, und hangelte sich hinunter. Sie wiederholte diese Übung noch zweimal.

In der Villa hatte sie einen vollständig ausgestatteten Kraftraum, in dem sie gewissenhaft trainierte. Nicht aus Eitelkeit. Es ging ihr nicht um ihr Aussehen. Sie war von Natur aus kräftig. Ihre körperliche Stärke hatte ihr durch viele Krisen geholfen und war eine der wenigen Konstanten in ihrem Leben, und LuAnn wollte diese Kraft nicht verlieren.

Als Kind war sie in Georgia oft auf Bäume geklettert, war meilenweit gerannt, war über Bodenspalten gesprungen und Hügelhänge hinaufgestiegen. Nicht mit dem Gedanken an sportliche Übung; so etwas war ihr völlig fremd gewesen. Es hatte ihr einfach Spaß gemacht. Und so war es noch heute. Deshalb hatte LuAnn zusätzlich zum Kraftraum diese natürlichen Trainingsmöglichkeiten auf ihrem großen Besitz angelegt. Sie hangelte sich noch einmal am Seil in die Höhe. Die

Muskelstränge an ihren Armen und am Rücken waren hart wie Stahl.

Schließlich setzte sie sich schwer atmend wieder in den Sattel und trabte zurück zum Stall. Nach dem herrlichen Ritt durchs Gelände und den anstrengenden Kletterübungen am Seil war ihr leichter ums Herz, und ihre Stimmung hatte sich merklich aufgehellt.

In der großen Scheune neben dem Pferdestall spaltete einer der Arbeiter mit einem Vorschlaghammer und einem Keil Holz. Er war ein stämmiger Mann Anfang Dreißig. LuAnn warf ihm durch die offene Tür im Vorbeireiten einen flüchtigen Blick zu. Dann nahm sie Joy rasch Sattel und Zaumzeug ab, führte die Stute in den Stall und ging zur Scheune. Der Mann nickte ihr kurz zu und arbeitete weiter. Er wußte, daß sie in der Villa wohnte, aber mehr auch nicht.

LuAnn beobachtete ihn eine Zeitlang. Dann zog sie die Jacke aus, nahm einen zweiten Vorschlaghammer von der Wand, wog einen Keil in der Hand, um das Gewicht zu prüfen, und stellte einen Holzklotz auf den Hackstock. Sie drückte den Keil in die rauhe Borke, trat zurück und schwang den Hammer. Der Keil drang tief ins Holz, doch der Klotz wurde nicht vollends gespalten. Wieder schlug sie zu, und noch einmal, traf genau auf den Punkt. Der Holzklotz brach entzwei. Verblüfft schaute der Mann zu ihr hinüber. Dann zuckte er mit den Schultern und arbeitete weiter.

Beide schwangen die Hämmer, keine drei Meter voneinander entfernt. Der Mann spaltete die Klötze mit einem Schlag, LuAnn dagegen brauchte stets zwei, manchmal drei Schläge. Der Mann lächelte sie an. Schweiß stand ihm auf der Stirn. LuAnn beachtete ihn nicht, schlug weiter zu. Ihre Arme und Schultern arbeiteten so präzise zusammen, daß sie es binnen fünf Minuten schaffte, jeden Klotz mit einem Schlag zu spalten, und ehe der Mann es recht bemerkte, war sie schneller als er.

Der Mann verstärkte seine Bemühungen. Schweiß lief

ihm übers Gesicht. Sein Grinsen war verschwunden, und er atmete keuchend vor Anstrengung. Zwanzig Minuten später war es der Mann, der zwei, drei Schläge brauchte, um einen Klotz zu spalten. Seine kräftigen Arme und Schultern ermüdeten immer rascher. Seine Brust hob und senkte sich schwer, die Knie wurden ihm weich. Mit wachsender Verwunderung sah er, wie LuAnn in gleichmäßigem Tempo weiterarbeitete. Ihre Schläge trafen den Keil immer noch mit gleicher Wucht, wenn nicht sogar kräftiger als zuvor. Der Klang von Metall auf Metall hallte lauter und lauter.

Schließlich ließ der Mann den Vorschlaghammer sinken und lehnte sich schwer atmend an die Wand. Seine Arme waren wie gelähmt. Das Hemd war trotz des kalten Wetters schweißgetränkt.

LuAnn hatte den Haufen Holzklötze inzwischen gespalten und nur ganz selten danebengeschlagen. Dann nahm sie sich auch noch den Rest der Klötze vor, die der erschöpfte Mann nicht mehr geschafft hatte. Nach getaner Arbeit wischte sie sich über die Stirn und hängte den Hammer wieder auf den Haken an der Wand. Erst dann blickte sie zu dem schwer atmenden Mann hinüber und schüttelte die Arme aus.

»Sie haben viel Kraft«, sagte LuAnn, zog die Jacke über und blickte dabei auf den großen Haufen Holzscheite, die der Mann gespalten hatte.

Verdutzt schaute er sie an. Dann lachte er auf. »Das dachte ich auch, ehe Sie gekommen sind. Jetzt hab' ich das Gefühl, ich sollte vielleicht lieber in der Küche arbeiten.«

LuAnn lächelte und klopfte ihm auf die Schulter. Damals, in Georgia, hatte sie fast jeden Tag Holz gehackt, vom ersten Schultag an, bis sie sechzehn geworden war. Aber damals war es nicht um körperliche Ertüchtigung gegangen, so wie jetzt. Damals hatte sie Holz gehackt, um nicht zu frieren. »Machen Sie sich nichts daraus. Ich hatte sehr viel Übung.«

Als sie zurück zur Villa ging, ließ sie sich ein paar Minuten Zeit, um die Rückseite des Herrenhauses zu bewundern. Kauf und Renovierung der alten Villa war LuAnns bei weitem größte Extravaganz gewesen. Sie hatte das Anwesen aus zwei Gründen gekauft. Zum einen war sie das ständige Umherreisen leid und wollte sich irgendwo niederlassen. Sie wäre allerdings auch mit einem weniger großartigen Heim zufrieden gewesen. Zum anderen – und das war viel wichtiger – hatte sie es für Lisa getan, wie die meisten Dinge während der letzten Jahre. Sie wollte ihrer Tochter ein richtiges Heim geben, ein Gefühl der Beständigkeit, einen Ort, an dem sie aufwachsen, heiraten und eigene Kinder haben konnte.

In den vergangenen zehn Jahren hatten sie in Hotels, gemieteten Villen und Chalets gewohnt, wobei LuAnn sich keineswegs über ein solches Luxusleben beschwerte, doch ein richtiges Zuhause hatten sie nirgends gehabt. Der winzige Wohnwagen mitten im Wald, in dem sie damals mit Duane gehaust hatte, besaß für LuAnn viel tiefere Wurzeln als die großartigste Nobelherberge in Europa.

Und nun besaßen sie diese Villa. LuAnn lächelte. Sie sah wunderschön aus und war riesengroß – und sicher. Als LuAnn an das letzte Wort dachte, zog sie die Jacke straffer um den Körper. Eine eiskalte Bö pfiff plötzlich vom Wald her.

Sicher? Als sie gestern abend ins Bett gingen, waren sie sicher gewesen – soweit jemand, der ein Leben wie sie führte, überhaupt sicher sein konnte. Das Gesicht des Mannes aus dem Honda tauchte unvermittelt vor ihr auf. LuAnn schloß ganz fest die Augen, bis das Bild verschwunden war. Ein anderes nahm seinen Platz ein. Der Mann blickte sie mit wechselnden Gefühlen an. Matthew Riggs hatte sein Leben für sie aufs Spiel gesetzt, und als Dank hatte sie ihn der Lüge bezichtigt – und hatte ihn mit dieser Reaktion nur noch mißtrauischer gemacht. LuAnn überlegte einen Moment; dann ging sie ins Haus.

Charlies Arbeitszimmer hätte direkt aus einem Londoner

Männerclub stammen können. Eine prachtvolle Bar aus poliertem Walnußholz nahm eine Ecke des Raumes ein. Auf dem handgezimmerten Mahagonischreibtisch lagen ordentlich gestapelt Korrespondenz, Rechnungen und andere Papiere. LuAnn blätterte rasch seine Kartei durch, bis sie die Adresse fand, die sie gesucht hatte. Sie nahm die Karte heraus. Dann holte sie den Schlüssel, den Charlie ganz oben im Regal liegen hatte, und öffnete damit eine Schublade seines Schreibtisches. Sie zog den 38er Revolver heraus, lud ihn und nahm die Waffe mit nach oben. Das Gewicht des handlichen Revolvers gab ihr wieder ein bißchen Selbstvertrauen zurück. Sie duschte, zog einen schwarzen Rock und einen Pullover an, streifte einen langen Mantel darüber und ging zur Garage. Als sie die Privatstraße entlangfuhr, hielt sie die Waffe fest in der Hand und blickte ängstlich umher, da der Honda irgendwo lauern konnte.

Als sie die Hauptstraße erreichte, ohne daß ein anderer Wagen aufgetaucht war, stieß sie einen Seufzer der Erleichterung aus. Sie warf einen Blick auf die Adresse und die Telefonnummer auf der Visitenkarte und überlegte, ob sie vorher anrufen sollte. Ihre Hand schwebte zögernd über dem Autotelefon. Dann beschloß sie, einen Besuch ohne Voranmeldung zu riskieren. Vielleicht war es am besten, wenn er nicht zu Hause war.

LuAnn wußte nicht, ob es ihr helfen oder schaden würde, was sie nun beabsichtigte. Doch da sie es immer schon vorgezogen hatte, zu handeln statt untätig zu warten, tat sie es jetzt auch. Außerdem war es ihre Angelegenheit und ging niemanden etwas an. Irgendwann mußte sie sich mit der Sache befassen.

Irgendwann mußte sie sich mit allem befassen.

KAPITEL 26

Jackson war soeben von einer ausgedehnten Inlandreise zurückgekehrt und entledigte sich im Make-up-Zimmer seiner
letzten Verkleidungen, als das Telefon läutete. Es war nicht
sein Privattelefon, sondern die Geschäftsleitung, eine Kom-
munikationsverbindung, die nicht zurückverfolgt werden
konnte. Der Apparat klingelte sehr selten. Jackson selbst
benützte diesen Anschluß während des Tages häufig, um
genaue Anweisungen an seine Mitarbeiter in aller Welt wei-
terzugeben, doch angerufen wurde er auf dieser Leitung nur
sehr selten. Und genauso wollte er es. Er hatte zahllose andere Möglichkeiten, sich zu vergewissern, daß seine Anweisungen ausgeführt wurden. Er nahm den Hörer ab.

»Ja?«

»Ich glaube, wir haben ein Problem. Aber möglicherweise
ist es blinder Alarm«, sagte die Stimme.

»Ich höre.« Jackson setzte sich und hob mit einer Schnur
die Plastikmasse von der Nase. Dann entfernte er die Latex-
fetzen, die noch auf der Gesichtshaut klebten, indem er sie
behutsam vom Rand her abzog.

»Wie Sie wissen, haben wir vor zwei Tagen die Rendite
des letzten Quartals telegraphisch auf Catherine Savages
Konto überwiesen. Auf die Banque Internacional auf den
Kaimans. Wie immer.«

»Und? Hat sie sich über die Höhe der Summe beschwert?«
fragte Jackson sarkastisch. Er zog kräftig am hinteren Rand
der schneeweißen Perücke und nahm sie ab. Als nächstes

entfernte er die enge Latexkappe, und sein eigenes Haar richtete sich auf.

»Nein, aber ich habe von der Devisenabteilung der Bank einen Anruf erhalten. Sie wollten eine Bestätigung.«

»Wie bitte?« Jackson säuberte sein Gesicht, während er zuhörte. Seine Augen hafteten am Spiegel, als er Schicht um Schicht seiner Tarnung abtrug.

»Sie haben die gesamte Summe des Savage-Kontos auf die Citibank New York überwiesen und wollen nun wissen, ob das in Ordnung geht.«

New York. Während Jackson diese verblüffende Neuigkeit verdaute, machte er den Mund weit auf und zog die Zahnkronen aus Acryl ab. Sofort waren die schwarzen, schiefen Zähne weiß und gerade. Seine dunklen Augen funkelten bedrohlich, und er unterbrach seine Arbeit. »Warum ruft die Bank Sie wegen des Savage-Kontos an?«

»Ich weiß, das hätten sie nicht tun dürfen. Das war bisher auch noch nie der Fall. Ich glaube, der Mann in der Devisenabteilung ist ein neuer Mitarbeiter. Wahrscheinlich hat er meinen Namen und meine Adresse auf irgendwelchen Papieren gelesen und ist davon ausgegangen, ich sei der Empfänger des Geldes und nicht derjenige, der es überweist.«

»Was haben Sie denen gesagt? Ich hoffe, Sie haben keinen Verdacht erregt.«

»Nein, keineswegs«, erwiderte die Stimme hastig und nervös. »Ich habe dem Mann nur gedankt und ihm versichert, alles sei völlig korrekt. Ich hoffe, das war in Ihrem Sinne. Aber selbstverständlich wollte ich Sie sofort davon in Kenntnis setzen. Es kam mir seltsam vor.«

»Danke.«

»Möchten Sie, daß ich der Sache nachgehe?«

»Ich kümmere mich selbst darum.« Jackson legte auf. Er spielte gedankenverloren mit der Perücke. Nichts von LuAnns Geld sollte jemals in den Vereinigten Staaten landen. Geld in den USA konnte man zurückverfolgen. Die Banken legten das Formblatt 1099 und andere Dokumente, aus denen Einkommen und Kontobewegungen hervorgingen, der Steuerbehörde vor. Auch die Sozialversicherungsnummern wurden weitergereicht und als Teil der offiziellen Akte aufbewahrt. Es war gesetzlich vorgeschrieben, der Finanzbehörde Angaben über den Steuerzahler zu machen. Doch im Fall LuAnn Tyler durfte nichts von alledem geschehen. LuAnn Tyler war auf der Flucht. Und Menschen auf der Flucht vor dem Gesetz kehrten nicht in ihr Heimatland zurück und zahlten plötzlich brav ihre Steuern, auch nicht unter falschem Namen.

Jackson wählte eine Nummer.

»Ja, Sir?« fragte die Stimme.

»Der Name des Steuerzahlers lautet Catherine Savage«, sagte Jackson und nannte überdies die Sozialversicherungsnummer und weitere relevante Informationen. »Finden Sie sofort heraus, ob Savage eine US-Einkommensteuererklärung oder sonstige Unterlagen bei der Finanzbehörde eingereicht hat. Benutzen Sie alle Quellen, die Ihnen zur Verfügung stehen. Ich brauche diese Information binnen einer Stunde.«

Er legte auf. Die nächsten fünfundvierzig Minuten ging er mit dem tragbaren Telefon durch die Wohnung, dachte nach, wartete auf den Rückruf.

Dann klingelte das Telefon erneut.

Die Stimme klang kühl. »Catherine Savage hat letztes Jahr eine Einkommensteuererklärung eingereicht. In der kurzen Zeit, die mir zur Verfügung stand, konnte ich nicht alle Einzelheiten ermitteln, doch nach Aussagen meiner Quelle soll ihr Einkommen immens hoch gewesen sein. Außerdem hat sie bei der Steuerbehörde eine Anschriftenänderung genannt.«

»Geben Sie mir die neue Anschrift.« Jackson notierte die Adresse in Charlottesville, Virginia, auf einem Zettel und steckte ihn ein.

»Da wäre noch etwas«, sagte die Stimme. »Meine Quelle ist auf eine Anfrage neueren Datums bezüglich des Steuerkontos Catherine Savage gestoßen.«

»Kam die Anfrage von ihr selbst?«

»Nein. Das Formblatt 2848 wurde benutzt. Die Vollmacht, den Steuerzahler in praktisch allen Belangen zu vertreten, die mit steuerlichen Dingen zu tun haben.«

»Und wer hatte diese Vollmacht?«

»Ein Mann namens Thomas Jones. Nach Aktenlage hat er bereits Informationen über Savages Konto erhalten, darunter auch die Anschriftenänderung und die Einkommensteuererklärung vom letzten Jahr. Es ist mir gelungen, eine Kopie des Formblatts 2848 zu beschaffen, das dieser Jones ausgefüllt hat. Ich kann es Ihnen sofort faxen.«

»Tun Sie das.«

Jackson legte auf. Eine Minute später hielt er das Fax in der Hand. Er betrachtete Catherine Savages Unterschrift auf dem Formular. Dann holte er die Originale der Dokumente heraus, die LuAnn vor zehn Jahren unterschrieben hatte, bei ihrem Abkommen mit Jackson bezüglich ihres Lotteriegewinns. Die Unterschriften ähnelten sich nicht einmal annähernd. Logischerweise hatte sich bei der Steuerbehörde, diesem schwerfälligen Bürokratenverein, niemand die Zeit genommen, die Unterschriften zu prüfen. Eine Fälschung. Wer immer dieser ›Bevollmächtigte‹ war, er hatte das Dokument ohne Wissen LuAnns eingereicht.

Jackson betrachtete die Adresse und Telefonnummer, die dieser Tom Jones als die seine angegeben hatte. Er versuchte, den Mann telefonisch zu erreichen. Kein Anschluß unter dieser Nummer. Und die Adresse war ein Postfach. Jackson war sicher, daß es auch dieses Postfach nicht mehr gab. Mr. Tom Jones hatte Zugang zu Catherine Savages Steuerunterlagen, und er kannte ihre neue Anschrift. Und Mr. Jones' Hintergrund war erstunken und erlogen.

Obwohl diese verblüffende Tatsache durchaus beunruhigend war, ärgerte Jackson sich nicht allzu sehr darüber. Er setzte sich und starrte an die Wand, während seine Gedanken sich in immer größeren Kreisen bewegten. LuAnn war in die Vereinigten Staaten zurückgekehrt, trotz seines ausdrücklichen Verbots. Sie hatte ihm nicht gehorcht. Das war schlimm. Sehr schlimm. Doch das Problem wurde noch dadurch verschärft, daß jemand anderer jetzt an LuAnn interessiert war. Aus welchem Grund? Wo befand sich dieser Mr. Jones zur Zeit? Wahrscheinlich an demselben Ort, den Jackson nun aufzusuchen gedachte: Charlottesville, Virginia.

Die Lichter der beiden Züge wurden deutlicher, heller. Die Möglichkeit der Kollision mit LuAnn Tyler näherte sich mehr und mehr der Realität. Jackson ging zurück ins Make-up-Zimmer. Es war Zeit, eine neue Persönlichkeit zu erschaffen.

KAPITEL 27

Nachdem Charlie Lisa zur St. Anne's School gefahren und sie bis zum Klassenzimmer gebracht hatte, wie es seiner und LuAnns Gewohnheit entsprach, war er mit dem Range Rover vom Parkplatz gerollt. Nun fuhr er in Richtung Stadt.

Während LuAnn in den letzten Monaten wie eine Einsiedlerin in ihrer Bergfeste geblieben war, hatte Charlie sich um alles gekümmert. Er hatte sich mit den Honoratioren der Stadt getroffen und die Runde bei Wohlfahrtsorganisationen, Geschäftsleuten und Universitätsangehörigen gemacht. LuAnn und er waren zu der Erkenntnis gelangt, daß sie ihre Anwesenheit und ihren Reichtum in dieser kleinen, wenn auch kosmopolitischen Stadt nicht geheimhalten konnten – im Gegenteil: Jeder dahingehende Versuch würde Verdacht erregen. Deshalb war es nun Charlies Aufgabe, bei den führenden Leuten der Stadt gewissermaßen die Vorarbeiten für LuAnns Auftritt auf der gesellschaftlichen Bühne zu leisten. Ihre Auftritte in der Öffentlichkeit würden sehr beschränkt sein. Aber es konnte wohl jeder verstehen, daß eine der reichsten Frauen der Welt auf eine geschützte Privatsphäre Wert legte.

Da es viele Organisationen gab, die nur darauf warteten, von LuAnn Spenden zu erhalten, rechnete Charlie mit einem Maximum an Zusammenarbeit und Verständnis, sofern an den richtigen Stellen die Gelder flossen. Die Spendenleitung war bereits geöffnet: LuAnn hatte mehreren örtlichen Wohlfahrtsorganisationen schon mehr als hunderttausend Dollar zukommen lassen.

Während Charlie die Straße entlangfuhr, schüttelte er müde den Kopf. All diese Pläne, Strategien und Gott-weiß-was! Superreich zu sein war wie ein Geschwür am Arsch. Manchmal sehnte Charlie sich nach den alten Zeiten. Ein paar Scheine in der Tasche, ein Bier in der Kneipe um die Ecke, rauchen, wann er wollte, die unvermeidliche Drängelei in der U-Bahn...

Er lächelte wehmütig. LuAnn hatte ihn vor acht Jahren dazu gebracht, das Rauchen aufzugeben, und er wußte, daß dies sein Leben beträchtlich verlängerte. Nur dann und wann erlaubte sie ihm eine Zigarre. Schließlich wollte sie ihn nicht zu Tode bemuttern.

Charlies frühere Ausflüge in die Gesellschaft von Charlottesville hatten die beinahe freundschaftliche Verbindung zu einem Mann in überaus nützlicher Position erbracht. Diesen Mann wollte Charlie jetzt nach Informationen anzapfen, mit deren Hilfe er und LuAnn ihren Verfolger ausfindig machen und jede ernsthafte Schwierigkeit, falls möglich, entschärfen konnten. Wenn der Mann Geld wollte – kein Problem. Geld spielte keine Rolle. LuAnn besaß genug, um ein ganzes Heer der unverschämtesten Erpresser abzuspeisen. Was aber, wenn es gar nicht um Geld ging?

Charlie hatte keine Ahnung, was der Mann im Honda wußte und was nicht. Da lag das Problem. Der Kerl hatte LuAnns richtigen Namen genannt. Wußte er auch über die Morde im Wohnwagen und über LuAnns Beziehung zu Duane Harvey Bescheid? Und über die Fahndung nach LuAnn vor zehn Jahren? Wie hatte der Bursche sie nach all den Jahren überhaupt aufgestöbert? Und was noch bedenklicher war: Wußte der Mann von der Manipulation der Lotterie? LuAnn hatte Charlie alles über den Kerl erzählt, der sich Rainbow genannt hatte. Vielleicht war dieser Rainbow ihr auf die Schliche gekommen. Er war ihr damals gefolgt; er hatte gesehen, wie sie das Los gekauft, sofort nach New York gefahren war und ein Vermögen gewonnen hatte. Hatte der

Mann gewußt, daß die Ziehung ein Schwindel war? Und hatte er jemandem davon erzählt? LuAnn war nicht sicher gewesen.

Und was war mit Rainbow geschehen? Charlie leckte sich nervös die Lippen. Er hatte Jackson nie persönlich kennengelernt, ihn niemals zu Gesicht bekommen. Aber als er noch für den Mann arbeitete, hatte Charlie oft mit ihm telefoniert. Jacksons Stimme hatte keinerlei besondere Merkmale gehabt. Sie war gleichmäßig, ruhig, direkt und überaus selbstsicher. Charlie kannte Leute wie ihn. Menschen wie Jackson zählten nicht zu den Großmäulern, die stets schrecklich viel redeten, denen es aber an Mut und der Fähigkeit mangelte, irgend etwas in die Tat umzusetzen. Leute wie Jackson schauten einem direkt in die Augen und erklärten haarklein, was sie vorhatten, ohne großes Getue oder Übertreibungen. Und dann taten sie es einfach. Diese Typen würden jemanden kunstgerecht auswaiden und deshalb keine Minute Schlaf verlieren. So ein Mensch war Jackson. Da war Charlie sich schon seit langem sicher.

Trotz seiner Rauhbeinigkeit und immensen Kraft schauderte er. Wo immer dieser Mr. Rainbow sein mochte – unter den Lebenden war er bestimmt nicht mehr. Das war so sicher wie das Amen in der Kirche. Fröstelnd fuhr Charlie weiter.

KAPITEL 28

LuAnn lenkte den BMW in die Auffahrt und hielt vor dem Haus. Nirgends sah sie den Pickup. Wahrscheinlich war Riggs auf irgendeiner Baustelle. Sie wollte schon wieder wegfahren, doch die schlichte Schönheit des Hauses ließ sie innehalten und aussteigen. Sie ging die Stufen aus Holz hinauf. Die anmutigen Konturen des alten Gebäudes, die augenscheinliche Sorgfalt und Kunstfertigkeit, mit der es renoviert worden war, erweckten in ihr den Wunsch, es zu erkunden, selbst wenn der Besitzer nicht daheim war.

Auf der breiten Veranda ging LuAnn um das Haus herum und fuhr mit den Fingern über die feinen Schnitzarbeiten. Sie öffnete die Fliegengittertür und klopfte an. Keine Reaktion. Nach kurzem Zögern streckte sie die Hand nach dem Türknopf aus. Er ließ sich ganz leicht drehen. Damals, in Rikersville, hatten die Leute die Türen ihrer Häuser auch nicht abgeschlossen. Für LuAnn, die ständig auf der Hut sein mußte, ständig auf Sicherheit bedacht, war es ein schönes Gefühl, daß es auf der Welt noch solche Orte gab.

Wieder zögerte sie. Das Haus zu betreten, ohne daß der Mann davon wußte, konnte alles noch komplizierter machen, als es ohnehin schon war. Aber wenn er es nie erfuhr? Vielleicht konnte sie nützliche Informationen über Riggs finden – irgend etwas, das ihr half, sich aus dieser potentiellen Katastrophe herauszuwinden.

Sie stieß die Eingangstür auf und schloß sie leise hinter sich. Das Wohnzimmer besaß einen Holzfußboden, dessen

Dielen verschieden breit waren und Altersflecken aufwiesen. Die Möbel waren alt und schlicht, aber von ausgezeichneter Qualität und sorgsam arrangiert. LuAnn fragte sich, ob Matt Riggs die Möbel in Second-Hand-Läden gekauft und selbst aufpoliert hatte.

Sie ging durch die Zimmer und blieb immer wieder stehen, um die handwerkliche Geschicklichkeit dieses Mannes zu bewundern. Um einige Möbelstücke schwebte noch ein Hauch von Firnis. Alles war sauber und ordentlich. Nirgends waren Familienfotos zu sehen: keine Frau, keine Kinder. LuAnn kannte nicht den Grund dafür, doch es kam ihr seltsam vor.

Schließlich betrat sie Riggs' Arbeitszimmer und schaute in die Runde. Mit leisen Schritten ging sie zu seinem Schreibtisch – und blieb erschrocken stehen. Sie glaubte, im Haus ein Geräusch gehört zu haben. Ihr Herz schlug wild, und für einen Moment dachte sie an Flucht. Doch das Geräusch wiederholte sich nicht. LuAnns Nerven beruhigten sich wieder. Sie setzte sich an den Schreibtisch. Als erstes fiel ihr das Papier ins Auge, auf das Riggs Notizen gekritzelt hatte. Ihr Name und Informationen über sie standen darauf. Dann las sie, was Riggs über den Honda notiert hatte.

Sie blickte auf die Uhr. Dieser Riggs war mit Sicherheit kein Mann, der irgend etwas auf die lange Bank schob. Und er war in der Lage, Informationen aus Quellen zu erhalten, die Normalsterblichen offensichtlich schwer zugänglich waren, falls überhaupt – eine Feststellung, die LuAnn beunruhigte.

Plötzlich ruckte ihr Kopf nach oben, als sie durchs breite Fenster auf den Hinterhof schaute, auf dem eine Art Scheune stand. Die Tür stand einen Spalt weit offen, und LuAnn glaubte, daß sich dort draußen etwas bewegt hatte. Sie stand auf, um hinauszugehen. Ihre Hand umschloß den 38er in der Manteltasche.

Als sie das Haus verlassen hatte, ging sie ein paar Schritte in Richtung BMW. Dann aber gewann ihre Neugier die

Oberhand, und sie schlich zur Tür der Scheune und spähte hinein. Durch ein Dachfenster fiel Licht ins Innere und erhellte den gesamten Raum.

LuAnn erblickte eine Werkstatt und eine Vorratskammer. Große Werkbänke und Tische standen an zwei Wänden. Es gab mehr Werkzeug, als sie je im Leben an einem Fleck gesehen hatte. An den beiden anderen Wänden standen Regale, auf denen Hölzer und andere Materialien fein säuberlich gestapelt waren.

LuAnn trat ins Innere und erblickte die Treppe im hinteren Teil. Sie war sicher, daß die Treppe früher auf einen Heuboden geführt hatte. Doch hier gab es keine Tiere mehr, die Heu brauchten – jedenfalls hatte LuAnn keine gesehen. Sie fragte sich, was sich jetzt dort oben befand.

Langsam stieg sie die Stufen hinauf. Als sie oben angelangt war, blickte sie sich sprachlos vor Erstaunen um. Riggs hatte sich hier oben ein kleines Arbeitszimmer und eine Art Beobachtungsstation eingerichtet. LuAnn sah zwei Bücherschränke, einen abgenützten Ledersessel, eine Couch und einen uralten Kanonenofen. In einer Ecke stand ein altmodisches Fernrohr, mit welchem man durch ein riesiges Fenster hinausschauen konnte.

LuAnn trat näher und wagte einen Blick hindurch. Ihr Herz schlug schneller. Riggs' Pickup parkte hinter der Scheune.

Sie machte auf dem Absatz kehrt und wollte die Treppe hinunterlaufen, als sie in die Mündung einer Schrotflinte vom Kaliber 12 starrte.

Als Riggs sah, wen er vor sich hatte, senkte er das Gewehr. »Was tun Sie denn hier?«

LuAnn gab keine Antwort, wollte sich an ihm vorbei drängen, doch Riggs packte ihren Arm. Mit einem heftigen Ruck befreite sich LuAnn.

»Sie haben mich zu Tode erschreckt«, sagte sie.

»Tut mir leid. Aber was tun Sie hier, verdammt?«

»Begrüßen Sie Ihre Gäste immer so?«

»Meine Gäste kommen für gewöhnlich durch die Vordertür, und nur, nachdem ich sie aufgemacht habe.« Er blickte sich um. »Und das hier ist nun wirklich nicht die Vordertür. Außerdem kann ich mich nicht erinnern, Sie eingeladen zu haben.«

LuAnn wich vor ihm zurück und ließ den Blick durch den Raum schweifen, ehe sie den offensichtlich verärgerten Riggs wieder anschaute.

»Ein hübsches Zimmer. Hier kann man in Ruhe nachdenken. Was halten Sie davon, mir einen solchen Raum in meiner Villa einzurichten?«

Riggs lehnte sich an die Wand. Immer noch hielt er die Mündung der Schrotflinte nach unten gerichtet, doch er konnte die Waffe in Sekundenbruchteilen in Anschlag bringen. »Ich finde, Sie sollten erst meine Arbeit am Zaun begutachten, ehe Sie mir einen neuen Auftrag erteilen, Miss Savage.«

LuAnn tat erstaunt, als er ihren Namen nannte, doch sie verstellte sich offensichtlich nicht gut genug, um Riggs zu täuschen.

»Aha, Sie haben in meinem Arbeitszimmer also nichts anderes gefunden als die Hausaufgaben, die ich über Sie gemacht habe.«

LuAnn betrachtete ihn mit noch größerem Respekt als zuvor. »Was mein Privatleben angeht, leide ich ein bißchen unter Verfolgungswahn.«

»Das ist mir auch schon aufgefallen. Haben Sie deshalb den Revolver dabei?«

LuAnn blickte auf die Manteltasche, aus dem ein kleiner Teil des Griffstücks ragte.

»Sie haben gute Augen.«

»Ein Achtunddreißiger hat keine allzu große Durchschlagskraft. Wenn es Ihnen mit Ihrem Privatleben und Ihrer Sicherheit ernst ist, sollten Sie auf eine Neunmillimeter umsteigen. Eine Halbautomatik ist einem Revolver haushoch überlegen.« Die Hand, die das Schrotgewehr hielt, zuckte kurz. »So, und jetzt nehmen Sie die Waffe am Lauf heraus. Dann lege ich meine Schrotflinte weg.«

»Ich erschieße Sie schon nicht.«

»Stimmt genau. Das werden Sie nicht«, sagte er gelassen. »Aber tun Sie bitte, worum ich Sie gebeten habe, Miss Savage. Und tun Sie es ganz, ganz langsam.«

LuAnn nahm den Revolver am Lauf heraus.

»So, jetzt entladen Sie die Waffe. Dann stecken Sie die Patronen in eine Tasche, den Revolver in die andere. Und ich kann bis sechs zählen. Versuchen Sie keine Tricks.«

LuAnn tat, was Riggs verlangt hatte, und blickte ihn zornig an. »Ich bin es nicht gewohnt, wie eine Kriminelle behandelt zu werden.«

»Wenn Sie in mein Haus einbrechen, noch dazu mit einem Revolver, behandle ich Sie aber so. Sie können sich glücklich schätzen, daß ich nicht erst geschossen und dann gefragt habe. Eine Schrotladung kann ziemlich verheerend für den Teint sein.«

»Ich bin nicht eingebrochen. Die Tür war nicht abgeschlossen.«

»Sagen Sie das mal vor Gericht«, erwiderte er trocken.

Als Riggs sich davon überzeugt hatte, daß der Revolver entladen war, knickte er das Schrotgewehr ab und legte es auf den Bücherschrank. Dann verschränkte er die Arme vor der Brust und musterte LuAnn.

Sie war ziemlich nervös; dennoch nahm sie ihren ursprünglichen Gedanken wieder auf. »Mein Freundeskreis ist sehr klein. Wenn jemand in diesen Kreis eindringt, werde ich neugierig.«

»Seltsam. Sie nennen es ›Eindringen‹? Ich finde, man sollte es eher als Rettung in höchster Not bezeichnen, was ich heute morgen für Sie getan habe.«

LuAnn strich sich eine Haarsträhne aus der Stirn und wandte den Blick ab. »Hören Sie, Mr. Riggs ...«

»Meine Freunde nennen mich Matt. Wir sind zwar keine Freunde, aber ich gestatte Ihnen dieses Privileg«, unterbrach er sie kühl.

»Dann sage ich lieber Matthew zu Ihnen. Ich möchte keine Ihrer Spielregeln verletzen.«

Riggs schaute sie für einen Moment verblüfft an. »Wie Sie wollen.«

»Charlie hat gesagt, Sie sind Polizist.«

»Das habe ich nie behauptet.«

Jetzt war es an LuAnn, ihn verblüfft anzuschauen. »Dann waren Sie einer?«

»Was ich war, geht Sie wirklich nichts an. Außerdem haben Sie mir noch nicht gesagt, was Sie hier suchen.«

LuAnn rieb die Hand über den alten Ledersessel. Sie antwortete nicht sofort. Riggs wartete, ließ das Schweigen im Raum stehen, bis LuAnn schließlich sagte: »Was heute morgen passiert ist ... es ist ein wenig komplizierter, als es den Anschein hatte. Es ist eine Sache, um die ich mich selbst kümmern werde.« Sie machte eine Pause und schaute ihn an, musterte sein Gesicht. »Ich bin Ihnen dankbar, daß Sie eingegriffen haben. Sie haben mir geholfen, obwohl Sie es nicht mußten. Ich bin hergekommen, um mich bei Ihnen zu bedanken.«

Riggs entspannte sich ein wenig. »Okay. Obwohl ich keinen Dank erwartet habe. Sie haben Hilfe gebraucht, und ich war zur Stelle. Da hilft man sich eben. Die Welt wäre ein viel besserer Ort, würden wir alle nach dieser Regel leben.«

»Ich bin nicht nur gekommen, um mich zu bedanken. Ich hätte auch eine Bitte an Sie.«

Riggs legte den Kopf schief, blickte sie an und wartete.

»Wegen der Sache heute morgen. Ich wäre Ihnen sehr dankbar, würden Sie die ganze Geschichte einfach vergessen. Wie ich schon sagte, Charlie und ich kümmern uns um die Angelegenheit. Würden Sie darin verwickelt, könnte für mich alles noch viel schwieriger werden.«

Riggs nahm sich Zeit, um über ihre Worte nachzudenken.

»Kennen Sie den Kerl?«

»Ich möchte wirklich nicht darüber reden.«

Riggs rieb sich übers Kinn. »Wissen Sie, der Bursche hat meinen Wagen gerammt. Ich finde, ich bin bereits in die Sache verwickelt.«

LuAnn trat näher zu ihm. »Ich weiß, daß Sie mich nicht kennen, aber es würde mir wirklich sehr viel bedeuten, wenn Sie die ganze Sache einfach vergessen könnten. Ehrlich.« Ihre Augen schienen mit jedem Wort größer zu werden.

Riggs fühlte sich zu ihr hingezogen, obwohl er sich keinen Zentimeter bewegt hatte. Ihr Blick ruhte fest auf seinem Gesicht. Das Sonnenlicht, das durchs Fenster fiel, schien mit einem Mal völlig ausgesperrt zu sein, wie bei einer Sonnenfinsternis.

»Also gut. Wenn der Kerl mir keinen Ärger mehr macht, vergesse ich, was passiert ist.«

Ein Ausdruck der Erleichterung legte sich auf LuAnns Gesicht. »Danke.«

Sie ging an ihm vorbei zur Treppe. Der Duft ihres Parfüms stieg ihm in die Nase. Seine Haut begann zu prickeln. Es war lange her, daß eine Frau ihn dermaßen erregt hatte.

»Ihr Haus ist wunderschön«, sagte sie.

»Aber nicht mit Ihrem zu vergleichen.«

»Haben Sie alles selbst gemacht?«

»Das meiste. Ich bin ziemlich geschickt mit den Händen.«

»Kommen Sie doch morgen bei mir vorbei. Dann besprechen wir, welche Aufträge ich noch für Sie hätte.«

»Miss Savage ...«

»Sagen Sie Catherine.«

»Catherine, Sie brauchen mein Schweigen nicht zu kaufen.«

»Wie wär's gegen Mittag? Wir könnten zusammen zu Mittag essen.«

Riggs musterte sie nachdenklich; dann zuckte er mit den Schultern. »Das ließe sich machen.«

Als sie zur Tür gingen, sagte Riggs: »Der Bursche in dem Honda ... Ich glaube, der gibt nicht auf.«

LuAnn blickte auf das Schrotgewehr, ehe sie ihn wieder anschaute.

»Ich glaube überhaupt nichts mehr, Matthew.«

»Ja, John, das ist eine gute Sache. Und eine gute Sache unterstützt sie gern.« Charlie lehnte sich im Stuhl zurück und nippte am heißen Kaffee. Er saß an einem Fenstertisch im Speisesaal des *Boar's Head Inn* an der Ivy Road, westlich der University of Virginia. Auf zwei Tellern lagen die Reste des Frühstücks. Der Mann, der Charlie gegenübersaß, strahlte.

»Also wirklich, ich kann Ihnen gar nicht sagen, was das für diese Stadt bedeutet. Daß Sie hier sind – Sie beide – ist einfach wunderbar.« John Pemberton, in seinem teuren doppelreihigen Anzug, dem bunten Einstecktuch und der dazu passenden gepunkteten Krawatte und dem welligen Haar, war einer der erfolgreichsten Grundstücksmakler der Gegend, ein Mann, der über beste Verbindungen verfügte. Außerdem war er Mitglied im Vorstand mehrerer Wohltätigkeitsorganisationen und Gemeindeausschüsse. Der Mann wußte praktisch alles, was in der Gegend vor sich ging. Genau das war auch der Grund dafür, daß Charlie ihn zum Frühstück eingeladen hatte. Die Provision für den Verkauf von LuAnns Villa hatte eine sechsstellige Summe in Pembertons Taschen fließen lassen, und deshalb war er ein Freund für die Ewigkeit geworden.

Kurz senkte Pemberton den Blick. Ein etwas dümmliches Grinsen legte sich auf sein gepflegtes Gesicht, als er Charlie dann wieder anschaute. »Wir hoffen, daß wir Miss Savage irgendwann *persönlich* kennenlernen dürfen.«

»Aber natürlich, John, selbstverständlich. Sie freut sich auch schon sehr darauf, Sie alle kennenzulernen. Aber lassen Sie ihr noch ein bißchen Zeit. Sie ist ein sehr scheuer Mensch, Sie verstehen?«

»Aber gewiß. Selbstverständlich. In unserer Gegend gibt es viele solche Menschen. Filmstars, Schriftsteller. Leute mit mehr Geld, als sie ausgeben können.«

Unwillkürlich zuckte ein Lächeln um Pembertons Lippen. Charlie vermutete, der Mann träumte bereits von den Dollars, die er von diesen reichen Leuten in Zukunft als Provision kassieren würde, wenn sie in diese Gegend zogen oder sie verließen.

»Vorerst müssen Sie sich leider noch ein Weilchen mit meiner Gesellschaft begnügen.« Charlies faltiges Gesicht verzog sich zu einem leichten Grinsen.

»Eine höchst angenehme Gesellschaft«, sagte Pemberton automatisch.

Charlie stellte die Kaffeetasse ab und schob den Teller von sich. Wenn er noch rauchen würde, hätte er sich jetzt eine Zigarette angesteckt. »Kennen Sie diesen Matt Riggs, der einige Bauarbeiten für uns erledigt?«

»Der Sicherheitszaun, ich weiß. Zweifellos der bisher größte Auftrag seines Lebens.«

Als Pemberton das erstaunte Gesicht Charlies sah, lächelte er ein wenig verlegen. »Trotz seines kosmopolitischen Flairs ist Charlottesville im Grunde eine Kleinstadt. Was hier auch geschieht – die meisten Leute wissen es nach kurzer Zeit.«

Bei diesen Worten rutschte Charlie das Herz in die Hose. *Hatte Riggs bereits jemandem alles erzählt? War es ein Fehler gewesen, herzukommen? Hätten sie sich lieber unter den sieben Millionen Einwohnern New York Citys niederlassen sollen?*

Er gab sich einen Ruck, schüttelte die betäubenden Gedanken ab und hakte weiter nach. »Stimmt. Aber Riggs hatte hervorragende Referenzen.«

»Ja. Er leistet sehr gute und professionelle Arbeit und ist verläßlich. Nach den Maßstäben der Einheimischen gemessen, ist er noch nicht lange hier, ungefähr fünf Jahre, aber ich habe nie etwas Schlechtes über ihn gehört.«

»Woher stammt er eigentlich?«

»Aus Washington. Der Stadt Washington, nicht dem Bundesstaat.« Pemberton drehte seine Teetasse in den Händen.

»Hatte er dort auch eine Baufirma?«

Pemberton schüttelte den Kopf. »Nein, er hat die Lizenz als Bauunternehmer erst bekommen, nachdem er hierhergezogen war.«

»Dann hat er in Washington seine Lehr- oder Gesellenjahre gemacht?«

»Ich glaube, er besaß eine natürliche Begabung für diesen Beruf. Er ist ein erstklassiger Zimmermann und Schreiner. Hat zwei Jahre bei Ralph Steed gearbeitet, einem der besten Leute, die wir in dieser Branche hatten. Ralph ist vor etwa drei Jahren gestorben, und Riggs gründete sein eigenes Unternehmen. Und hatte Erfolg. Er arbeitet hart. Und ein Auftrag wie dieser Zaun ist ja auch nicht übel.«

»Stimmt. Demnach ist Riggs eines Tages hier aufgetaucht und hat was ganz Neues angefangen? Alle Achtung. Dazu gehört viel Mut. Ich habe ihn mal kennengelernt. Er machte nicht den Eindruck, als wäre er in der Branche groß geworden, in der er jetzt arbeitet.«

»Ist er auch nicht.« Pemberton ließ den Blick durch den kleinen Speisesaal schweifen. Dann fuhr er mit gedämpfter Stimme fort: »Sie sind nicht der erste, der sich für Riggs' Vorleben interessiert.«

Charlie beugte sich verschwörerisch vor. »Tatsächlich? Was ist denn mit ihm?« Er bemühte sich, seiner Stimme einen neugierigen, aber beiläufigen Beiklang zu verleihen.

»Na ja, Gerüchte kommen und gehen. Sie wissen ja, wie fragwürdig der Wahrheitsgehalt von Klatsch und Tratsch ist. Gleichwohl habe ich aus verschiedenen Quellen erfahren, daß Riggs eine wichtige Stellung in Washington innehatte.«

Pemberton legte eine wirkungsvolle Pause ein. »Beim Geheimdienst.«

Hinter Charlies steinerner Maske tobte es. Er kämpfte eine plötzliche Übelkeit und das heftige Verlangen nieder, sein Frühstück wieder auszuspucken. LuAnn hatte zwar das große Glück gehabt, eine derjenigen zu sein, die von Jacksons Lotterie-Manipulation profitierten, aber es konnte gut sein, daß sie diesmal ebensogroßes Pech hatte. »Beim Geheimdienst, sagen Sie? War er Spion oder so etwas?«

Pemberton hob die Hände. »Wer weiß. Bei solchen Leuten gehören Geheimnisse zum Leben. Selbst unter der Folter sagen die nichts. Die würden eher sterben. Wahrscheinlich würden sie auf eine Zyanidkapsel beißen oder so was, bevor sie irgend etwas preisgeben.« Offensichtlich genoß Pemberton einen Hauch von Dramatik, gemischt mit Elementen der Gefahr und der Intrige, besonders aus sicherer Distanz.

Charlie rieb sich das linke Knie. »Ich habe gehört, er sei Bulle gewesen.«

»Wer hat Ihnen das erzählt?«

»Ich kann mich nicht erinnern. Ich hab's irgendwo im Vorbeigehen aufgeschnappt.«

»Nun ja, wenn Riggs Polizist war, kann man das leicht nachprüfen. War er aber Spion, gäbe es keinerlei Unterlagen, nicht wahr?«

»Dann hat er also nie über seine Vergangenheit gesprochen?«

»Nur sehr vage. Das ist wahrscheinlich auch der Grund dafür, daß irgend jemand erzählt hat, Riggs sei Polizist gewesen. Die Leute schnappen irgendwelche Brocken auf und stricken sich dann ihre eigene Geschichte.«

»Also wirklich, das ist ja ein starkes Stück.« Charlie lehnte sich zurück und bemühte sich krampfhaft, einen ruhigen Eindruck zu vermitteln.

»Aber trotz allem, vom Bauen versteht er was. Er wird

Ihnen gute Arbeit liefern.« Pemberton lachte. »Ich hoffe nur, Riggs fängt nicht an, herumzuschnüffeln, falls er tatsächlich beim Geheimdienst gewesen ist. Wer einmal Spion war, legt seine Angewohnheiten nur schwer ab. Ich habe ein ziemlich unauffälliges und sauberes Leben geführt, aber wir alle haben Leichen im Keller, stimmt's?«

Charlie räusperte sich, ehe er antwortete. »Manche mehr als andere.«

Wieder beugte er sich vor, die Hände auf dem Tisch gefaltet. Er mußte unbedingt das Thema wechseln und wußte auch schon wie. »John.« Seine Stimme war ganz leise. »John, ich möchte Sie um einen kleinen Gefallen bitten.«

Pembertons Lächeln wurde breiter. »Nur zu, Charlie. Betrachten Sie die Sache jetzt schon als erledigt.«

»Neulich kam ein Mann zu mir und hat um eine Spende für eine Wohlfahrtsorganisation gebeten, bei der er angeblich im Vorstand sitzt.«

Pemberton schaute ihn verblüfft an. »Wie hieß er?«

»Er war nicht von hier«, sagte Charlie schnell. »Er hat mir einen Namen genannt, aber ich bin nicht sicher, ob es der richtige war. Mir kam das alles sehr seltsam und undurchsichtig vor ... Sie verstehen, was ich meine.«

»Absolut.«

»Jemand in Miss Savages Position muß vorsichtig sein. Es gibt viele schlechte Menschen auf der Welt.«

»Das brauchen Sie mir nicht zu sagen. Es ist wirklich schrecklich heutzutage.«

»Allerdings. Nun, wie dem auch sei, der Mann sagte, er bliebe eine Zeitlang in der Gegend, und er hat um eine zweite Unterredung mit Miss Savage gebeten.«

»Ich hoffe, Sie werden es ihm nicht gestatten.«

»Noch habe ich es nicht erlaubt. Der Mann hat eine Telefonnummer hinterlassen, aber nicht hier in der Stadt. Ich habe dort angerufen, bekam aber nur einen Auftragsdienst an die Strippe.«

»Wie hieß denn die Organisation?«

»Ich kann mich nicht genau erinnern, aber es hatte irgend etwas mit medizinischer Forschung zu tun.«

»Oh. Geschäfte mit dem Mitleid. Da kann man sich leicht irgendwas zusammenstricken«, sagte Pemberton. Schließlich kannte er sich aus. »Nun ja, ich persönlich habe noch keine Erfahrung mit solchen Betrügereien gemacht«, fügte er hinzu. »Aber ich habe gehört, daß es Unmengen solcher Organisationen gibt.«

»Den Eindruck habe ich auch. Aber, um die Geschichte kurz zu machen – nachdem der Mann gesagt hat, er würde noch eine Zeitlang in der Gegend bleiben, habe ich mir überlegt, daß er sich irgendwo eingemietet haben muß, statt im Hotel zu wohnen. Und das wird über kurz oder lang ziemlich teuer, besonders, wenn man von Betrug zu Betrug lebt.«

»Und nun möchten Sie wissen, ob ich herausfinden kann, wo der Mann sich aufhält?«

»Genau. Ich würde Sie nicht darum bitten, wenn es nicht wirklich wichtig wäre. Bei solchen Dingen kann man nicht vorsichtig genug sein. Ich möchte wissen, mit wem ich es zu tun habe, falls der Mann noch einmal auftaucht.«

»Selbstverständlich, wird gemacht.« Pemberton nahm noch einen Schluck Tee. »Ich werde mich für Sie umhören. Ich bin voll und ganz auf Ihrer und Miss Savages Seite.«

»Und wir sind Ihnen sehr dankbar für jede Hilfe, die Sie uns geben können. Ich habe Miss Savage von einigen der Wohltätigkeitsorganisationen erzählt, bei denen Sie im Vorstand sind, und sie hat sich über alle diese Einrichtungen sehr positiv geäußert, besonders über Ihre Arbeit in diesen Organisationen.«

Pemberton strahlte. »Ich würde vorschlagen, Sie geben mir eine Beschreibung des Mannes. Ich habe heute vormittag frei und kann mich mal umhören. Wenn er sich im Umkreis von fünfzig Meilen um diese Stadt aufhält, finde ich ihn mit Sicherheit – bei meinen Verbindungen.«

Charlie beschrieb den Mann, legte Geld fürs Frühstück auf den Tisch und erhob sich. »Wir wissen das wirklich zu schätzen, John.«

KAPITEL 29

Thomas Donovan suchte die Straße nach einem freien Parkplatz ab. Georgetown war nicht gerade für ein Übermaß an Parkmöglichkeiten berühmt. Donovan fuhr einen anderen Mietwagen, ein ziemlich neues Chrysler-Modell. Er bog von der M-Street nach rechts in die Wisconsin Avenue ein. Endlich entdeckte er eine freie Stelle in einer Seitenstraße, unweit von seinem Ziel.

Es fiel leichter Nieselregen, als er die Straße hinunterging. Schon bald gelangte er in eine ruhige Gegend, die an eine vornehme Nachbarschaft grenzte, wo sich elegante Wohnhäuser aus Backstein mit Holzverkleidung erhoben, in denen wohlhabende Geschäftsleute und hochrangige Politiker wohnten. Hinter einigen der erleuchteten, kunstvoll gestalteten Fenster sah Donovan elegant gekleidete Menschen vor warmen Kaminfeuern sitzen. Sie hielten Drinks in der Hand oder küßten sich auf die Wangen, während sie das Ritual des Entspannens nach einem Tag zelebrierten, an dem sie vielleicht die Welt verändert oder bloß ihre ohnehin schon dicken Aktienpakete noch dicker gemacht hatten.

In dieser Gegend ballten sich soviel Reichtum und Macht, daß von den ziegelsteingepflasterten Gehsteigen eine Energie emporzuströmen schien, die Donovan schlichtweg mitriß. Sein Ehrgeiz hatte nie in erster Linie auf Geld und Macht gezielt. Dennoch hatte sein Beruf ihn häufig in engen Kontakt mit Menschen gebracht, die Geld oder Macht oder beides schätzten. Donovan befand sich in einer wundervollen

Situation: Er konnte den altruistischen Zyniker spielen – und er spielte diese Rolle oft voll aus –, weil er aufrichtig an den Job glaubte, mit dem er sich seinen Lebensunterhalt verdiente. Die Ironie dabei entging ihm keineswegs. Denn gegen wen hätte er seine scharfkantigen Steine schleudern sollen, hätte es keine Reichen und Mächtigen und ihre üblen Machenschaften gegeben?

Schließlich blieb Donovan vor einer eindrucksvollen Villa stehen. Ein hundert Jahre altes dreistöckiges Backsteinhaus, das hinter einer knapp ein Meter hohen Ziegelmauer mit schwarzem, schmiedeeisernem Gitter auf der Mauerkrone stand, wie es in dieser Gegend viele gab. Er schloß das Tor auf und ging zur Villa. Mit Hilfe eines anderen Schlüssels öffnete er die Eingangstür aus massivem Holz, trat ein und zog den Mantel aus.

Sofort eilte die Haushälterin herbei und nahm ihm den nassen Mantel ab. Sie trug die traditionelle Kleidung eines Hausmädchens und redete mit einstudierter Höflichkeit.

»Ich sage der Misses, daß Sie da sind, Mr. Donovan.«

Er nickte kurz und ging an ihr vorbei in den Salon, um sich einen Moment vor dem lodernden Kaminfeuer aufzuwärmen. Dann schaute er sich zufrieden um.

Donovan war unter entschieden ärmlicheren Verhältnissen aufgewachsen als diesen hier, doch er konnte nicht verhehlen, daß es ihm hin und wieder Freude bereitete, in Luxus zu schwelgen – eine Ungereimtheit in seinem Leben, die ihm in der Jugend sehr zu schaffen gemacht hatte. Aber das hatte sich mit den Jahren gelegt. Manche Dinge werden besser, wenn man älter wird, sinnierte er. Auch die Schuld, die man auf sich geladen hat, legt man mit zunehmendem Alter ab, in Schichten, nach und nach, als würde man eine Zwiebel schälen.

Donovan hatte sich bereits an der Hausbar einen Drink gemixt, als die Frau im Salon erschien.

Sie kam schnell zu ihm und küßte ihn lange und ausgiebig.

Donovans Knie berührten die der Frau, als sie sich dicht nebeneinander hinsetzten.

Alicia Crane war zierlich, Mitte Dreißig, mit langem Haar, das mit jedem Tag aschblonder wirkte. Ihr Kleid war teuer, und der Schmuck an Armen und Ohren war ebenso kostbar wie die Garderobe. Doch sie verkörperte unaufdringlichen Reichtum und Kultiviertheit. Ihre Züge waren fein, die Nase so klein, daß man sie unter dem strahlenden Leuchten der dunkelbraunen Augen kaum bemerkte. Sie entsprach zwar nicht dem traditionellen Schönheitsideal, doch der offensichtliche Reichtum und die Eleganz, die ihr anhafteten, verliehen ihr ein gewisses angenehmes Flair. An ihren besten Tagen konnte man sie als durchaus attraktiv bezeichnen.

Ihre Wange bebte leicht, als Donovan sie streichelte.

»Ich habe dich auch vermißt, Alicia. Sogar sehr.«

»Ich mag es nicht, wenn du fort bist.« Ihre Stimme war kultiviert, ihre Aussprache langsam und betont. Es war eine Stimme, die für eine so junge Frau zu steif und förmlich klang.

»Na ja, das gehört eben zu meinem Job.« Er lächelte sie an. »Aber du machst es mir viel schwerer, diesen Job zu tun.« Donovan fühlte sich ehrlich zu Alicia Crane hingezogen. Wenngleich sie nicht der hellste Stern in seinem Universum war, war sie doch ein guter Mensch, frei von jener Arroganz und den Zicken, welche ein Reichtum, wie Alicia ihn besaß, seinen Besitzern gewöhnlich verlieh.

Plötzlich starrte sie ihn an. »Warum, um alles in der Welt, hast du dir den Bart abrasiert?«

Donovan rieb sich über die glatte Haut am Kinn. »Öfter mal was Neues«, sagte er schnell. »Du weißt doch, daß auch Männer in die Wechseljahre kommen. Ich finde, ich sehe gut zehn Jahre jünger aus. Was meinst du?«

»Ich finde, ohne Bart siehst du genauso gut aus wie mit Bart. Ja, wirklich, du erinnerst mich ein bißchen an Vater. Als er jünger war, natürlich.«

»Danke, daß du einen alten Mann beschwindelst.« Er lächelte. »Aber es ist ein großes Lob, mit deinem Vater verglichen zu werden.«

»Ich kann Maggie Bescheid sagen, daß sie etwas zum Abendessen herrichtet. Du mußt halb verhungert sein.« Sie umfing mit beiden Händen seine Rechte.

»Danke, Alicia. Und hinterher vielleicht ein heißes Bad.«

»Natürlich. In dieser Jahreszeit ist der Regen bitterkalt.« Sie zögerte einen Moment. »Mußt du bald wieder fort? Ich hatte mir gedacht, wir könnten auf die Inseln fliegen. Um diese Zeit ist es dort wunderschön.«

»Das hört sich herrlich an, aber ich fürchte, es muß noch warten. Ich muß morgen wieder los.«

Die Enttäuschung stand ihr deutlich ins Gesicht geschrieben. Sie senkte den Blick. »Oh, ich verstehe.«

Donovan legte eine Hand unter ihr Kinn, hob sanft ihren Kopf und schaute ihr in die Augen. »Ich habe heute einen Durchbruch geschafft. Einen Durchbruch, an den ich gar nicht geglaubt hatte. Ich habe viel riskiert, aber wenn man Erfolg haben will, muß man mitunter Wagnisse eingehen.« Kurz dachte er an den Morgen zurück, an das Entsetzen, das er in LuAnn Tylers Augen gesehen hatte. »All das Herumschnüffeln, die ständige Ungewißheit, ob man etwas findet ... das zehrt ganz schön an den Nerven. Aber es gehört nun mal zum Spiel.«

»Das ist wundervoll, Thomas. Ich freue mich für dich. Ich hoffe nur, du hast dich nicht in Gefahr begeben. Ich weiß nicht, was ich tun würde, falls dir je etwas zustößt.«

Er lehnte sich zurück und dachte an sein waghalsiges Abenteuer am Morgen. »Ich kann auf mich aufpassen, und ich gehe keine unnötigen Risiken ein. Das überlasse ich den jungen Hüpfern.« Seine Stimme war beruhigend.

Er blickte Alicia an. Auf ihrem Gesicht lag der Ausdruck eines Kindes, das seinem Lieblingshelden zuhört, wenn dieser von seinem neuesten Abenteuer erzählt. Donovan trank aus. Ein Held. Er mochte das Gefühl. Wer nicht? Wer brauchte nicht ab und zu diese aufrichtige Bewunderung? Er lächelte und nahm Alicias kleine Hand in die seine.

»Ich verspreche dir etwas. Wenn ich die Story fertig habe, gönnen wir uns einen langen Urlaub. Nur du und ich. Irgendwo, wo es warm ist, wo es jede Menge zu trinken gibt und wo ich meine Talente als Segler wieder auf Vordermann bringen kann. Das habe ich schon ewig nicht mehr getan, und ich kann mir niemanden vorstellen, mit dem ich es lieber tun würde als mit dir. Wie hört sich das an?«

Sie legte den Kopf an seine Schulter und drückte leicht seine Hand. »Wunderbar.«

KAPITEL 30

»Du hast ihn zum Lunch eingeladen?« Charlie starrte LuAnn an. Auf seinem faltigen Gesicht lag eine Mischung aus Verwunderung und hilflosem Zorn. »Würdest du mir bitte erklären, warum du das getan hast? Und würdest du mir bitte erklären, warum du überhaupt dorthin gefahren bist, zum Teufel?«

Sie waren in Charlies Arbeitszimmer. LuAnn stand neben dem ausladenden Schreibtisch, Charlie saß davor. Er hatte eine dicke Zigarre ausgewickelt und sie gerade anzünden wollen, als LuAnn ihm von ihrem Ausflug am Morgen berichtet hatte.

Auf LuAnns Gesicht spiegelte sich wilder Trotz. Mit finsterer Miene blickte sie Charlie an. »Ich konnte nicht einfach herumsitzen und nichts tun.«

»Ich habe dir doch gesagt, daß *ich* mich darum kümmere. Traust du meinem Urteilsvermögen nicht mehr?«

»Unsinn, Charlie. Ich weiß, was du mir und Lisa wert bist. Aber darum geht es gar nicht.« LuAnn senkte den trotzigen Blick, setzte sich auf den Rand seines Sessels und fuhr ihm durch das zunehmend schüttere Haar. »Ich habe mir gedacht, wenn ich mich bei Riggs entschuldige, ehe er die Gelegenheit hat, etwas zu unternehmen, kann ich ihn vielleicht dazu bringen, daß er die Sache vergißt. Dann wären wir unsere Sorgen los.«

Charlie schüttelte den Kopf und zuckte zusammen, als er in der linken Schläfe einen schwachen Schmerz spürte. Er holte tief Luft und legte den Arm um ihre Hüfte. »LuAnn. Ich hatte heute morgen eine höchst informative Unterhaltung mit John Pemberton.«

»Mit wem?«

»Grundstücksmakler. Der Kerl, der uns das Haus verkauft hat. Das ist aber unwichtig. Entscheidend ist, daß Pembroke in dieser Gegend Gott und die Welt kennt. Er weiß alles, was in der Stadt passiert und wird versuchen, den Burschen im Honda für uns aufzuspüren.«

LuAnn zuckte zurück. »Du hast ihm doch nicht etwa gesagt...«

»Ich habe mir eine Geschichte ausgedacht und ihn damit gefüttert. Er hat alles geschluckt, als wär's das süßeste Speiseeis der Welt. Im Laufe der Zeit sind wir beide ziemlich gut im Geschichtenausdenken geworden, findest du nicht auch?«

»Manchmal zu gut«, meinte LuAnn niedergeschlagen. »Es wird immer schwieriger, sich daran zu erinnern, was wahr ist und was nicht.«

»Ich habe mit Pemberton auch über Riggs geredet und versucht, etwas über die Vergangenheit dieses Burschen zu erfahren, damit ich mich besser auf ihn einstellen kann.«

»Riggs ist kein Cop. Ich habe ihn gefragt. Er hat gesagt, er ist kein Polizist und war es auch nie. Du hast gesagt, er sei einer.«

»Ich weiß, mein Fehler. Aber so wie Riggs aufgetreten ist, mußte ich das annehmen.«

»Was hat er denn nun früher gemacht? Was soll diese Geheimniskrämerei?«

»Wirklich eine seltsame Frage, ausgerechnet von dir.« LuAnn stieß Charlie spielerisch den Ellbogen in die Seite. Doch bei seinen nächsten Worten war ihr Lächeln wie weggewischt. »Pemberton meint, daß Riggs ein Spion der Regierung gewesen ist.«

»Ein Spion? Du meinst, für die CIA oder so was?«

»Keine Ahnung. Es ist ja nicht so, daß der Kerl überall

herumposaunt, für welche Firma er früher gearbeitet hat. Niemand weiß es genau. Seine Vorgeschichte ist irgendwie ... verschwommen. Mehr konnte Pemberton mir auch nicht sagen.«

LuAnn erschauerte. Sie mußte daran denken, wie schnell Riggs die Informationen über sie gesammelt hatte. Wenn er ein ehemaliger Spion war, lag die Erklärung dafür auf der Hand. Doch LuAnn war immer noch nicht ganz überzeugt. »Und jetzt baut er Zäune in der Provinz? Ich dachte immer, die Regierung läßt Spione niemals in Rente gehen.«

»Du hast zu viele Gangsterfilme gesehen. Auch Spione wechseln den Beruf oder gehen in Rente, besonders, nachdem jetzt der Kalte Krieg vorüber ist. Und beim Geheimdienst kann man sich als Spezialist auf allen möglichen Gebieten ausbilden lassen. Es geht nicht immer nur um Trenchcoats, Pistolen im Ärmel und Meuchelmordpläne gegen ausländische Diktatoren. Möglich, daß Riggs als Schreibtischhengst in einem Büro gearbeitet und Luftaufnahmen von Moskau ausgewertet hat.«

LuAnn rief sich die Begegnung mit Riggs in dessen Haus in Erinnerung. Wie er mit dem Schrotgewehr umgegangen war, seine scharfe Beobachtungsgabe, seine Waffenkenntnis. Und schließlich sein selbstsicheres und gelassenes Auftreten. Sie schüttelte entschieden den Kopf. »Wie ein Bürokrat kommt er mir nicht vor.«

Charlie seufzte. »Mir auch nicht. Also, wie ist es gelaufen?«

LuAnn stand wieder auf und lehnte sich an den Türrahmen, die Finger in die Gurtschlaufen der Jeans gesteckt. »Riggs hat inzwischen schon Infos über mich und den Honda ausgegraben. Bei mir kam aber nur die alte Geschichte aus Georgia zutage. Soweit ist alles in Ordnung.«

»Und was ist mit dem Honda?«

LuAnn schüttelte den Kopf. »Ein Mietwagen aus Washington. Der Name des Mieters hört sich nach einem Falschnamen an. Wahrscheinlich eine Sackgasse.«

»Da ist er ja schnell aktiv geworden, dieser Riggs. Wie hast du das herausgefunden?«

»Ich habe ein bißchen in seinem Büro herumgeschnüffelt. Als er mich erwischte, hatte er eine Schrotflinte in der Hand.«

»Großer Gott, LuAnn! Wenn der Kerl wirklich ein Spion war, kannst du von Glück sagen, daß er dir nicht den Kopf weggepustet hat.«

»Nein. Irgendwie hatte ich nicht eine Sekunde den Eindruck, in Gefahr zu sein. Außerdem ist ja alles gut gegangen.«

»Du riskierst zuviel, LuAnn. Wie schon damals in New York, als du unbedingt zur Lotterieziehung gehen mußtest. Ich sollte wirklich langsam damit anfangen, hin und wieder mal ein Machtwort zu sprechen. Was war sonst noch?«

»Ich habe Riggs gegenüber zugegeben, daß wir uns Sorgen machen, weil der Hondafahrer mich verfolgt hat, daß wir die Sache aber selbst erledigen.«

»Und das hat er geschluckt? Keine Fragen?« Charlies Stimme klang sehr skeptisch.

»Ich habe die Wahrheit gesagt, Charlie«, erklärte sie hitzig. »Es kribbelt mich am ganzen Körper, wenn mal eine der seltenen Gelegenheiten kommt, daß ich die Wahrheit sagen *kann*.«

»Schon gut, schon gut. Ich wollte dir keinen Knüppel zwischen die Beine werfen. Mein Gott, wir reden wie ein altes Ehepaar.«

LuAnn lächelte. »Wir *sind* ein altes Ehepaar. Wir haben nur ein paar Geheimnisse mehr als die meisten anderen.«

Charlie grinste; dann zündete er sich gemächlich die Zigarre an. »Du glaubst also wirklich, daß Riggs koscher ist? Und er wird nicht mehr herumschnüffeln?«

»Ich glaube, daß er verdammt neugierig ist, und das mit Recht. Aber er hat mir versichert, er würde der Sache nicht weiter nachgehen, und ich glaube ihm. Warum, weiß ich selbst nicht genau. Der Mann scheint jedenfalls kein Schwätzer zu sein.«

»Und weshalb kommt er morgen zum Lunch? Ich nehme an, du willst ihn ein bißchen besser kennenlernen.«

LuAnn studierte für einen Moment Charlies Gesicht. War da ein Hauch von Eifersucht? Sie zuckte mit den Schultern. »Na ja, es ist eine Möglichkeit, ihn im Auge zu behalten und vielleicht etwas mehr über ihn zu erfahren. Könnte ja sein, daß er auch ein paar Geheimnisse hat. Sieht jedenfalls ganz danach aus.«

Charlie paffte an seiner Zigarre. »Wenn Riggs uns keine Probleme mehr bereitet, müssen wir uns nur noch wegen dieses Kerls im Honda den Kopf zerbrechen.«

»Genügt das nicht?«

»Es ist besser als zwei Kopfschmerzen gleichzeitig. Falls Pemberton den Burschen aufspürt, können wir auch diese Sache aus der Welt schaffen.«

LuAnn schaute ihn nervös an. »Was wirst du tun, wenn Pemberton den Mann findet?«

»Ich hab' schon darüber nachgedacht. Ich rede ein offenes Wort mit ihm. Ich werde ihn auffordern, die Karten auf den Tisch zu legen, damit wir sehen, was der Kerl eigentlich will. Wenn es um Geld geht, können wir uns ja vielleicht einigen.«

»Und wenn er nicht nur Geld will?« Es fiel LuAnn schwer, weiterzusprechen. »Was ist, wenn er über die Lotterie Bescheid weiß?«

Charlie nahm die Zigarre aus dem Mund und blickte LuAnn starr an.

»Das kann ich mir beim besten Willen nicht vorstellen. Aber falls er es doch weiß – auch wenn die Chance eins zu einer Milliarde beträgt –, gibt es viele andere Orte auf der Welt, wo wir leben können, LuAnn. Falls nötig, könnten wir morgen weg sein.«

»Wieder auf der Flucht«, sagte sie. Ihre Stimme verriet eine tiefe Müdigkeit.

»Denk mal an die Alternative. Nicht sehr angenehm, hm?«

Sie nahm ihm die Zigarre aus der Hand, steckte sie sich zwischen die Lippen, nahm einen Zug und stieß langsam den Rauch aus. Dann gab sie ihm die Zigarre zurück.

»Wann soll Pemberton sich wieder bei dir melden?«

»Wir haben keinen Zeitpunkt ausgemacht. Könnte heute abend sein, oder auch nächste Woche.«

»Sag mir Bescheid, wenn du von ihm hörst.«

»Ihr werdet es als erste erfahren, Mylady.«

LuAnn ging zur Tür.

»Oh, bin ich auch zu diesem Lunch morgen eingeladen?« rief Charlie ihr hinterher.

LuAnn blickte über die Schulter. »Ich rechne fest mit dir, Charlie.« Sie lächelte ihn an und ging hinaus.

Charlie stand auf und beobachtete, wie sie anmutig den Flur hinunterging. Dann schloß er die Tür des Arbeitszimmers, setzte sich wieder an den Schreibtisch und paffte nachdenklich an seiner Zigarre.

Riggs hatte Leinenhosen angezogen. Der Kragen seines Hemds mit den angeknöpften Ecken ragte aus dem bunt gemusterten Pullover. Er war mit einem Jeep Cherokee gekommen, den er sich für die Zeit geliehen hatte, die sein Pickup in der Werkstatt stand, wo die Stoßstange repariert wurde. Der Jeep schien ohnehin besser in diese wohlhabende Gegend zu passen als der alte Pickup.

Riggs strich sich das frisch gewaschene Haar glatt, ehe er ausstieg und die Stufen zur Villa hinaufging. In letzter Zeit hatte er keinen besonderen Wert auf schicke Kleidung gelegt, es sei denn, er nahm an einem der seltenen gesellschaftlichen Ereignisse in der Stadt teil. Nach einigem Nachdenken hatte er beschlossen, daß ein Anzug für den heutigen Anlaß zu protzig sei. Er ging ja nur zum Lunch. Und wer weiß? Vielleicht bat die Dame des Hauses ihn, irgendwelche Arbeiten auf dem Grundstück zu erledigen.

Die Haushälterin öffnete Riggs die Tür und führte ihn in die Bibliothek. Er fragte sich, ob man ihn beobachtet hatte, als er auf die kreisförmige Auffahrt gefahren war. Vielleicht wurde auch sie mit Videokameras überwacht, und Catherine Savage und ihr getreuer Charlie saßen in irgendeinem Beobachtungsraum, der vom Boden bis zur Decke mit Monitoren bestückt war.

Riggs blickte sich in dem großen Zimmer um und musterte respektvoll die zahllosen Bücher in den Wandregalen. Er fragte sich, ob sie nur als schmückendes Beiwerk dienten, wie er es schon in vielen Häusern gesehen hatte. Dann erweckten die Fotos auf dem Kaminsims seine Aufmerksamkeit. Er sah mehrere Bilder von Charlie; auf einigen war er mit einem kleinen Mädchen zu sehen, das Catherine Savage sehr ähnelte. Doch es gab kein Foto von Catherine Savage, was Riggs seltsam erschien. Aber die ganze Frau war seltsam – insoweit paßte dies ins Bild.

Er drehte sich um, als die Doppeltür der Bibliothek sich öffnete, und konnte seine Bewunderung nicht verhehlen. Seine erste Begegnung mit dieser Frau, im ausgebauten Heuboden seines Hauses, hatte ihn nicht auf diese zweite vorbereitet.

Das goldene Haar fiel auf die modisch gepolsterten Schultern des schwarzen Kleides, das jede Kontur ihres wohlgeformten schlanken Körpers betonte. Riggs schoß der Gedanke durch den Kopf, daß sie in diesem Kleid ebenso einen Jahrmarkt oder ein Abendessen im Weißen Haus hätte besuchen können. Zu dem Kleid trug sie schwarze flache Schuhe. Als sie mit anmutigen Schritten näherkam, mußte Riggs an eine schlanke, muskulöse Pantherin denken, die auf ihn zuglitt. Sie war eine unbestreitbar schöne Frau, wenn auch nicht makellos schön. Aber wer war schon perfekt? Riggs bemerkte ein weiteres erstaunliches Detail: Um ihre Augen zeichneten sich die ersten feinen Linien ab, doch die Mundpartie war vollkommen faltenlos, als hätte sie nie gelächelt.

Seltsamerweise verstärkte die kleine Narbe an ihrem Kinn ihre Anziehung auf Riggs. Vielleicht, weil dadurch ihre ohnehin rätselhafte Vergangenheit einen Hauch von Gefahr, von Abenteuer bekam.

»Ich freue mich, daß Sie gekommen sind«, sagte sie. Riggs schüttelte die dargebotene Hand. Wieder erstaunte ihn die Kraft, die er in ihrem Griff spürte. Ihre langen Finger schienen seine große, schwielige Hand zu verschlucken. »Ich weiß, daß Bauunternehmer während des Tages zahlreiche Notfälle haben. Sie können nie selbst über Ihre Zeit bestimmen.«

Riggs betrachtete die Wände und die Decke der Bibliothek. »Ich habe von den Renovierungsarbeiten gehört, die Sie hier ausführen ließen. Ganz gleich, wie gut die Handwerker sind, bei einem so großen Projekt tritt immer irgendwo ein Fehler auf.«

»Charlie hat sich um die ganze Sache gekümmert. Aber ich glaube, es ist alles ziemlich glatt gelaufen. Jedenfalls bin ich mit dem Ergebnis sehr zufrieden.«

»Das glaube ich Ihnen gern.«

»Der Lunch ist in ein paar Minuten fertig. Sally serviert auf der hinteren Veranda. Im Speisezimmer haben fünfzig Leute Platz. Das wäre für drei Personen ein bißchen zu bombastisch, nicht wahr? Möchten Sie zuvor einen Drink?«

»Nein, danke.« Riggs deutete auf die Fotos. »Ist das Ihre Tochter? Oder Ihre jüngere Schwester?«

LuAnn wurde rot, setzte sich aber erst auf die Couch, ehe sie antwortete. »Meine Tochter Lisa. Sie ist zehn. Ich kann nicht glauben, daß die Jahre so schnell vergangen sind.«

Riggs musterte sie. »Sie haben Ihre Tochter offenbar als sehr junge Frau bekommen.«

»Ich war vermutlich jünger, als ich hätte sein sollen. Aber ich möchte Lisa um nichts auf der Welt missen. Sie ist mein ein und alles. Haben Sie Kinder?«

Riggs schüttelte schnell den Kopf und blickte auf seine Hände. »Nein, das Glück habe ich nie gehabt.«

LuAnn hatte bemerkt, daß er keinen Ehering trug, doch manche Männer trugen ihn niemals. Sie vermutete, daß ein Mann, der den ganzen Tag mit den Händen arbeitete, den Ring vielleicht aus Sicherheitsgründen nicht trug.

»Ihre Frau…«

»Ich bin geschieden«, unterbrach er sie. »Seit fast vier Jahren.« Riggs schob die Hände in die Taschen und sah sich wieder im Zimmer um. Er spürte, wie ihre Blicke den seinen folgten. »Und Sie?« fragte er und schaute LuAnn wieder an.

»Verwitwet.«

»Das tut mir leid.«

Sie zuckte mit den Schultern. »Es ist schon lange her«, erwiderte sie nur. In ihrer Stimme war ein Beiklang, der Riggs verriet, daß die Jahre diesen schweren Schicksalsschlag nicht hatten mildern können.

»Mrs. Savage…«

»Bitte, sagen Sie Catherine zu mir.« Sie lächelte schelmisch. »Wie alle meine engen Freunde.«

Er lächelte zurück und setzte sich neben sie. »Und wo ist Charlie?«

»Er ist noch unterwegs. Hat noch einige Dinge zu erledigen. Aber er ißt mit uns zu Mittag.«

»Ist er Ihr Onkel?«

LuAnn nickte. »Seine Frau ist vor mehreren Jahren gestorben. Auch meine Eltern sind beide tot. Wir sind die einzigen aus der Familie, die noch leben.«

»Ich nehme an, Ihr Mann war geschäftlich sehr erfolgreich. Oder Sie selbst? Ich möchte nicht unhöflich sein … oder chauvinistisch.« Plötzlich grinste Riggs. »Oder hat einer von Ihnen in der Lotterie gewonnen?«

LuAnns Hand krampfte sich um die Lehne der Couch, doch sie erwiderte in beiläufigem Tonfall: »Mein Mann war ein sehr erfolgreicher Geschäftsmann. Nach seinem Tod war ich mehr als gut versorgt, wie Sie sehen können.«

»Daran besteht kein Zweifel«, stimmte Riggs ihr zu.

»Und Sie? Haben Sie Ihr ganzes Leben hier verbracht?«

»Aber, aber. Nach meinem gestrigen Besuch hier hatte ich eigentlich damit gerechnet, daß Sie mein Vorleben gründlich überprüft haben.«

»Tut mir leid, aber ich verfüge nicht über die Quellen, die Ihnen offenbar zur Verfügung stehen. Ich hätte nicht geglaubt, daß Bauunternehmer ein so gutes Informationsnetz besitzen.« Ihre Augen blieben auf ihn gerichtet.

»Ich bin vor ungefähr fünf Jahren hierher gezogen und habe bei einem hiesigen Bauunternehmer mein Handwerk erlernt. Als der Mann vor drei Jahren starb, habe ich meine eigene Firma gegründet.«

»Fünf Jahre. Dann hat Ihre Frau also ein Jahr hier mit Ihnen gelebt.«

Riggs schüttelte den Kopf. »Die Scheidung war vor vier Jahren *rechtskräftig*, aber wir lebten schon vierzehn Monate zuvor getrennt. Sie ist immer noch in Washington. Wahrscheinlich wird sie dort auch bleiben.«

»Ist sie in der Politik?«

»Anwältin. Große Kanzlei. Sie hat einige Mandanten, die politisch tätig sind. Sie ist sehr erfolgreich.«

»Dann muß sie tüchtig sein. Der Anwaltsberuf ist immer noch weitgehend eine Männerdomäne. Wie vieles andere auch.«

Riggs zuckte mit den Schultern. »Sie ist sehr intelligent und versteht es ausgezeichnet, Geschäfte an Land zu ziehen. Das war wohl auch der Grund für unsere Trennung. Unsere Ehe hat die Karriere meiner Frau behindert.«

»Verstehe.«

»Keine sehr originelle Geschichte, aber es ist die einzige, die ich habe. Ich bin hierher gezogen und habe nie zurückgeblickt.«

»Ich nehme an, Sie mögen Ihre Arbeit.«

»Manchmal hängt sie mir zum Hals heraus, aber das ist wohl bei jedem Job so. Ich mag es, Dinge zusammenzufügen. Es ist wie eine Therapie. Und friedlich. Ich habe Glück gehabt. Die Mund-zu-Mund-Propaganda war hilfreich. Meine Geschäfte liefen von Anfang an gut. Wie Sie sicher wissen, gibt es in dieser Gegend viel Geld. Das gab es hier schon, ehe Sie zugezogen sind.«

»Ja, das habe ich auch gehört. Freut mich, daß es mit Ihrem Berufswechsel so gut geklappt hat.«

Riggs lehnte sich zurück, während er ihre Worte verdaute. Seine Lippen waren geschürzt, die Hände zu Fäusten geballt, doch es war keine bedrohliche Geste.

Plötzlich lachte er auf. »Lassen Sie mich raten. Man hat Ihnen geflüstert, daß ich entweder CIA-Agent oder ein international gesuchter Profikiller war, der von einer Minute zur anderen beschlossen hat, alles über Bord zu werfen, um in einer friedlichen ländlichen Umgebung zu hämmern und zu sägen.«

»Nun, das mit dem Profikiller habe ich noch nicht gehört.«

Sie lächelten sich an.

»Wissen Sie, Matthew, wenn Sie den Leuten die Wahrheit erzählen würden, hätten diese dummen Gerüchte ein Ende.« LuAnn konnte nicht fassen, daß sie diese Worte tatsächlich gesagt hatte, kaum daß sie ausgesprochen waren. Sie bedachte Riggs mit einem – wie sie hoffte – völlig unschuldigen Blick.

»Sie meinen, es interessiert mich, ob die Leute Gerüchte über mich verbreiten? Das ist mir, mit Verlaub, scheißegal.«

»Das ist unter Ihrer Würde, habe ich recht?«

»Wenn ich im Leben etwas gelernt habe, dann die Einsicht, daß man sich keine Sorgen machen soll, was die Leute über einen denken oder sagen. Andernfalls macht man sich zum Krüppel. Die Menschen können grausam sein. Besonders die Leute, die sich angeblich um einen sorgen. Glauben Sie mir, ich spreche aus Erfahrung.«

»Gehe ich recht in der Annahme, daß Ihre Scheidung nicht auf freundschaftlicher Basis erfolgt ist?«

Riggs schaute sie nicht an, als er weitersprach. »Ich möchte Ihnen nicht zu nahetreten, aber manchmal ist eine Scheidung traumatischer und schmerzlicher als der Tod des Partners. Obwohl es in beiden Fällen ein anderer Schmerz ist, nehme ich an.«

Er blickte auf seine Hände. Seine Worte hatten vollkommen ehrlich geklungen, und LuAnn verspürte augenblicklich Schuldgefühle, daß sie in Wahrheit gar nicht verwitwet war. Sie hatte Duane verloren, aber der war weder reich noch ihr Ehemann gewesen. Es war, als würde Riggs ihr seine Wunden als Gegenleistung dafür entblößen, daß LuAnn ihm die ihren entblößt hatte. Doch wie üblich hatte sie ihm nur Lügen aufgetischt. War sie überhaupt noch imstande, die Wahrheit zu sagen? Aber wie konnte sie das? Würde sie die Wahrheit sagen, würde sie sich damit selbst vernichten. Und Lisa. Und Charlie. Das ganze Lügengebäude, das ihr Leben ausmachte, würde wie ein Kartenhaus in sich zusammenfallen.

»Ich verstehe, was Sie meinen«, sagte sie.

Riggs schwieg. Offenbar hatte er keine Lust, dieses Thema fortzuführen.

LuAnn blickte auf die Armbanduhr. »Der Lunch müßte fertig sein. Ich habe mir gedacht, daß Sie sich nach dem Essen mal die Stelle hinter dem Haus anschauen, die mir als Platz für ein kleines Studio vorschwebt, das Sie mir bauen sollen.« Sie stand auf, und Riggs erhob sich ebenfalls. Er schien unendlich erleichtert zu sein, daß sie das Thema gewechselt hatte.

»Das hört sich gut an, Catherine. In meiner Branche sind Aufträge stets willkommen.«

Als sie zur hinteren Veranda gingen, stieß Charlie zu ihnen. Die beiden Männer schüttelten sich die Hände. »Ich freue mich, Sie wiederzusehen, Matt. Ich hoffe, Sie haben tüchtig Hunger. Sally tischt meist sehr reichlich auf.«

Beim Lunch genossen sie das Essen und die Getränke und unterhielten sich über Belanglosigkeiten. Doch Riggs entging nicht, welch gewaltige unsichtbare Kraft Catherine Savage und Charlie verband. Es war ein starkes Band, wie Riggs spürte. Unzerreißbar. Kein Wunder. Schließlich waren sie eine Familie.

»Wie sieht es mit Ihrem Zeitplan für den Zaun aus, Matt?« fragte Charlie. Er stand mit Riggs auf der hinteren Veranda, von der aus man das Anwesen gut überschauen konnte, während LuAnn losgefahren war, um Lisa von der Schule abzuholen. Der Unterricht endete heute wegen einer Lehrerkonferenz früher als sonst. LuAnn hatte Riggs gebeten, nach dem Essen noch zu bleiben, bis sie zurück war, damit sie über den Bau des Studios sprechen konnten. Riggs fragte sich, ob es ein absichtliches Manöver gewesen war, Lisa abzuholen, damit Charlie ihn aushorchen konnte. Was auch der Grund sein mochte, er blieb auf der Hut.

Ehe er Gelegenheit hatte, auf Charlies Frage wegen des Zauns zu antworten, hielt dieser ihm eine Zigarre hin. »Rauchen Sie diese Dinger?«

Riggs nahm die Zigarre. »Nach einer so guten Mahlzeit und an einem so herrlichen Tag wie heute könnte ich nicht widerstehen, selbst wenn ich kein Zigarrenraucher wäre.« Er schnippte mit dem Zigarrenschneider, den Charlie ihm reichte, ein Ende ab. Dann ließen die beiden Männer sich Zeit, die Zigarren anzuzünden.

»Ich schätze, wir brauchen eine Woche für das Ausheben der Pfostenlöcher«, beantwortete Riggs schließlich Charlies anfängliche Frage. »Dann zwei Wochen, um das Gelände zu roden und die Zaunelemente zusammenzusetzen und zu montieren – das Betongießen für die Pfosten eingerechnet. Dann kommt eine weitere Woche für das Tor und die Installierung des Sicherheitssystems hinzu. Alles in allem etwa ein Monat. Das entspricht auch ungefähr meiner Schätzung im Vertrag.«

Charlie musterte ihn. »Ich weiß. Aber manchmal läuft in

Wirklichkeit nicht alles so, wie man es auf Papier geschrieben hat.«

»Das ist eine ziemlich korrekte Beschreibung der Baubranche«, pflichtete Riggs ihm bei und paffte an der Zigarre. »Aber wir haben den Zaun stehen, ehe der erste Frost kommt. Das Gelände ist nicht so schwierig, wie ich anfangs dachte.« Er machte eine Pause und blickte Charlie an. »Nach dem gestrigen Tag wünschte ich, der verflixte Zaun würde heute schon stehen. Sie bestimmt auch.«

Es war eine deutliche Einladung zum Gespräch, und Charlie enttäuschte Riggs nicht. »Setzen Sie sich, Matt.« Charlie deutete auf zwei weiße schmiedeeiserne Sessel an der Balustrade. Charlie nahm vorsichtig Platz. »Mein Gott, sind diese Scheißdinger unbequem. Und dabei kosten sie so viel, daß man meinen könnte, sie wären aus Gold. Der Innenarchitekt muß eine fette Provision dafür kassiert haben. So was stellt doch kein normaler Mensch auf.« Er zog an seiner Zigarre und blickte hinaus auf die Landschaft. »Verdammt, ist das schön hier.«

Riggs folgte seinem Blick. »Das ist einer der Gründe, weshalb ich hergekommen bin. Ein wichtiger.«

»Und was waren die anderen?« Charlie grinste ihn an. »War nur ein Scherz. Das ist allein *Ihre* Sache.« Die Betonung entging Riggs nicht. Charlie rutschte auf dem Sessel hin und her, bis er eine halbwegs bequeme Position gefunden hatte. »Catherine hat mir von Ihrem gestrigen Gespräch erzählt.«

»Das habe ich mir schon gedacht. Aber sie sollte nicht in den Häusern fremder Leute herumschnüffeln. Das kann sehr ungesund sein.«

»Genau das habe ich ihr auch gesagt. Ich weiß, man glaubt es kaum, aber sie ist ganz schön eigensinnig.«

Die beiden Männer schauten sich an und grinsten wissend.

»Ich bin Ihnen dankbar, daß Sie sich bereit erklärt haben, die Sache auf sich beruhen zu lassen«, sagte Charlie.

»Ich habe ihr gesagt, daß ich dem Kerl keinen Ärger mache, solange er mir keinen Ärger macht.«

»Na schön. Sie können sich gewiß vorstellen, daß Catherine in Anbetracht ihres Reichtums die Zielscheibe aller möglichen Gaunereien, Bettelbriefe und manchmal unverhüllter Drohungen ist. Wir müssen uns auch wegen Lisa Sorgen machen. Wir lassen sie nicht aus den Augen.«

»Sie reden, als hätten Sie schlechte Erfahrungen gemacht.«

»Stimmt. Ist nicht das erste Mal. Und es wird nicht das letzte Mal sein. Aber man darf sich nicht verrückt machen lassen. Ich meine, Catherine könnte sich irgendwo eine gottverlassene Insel kaufen. Dann wäre es unmöglich, daß jemand zu ihr vordringt. Aber was für ein Leben wäre das für sie? Und für Lisa?«

»Und für Sie. Es ist ja nicht so, daß Sie mit einem Fuß im Grab stehen, Charlie. Sie sehen aus, als könnten Sie nächsten Sonntag für die Redskins antreten.«

Charlie strahlte über dieses Kompliment. »Ich habe in grauer Vorzeit tatsächlich mal als Halbprofi Football gespielt. Und ich achte auf meine Gesundheit. Catherine wacht mit Argusaugen über meine Eßgewohnheiten. Diese Dinger läßt sie mich wahrscheinlich nur aus Mitleid rauchen.« Er hielt die Zigarre hoch. »Trotzdem habe ich mich in letzter Zeit älter gefühlt, als ich bin. Aber es stimmt, auf einer verlassenen Insel möchte ich nicht leben.«

»Haben Sie schon etwas über den Kerl im Honda herausgefunden?«

»Ich arbeite noch daran. Ein paar Anfragen sind schon unterwegs.«

»Bitte, nehmen Sie mir die Frage nicht übel, aber was wollen Sie gegen den Mann unternehmen, wenn Sie ihn finden?«

Charlie blickte ihn an. »Was würden Sie denn tun?«

»Hängt davon ab, was er vorhat.«

»Genau. Deshalb weiß ich noch nicht, was ich tun werde.

Erst muß ich ihn haben und mehr über seine Absichten wissen.« In Charlies Stimme lag ein Hauch von Feindseligkeit, den Riggs jedoch geflissentlich überhörte. Er ließ den Blick wieder über das Gelände schweifen.

»Catherine hat gesagt, sie möchte ein Studio im Freien bauen. Wissen Sie, wo?«

Charlie schüttelte den Kopf. »Hab' noch nicht mit ihr darüber gesprochen. Ich glaube, die Idee ist ihr erst vor kurzem gekommen. Ganz spontan.«

Riggs musterte ihn. War das ein absichtlicher Versprecher Charlies gewesen? Er hatte das Gefühl, als wollte Charlie ihm klipp und klar zu verstehen geben, daß dieses mögliche neue Bauprojekt der Lohn dafür sei, daß Riggs den Mund hielt. Oder gab es noch einen anderen Grund?

»Wozu möchte sie das Studio benutzen?«

Charlie warf ihm einen flüchtigen Blick zu. »Ist das wichtig?«

»Allerdings. Wenn es ein Malstudio sein soll, muß ich für ausreichend Licht sorgen, vielleicht ein paar Dachfenster einbauen und eine Entlüftungsanlage, wegen der Farbdünste. Wenn sie das Studio nur dazu benutzen will, um sich zurückzuziehen, zu lesen oder zu schlafen, muß ich es anders planen.«

Charlie nickte nachdenklich. »Verstehe. Genau weiß ich nicht, was sie mit diesem Studio anfangen will. Aber mit Malerei beschäftigt sie sich nicht.«

Dann schwiegen die Männer, rauchten und ließen den Blick über das herrliche Anwesen schweifen, bis die Stille durch das Eintreffen LuAnns und Lisas beendet wurde. Die Tür zur Veranda öffnete sich, und die beiden erscheinen.

Leibhaftig ähnelte Lisa Savage ihrer Mutter noch mehr als auf dem Foto. Beide bewegten sich auf die gleiche Weise: mit leichten, gleitenden Schritten, ohne unnötig Kraft zu verschwenden.

»Das ist Mr. Riggs, Lisa.«

Riggs hatte in seinem bisherigen Leben nicht viel Umgang mit Kindern gehabt, doch er benahm sich ganz natürlich. Er streckte die Hand aus. »Du kannst Matt zu mir sagen, Lisa. Freut mich, dich kennenzulernen.«

Sie lächelte und drückte seine Hand. »Mich auch, Matt.«

»Was für ein Händedruck.« Er blickte LuAnn an, dann Charlie. »Liegt offenbar in der Familie. Wenn ich öfter herkomme, sollte ich mir besser einen Stahlhandschuh zulegen.«

Lisa lächelte.

»Matthew wird ein Studio für mich bauen, Lisa«, sagte LuAnn und deutete aufs Gelände. »Irgendwo da draußen.«

Lisa schaute augenscheinlich verblüfft zum Haus. »Ist unser Haus denn nicht groß genug?«

Plötzlich fingen alle Erwachsenen laut zu lachen an. Dann fiel auch Lisa ein.

»Aber mal ernsthaft. Wozu soll das Studio gut sein?« fragte sie schließlich.

»Na ja, vielleicht wird es eine Art Überraschung. Es ist sogar möglich, daß ich dir auch erlaube, das Studio hin und wieder zu benützen.«

Angesichts dieser Aussicht grinste Lisa.

»Aber nur, wenn deine Noten gut bleiben«, warf Charlie ein. »Übrigens, wie ist es mit der Klassenarbeit gelaufen?« Charlies Stimme war rauh; aber das war offensichtlich nur Fassade. Riggs sah deutlich, daß der alte Bursche Lisa ebenso liebte wie ihre Mutter, wenn nicht noch mehr.

Lisa zog eine Schnute. »Ich hab' keine Eins bekommen.«

»Das ist schon in Ordnung, Schatz«, sagte Charlie liebevoll. »Wahrscheinlich meine Schuld. In Mathe bin ich nicht besonders.«

Plötzlich breitete sich ein strahlendes Lächeln auf Lisas Gesicht aus. »Ich hab' eine Eins plus.«

Charlie versetzte ihr spielerisch einen Klaps auf die Wange. »Du hast den gleichen Sinn für Humor wie deine Mutter, das steht mal fest.«

»Miss Sally hat Lunch für dich«, sagte LuAnn. »Ich weiß, daß du heute in der Schule nichts gegessen hast. Lauf los. Ich komme zu dir, wenn ich mit Matthew fertig bin.«

LuAnn und Riggs gingen über das Gelände hinter dem Haus. Charlie hatte sich entschuldigt und erklärt, er müsse noch einiges erledigen.

Nachdem Riggs ein Stück gegangen war, deutete er auf eine ebene Lichtung, von der man einen ungehinderten Blick auf die fernen Berge hatte, die aber an zwei Seiten von schattige Bäumen begrenzt wurde. »Das scheint mir ein hübscher Fleck zu sein. Bei so viel Land haben Sie natürlich viele mögliche Bauplätze. Wenn ich wüßte, wozu Sie das Studio benützen wollen, könnte ich einen entsprechenden Vorschlag machen, wo es am besten hinpaßt.« Er schaute sich um. »Es gibt aber noch eine andere Möglichkeit. Sie haben schon eine Reihe von Außengebäuden. Man könnte eins davon in ein Studio umbauen.«

»Oh, ich dachte, ich hätte mich deutlicher ausgedrückt. Ich möchte das Studio von Grund auf neu gebaut haben. Von den alten Anbauten gefällt mir keins. Ich möchte das Studio so haben wie Sie. Zwei Etagen. Im Parterre könnten wir eine Werkstatt einrichten, für meine Hobbys – falls ich je dazu komme, mir Hobbys zuzulegen. Lisa malt gern. Und sehr gut. Vielleicht sollte ich mit der Bildhauerei anfangen. Das scheint mir eine ziemlich entspannende Beschäftigung zu sein. Im ersten Stock möchte ich einen Holzofen, ein Teleskop, bequeme Möbel, eingebaute Bücherschränke, vielleicht eine kleine Küche und ein Panoramafenster.«

Riggs nickte und schaute sich wieder um. »Ich habe den Swimmingpool gesehen. Haben Sie vor, irgendwann Umkleidekabinen und vielleicht Tennisplätze zu bauen?«

»Nächstes Frühjahr. Warum?«

»Dann könnten wir diese Projekte und das Studio vielleicht in einen Gesamtplan eingliedern. Die gleichen Materialien benutzen und eine Kombination aus Umkleidekabinen und Studio errichten.«

LuAnn schüttelte den Kopf. »Nein, ich möchte alles getrennt haben. Wir werden einen großen Pavillon für Gartenfeste und so etwas bauen lassen. Den Pool und die Tennisplätze wird hauptsächlich Lisa benützen. Deshalb will ich die Anlagen näher am Haus haben, in dem Bereich, wo jetzt der Pool ist. Aber das Studio soll weiter weg sein. Ein bißchen abgelegener, versteckter.«

»Kein Problem. Land genug haben Sie ja.« Riggs ging in die Knie, betrachtete die Neigung des Geländes, und erhob sich wieder. »Schwimmen Sie auch, oder spielen Sie Tennis?«

»Ich schwimme wie ein Fisch, aber Tennis habe ich nie gespielt. Ich habe auch nicht die geringste Lust, damit anzufangen.«

»Ich dachte, alle reichen Leute spielen Tennis. Und Golf.«

»Vielleicht, wenn man in eine reiche Familie hineingeboren wird. Ich war nicht immer reich.«

»Georgia.«

LuAnn musterte ihn verdutzt. »Wie bitte?«

»Ihr Akzent. Eindeutig Georgia. Bei Lisa ist es anders. Sie könnte von weiß Gott wo stammen. Ihr Akzent ist zwar sehr schwach, aber unverkennbar. Ich nehme an, Sie haben viele Jahre in Europa verbracht, aber Sie wissen ja, was man sagt: Man kann zwar ein Mädel aus Georgia wegbringen, nicht aber Georgia aus dem Mädel.«

LuAnn zögerte kurz, ehe sie antwortete. »Ich war nie in Georgia.«

»Erstaunlich. Normalerweise liege ich mit meinen Schätzungen nie weit daneben.«

»Niemand ist vollkommen.« Sie schob eine Haarsträhne nach hinten, die ihr über die Augen hing. »Nun, was meinen Sie?« Sie blickte auf die Lichtung.

Riggs schaute LuAnn für einen Moment verdutzt an, ehe er antwortete: »Wir müssen erst exakte Pläne machen. Damit alles genauso wird, wie Sie es möchten. Obwohl ich den Eindruck habe, als hätten Sie jetzt schon ziemlich klare Vorstellungen. Na ja, je nach Größe und Aufwand kann die Bauzeit zwei bis sechs Monaten dauern.«

»Wann können Sie anfangen?«

»Dieses Jahr nicht mehr, Catherine.«

»Haben Sie so viel Arbeit?«

»Das hat nichts mit meinen Aufträgen zu tun. Kein Bauunternehmer mit gesundem Menschenverstand würde ein solches Projekt um diese Jahreszeit noch in Angriff nehmen. Wir brauchen erst die Pläne des Architekten und müssen die Baugenehmigungen einholen. Der Boden wird bald frieren, da möchte ich keine Pfosten mehr einsetzen. Vor dem Wintereinbruch hätten wir den Rohbau und das Dach nicht fertig. Und hier oben kann das Wetter ziemlich scheußlich sein. Die eigentlichen Bauarbeiten können daher erst im nächsten Frühjahr beginnen.«

»Oh.« LuAnn klang tief enttäuscht. Sie starrte auf die Lichtung, als sähe sie ihren Zufluchtsort bereits fertig vor sich.

Um sie zu trösten, sagte Riggs: »Der Frühling kommt, bevor Sie's merken, Catherine. Und der Winter verschafft uns die Möglichkeit, wirklich gute Pläne auszuarbeiten. Ich kenne einen erstklassigen Architekten. Ich kann Sie mit ihm bekanntmachen.«

LuAnn hörte ihm kaum zu. Würde sie nächstes Frühjahr noch hier sein? Riggs' Antworten, was den Zeitplan betraf, hatten ihre Begeisterung sehr gedämpft.

»Wir werden sehen. Danke.«

Als sie zurück zum Haus gingen, berührte Riggs ihre Schulter. »Gehe ich recht in der Annahme, daß Sie über eine Verzögerung nicht sehr erbaut sind? Daß Sie Ihren Wunsch gern schnellstmöglich erfüllt sehen möchten? Wenn ich könnte, würde ich das Studio sofort für Sie bauen, glauben Sie mir. Irgendeine Baufirma würde den Auftrag vielleicht sogar jetzt noch annehmen. Aber dann berechnet man Ihnen einen beträchtlichen Aufpreis und stellt Ihnen eine Bruchbude hin, die in ein, zwei Jahren einstürzt. Ich aber bin stolz auf meine Arbeit. Ich möchte Ihnen nur erstklassige Qualität liefern.«

Sie lächelte ihn an. »Charlie hat gesagt, Sie hätten ausgezeichnete Referenzen. Ich glaube, ich weiß jetzt, warum.«

Sie gingen am Pferdestall vorbei. LuAnn deutete auf das Gebäude. »Das könnte man vielleicht als mein Hobby bezeichnen«, sagte sie. »Reiten Sie auch?«

»Ich bin kein großer Könner, aber ich falle zumindest nicht aus dem Sattel.«

»Wir sollten mal zusammen ausreiten. Es gibt hier wunderschöne Reitwege.«

»Ich weiß«, lautete Riggs überraschende Antwort. »Ich bin früher oft darauf gewandert, ehe dieser Besitz verkauft wurde. Übrigens haben Sie mit diesem Grundstück eine ausgezeichnete Wahl getroffen.«

»Charlie hat es entdeckt.«

»Er ist ein netter Kerl.«

»Ja. Er macht mein Leben sehr viel leichter. Ich wüßte nicht, was ich ohne ihn tun sollte.«

»Es muß schön sein, jemand wie ihn um sich zu haben.«

LuAnn streifte ihn mit einem verstohlenen Blick, als sie zurück zur Villa gingen.

KAPITEL 31

Charlie wartete am Hintereingang auf sie. Er strahlte eine unterdrückte Erregung aus, und der Blick, mit dem er LuAnn bedachte, verriet ihr den Grund dafür: Pemberton hatte herausgefunden, wo der Hondafahrer sich aufhielt.

Obwohl Riggs sich nichts anmerken ließ, spürte er den subtilen Austausch zwischen den beiden.

»Danke für den Lunch«, sagte er. »Ich bin sicher, Sie haben noch zu tun. Ich habe heute nachmittag auch noch einige Termine, um die ich mich kümmern muß.« Er schaute zu LuAnn hinüber. »Sagen Sie mir wegen des Studios Bescheid, Catherine.«

»Mach' ich. Und rufen Sie mich wegen des Ausritts an.«

»Das werde ich.«

Nachdem Riggs fort war, gingen Charlie und LuAnn in Charlies Arbeitszimmer und schlossen die Tür.

»Wo wohnt der Kerl?« fragte sie.

»Er ist unser Nachbar.«

»Was?«

»Er haust in einem kleinen Cottage, das man mieten kann. Ziemlich abgeschieden. Keine fünf Meilen von hier, am Highway 22. Ich habe mir die Gegend dort angeschaut, in der Nähe von der Stelle, an der wir mal bauen wollten. War früher ein großer Besitz, aber jetzt gibt es nur noch das Verwalterhäuschen. Erinnerst du dich? Wir sind vor einiger Zeit mal dort raufgefahren.«

»Ich erinnere mich ganz genau. Man kann auf Waldwegen dorthin reiten oder auch zu Fuß gehen, wie ich es schon gemacht habe. Der Kerl könnte uns schon eine ganze Weile ausspionieren.«

»Ich weiß. Und das macht mir Sorgen. Pemberton hat mir den genauen Weg zur Hütte beschrieben.« Charlie legte das Papier mit der Wegbeschreibung auf den Schreibtisch und zog die Jacke an.

LuAnn nutzte die Gelegenheit, um unauffällig einen Blick auf die Beschreibung zu werfen.

Charlie schloß eine Schreibtischschublade auf. LuAnns Augen wurden groß, als er einen 38er hervorholte. Er lud die Waffe.

»Was hast du vor?« fragte sie ängstlich.

Er schaute sie nicht an, als er den Revolver sicherte und in die Tasche steckte. »Ich sehe mir alles mal an. Wie wir es geplant haben.«

»Ich komme mit.«

Er schaute sie unwillig an. »Nein.«

»Charlie, ich komme mit.«

»Und was ist, wenn es Ärger gibt?«

»Das sagst ausgerechnet du?«

»Du weißt, was ich meine. Laß mich erst mal allein dort herumschnüffeln. Vielleicht finde ich heraus, was der Kerl vorhat. Ich werd' schon nichts Gefährliches tun.«

»Was soll dann die Waffe?«

»Ich habe gesagt, *ich* würde nichts Gefährliches tun. Aber ich weiß ja nicht, was der Bursche tut.«

»Das gefällt mir nicht, Charlie. Ganz und gar nicht.«

»Glaubst du, mir gefällt es? Aber es ist die einzige Möglichkeit, LuAnn. Und falls etwas passiert, möchte ich nicht, daß du mittendrin steckst.«

»Ich will nicht, daß du meine Kämpfe für mich austrägst, Charlie.«

Sanft berührte er ihre Wange. »Ich tu's ja freiwillig. Ich möchte, daß du und Lisa wohlbehalten und in Sicherheit seid. Falls es dir noch nicht aufgefallen ist – das habe ich mir sozusagen zur Lebensaufgabe gemacht. Freiwillig.« Er lächelte.

LuAnn beobachtete, wie er die Tür öffnete, um hinauszugehen. »Charlie, bitte sei vorsichtig.«

Er blickte über die Schulter und sah die Furcht auf ihrem Gesicht.

»Du weißt doch, daß ich immer vorsichtig bin, LuAnn.«

Kaum war er fort, ging LuAnn auf ihr Zimmer und zog Jeans, ein warmes Hemd und feste Stiefel an.

Falls es dir noch nicht aufgefallen ist, Charlie, es ist meine Lebensaufgabe, dafür zu sorgen, daß du und Lisa wohlbehalten und in Sicherheit seid.

Sie nahm eine Lederjacke aus dem Wandschrank und lief aus dem Haus in Richtung Pferdestall, sattelte Joy und galoppierte zum Labyrinth der Waldwege.

Als Charlie die Hauptstraße erreichte, folgte Riggs ihm mit dem Cherokee in sicherem Abstand. Er hatte die Wahrscheinlichkeit, daß sich irgend etwas tun würde, auf fünfzig zu fünfzig geschätzt, als er die Villa verließ. Ein Freund hatte ihm erzählt, er hätte gesehen, wie Charlie am Vortag mit Pemberton gefrühstückt habe. Das war klug von Charlie. Auch Riggs hätte genau diesen Weg eingeschlagen, um den Fahrer des Honda aufzuspüren. Jedenfalls hatten die Auskunft des Freundes und Charlies Erregung Riggs davon überzeugt, daß irgend etwas im Busch war. Und falls er sich irrte, vergeudete er nicht viel Zeit.

Er hatte den Range Rover gerade noch im Blickfeld, als der Wagen auf den Highway 22 nach Norden einbog. Auf der Provinzstraße war es nicht leicht, unsichtbar zu bleiben, doch Riggs war zuversichtlich, daß er es schaffen würde.

Auf dem Beifahrersitz lag die Schrotflinte. Diesmal war er vorbereitet.

Charlie blickte nach rechts und links, als der Range Rover den schützenden Wald verließ; dann hielt er an. Er konnte das Häuschen vor sich sehen. Hätte Pemberton ihm nicht gesagt, daß in diesem Cottage der Verwalter eines riesigen Anwesens gewohnt hatte, das nicht mehr existierte, wäre Charlie erstaunt gewesen, daß jemand mitten in Nirgendwo diese Hütte gebaut hatte. Ironischerweise hatte das winzige Gebäude das Herrschaftshaus überlebt.

Charlies Finger schlossen sich um den Griff des Revolvers in seiner Tasche. Er stieg aus, ging zwischen den dicken Bäumen bis hinter das Häuschen und blieb beim Schuppen stehen. Dann rieb er den Schmutz vom Fenster. Im Inneren des Schuppens stand der schwarze Honda. Charlie grinste. Er und LuAnn schuldeten Pemberton jetzt eine satte Spende für eine Wohlfahrtsorganisation seiner Wahl.

Charlie wartete ungefähr zehn Minuten, ohne den Blick vom Haus zu nehmen, um festzustellen, ob sich dort irgend etwas regte, ob ein Schatten hinter einem Fenster auftauchte. Das Haus schien unbewohnt zu sein, doch der Wagen im Schuppen strafte diesen Anschein Lügen. Vorsichtig pirschte Charlie sich näher ans Gebäude.

Er blickte sich um, sah Riggs aber nicht, der hinter einer dichten Stechpalme links vom Haus hockte.

Riggs senkte den Feldstecher und musterte die Umgebung. Wie Charlie hatte auch er weder eine Bewegung ausgemacht noch vom Haus ein Geräusch gehört. Aber das hatte nichts zu bedeuten. Der Kerl konnte drinnen sein und nur darauf warten, daß Charlie auftauchte, um dann nach dem Motto zu handeln: erst schießen, dann fragen. Riggs packte die Schrotflinte fester und wartete.

Die Vordertür war abgeschlossen. Charlie hätte die kleine Fensterscheibe neben der Tür einschlagen und die Tür von innen öffnen oder gegen das Türblatt treten können, daß es aus den Angeln flog – so solide wirkte die Tür nicht. Falls aber doch jemand im Haus war, würde es eine für Charlie tödliche Reaktion hervorrufen, wenn er die Tür eintrat. Und falls niemand da war, wollte Charlie keine Beweise hinterlassen, daß er im Haus gewesen war.

Er klopfte an. Den Revolver hatte er halb aus der Tasche gezogen. Er wartete, klopfte erneut. Nichts rührte sich. Er schob den Revolver in die Tasche zurück und betrachtete das Schloß. Man konnte es mit einer Haarnadel knacken, wie ihm sein fachmännisches Auge verriet.

Er holte zwei Gegenstände aus der Innentasche der Jacke: eine dünne Ahle und eine Spannvorrichtung. Zum Glück waren seine Finger von der Arthritis noch verschont geblieben; andernfalls hätte er nicht mehr die Fertigkeit besessen, das Schloß zu knacken. Erst schob er die Ahle hinein, dann setzte er die Spannvorrichtung darunter. Mit der Ahle drückte Charlie die Zuhaltung des Schlosses in die Geöffnet-Stellung, während die Spannvorrichtung dafür sorgte, daß die Zuhaltungsbolzen in dieser Position blieben. Charlie drehte die Ahle. Er spürte die leichten Vibrationen der Bolzen. Dann wurde er mit einem hörbaren Klicken belohnt.

Charlie drehte den Türknopf, und die Tür schwang auf. Er verstaute das Werkzeug in den Manteltaschen. Sein Knastdiplom hatte wieder einmal ein Wunder gewirkt.

Die ganze Zeit lauschte er aufmerksam. Er war sich durchaus bewußt, daß ihn womöglich eine Falle erwartete. Seine Hand schloß sich fester um den Griff des 38er. Wenn der Kerl ihm die Gelegenheit bot, würde Charlie die Waffe benutzen. Die Auswirkungen einer solchen Tat waren zwar gefährlich und unüberschaubar, aber immer noch besser als eine sofortige Entdeckung.

Das Innere des Hauses erwies sich als ziemlich schlicht. Ein Korridor führte von vorn nach hinten und teilte das Gebäude in zwei ungefähr gleich große Hälften. Die Küche befand sich hinten links, davor ein kleines Eßzimmer. Rechts war das ebenso bescheidene Wohnzimmer. Daran schloß sich nach hinten ein Abstellraum mit Waschmaschine an. Rechts führte eine Holztreppe zu den Schlafzimmern im ersten Stock.

Charlies Aufmerksamkeit war jedoch voll und ganz auf das Eßzimmer gerichtet. Verblüfft starrte er auf den Computer, den Drucker, das Faxgerät und die Stapel von Aktenordnern. Er ging näher. Dann sah er das Korkbrett mit den vielen Zeitungsausschnitten und Fotos, die darauf geheftet waren.

Stumm bewegten sich seine Lippen, als er die Schlagzeilen las. LuAnns Gesicht nahm unter den Fotos einen herausragenden Platz ein. Ihre ganze Geschichte war hier ausgebreitet: die Morde, LuAnns Lotteriegewinn, ihr Verschwinden. Nun, das bestätigte seinen Verdacht. Jetzt mußte er nur noch herausfinden, wer der Mann war und – noch wichtiger – was er von ihnen wollte.

Charlie ging im Zimmer umher, hob da und dort vorsichtig ein Papier hoch, las die Zeitungsausschnitte und blätterte die Akten durch. Seine Augen suchten aufmerksam nach irgend etwas, das ihm die Identität des Mannes verraten konnte. Denn wer immer LuAnn verfolgte – er wußte, was er tat.

Schließlich ging Charlie zum Schreibtisch und zog behutsam eine Schublade auf. Die Papiere, die darin lagen, erbrachten nichts Neues. Er schaute in den anderen Schubladen nach, mit dem gleichen Ergebnis.

Einen Moment überlegte er, ob er den Computer einschalten sollte, doch seine Kenntnisse dieser Technologie waren praktisch gleich null. Er wollte gerade die restlichen Zimmer des Hauses durchsuchen, als ihm eine einzelne Schachtel auffiel, die in einer Ecke stand. Charlie beschloß, vorsichtshalber einen Blick hineinzuwerfen.

Er hob den Deckel ab – und seine Augen wurden groß,

die Lider zuckten unkontrolliert. Das Wort »Scheiße« kam ihm beinahe lautlos über die Lippen. Die Knie wurden ihm weich.

Ein einzelnes Blatt starrte ihm entgegen. Die Namen waren ordentlich aufgelistet, darunter auch LuAnns. Die meisten der übrigen Namen gehörten Personen, die Charlie ebenfalls kannte: Herman Rudy, Wanda Tripp, Randy Stith, Bobbie Jo Reynolds und andere. Allesamt einstige Lotteriegewinner. Die meisten hatte Charlie persönlich begleitet, so wie LuAnn. Und alle hatten ihr Vermögen mit Jacksons Hilfe in der staatlichen Lotterie gewonnen, wie Charlie genau wußte.

Er suchte Halt, indem er die zitternde Hand auf das Fensterbrett stützte. Er war darauf vorbereitet gewesen, Beweise zu finden, daß der Mann alles über die Morde und LuAnns Verwicklung in diese Sache wußte. Aber daß er nun erkennen mußte, daß auch der Lotteriebetrug aufgedeckt war, traf Charlie völlig unerwartet, wie ein Schlag ins Gesicht. Die Haare an seinen Unterarmen prickelten plötzlich, als wären sie statisch aufgeladen.

Wie? Wie konnte der Kerl das herausgefunden haben? Und wer, zum Teufel, war er? Rasch schob Charlie den Deckel wieder auf die Schachtel, drehte sich um und ging zur Tür. Er vergewisserte sich, daß sie wieder verschlossen war, ehe er zum Range Rover lief, einstieg und losfuhr.

Donovan fuhr die Route 26 entlang. Er war seit fast zwei Stunden auf dieser Straße unterwegs, auf dem Rückweg von Washington, und wollte so schnell wie möglich die Jagd wieder aufnehmen.

Unwillkürlich erhöhte er das Tempo. Während der Fahrt hatte er sich die nächsten Schritte überlegt, die er in Sachen LuAnn Tyler unternehmen wollte. Er würde ihre wahre Identität aufdecken – und das schon bald. Falls die eine Methode versagte, würde er eine andere finden. Das schönste aber war – und bei diesem Gedanken breitete sich ein Ausdruck tiefer Zufriedenheit auf seinem Gesicht aus –, daß er LuAnn Tyler in der Hand hatte. Die oft zitierte Redensart paßte genau: Eine Kette war nur so stark wie ihr schwächstes Glied. Und du, LuAnn, bist das rostige Kettenglied, sagte er sich. Du wirst mir nicht entwischen.

Er blickte auf die Armbanduhr. Bald würde er an dem Häuschen sein. Auf dem Beifahrersitz lag eine kleinkalibrige Pistole. Donovan konnte Schußwaffen nicht ausstehen – aber Vorsicht, sagte er sich, ist besser als Nachsicht.

KAPITEL 32

Als Riggs beobachtete, wie Charlie davonfuhr, erhaschte er nur einen flüchtigen Blick auf das Gesicht des Mannes. Doch dieser Blick genügte, um Riggs erkennen zu lassen, daß irgend etwas im Busch war. Und daß es sich um eine ganz üble Sache handelte.

Nachdem der Range Rover verschwunden war, blickte Riggs zum Häuschen hinüber. Sollte auch er den Versuch unternehmen, das Haus zu durchsuchen? Vielleicht würde es ihm Antworten auf viele Fragen bringen. Gerade wollte er eine Münze werfen, als etwas eintrat, das ihn veranlaßte, sich erneut hinter der Stechpalme zu verkriechen und seine Rolle als Beobachter wieder aufzunehmen.

LuAnn hatte Joys Zügel knapp hundert Meter von der Lichtung entfernt, auf der das Häuschen stand, an einen Baum im Wald gebunden. Nun tauchte sie mit denselben geschmeidigen Bewegungen zwischen den Bäumen auf, die Riggs zuvor schon an ihr bewundert hatte. Sie ging in die Hocke und spähte mit schnellen, ruckartigen Kopfbewegungen umher. Trotz der dichten Stechpalme kam Riggs sich unter den bohrenden Blicken der Frau nackt vor.

LuAnn beobachtete den Weg, während sie wiederum von Riggs beobachtet wurde. Wußte sie, daß Charlie bereits im Haus gewesen und davongefahren war? Wahrscheinlich nicht. Doch ihre Gesichtszüge verrieten nichts.

Schweigend beobachtete LuAnn das Häuschen eine Zeitlang, ehe sie zum Schuppen ging. Sie blickte durch dasselbe Fenster, durch das auch Charlie geschaut hatte, und entdeckte ebenfalls den Honda. Dann strich sie ein wenig Staub und Schmutz vom Fensterbrett und rieb ihn auf die Stelle des Fensters, die Charlie saubergewischt hatte. Riggs beobachtete LuAnn mit wachsendem Respekt. Selbst er hätte wahrscheinlich nicht daran gedacht, das Guckloch auf der Fensterscheibe zu beseitigen. Genausowenig, wie Charlie daran gedacht hatte.

LuAnn wandte ihre Aufmerksamkeit dem Haus zu. Beide Hände hatte sie in die Jackentaschen gesteckt. Sie wußte, daß Charlie hier gewesen, aber wieder weggefahren war. Das verschmierte Fenster hatte es ihr verraten. Überdies hatte sie den Schluß gezogen, daß Charlie nicht lange geblieben war; denn sie hatte Joy scharf geritten, und ihr Weg war viel kürzer als die Route, die Charlie gefahren war, obgleich er einen Vorsprung gehabt hatte. Daraus ließ sich ein weiterer Schluß ziehen: Wenn Charlie nur so kurze Zeit hier am Haus geblieben war, hatte er entweder nichts gefunden – oder etwas höchst Belastendes. LuAnns Instinkt sagte ihr, daß es sich vermutlich um letzteres handelte. Sollte sie umkehren, zurückreiten und auf ihn warten?

Wenngleich dies die vernünftigste Lösung gewesen wäre, ging LuAnn mit raschen Schritten zur vorderen Veranda und legte die Hand um den Türknopf. Er rührte sich nicht, obwohl sie kräftig drehte. Und anders als Charlie hatte sie keine Spezialwerkzeuge, um das Schloß zu knacken. Deshalb schlich sie weiter und suchte nach einem anderen Weg ins Haus.

Sie fand ihn auf der Rückseite. Das Fenster öffnete sich unter dem beharrlichen Druck ihrer Finger. Rasch kletterte sie hindurch, stieg lautlos vom Fensterbrett auf den Fußboden und ging sofort in die Hocke. Von hier aus konnte sie in die Küche schauen. Sie hatte ein sehr scharfes Gehör. Falls jemand in dem kleinen Haus war, würde sie ihn hören, mochte er noch so flach atmen.

Geschmeidig bewegte sie sich vorwärts, bis sie zum Eßzimmer gelangte. Es war zu einem Büro umfunktioniert.
LuAnns Augen wurden groß, als sie die Zeitungsausschnitte und Fotos am Korkbrett sah. Als sie den Blick dann
durchs Zimmer schweifen ließ, spürte sie, daß es hier um
weit mehr ging als um Erpressung.

»Verdammt.« Riggs duckte sich, nachdem er geflucht hatte,
und sah entsetzt, wie der Chrysler an ihm vorbei zum Haus
fuhr. Der Fahrer hatte sich übers Lenkrad gebeugt, doch
Riggs hatte keine Probleme, den Mann wiederzuerkennen,
obwohl er sich den Bart abrasiert hatte. Riggs überlegte
blitzschnell, packte das Schrotgewehr und rannte zu seinem Cherokee.

LuAnn stürmte zur Hinterseite des Hauses, als sie einen
Wagen vorfahren hörte. Sie schob den Kopf ein paar Zen-
timeter übers Fensterbrett – und ihr stockte das Herz.
»Verdammt!« fluchte sie unterdrückt, als sie sah, wie
Donovan zur Rückseite des Hauses fuhr und aus dem
Chrysler stieg. LuAnns Blicke klebten an der Pistole, die
Donovan in der rechten Hand hielt. Er ging direkt auf die
Hintertür zu.
    LuAnn wich zurück. Ihre Blicke huschten in alle Rich-
tungen; verzweifelt suchte sie nach einem Ausweg. Doch es
gab keinen. Jedenfalls keinen, der unbeobachtet war. Die
Vordertür war abgeschlossen, und wenn sie versuchte, die
Tür zu öffnen, würde der Mann sie hören. Es blieb ihr auch
keine Zeit mehr, durchs Fenster zu klettern. Und das Häuschen war so klein, daß der Mann sie sehen mußte, wenn sie
im Erdgeschoß blieb.
    Donovan schob den Schlüssel ins Türschloß. Hätte er
durch die kleinen, viereckigen Scheiben des Türfensters geschaut, hätte er LuAnn sofort gesehen. Die Tür öffnete sich.
    LuAnn huschte, so leise sie konnte, ins Eßzimmer

zurück. Sie wollte gerade ins Obergeschoß flüchten und versuchen, von dort aus zu fliehen, als sie das Geräusch hörte.

Die Autohupe war laut und dröhnend. Die Geräusche erklangen in regelmäßigen Abständen, als hätte jemand eine Diebstahlsicherung ausgelöst. LuAnn kroch zum Fenster und sah, wie Donovan zusammenzuckte, die Tür zuschlug und zur Vorderseite des Hauses rannte.

LuAnn verlor keine Sekunde. Sie schob sich blitzschnell durch das Fenster, durch das sie ins Haus eingedrungen war, rollte sich ab, sprang auf, rannte zum Schuppen und ging dort in die Hocke. Die Hupe dröhnte noch immer. LuAnn kroch weiter und spähte um die Ecke des Schuppens. Sie sah, wie Donovan den Weg hinablief, fort von ihr, in Richtung des Wagens. Dabei schwenkte er die Pistole mit weit ausholenden Armbewegungen.

Als eine Hand LuAnn plötzlich an der Schulter packte, hätte sie beinahe aufgeschrien.

»Wo ist Ihr Pferd?« Riggs' Stimme klang ruhig.

LuAnn starrte ihn an. Der Schock verschwand so rasch, wie er gekommen war.

»Dort hinten, ungefähr hundert Meter von hier.« Sie wies mit dem Kopf in Richtung des dichten Waldes. »Ist das die Alarmanlage von Ihrem Wagen?«

Riggs nickte und schloß die Finger eng um die Autoschlüssel. Den Blick halb auf Donovan gerichtet, halb auf ihren Fluchtweg, erhob sich Riggs und zog LuAnn mit sich. »Kommen Sie. Rasch!«

Sie verließen die Deckung und rannten über das freie Gelände. Riggs hielt die Augen auf Donovans Rücken gerichtet, als er plötzlich mit dem Fuß an einer Wurzel hängenblieb und stürzte, den Schlüsselring immer noch in der Hand. Beim Sturz drückte sein Daumen genau auf jenen Knopf, mit dem der Autoalarm per Infrarot abgestellt wurde.

Augenblicklich wirbelte Donovan herum und starrte sie an. LuAnn riß Riggs sofort hoch, und beide stürmten weiter in den Wald. Donovan rannte auf sie zu und schwenkte dabei die Pistole. »He«, brüllte er. »Verdammt, bleibt sofort stehen.« Donovan fuchtelte mit der Waffe, doch er würde nicht schießen; er war kein Mörder.

LuAnn lief schnell wie der Wind. Riggs konnte unmöglich mit ihr Schritt halten. Er führte es auf seinen verstauchten Knöchel zurück, doch wenn er ehrlich zu sich selbst war, mußte er sich eingestehen, daß er auch völlig gesund nicht hätte mithalten können.

Sie erreichten Joy, die ruhig dastand und auf ihre Reiterin wartete. LuAnn band die Stute schnell los und sprang in den Sattel, ohne den Steigbügel zu benützen. Sie streckte die Hand aus und zog Riggs hinter sich auf den Pferderücken. Im nächsten Moment galoppierten sie los.

Riggs warf einen hastigen Blick über die Schulter, doch von Donovan war nichts mehr zu sehen. So schnell, wie sie gewesen waren, überraschte ihn das nicht. Riggs packte LuAnns Taille mit beiden Händen und hielt sich fest, als ginge es um sein Leben, während sie Joy in halsbrecherischem Tempo über den schmalen, gewundenen Weg jagte.

Sie hatten Joy in den Stall gebracht und gingen zur Villa zurück, ehe Riggs das Schweigen brach. »Ich nehme an, daß Sie solche Situationen nicht immer auf diese Art und Weise handhaben. Sie brechen ein und schauen nach, was Sie finden. Aber ich weiß gar nicht, warum ich so erstaunt darüber bin. Bei mir haben Sie's ja auch so gemacht.« Er schaute LuAnn wütend an.

Sie erwiderte den Blick mit dem gleichen Ausdruck. »Ich bin nicht bei Ihnen eingebrochen. Und ich kann mich nicht erinnern, Sie gebeten zu haben, mir zu folgen.«

»Ich bin Charlie gefolgt, nicht Ihnen«, verbesserte er sie. »Aber es war ein verdammter Glücksfall, daß ich schon wieder zur Stelle war, oder nicht? Zweimal in zwei Tagen. Bei diesem Tempo verlieren Sie Ihre neun Leben binnen einer Woche.« LuAnn ging schweigend weiter, die Arme vor der Brust verschränkt. Ihre Blicke waren starr nach vorn gerichtet.

Als Riggs stehenblieb, verharrte auch LuAnn und blickte kurz zu Boden. Als sie wieder aufschaute, war der Ausdruck in ihren Augen viel weicher. »Nochmals danke. Aber je mehr Entfernung Sie zwischen sich und uns drei bringen, desto besser für Sie. Das garantiere ich Ihnen. Und den Zaun können Sie vergessen. Ich glaube nicht, daß wir hier bleiben. Keine Bange, ich bezahle ihn trotzdem.« Sie schaute Riggs noch einen Moment fest an und bemühte sich, plötzlich aufkeimende Gefühle zu ignorieren – Gefühle, die ihr seit so langer Zeit fremd waren, daß sie ihr jetzt Angst einjagten. »Ich wünsche Ihnen viel Glück, Matthew.« Sie drehte sich um und ging zum Haus.

»Catherine?«

Sie ging weiter.

»Catherine«, sagte er noch einmal.

Zögernd blieb sie stehen.

»Bitte, sagen Sie mir, was los ist. Vielleicht kann ich Ihnen helfen.«

»Das glaube ich nicht.«

»Das wissen Sie doch gar nicht.«

»Glauben Sie mir, ich weiß es.«

Sie wollte weitergehen.

Riggs blieb stehen und schaute ihr nach. »He! Falls Sie es vergessen haben, ich habe kein Auto, um nach Hause zu fahren.«

Als LuAnn sich umdrehte, segelten die Schlüssel bereits durch die Luft. Riggs fing sie mit der rechten Hand auf.

»Nehmen Sie meinen Wagen. Er ist vor dem Haus geparkt. Behalten Sie ihn, solange Sie wollen. Ich habe noch einen anderen.«

Damit ging sie weiter und verschwand im Haus.

Langsam steckte Riggs die Schlüssel in die Tasche und schüttelte den Kopf, ratlos und verwirrt.

KAPITEL 33

»Wo bist du gewesen, zum Teufel?« Charlie kam aus seinem Arbeitszimmer und lehnte sich an den Türrahmen. Sein Gesicht war immer noch blaß, was LuAnn sofort auffiel.

»Genau da, wo du auch gewesen bist«, erwiderte sie.

»Was? LuAnn, ich hab' dir doch gesagt…«

»Du warst nicht allein. Riggs ist dir gefolgt. Und ob du's glaubst oder nicht, er hat mich schon wieder gerettet. Tut er das noch einmal, muß ich mir womöglich überlegen, ob ich den Mann heirate.«

Charlie wurde noch eine Nuance blasser. »Ist er ins Haus gegangen?«

»Nein, aber ich.«

»Und was hast du gesehen?« fragte Charlie nervös.

LuAnn ging schnell an ihm vorbei ins Arbeitszimmer. »Ich will nicht, daß Lisa uns hört.«

Charlie schloß die Tür hinter ihnen. Er ging schnurstracks zur Bar und goß sich einen Drink ein. LuAnn beobachtete stumm seine Bewegungen, ehe sie sprach.

»Offenbar hast du noch mehr gesehen als ich.«

Er drehte sich um und kippte den Drink mit einem Zug hinunter. »Die Zeitungsausschnitte über die Lotterie? Über die Morde?«

LuAnn nickte. »Die habe ich gesehen. Nach meiner ersten Begegnung mit dem Mann war ich nicht besonders erstaunt darüber.«

»Ich auch nicht.«

»Aber offenbar war da noch mehr.« Sie blickte Charlie auffordernd an, setzte sich, faltete die Hände im Schoß und bemühte sich, ihre Nerven unter Kontrolle zu halten, so gut es ging.

Auf Charlies Gesicht lag ein Hauch von Panik, als wäre er aus einem Alptraum erwacht und hätte versucht, diesen Traum mit einem Lachen abzuschütteln – um dann festzustellen, daß er gar nicht geträumt hatte. »Ich habe ein paar Namen gesehen. Um genau zu sein, eine Liste mit Namen. Deiner stand auch darauf.« Er machte eine Pause und stellte das Glas ab. Seine Hände zitterten. LuAnn wappnete sich. »Herman Rudy, Wanda Tripp, Randy Stith – und einige andere. Ich habe sie alle in New York betreut.«

Langsam legte LuAnn den Kopf in die Hände.

Charlie setzte sich neben sie, legte eine fleischige Hand auf ihren Nacken und massierte ihn bedächtig.

LuAnn setzte sich auf und sank an seine Brust. Schmerzvolle Müdigkeit schwang in ihren Worten mit. »Wir müssen fort, Charlie. Wir müssen packen und verschwinden. Heute abend.«

Er überdachte ihren Vorschlag, ehe er sich mit der Hand über die Stirn rieb. »Ich hab's mir schon durch den Kopf gehen lassen. Wir könnten weglaufen, wie bisher. Aber jetzt gibt es einen Unterschied.«

LuAnn wußte sofort, worauf er anspielte. »Der Mann weiß von dem Lotteriebetrug *und* er weiß, daß LuAnn Tyler und Catherine Savage ein und dieselbe Person sind. Unsere Tarnung ist geplatzt.«

Charlie nickte mit düsterer Miene. »Wir hatten es noch nie mit beiden Problemen gleichzeitig zu tun. Dadurch wird das Untertauchen verdammt knifflig.«

Plötzlich stand LuAnn auf und begann mit ihrem Ritual, geschmeidig und mit fließenden Bewegungen im Kreis durchs Zimmer zu gehen. »Was will er eigentlich, Charlie?«

»Darüber habe ich auch schon nachgedacht.« Er ging mit

dem leeren Glas zur Bar, zögerte und entschied sich gegen einen zweiten Drink. »Du hast die Einrichtung von diesem Burschen gesehen. Welchen Eindruck hattest du?«

LuAnn blieb stehen und lehnte sich an den Kamin. In Gedanken ging sie jede Einzelheit des Hauses durch.

»Den Wagen hatte er unter falschem Namen gemietet. Also will er nicht, daß man seine wahre Identität zurückverfolgen kann. Ich kannte den Mann nicht, aber es muß einen anderen Grund geben, daß er inkognito arbeitet.«

»Stimmt.« Charlie studierte sie. In Laufe der Jahre hatte er die Erfahrung gemacht, daß LuAnn so gut wie nichts entging und daß ihre Instinkte erstklassig waren.

»Er hat versucht, mir Angst einzujagen. Das ist ihm gelungen. Ich betrachte das als Warnung, als eine Botschaft, daß er ein Spieler ist und uns wissen lassen will, daß er uns wieder besuchen wird.«

»Weiter«, ermutigte er sie.

»Das Haus, von dem ich allerdings nur wenig gesehen habe, war wie ein Büro eingerichtet. Sehr sauber, sehr ordentlich. Computer, Fax, Drucker, Aktenordner. Als würde er an irgendeinem Forschungsprojekt arbeiten.«

»Er müßte schon sehr eingehend forschen, um herauszufinden, daß die Lotterie getürkt war. Jackson ist kein Schwachkopf.«

»Wie hat der Mann das geschafft, Charlie? Was meinst du?«

Er rieb sich das Kinn und setzte sich an den Schreibtisch. »Na ja, wir können nicht absolut sicher sein, daß er alles aufgedeckt hat. Ich habe nur die Liste gesehen, mehr nicht.«

»Mit den Namen der Lotteriegewinner? Ach, komm, Charlie. Wie lange hat Jackson dieses Spielchen eigentlich getrieben?«

Charlie schüttelte den Kopf. »Das weiß ich nicht. Ich hatte damals neun Gewinner betreut, darunter auch dich. Im

August hatte ich angefangen. Du warst Miss April – mein letzter Auftrag.«

LuAnn schüttelte verstockt den Kopf. »Der Mann weiß Bescheid, Charlie. Wir müssen jedenfalls davon ausgehen. Wie immer er's geschafft hat – er *hat* es geschafft.«

»Okay. Damit wäre ziemlich klar, daß der Kerl Geld will.«

Wieder schüttelte LuAnn den Kopf. »Das wissen wir nicht. Ich meine, warum sollte er hier ein Büro einrichten und all die Geräte mitbringen? Das wäre doch nicht nötig. Er könnte mir einfach einen Brief mit denselben Informationen von Gott-weiß-woher schicken und verlangen, daß wir das Geld telegrafisch auf sein Bankkonto überweisen.«

Charlie lehnte sich zurück. Auf seinem Gesicht zeichnete sich völlige Verwirrung ab. In diesem Licht hatte er die Angelegenheit noch gar nicht betrachtet. »Da hast du recht.«

»Und ich glaube nicht, daß der Mann Geld bitter nötig hat. Er hat teure Sachen getragen. Er fährt zwei Leihwagen. Und die Miete für das Haus dürfte auch ziemlich happig sein. Und denk vor allem an die ganze technische Ausrüstung. Der Kerl holt sein Essen nicht aus Mülleimern.«

»Stimmt. Aber falls er nicht schon Millionär ist, könnte er's mit deiner Hilfe werden«, sagte Charlie.

»Aber er hat kein Geld verlangt! Warum nicht? Wenn ich doch nur den Grund dafür wüßte!« Plötzlich kam ihr ein Gedanke, und sie schaute Charlie an. »Was hatte Pemberton noch mal gesagt? Für wie lange hat der Mann das Haus gemietet?«

»Ungefähr einen Monat.«

»Dann ist es noch unwahrscheinlicher, daß er uns erpressen will. Denn warum sollte er warten? Noch dazu so lange? Warum sollte er sich zeigen und mich dadurch warnen, daß er alles weiß? Wie kann er sicher sein, daß ich nicht mitten in der Nacht verschwinde? Denn falls ich mich absetze, sieht der Bursche keinen Cent.«

Charlie seufzte tief. »Und was sollen wir jetzt tun?«

»Warten«, antwortete LuAnn. »Aber wir treffen Vorbereitungen, das Land jederzeit verlassen zu können. Mit einem Privatjet. Und da der Mann über Catherine Savage Bescheid weiß, brauchen wir neue Ausweispapiere. Kannst du uns welche besorgen?«

»Ja. Aber dazu muß ich erst ein paar alte Kontakte wiederaufleben lassen. Das dauert ein paar Tage.«

LuAnn stand auf.

»Und was ist mit Riggs?« fragte Charlie. »Der Mann wird jetzt nicht mehr lockerlassen.«

»Dagegen können wir nichts tun. Er traut uns nicht, und ich kann es ihm nicht übelnehmen.«

»Aber ich bezweifle stark, daß er etwas tun wird, das dir letztendlich schaden könnte.«

Sie musterte ihn scharf. »Woher willst du das wissen?«

»Man muß kein Nobelpreisträger sein, LuAnn, um zu sehen, daß Riggs eine Schwäche für dich hat.« Ein Hauch von Ablehnung schwang in seinen Worten mit. Dann wurde seine Stimme weicher. »Scheint aber ein netter Bursche zu sein. Unter anderen Umständen ... wer weiß? Du solltest dein Leben nicht allein verbringen, LuAnn.«

Röte überflutete ihr Gesicht. »Ich bin nicht allein. Ich habe Lisa, und ich habe dich. Mehr Menschen brauche ich nicht. Mit noch jemandem würde ich nicht fertig.«

Sie wandte den Blick ab. Wie konnte sie einen Mann in ihr Leben einbinden? Es war unmöglich. Halbwahrheiten im Wettstreit mit Täuschungen. Sie war keine wirkliche Person mehr, sondern eine lebende Lüge, eine dreißig Jahre alte leere Hülle. Punkt. Alles andere hatte sie eingetauscht. Den Rest hatte Jackson genommen.

Er und sein verdammtes Angebot! Hätte sie damals doch niemals diesen Anruf gemacht. Was, wenn sie nicht in Panik geraten wäre? Dann hätte sie nicht zehn Jahre damit verbracht, sich in die Frau zu verwandeln, die sie immer hatte sein wollen. Dann würde sie nicht in einer Millionärsvilla leben. Doch so ironisch es sich anhörte – sie würde wahrscheinlich ein viel schöneres Leben führen als jetzt, ein *richtiges* Leben. Ganz gleich, ob sie es wieder in einem heruntergekommenen Wohnwagen oder als Serviererin in einer Fernfahrerkneipe verbrachte. LuAnn Tyler, die Bettlerin, wäre wahrscheinlich glücklicher als Catherine Savage, die Prinzessin, sich in ihren kühnsten Träumen ausmalen konnte. Aber hätte sie Jacksons Angebot damals nicht angenommen, hätte er sie töten lassen. Es gab keinen Ausweg. Sie wandte sich wieder Charlie zu und breitete die Arme weit aus.

»Das hier ist mein Preis, Charlie. Das habe ich dafür bekommen. Das haben wir bekommen. Du, ich und Lisa.«

»Die drei Musketiere.« Charlie versuchte ein Lächeln.

»Laß uns beten, daß alles gut endet.« LuAnn öffnete die Tür und verschwand auf dem Korridor, um ihre Tochter zu suchen.

KAPITEL 34

»Danke, daß Sie so kurzfristig Zeit für mich haben, Mr. Pemberton.«

»John. Bitte, nennen Sie mich John, Mr. Conklin.« Pemberton schüttelte die Hand des anderen Mannes. Dann setzten sie sich an den kleinen Konferenztisch in Pembertons Maklerbüro.

»Ich heiße Harry«, sagte der Besucher.

»Sie haben am Telefon erwähnt, Harry, daß Sie an einem Haus interessiert sind, aber Sie haben nicht gesagt, in welcher Wohnlage und auf welchem preislichen Niveau.«

Ohne daß man es merkte, musterte Pemberton Harry Conklin von Kopf bis Fuß. Mitte Sechzig, teurer Anzug, strahlt Selbstsicherheit aus, mag zweifellos die schönen Dinge des Lebens. Pemberton überschlug rasch seine mögliche Provision.

»Ich habe Ihren Namen auf Empfehlung erhalten. Wenn ich recht verstanden habe, sind Sie auf den gehobenen Immobilienmarkt in dieser Gegend spezialisiert«, sagte Conklin.

»So ist es. Ich bin hier geboren und aufgewachsen. Ich kenne jedes Haus, jedes Grundstück, das zu kennen sich lohnt. Also, wie ist das preisliche Niveau, das Ihnen vorschwebt? Was ist die Obergrenze?«

Conklin machte eine entspannte Miene. »Ich möchte Ihnen zuvor ein bißchen über mich erzählen. Ich verdiene meine Brötchen an der Wall Street, und es sind verdammt große Brötchen, wenn ich mal so sagen darf. Aber die Börse ist ein Spiel für junge Männer, und ich bin kein junger Mann mehr. Ich habe mein Vermögen in der Tasche – ein beträchtliches Vermögen. Ich besitze ein Penthouse in Manhattan, eine Wohnung in Rio, ein Haus auf Fisher Island in Florida und einen Landsitz außerhalb Londons. Aber ich möchte gern hinaus aus New York, ein Leben in Ruhe und ländlicher Abgeschiedenheit führen. Und die Gegend hier ist eine der schönsten, die es gibt.«

»Vollkommen richtig«, stimmte Pemberton ihm zu.

»Nun denn. Ich habe häufig viele Gäste. Deshalb muß das Haus repräsentativ sein. Zugleich aber möchte ich meine Ruhe. Etwas Altes, Elegantes, aber renoviert. Ich mag alte Bilder, alte Möbel, alte Gebäude, aber keine alten sanitären Anlagen. Sie verstehen?«

»Vollkommen.«

»Gut. Ich nehme an, daß es hier mehrere Objekte gibt, die meinen Vorstellungen entsprechen.«

»Selbstverständlich gibt es solche Objekte«, versicherte Pemberton ihm eifrig.

»Nun, mir schwebt da ein bestimmtes Anwesen vor. Wissen Sie, mein Vater hat mir davon erzählt. Er war ebenfalls an der Börse tätig. In den zwanziger Jahren. Hat sich eine goldene Nase verdient und hatte das Glück, vor dem Börsenkrach auszusteigen. Damals kam er oft hierher und wohnte bei einem guten Freund, ebenfalls ein Börsenmakler. Mein Vater – Gott habe ihn selig – liebte dieses Anwesen. Deshalb hielt ich es für eine gute Idee, daß sein Sohn es erwirbt und dort wohnt.«

»Was für eine wundervolle Idee. Das erleichtert mir die Arbeit ungemein. Kennen Sie den Namen des Besitzers?«
Pembertons Lächeln wurde breiter.

»Die Villa heißt Wicken's Hunt.«
Pembertons Lächeln schwand.

»Oh.« Er leckte sich die Lippen und schnalzte mit der

Zunge gegen die Zähne. »Wicken's Hunt«, wiederholte er und schaute bedrückt zu Boden.

»Was ist? Gibt es das Haus nicht mehr?«

»Doch, doch. Es ist ein wunderschöner Besitz und hervorragend renoviert.« Pemberton seufzte tief. »Doch unglücklicherweise ist es nicht mehr auf dem Markt.«

»Sind Sie sicher?« Conklins Stimme klang skeptisch.

»Ganz sicher. Ich war der Makler, der das Anwesen verkauft hat.«

»Verflixt. Wie lange ist das her?«

»Zwei Jahre. Allerdings wohnen die Besitzer erst ein paar Monate dort. Es mußten erhebliche Renovierungsarbeiten vorgenommen werden.«

Conklin schaute ihn mit hochgezogenen Brauen verschmitzt an. »Meinen Sie, die Leute würden verkaufen?«

Pembertons Gedanken überschlugen die Möglichkeiten. So einen Besitz in der relativ kurzen Zeitspanne von zwei Jahren zweimal zu verkaufen? Das wäre für ihn eine wunderbare Geldvermehrung.

»Möglich ist alles. Ich bin mit den Besitzern persönlich ziemlich gut bekannt – nun ja, zumindest mit einem. Ich habe heute morgen mit ihm gefrühstückt.«

»Also ein Ehepaar. Ältere Herrschaften, nehme ich an. Wicken's Hunt ist nicht gerade ein Haus für aufstrebende junge Leute, wenn ich daran denke, was mein Vater mir über dieses Anwesen erzählt hat.«

»Eigentlich ist es kein Ehepaar. Der Mann ist älter, aber der Besitz gehört nicht ihm, sondern ihr.«

Conklin beugte sich vor. »Ihr?«

Pemberton schaute sich rasch um, stand auf, schloß die Tür zum Konferenzzimmer und setzte sich wieder.

»Sie verstehen, daß diese Information absolut vertraulich ist?«

»Selbstverständlich. Ich habe die vielen Jahre an der Wall Street nicht überlebt, ohne Geheimnisse wahren zu können.«

»Im Grundstücksbuch ist zwar eine Firma als Besitzer eingetragen, aber in Wahrheit gehört Wicken's Hunt einer jungen Frau. Catherine Savage. Offenbar unglaublich reich. Ehrlich gesagt, bin ich nicht sicher, woher dieser Reichtum stammt, und es steht mir auch nicht zu, danach zu fragen. Miss Savage hat jahrelang im Ausland gelebt und hat ein kleines Mädchen, ungefähr zehn Jahre alt. Charlie Thomas – der ältere Mann – und ich unterhalten uns oft sehr nett. Miss Savage und Charlie waren sehr großzügig mit Spenden für örtliche Wohltätigkeitsorganisationen. Miss Savage selbst zeigt sich nur selten in der Öffentlichkeit, aber das kann man ja verstehen.«

»Selbstverständlich. Wenn ich hierher ziehe, sehen Sie mich vielleicht wochenlang nicht.«

»Sie scheinen sehr gute Menschen zu sein. Und sie sind offenbar glücklich dort. Sehr glücklich.«

Conklin lehnte sich zurück. Jetzt war es an ihm zu seufzen. »Tja, dann nehme ich an, daß diese Leute in nächster Zeit nicht umziehen wollen. Wirklich zu schade.« Er blickte Pemberton scharf an. »Und was für ein Pech für Sie. Ich wollte nämlich zusätzlich zur Maklerprovision noch einen ... sagen wir, Finderlohn zahlen.«

Pemberton wurde sichtlich unruhig. »Ach, wirklich?«

»Ja. Es gibt doch keine ethischen Gründe, die Sie daran hindern würden, diesen Finderlohn anzunehmen, oder?«

»Mir fällt keiner ein«, sagte Pemberton hastig. »Und wie hoch wäre dieser Finderlohn?«

»Zwanzig Prozent vom Kaufpreis.« Harry Conklin trommelte mit den Fingern auf die Tischplatte und beobachtete, wie Pembertons Gesicht die Farbe wechselte.

Hätte Pemberton nicht gesessen, hätte es ihn glatt umgehauen. »Das ist äußerst großzügig«, brachte er schließlich hervor.

»Wenn ich etwas haben möchte, erreiche ich mein Ziel erfahrungsgemäß am besten, indem ich den Leuten, die mir helfen können, dieses Ziel zu verwirklichen, einen ordentlichen Anreiz biete. Aber wie es aussieht, halte ich den Verkauf für nicht wahrscheinlich. Vielleicht versuche ich es in North Carolina. Über die Gegend dort habe ich auch viel Gutes gehört.« Conklin wollte sich erheben.

»Warten Sie bitte einen Moment.«

Conklin zögerte; dann nahm er langsam wieder Platz.

»Eigentlich ist der von Ihnen gewählte Zeitpunkt ideal.«

»Wieso?«

Pemberton beugte sich vor. »Es hat da in letzter Zeit einige Entwicklungen gegeben, die es uns vielleicht ermöglichen, mit den Leuten über einen Verkauf zu sprechen.«

»Wenn sie gerade erst eingezogen und dort glücklich sind, wie Sie vorhin sagten, müssen das ja recht seltsame Entwicklungen sein. Es spukt doch nicht etwa in dem Haus?«

»Nein, darum geht es nicht. Wie ich schon sagte, habe ich mit Charlie gefrühstückt. Er machte sich wegen einer Person Sorgen, die ihm und Miss Savage einen Besuch abgestattet und um Geld gebeten hatte.«

»Na und? Das passiert mir dauernd. Glauben Sie, daß die Leute deshalb alles zusammenpacken und wegziehen?«

»Na ja, zuerst hätte ich das auch nicht geglaubt, aber je länger ich darüber nachgedacht habe, desto ungewöhnlicher hat es sich angehört. Ich meine, Sie haben natürlich recht, die Reichen werden ständig angebettelt. Aber warum bereitet es Charlie dann solches Kopfzerbrechen? Denn das war offensichtlich der Fall.«

»Woher wissen Sie das?«

Pemberton lächelte. »Aus mehreren Quellen. Ja, auch wenn die Leute es nicht gern zugeben, Charlottesville ist im Grunde eine Kleinstadt. Ich weiß zum Beispiel, daß Matt Riggs erst vor kurzem bei der Besichtigung von Miss Savages Grundstücksgrenze in eine Verfolgungsjagd mit einem anderen Wagen geriet und dabei fast ums Leben gekommen wäre.«

Conklin schüttelte verwundert den Kopf. »Wer ist Matt Riggs?«

»Ein hiesiger Bauunternehmer, den Miss Savage beauftragt hat, einen Sicherheitszaun um ihr Grundstück zu errichten.«

»Und dieser Riggs hat ein anderes Auto verfolgt? Was hat das mit Catherine Savage zu tun?«

»Ein Freund von mir war an dem Morgen unterwegs zur Arbeit. Er wohnt dort oben und arbeitet in der Stadt. Er wollte gerade auf die Hauptstraße einbiegen, als ein anthrazitgrauer BMW vorbeiraste. Er meinte, der Wagen habe bestimmt hundertzwanzig Sachen draufgehabt. Wäre mein Freund eine Sekunde früher eingebogen, hätte der BMW sein Auto in der Mitte zerfetzt. Er hat dermaßen gezittert, daß er sich eine geschlagene Minute nicht rühren konnte. Und das war gut so. Denn während er dasaß und sich bemühte, das Frühstück bei sich zu behalten, brauste Matt Riggs' Pickup heran, und ein anderer Wagen klebte ihm an der Stoßstange. Offensichtlich haben die beiden ein Rennen veranstaltet.«

»Wissen Sie, wer im BMW gesessen hat?«

»Ich habe Catherine Savage zwar nie persönlich kennengelernt, aber ich kenne Leute, die sie schon mal gesehen haben. Sie ist eine große, blonde Frau. Sehr gut aussehend. Mein Freund hat die Fahrerin nur flüchtig gesehen, aber er meinte, sie sei blond und hübsch gewesen. Und ich habe einen anthrazitgrauen BMW vor Wicken's Hunt parken sehen, als ich mit Charlie vor dem endgültigen Vertragsabschluß eine Begehung des Anwesens gemacht habe.«

»Sie meinen, jemand hat Miss Savage verfolgt?«

»Ja, und ich glaube, Matt Riggs hat sich zwischen die beiden Wagen gesetzt. Ich weiß, daß sein Pickup mit eingedellter Stoßstange in der Werkstatt steht. Ich weiß ferner, daß Sally Beecham – sie ist Hausmädchen in Wicken's Hunt – gesehen hat, wie Riggs einige Stunden nach der Verfolgungsjagd die Villa stocksauer verlassen hat.«

Conklin strich sich übers Kinn. »Sehr interessant. Ich nehme an, es gibt keine Möglichkeit, herauszufinden, wer Miss Savage verfolgt hat?«

»Doch. Ich weiß es sogar schon. Zumindest, wo der Mann wohnt. Und es wird noch interessanter. Wie gesagt, hat Charlie mich zum Frühstück eingeladen. Dabei hat er mir von diesem Mann erzählt, der zur Villa gekommen ist und Geld wollte. Charlie bat mich, ihm zu helfen. Er wollte herausfinden, ob der Mann in dieser Gegend wohnt. Selbstverständlich habe ich Charlie versprochen, alles zu tun, was in meiner Macht steht. Zu dem Zeitpunkt hatte ich noch keine Ahnung von der Verfolgungsjagd. Davon habe ich erst später erfahren.«

»Sie sagten, Sie hätten den Mann bereits gefunden. Wie haben Sie das geschafft? Es muß hier doch eine Unmenge möglicher Verstecke geben, oder?« Conklin stellte seine Fragen ganz beiläufig.

Pemberton lächelte triumphierend. »Meiner Aufmerksamkeit entgeht nicht viel, Harry. Wie ich schon sagte, bin ich hier geboren und aufgewachsen. Charlie hat mir den Mann und den Wagen beschrieben. Ich habe meine Verbindungen spielen lassen und hatte den Burschen in weniger als vierundzwanzig Stunden festgenagelt.«

»Ich wette, er hat sich irgendwo verkrochen, weit weg von hier.«

Pemberton schüttelte den Kopf. »Keineswegs. Er wohnt praktisch vor ihrer Nase. Ein kleines Häuschen. Mit dem Auto keine zehn Minuten von Wicken's Hunt entfernt. Aber sehr abgeschieden.«

»Jetzt müssen Sie mir mal helfen. Ich kenne mich hier noch nicht besonders gut aus. Ist das in Nähe von Monticello?«

»Na ja, in der weiteren Umgebung. Im Gebiet nördlich

davon. Genauer gesagt, nördlich der Interstate vierundsechzig. Das Häuschen ist nicht weit vom Airslie-Anwesen entfernt, nahe des Highway 22. Die Gegend heißt Keswick Hunt. Der Mann hat das Häuschen vor ungefähr einem Monat gemietet.«

»Alle Achtung. Haben Sie etwa auch seinen Namen erfahren?«

»Tom Jones.« Pemberton lächelte wissend. »Offensichtlich ein Pseudonym.«

»Ich nehme an, man wußte Ihre Hilfe sehr zu schätzen. Und was ist dann passiert?«

»Keine Ahnung. Mein Geschäft hält mich auf Trab. Ich habe mit den Leuten nicht mehr darüber gesprochen.«

»Und dieser Riggs? Ich wette, er bedauert es bitter, daß er in die Sache hineingezogen wurde.«

»Oh, der Mann kann auf sich selbst aufpassen.«

»Möglich, aber bei einer Verfolgungsjagd mit hundertzwanzig Sachen im Auto herumgeschleudert zu werden? Die meisten Bauunternehmer tun so etwas nicht.«

»Nun ja, Riggs war nicht immer als Bauunternehmer tätig.«

»Ach, wirklich?« sagte Conklin. Seine Miene war undurchdringlich. »Das scheint hier ja das reinste Peyton Place zu sein. Was hat der Mann denn vorher gemacht?«

Pemberton zuckte mit den Schultern. »Darüber weiß ich genausowenig wie Sie. Riggs spricht nie über seine Vergangenheit. Er ist vor ungefähr fünf Jahren eines Tages hier aufgetaucht und hat das Bauhandwerk erlernt. Seitdem lebt er hier. Ziemlich mysteriös, die ganze Sache. Charlie hielt Riggs für einen Polizisten. Offen gesagt, ich glaube, daß er irgendwie in geheimdienstlicher Funktion für die Regierung gearbeitet hat, und dann wurde er in den Ruhestand geschickt. Das sagt mir mein Gefühl.«

»Das ist ja äußerst interessant. Also ist Riggs ein älterer Mann.«

»Nein. Mitte bis Ende Dreißig. Groß, kräftig und sehr tüchtig. Ausgezeichneter Leumund.«

»Schön für ihn.«

»Und jetzt zu unserem Arrangement. Falls dieser Mann tatsächlich die Leute verfolgt, könnte ich mit Charlie reden. Mal sehen, was er meint. Vielleicht sind sie bereit, wegzuziehen. Auf alle Fälle lohnt es sich, einmal nachzufragen.«

»Wissen Sie was? Lassen Sie mich ein paar Tage über alles nachdenken.«

»Ich könnte die Sache trotzdem schon mal ins Rollen bringen.«

Conklin hob eine Hand. »Nein. Das möchte ich nicht. Wenn ich soweit bin, werden wir alles kurz und schmerzlos erledigen. Machen Sie sich deshalb keine Sorgen.«

»Ich dachte nur ...«

Conklin erhob sich abrupt. »Sie hören sehr bald von mir, John. Ich bin Ihnen für Ihre Auskünfte sehr dankbar.«

»Und wenn die Leute nicht wegziehen wollen, gibt es mindestens ein Dutzend Grundstücke, die ich Ihnen zeigen kann. Sie wären für Ihre Zwecke ebenfalls sehr geeignet. Da bin ich ganz sicher.«

»Dieser Bursche in dem einsamen Häuschen interessiert mich. Sie haben nicht zufällig die genaue Adresse und können mir den Weg beschreiben?«

Pemberton blickte Conklin fassungslos an. »Sie wollen doch nicht etwa mit ihm reden? Der Mann könnte gefährlich sein.«

»Ich kann auf mich aufpassen. Und ich habe in meinem Geschäft gelernt, daß man niemals weiß, wo man einen Verbündeten findet.« Conklin schaute den Makler durchdringend an, bis sich Begreifen auf Pembertons Gesicht zeigte. Er schrieb die Informationen auf einen Zettel und gab ihn Conklin.

Conklin zog einen Briefumschlag aus der Tasche und

reichte ihn Pemberton. Dann forderte er ihn auf, den Umschlag zu öffnen.

»Großer Gott!« Pemberton verschlug es den Atem, als er das Bündel Geldscheine sah. »Wofür ist das? Ich habe doch noch gar nichts getan.«

Conklin ließ Pemberton nicht aus den Augen. »Sie haben mir Informationen gegeben, John. Informationen sind mir stets sehr viel wert. Sie hören von mir.« Die Männer schüttelten sich die Hände, und Conklin ging.

Harry Conklin wohnte in einem Landgasthaus. Er ging ins Badezimmer, schloß die Tür und ließ das Wasser laufen. Eine Viertelstunde später öffnete die Tür sich wieder, und Jackson kam zum Vorschein. Die Überreste Harry Conklins hatte er in einer Plastiktüte verstaut, die er in eine Seitentasche eines Koffers steckte.

Das Gespräch mit Pemberton war äußerst informativ gewesen. Er hatte den Mann auch nicht zufällig aufgesucht. Nachdem Jackson in Charlottesville eingetroffen war, hatte er in der Stadt diskret Erkundigungen eingezogen und rasch herausgefunden, daß Pemberton der Makler war, der Wicken's Hunt verkauft hatte.

Jackson setzte sich aufs Bett und faltete eine große, detaillierte Landkarte von Charlottesville und Umgebung auseinander. Er prägte sich jede Landmarke ein, über die er mit Pemberton gesprochen oder die der Mann auf seiner Wegbeschreibung zum Häuschen vermerkt hatte. Vor der Unterredung mit Pemberton hatte Jackson sich mit einigen Fakten aus der Geschichte von Wicken's Hunt vertraut gemacht, die ausführlich in einem Buch über die Herrensitze in der Gegend und deren ursprüngliche Besitzer nachzulesen waren. Jackson hatte das Buch in der County-Bibliothek entdeckt, und es hatte ihm ausreichend Hintergrundinformationen verschafft, um die Tarngeschichte zusammenzustricken, mit der er Pemberton auf dieses Thema gelockt hatte.

Jackson schloß die Augen, überließ sich ganz seinen Gedanken und entwarf einen Plan für einen Feldzug gegen LuAnn Tyler und den Mann, der sie verfolgte.

KAPITEL 35

Riggs hatte einen Tag verstreichen lassen, ehe er seinen Jeep zurückholte. Nur für den Fall, daß der Kerl noch da war, machte er sich bewaffnet und in der Dunkelheit auf den Weg. Der Cherokee sah unbeschädigt aus. Riggs überprüfte rasch alles, ehe er in Richtung Haus weiterging. Vom Chrysler war nirgends eine Spur zu sehen. Riggs leuchtete mit der Taschenlampe durch das Fenster des Schuppens. Der Honda stand noch darin.

Riggs ging zur Vordertür und überlegte zum hundertstenmal, ob er die ganze Sache nicht lieber vergessen sollte. Catherine Savage schien dauernd im Mittelpunkt gefährlicher Geschehnisse zu stehen, von denen Riggs mehr als genug erlebt hatte. Er war nach Charlottesville gekommen, um andere Dinge zu suchen. Trotzdem konnte er seine Hand nicht davon abhalten, vorsichtig den Türknopf zu drehen. Die Tür schwang auf.

Die Taschenlampe in der einen, die Pistole in der anderen Hand, bewegte Riggs sich langsam vorwärts. Er war fast sicher, daß das Haus leer war, doch bloße Vermutungen konnten einem eine unliebsame Fahrt ins Leichenschauhaus und ein Schild am großen Zeh bescheren. Von seinem Standort aus konnte Riggs den größten Teil des Erdgeschosses überschauen. Er leuchtete mit der Taschenlampe umher. An der Wand befand sich ein Lichtschalter, den Riggs aber unter keinen Umständen betätigen wollte. In dem Raum, der einst das Eßzimmer gewesen war, sah er Muster im Staub, die erkennen ließen, daß irgendwelche Gegenstände entfernt worden waren. Riggs strich mit den Fingern über die Stellen und ging weiter. In der Küche hob er den Hörer vom Telefon. Kein Freizeichen. Er ging zurück ins Eßzimmer.

Als Riggs die Blicke durchs Zimmer schweifen ließ, glitten sie über die ganz in Schwarz gekleidete Gestalt hinweg, die hinter der halb geöffneten Wandschranktür neben der Treppe stand.

Jackson schloß die Augen eine Sekunde, ehe der Strahl der Taschenlampe über sein Versteck huschte, damit seine Pupillen das Licht nicht reflektierten. Kaum war das Licht weitergewandert, schlug Jackson die Augen wieder auf und packte den Messergriff noch fester. Er hatte Riggs bereits gehört, bevor dieser einen Fuß auf die Veranda gesetzt hatte. Er war nicht der Mann, der das Haus gemietet hatte. Der Kerl war schon lange fort. Jackson hatte alles bereits gründlich durchsucht. Dieser zweite Mann war gekommen, um ebenfalls herumzuschnüffeln. Jackson gelangte zu dem Schluß, daß es nur Riggs sein konnte – und der war für Jackson fast ebenso interessant wie jener Mann, den er heute abend hatte töten wollen.

Vor zehn Jahren hatte Jackson vorhergesagt, daß LuAnn zu einem Problem würde. Nun erwies diese Vorhersage sich als zutreffend. Jackson hatte nach dem Gespräch mit Pemberton ein paar vorläufige Erkundigungen über Riggs' Vorleben eingeholt. Die Tatsache, daß das Ergebnis sehr mager war, hatte sein Interesse noch gesteigert.

Als Riggs ganz dicht an Jackson vorbeiging, überlegte dieser, ob er ihn töten sollte. Ein blitzschneller Schnitt mit der rasiermesserscharfen Klinge über die Kehle hätte genügt. Doch so schnell der Mordimpuls durch Jacksons Hirn gerast war, so schnell verschwand er wieder. Wenn er Riggs tötete, brachte das nichts, jedenfalls nicht zum jetzigen Zeitpunkt.

Jacksons Griff um das Heft des Messers lockerte sich. Soll Riggs ruhig noch einen Tag leben, dachte er. Doch falls es ein nächstes Mal gab, konnte das Ergebnis ganz anders aussehen. Jackson konnte es nicht ausstehen, wenn andere Leute sich in seine Angelegenheiten mischten. Er beschloß, Riggs' Vorleben sehr viel genauer zu überprüfen.

Riggs verließ das Haus und ging zu seinem Cherokee. Er warf einen Blick zurück. Ein seltsames Gefühl beschlich ihn. Es kam ihm so vor, als wäre er soeben mit knapper Not dem Tod entronnen. Er schüttelte das Gefühl ab. Früher hatten seine Instinkte ihm mehr als einmal das Leben gerettet. Doch seit er den Beruf gewechselt hatte, waren sie wohl etwas eingerostet. Das Haus war leer gewesen. Schluß, aus.

Jackson beobachtete vom Fenster aus, wie Riggs kurz zögerte, und seine Neugier wuchs noch mehr. Irgendwann würde Riggs vielleicht ein interessantes Projekt abgeben, aber das mußte noch warten. Erst einmal mußte Jackson sich um wichtigere Dinge kümmern.

Er nahm eine Tasche vom Boden des Wandschranks, die wie eine Arzttasche aussah, ging ins Eßzimmer, hockte sich hin und packte alles aus, was zu einer erstklassigen Ausrüstung zum Abnehmen von Fingerabdrücken gehörte. Dann richtete er das Laserhandgerät, das er in der Jackentasche trug, in verschiedenen Winkeln auf den Lichtschalter. Unter dem Laserstrahl kamen mehrere unsichtbare Abdrücke zum Vorschein. Mit einem Pinsel aus Fiberglas bestrich Jackson die Wand um den Lichtschalter, wo sich die Fingerabdrücke befanden, sowie den Schalter selbst mit schwarzen Puder. Er führte den Pinsel sehr behutsam, bis die Abdrücke zum Vorschein kamen. Die Arbeitsplatten in der Küche, das Telefon und die Türknöpfe behandelte Jackson auf die gleiche Weise. Auf dem Telefon waren die Abdrücke besonders deutlich. Jackson lächelte. Riggs' wahre Identität würde nun kein Geheimnis mehr sein.

Mit Hilfe eines Klebebands nahm Jackson die Abdrücke und übertrug sie auf eine Karteikarte. Leise summend kennzeichnete er jede Karte mit besonderen Schriftzeichen und steckte sie einzeln in Umschläge, die innen mit Plastik beschichtet waren. Dann entfernte er sorgfältig die Spuren des Puders von sämtlichen Oberflächen. Er liebte die Methodik dieses Verfahrens. Präzise Schritte, die zu einer präzisen Schlußfolgerung führten.

Er brauchte nur wenige Minuten, um seine Ausrüstung wieder zu verstauen. Dann verließ er das Haus. Er nahm einen Seitenweg zu seinem geparkten Wagen und fuhr davon. Es kam nicht oft vor, daß er zwei Fliegen mit einer Klappe erwischte. Doch allmählich sah es so aus, als wäre es ihm an diesem Abend gelungen.

KAPITEL 36

»Ich finde Mr. Riggs nett, Mom.«

»Ja, aber du kennst ihn doch kaum.«

LuAnn saß auf der Kante von Lisas Bett und strich gedankenverloren über die Steppdecke.

»In solchen Dingen habe ich eine gute Nase.«

Mutter und Tochter tauschten ein Lächeln. »Wirklich? Dann kannst du mir ja einige deiner Erkenntnisse mitteilen.«

»Mal ehrlich, kommt er bald wieder?«

LuAnn holte tief Luft. »Lisa, vielleicht müssen wir bald wieder fort von hier.«

Lisas hoffnungsvolles Lächeln verschwand bei diesem abrupten Themenwechsel. »Fort? Wohin?«

»Das weiß ich noch nicht so genau. Es ist auch noch nicht ganz sicher. Onkel Charlie und ich haben das noch nicht ausdiskutiert.«

»Wollt ihr mich an dieser Diskussion nicht beteiligen?«

Der seltsame neue Tonfall in der Stimme ihrer Tochter überraschte LuAnn. »Was redest du da?«

»Wie oft sind wir in den letzten sechs Jahren umgezogen? Achtmal? Und das ist nur so weit zurück, wie ich mich erinnern kann. Wie oft sind wir schon umgezogen, als ich noch ganz klein war? Das ist nicht fair.« Lisas Gesicht wurde rot. Ihre Stimme bebte.

LuAnn legte einen Arm um Lisas Schultern. »Ich habe doch gesagt, mein Schatz, daß es noch nicht sicher ist. Ich sagte, vielleicht.«

»Darum geht es doch gar nicht. Jetzt sagst du, vielleicht. Aber dann ziehen wir eines Tages doch wieder um, und ich kann nichts dagegen tun.«

LuAnn vergrub das Gesicht in Lisas langem Haar. »Ich weiß, daß es schwer für dich ist, Baby.«

»Ich bin kein Baby, Mom. Nicht mehr. Und ich würde wirklich gern wissen, *wovor* wir weglaufen.«

LuAnn erstarrte und hob den Kopf, blickte Lisa in die Augen.

»Wir laufen nicht vor irgend etwas weg. Du liebe Güte, vor was sollten wir denn weglaufen?«

»Ich hatte gehofft, du sagst es mir. Mir gefällt es hier. Ich will hier bleiben. Wenn du mir keinen wirklich guten Grund sagen kannst, warum wir weg müssen, gehe ich nicht mit.«

»Lisa, du bist zehn Jahre alt und immer noch ein Kind, auch wenn du für dein Alter sehr klug und reif bist. Deshalb gehst du dorthin, wo ich hingehe.«

Lisa wandte das Gesicht ab. »Habe ich eigentlich ein großes Treuhandvermögen?«

»Ja. Warum?«

»Weil ich mein eigenes Haus haben werde, wenn ich achtzehn bin. Da werde ich dann wohnen bleiben, bis ich sterbe. Und ich will nicht, daß du mich jemals besuchst.«

LuAnns Wangen röteten sich. »Lisa!«

»Ich meine es ernst. Dann kann ich vielleicht Freunde haben und tun, was mir Spaß macht.«

»Lisa Marie Savage, du bist in der ganzen Welt gewesen. Du hast viel gesehen, viel erlebt. Mehr als die meisten Menschen im ganzen Leben.«

»Weißt du was?«

»Was?«

»Im Moment würde ich sofort mit denen tauschen.«

Lisa legte sich ins Bett und zog sich die Decke straff über den Kopf. »Und jetzt will ich allein sein.«

LuAnn wollte etwas erwidern, ließ es dann aber. Sie biß sich auf die Lippe, rannte über den Flur auf ihr Zimmer und warf sich aufs Bett.

Sie hatte das Gefühl, innerlich zerrissen zu werden, aufgedröselt zu werden wie ein Wollknäuel, das jemand eine lange Treppe hinuntergeworfen hatte. Schließlich stand sie auf, ging ins Bad und drehte die Dusche auf. Dann zog sie sich aus und stellte sich unter den heißen Wasserstrahl. Sie lehnte sich an die Wand, schloß die Augen und versuchte sich einzureden, daß alles gut würde, daß Lisa morgen früh wieder so sein würde wie zuvor.

Es war nicht der erste heftige Streit, den Mutter und Tochter im Laufe der Jahre ausgefochten hatten. Lisa besaß nicht nur die körperlichen Attribute ihrer Mutter, sondern auch deren Sturheit und das Verlangen nach Unabhängigkeit. Nach einigen Minuten hatte LuAnn sich beruhigt und ließ sich wohlig vom heißen Wasser überspülen.

Als sie die Augen wieder öffnete, drang ein anderes Bild in ihre Gedanken. Matthew Riggs mußte sie inzwischen für verrückt halten. Für verrückt und durch und durch verlogen. Eine tolle Kombination, wenn man Eindruck schinden wollte. Aber das wollte sie ja gar nicht. Wenn überhaupt, tat Riggs ihr leid, weil er zweimal sein Leben für sie riskiert hatte und beide Male für seine Bemühungen einen Tiefschlag einstecken mußte. Er war ein sehr attraktiver Mann, doch LuAnn war nicht auf der Suche nach einer Beziehung. Wie konnte sie auch? Wie konnte sie auch nur daran denken, mit jemandem eine Partnerschaft einzugehen? Sie würde es ja kaum wagen, überhaupt den Mund aufzumachen, weil sie ständig befürchten mußte, daß ihr ein Geheimnis entschlüpfte.

Trotz allem blieb das Bild von Matt Riggs vor ihrem inneren Auge. Er sah wirklich gut aus. Und er war stark, ehrlich, mutig. Und wie bei ihr selbst gab es auch in seinem Vorleben Geheimnisse. Und verletzte Gefühle. Plötzlich fluchte sie laut, weil sie kein normales Leben führen und nicht einmal versuchen konnte, eine Freundschaft mit Riggs aufzubauen.

Sie rieb die Hände wütend über ihren Körper, seifte sich ein und ließ dabei ihrem hilflosen Zorn freien Lauf. Das Prickeln und Brennen auf ihrer Haut führte zu einer beunruhigenden Erkenntnis. Der letzte Mann, mit dem sie geschlafen hatte, war Duane Harvey gewesen. Vor zehn Jahren. Als LuAnns Finger über ihre Brüste glitten, tauchte wieder Riggs' Bild vor ihr auf. Wütend schüttelte sie den Kopf. Dann schloß sie die Augen und drückte das Gesicht an die Wand. Die teuren italienischen Fliesen waren naß und warm. Obwohl Warnsignale in ihrem Inneren schrillten, verharrte sie in dieser Stellung. So naß. So warm. So sicher.

Beinahe unbewußt glitten ihre Hände zur Taille und dann über die Pobacken. Und die ganze Zeit war Matt Riggs in ihren Gedanken. Sie hielt die Augen fest geschlossen. Die Finger ihrer rechten Hand massierten kreisförmig die Nabelgegend. Ihr Atem wurde heftiger. Im Rauschen des Wassers ging ihr leises Stöhnen unter. Eine große Träne lief ihr über die Wange, bis sie fortgespült wurde.

Zehn Jahre. Zehn verfluchte Jahre. Die Finger ihrer Hände berührten sich, legten sich ineinander wie die Zahnräder einer Uhr. Langsam, methodisch, regelmäßig. Vor und zurück...

Sie richtete sich so ruckartig auf, daß sie sich beinahe den Kopf an der Dusche gestoßen hätte.

»Du meine Güte, LuAnn!« rief sie sich selbst zur Ordnung. Sie drehte das Wasser ab und stieg aus der Duschkabine, setzte sich auf den Toilettendeckel und ließ den Kopf zwischen die Knie hängen. Erregung und Schwindelgefühl verebbten allmählich. Ihr triefendes Haar war über die langen, nackten Beine gebreitet. Der Fußboden wurde naß, als das Wasser ihren Körper hinunterrann. Sie schaute zur Dusche, von schlechtem Gewissen erfüllt. Ihre Rückenmuskeln strafften sich, die Venen an den Armen schwollen an. Es war nicht leicht. Es war wirklich nicht leicht.

Als LuAnn aufstand, hatte sie weiche Knie. Sie trocknete sich ab und ging ins Schlafzimmer.

Inmitten der kostbaren Möbel befand sich ein altvertrauter Gegenstand im Schlafzimmer. Die Uhr, die ihre Mutter ihr geschenkt hatte, funktionierte immer noch. Als LuAnn dem Ticken lauschte, beruhigten ihre aufgewühlten Nerven sich langsam wieder. Gott sei Dank, daß sie die Uhr noch schnell eingepackt hatte – damals, vor so vielen Jahren, im Wohnwagen, ehe sie beinahe ermordet worden wäre. Noch heute lag sie oft wach und lauschte den unregelmäßigen Geräuschen. Die Uhr ließ jedes dritte Ticken aus, und gegen fünf Uhr nachmittags klang sie, als würde jemand leicht auf ein Becken schlagen. Die Räder und Federn waren müde, als wären die Innereien der Uhr erschlafft; dennoch war es so, als würde man einen alten Freund auf einer altersschwachen Gitarre spielen hören, mit disharmonischem Klang, der aber Trost spendet und ein bißchen Frieden brachte.

LuAnn zog einen Slip an und ging zurück ins Bad, um sich die Haare zu trocknen. Als sie in den Spiegel blickte, sah sie das Bild einer Frau, die an einer Schwelle stand. Einer Schwelle zu was? Wahrscheinlich einer Katastrophe. LuAnn fragte sich, ob sie einen Psychologen aufsuchen sollte. Aber mußte man bei einer Therapie nicht die Wahrheit sagen, damit sie etwas brachte? Stumm stellte LuAnn ihrem Spiegelbild diese Frage. Nein, keine Psychotherapie. Sie mußte allein damit fertigwerden. Wie immer.

Mit dem Finger zog sie die Narbe am Kinn nach und spürte jede Verdickung der zerschnittenen Haut. Dabei durchlebte sie noch einmal die schmerzlichen Ereignisse in ihrer Vergangenheit. *Vergiß niemals, daß alles Betrug ist*, sagte sie sich. *Alles Lüge.*

Ihr Haar war trocken. Gerade wollte sie zurück ins Schlafzimmer gehen und sich ins Bett sinken lassen, als ihr Lisas

Worte wieder einfielen. Sie durfte diese Ablehnung, diesen Zorn ihrer Tochter nicht über Nacht schwären lassen. Sie mußte noch einmal mit Lisa reden. Mußte es wenigstens versuchen.

Sie ging ins Schlafzimmer, um den Morgenrock anzuziehen, ehe sie zu Lisa ging.

»Hallo, LuAnn.«

LuAnn erschrak so heftig, daß sie sich am Türrahmen festhalten mußte, sonst wäre sie zu Boden gesunken. Als sie ihn anstarrte, spürte sie, daß die Gesichtsmuskeln ihr nicht mehr gehorchten. Sie konnte nicht einmal antworten, so, als hätte sie einen Schlaganfall erlitten.

»Es ist lange her.« Jackson verließ den Platz am Fenster und setzte sich auf die Bettkante.

Seine ungezwungenen Bewegungen lösten LuAnn aus ihrer Starre. »Wie ... sind Sie hereingekommen?«

»Unwichtig.« Die Worte und der Tonfall waren ihr auf Anhieb vertraut. All die Jahre rasten in dermaßen atemberaubendem Tempo an ihr vorüber, zurück in die Vergangenheit, daß diese Empfindung sie beinahe in die Ohnmacht trieb.

»Was wollen Sie?« LuAnn preßte die Worte hervor.

»Ah, das ist endlich mal eine Frage von Bedeutung. Aber wir haben so viel zu besprechen, daß ich Ihnen vorschlagen möchte, doch etwas anzuziehen, damit Sie sich wohler fühlen.« Anzüglich starrte er auf ihren nackten Körper.

Es fiel LuAnn unendlich schwer, den Blick von Jackson zu lösen. Halbnackt vor diesem Mann zu stehen war ihr weniger unangenehm, als ihm den Rücken zuzukehren. Schließlich riß sie die Tür des Wandschranks auf, nahm einen knielangen Morgenrock heraus und zog ihn rasch an. Sie band den Gürtel fest um die Taille und drehte sich wieder um.

Jackson würdigte sie keines Blickes. Seine Augen schweiften über die extravagante Einrichtung ihres Boudoirs. Kurz blieb sein Blick auf der Uhr an der Wand haften, glitt dann weiter. Offenbar hatte der Blick auf LuAnns Körper – ein Anblick, für den viele Männer eine Menge Geld bezahlt hätten – Jackson völlig kalt gelassen.

»Sie haben sich ganz schön gemausert. Wenn ich mich recht entsinne, hat sich Ihr Geschmack, was Wohnungseinrichtungen betrifft, vor zehn Jahren auf schmutziges Linoleum und Sperrmüll beschränkt.«

»Es gefällt mir ganz und gar nicht, daß Sie hier einfach so eindringen.«

Blitzschnell drehte er den Kopf. Seine Blicke bohrten sich in ihre Augen. »Und mir gefällt es ganz und gar nicht, daß ich bei meinem gedrängten Terminplan Zeit abzweigen muß, um Sie wieder zu retten, LuAnn. Ach, übrigens, was ist Ihnen lieber: LuAnn oder Catherine?«

»Ich überlasse Ihnen die Wahl«, sagte sie scharf. »Und niemand muß mich retten. Sie am allerwenigsten.«

Er stand vom Bett auf und musterte eingehend ihr verändertes Aussehen. »Sehr gut. Nicht so gut, wie ich es bewerkstelligt hätte, aber ich will nicht pingelig sein«, sagte er schließlich. »Doch, Sie sehen sehr schick aus, sehr geschmackvoll. Gratuliere.«

LuAnn reagierte, indem sie antwortete: »Als ich Sie das letzte Mal gesehen habe, trugen Sie ein Kleid. Ansonsten haben Sie sich nicht sehr verändert.«

Jackson trug immer noch die dunkle Kleidung, die er in Donovans Waldhaus getragen hatte. Seine Züge waren dieselben wie bei der ersten Begegnung mit LuAnn vor zehn Jahren, allerdings hatte er seinen sehnigen Körper diesmal nicht mit Polstern in eine dickliche Gestalt verwandelt. Er streckte den Kopf vor. Das Lächeln schien sein ganzes Gesicht einzunehmen. »Wußten Sie denn nicht, daß ich nicht altere, von meinen anderen bemerkenswerten Fähigkeiten einmal abgesehen?« fragte er. Dann war das Lächeln so schnell verschwunden, wie es gekommen war. »Aber jetzt müssen wir ein paar ernste Worte reden.«

Wieder nahm er auf der Bettkante Platz und bedeutete LuAnn, sich an den kleinen antiken Schreibtisch an der Wand zu setzen. Sie tat wie geheißen.

»Worüber?« fragte sie.

»Ich habe gehört, daß Sie einen Besucher hatten. Einen Mann, der Sie mit dem Auto verfolgt hat.«

»Wie, zum Teufel, haben Sie das erfahren?« fragte LuAnn wütend.

»Werden Sie denn niemals einsehen, daß Sie mir keinerlei Informationen vorenthalten können? Zum Beispiel, daß Sie entgegen meinen ausdrücklichen Anweisungen wieder in die Vereinigten Staaten eingereist sind.«

»Die zehn Jahre sind um.«

»Seltsam. Ich kann mich nicht erinnern, daß ich bezüglich dieser Anweisungen ein Verfallsdatum festgelegt habe.«

»Sie können doch nicht von mir erwarten, daß ich den Rest meines Lebens auf der Flucht verbringe.«

»Doch. Genau das erwarte ich. Genau das verlange ich.«

»Sie können nicht über mein Leben bestimmen.«

Jackson blickte sich wieder im Zimmer um; dann stand er auf. »Eins nach dem anderen. Erzählen Sie mir von dem Mann.«

»Ich kann mit dieser Situation selbst fertigwerden.«

»Ach ja? Soweit ich es sehe, machen Sie einen Patzer nach dem anderen.«

»Ich möchte, daß Sie gehen. Sofort. Verdammt noch mal, verlassen Sie mein Haus! Hauen Sie ab!«

Jackson schüttelte langsam den Kopf. »Die Jahre haben Ihrem Temperament nichts anhaben können. Selbst mit unerschöpflichen Geldmitteln kann man sich keine gute Kinderstube kaufen. Oder Taktgefühl. Nicht wahr?«

»Scheren Sie sich zum Teufel.«

Als Antwort schob Jackson die Hand in die Jackentasche. Blitzschnell hatte LuAnn den Brieföffner auf ihrem

Schreibtisch gepackt. Sie holte zum Wurf aus. »Damit kann ich Sie auf eine Entfernung von zehn Metern töten. Geld kann sehr viel kaufen.«

Erneut schüttelte Jackson traurig den Kopf. »Vor zehn Jahren habe ich Sie gefunden, eine junge Frau, hübsch, ziemlich klug und in äußerst schwieriger Lage. Aber trotzdem waren Sie weißer Abschaum, LuAnn. Und ich sage es nur ungern, aber manche Dinge ändern sich nie.« Langsam kam seine Hand aus der Jackentasche hervor. Er hielt ein Blatt Papier. »Sie können Ihr kleines Spielzeug weglegen. Sie brauchen es nicht.« Er schaute sie mit einer Gelassenheit an, die LuAnn geradezu lähmte. »Jedenfalls nicht heute abend.« Er faltete das Blatt auseinander. »Nun denn. Wenn ich es recht verstanden habe, sind vor kurzem zwei Männer in Ihr Leben getreten. Der eine ist Matthew Riggs, der andere ist noch nicht identifiziert.«

Langsam ließ LuAnn den Arm sinken, behielt den Brieföffner aber fest in der Hand.

Jackson schaute sie über den Rand des Blattes an. »Ich habe begründetes Interesse daran, daß Ihr Geheimnis niemals enthüllt wird. Zur Zeit bin ich mit diversen geschäftlichen Aktivitäten befaßt, und ich schätze Anonymität über alles. Sie sind nur ein Steinchen in einer Reihe von Dominos. Doch wenn auch nur ein Stein kippt, fällt die ganze Reihe um – alle Steine, bis zum letzten. Und dieser letzte Stein bin ich. Haben Sie verstanden?«

LuAnn setzte sich wieder auf den Stuhl und legte die Beine übereinander. »Ja«, sagte sie knapp.

»Sie haben mein Leben unnötig kompliziert, indem Sie in die Vereinigten Staaten zurückgekommen sind. Der Mann, der Ihnen gefolgt ist, hat Ihre Identität hauptsächlich aufgrund Ihrer Steuerunterlagen aufgedeckt. Deshalb wollte ich, daß Sie niemals in die Staaten zurückkehren.«

»Wahrscheinlich hätte ich nicht kommen sollen«, gab LuAnn ihm recht. »Aber reisen Sie mal alle sechs Monate in ein neues Land. Mit einer anderen Sprache, einer anderen Kultur. Und das mit einem kleinen Mädchen.«

»Ich verstehe Ihre Schwierigkeiten. Aber ich ging davon aus, die Unannehmlichkeiten würden dadurch wettgemacht, daß Sie eine der reichsten Frauen der Welt sind.«

»Wie Sie schon sagten: Mit Geld kann man nicht alles kaufen.«

»Und Sie sind dem Mann nie zuvor begegnet? Bei Ihren ausgedehnten Reisen? Sind Sie absolut sicher?«

»Ich hätte mich erinnert. Ich erinnere mich an alles, was in den letzten zehn Jahren geschehen ist«, sagte sie leise.

Jackson musterte sie genau. »Ich glaube Ihnen. Haben Sie Grund zu der Annahme, daß der Unbekannte über die Lotterie Bescheid weiß?«

LuAnn zögerte eine Sekunde. »Nein.«

»Sie lügen. Sagen Sie mir sofort die Wahrheit, oder ich töte alle im Haus. Mit Ihnen fange ich an.« Bei dieser unvermittelten Drohung, die Jackson ganz ruhig und gelassen vorbrachte, holte LuAnn scharf Atem.

Sie schluckte schwer. »Er hat eine Liste. Eine Liste mit zwölf Namen ... Herman Rudy, Bobbie Jo Reynolds und andere. Meiner steht auch drauf.«

Jackson nahm diese Information ohne sichtliche Regung in sich auf. Dann blickte er auf das Papier. »Und dieser Riggs?«

»Was ist mit ihm?«

»Es gibt da einige Unklarheiten, was sein Vorleben betrifft.«

»Jeder hat seine Geheimnisse.«

Jackson lächelte. »Touché. Unter anderen Umständen würde mich das nicht stören. Doch in diesem Fall stört es mich sogar sehr.«

»Ich kann Ihnen nicht folgen.«

»Riggs hat eine mysteriöse Vergangenheit, und dann ist er zufällig genau in dem Moment zur Stelle, wenn Sie Hilfe brauchen. Ich nehme doch an, er hat Ihnen geholfen?«

LuAnn musterte ihn neugierig. »Ja. Aber Riggs lebt schon seit fünf Jahren hier. Lange, ehe ich hergezogen bin.«

»Darum geht es nicht. Ich behaupte ja nicht, daß er ein Polizeispitzel ist. Ich möchte nur darauf hinweisen, daß er jemand ganz anderer sein könnte, als er zu sein vorgibt. Und jetzt stolpert er ganz zufällig in Ihr Leben. Das macht mir Sorgen.«

»Ich bin sicher, es war purer Zufall. Riggs hatte den Auftrag, einige Arbeiten für mich zu erledigen. Da war es doch ganz normal, daß er in der Nähe war, als der andere Mann mich verfolgt hat.«

Jackson schüttelte den Kopf. »Mir gefällt das nicht. Ich habe diesen Riggs heute abend gesehen.« LuAnn erstarrte. »In dem kleinen Haus im Wald. Ich war sehr dicht an ihm dran.« Er hielt die Hände ungefähr einen halben Meter auseinander. »Ich habe kurz mit dem Gedanken gespielt, ihn auf der Stelle zu töten. Es wäre ein Kinderspiel gewesen.«

LuAnns Gesicht wurde weiß. Sie leckte sich die trockenen Lippen. »Es gibt keinen Grund, ihn zu töten.«

»Das wissen Sie doch gar nicht. Ich werde den Mann überprüfen, und falls ich in seinem Vorleben irgend etwas finde, das mir Ärger bereiten könnte, werde ich ihn eliminieren. So einfach ist das.«

»Lassen Sie mich nach Informationen über Riggs suchen. Ich werde sie Ihnen beschaffen.«

»Was?« Jackson war verblüfft.

»Riggs mag mich. Er hat mir bereits geholfen, vielleicht sogar mein Leben gerettet. Da wäre es doch ganz normal, wenn ich ihm meine Dankbarkeit zeige ... ihn näher kennenlerne.«

»Nein, das gefällt mir nicht.«

»Riggs ist ein Niemand. Ein kleiner Bauunternehmer. Warum machen Sie wegen diesem Kerl so viel Aufhebens? Wie Sie schon sagten – Sie sind ein vielbeschäftigter Mann.«

Jackson betrachtete sie einen Moment mit scharfem

Blick. »Also gut, LuAnn, übernehmen Sie das. Aber geben Sie alles, was Sie herausfinden, sofort an mich weiter. Andernfalls werde ich die Angelegenheit, soweit sie Mr. Riggs betrifft, in meine eigenen, überaus fähigen Hände nehmen. Ist das klar?«

LuAnn atmete erleichtert auf. »Klar.«

»Selbstverständlich muß ich auch den anderen Mann finden. Das dürfte aber nicht allzu schwierig sein.«

»Tun Sie das nicht.«

»Wie bitte?«

»Sie brauchen das doch gar nicht. Ich meine, den Mann finden.«

»Doch, das muß ich. Da bin ich ganz sicher.«

Die Erinnerung an Mr. Rainbow stieg vor LuAnn auf. Sie wollte keinen weiteren Mord auf ihr Gewissen laden. Das war sie nicht wert. »Sollte der Mann sich noch einmal zeigen, verlassen wir einfach das Land.«

Jackson faltete das Blatt zusammen und steckte es in die Tasche. Er legte die Fingerspitzen gegeneinander. »Offensichtlich begreifen Sie die volle Tragweite der Situation nicht. Wären Sie die einzige, hinter der dieser Bursche her ist, würde Ihre schlicht gestrickte Lösung diese Sache womöglich bereinigen, zumindest vorübergehend. Aber der Mann hat eine Liste mit den Namen von elf weiteren Personen, mit denen ich gearbeitet habe. Ich gehe wohl recht in der Annahme, daß Ihre Lösung, daß alle mehr oder minder gleichzeitig das Land verlassen, äußerst unpraktikabel wäre.«

LuAnn holte tief Luft. »Ich könnte den Mann bezahlen. Wieviel Geld kann er verlangen? Damit wäre alles erledigt.«

Jackson lächelte verzerrt. »Erpresser sind ein übler Haufen. Sie lassen niemals locker.« Dann fügte er in scharfem Tonfall hinzu: »Es sei denn, man überzeugt sie mit extremen Mitteln.«

»Mr. Jackson, bitte, tun Sie es nicht«, bat sie.

»Was soll ich nicht tun, LuAnn? Für Ihr Überleben sorgen?«

Er blickte sich um. »Und was ist mit alledem hier?« Sein Blick heftete sich wieder auf LuAnn. »Übrigens, wie geht es Lisa? Ist sie so schön wie ihre Mutter?«

LuAnn fühlte einen Kloß im Hals. »Es geht ihr gut.«

»Großartig. Dann sollte es auch so bleiben, oder?«

»Können Sie die ganze Geschichte nicht einfach mir überlassen?«

»LuAnn, vor vielen Jahren standen wir auch vor dem Problem, mit einem Möchtegern-Erpresser zu tun zu haben. Ich habe die Sache damals aus der Welt geschafft, und das werde ich auch diesmal wieder tun. Solche Angelegenheiten erledige ich stets selbst. Danken Sie Gott, daß ich Riggs am Leben lasse. Vorerst.«

»Aber der Mann kann doch nichts beweisen! Wie denn? Und selbst wenn er es könnte, würde man niemals eine Spur zu Ihnen verfolgen können. Vielleicht wandere ich ins Gefängnis, aber Sie doch nicht. Verdammt, ich weiß nicht einmal, wer Sie wirklich sind.«

Jackson stand auf und schürzte die Lippen. Dann strich er mit der linken Hand langsam über den Saum der Überdecke.

»Eine wunderschöne Stickerei«, sagte er. »Indisch, nicht wahr?«

LuAnn war durch seine Frage für einen Moment abgelenkt. Plötzlich blickte sie in die Mündung einer Neunmillimeter. Auf dem Lauf steckte ein Schalldämpfer.

»Eine mögliche Lösung wäre, daß ich alle zwölf Gewinner töte. Das würde unseren wißbegierigen Freund in der Tat in eine überraschende Sackgasse führen. Denken Sie daran. Die Zehn-Jahres-Frist ist abgelaufen. Das Kapital des Lotteriegewinns ist bereits auf einem Schweizer Bankkonto deponiert, das ich auf Ihren Namen eingerichtet habe. Ich würde Ihnen dringend davon abraten, das Geld in die Vereinigten Staaten zu überweisen.« Er holte ein anderes Blatt heraus und legte es aufs Bett. »Hier sind der Code für die

Vollmacht und andere Informationen über das Konto, die es Ihnen ermöglichen, darüber zu verfügen. Die Herkunft des Geldes kann von niemandem ermittelt werden. Das gehört jetzt alles Ihnen. Wie vereinbart.« Jacksons Finger krümmte sich um den Abzug der Pistole. »Aber jetzt habe ich keinen Grund mehr, Sie am Leben zu lassen, nicht wahr?« Er kam langsam näher. LuAnns Finger krampften sich um den Brieföffner.

»Legen Sie ihn weg, LuAnn. Zugegeben, Sie sind ausgesprochen sportlich, aber schneller als eine Kugel sind Sie nicht. Legen Sie das Ding weg. *Sofort!*«

Sie ließ den Brieföffner fallen und wich zur Wand zurück.

Jackson blieb dicht vor ihr stehen. Er legte die Pistole an ihren linken Wangenknochen und strich mit der behandschuhten Hand über ihre rechte Wange. Die Berührung hatte keinerlei sexuellen Beiklang. Selbst durch den Handschuh spürte LuAnn die sterile Kälte, die dieser Mann verströmte.

»Sie hätten gleich beim erstenmal werfen müssen, LuAnn. Ja, das hätten Sie tun sollen.« Seine Augen funkelten spöttisch.

»Ich töte niemanden kaltblütig«, sagte LuAnn.

»Ich weiß. Das ist Ihr größtes Manko. Sie müßten *immer* nur kaltblütig handeln.«

Er nahm die Hand weg und schaute sie an.

»Vor zehn Jahren hatte ich das Gefühl, Sie wären das schwache Glied in der Kette. In den darauffolgenden Jahren dachte ich, ich hätte mich vielleicht geirrt. Alles lief so glatt. Doch jetzt muß ich feststellen, daß meine anfängliche Ahnung mich nicht getrogen hat. Selbst wenn ich persönlich nicht in Gefahr wäre, entdeckt zu werden, würde ich einen unverzeihlichen Fehler begehen, wenn ich zuließe, daß dieser Mann Sie erpreßt oder womöglich sogar die Lotterie-Manipulation an die Öffentlichkeit bringt. Aber ich begehe keinen Fehler. Niemals. Und ich lasse es nicht zu, daß andere

Menschen Einfluß auf meine Pläne ausüben, gleich welcher Art; denn schon *das* wäre ein Fehler. Außerdem könnte ich es nicht ertragen, daß eine so großartige Inszenierung zunichte gemacht wird.

Denken Sie nur an das wundervolle Leben, das ich Ihnen geschenkt habe, LuAnn. Erinnern Sie sich daran, was ich Ihnen damals gesagt habe: ›Reisen Sie, wohin Sie wollen. Tun Sie, was Ihnen gefällt.‹ Ich habe Ihnen das Unmögliche möglich gemacht. Nur für Sie. Schauen Sie sich doch einmal an. Makellos schön.« Seine Hand wanderte zur Vorderseite ihres Morgenrocks. Langsam zog er den Gürtel auf. Der Morgenrock öffnete sich und entblößte ihre bebenden Brüste und ihren flachen Bauch. Er schob ihr den Morgenrock über die Schultern, so daß er zu Boden glitt.

»Natürlich wäre es am klügsten für mich, Sie zu töten. Hier und jetzt. Ach, verdammt, bringen wir's hinter uns.« Er richtete die Pistole auf ihren Kopf und drückte auf den Abzug. LuAnn zuckte zurück, die Augen fest geschlossen.

Sie sah, wie Jackson ihre Reaktion studierte, als sie die Augen wieder aufschlug. Sie zitterte am ganzen Leib. Ihr Herz schlug wie verrückt. Sie konnte kaum atmen.

Jackson schüttelte den Kopf. »Ihre Nerven scheinen nicht mehr so stark zu sein wie bei unserer letzten Begegnung, LuAnn. Und gute Nerven – oder der Mangel daran – sind das alles Entscheidende.« Er betrachtete die Pistole, sicherte sie und sprach mit ruhiger Stimme weiter. »Wie ich bereits sagte, wäre es am klügsten, das schwache Glied in der Kette einfach herauszunehmen. Zu entfernen.« Er machte eine Pause, ehe er fortfuhr: »Aber es wird Ihnen nichts geschehen, jedenfalls nicht heute. Obwohl Sie ungehorsam waren und alles gefährdet haben. Möchten Sie wissen, warum?«

LuAnn blieb an der Wand stehen. Sie hatte Angst, sich zu bewegen, starrte ihn regungslos an wie das Kaninchen die Schlange.

Er wertete ihr Schweigen als Zustimmung. »Weil ich das Gefühl habe, daß Sie eine größere Bestimmung erfüllen sollten. Das mag sich dramatisch anhören, aber ich bin nun mal ein Mensch, der Wert auf Wirkung legt. Diese Freiheit nehme ich mir. So einfach ist das. Und im Grunde sind Sie meine Schöpfung. Würden Sie ohne mich in diesem Haus wohnen? Würden Sie wie eine gebildete Frau sprechen und denken und nach Lust und Laune in der Welt herumreisen? Selbstverständlich nicht. Wenn ich Sie töte, würde ich gewissermaßen einen Teil von mir selbst umbringen. Und das widerstrebt mir zutiefst, wie Sie sich gewiß vorstellen können.

Aber denken Sie immer daran, daß ein wildes Tier, das in eine Falle geraten ist, sogar sein Bein opfert, um zu fliehen und sein Leben zu retten. Glauben Sie keinen Moment, daß ich dieses Opfer nicht auch bringen würde. Das wäre sehr, sehr dumm von Ihnen. Ich hoffe aufrichtig, daß es uns gelingt, Sie von Ihrem kleinen Problem zu befreien.«

Er schüttelte mitfühlend den Kopf, wie bei ihrer ersten Begegnung vor zehn Jahren. »Das hoffe ich wirklich, LuAnn. Aber wenn es uns nicht gelingt, kann man auch nichts machen. Im Geschäftsleben tauchen immer wieder Probleme auf, und ich rechne fest damit, daß Sie alles tun, was Sie können, um dafür zu sorgen, daß wir diese Klippe erfolgreich umschiffen.« Jacksons Tonfall wurde geschäftsmäßig, als er die Punkte an den Fingern abzählte. »Sie werden das Land nicht verlassen. Offensichtlich haben Sie keine Mühe gescheut, wieder in die USA kommen. Bleiben Sie, und genießen Sie eine Zeitlang den süßen Duft der Heimat. Sie werden mir sofort jeden weiteren Kontakt mit dem mysteriösen Fremden melden. Sie erreichen mich immer noch unter der Nummer, die ich Ihnen vor zehn Jahren gegeben habe. Ich werde mich regelmäßig bei Ihnen melden. Alle weiteren Anweisungen, die Sie noch von mir erhalten, werden Sie aufs Haar befolgen. Verstanden?«

Sie nickte schnell.

»Ich meine das bitterernst, LuAnn. Sollten Sie mir wieder nicht gehorchen, werde ich Sie töten. Und auf sehr langsame, unglaublich schmerzvolle Art und Weise.« Er studierte ihre Reaktion auf diese Worte. »Und jetzt gehen Sie ins Bad und sehen Sie zu, daß Sie sich wieder unter Kontrolle bekommen.«

Sie wandte sich um und wollte gehen.

»Ach, LuAnn.«

Sie schaute zurück.

»Denken Sie immer daran: Falls wir dieses Problem nicht lösen und ich das schwache Kettenglied eliminieren muß, gibt es keinen Grund – jedenfalls sehe ich keinen –, warum ich bei Ihnen aufhören sollte. Es gibt da ja noch jemanden.« Er schaute drohend zur Tür, die zum Korridor führte, wo Lisa keine sieben Meter entfernt schlief. Dann wandte er sich wieder an LuAnn. »Ich möchte meinen Geschäftspartnern so viele Anreize wie möglich bieten, stets nach Erfolg zu streben. Dann enttäuschen sie mich nicht so leicht.«

LuAnn stürmte ins Bad und schloß die Tür hinter sich ab. Sie suchte am kalten Marmor des Frisiertisches Halt, da sie am ganzen Körper unkontrolliert zitterte. Sie wickelte sich in ein großes Badetuch und ließ sich zu Boden sinken. Ihr angeborener Mut schwand vollkommen angesichts der messerscharfen Erkenntnis, daß Jackson es todernst meinte. Lu-Ann wußte nur zu gut, in welch schrecklicher Gefahr sie schwebte. Die Tatsache, daß Jackson auch vor Lisa nicht haltmachen würde, brachte sie vor Angst beinahe um den Verstand.

Dann ließ ein anderer Gedanke LuAnns Gesichtszüge zu einer Totenmaske erstarren. Ihre Augen blickten stumpf zur Tür, als ihr voller Entsetzen klar wurde, daß sich im Zimmer dahinter eine Person aufhielt, mit der sie vieles gemeinsam hatte.

Beide hatten Geheimnisse. Beide waren durch Gaunerei

unglaublich reich geworden. Beide besaßen körperliche und geistige Fähigkeiten, die weit über das normale Maß hinausgingen. Und – vielleicht am bezeichnendsten – beide hatten jemanden getötet. LuAnns Tat war spontan gewesen, auf den bloßen Überlebenswillen zurückzuführen. Jacksons Tat dagegen war geplant, aber auch bei ihm war es irgendwie ums Überleben gegangen. Doch in beiden Fällen war das Ergebnis der Tod eines Menschen gewesen. Vielleicht war der trennende Abgrund zwischen ihr und Jackson gar nicht so groß, wie es oberflächlich betrachtet aussah.

Langsam erhob LuAnn sich vom Fußboden. Sollte Jackson sich je an Lisa vergreifen, würde er sterben. Oder sie selbst. Eine andere Möglichkeit gab es nicht.

Sie ließ das Handtuch zu Boden gleiten und schloß die Tür auf. Zwischen ihr und Jackson schien eine unsichtbare Verbindung zu bestehen, die jeder logischen Erklärung widersprach. Selbst nach so langer Trennung war es, als wären ihre Synapsen auf einer gewissen, gleichsam seelischen Ebene verschweißt. Deshalb war LuAnn ganz sicher, was sie vorfinden würde, wenn sie zurück ins Schlafzimmer ging. Sie riß die Tür auf.

Nichts. Jackson war verschwunden.

LuAnn zog sich schnell etwas über und rannte zu Lisa ins Zimmer. Das ruhige, gleichmäßige Atmen des Mädchens verriet ihr, daß Lisa fest schlief. LuAnn beugte sich noch eine Zeitlang über die Tochter, weil sie Angst hatte, das Mädchen allein zu lassen. Sie wollte Lisa nicht wecken. Sie hätte die furchtbare Angst vor ihrer Tochter nicht verhehlen können. Schließlich vergewisserte LuAnn sich, daß die Fenster verschlossen waren, und verließ das Zimmer.

Als nächstes suchte sie Charlies Schlafzimmer auf und weckte ihn behutsam.

»Ich hatte gerade Besuch.«

»Was? Wer?«

»Wir hätten wissen müssen, daß er alles herausfindet«, sagte sie müde.

Als die Bedeutung ihrer Worte durch den Nebel der Schlaftrunkenheit gedrungen war, setzte Charlie sich ruckartig im Bett auf, wobei er um ein Haar die Lampe auf dem Nachttisch umgestoßen hätte. »Großer Gott. Er war hier? Jackson war hier?«

»Ich hatte gerade geduscht. Er hat in meinem Schlafzimmer auf mich gewartet. Ich glaube, ich hatte noch nie im Leben solche Angst.«

»O Gott, LuAnn, Baby.« Charlie schloß sie in die Arme und hielt sie für einen Moment ganz fest. »Wie, zum Teufel ... wie hat er uns aufgespürt, verdammt noch mal?«

»Keine Ahnung. Aber er weiß alles. Von dem Mann, der mich verfolgt hat. Von Riggs. Ich ... ich habe ihm von der Liste mit den Lotteriegewinnern erzählt. Ich wollte lügen, aber er hat es sofort gemerkt. Er hat gedroht, alle im Haus zu töten, wenn ich ihm nicht die Wahrheit sage.«

»Und was hat er jetzt vor?«

»Er will den Kerl, der mich verfolgt hat, finden und umbringen.«

Charlie lehnte sich gegen das Kopfbrett des Bettes, und LuAnn setzte sich neben ihn. Charlie legte seine große Hand über sein Gesicht und schüttelte den Kopf. Dann schaute er LuAnn an. »Was hat er sonst noch gesagt?«

»Daß wir nichts unternehmen sollen. Wir sollen Riggs mit Vorsicht behandeln. Und wir sollen Jackson sofort verständigen, wenn der andere Kerl wieder auftaucht.«

»Warum hat er Riggs erwähnt?«

»Jackson scheint wegen Riggs sehr mißtrauisch zu sein. Als hätte Riggs einen bestimmten Grund, seine Nase in diese Angelegenheit zu stecken.«

»Dieser Mistkerl.« Charlie stöhnte und wälzte sich aus dem Bett. Er stand auf und zog sich an.

»Was hast du vor?«

»Keine Ahnung. Aber ich habe das Gefühl, daß ich irgend etwas unternehmen muß. Riggs warnen. Wenn Jackson hinter ihm her ist…«

LuAnn ergriff seinen Arm. »Wenn du Riggs von Jackson erzählst, unterschreibst du damit praktisch sein Todesurteil. Irgendwie wird Jackson es herausfinden. Das schafft er immer. Ich habe für Riggs' Sicherheit gesorgt, jedenfalls für den Augenblick.«

»Und wie?«

»Jackson und ich haben eine Abmachung getroffen. Zumindest glaube ich, daß er mir meine Erklärung abgenommen hat. Wer kann das bei Jackson schon sagen?«

Charlie hatte die Hose halb hochgezogen. Jetzt hielt er inne und blickte LuAnn an.

Sie fuhr fort: »Vorerst will Jackson sich auf den anderen Mann konzentrieren, den Hondafahrer. Er wird ihn finden. Und wir können ihn nicht warnen, weil wir ja nicht einmal wissen, wer er ist.«

Charlie setzte sich wieder aufs Bett. »Und was sollen wir jetzt tun?«

LuAnn nahm seine Hand. »Ich möchte, daß du Lisa fortbringst. Ich möchte, daß ihr beide von hier weggeht.«

»Solange der Kerl sich in der Gegend herumtreibt, laß ich dich nicht allein. Nein, niemals.«

»Doch, Charlie. Du weißt genau, daß ich recht habe. Wenn ich allein bin, ist alles in Ordnung. Aber wenn Jackson Lisa erwischt…« Sie brauchte den Satz nicht zu beenden.

»Warum gehst *du* nicht mit ihr weg und läßt mich hier, damit ich mich um alles kümmere?«

LuAnn schüttelte den Kopf. »Das klappt nicht. Wenn ich verschwinde, wird Jackson mich suchen. Unaufhörlich. Unerbittlich. Solange ich hier bin, bleibt er nicht allzu weit weg. Inzwischen könnt ihr beide fliehen.«

»Das gefällt mir ganz und gar nicht. Ich will dich nicht im Stich lassen, LuAnn. Nicht jetzt.«

Sie legte die Arme um seine breiten Schultern. »Mein Gott, du läßt mich doch nicht im Stich. Du paßt auf das Kostbarste auf, das ich habe …« Sie brach ab, als plötzlich Jacksons Gesicht in Großaufnahme vor ihrem geistigen Auge erschien.

Charlie nahm ihre Hand. »Okay. Wann sollen wir weggehen?«

»Jetzt sofort. Ich hole Lisa, und du packst schon mal. Jackson ist gerade erst gegangen. Ich bezweifle, daß er das Haus beobachtet. Wahrscheinlich rechnet er damit, daß ich vor Angst noch zu gelähmt bin, um irgendwas zu unternehmen … und damit liegt er gar nicht mal so falsch.«

»Wohin sollen wir fahren?«

»Such es dir aus. Ich will es gar nicht wissen. Dann kann niemand die Information aus mir herauspressen. Ruf mich an, wenn ihr am Ziel seid. Dann sprechen wir uns ab, wie wir in Zukunft sicher miteinander reden können.«

Charlie zuckte mit den Schultern. »Ich hätte nie geglaubt, daß es mal soweit kommt.«

Sie gab ihm einen Kuß auf die Stirn. »Alles wird gut. Wir müssen nur sehr vorsichtig sein.«

»Und was ist mit dir? Was machst du?«

LuAnn holte tief Luft. »Alles was nötig ist, um dafür zu sorgen, daß wir diese Sache alle überleben.«

»Und was ist mit Riggs?«

Sie blickte ihm fest in die Augen. »Riggs ganz besonders.«

»Ich kann das nicht mehr ausstehen, Mom. Ich will nicht.« Lisa stapfte im Schlafanzug in ihrem Zimmer umher, während LuAnn rasch ein paar Sachen für ihre Tochter einpackte.

»Tut mir leid, Lisa, aber du mußt mir vertrauen.«

»Vertrauen. Ha! Hört sich wirklich komisch an, wenn du das sagst.« Lisa funkelte sie wütend an.

»Ich möchte im Augenblick keine Diskussion, junge Dame.«

»Und ich möchte nicht weg.« Trotzig setzte Lisa sich aufs Bett und verschränkte eigensinnig die Arme.

»Onkel Charlie ist schon fertig. Du mußt dich beeilen.«

»Aber wir haben morgen in der Schule eine Party. Können wir nicht wenigstens so lange warten?«

LuAnn knallte den Koffer zu. »Nein, Lisa, ich fürchte, das können wir nicht.«

»Wann hört das endlich mal auf? Wann hörst du auf, mich durch die ganze Welt zu schleppen?«

LuAnn fuhr sich mit zitternden Fingern durchs Haar, setzte sich neben ihre Tochter und legte einen Arm um ihre Schultern. Sie spürte den Schmerz in Lisas kleinem Körper. Konnte die Wahrheit ihre Tochter schlimmer verletzen als das hier? LuAnn ballte eine Hand zur Faust und preßte sie verzweifelt gegen das rechte Auge.

»Lisa?« wandte sie sich dann an ihre Tochter. »Lisa?« Das kleine Mädchen weigerte sich, die Mutter anzuschauen.

»Lisa, bitte sieh mich an.«

Schließlich blickte Lisa ihre Mutter an. Auf dem kleinen Gesicht lagen Wut und Enttäuschung. Es versetzte LuAnn einen Stich ins Herz.

LuAnn sprach ganz langsam. Noch vor einer Stunde hätte sie sich nie vorstellen können, diese Worte auszusprechen. Dann aber war Jackson erschienen, und das hatte vieles verändert. »Ich verspreche dir, daß ich dir eines Tages, schon sehr bald, alles sagen werde, was du wissen willst. Sogar mehr, als du über mich und dich und über alles wissen willst. In Ordnung?«

»Aber warum...«

Sanft legte LuAnn ihrer Tochter die Hand auf den Mund, und Lisa verstummte. »Aber ich kann dir jetzt schon sagen, daß es ein ziemlicher Schreck für dich sein wird, wenn ich dir alles erzähle. Es wird dir weh tun, und vielleicht wirst du nie verstehen, warum ich getan habe, was ich getan habe. Vielleicht wirst du mich dafür hassen. Vielleicht wird es dir leid tun, daß ich deine Mutter bin.« Sie machte eine Pause und biß sich auf die Lippe. »Aber was du auch empfinden wirst, mein Schatz – ich habe immer nur das getan, was ich für dich am besten hielt. Ich war sehr jung und hatte keinen Menschen, der mir geholfen hätte, irgendeine Entscheidung zu treffen.«

Sie umschloß Lisas Kinn mit der Hand und hob das kleine Gesicht des Mädchens. Tränen standen in Lisas Augen. »Ich weiß, daß ich dir jetzt weh tue. Ich will nicht, daß du weggehst, aber lieber würde ich sterben, ehe ich zulasse, daß dir irgendein Leid geschieht. Onkel Charlie denkt genauso.«

»Mom, du machst mir angst.«

LuAnn nahm Lisa mit beiden Händen an den Schultern. »Ich liebe dich, Lisa. Mehr als alles auf der Welt.«

»Ich will nicht, daß dir etwas passiert.« Lisa berührte das Gesicht ihrer Mutter. »Mom, dir wird doch nichts passieren, oder?«

LuAnn brachte ein tröstendes Lächeln zustande. »Eine Katze landet immer auf den Pfoten, mein Schatz. Mom passiert bestimmt nichts.«

KAPITEL 37

Am nächsten Tag stand LuAnn nach einer fast schlaflosen Nacht sehr früh auf. Nie hatte sie etwas Herzerreißenderes erlebt als den Abschied von ihrer Tochter; doch sie wußte, daß es nichts war im Vergleich zu der schweren Aufgabe, Lisa eines Tages die Wahrheit über ihr Leben zu erzählen und über das Leben ihrer Mutter. Sofern sie diese Gelegenheit überhaupt noch bekam. Trotz allem hatte eine Woge der Erleichterung sie überschwemmt, als sie in der Nacht beobachtet hatte, wie die Rücklichter des Range Rover immer kleiner wurden, als er über die Privatstraße davonfuhr.

Nun war LuAnns größte Sorge, Riggs zu zügeln, ohne ihn noch mißtrauischer zu machen. Ihr blieb nicht viel Zeit. Falls sie Jackson nicht sehr bald irgendwelche Informationen übermittelte, würde er Riggs seine ungeteilte Aufmerksamkeit widmen. Und das wollte LuAnn unter allen Umständen vermeiden.

Sie überdachte diese Probleme, während sie die Gardinen im Schlafzimmer zurückzog und auf den Rasen hinter dem Haus blickte. Ihr Schlafzimmer lag im zweiten Stock und gewährte einen herrlichen Ausblick auf das Anwesen. Durch eine Tür gelangte man auf den Balkon. LuAnn fragte sich, ob Jackson sich gestern abend auf diesem Weg Zugang in ihr Zimmer verschafft hatte. Normalerweise stellte sie die Alarmanlage ein, ehe sie zu Bett ging. Sie überlegte, ob sie die Anlage früher aktivieren sollte – obwohl sie wenig Hoffnung hegte, daß irgendein Sicherheitssystem für Jackson ein Hindernis darstellte. Dieser Mann schien die Fähigkeit zu besitzen, Wände hinauf und durch sie hindurch gehen zu können.

In der kleinen Küche neben ihrem Ankleidezimmer kochte LuAnn sich Kaffee. Dann schlüpfte sie in einen seidenen Morgenrock und ging, eine Tasse heißen Kaffee in den Händen, auf den Balkon. Dort standen ein Tisch und zwei Stühle, doch LuAnn setzte sich auf die Marmorbrüstung und betrachtete ihr Anwesen. Gerade ging die Sonne auf. Die goldenen und rosafarbenen Strahlen bildeten einen prächtigen Hintergrund zum bunten Laub der Bäume. Der Anblick hellte LuAnns gedrückte Stimmung ein wenig auf. Doch was sie als nächstes sah, ließ sie vor Schreck beinahe vom Balkon fallen.

Matthew Riggs kniete in der Nähe jener Stelle auf dem Boden, an der das Studio errichtet werden sollte. Mit wachsender Verwunderung sah LuAnn von ihrem Beobachtungspunkt aus, wie Riggs Baupläne entrollte und das Gelände mit Blicken abmaß. Sie stellte sich auf die Zehenspitzen, um mehr sehen zu können. An verschiedenen Stellen waren Holzpflöcke in die Erde gerammt. Sie sah, wie Riggs eine Schnur entrollte, sie an einen Pflock band und offenbar den Grundriß eines Gebäudes vermaß.

LuAnn rief nach ihm, doch ihre Stimme trug nicht weit genug.

Sie lief durchs Schlafzimmer, stürmte die Treppe hinunter und zur Hintertür. Sie nahm sich nicht einmal die Zeit, Schuhe anzuziehen, sondern schloß die Tür auf und rannte barfuß durch das taunasse Gras. Der enge seidene Morgenmantel klaffte auf und entblößte ihre langen Beine.

Schwer atmend erreichte sie die Stelle, an der sie Riggs gesehen hatte. Er war verschwunden. Ihr Atem bildete Dampfwölkchen in der morgendlich kühlen Luft, als sie den Morgenmantel straffer um den Körper wickelte und den Blick in die Runde schweifen ließ.

Wo, zum Teufel, steckte Riggs? Sie hatte sich doch nicht bloß eingebildet, ihn gesehen zu haben! Da waren die Holzpflöcke, und da war auch die Schnur, die Riggs daran festgebunden hatte. LuAnn starrte darauf, als müßten diese Gegenstände das Geheimnis lüften, wohin der Mann so plötzlich verschwunden war.

»Morgen.«

LuAnn wirbelte herum und starrte Riggs entgegen, als dieser zwischen den Bäumen auftauchte. Er hielt einen großen Stein in der Hand und legte ihn beinahe feierlich in die Mitte des abgesteckten Bereichs.

»Ihr Kamin«, erklärte er grinsend.

»Was tun Sie da eigentlich?« fragte LuAnn verwundert.

»Laufen Sie immer so herum? Sie holen sich noch 'ne Lungenentzündung.« Er schaute sie an, wandte sich dann aber diskret ab, als die Sonnenstrahlen über die Baumwipfel fielen und den Morgenmantel durchscheinend machten. LuAnn trug nichts darunter. »Von der Wirkung auf mich einmal ganz abgesehen«, fügte er leise hinzu.

»Normalerweise bekomme ich auch niemanden zu sehen, der im Morgengrauen Pflöcke in meinen Grund und Boden schlägt.«

»Ich führe nur Anweisungen aus.«

»Was?«

»Sie wollten ein Studio. Ich baue Ihnen ein Studio.«

»Sie haben doch gesagt, daß die Zeit nicht mehr reicht, ehe der Winter kommt. Und daß Sie Pläne und Baugenehmigungen brauchen.«

»Na ja, Sie haben mein Studio so sehr bewundert, daß mir die brillante Idee gekommen ist, dieselben Baupläne für Ihres zu benützen. Das spart eine Menge Zeit. Außerdem habe ich einen guten Draht zur Baubehörde, dann geht es schneller mit der Genehmigung.« Er machte eine Pause und schaute sie an. LuAnn zitterte. »Nun überschlagen Sie sich nicht mit dem Bedanken.«

Sie verschränkte die Arme vor der Brust. »Es ist nicht so, daß ich ...« Wieder ließ ein eiskalter Windstoß sie schaudern. Riggs zog seinen dicken Mantel aus und legte ihn LuAnn um die Schultern.

»Sie sollten wirklich nicht barfuß hier draußen herumlaufen.«

»Ich habe Ihre Zeit und Geduld schon mehr als genug beansprucht, Matthew. Sie brauchen sich wirklich nicht solche Umstände zu machen.«

Riggs blickte zu Boden und tippte mit der Schuhspitze gegen einen Pflock. »Es macht mir keine Umstände, Catherine, wirklich nicht.« Er hüstelte verlegen und schaute zum Wald. »Und es gibt Schlimmeres, als die Zeit mit einer Frau wie Ihnen zu verbringen.« Er warf ihr einen raschen Blick zu und schaute dann wieder weg.

LuAnn wurde rot und biß sich auf die Unterlippe. Riggs steckte die Hände in die Taschen und schien nicht zu wissen, wohin er schauen sollte. Sie benahmen sich wie zwei nervöse, verlegene Teenager vor ihrem ersten Rendezvous.

Schließlich betrachtete LuAnn das abgesteckte Stück Land. »Dann wird mein Studio also genauso wie Ihres?«

Riggs nickte. »Ich hatte ja genug Zeit für die Planung, nachdem Sie mir den Auftrag für den Zaun entzogen haben.«

»Ich sagte Ihnen doch, daß ich den Zaun trotzdem bezahle. Sie können sich darauf verlassen.«

»Das bezweifle ich nicht. Aber ich nehme nun mal kein Geld für eine Arbeit, die ich nicht ausgeführt habe. Da habe ich meine Prinzipien. Aber keine Bange, ich werde Ihnen für das Studio eine saftige Rechnung ausstellen.«

Wieder blickte Riggs hinaus aufs Land. »Eine schönere Stelle gibt es nicht, das kann ich Ihnen versichern. Wenn das Studio erst mal hier steht, wollen Sie vielleicht gar nicht mehr fort.«

»Das hört sich zwar sehr schön an, aber die Wirklichkeit dürfte anders aussehen.«

Er warf ihr einen flüchtigen Blick zu. »Ich nehme an, Sie reisen viel. Eine Frau in Ihrer Position.«

»Das hat damit nichts zu tun. Aber es stimmt schon, ich bin viel unterwegs.« Müde fügte sie hinzu: »Zu viel.«

»Es ist schön, wenn man sich die Welt anschauen kann. Aber es ist genauso schön, nach Hause zu kommen«, meinte Riggs.

»Das hört sich so an, als würden Sie aus Erfahrung sprechen.« Sie musterte ihn neugierig.

Er grinste verlegen. »Ich? Ich bin eigentlich nie viel herumgekommen.«

»Aber Sie kommen trotzdem gern nach Hause. Um Frieden zu finden?« fragte sie leise, den Blick aus ihren großen Augen auf sein Gesicht gerichtet.

Riggs' Grinsen schwand, als er LuAnn mit wiedererwachtem Respekt anschaute. »Ja«, erwiderte er schließlich.

»Wie wär's mit Frühstück?«

»Ich habe schon gegessen. Trotzdem, danke.«

»Kaffee?« Der Kälte wegen trat LuAnn von einem Bein aufs andere.

Riggs betrachtete ihren Balanceakt und meinte: »Da sage ich nicht nein.« Er zog die Arbeitshandschuhe aus und steckte sie in die Hosentaschen. Dann bückte er sich. »Los, aufsitzen.«

»Wie bitte?«

»Klettern Sie rauf.« Er klopfte auf seinen Rücken. »Ich weiß, daß ich nicht so groß bin wie Ihr Pferd, aber Sie können ja so tun, als ob.«

LuAnn rührte sich nicht von der Stelle. »Ich weiß nicht.«

»Jetzt setzen Sie sich schon drauf. Das mit der Lungenentzündung war kein Scherz. Außerdem trage ich Milliardäre immer so durch die Gegend.«

LuAnn lachte, schlüpfte in den Mantel und stieg auf Riggs' Rücken. Sie legte ihm die Arme um den Hals, während er ihre nackten Schenkel festhielt. »Sind Sie auch sicher, Sie schaffen das, Matthew? Es ist ziemlich weit, und ich bin nicht gerade eine zarte Elfe.«

»Ich glaube schon, daß ich's schaffe. Aber erschießen Sie mich nicht wie einen müden alten Klepper, falls ich zusammenbreche.« Er marschierte los.

Auf halber Strecke stieß LuAnn ihn spielerisch mit den Knien in die Seiten.

»Was soll das denn?«

»Ich tue so, als ob. Wie Sie gesagt haben. Also – hüh!«

»Übertreiben Sie nicht«, meinte er und lächelte.

Im Wald, in der Nähe des Pferdestalles, verstaute Jackson sein Richtmikrofon und ging über den Waldweg zu seinem geparkten Auto. Amüsiert hatte er beobachtet, wie Riggs LuAnn huckepack zur Villa trug. Er hatte auch die Pflöcke gesehen. Offenbar wollte Riggs irgend etwas für LuAnn bauen. In Anbetracht der spärlichen Bekleidung LuAnns hielt Jackson es für sehr wahrscheinlich, daß sie und der gut aussehende Riggs schon bald ein paar intime Stunden genießen würden.

Sehr gut, überlegte Jackson. Dann hat LuAnn Gelegenheit, Riggs auszuhorchen. Mit dem Mikrofon hatte er bereits Riggs' Stimme aufgezeichnet, was sich später vielleicht als nützlich erweisen konnte. Er stieg in den Wagen und fuhr davon.

In der Küche nippte Riggs am Kaffee, während LuAnn einen Toast mit Butter aß. Sie stand auf, goß sich eine weitere Tasse Kaffee ein und schenkte auch Riggs nach.

Riggs konnte der Versuchung nicht widerstehen, LuAnn anzustarren, als sie sich umdrehte. Sie hatte sich nicht umgezogen, und ihr nackter Körper unter dem engen Morgenmantel ließ in Riggs Gedanken aufsteigen, die er besser verdrängt hätte. Ihm wurde heiß, und er wandte das Gesicht ab.

»Wenn ich mir noch ein Pferd zulege, werde ich es nach Ihnen benennen«, sagte LuAnn.

»Verbindlichsten Dank.« Er schaute sich um. »Schlafen die anderen noch?«

LuAnn stellte die Tasse ab und wischte einen Fleck von der Arbeitsplatte. »Sally hat heute ihren freien Tag. Charlie macht mit Lisa einen Kurzurlaub.«

»Ohne Sie?«

LuAnn setzte sich wieder und ließ den Blick durch die Küche schweifen, ehe sie Riggs anschaute. Dann sagte sie beiläufig: »Ich habe einiges zu erledigen. Vielleicht muß ich schon bald nach Europa. Dann treffe ich mich dort mit Charlie und meiner Tochter, und wir reisen gemeinsam weiter. Italien ist um diese Jahreszeit wunderschön. Waren Sie schon mal dort?«

»Ich bin mal in Rom gewesen. Rome, im Staat New York.«

»In Ihrem früheren Leben?« LuAnn betrachtete ihn über den Rand der Kaffeetasse.

»Fangen Sie schon wieder mit meinem früheren Leben an? So aufregend war es nicht.«

»Und warum erzählen Sie mir dann nichts darüber?«

»Und wie steht's mit *quid pro quo*?«

»Ah, diesen Ausdruck haben Sie von Ihrer Exfrau gelernt, der Rechtsanwältin, vermute ich.«

»Vermutungen sind gefährlich. Tatsachen gefallen mir viel besser.«

»Mir auch. Also los, überschütten Sie mich mit Fakten.«

»Warum interessiert es Sie eigentlich so sehr, was ich gemacht habe, ehe ich nach Charlottesville gekommen bin?«

Weil ich mich nach Kräften bemühe, dein Leben zu bewahren. Weil mir jedesmal schlecht wird, wenn ich nur daran denke, wie nahe du dem Tod warst – und das wegen mir. Trotz dieser schmerzlichen Wahrheit mühte sich LuAnn, ihre Stimme normal klingen zu lassen. »Ich bin nun mal von Natur aus neugierig.«

»Ich auch. Und ich habe so ein komisches Gefühl, daß Ihre Geheimnisse sehr viel interessanter sind als meine.«

LuAnn versuchte, eine verdutzte Miene aufzusetzen. »Ich habe keine Geheimnisse.«

Er stellte die Tasse ab. »Ich kann es nicht fassen, daß Sie das sagen können, ohne mit der Wimper zu zucken.«

»Ich habe viel Geld. Manche Menschen möchten es mir wegnehmen, und dabei sind ihnen alle Mittel recht. Aber das ist bestimmt keine schockierende Neuigkeit für Sie.«

»Sie sind also zu dem Schluß gekommen, der Kerl im Honda könnte ein Kidnapper gewesen sein.«

»Möglich.«

»Ein seltsamer Kidnapper.«

»Was meinen Sie damit?«

»Ich habe lange und eingehend darüber nachgedacht. Der Bursche hat wie ein Universitätsprofessor ausgesehen. Er hat hier in der Gegend ein Cottage gemietet und es ausstaffiert. Als er versucht hat, Sie zu ›kidnappen‹, hat er nicht einmal eine Maske getragen. Und als ich aufgetaucht bin, ist er nicht davongerast, sondern hat versucht, mich über den Haufen zu fahren, obwohl er keine Chance hatte, Sie einzuholen. Und vom Organisatorischen her ist es schwierig, jemanden ohne Komplizen zu entführen. Deshalb arbeiten die meisten Entführer nach meiner Erfahrung nicht allein.«

»Nach Ihrer Erfahrung?«

»Sehen Sie? Ich überschütte Sie mit Geheimnissen.«

»Vielleicht wollte der Mann mir erst Angst einjagen, ehe er etwas gegen mich unternimmt.«

»Glaube ich nicht. Warum sollte er Sie warnen? Entführer arbeiten mit dem Überraschungsmoment.«

»Und wenn er kein Kidnapper war, was dann?«

»Ich hatte gehofft, Sie würden es mir sagen. Charlie ist im Cottage dieses Burschen gewesen. Sie auch. Was haben Sie dort entdeckt?«

»Nichts.«

»Das ist Quatsch, und das wissen Sie.«

LuAnn sprang auf. »Ich schätze es nicht, wenn man mich eine Lügnerin nennt«, fuhr sie ihn zornig an.

»Dann hören Sie doch auf zu lügen.«

Abrupt wandte sie sich ab. Ihre Lippen bebten.

»Catherine, ich will Ihnen helfen. Na schön, in meiner Vergangenheit hatte ich ziemlich viel mit Kriminellen zu tun. Ich besitze gewisse Kenntnisse und Fähigkeiten, die sich vielleicht als nützlich erweisen. Aber erst einmal müssen Sie mir die Wahrheit sagen.«

Er erhob sich, legte ihr die Hand auf die Schulter und drehte sie herum, so daß sie ihn anschauen mußte. »Ich weiß, daß Sie Angst haben. Ich weiß aber auch, daß Sie stärkere Nerven und mehr Mut haben als irgend jemand, der mir bis jetzt begegnet ist. Ich nehme an, Sie sind in eine ganz üble Sache verwickelt. Und ich will Ihnen helfen. Ich werde Ihnen helfen, wenn Sie mich lassen.« Sanft umfaßte er ihr Kinn. »Ich treibe kein falsches Spiel mit Ihnen. Ehrlich nicht, Catherine.«

Sie zuckte leicht zusammen, als er wieder ihren Namen aussprach. Ihren *falschen* Namen. Sie streichelte seine Finger. »Ich weiß, Matthew. Ich weiß.« LuAnn schaute zu ihm auf, und ihre Blicke trafen sich. Sie sahen einander tief in die Augen. LuAnns Lippen öffneten sich leicht. Die sanften Berührungen ihrer Finger elektrisierten mit einem Mal ihre Körper – ein so sinnliches, unmittelbares Gefühl, daß es sie beide lähmte. Doch nicht für lange.

Riggs schluckte schwer. Seine Arme schlossen sich um LuAnns Körper, und er zog sie an sich. Als er die Wärme und Weichheit ihrer Brüste spürte, bebte er vor Erregung. Ihre Lippen trafen sich in einem Sturm der Gefühle. Er streifte ihr den Morgenmantel ab, und sie stöhnte, schloß die Augen, legte den Kopf tief in den Nacken, als Riggs ihren Hals mit Küssen bedeckte. Sie wühlte in seinem Haar und legte die Arme um ihn, als er sie hochhob und den Kopf an ihrem Busen vergrub. LuAnn schlang die Beine um Riggs' Hüften.

Keuchend, hastig flüsterte LuAnn ihm ins Ohr, wie sie ins Gästeschlafzimmer im Erdgeschoß gelangten, während Riggs LuAnn über den Flur trug, von brennendem Verlangen erfüllt. Schließlich stieß er die Tür auf. LuAnn riß sich von ihm los und warf sich rücklings aufs Bett. Die Muskeln ihrer langen Beine spannten sich erwartungsvoll. Sie hob die Arme und zog ihn zu sich hinunter.

»Verdammt, Matthew, beeil dich.« Im Unterbewußtsein fiel Riggs die plötzliche Wiederkehr des Südstaatenakzents aus Georgia auf, doch er war von der Leidenschaft viel zu berauscht, als daß es ihn kümmerte.

Seine schweren Arbeitsstiefel fielen polternd aufs Parkett. Im nächsten Moment folgte seine Hose. Er riß sich das Hemd herunter, wobei mehrere Knöpfe absprangen, und streifte die Boxershorts ab.

Die beiden nahmen sich nicht einmal die Zeit, die Überdecke vom Bett zu ziehen. Riggs konnte nur noch mit der Ferse die Tür zustoßen, ehe er sich über LuAnn warf.

KAPITEL 38

Jackson saß am Tisch und blickte konzentriert auf den kleinen Bildschirm seines Laptops. Die Suite war groß und geräumig und mit Nachbildungen aus dem achtzehnten Jahrhundert ausgestattet. In die Teppiche, die das alte Parkett teilweise bedeckten, waren Motive aus den Anfängen der amerikanischen Kolonialzeit eingestickt. An einer Wand hing eine große, aus Holz geschnitzte Ente im Flug, an einer anderen Wand zwei gerahmte Drucke, die einen Mann aus Virginia zeigten, der vor langer Zeit Präsident seines Landes geworden war.

Das Landhaushotel, in dem Jackson abgestiegen war, stand in der Nähe seines Zielgebiets. Es war ein ruhiges Haus und erlaubte Jackson die größtmögliche Freiheit, sich unbeobachtet und unauffällig zu bewegen. Am vergangenen Abend hatte er das Hotel als Harry Conklin verlassen und war dann unter einem anderen Namen wieder eingezogen. So etwas liebte Jackson geradezu. Er fühlte sich nicht wohl, wenn er eine Rolle zu lange spielte. Außerdem hatte er sich als Harry Conklin mit Pemberton getroffen, und er wollte dem Makler nicht wieder unter diesem Namen über den Weg laufen.

Jetzt bedeckte eine Baseballmütze Jacksons Kopf. Latexschwämmchen bildeten dicke Tränensäcke neben der falschen Nase. Das Haar war graublond und hing als Pferdeschwanz hinten unter der Kappe hervor. Der Hals war lang und runzlig, der Körper untersetzt und kräftig. Ein Hippie, der in die Jahre gekommen war. Sein Gepäck hatte er ordentlich in einer Zimmerecke aufgestapelt. Wenn Jackson beruflich unterwegs war, pflegte er nicht auszupacken, da seine besondere Art von Geschäften mitunter einen blitzschnellen Abgang erforderte.

Vor zwei Stunden hatte er die Fingerabdrücke, die er im Cottage genommen hatte, in den Laptop eingescannt, auf der Festplatte gespeichert und per Modem einem seiner Kontaktleute übermittelt. Jackson hatte diesen Informanten zuvor bereits angerufen und ihm erklärt, wonach er suchen mußte. Der Informant besaß Zugang zu einer riesigen Datenbank – einem Meer voller höchst interessanter Fakten. Nur aus diesem Grund nahm Jackson schon seit Jahren seine Dienste in Anspruch. Es war nicht sicher, daß die Fingerabdrücke des Mannes, der LuAnn verfolgt hatte, irgendwo aktenkundig waren, doch eine dahingehende Überprüfung kostete ihn allenfalls ein bißchen Zeit. Waren die Abdrücke jedoch registriert, würde er sein Ziel, den Unbekannten aufzuspüren, sehr viel schneller erreichen.

Jackson lächelte, als auf dem Bildschirm die Informationen erschienen. Zugleich mit den persönlichen Daten wurde ihm sogar ein digitales Foto des Mannes übertragen.

Thomas J. Donovan. Das Foto war drei Jahre alt, doch der Mann war über vierzig, und Jackson glaubte nicht, daß sich Donovans Aussehen in diesem Alter noch gravierend verändert hätte. Eingehend studierte er die unauffälligen Gesichtszüge des Mannes; dann betrachtete er den Inhalt seines Schminkkoffers und die verschiedenen Haarteile, die er dabei hatte. Ja, falls nötig, würde Jackson in die Rolle dieses Mannes schlüpfen können, dessen Name ihm sogar vertraut war: Thomas Donovan hatte als Journalist bei der *Washington Tribune* mehrere Auszeichnungen erhalten. Vor etwa einem Jahr hatte er einen ausführlichen Artikel über die Karriere von Jacksons Vater als Senator der Vereinigten Staaten verfaßt.

Jackson hatte den Artikel gelesen und ihn rasch als ober- flächliches Gefasel abgetan, weil er der persönlichen Seite seines Vaters und dessen monströsem Charakter nicht ein- mal nahe kam. Die Geschichtsschreiber würden über Jackson Senior lächeln; sein Sohn wußte es besser.

Jacksons Ahnung, daß LuAnns Verfolger kein typischer Er- presser war, hatte ihn also nicht getrogen. Sie aufzuspüren war nicht leicht; nur ein Journalist oder ein Ex-Kriminalbe- amter würde über die Fähigkeiten, das Wissen und – was noch wichtiger war – die Informationsquellen verfügen, um Erfolg zu haben.

Jackson lehnte sich zurück und dachte kurz nach. Eigent- lich hätte ihm ein echter Erpresser weniger Schwierigkeiten bereitet. Donovan war zweifellos hinter einer Geschichte her, einer Riesenstory, und er würde nicht aufgeben, bis er sein Ziel erreicht hatte. Oder bis jemand ihn aufhielt.

Es war eine interessante Herausforderung. Aber den Mann einfach zu töten brachte nichts. Das würde die Leute nur mißtrauisch machen. Außerdem war es möglich, daß Donovan anderen von seinen Nachforschungen erzählt hat- te. Andererseits war Jackson ziemlich sicher, daß die mei- sten Journalisten von Donovans Kaliber ihre Karten ver- deckt hielten, bis sie ihre Story veröffentlichten. Es gab mehrere Gründe dafür – nicht zuletzt die Furcht, daß die Ge- schichte von Kollegen abgekupfert wurde.

Jackson mußte herausfinden, wieviel Donovan wußte und ob er jemandem davon erzählt hatte. Er griff zum Tele- fon, ließ sich die Nummer der *Tribune* geben und wählte. Er fragte nach Thomas Donovan und erhielt die Auskunft, Do- novan habe sich auf unbestimmte Zeit beurlauben lassen. Langsam legte Jackson auf. Er hätte sowieso nicht mit dem Mann gesprochen, hätte man ihn weiterverbunden. Doch zu gern hätte er Donovans Stimme gehört; so etwas konnte sich später immer als nützlich erweisen. Jackson verstand sich hervorragend darauf, Stimmen nachzuahmen, und wer diese Kunst beherrschte, besaß ein sehr wirkungsvolles Mittel, Einfluß auf andere Menschen auszuüben.

Pemberton zufolge hielt Donovan sich seit mindestens einem Monat in der Gegend um Charlottesville auf. Jackson konzentrierte sich auf die offensichtlichste Frage: Warum hatte der Mann sich von allen Lotteriegewinnern ausgerechnet LuAnn Tyler ausgesucht? Beinahe auf Anhieb beantwortete Jackson sich diese Frage selbst. Weil LuAnn die einzige war, die sich auf der Flucht vor einer Mordanklage befand. Weil sie als einzige zehn Jahre lang verschwunden und dann plötzlich wieder aufgetaucht war.

Aber wie war es Donovan gelungen, ihre Spur aufzunehmen? Die Tarnung war hervorragend; die wahre LuAnn Tyler war tief unter der falschen Identität begraben, und die zehn Jahre hatten diese schützende Schicht noch dicker werden lassen, auch wenn LuAnn mit ihrer Rückkehr in die Vereinigten Staaten einen ungeheuren Fehler begangen hatte.

Plötzlich schoß Jackson ein Gedanke durch den Kopf. Offensichtlich kannte Donovan sämtliche Namen der Lotteriegewinner aus den Jahren, in denen die Ziehung manipuliert worden war. Was war, wenn Donovan auch mit anderen Gewinnern Verbindung aufgenommen hatte? Wenn er von LuAnn nicht bekam, was er wollte – und Jackson war ziemlich sicher, *daß* er nichts bekam –, würde der nächste logische Schritt darin bestehen, die anderen Gewinner aufzusuchen.

Jackson nahm sein elektronisches Adreßbuch hervor und führte mehrere Telefonate. Nach einer halben Stunde hatte er mit den anderen elf Gewinnern gesprochen. Verglichen mit LuAnn waren sie Schafe, die sich mühelos treiben ließen, wohin man wollte. Was immer Jackson ihnen befahl – sie taten es. Er war ihr Retter, der Mann, der sie ins Gelobte Land des Reichtums und des süßen Nichtstuns geführt hatte. Falls Donovan nun bei einem von ihnen anklopfte, schnappte die Falle zu.

Jackson ging im Zimmer auf und ab. Dann blieb er stehen,

öffnete seine Aktenmappe und holte die Fotos heraus. Sie waren an seinem ersten Tag in Charlottesville aufgenommen worden, noch ehe er sich mit Pemberton getroffen hatte. Die Qualität der Bilder war recht gut, wenn man bedachte, daß er ein Teleobjektiv benützt hatte und das Licht am frühen Morgen nicht das beste gewesen war. Die Gesichter starrten ihm entgegen. Sally Beecham – LuAnns Haushälterin, die mehrere Zimmer auf der Nordseite der Villa im Erdgeschoß bewohnte –, sah müde und bedrückt aus. Sie war Mitte Vierzig, groß und schlank. Jackson betrachtete die nächsten beiden Aufnahmen. Sie zeigten die Putzfrauen, zwei junge Frauen aus Mittelamerika. Sie kamen um neun Uhr morgens und gingen um sechs am Nachmittag. Schließlich schaute er sich die Fotos der Gärtner und Arbeiter an.

Jackson studierte jedes Gesicht genau. Beim Fotografieren hatte er diese Leute eingehend beobachtet. Wie sie sich bewegten, ihre Gesten, ihre Körpersprache. Mit dem Richtmikrofon hatte Jackson ihre Stimmen perfekt aufgezeichnet und sie sich immer wieder angehört. Wie vor kurzem Riggs' Stimme. Ja, allmählich fügte sich alles zusammen. Wie Figuren bei einem strategischen Schlachtplan brachte Jackson seine Soldaten nun in die günstigsten Stellungen. Es war durchaus möglich, daß keine der Informationen, die er so mühsam über Catherine Savages tägliches Leben zusammengetragen hatte, ihm jemals von Nutzen sein würde. Aber falls doch, war er bestens vorbereitet. Er legte die Fotos zurück und schloß die Aktenmappe.

Dann holte er aus einer Geheimtasche seines Koffers ein Wurfmesser mit kurzem Griff hervor. Es war eine handgearbeitete Waffe aus China – mit so scharfer Klinge, daß man sie nicht mit bloßen Händen berühren konnte, ohne sich zu schneiden. Der perfekt ausgewogene Teakholzgriff sorgte für Treffsicherheit.

Erneut nahm Jackson seine Wanderung durchs Zimmer auf, während seine Gedanken sich wieder auf LuAnn richteten. Sie war außergewöhnlich gewandt, flink, beweglich – Eigenschaften, die gleichermaßen auf ihn zutrafen. Ja, LuAnn hatte zweifellos etwas aus sich gemacht. Was mochte sie sonst noch gelernt haben? Welche Fähigkeiten hatte sie sich außerdem erworben? Und hatte sie ebenfalls diese Vorahnung gehabt? Das unerklärliche Wissen, daß ihre Wege sich eines Tages wieder kreuzen würden – wie zwei Züge, die aufeinander zu rasten und irgendwann mit ungeheurer Wucht zusammenstießen? Und hatte sie alles getan, sich auf diese Möglichkeit vorzubereiten?

Sechs, sieben Meter. Mit dem Brieföffner hätte sie ihn auf diese Entfernung töten können. Sie war so schnell, daß Jackson nicht mehr hätte reagieren können, bevor die Klinge ihm ins Herz gefahren wäre.

Bei diesem letzten Gedanken wirbelte Jackson herum und schleuderte das Messer. Es sirrte durchs Zimmer, spaltete den Kopf der hölzernen Ente genau in der Mitte und bohrte sich tief in die Wand. Jackson betrachtete die Entfernung zwischen sich und dem Ziel. Mindestens *zehn* Meter, schätzte er. Er lächelte. Es wäre für LuAnn sehr viel klüger gewesen, ihn zu töten. Zweifellos hatte ihr Gewissen sie daran gehindert. Das war ihre größte Schwäche und Jacksons größter Vorteil, denn er kannte keine Skrupel.

Wenn es zum Letzten kam, würde dies den Ausschlag geben. Das wußte er.

KAPITEL 39

LuAnn betrachtete Riggs, der neben ihr schlummerte. Leise stieß sie den Atem aus und drehte den Kopf im Nacken. Sie war sich wie eine Jungfrau vorgekommen, als sie sich geliebt hatten. Wild, hemmunglos – ein unglaubliches Freisetzen sexueller Energie. Ein Wunder, daß das Bett nicht zusammengebrochen ist, ging es LuAnn durch den Kopf, und ein Grinsen legte sich auf ihr Gesicht. Heute würden ihnen wahrscheinlich sämtliche Knochen im Leib weh tun.

Sie streichelte Riggs' Schulter, kuschelte sich eng an ihn und legte ein nacktes Bein über die seinen. Bei dieser Bewegung regte er sich endlich und schlug die Augen auf.

Er lächelte sie jungenhaft an.

»Was ist?« fragte LuAnn. In ihren Augen funkelte es schelmisch.

»Ich frage mich gerade, wie oft ich ›oh, Baby‹ gestöhnt habe.«

Sie streichelte seine Brust, so daß ihre Nägel ihn leicht kratzten und er spielerisch nach ihrer Hand griff.

»Öfter als ich ›ja, ja‹ geschrien habe, glaub' ich«, sagte sie. »Aber das habe ich nur getan, weil ich den Atem nicht anhalten konnte.«

Er setzte sich auf und fuhr ihr durchs Haar. »Du schaffst es, daß ich mich jung und gleichzeitig alt fühle.«

Wieder küßten sie sich. Riggs legte sich zurück, während LuAnn sich an seine Brust schmiegte. Sie entdeckte eine Narbe auf der Bauchdecke, dicht neben dem Hüftknochen.

»Laß mich raten. Eine alte Kriegsverletzung?«

Erstaunt sah er auf. Dann folgte er ihrem Blick, schaute auf die Narbe. »O ja, äußerst aufregend. Blinddarm.«

»Wirklich? Ich hatte keine Ahnung, daß manche Leute zwei Blinddärme haben.«

»Was?«

Sie deutete auf die Narbe auf der anderen Seite.

»Sag mal, können wir nicht einfach diesen Augenblick genießen, ohne Beobachtungen und Fragen?« Sein Tonfall war entspannt, doch sie spürte den Ernst unter der dünnen Oberfläche der Gelassenheit.

»Weißt du, wenn du jeden Tag herkommen würdest, um am Studio zu arbeiten, könnten wir's uns zur regelmäßigen Gewohnheit machen, wie ein Frühstück.« LuAnn lächelte – um sich beinahe im gleichem Moment auf dem harten Boden der Realität wiederzufinden. *Wie groß sind die Chancen, daß es jemals soweit kommt?* Die Wucht dieses Gedankens war niederschmetternd.

Schnell glitt sie von Riggs weg, um aufzustehen.

Riggs entging diese plötzliche, dramatische Veränderung natürlich nicht.

»Hab' ich was Falsches gesagt?«

LuAnn drehte sich um. Riggs blickte sie an. Als genierte sie sich plötzlich ihrer Nacktheit, zog sie die Überdecke vom Bett und wickelte sich darin ein. »Ich habe heute viel zu erledigen.«

Riggs setzte sich auf, griff nach der Überdecke und zerrte daran. »Aha. Dann bitte ich untertänigst um Vergebung. Ich will deinem Terminplan nicht im Weg sein. Offenbar habe ich bloß die Lücke zwischen sechs und sieben Uhr ausgefüllt. Wer kommt denn als nächstes? Der Lions Club?«

Sie riß ihm die Decke fort. »He, das habe ich nicht verdient.«

Riggs rieb sich den Hals, schwang die Beine über die Bettkante und griff nach seinen Sachen. »Schon gut. Aber du wechselst verdammt plötzlich die Gänge. Nonstop von der wildesten Leidenschaft, die ich je erlebt habe, zu des Alltags Müh und Last. Tut mir leid, ich hab's in den falschen Hals gekriegt. Entschuldige, wenn ich dich gekränkt habe.«

LuAnn blickte zu Boden. Dann setzte sie sich neben ihn. »Nein, Matthew«, sagte sie leise. »Ich muß mich entschuldigen. Es ist mir peinlich, dir zu sagen, wie lange es schon her ist, daß ich das letzte Mal mit einem Mann...« Sie machte eine Pause und fügte noch leiser hinzu: »Jahre.«

Er blickte sie ungläubig an. »Das ist doch wohl ein Scherz.«

LuAnn antwortete nicht, und Riggs zögerte, das Schweigen zu brechen. Das Klingeln des Telefons befreite ihn aus seiner Verlegenheit.

LuAnn zögerte einen Moment; dann hob sie den Hörer von der Gabel. Sie hoffte inständig, es möge Charlie sein und nicht Jackson. »Hallo?«

Wie sich herausstellte, war es weder der eine noch der andere. »Wir müssen uns unterhalten, Miss Tyler, und zwar noch heute«, sagte Thomas Donovan.

»Wer sind Sie?« wollte LuAnn wissen.

Riggs blickte sie neugierig an.

»Wir sind uns neulich kurz begegnet, als Sie am Steuer Ihres BMW saßen. Das nächste Mal habe ich Sie gesehen, als Sie mit Ihrem Freund aus meinem Haus geschlichen sind.«

»Wie sind Sie an diese Nummer gekommen? Ich stehe nicht im Telefonbuch.«

Donovan lachte leise. »Miss Tyler, jede Information ist zugänglich, wenn man weiß, wo man nachsehen muß. Ich nehme an, Sie wissen inzwischen, daß ich weiß, wo ich nachsehen muß.«

»Was wollen Sie?«

»Wie ich schon sagte – mich mit Ihnen unterhalten.«

»Ich habe Ihnen nichts zu sagen.«

Riggs kam zum Telefon und lauschte in den Hörer. Zuerst wollte LuAnn ihn wegschieben, doch Riggs ließ nicht locker.

»O doch!« sagte Donovan. »Und ich habe Ihnen auch eine Menge zu erzählen. Ich habe Verständnis dafür, wie Sie neulich reagiert haben. Vielleicht hätte ich anders an Sie herantreten sollen, aber das ist Schnee von gestern. Jedenfalls bin ich mir absolut sicher, daß Sie auf einer ungeheuer wichtigen Story sitzen, und ich will alles darüber wissen.«

»Ich habe Ihnen nichts zu sagen.«

Donovan dachte kurz nach. Normalerweise benutzte er diesen Trick nicht, doch im Moment fiel ihm keine andere Strategie ein. »Dann will ich Ihnen einen Anreiz geben. Wenn Sie mit mir sprechen, lasse ich Ihnen achtundvierzig Stunden Zeit, das Land zu verlassen, ehe ich an die Öffentlichkeit gehe. Reden Sie aber nicht mit mir, bringe ich alles in die Zeitung, was ich habe, sobald ich den Hörer auflege.« Er kämpfte kurz mit seinem inneren Schweinehund, ehe er fortfuhr: »Mord verjährt nicht, LuAnn.«

Riggs starrte LuAnn mit großen Augen an. Sie wich seinem Blick aus.

»Wo?« fragte sie.

Riggs schüttelte heftig den Kopf, doch LuAnn beachtete ihn nicht.

»Am besten an einem öffentlichen Ort«, sagte Donovan. »*Michie's Tavern.* Ich bin sicher, Sie wissen, wo das ist. Um ein Uhr. Und bringen Sie niemanden mit. Ich bin viel zu alt, um vor Revolvern zu flüchten und Autorennen zu veranstalten. Sobald ich auch nur eine Spur von Ihrem Freund oder sonst jemandem entdecke, ist unser Abkommen geplatzt, und ich rufe den Sheriff in Rikersville an. Haben Sie verstanden?«

LuAnn stieß Riggs zur Seite und knallte den Hörer auf die Gabel.

»Würdest du mich aufklären, was das alles soll?« fragte Riggs. »Wen hast du angeblich umgebracht? Jemand in Georgia?«

LuAnn drehte sich um, wollte sich an ihm vorbeidrängen. Ihr Gesicht war tiefrot, weil dieses Geheimnis so urplötzlich gelüftet worden war.

Riggs packte sie am Arm und zerrte sie grob zurück. »Verdammt! Du sagst mir jetzt sofort, was los ist.«

Blitzschnell und ansatzlos versetzte sie ihm einen Kinnhaken, daß sein Hinterkopf gegen die Wand schlug.

Als Riggs wieder zu sich kam, lag er auf dem Bett. LuAnn saß neben ihm und legte ihm einen kalten Umschlag aufs Kinn und die anschwellende Beule am Kopf.

»Verdammt!« fluchte er, als die Kälte in seinen Körper drang.

»Tut mir leid, Matthew. Das wollte ich nicht. Aber …«

Er rieb sich fassungslos den Kopf. »Ich kann es nicht glauben, daß du mich k. o. geschlagen hast. Ich bin kein Chauvinist, aber ich kann's nicht fassen, daß eine Frau mich mit einem einzigen Schlag auf die Matte schickt.«

LuAnn rang sich ein gequältes Lächeln ab. »Ich hatte in meiner Jugend eine Menge Übung, und ich bin ziemlich kräftig.« Dann fügte sie freundlich hinzu: »Aber ich glaube, es hat mehr daran gelegen, daß du mit dem Kopf gegen die Wand geknallt bist.«

Riggs rieb das Kinn und setzte sich auf. »Wenn wir das nächste Mal Streit haben und du mir wieder eins verpassen willst, dann sag mir vorher Bescheid, und ich ergebe mich sofort. Abgemacht?«

Sie streichelte ihm behutsam das Gesicht und küßte ihn auf die Stirn. »Ich werde dich nie wieder schlagen.«

Riggs schaute zum Telefon. »Triffst du dich tatsächlich mit ihm?«

»Ich habe keine Wahl – jedenfalls sehe ich keine.«

»Ich komme mit.«

LuAnn schüttelte den Kopf. »Du hast gehört, was er gesagt hat.«

Riggs seufzte. »Ich glaube nicht, daß du jemand ermordet hast.«

LuAnn holte tief Luft und beschloß, es ihm zu sagen. »Ich habe niemanden ermordet. Es war Notwehr. Der Mann, mit dem ich vor zehn Jahren zusammenlebte, hatte mit Drogen zu tun. Wahrscheinlich hatte er vom Gewinn etwas abgezweigt, und ich bin mitten in den Streit hineingeraten.«

»Du hast deinen Lebensgefährten umgebracht?«

»Nein, den Mann, der ihn umgebracht hat.«

»Und die Polizei...«

»Ich bin nicht mehr lange genug geblieben, um herauszufinden, was die Cops vorhatten.«

Riggs blickte sich im Zimmer um. »Rauschgift. Hast du das alles hier mit Geld aus dem Drogenhandel bezahlt?«

Beinahe hätte LuAnn gelacht. »Nein, mein Freund war ein kleiner Fisch. Ich habe nie etwas mit Drogen zu tun gehabt, und nichts, was du hier siehst, wurde mit Drogengeld bezahlt.«

Riggs hätte liebend gern gefragt, womit sie es dann bezahlt hatte, doch er hielt sich zurück. Er spürte, daß sie im Augenblick genug von ihrer Vergangenheit preisgegeben hatte. In stummem Unbehagen beobachtete er, wie LuAnn langsam aufstand, um das Zimmer zu verlassen. Sie schleifte die Bettdecke hinter sich her. Die deutlich hervortretenden Muskeln auf ihrem bloßen Rücken spannten sich bei jedem Schritt.

»LuAnn? Ist das dein richtiger Name?«

Sie drehte sich zu ihm um und nickte. »LuAnn Tyler. Und du hattest recht ... von wegen Georgia. Vor zehn Jahren war ich eine andere. Eine ganz andere.«

»Das glaube ich. Aber ich wette, diesen rechten Haken hattest du schon immer drauf.« Er rang sich ein Lächeln ab, doch weder er noch LuAnn ließ sich davon täuschen.

Sie sah, wie Riggs in seinen Hosentaschen wühlte; dann warf er ihr etwas zu. LuAnn fing die Autoschlüssel mit einer Hand auf.

»Danke, daß du mir den BMW geliehen hast. Vielleicht brauchst du die Pferdestärken, wenn der Bursche dich noch einmal verfolgt.«

Sie runzelte die Stirn und blickte zu Boden. Dann verließ sie das Zimmer.

KAPITEL 40

In einem langen schwarzen Ledermantel mit dazu passendem Hut, die Augen hinter der Sonnenbrille versteckt, stand LuAnn vor dem »Ordinary«, einem alten Holzbau, in dem sich *Michie's Tavern* befand. Der Bau war Ende des achtzehnten Jahrhunderts errichtet und in den späten zwanziger Jahren an seinen neuen Standort verlegt worden, ein paar Kilometer von Monticello entfernt die Straße hinunter. Es war Mittagszeit, und die Touristen strömten langsam ins Lokal, um sich am Büfett die Bäuche mit dem fritierten Hühnchen vollzuschlagen, nachdem sie Thomas Jeffersons Wohnhaus und das benachbarte Ash Lawn besichtigt hatten, oder um sich zu stärken, ehe sie die Sightseeing-Tour unternahmen.

Drinnen brannte ein Feuer im Kamin. LuAnn war früher als verabredet gekommen, um die Lage zu peilen. Doch nachdem sie von der Wärme der Flammen beinahe geschmolzen war, hatte sie beschlossen, draußen zu warten. Sie schaute auf, als der Mann auf sie zukam. Auch ohne den Bart erkannte sie ihn.

»Gehen wir«, sagte Donovan.

LuAnn blickte ihn an. »Wohin?«

»Sie folgen mir in Ihrem Wagen. Ich werde im Rückspiegel darauf achten, ob ich einen Verfolger sehe. Sollte das der Fall sein, rufe ich per Handy die Polizei an, und Sie wandern ins Gefängnis.«

»Ich folge Ihnen nirgendwo hin.«

Er beugte sich vor und sagte ruhig: »Ich glaube, Sie möchten das noch mal überdenken.«

»Ich habe keine Ahnung, wer Sie sind oder was Sie wollen. Sie haben gesagt, Sie wollten mich treffen. Also, hier bin ich.«

Donovan blickte auf die Menschenschlange vor dem Restaurant. »Eigentlich schwebte mir ein ruhigerer Platz als der hier vor.«

»*Sie* haben die *Tavern* ausgesucht.«

»Stimmt.« Donovan schob die Hände in die Taschen und sah LuAnn schweigend an. Sein Unbehagen war offensichtlich.

Schließlich erklärte LuAnn: »Ich sage Ihnen, was wir tun. Wir machen eine Spritztour in meinem Wagen.« Sie blickte ihn drohend an und fügte leise hinzu: »Aber keine faulen Tricks, sonst werde ich Ihnen verdammt weh tun.«

Donovans Grinsen gefror, als er in LuAnns Augen blickte. Unwillkürlich lief ihm ein eiskalter Schauder über den Rücken. Er folgte ihr, als sie mit langen Schritten zum BMW ging.

LuAnn fuhr auf die Interstate 64 und schaltete den Tempomat der Limousine ein.

Donovan blickte sie an. »Sie haben mir vorhin mit Körperverletzung gedroht. Vielleicht haben Sie den Kerl im Wohnwagen doch umgebracht.«

»Ich habe niemand ermordet! Ich habe in dem Wohnwagen nichts Unrechtes getan.«

Donovan studierte ihr Gesicht; dann schaute er zur Seite. Als er wieder sprach, war sein Tonfall weicher und ruhiger. »Ich suche seit Monaten nach Ihnen. Es war harte Arbeit, Sie zu finden. Und ich habe mich nicht deshalb so abgerackert, um jetzt Ihr Leben zu zerstören, LuAnn.«

»Warum haben Sie dann nach mir gesucht?« fragte sie mißtrauisch.

»Erzählen Sie mir, was im Wohnwagen passiert ist.«

LuAnn schüttelte den Kopf und schwieg.

»Ich habe im Laufe der Jahre ziemlich viel Schmutz ausgegraben, und ich kann zwischen den Zeilen lesen. Ich glaube nicht, daß Sie eine Mörderin sind«, sagte Donovan. »Nun kommen Sie schon. Ich bin kein Cop. Wenn Sie wollen, können Sie mich nach einer Wanze durchsuchen. Ich habe sämtliche Zeitungsberichte über die Geschichte von damals gelesen, aber ich möchte Ihre Version hören.«

LuAnn stieß einen tiefen Seufzer aus und blickte ihn an. »Duane, mein Freund, hat mit Drogen gehandelt. Ich hatte keine Ahnung davon. Ich wollte bloß raus aus diesem Leben. Das wollte ich ihm sagen, deshalb bin ich zum Wohnwagen gegangen. Duane war übel zugerichtet. Messerstiche. Plötzlich hat mich ein Kerl gepackt und wollte mir die Kehle durchschneiden. Es kam zum Kampf. Ich habe dem Mann das Telefon über den Schädel geschlagen, und er ist gestorben.«

Donovan machte ein erstauntes Gesicht. »Sie haben ihm bloß einen Schlag mit dem Telefon versetzt?«

»Einen sehr harten Schlag. Schädelbruch, nehme ich an.«

Donovan rieb sich nachdenklich das Kinn. »Daran ist der Mann nicht gestorben. Todesursache waren Stichwunden.«

Der BMW kam beinahe von der Straße ab, ehe LuAnn ihn wieder unter Kontrolle hatte. Sie starrte Donovan mit grossen Augen an. »Was?« stieß sie hervor.

»Ich habe die Autopsieberichte gelesen. Der Mann hatte eine Kopfwunde, die aber nicht tödlich war. Er ist an mehreren Stichwunden in der Brust gestorben. Daran besteht kein Zweifel.«

Es dauerte nicht lange, bis LuAnn die Wahrheit erkannte. *Rainbow.* Rainbow hatte den Mann umgebracht. Und danach hatte er sie belogen. Sie schüttelte den Kopf. Was erstaunt mich eigentlich daran, dachte sie. »Und ich habe alle die Jahre geglaubt, ich hätte den Mann umgebracht.«

»Es muß schrecklich sein, so etwas mit sich herumzu-schleppen. Ich bin froh, daß ich Ihr Gewissen davon befreien konnte.«

»Die Polizei kann sich doch unmöglich immer noch für die Sache interessieren. Das ist zehn Jahre her«, meinte Lu-Ann.

»Tja, genau da haben Sie unglaubliches Pech. Duane Harveys Onkel ist jetzt nämlich Sheriff in Rikersville.«

»Billy Harvey ist Sheriff?« sagte LuAnn verblüfft. »Er ist einer der größten Gauner der Gegend. Er hat mit gestohlenen Autoteilen gehandelt. Er hat in den Hinterzimmern von Bars verbotene Glücksspiele veranstaltet. Egal wo man auf illegale Weise einen schnellen Dollar machen konnte – Billy Harvey hatte immer die Finger im Spiel. Duane wollte bei ihm ins Geschäft einsteigen, aber Billy wußte, daß Duane zu dumm und unzuverlässig war. Wahrscheinlich war das auch der Grund dafür, daß Duane im Gwinnet County Drogen verkaufen mußte.«

»Das alles bezweifle ich nicht. Aber es ändert nichts daran, daß Billy Harvey jetzt Sheriff ist. Wahrscheinlich hat er sich gedacht, es ist die sicherste Methode, Ärger mit der Polizei aus dem Weg zu gehen, indem man selbst Polizist wird.«

»Sie haben mit ihm geredet?«

Donovan nickte. »Er sagte, die ganze Familie sei nie drüber hinweggekommen, daß der arme Duane sich so plötzlich von den Lebenden verabschiedet hat. Die Drogengeschichte habe die ganze Familie in den Schmutz gezogen, sagte er. Und das Geld, das Sie geschickt haben, wäre wie Salz gewesen, das Sie in die Wunden streuen wollten, statt den Schmerz zu lindern. Die Familie habe das Geld gewissermaßen als Abfindung betrachtet. Natürlich haben die Harveys jeden Cent ausgegeben – aber gern haben sie's nicht getan. Jedenfalls behauptet das der untadelige Billy Harvey. Aber wichtig ist nur, daß die Fahndung nach Ihnen immer noch läuft, wie er mir gesagt hat, und daß er keine Ruhe geben wird, bis er LuAnn Tyler vor Gericht gebracht hat. Wenn ich Harveys Theorie richtig verstanden habe, meint er, Sie selbst hätten den Drogenhandel betrieben, weil Sie Duane und Ihrem tristen Leben entfliehen wollten. Duane mußte sterben, weil er Sie beschützen wollte. Und Sie haben den anderen Mann ermordet, Ihren angeblichen Partner.«

»Das alles ist gelogen.«

Donovan zuckte mit den Schultern. »Sie wissen es, und ich weiß es auch. Aber die Geschworenen, die darüber entscheiden würden, wären die Leute, mit denen Sie in Rikersville, Georgia, aufgewachsen sind.« Er musterte ihre elegante, teure Kleidung. »Oder Geschworene, mit denen Sie früher mal in einer Stadt gelebt haben. Ich würde Ihnen nicht empfehlen, diese Sachen vor Gericht zu tragen. Es könnte die Leute auf falsche Gedanken bringen. Duane ist inzwischen Blumendünger, während Sie die letzten zehn Jahre in Saus und Braus gelebt haben, so ähnlich wie Jackie O. Das würden die guten Leutchen in Georgia sicher in den falschen Hals kriegen.«

»Da sagen Sie mir nichts Neues.« LuAnn machte eine Pause. »Also, darum geht es Ihnen. Wenn ich nicht rede, werfen Sie mich Billy Harvey zum Fraß vor.«

»Vielleicht überrascht es Sie, aber das alles ist mir, mit Verlaub, scheißegal. Wenn Sie den Mann niedergeschlagen haben, dann in Notwehr. Davon bin ich überzeugt.«

LuAnn schob die Sonnenbrille hoch und blickte ihn an. »Und worum geht es Ihnen dann?«

Er beugte sich vor. »Um die Lotterie.« Er zog die Brauen hoch.

»Was soll damit sein?« meinte LuAnn gelassen.

»Sie haben vor zehn Jahren einhundert Millionen Dollar gewonnen.«

»Na und?«

»Wie haben Sie das gemacht?«

»Ich habe ein Los gekauft, auf dem die richtigen Gewinnzahlen standen. Wie sollte man es sonst machen?«

»Das meine ich nicht. Ich möchte Ihnen ein paar Dinge erklären, ohne zu sehr in technische Einzelheiten zu gehen. Ich habe mir Informationen über die Lotteriegewinner beschafft, viele Jahre zurück. Von allen Gewinnern haben jedes Jahr neun von zwölf Pleite gemacht. Peng, peng, peng. Sie können die Uhr danach stellen. Dann aber bin ich auf zwölf Personen gestoßen, die nacheinander gewonnen haben, und alle habe die große Pleite irgendwie vermeiden können. Sie, LuAnn, waren genau in der Mitte dieser einzigartigen Serie. Wie ist das möglich?«

»Woher soll ich das wissen?« LuAnn musterte ihn. »Ich habe gute Finanzberater. Die anderen vielleicht auch.«

»In neun der zehn Jahre, die seit Ihrem Gewinn vergangen sind, haben Sie keine Steuern bezahlt. Ich nehme an, das hilft einem ganz schön weiter.«

»Woher wissen Sie das?«

»Wie ich Ihnen schon am Telefon sagte, kann man an alle möglichen Informationen herankommen, wenn man weiß, wo man nachschauen muß. Und ich weiß es.«

»Darüber müssen Sie mit meinen Finanzberatern sprechen. Ich war während dieser Zeit im Ausland. Vielleicht war das Einkommen in den Vereinigten Staaten nicht steuerpflichtig.«

»Das bezweifle ich sehr. Ich habe mehr als genug Artikel über Wirtschaftsfragen geschrieben, um zu wissen, daß Vater Staat praktisch alles besteuert – natürlich nur, wenn er es aufspürt.«

»Dann rufen Sie doch die Steuerbehörde an und melden Sie mich.«

»Auf *diese* Geschichte bin ich nicht scharf.«

»Geschichte?«

»Ach ja, stimmt. Ich habe vergessen, Ihnen den Grund meines Besuchs zu nennen. Ich heiße Thomas Donovan. Wahrscheinlich haben Sie noch nie von mir gehört. Ich bin seit fast dreißig Jahren Journalist bei der *Washington Trib* –

und ein verdammt guter, möchte ich behaupten, auch wenn Eigenlob stinkt. Vor einiger Zeit habe ich beschlossen, einen Artikel über die staatliche Lotterie zu schreiben, die ich für einen riesigen Beschiß halte. Es trifft die Ärmsten der Armen – und das nicht nur mit dem Segen unserer Regierung, sondern auf ihr Betreiben. All diese verlogene Werbung, diese Lockanzeigen. Tja, mit Speck fängt man Mäuse. Man bringt die Leute dazu, sogar ihre Sozialhilfeschecks einzulösen und sich an einem Glücksspiel zu beteiligen, bei dem die Chancen auf einen Haupttreffer eins zu zig Millionen stehen.

Das alles mag sich anhören, als wäre ich der einsame Streiter für die Armen, aber ich habe nun mal die Angewohnheit, nur über Themen zu schreiben, die mir wirklich am Herzen liegen. Wenn irgendein armer Hund den Jackpot gewonnen hat, wird er von den Reichen wieder ausgesaugt; das sollte der ursprüngliche Tenor meiner Story sein. Investitionshaie stürzen sich auf die Lotteriegewinner und schwatzen ihnen immer neue windige Geschäfte und riskante Geldanlagen auf. Und die Regierung läßt diese Aasgeier einfach gewähren. Und wenn die glücklichen Gewinner hoffnungslos heruntergewirtschaftet sind, weil sie nicht genug Steuern bezahlt haben oder sonst was, kommt das Finanzamt und zieht ihnen den letzten Cent aus der Tasche. Zum Schluß stehen die Leute schlechter da als vor ihrem Lotteriegewinn. Eine gute Story. Eine Story, die man unbedingt erzählen muß, wie ich finde.

Tja, und bei meinen Nachforschungen bin ich auf diese hochinteressante Ausnahme mit den zwölf Gewinnern vor zehn Jahren gestoßen, zu denen auch Sie gehören. Sie alle haben keinen Cent von Ihrem Geld eingebüßt, im Gegenteil. Wenn man sich die Steuerbescheide anschaut, sind alle zwölf Gewinner sogar noch reicher geworden. Viel reicher. Deshalb habe ich Ihre Spur aufgenommen, LuAnn, und jetzt bin ich hier. Was ich will, ist ganz einfach: die Wahrheit.«

»Und wenn ich nichts sage, ende ich in Georgia im Knast, stimmt's? Jedenfalls haben Sie das am Telefon angedeutet.«

Donovan blickte sie verärgert an. »Ich habe zweimal den Pulitzerpreis gewonnen, ehe ich fünfunddreißig war. Ich habe über Vietnam, Korea, China, Bosnien und Südafrika berichtet. Zweimal bin ich angeschossen worden. Ich habe mein ganzes Leben damit verbracht, an jeden Brandherd auf der Welt zu reisen. Ich bin absolut integer. Ich werde Sie nicht erpressen. Mit solchen Methoden arbeite ich nicht. Das am Telefon habe ich nur gesagt, weil ich Sie unbedingt dazu bringen wollte, sich mit mir zu treffen. Wenn Sheriff Billy Sie erwischt, habe ich ihm bestimmt nicht dabei geholfen. Ich persönlich hoffe, er schafft es nie.«

»Danke.«

»Aber wenn Sie mir nicht die Wahrheit sagen, finde ich sie auf andere Art und Weise heraus. Und dann werde ich die Story schreiben. Falls Sie mir nicht Ihre Sicht der Dinge erzählen, kann ich nicht dafür garantieren, wie schmeichelhaft Sie dabei abschneiden. Ich werde die Fakten veröffentlichen, ganz gleich, wen die Schuld trifft. Wenn Sie sich zu einem Gespräch bereit erklären, kann ich Ihnen nur eins versprechen: Ich werde Ihre Seite der Geschichte berücksichtigen. Doch sollten Sie gegen das Gesetz verstoßen haben, auf welche Weise auch immer, kann ich nichts daran ändern. Ich bin kein Bulle und kein Richter.« Er machte eine Pause und schaute sie an. »Also? Wie sieht's nun aus?«

LuAnn schwieg einige Minuten, starrte auf die Straße. Donovan konnte erkennen, daß in ihrem Inneren ein heftiger Kampf tobte.

Schließlich blickte sie ihn wieder an. »Ich würde Ihnen gern die Wahrheit sagen. Mein Gott, wie gern möchte ich sie jemandem sagen.« Sie holte tief Luft. »Aber ich kann nicht.«

»Warum nicht?«

»Sie sind jetzt schon in Gefahr. Würde ich mit Ihnen

reden, würde diese Gefahr sich in die absolute Gewißheit verwandeln, daß Sie sterben müssen.«

»Jetzt hören Sie mal zu, LuAnn. Ich bin nicht zum erstenmal an einem gefährlichen Ort. Das ist Berufsrisiko. Worum geht es, und wer steckt dahinter?«

»Ich möchte, daß Sie das Land verlassen.«

»Wie bitte?«

»Ich zahle für alles. Suchen Sie sich irgendeinen Ort aus, weit weg von hier. Ich kümmere mich um alles. Und ich werde Ihnen ein Konto einrichten.«

»Lösen Sie Ihre Probleme immer so? Indem Sie sie einfach nach Europa schicken? Tut mir leid, aber ich lebe mein Leben hier.«

»Genau darum geht es. Wenn Sie bleiben, werden Sie bald überhaupt nicht mehr leben.«

»Also wirklich, Sie müssen sich schon mehr Mühe geben. Wenn Sie mit mir zusammenarbeiten, LuAnn, können wir sehr viel bewirken. Reden Sie mit mir. Vertrauen Sie mir. Ich bin nicht hergekommen, um Sie zu vernichten. Aber ich bin auch nicht gekommen, um mich mit so einem Schwachsinn abspeisen zu lassen.«

»Ich sage die Wahrheit. Sie sind wirklich in großer Gefahr.«

Donovan hörte gar nicht zu. Er rieb sich das Kinn und dachte laut nach. »Ähnliche Vorgeschichten. Alle sind arm, verzweifelt. Stoff für Riesenstorys. Brauche nur noch mehr Leute, die mitspielen.« Er ergriff LuAnns Arm. »LuAnn, jemand hat Ihnen vor zehn Jahren geholfen, das Land zu verlassen. Sie sind in diesen zehn Jahren sehr viel reicher geworden. Ich kann die Story riechen. Helfen Sie mir nur auf die Sprünge. Es könnte so eine große Sache werden wie die Entführung des Lindbergh-Babys oder der Mord an JFK. Ich muß die Wahrheit erfahren. Wenn die Regierung nicht dahinter steckt, wer dann? Jeden Monat kassiert der Staat Millionen durch die Lotterieeinnahmen, die er aus seinen Bürgern heraussaugt. Das ist wie eine verdeckte Steuer, und das ist gegen die Verfassung.« Donovan rieb sich aufgeregt die Hände. »Führt die Sache bis ins Weiße Haus? Bitte, sagen Sie es mir.«

»Ich sage Ihnen überhaupt nichts. Und zwar deshalb, weil ich Sie so gut wie möglich schützen will.«

»Wenn Sie mit mir zusammenarbeiten, dann gewinnen wir beide.«

»Ich finde, es ist kein Gewinn, wenn Sie ermordet werden. Was meinen Sie?«

»Ich halte es für Unsinn.«

»Bitte, glauben Sie mir.«

»Was soll ich glauben? Sie haben mir ja nichts erzählt«, fuhr er sie wütend an.

»Wenn ich Ihnen sage, was ich weiß, wäre das genauso, als würde ich Ihnen eine Pistole an den Kopf halten und eigenhändig abdrücken.«

Donovan seufzte. »Bringen Sie mich zurück zu meinem Wagen. Ich weiß nicht warum, LuAnn, aber ich hatte mehr von Ihnen erwartet. Sie sind in großer Armut aufgewachsen, waren alleinerziehende Mutter, und dann dieses unglaubliche Glück. Ich hatte eigentlich damit gerechnet, daß Ihnen das alles nicht scheißegal ist.«

LuAnn hielt, legte den Rückwärtsgang ein und wendete den Wagen. Mehrmals streifte sie Donovan mit einem flüchtigen Blick. »Mr. Donovan«, sagte sie plötzlich so leise, als befürchtete sie, belauscht zu werden. »Mit dem Mann, der Sie in diesem Augenblick sucht, sollten Sie sich lieber nicht anlegen. Er hat mir gesagt, er würde Sie umbringen, weil Sie vielleicht zuviel wüßten. Und das wird er! Wenn Sie nicht sofort verschwinden, findet er Sie mit Sicherheit – und was er dann mit Ihnen anstellt, möchte ich Ihnen lieber nicht sagen. Dieser Kerl kann alles. Dem ist nichts unmöglich.«

Donovan schnaubte verächtlich; dann erstarrten seine Züge. Langsam wandte er sich LuAnn zu, als ihm die volle

Bedeutung ihrer Worte klar wurde. »Ist es ihm auch möglich, eine arme Frau aus Georgia reich zu machen?«

Donovan sah, wie LuAnn zusammenzuckte. Seine Augen wurden groß. »Du lieber Himmel, das ist es, nicht wahr? Sie haben gesagt, diesem Mann wäre nichts unmöglich. Er hat Sie zur Gewinnerin der Lotterie gemacht, nicht wahr? Eine Frau, fast noch ein Teenager, flieht vor der Polizei, weil sie glaubt, einen Mord begangen zu haben ...«

»Mr. Donovan, bitte.«

»Sie kauft ein Los und fährt ganz zufällig nach New York, wo die Ziehung stattfindet. Und, wie das Leben so spielt, gewinnt sie hundert Millionen Dollar.« Donovan schlug mit der Hand aufs Armaturenbrett. »Großer Gott, die staatliche Lotterie war manipuliert!«

»Mr. Donovan, Sie *müssen* die Sache vergessen.«

Donovans Gesicht war tiefrot angelaufen. »Auf gar keinen Fall, LuAnn. Ich bleibe an dieser Geschichte dran, koste es, was es wolle. Wie war das damals eigentlich? Sie konnten unmöglich aus eigener Kraft der New Yorker Polizei und dem FBI durch die Maschen schlüpfen. Das hatte ich Ihnen ja schon einmal gesagt. Sie hatten Hilfe, große Hilfe. Diese phantastische Berichterstattung über Sie in Europa. Ihre ›perfekten‹ Finanzberater. Das hat doch alles dieser Kerl arrangiert. Alles, nicht wahr?« LuAnn antwortete nicht. »Mein Gott, daß ich Blödmann das nicht schon eher erkannt habe. Erst jetzt, wo ich neben Ihnen sitze und mit Ihnen rede, geht mir ein Licht auf! Seit Monaten habe ich mich im Kreis gedreht und nun ...« Er wandte sich ihr zu. »Sie sind nicht die einzige, oder? Was Sie erlebt haben, gilt auch für die übrigen elf Nicht-Bankrotteure, stimmt's? Oder es gibt sogar noch mehr. Habe ich recht?«

LuAnn schüttelte entschieden den Kopf. »Bitte, hören Sie auf!«

»Und kostenlos hat der Bursche es bestimmt nicht getan. Er muß von den Gewinnern einen Anteil kassiert haben.

Aber wie hat er das mit der Ziehung gedeichselt? Warum? Und was tut er mit dem ganzen Geld? Es kann nicht nur ein einzelner Mann sein.« Donovan sprudelte die Fragen hervor. »Wer, was, wann, warum, wie?« Er packte LuAnn an der Schulter. »Okay, ich glaube Ihnen, daß der Mann, der hinter dieser Sache steckt, sehr gefährlich ist. Aber unterschätzen Sie nicht die Macht der Presse, LuAnn. Sie hat schon größere Gauner als diesen Kerl vom Podest gestoßen. Das können wir auch in diesem Fall schaffen, wenn wir zusammenarbeiten.« Als LuAnn nicht reagierte, ließ Donovan ihre Schulter los. »Ich bitte Sie nur, darüber nachzudenken. LuAnn. Aber viel Zeit haben wir nicht.«

Donovan stieg aus, als sie auf dem Parkplatz hielten; dann aber steckte er den Kopf noch einmal durch die offene Tür. »Unter dieser Nummer können Sie mich erreichen.« Er hielt ihr eine Karte hin. LuAnn nahm sie nicht.

»Ich will nicht wissen, unter welcher Nummer Sie erreichbar sind. Das ist sicherer für Sie.« Plötzlich ergriff sie seine Hand. Donovan verzog schmerzlich das Gesicht bei dem kräftigen Händedruck.

»Bitte, nehmen Sie das.« LuAnn nahm einen Briefumschlag aus der Handtasche. »Da drin sind zehntausend Dollar. Packen Sie Ihre Sachen zusammen, fahren Sie zum Flughafen, steigen Sie in eine Maschine und verschwinden Sie von hier. Rufen Sie mich an, wenn Sie irgendwo eingetroffen sind. Dann schicke ich Ihnen genug Geld, daß Sie in Hotels und Restaurants unterkommen, solange Sie wollen.«

»Ich will kein Geld, LuAnn. Ich will die Wahrheit.«

LuAnn kämpfte den wilden Wunsch nieder, ihn anzuschreien. »Verdammt noch mal, ich tue mein Möglichstes, um Ihnen das Leben zu retten.«

Donovan ließ die Karte auf den Beifahrersitz fallen. »Sie haben mich gewarnt. Dafür bin ich Ihnen dankbar. Aber wenn Sie mir nicht helfen wollen, hole ich mir woanders meine Informationen. So oder so, die Geschichte wird veröffentlicht.« Er schaute sie besorgt an. »Wenn dieser Kerl nur halb so gefährlich ist, wie Sie gesagt haben, sollten Sie vielleicht auch darüber nachdenken, sofort von hier zu verschwinden. Mag sein, daß *mein* Hintern im Augenblick im Fadenkreuz ist – doch es ist mein Hintern. Sie aber haben ein Kind.« Er schwieg. Doch ehe er sich zum Gehen wandte, fügte er noch hinzu: »Ich hoffe, wir beide überstehen das, LuAnn. Das meine ich ernst.«

Er ging über den Parkplatz zu seinem Wagen, stieg ein und fuhr los. LuAnn blickte ihm nach. Dann holte sie tief Luft und bemühte sich, ihre flatternden Nerven zu beruhigen. Jackson würde den Mann töten, falls sie nichts dagegen unternahm. Aber was konnte sie tun?

Zuerst einmal durfte sie Jackson nichts von dem Treffen mit Donovan erzählen. LuAnn schaute sich auf dem Parkplatz um, ob irgendwo eine Spur von Jackson zu sehen war. Aber was brachte das? Jackson konnte jeder sein.

Plötzlich schlug ihr das Herz bis zum Hals. Vielleicht hatte Jackson die Telefonleitungen angezapft. Wenn ja, wußte er von Donovans Anruf und daß sie sich verabredet hatten. Dann war Jackson ihr mit Sicherheit gefolgt. Und dann saß er Donovan jetzt schon im Nacken.

LuAnn blickte die Straße hinunter. Donovans Wagen war schon nicht mehr zu sehen. LuAnn schlug mit den Fäusten gegen das Lenkrad.

Jackson hatte die Telefonleitung nicht angezapft; aber das konnte LuAnn nicht wissen. Doch als sie nun losfuhr, wußte sie ebensowenig, daß direkt unter ihrem Sitz ein kleiner Sender angebracht war, und daß jemand ihr Gespräch mit Donovan von Anfang bis Ende abgehört hatte.

KAPITEL 41

Riggs schaltete den Empfänger aus. Das Geräusch von LuAnns BMW verstummte im Kopfhörer. Langsam nahm Riggs den Hörer ab, lehnte sich im Schreibtischsessel zurück und atmete tief durch. Er hatte erwartet, mehr Informationen über LuAnn Tyler und ihre Unterhaltung mit dem Mann zu erhalten, der Thomas Donovan hieß und Zeitungsreporter war, wie er nun wußte. Riggs war der Name bekannt. Er hatte in den vergangenen Jahren einige Artikel von Donovan gelesen. Doch Riggs hatte nicht damit gerechnet, auf eine Sache zu stoßen, die sämtliche Merkmale einer verbrecherischen Verschwörung großen Stils aufwies.

»Verdammt!« Er stand auf und schaute durchs Fenster seines Büros. Die Bäume waren wunderschön, der Himmel blaßblau, beruhigend und berückend zugleich. Rechts huschte ein Eichhörnchen einen Stamm hinauf, eine Kastanie im Maul. Weiter hinten, wo die Bäume dichter standen, sah Riggs mehrere schlanke Hirschkühe, die hinter einem Sechsender hermarschierten. Die Prozession war auf dem Weg zu dem Teich, der von einer Quelle gespeist wurde und auf Riggs' Grundstück lag. Alles war so friedlich, so heiter, wie er es sich immer gewünscht hatte.

Schließlich wandte er den Blick von der Landschaft ab und schaute auf das Empfangsgerät, mit dem er das Gespräch zwischen LuAnn und Donovan mitgehört hatte. »LuAnn Tyler«, sagte Riggs laut. Nicht Catherine Savage, wie sie gesagt hatte. Es gab nicht mal eine Ähnlichkeit im Klang der Namen. Eine neue Identität, ein neues Leben, weit, weit weg.

Riggs konnte es aus eigener Erfahrung durchaus nachempfinden. Er betrachtete das Telefon, zögerte, und griff dann doch zum Hörer. Die Nummer, die er wählte, hatte er fünf Jahre zuvor für den Notfall erhalten – genauso wie die Nummer, die Jackson vor zehn Jahren LuAnn gegeben hatte. Aber das konnte er natürlich nicht wissen.

Nur für den Notfall. Während er die Tasten drückte, dachte er darüber nach. Ja, man konnte die Situation mit Fug und Recht als Notfall bezeichnen.

Die Stimme auf einem Anrufbeantworter erklang. Riggs hinterließ eine Reihe von Zahlen und seinen Namen. Er sprach langsam, damit der Computer die Überprüfung seines Stimmusters vornehmen konnte. Dann legte er auf.

Eine Minute später klingelte das Telefon. Riggs hob ab.

»Das ging aber schnell«, sagte er in den Hörer und setzte sich.

»Bei dieser Nummer werden wir hellhörig. Was ist los? Steckst du in Schwierigkeiten?«

»Nicht direkt. Aber ich bin da auf etwas gestoßen, das ich überprüfen muß.«

»Person? Ort? Gegenstand?«

»Person.«

»Leg los. Wer ist es?«

Riggs atmete tief durch. Er hoffte, daß er das Richtige tat. Doch er würde keine Wette darauf abschließen, ehe er in dieser Angelegenheit nicht klarer sah. »Ich muß etwas über eine gewisse LuAnn Tyler wissen.«

Auf der Heimfahrt summte LuAnns Autotelefon.

»Hallo?«

Beim Klang der Stimme am anderen Ende atmete sie erleichtert auf.

»Sag mir nicht, wo du bist, Charlie. Es könnte sein, daß

die Leitung abgehört wird.« LuAnn schaute sich um, wo auf der Straße sie sich befand. »Gib mir zwanzig Minuten, und ruf mich dann am verabredeten Ort an.« Sie hängte den Hörer ein. Als sie in diese Gegend gezogen waren, hatte LuAnn an einer *McDonald's*-Filiale einen öffentlichen Fernsprecher entdeckt, in dem man auch Anrufe entgegennehmen konnte. Es war ihr sicherstes Telefon.

Zwanzig Minuten später stand sie vor dem Apparat und hob beim ersten Klingeln ab.

»Wie geht es Lisa?«

Charlie sprach sehr leise. »Prima. Uns beiden geht's gut. Lisa ist natürlich noch ein bißchen sauer, aber wer könnte es dem Kind verdenken.«

»Ja, stimmt. Hat sie überhaupt mit dir geredet?«

»Ein paar Worte. Wir stehen zur Zeit auf Kriegsfuß, jedenfalls aus Lisas Sicht. Die Kleine hat verdammt viel von dir, stimmt's?«

»Wo ist sie?«

»Schläft tief und fest. Wir sind die ganze Nacht gefahren, und sie hat kaum ein Auge zugemacht, immer nur aus dem Fenster gestarrt.«

»Wo bist du jetzt?«

»In einem Motel in einem Außenbezirk von Gettysburg, Pennsylvania, gleich hinter der Staatsgrenze nach Maryland. Wir mußten hier haltmachen, sonst wäre ich am Steuer eingeschlafen.«

»Du hast doch nicht etwa eine Kreditkarte benützt? Jackson könnte das zurückverfolgen.«

»Hältst du mich für einen Anfänger im Fliehen und Untertauchen? Alles bar bezahlt.«

»Irgendein Zeichen, daß man euch gefolgt ist?«

»Ich habe mehrmals die Route gewechselt – Autobahnen, Bundesstraßen, Landstraßen – und hab' öfters an Raststätten und dergleichen haltgemacht. Ich habe jedes Auto überprüft, das auch nur halbwegs verdächtig aussah. Wir werden nicht verfolgt. Wie sieht's bei dir aus? Hast du mit Riggs Kontakt aufgenommen?«

Bei dieser Frage errötete LuAnn. »Ja, so könnte man sagen.« Sie machte eine Pause und räusperte sich. »Ich habe mich auch mit Donovan getroffen.«

»Mit wem?«

»Der Mann, der im Cottage wohnt. Er heißt Donovan und ist Journalist.«

»Ach du Scheiße.«

»Er weiß über die zwölf Lotteriegewinner Bescheid.«

»Woher?«

»Das ist schrecklich kompliziert, Charlie. Aber er hat es vor allem deshalb rausgefunden, weil keiner der zwölf Gewinner pleite gegangen ist, sondern im Gegenteil durch clevere Anlageberatung noch viel reicher wurde. Ich nehme an, das ist bei Lotteriegewinnern ziemlich selten.«

»Verdammt, so langsam glaube ich, daß Jackson doch nicht unfehlbar ist.«

»Ein tröstlicher Gedanke, nicht wahr? Ich muß los. Gib mir deine Nummer.« Charlie tat wie geheißen.

»Ich habe auch das Handy dabei, LuAnn. Du hast doch die Nummer, nicht wahr?«

»Ich kenne sie auswendig.«

»Es gefällt mir gar nicht, daß du allein bist. Ganz und gar nicht.«

»Ich komme schon klar. Ich muß nur über alles ein bißchen nachdenken. Wenn Jackson wieder auftaucht, will ich vorbereitet sein.«

»Bei Jackson kann man nie auf irgend etwas vorbereitet sein. Der Kerl ist kein menschliches Wesen.«

LuAnn hängte ein und ging zurück zum Wagen. So unauffällig wie möglich ließ sie den Blick über den Parkplatz schweifen, um festzustellen, ob jemand in der Nähe war, der auch nur annähernd verdächtig aussah. Aber genau da lag das Problem: Jackson sah nie verdächtig aus.

Charlie legte den Hörer auf, schaut nach Lisa und ging dann zum Fenster des ebenerdigen Motelzimmers. Das Gebäude besaß die Form eines Hufeisens, so daß Charlie nicht nur den Parkplatz, sondern auch die Motelzimmer auf der gegenüberliegenden Seite beobachten konnte. Er hatte sich angewöhnt, den Parkplatz alle halbe Stunde zu überprüfen, um festzustellen, wer nach ihnen vorgefahren war. Er hatte ziemlich isolierte Plätze ausgesucht, an denen es einfacher war, einen etwaigen Verfolger zu entdecken.

Doch wenngleich Charlie alles sehr aufmerksam beobachtete, konnte er den Feldstecher nicht sehen, der vom dunklen Motelzimmer direkt gegenüber auf ihn gerichtet war. Das Auto dieses Beobachters stand nicht auf dem Parkplatz; denn der Mann war kein zahlender Gast des Motels. Er war ins Zimmer eingebrochen, während Charlie und Lisa beim Essen waren. Der Mann setzte den Feldstecher ab und schrieb ein paar Worte in ein Notizbuch, ehe er seinen Wachposten wieder aufnahm.

KAPITEL 42

Der BMW bog in die Auffahrt ein und hielt. LuAnn starrte auf das Gebäude. Sie war nicht nach Hause gefahren. Nachdem sie eine Zeitlang ziellos umhergefahren war, hatte sie beschlossen, hierherzukommen. Der Jeep war da, also mußte Riggs zu Hause sein. LuAnn stieg aus und ging die breite Treppe des viktorianischen Hauses hinauf.

Riggs hörte sie kommen. Er hatte gerade das Telefongespräch beendet. Das Blatt vor ihm war mit Notizen bedeckt – mehr Informationen, als er je hatte bekommen wollen. Der Magen krampfte sich ihm zusammen, als er darüber nachdachte.

Er öffnete die Tür, als LuAnn klopfte. Sie trat ein, ohne ihn anzuschauen.

»Wie ist es gelaufen?« fragte er.

LuAnn ging im Zimmer auf und ab, ehe sie sich aufs Sofa setzte. Sie zuckte mit den Schultern und schaute ihn an. »Nicht besonders.« Ihre Stimme klang lustlos. Riggs rieb sich die Augen und setzte sich in den Sessel ihr gegenüber.

»Erzähl mir alles.«

»Warum? Warum, zum Teufel, sollte ich dich in den ganzen Schlamassel hineinziehen?«

Riggs überlegte kurz, was er sagen sollte. Noch konnte er sich aus allem zurückziehen. Offensichtlich wollte LuAnn ihm diese Chance bieten. Er könnte einfach sagen: »Du hast recht«, LuAnn zur Tür bringen und sie aus seinem Leben verschwinden lassen. Er betrachtete sie, wie sie müde und allein dasaß, und sagte ruhig, aber mit Nachdruck:

»Ich will dir helfen.«

»Das ist lieb von dir. Aber ich wüßte wirklich nicht, wo ich anfangen soll.«

»Wie wär's, wenn du zehn Jahre zurückgehst, nach Georgia, als du vor der Polizei geflohen bist? Wegen eines Mordes, den du nicht begangen hast.«

LuAnn starrte ihn an und biß sich auf die Lippen. Wie gern wollte sie diesem Mann trauen! Es war ein beinahe körperliches Verlangen. Dann aber blickte sie den Gang hinunter, wo sich Riggs' Büro befand, und sie erinnerte sich, wie sie bei ihrem ersten Besuch dort die Information gesehen hatte, die er so schnell und offenbar mühelos über sie eingeholt hatte, und wieder stiegen Zweifel in ihr auf. Selbst Jackson traute diesem Mann nicht. Wer war Riggs? Woher war er gekommen? Was hatte er in seinem früheren Leben getan?

Als LuAnn ihn anschaute, beobachtete er sie scharf. Er sah ihre Zweifel, ihre Unsicherheit.

»LuAnn, ich weiß, daß du mich eigentlich nicht kennst. Aber du *kannst* mir vertrauen.«

»Das möchte ich, Matthew. Wirklich. Es ist nur...« Sie stand auf und begann ihre gewohnten Runden durchs Zimmer zu drehen. »Es ist nur so, daß ich mir in den letzten zehn Jahren angewöhnt habe, keinem zu trauen. Keinem außer Charlie.«

»Aber Charlie ist nicht hier, und wie es aussieht, kannst du mit dieser Sache nicht allein fertigwerden.«

LuAnn blieb abrupt stehen und blickte ihn an. »Du wärst überrascht, womit ich alles fertigwerden kann, mein Lieber.«

»Das bezweifle ich nicht. Nicht im geringsten«, sagte er entwaffnend ehrlich.

»Und wenn du in diese Sache hineingezogen wirst, bringe ich dich in große Gefahr. Das will ich nicht auf mein Gewissen laden.«

»Du würdest dich wundern, wie vertraut mir die Gefahr ist. Und gefährliche Menschen.«

Wieder blickte sie ihn an. Der Hauch eines Lächelns lag auf ihren leicht geöffneten Lippen; der Blick aus ihren großen hellbraunen Augen berauschte Riggs und beschwor die noch frische Erinnerung an ihre Liebesnacht herauf.

»Ich möchte nicht, daß dir etwas passiert. Bitte, halte dich aus der Sache heraus.«

»Warum bist du dann hier? So wundervoll unser gemeinsamer Morgen im Bett auch war – ich glaube kaum, daß du wegen einer nachmittäglichen Wiederholung gekommen bist. Dich beschäftigen ganz andere Dinge, das sehe ich doch.«

LuAnn setzte sich wieder und legte die Hände zusammen. Nachdem sie eine Zeitlang nachgedacht hatte, sagte sie mit ernster Miene: »Der Mann heißt Thomas Donovan. Er ist irgendein Reporter. Er hat Nachforschungen über mich angestellt.«

»Warum? Warum gerade über dich? Wegen des Mordes?«

LuAnn zögerte, ehe sie antwortete. »Zum Teil auch deshalb.«

»Und zum anderen Teil?«

LuAnn antwortete nicht, sondern blickte zu Boden. Ihr Innerstes sträubte sich dagegen, jemand anderem als Charlie derart persönliche Informationen anzuvertrauen.

Riggs beschloß, einen Vorstoß zu wagen. »Hat es mit der Lotterie zu tun?«

Langsam schaute sie auf. Fassungslosigkeit lag auf ihrem Gesicht.

»Als ich deinen richtigen Namen erfuhr, hat es bei mir geklickt. Nicht sofort, aber später. Du hast vor zehn Jahren hundert Millionen Dollar in der Lotterie gewonnen. Damals sind viele Artikel über dich erschienen. Und dann bist du einfach … verschwunden.«

LuAnn musterte ihn mißtrauisch. In ihrem Inneren

schrillten Alarmglocken. Doch Riggs' Gesicht wirkte vollkommen aufrichtig, und dieser Ausdruck gewann schließlich die Oberhand über LuAnns Zweifel – jedenfalls vorerst.

»Ja, ich habe das Geld gewonnen.«

»Und was wollte Donovan? Deine Geschichte über den Mord?«

»Teilweise.«

»Und was ist der andere Teil?« bohrte er hartnäckig nach.

Wieder schrillten die Alarmglocken, und diesmal brachte Riggs' ehrliche Miene LuAnn nicht zum Reden. Sie stand auf. »Ich muß jetzt los.«

»Komm schon, LuAnn. Sprich mit mir.«

»Ich glaube, ich habe schon mehr gesagt, als gut war.«

Riggs wußte weit mehr, als LuAnn ihm erzählt hatte, doch er hatte es von ihr selbst hören wollen. Sein Informant, der ihm fast alles über LuAnn mitgeteilt hatte, hatte selbstverständlich den Grund für Riggs' Anfrage wissen wollen. Riggs hatte gelogen ... na ja, beinahe. Er wollte LuAnn Tyler nicht bloßstellen, jedenfalls jetzt noch nicht. Er hatte keinen Grund, ihr zu trauen, und viele Gründe, ihr *nicht* zu trauen. Und dennoch ...

Als sie die Hand um den Türknopf legte, rief er ihr zu:

»LuAnn, wenn du deine Meinung änderst, ich bin hier.«

Sie schaute ihn nicht an. Sie hatte Angst vor dem, was geschehen könnte, wenn sie es tat. Sie *wollte* Riggs alles erzählen, wollte ihn um Hilfe bitten, wieder von ihm geliebt werden. Nach all den Jahren der Lügengeschichten, der Täuschung und der ständigen Angst vor Entdeckung wollte sie einfach nur im Arm gehalten und um ihrer selbst willen geliebt werden, nicht wegen des riesigen Vermögens, das sie besaß.

Riggs beobachtete, wie der BMW davonfuhr. Als der Wagen verschwunden war, wandte er sich um und ging ins Büro. Er war sich darüber im klaren, daß das FBI nach seiner Anfrage wegen LuAnn Tyler bald Agenten nach Charlottesville schicken würde, um mit ihm zu sprechen. Auf alle Fälle würde man das örtliche FBI-Büro einschalten. Doch wegen Riggs' Sonderstatus würden die Agenten zuvor durch einige bürokratische Reifen hüpfen müssen. Ein wenig Zeit blieb ihm also noch, aber nicht viel. Und sobald das FBI auftauchte, war LuAnn Tyler erledigt.

Zehn Jahre lang hatte sie sich unablässig bemüht, nicht entdeckt zu werden, und jetzt konnte Riggs ihre jahrelangen Bemühungen in ein paar Tagen zunichte machen. Nein, das würde er nicht zulassen, ganz gleich, was er über LuAnn Tyler wußte; das sagte ihm sein Gefühl. In seinem früheren Leben war Riggs die Täuschung zur zweiten Natur geworden – wie auch die Fähigkeit, Menschen zu durchschauen, die Guten von den Bösen zu unterscheiden. LuAnn war ein guter Mensch. Zu diesem Schluß war Riggs schon vor langer Zeit gekommen. Auch wenn sie seine Hilfe nicht wollte – sie würde sie bekommen. Doch LuAnn hatte sich offensichtlich mit äußerst gefährlichen Leuten eingelassen.

Und jetzt auch ich, dachte Riggs.

KAPITEL 43

Es war schon spät, als LuAnn nach Hause kam. Das Personal war bereits gegangen, und Sally Beecham würde erst morgen wiederkommen. LuAnn betrat das Haus durch die Garage, aktivierte die Alarmanlage und warf Mantel und Handtasche auf den Küchentisch. Sie ging nach oben, um zu duschen und sich umzuziehen. Sie mußte jetzt über vieles nachdenken.

In den Sträuchern, die die große Rasenfläche auf der Garagenseite der Villa begrenzten, kniete Jackson im Torf und lächelte vor sich hin. Er senkte den kleinen Apparat, den er in der Hand hielt. Auf der Digitalanzeige standen die sechs Ziffern des Codes, mit dem LuAnns Alarmanlage entschärft werden konnte. Der Scanner hatte die elektrischen Impulse aufgefangen, die ausgesendet worden waren, als LuAnn den Code eingab, und anschließend ausgewertet. Mit dem Code hatte Jackson nun jederzeit die Möglichkeit, unbemerkt zu kommen und zu gehen.

Als er wieder bei seinem Mietwagen war, piepste sein Handy. Er sprach mehrere Minuten lang hinein und schaltete es dann aus. Charlie und Lisa waren in einem Motel außerhalb von Gettysburg abgestiegen. Wahrscheinlich würden sie bald weiterfahren. LuAnn hatte versucht, die beiden aus seiner Reichweite zu bringen, zumindest Lisa. Charlie konnte auf sich selbst aufpassen; das wußte Jackson. Wenn es hart auf hart ging, war Lisa die Achillesferse ihrer Mutter.

LuAnn hatte durchs Fenster beobachtet, wie die Gestalt am Waldrand entlang zur Hauptstraße schlich. Ihre Bewegungen waren so leichtfüßig und geschmeidig wie die eines Raubtiers – genauso, wie auch LuAnn sich bewegt hätte. Sie hatte keine Ahnung, was sie bewogen hatte, genau in diesem Moment ans Fenster zu treten. Sie hatte keine Angst, verspürte nicht einmal Zorn, als sie Jackson den Abhang hinunterschleichen sah. Sie hatte damit gerechnet, ihn hier zu finden. Sie war nicht sicher, wie lange oder aus welchem besonderen Grund Jackson das Haus beobachtet hatte, doch es war vollkommen logisch, daß er es tat. LuAnn wußte, daß Jacksons Augenmerk nun ganz auf sie gerichtet war. Und wer sich im Zentrum der Aufmerksamkeit dieses Mannes befand, stand praktisch am Rand des Grabes.

LuAnn zog die Vorhänge zu und setzte sich aufs Bett. Das große, leere Haus erschien ihr kalt und bedrohlich, als wäre sie allein in einem Mausoleum von riesigen Ausmaßen und würde darauf warten, daß ihr etwas unaussprechlich Grauenhaftes zustieß.

War Lisa wirklich in Sicherheit? Befand sie sich außerhalb von Jacksons Machtbereich? Die Antwort auf diese Fragen lag so klar auf der Hand, daß es LuAnn wie ein Schlag ins Gesicht traf.

Mir ist nichts unmöglich, LuAnn.

Die spöttischen Worte stiegen nach all den Jahren in ihrer Erinnerung auf und ließen sie schaudern. Riggs hatte recht. Sie konnte das nicht allein schaffen. Er hatte ihr seine Hilfe angeboten, und jetzt brauchte LuAnn diese Hilfe. Es war ihr gleich, ob sie die richtige Entscheidung traf oder nicht. Sie konnte jetzt nicht mehr stillhalten; sie *mußte* irgend etwas tun.

Sie sprang auf, nahm die Autoschlüssel, schloß einen Stahlkasten auf, der im Schrank stand, und steckte die geladene, vernickelte 44er Magnum in die Handtasche. Dann lief sie die Treppe hinunter und in die Garage. Eine Minute später raste der BMW die Straße hinunter.

Riggs war im Zimmer über der Scheune, als er hörte, wie der Wagen die Auffahrt heraufkam und vor der Garage hielt. Er sah LuAnn durchs Fenster. Sie wollte zum Haus gehen, drehte sich dann aber plötzlich um, als würde sie seine Blicke spüren, und starrte zu ihm hinauf. Längere Zeit schauten sie sich an, als würden sie einander stumm ausloten. Kurz darauf saß LuAnn ihm gegenüber und wärmte sich die Hände am warmen Ofen.

Diesmal fühlte Riggs sich nicht gezwungen, seine Worte sorgsam abzuwägen.

»Die Ziehung war manipuliert, nicht wahr? Du hast gewußt, daß du gewinnst, stimmt's?«

LuAnn fuhr hoch, stieß aber sofort einen tiefen Seufzer der Erleichterung aus.

»Ja.« Sie hatte das Gefühl, als hätten sich mit diesem einen Wort die letzten zehn Jahre ihres Lebens plötzlich in Luft aufgelöst. Sie fühlte sich geläutert, gereinigt. »Wie bist du dahintergekommen?«

»Ich hatte ein bißchen Hilfe.«

LuAnn setzte sich starr auf; dann erhob sie sich. Hatte sie soeben den größten Fehler ihres Lebens begangen?

Riggs spürte ihren plötzlichen Stimmungswechsel und hob die Hand. So ruhig er konnte, sagte er: »Niemand weiß Bescheid. Ich wußte es ja selbst nicht. Ich habe mir Informationen aus verschiedenen Quellen besorgt und dann einen Schuß ins Blaue riskiert.« Er zögerte, fügte dann jedoch hinzu: »Außerdem habe ich eine Wanze in deinem Wagen versteckt. Ich habe dein Gespräch mit Donovan von Anfang bis Ende mitgehört.«

»Wer, zum Teufel, bist du?« zischte LuAnn. Vorsichtig griff sie nach dem Schloß der Handtasche, in der ihre Waffe steckte, während sie Riggs scharf im Auge behielt.

Riggs saß gelassen da und erwiderte ihren Blick. »Ich bin

dir in vieler Hinsicht sehr ähnlich«, lautete seine verblüffende Antwort. Bei diesen Worten erstarrte LuAnn. Riggs stand auf, schob die Hände in die Taschen, lehnte sich an einen Bücherschrank und betrachtete durchs Fenster die Bäume, die sich sanft im Wind wiegten. »Meine Vergangenheit ist geheim, und mein jetziges Leben ist nichts als Lüge.« Er schaute sie an. »Aber aus gutem Grund.« Er zog die Brauen hoch. »Wie bei dir.«

LuAnn bebte. Die Knie wurden ihr weich, und sie setzte sich rasch auf den Fußboden. Riggs kniete sich neben sie und nahm ihre Hand in die seine. »Wir haben nicht viel Zeit, deshalb will ich dir reinen Wein einschenken. Ich habe einige Nachforschungen über dich angestellt ... diskret, aber es wird trotzdem Kreise ziehen.« Er schaute sie beschwörend an. »Willst du die Geschichte wirklich hören?«

LuAnn schluckte und nickte. Die Angst verschwand aus ihren Augen und machte einer unerklärlichen Ruhe Platz.

»Das FBI hat sich für dich interessiert, seit du aus den Vereinigten Staaten geflüchtet bist. Der Fall hat einige Zeit geruht, aber das wird nicht so bleiben. Sie wissen, daß irgendwas mit dir nicht stimmt und daß du das Geld vielleicht auf irgendeine krumme Tour gewonnen hast. Aber sie wissen nichts Genaues und konnten dir deshalb nichts nachweisen.«

»Du hast eine Wanze in meinem Wagen versteckt, sagst du? Dann weißt du, wie Donovan dahintergekommen ist, nicht wahr?«

Riggs nickte und half ihr auf. Beide nahmen auf der Couch Platz. »Donovan hat sich die Pleitenstatistik angeschaut. Ganz schön clever. Nicht mal das FBI ist bis jetzt auf diese Idee gekommen. Weißt du, wie die Lotterie manipuliert wurde?«

LuAnn schüttelte den Kopf.

»Steckt eine Gruppe dahinter? Eine Organisation? Donovan meinte, es wäre die Regierung. Ich hoffe bei Gott, daß das nicht stimmt. Andernfalls würde die Sache sehr kompliziert ...«

»Nein, nicht die Regierung«, unterbrach LuAnn ihn. Ihre Stimme war jetzt klar und fest, obgleich eine Spur von Angst auf ihren Zügen lag – die Auswirkung der plötzlichen Enthüllung lang gehegter Geheimnisse. »Soweit ich weiß, ist es eine einzige Person.«

Riggs lehnte sich erstaunt zurück. »Eine Person? Das ist nicht möglich.«

»Er hatte Leute, die für ihn arbeiteten. Ich kenne mindestens zwei, aber ich bin ziemlich sicher, daß er der Boß war.« Das war die Untertreibung des Jahres. LuAnn konnte sich beim besten Willen nicht vorstellen, daß Jackson von irgend jemandem Befehle entgegennahm.

»Gehörte Charlie zu diesen Leuten?«

Wieder zuckte LuAnn zusammen. »Wie kommst du darauf?«

»Die Geschichte mit dem Onkel war ein bißchen dünn.« Riggs zuckte die Schultern. »Außerdem scheint ihr ein gemeinsames Geheimnis zu haben. Als ich meine Erkundigungen über dich einzog, war nie von einem Onkel die Rede. Charlie ist erst nach dem Lotteriebetrug ins Spiel gekommen, nicht wahr?«

»Darauf antworte ich nicht.« Nie im Leben würde sie Charlie belasten.

»Also gut. Was ist mit diesem Mann, dem Drahtzieher? Was kannst du mir über ihn erzählen?«

»Er nennt sich Jackson...« Abrupt verstummte LuAnn. Sie konnte es nicht fassen, daß sie jemandem davon erzählte. Kaum war der Name über ihre Lippen gekommen, schloß sie die Augen und stellte sich vor, was Jackson mit ihr anstellen würde – mit ihnen allen anstellen würde –, falls er davon erfuhr, was sie jetzt ausplauderte. Instinktiv schaute sie über die Schulter.

Riggs packte ihren Arm. »LuAnn, du bist nicht mehr allein. Er kann dir jetzt nichts anhaben.«

Beinahe hätte sie laut gelacht. »Matthew, wenn dieser

Mann uns schnell tötet, statt uns langsam und qualvoll sterben zu lassen, haben wir mehr Glück als alle Lotteriegewinner auf der Welt.«

Riggs spürte, wie sie zitterte. Er wußte, wie stark und einfallsreich sie war. Nun aber hatte sie einfach nur noch Angst, schreckliche Angst.

»Vielleicht fühlst du dich besser, wenn ich dir sage, daß ich es schon mit einigen ganz üblen Burschen zu tun hatte«, sagte er. »Trotzdem lebe ich noch. Jeder hat seine Schwächen.«

»Klar.« LuAnns Stimme klang unbeteiligt, wie tot.

»Na gut, wenn du den Kopf in den Sand stecken und dich totstellen willst, nur zu.« Sein Tonfall war rauh. »Ich weiß allerdings nicht, wie Lisa das helfen könnte. Glaubst du etwa, der Kerl läßt sie ungeschoren davonkommen, wenn er tatsächlich so gefährlich ist, wie du behauptest?«

»Ich habe Lisa nichts von alledem erzählt.«

»Sag das mal diesem Jackson! Er wird davon ausgehen, daß Lisa über alles Bescheid weiß und daß sie getötet werden muß, wenn es gefährlich für ihn wird.«

»Ich weiß«, gab LuAnn schließlich zu. Sie rieb sich das Gesicht und schaute Riggs erschöpft an. »Aber warum willst du mir helfen? Das verstehe ich nicht. Du kennst mich doch gar nicht. Und ich habe dir gerade erst erzählt, daß ich etwas Illegales getan habe.«

»Wie ich schon sagte, ich habe dich überprüft. Ich kenne deine Vergangenheit. Jackson hat dich ausgenützt. Aber, verdammt noch mal, wäre ich in deiner Lage gewesen, hätte ich auch sofort die Chance ergriffen, reich zu werden.«

»Aber so war es ja gar nicht! Ich hatte damals schon beschlossen, bei der Sache *nicht* mitzumachen. Aber dann bin ich in Duanes Drogengeschichte hineingeraten. Und dann ging alles Schlag auf Schlag. Ich habe Jackson zugesagt, habe zwei Männer tot in einem Wohnwagen liegen lassen, habe mir mein Baby geschnappt und bin so schnell verschwunden, wie ich konnte. Ich … ich dachte, ich hätte keine andere Wahl. Ich wollte nur fort.«

»Das kann ich verstehen, LuAnn. Ehrlich.«

»Seitdem bin ich auf der Flucht, immer in Angst vor meinem eigenen Schatten … in ständiger Furcht, daß jemand alles herausfindet. Das ist zehn Jahre her, aber mir kommen sie wie hundert vor.« Sie schüttelte den Kopf und rang die Hände.

»Dann gehe ich wohl recht in der Annahme, daß Jackson sich hier herumtreibt.«

»Er war vor einer dreiviertel Stunde in meinem Garten.«

»Was?«

»Ich bin nicht sicher, was er wollte, aber ich nehme an, daß er Vorbereitungen trifft, seinen Plan auszuführen.«

»Was für ein Plan?«

»Als erstes wird er Donovan umbringen.«

»Ich habe gehört, wie du Donovan davor gewarnt hast.«

»Und danach wird Jackson wohl uns aufs Korn nehmen.« LuAnn schlug die Hände vors Gesicht.

»Nein. Du wirst den Kerl nie wiedersehen.«

»Da irrst du dich gewaltig, Matthew. Ich muß mich mit ihm treffen, und zwar sehr bald.«

Entsetzt starrte er sie an. »Bist du verrückt?«

»Gestern abend ist Jackson in meinem Schlafzimmer aufgetaucht. Wir haben ein ziemlich langes Gespräch geführt. Ich habe ihm versprochen, daß ich mich bemühen würde, dich näher kennenzulernen. Ich glaube nicht, daß Jackson dabei an Sex gedacht hat. Das hat sich einfach so ergeben.«

»LuAnn, du willst doch nicht…«

»Er wollte dich schon gestern abend im Cottage töten. Ich nehme an, du warst wegen deines Pickups dort, nicht wahr? Jackson sagte, er hätte nur einen halben Meter von dir entfernt gestanden. Du hast Glück, daß du noch lebst. Unglaubliches Glück.«

Riggs lehnte sich zurück. Also hatte sein Instinkt, der ihn

vor einer Gefahr gewarnt hatte, ihn nicht getrogen. Der Gedanke gab ihm ein wenig Zuversicht, obwohl er nur mit knapper Not dem Tod entgangen war, ohne es zu ahnen.

»Jackson will dich unter die Lupe nehmen. Er macht sich Sorgen, weil er nichts über dein Vorleben weiß. Er will es durchleuchten. Und wenn er irgendwas findet, das ihm gefährlich werden kann, wird er dich töten. Aber...«

»Aber?«

»Aber ich habe ihm versprochen, dich auszuhorchen.«

»Du bist ein ziemliches Risiko eingegangen.«

»Du hast viel mehr für mich riskiert. Ich bin es dir schuldig. Und ich wollte nicht, daß dir etwas passiert. Nicht wegen mir.«

Riggs spreizte die Hände. »Und warum das alles? Wegen des Lotteriebetrugs? Hast du ihm einen Teil deines Gewinns abgegeben?«

»Alles.«

Riggs schaute sie verständnislos an.

»Zehn Jahre lang hatte er die Kontrolle über das Geld«, fuhr LuAnn fort. »Diese Zeit ist jetzt abgelaufen. Er hat das Geld investiert und mir einen Teil vom Gewinn gegeben.«

»Er konnte hundert Millionen Dollar investieren. Wieviel hast du jedes Jahr verdient?«

»Ungefähr vierzig Millionen vom ursprünglichen Kapital. Außerdem hat er die Gelder investiert, die ich nicht ausgegeben habe. Auch damit habe ich jedes Jahr zweistellige Millionenbeträge verdient.«

Riggs starrte sie mit offenem Mund an. »Das sind vierzig Prozent Dividende allein für dein Geld aus dem Lotteriegewinn.«

»Ich weiß. Und Jackson hat mit Sicherheit noch viel mehr kassiert. Er hat das nicht aus Herzensgüte getan. Es war schlicht und einfach eine geschäftliche Transaktion.«

»Also, wenn du vierzig Prozent bekommen hast, muß er mindestens ebensoviel kassiert haben. Das wären insgesamt achtzig Prozent. So viel Gewinn kann man nur erzielen, wenn man das Geld durch illegale Kanäle fließen läßt.«

»Von so etwas habe ich keine Ahnung.«

»Und am Ende der zehn Jahre?«

»Ich habe die hundert Millionen zurückbekommen.«

Riggs rieb sich die Stirn. »Und wenn ihr zwölf Gewinner wart, jeder mit – sagen wir – im Schnitt siebzig Millionen Dollar, hatte der Kerl fast eine Milliarde Dollar zur Verfügung.«

»Inzwischen hat er bestimmt noch viel mehr. Da bin ich sicher.« Sie sah die Sorgenfalten auf seinem Gesicht. »Was ist? Woran denkst du?«

Er blickte ihr tief in die Augen. »Da gibt es noch etwas, das dem FBI Kopfzerbrechen bereitet.« LuAnn blickte ihn erstaunt an. Riggs bemühte sich, ihr alles zu erklären. »Ich habe aus absolut zuverlässiger Quelle erfahren, daß das FBI, Interpol und mehrere ausländische Polizeibehörden eines mit Sicherheit wissen: Riesige Geldmengen wurden weltweit in die verschiedensten Geschäfte geschleust – manche legal, manche nicht. Anfangs glaubte das FBI, daß es sich um Gelder der Drogenkartelle aus Südamerika oder Asien handelte und daß diese Gelder gewaschen werden sollten. Aber das war ein Irrtum, wie sich herausstellte. Man hat zwar hier und da Fäden aufgefangen, aber die verwirrten sich immer sehr schnell. Jemand, der soviel Geld besitzt, kann sich hervorragend bedeckt halten. Vielleicht ist Jackson dieser Jemand.« Riggs verstummte.

»Bist du sicher, das FBI weiß nichts von der Lotteriegeschichte?«

Riggs machte ein nachdenkliches Gesicht. »Falls das FBI etwas weiß, dann nicht von mir, das kannst du mir glauben. Aber dem FBI ist bekannt, daß ich Erkundigungen über dich eingezogen habe. Das ließ sich nicht vermeiden.«

»Und wenn die FBI-Leute selbst darauf gekommen sind? Dann sind jetzt Jackson *und* die Bundesregierung hinter uns her, nicht wahr?«

Riggs schaute kurz zur Seite, blickte dann wieder LuAnn in die Augen. »Ja.«

»Ehrlich gesagt, weiß ich nicht, wer mir mehr Angst einjagt.«

Ihre Blicke trafen sich, während ihnen ähnliche Gedanken durch den Kopf gingen. Zwei Menschen allein gegen diese Übermacht.

»Ich muß jetzt fort«, sagte LuAnn.

»Wohin?«

»Ich bin ziemlich sicher, daß Jackson mich beschattet. Er weiß, daß wir uns mehrere Male getroffen haben. Vielleicht weiß er sogar, daß ich mit Donovan geredet habe. Wenn ich mich nicht schnell bei ihm melde...« Sie schluckte schwer. »Das könnte schlimme Folgen haben.«

Riggs packte sie an der Schulter. »LuAnn, dieser Kerl ist ein Psychopath, aber er muß auch eine Art Genie sein. Das macht ihn noch gefährlicher. Wenn du ihn triffst, und der Kerl schöpft auch nur den leisesten Verdacht...«

Sie streichelte ihm sanft den Arm. »Tja, dann muß ich eben dafür sorgen, daß er keinen Verdacht schöpft.«

»Und wie willst du das anstellen? Inzwischen wird der Kerl längst schon mißtrauisch sein. Ich schlage vor, wir holen Verstärkung, stellen dem Burschen eine Falle und kassieren ihn ein.«

»Und ich? Was ist mit mir?«

Riggs schaute sie an. »Ich bin sicher, du kannst mit den Behörden irgendeinen Kompromiß aushandeln«, sagte er wenig überzeugend.

»Und die Leute in Georgia? Du hast Donovan gehört. Die wollen mich lynchen.«

»Das FBI könnte mit ihnen reden und...« Riggs hielt inne, als ihm plötzlich klar wurde, daß er bloße Vermutungen von sich gab. Garantien gab es nicht.

»Vielleicht kann ich mich mit den Behörden einigen. Ich gebe das Geld zurück. Vielleicht erstaunt es dich, aber das

Geld ist mir völlig egal. Und vielleicht bekomme ich einen nachsichtigen Richter oder mehrere, und man läßt Gnade walten. Wenn man alles zusammen nimmt – mit wie vielen Jahren müßte ich rechnen? Zwanzig?«

»Vielleicht nicht so viele.«

»Wie viele dann?«

»Das kann ich dir nicht sagen. Ich weiß es nicht.«

»Ich wäre eine wirklich sympathische Angeklagte, was? Ich kann die Schlagzeilen jetzt schon lesen: LuAnn Tyler, Drogenhändlerin, Mörderin, Millionenbetrügerin und Steuerflüchtige, lebte wie eine Königin, während die Armen ihre Sozialhilfeschecks bei der Lotterie verspielen. Vielleicht verleiht man mir einen Preis, statt mich in eine Zelle zu sperren und den Schlüssel wegzuwerfen. Was meinst du?«

Riggs antwortete nicht. Er konnte ihr nicht einmal in die Augen blicken.

»Und angenommen, wir stellen Jackson eine Falle. Was ist, wenn es schiefgeht, und er entkommt? Und was ist, wenn wir ihn tatsächlich fassen? Glaubst du, er könnte mit all seinem Geld und seiner Macht die Anklage nicht abschmettern? Vielleicht bezahlt er jemanden, der für ihn auf Rachefeldzug geht und die alten Rechnungen begleicht. Was ist mein Leben dann noch wert? Und das meiner Tochter?«

Diesmal antwortete Riggs. »Nichts. Okay, ich verstehe, worauf du hinaus willst. Aber warum kannst du dem Kerl nicht telefonisch Bericht erstatten? Du brauchst ihn doch nicht persönlich zu treffen.«

LuAnn dachte kurz darüber nach. »Ich werd's versuchen.« Mehr konnte sie nicht versprechen.

Sie stand auf und schaute auf Riggs hinunter. Sie sah wieder wie eine Zwanzigjährige aus, stark, entschlossen, zuversichtlich.

»Mir gehören zig Millionen Dollar, und ich bin fast überall auf der Welt gewesen. Trotzdem bin ich nicht das FBI, sondern immer noch ein dummes Landei aus Georgia. Aber du wärst erstaunt, wozu ich fähig bin, wenn ich mir etwas vornehme.« Auf LuAnns Gesicht war abzulesen, daß sie angestrengt nachdachte. »Und ich habe viel zu verlieren. Zu viel.« Ihre Augen schienen durch Riggs hindurchzublicken, als würde sie weit hinten auf der Straße irgend etwas sehen. Als sie sprach, war deutlich zu hören, daß ihre Herkunft tief in den Südstaaten wurzelte. »Und ich werde nicht verlieren.«

KAPITEL 44

George Masters starrte wie gebannt auf die Akte. Er saß in seinem Büro im Hoover Building in Washington. Masters war seit mehr als fünfundzwanzig Jahren beim FBI. Nun blickte er auf einen Namen, der ihm vor zehn Jahren sehr vertraut gewesen war: LuAnn Tyler.

Masters hatte bei den Ermittlungen des FBI nach der Flucht LuAnn Tylers aus den Vereinigten Staaten mitgearbeitet. Obwohl die Untersuchungen offiziell vor mehreren Jahren eingestellt worden waren, was vor allem an der Trägheit der Behörden lag, hatte Masters nie das Interesse an diesem Fall verloren – insbesondere der vielen Ungereimtheiten wegen. Und Ungereimtheiten lagen dem alten FBI-Hasen schwer im Magen.

Selbst nachdem Masters nach Washington versetzt worden war, hatte er den Fall im Hinterkopf behalten. Und nun waren kürzlich Ereignisse eingetreten, die sein Interesse wieder hatten auflodern lassen. Matthew Riggs hatte Erkundigungen über LuAnn Tyler eingezogen. Riggs lebte in Charlottesville, Virginia, wie Masters wußte. Er kannte Riggs sehr gut – besser gesagt, den Mann, der Riggs einst gewesen war. Wenn jemand wie Matthew Riggs sich für LuAnn Tyler interessierte, dann auch Masters.

Nachdem er und sein Team die Flucht LuAnns aus New York nicht hatten verhindern können, hatte Masters sehr viel Zeit darauf verwendet, die letzten Tage zu rekonstruieren, die zu LuAnn Tylers Verschwinden geführt hatten.

Er war zu dem Ergebnis gekommen, daß sie entweder mit dem Auto oder mit dem Zug von Georgia nach New York gereist war. Doch sie besaß weder einen Führerschein noch einen Wagen. Das große Cabriolet, in dem man sie gesehen hatte, war vor dem Wohnwagen aufgefunden worden; dieses Fahrzeug schied als Fluchtwagen Tylers aus. Also hatte Masters sich auf die Zugverbindungen konzentriert und beim Bahnhof in Atlanta einen Glückstreffer gelandet. LuAnn Tyler war mit dem Amtrak Crescent nach New York gereist – an genau dem Tag, an dem nach Meinung der Untersuchungsbeamten die Morde im Wohnwagen verübt worden waren.

Doch es gab noch weitere Hinweise: LuAnn hatte von Otis Burns' Autotelefon aus angerufen. Burns war der zweite Tote im Wohnwagen. Das FBI hatte den Anruf zurückverfolgt. Es war eine Achthunderter-Nummer, doch der Anschluß war bereits abgemeldet. Sämtliche Nachforschungen, was den Teilnehmer betraf, den LuAnn Tyler angerufen hatte, endeten in einer Sackgasse – was Masters' Neugier noch mehr angestachelt hatte.

Und nun war LuAnn Tyler erneut zum Gegenstand seines Interesses geworden. Deshalb hatte Masters seine Leute beauftragt, sämtliche Akten der New Yorker Polizei durchzusehen und ihm alle ungewöhnlichen Vorkommnisse zu melden, die sich unmittelbar nach dem Verschwinden LuAnn Tylers zugetragen hatten. Und soeben waren seine Leute auf einen Fall gestoßen, der Masters sehr interessierte.

Ein gewisser Anthony Romanello war in der Nacht vor der Pressekonferenz, auf der man LuAnn als Gewinnerin der Lotterie vorgestellt hatte, tot in seiner Wohnung aufgefunden worden. In New York City eine Leiche aufzufinden war keineswegs etwas Besonderes, doch Romanellos Tod war für die Polizei schon deshalb von Interesse, weil der Mann ein langes Vorstrafenregister hatte und im Verdacht stand, als Auftragskiller zu arbeiten.

Die Polizei war Romanellos Aktivitäten am letzten Tag seines Lebens nachgegangen. Man hatte Romanello zusammen mit einer Frau in einem Restaurant gesehen, kurz vor seinem Tod. Laut Zeugenaussagen hatten die beiden sich heftig gestritten. Kaum zwei Stunden später war Romanello tot. Als offizielle Todesursache hatte man Herzstillstand festgestellt. Doch die Autopsie hatte bei dem kräftigen, jugendlichen Mann keinerlei Anzeichen auf Herzprobleme ergeben.

Aber dies alles war nicht der Grund für Masters' plötzliche Erregung gewesen. Die Personenbeschreibung der Frau hatte sein Blut in Wallung gebracht: Sie paßte haargenau auf LuAnn Tyler.

Masters rutschte unruhig auf dem Stuhl hin und her und steckte sich eine Zigarette an. Und nun kam der Knüller: Bei Romanellos Leiche hatte man eine Eisenbahnfahrkarte gefunden. Romanello war in Georgia gewesen und dann mit demselben Zug nach New York gefahren wie LuAnn Tyler, allerdings in einem anderen Abteil. Bestand da eine Verbindung?

Der erfahrene FBI-Mann kramte die Informationen hervor, die er so lange Zeit in seinem Gedächtnis bewahrt hatte, und setzte die einzelnen Stücke des Puzzles jetzt aus einer anderen, deutlicheren Perspektive zusammen. Vielleicht war es gut gewesen, daß er sich so viele Jahre lang nicht mit dem Fall beschäftigt hatte.

Masters hatte sämtliche Unterlagen durchgesehen, die er über LuAnn Tyler zusammengetragen hatte. Darunter auch die offiziellen Auskünfte der Lotteriezentrale. Das Gewinnlos war in einem Laden in Rikersville, Georgia, gekauft worden, und zwar an dem Tag, als die Morde im Wohnwagen begangen wurden – vermutlich von LuAnn Tyler. Ziemlich abgebrüht von ihr, nach dem Doppelmord an einem Laden zu halten und sich in aller Ruhe ein Lotterielos zu kaufen, dachte Masters. Am Mittwoch darauf hatte man bei der Ziehung in New York die Gewinnzahlen verkündet. Die Frau, auf die LuAnns Beschreibung paßte, war am Freitag abend zusammen mit Romanello gesehen worden. Die Pressekonferenz, bei der LuAnn Tyler als Gewinnerin vorgestellt wurde, hatte am Samstag stattgefunden.

Und da lag der Hund begraben: Nach den Unterlagen der Amtrak-Eisenbahnlinie und laut dem Fahrschein, den man bei Romanello gefunden hatte, hatten beide – Romanello und LuAnn Tyler – den Zug am Sonntag *vor* der Ziehung genommen. Also waren sie bereits am Montag in New York eingetroffen. Das wiederum bedeutete, daß LuAnn nach New York gereist war, *ehe* sie gewußt hatte, daß sie in der Lotterie gewonnen hatte. War sie nur vor der Mordanklage geflohen und hatte rein zufällig New York als Versteck gewählt? Um dann – wieder rein zufällig – hundert Millionen Dollar zu gewinnen? Wenn ja, war sie der größte Glückspilz der Welt. George Masters glaubte nicht, daß jemand *so viel* Glück haben konnte.

Er zählte die einzelnen Punkte an den Fingern ab. Die Morde. Das Telefonat. Der Loskauf. Die Zugfahrt nach New York, ehe die Gewinnzahlen gezogen wurden. LuAnn gewinnt in der Lotterie. Sie streitet sich mit Romanello. Romanello stirbt. Und LuAnn Tyler, eine Zwanzigjährige aus der Provinz, mit dürftiger Schulbildung und einem kleinen Baby, schlüpft durch ein dichtes Fahndungsnetz und taucht erfolgreich unter.

Das alles kann sie unmöglich allein geschafft haben, überlegte Masters. Das alles war sorgfältig geplant worden, weit im voraus. Und das konnte nur eines bedeuten. Plötzlich packte Masters die Armlehnen seines Stuhls fester, als die Schlußfolgerung ihn wie ein Blitzschlag traf.

LuAnn Tyler hatte *gewußt*, daß sie in der Lotterie gewinnen würde.

Die Konsequenzen, die sich daraus ergaben, jagten dem hartgesottenen FBI-Agenten einen eiskalten Schauer über den Rücken. Er konnte nicht begreifen, daß er diese Möglichkeit nicht schon vor zehn Jahren gesehen hatte. Doch er mußte sich eingestehen, sie nie in Betracht gezogen zu haben. Er hatte nach einer Mordverdächtigen gesucht, nach nichts anderem. Masters' einziger Trost war, daß er vor zehn Jahren noch nicht gewußt hatte, welche Rolle Romanello bei der Sache spielte.

Masters wußte, daß es schon im vorigen Jahrhundert viele Korruptionsfälle bei der staatlichen Lotterie gegeben hatte. Und an die Skandale bei den Spiel-Shows Ende der fünfziger Jahre konnte er sich noch erinnern. Aber diese Vorfälle waren lächerlich im Vergleich zu dem, was dem Land nun vielleicht bevorstand.

Möglicherweise hatte irgend jemand vor zehn Jahren die Lotterie der Vereinigten Staaten manipuliert. Mindestens einmal, vielleicht mehrmals. Der Gedanke an die möglichen Verzweigungen einer solchen Tat war erschrekkend. Die Bundesregierung hatte die Einkünfte aus der staatlichen Lotterie bitter nötig, um eine Vielzahl von Projekten und Programmen zu finanzieren, die inzwischen politisch dermaßen zementiert waren, daß man sie unmöglich stoppen konnte. Doch wenn die Quelle dieser Gelder verseucht war? Wenn die amerikanische Bevölkerung davon erfuhr?

Bei diesem Gedanken wurde Masters der Mund trocken. Er nahm einen Schluck Wasser aus der Karaffe auf seinem Schreibtisch und schluckte ein paar Aspirin, um den Anfängen der Kopfschmerzen zu wehren, die mit Sicherheit kommen würden. Er riß sich zusammen und griff zum Telefon. »Verbinden Sie mich mit dem Direktor!«

Während er wartete, daß sein Anruf durchgestellt wurde, lehnte er sich im Stuhl zurück. Ihm war klar, daß diese Sache letztendlich bis ins Weiße Haus führen mußte. Doch es war ihm lieber, wenn der Direktor des FBI mit der Justizministerin sprach und die Ministerin dann den Präsidenten informierte. Falls Masters' Schlußfolgerungen zutrafen, würde dies soviel Dreck aufwirbeln, daß am Ende alle bis zum Hals darin steckten.

KAPITEL 45

Jackson war zurück in seiner Suite und blickte wieder auf den Laptop. LuAnn hatte sich inzwischen mehrmals mit Riggs getroffen. Jackson würde ihr noch ein paar Stunden Zeit lassen, den Mann anzurufen. Trotzdem war er von LuAnn enttäuscht. Er hatte ihre Telefonleitung nicht angezapft – eine Nachlässigkeit, wie er jetzt einsehen mußte. Doch als er LuAnn seinen Besuch abgestattet hatte, war ihm diese Maßnahme als überflüssig erschienen. Dann aber hatte LuAnn ihn ziemlich überrascht, als sie Lisa so blitzschnell fortschickte. Der Mitarbeiter, den Jackson mit der Beschattung LuAnns beauftragt hatte, war gezwungen gewesen, Charlie und Lisa zu folgen. Deshalb hatte Jackson ohne ein wertvolles Augenpaar auskommen müssen. Und deshalb wußte er nicht, was LuAnn weiter unternommen und mit wem sie sich möglicherweise sonst noch getroffen hatte.

Er hatte erwogen, weitere Mitarbeiter herkommen zu lassen, damit alle strategisch wichtigen Punkte beschattet werden konnten, doch es könnte Verdacht erregen, wenn zu viele Fremde sich in der Stadt herumtrieben. Das wollte Jackson vermeiden, falls möglich. Besonders, da es einen Joker gab, bei dem er sich nicht sicher war: Matt Riggs. Er hatte Riggs' Fingerabdrücke demselben Informanten geschickt wie die Abdrücke Donovans. Nun wartete er auf Antwort.

Jackson fiel der Unterkiefer herab, als die Informationen auf dem Bildschirm erschienen. Der Name, der als Besitzer der Fingerabdrücke erschien, lautete nicht Matthew Riggs.

Jackson überlegte kurz, ob er einen Fehler begangen und im Cottage die Abdrücke eines anderen genommen hatte. Aber das war unmöglich. Er hatte genau gesehen, welche Stellen der Mann, der sich Matthew Riggs nannte, berührt hatte. Ein Fehler war vollkommen ausgeschlossen.

Jackson beschloß, die andere mögliche Fehlerquelle zu überprüfen. Er wählte eine Nummer und sprach lange mit der Person am anderen Ende der Leitung.

»Es war sehr kompliziert«, sagte die Stimme. »Wir haben normale Kanäle benützt, um jeden Verdacht zu vermeiden. Wir vermuten, die Anfrage wurde auf eine höhere Ebene weitergeleitet. Jedenfalls haben wir die Antwort erhalten: ›Keine Fingerabdrücke gefunden.‹«

»Aber es wurde eine Person identifiziert«, sagte Jackson.

»Ja. Aber erst, nachdem wir alles noch einmal über andere Kanäle versucht haben.« Mit anderen Worten, man war illegal in eine Datenbank eingedrungen. »Dadurch sind wir an die Informationen gelangt, die wir Ihnen geschickt haben.«

»Aber das ist ein anderer Name als der, den der Mann jetzt benützt. Und er wird als verstorben aufgeführt.«

»Stimmt. Aber die Sache läuft folgendermaßen: Wenn ein Krimineller stirbt, wird standardmäßig so verfahren, daß man der Leiche die Fingerabdrücke abnimmt und sie an das FBI weiterleitet, wo die Identität des Toten bestätigt wird. Sobald dieser Vorgang abgeschlossen ist, wird der Suchcode gelöscht, mit dessen Hilfe die Abdrücke von der FBI-Datenbank abgerufen werden. Mit dem Ergebnis, daß es technisch gesehen keinerlei Fingerabdrücke des toten Verbrechers in der Datenbank gibt.«

»Dann erklären Sie mir mal, was Sie mir da gerade geschickt haben. Der Mann wird als verstorben aufgeführt. Was soll dann dieser andere Name?«

»Nun, das besagt, daß der Name, der in der Datenbank gespeichert ist, sein echter Name ist, und daß er jetzt einen falschen verwendet. Und daß der Mann als tot aufgeführt

wird, ist ein Täuschungsmanöver. Das FBI will damit erreichen, daß man den Mann für tot hält – wie auch jeder andere, der versucht, den Burschen in der Datenbank des FBI zu
überprüfen. Ich habe das bei diesem Verein schon früher erlebt.«

»Und was ist der Zweck dieser Übung?«

Die Antwort, die Jackson von seinem Informanten erhielt,
bewog ihn, langsam den Hörer aufzulegen. Jetzt ergab alles
einen Sinn. Er starrte auf den kleinen Monitor des Laptop.

Daniel Buckman: Verstorben.

LuAnn war noch keine drei Minuten fort, als Riggs einen Anruf erhielt. Die Mitteilung war kurz, doch Riggs durchlief es
eiskalt.

»Jemand hat sich soeben unerlaubten Zugang zu deinen
Fingerabdrücken verschafft. Weiß der Teufel, wie er es geschafft hat, aber er ist in unsere Datenbank eingedrungen
und hat sie angezapft. Und dieser Jemand wußte, was er tat,
denn wir haben es erst gemerkt, als es schon passiert war.
Sei vorsichtig. Wir überprüfen die Sache sofort.«

Riggs knallte den Hörer auf die Gabel und griff nach seinem Empfangsgerät. Es dauerte einen Moment, bis er eine
Schublade des Schreibtisches aufgeschlossen hatte. Er nahm
zwei Pistolen, zwei Magazine und ein Holster heraus. Die
größere Waffe steckte er in die Tasche, die kleinere in das Holster, das er um den Fußknöchel schnallte. Dann rannte er
zum Jeep. Er schickte ein Stoßgebet zum Himmel, daß LuAnn
noch nicht den Sender im Auto gefunden und entfernt hatte.

KAPITEL 46

LuAnn rief vom Autotelefon aus die Nummer an, die Jackson ihr gegeben hatte. Es dauerte keine Minute, als sie seinen Rückruf erhielt.

»Ich bin ebenfalls unterwegs«, sagte Jackson. »Wir müssen uns unterhalten.«

»Ich wollte mich bei Ihnen melden, wie Sie es verlangt haben.«

»Ich habe nichts anderes erwartet. Ich nehme an, Sie haben mir viel zu erzählen.«

»Ich glaube nicht, daß wir ein ernstes Problem haben.«

»Ach, wirklich? Da bin ich aber froh.«

»Wollen Sie es jetzt hören, oder nicht?« fragte LuAnn bissig.

»Ja, aber persönlich.«

»Warum?«

»Warum nicht?« schoß er zurück. »Ich habe auch einige Informationen, die Sie interessieren dürften.«

»Worüber?«

»Nicht über was. Über wen. Matt Riggs. Sein richtiger Name, sein Vorleben – und warum wir im Umgang mit ihm äußerst vorsichtig sein sollten.«

»Das können Sie mir doch alles telefonisch sagen.«

»Sind Sie schwer von Begriff, LuAnn? Ich sagte, daß ich Sie unter vier Augen sprechen will.«

»Aber wieso?«

»Ich werde Ihnen ein paar Gründe nennen, die Ihnen gewiß einleuchten. Sollten Sie nicht kommen, werde ich Riggs binnen einer halben Stunde aufspüren und töten. Ich werde ihm den Kopf abschlagen und Ihnen per Post zuschicken. Sollten Sie Riggs anrufen und ihn warnen, fahre ich in Ihre Villa und schlachte dort alles ab, was atmet, vom Hauspersonal bis zu den Gärtnern. Dann brenne ich Ihre hübsche Villa bis auf die Grundmauern nieder. Zum guten Schluß fahre ich in die Eliteschule Ihrer Tochter und töte alle, die sich dort aufhalten. Natürlich könnten Sie jetzt pausenlos telefonieren und versuchen, die ganze Stadt zu warnen. Aber dann werde ich wahllos jeden töten, der mir über den Weg läuft. Sind diese Gründe überzeugend, LuAnn, oder möchten Sie noch mehr hören?«

LuAnn war bei dieser verbalen Attacke blaß geworden. Sie zitterte und brachte die nächsten Worte nur mit größter Anstrengung über die Lippen. Sie wußte, daß Jackson jedes Wort ernst meinte, so verrückt es sich auch anhörte. »Wo und wann?«

»Genau wie früher. Ach, da wir gerade von früher sprechen, warum bitten Sie nicht Charlie, mitzukommen? Es betrifft ihn ebenfalls.«

Für einen Moment hielt LuAnn das Telefon von sich und starrte es an, als wollte sie es zum Schmelzen bringen, mitsamt dem Mann am anderen Ende. »Er ist im Augenblick nicht da.«

»Ach, wirklich? Und ich habe gedacht, er würde niemals von Ihrer Seite weichen, der gute alte Kumpel.«

Irgend etwas in seinem Tonfall schlug eine Saite in LuAnns Erinnerung an. Doch ihr fiel nicht ein, was es war. »Wir sind keine siamesischen Zwillinge, Charlie und ich. Er führt sein eigenes Leben.«

Zur Zeit, dachte Jackson. *Zur Zeit, genau wie du. Aber ich bezweifle, daß es so bleibt. Das bezweifle ich sehr.*

»Treffen wir uns doch in dem Cottage, in dem sich Ihr neugieriger Freund eingenistet hatte. In einer halben Stunde? Schaffen Sie das?«

»Ich werde in einer halben Stunde dort sein.«

Jackson legte den Hörer auf und griff automatisch nach dem Messer, das in seinem Jackett verborgen war.

Zehn Meilen entfernt vollführte LuAnn fast die gleiche Bewegung, als sie den Sicherungsbügel ihrer 44er umlegte.

Die Dämmerung senkte sich herab, als LuAnn über den laubbedeckten Waldweg fuhr. Die Gegend war sehr dunkel. In der vergangenen Nacht hatte es heftig geregnet. Ein Schwall Wasser klatschte gegen die Windschutzscheibe, als LuAnn durch eine tiefe Pfütze fuhr. Erschreckt fuhr sie zusammen.

Dann erschien das Cottage vor ihr. Sie fuhr langsamer und suchte die Umgebung mit Blicken ab. Sie sah keinen Menschen, auch kein Auto. Aber das hatte nichts zu bedeuten. Jackson schien nach Lust und Laune auftauchen und verschwinden zu können, ohne größere Wellen zu hinterlassen als ein Kieselstein, den man ins Meer warf.

LuAnn parkte den BMW vor dem baufälligen Schuppen und stieg aus. Sie kniete sich nieder und betrachtete den Erdboden. Es waren keine anderen Reifenspuren zu sehen. Die aber hätten sich im Schlamm deutlich abgezeichnet.

LuAnn betrachtete das Äußere des Cottage. Jackson war schon drinnen. Da war sie sicher. Es war, als verströmte der Mann einen Geruch, den nur sie wahrnehmen konnte: wie ein Grab, modrig und abgestanden. Noch einmal holte sie tief Luft und ging zur Tür.

Sobald LuAnn das Cottage betreten hatte, musterte sie das bescheidene Innere.

»Sie sind früh dran«, sagte Jackson und trat aus dem Schatten. Er besaß dasselbe Gesicht wie bei jeder ihrer persönlichen Begegnungen. In dieser Hinsicht liebte Jackson die Beständigkeit. Er trug eine Lederjacke, Jeans und eine schwarze Skimütze auf dem Kopf, dazu dunkle Wanderstiefel. »Aber wenigstens sind Sie allein.«

»Ich hoffe, ich kann von Ihnen das gleiche sagen.« LuAnn trat einen Schritt zur Seite, so daß sie nicht mehr die Tür, sondern die Wand im Rücken hatte.

Jackson deutete ihre Bewegung richtig und lächelte. Er verschränkte die Arme vor der Brust, schürzte die Lippen und lehnte sich an eine Wand. »Sie können jetzt mit Ihrem Bericht anfangen«, sagte er.

LuAnn behielt die Hände in den Jackentaschen, eine Faust um die Pistole gelegt. Es gelang ihr, die Mündung durch den Stoff auf Jackson zu richten.

Obwohl diese Bewegung nahezu unauffällig gewesen war, legte Jackson den Kopf schief und grinste. »Ich kann mich ganz genau erinnern, daß Sie sagten, Sie würden niemals kaltblütig töten.«

»Ausnahmen bestätigen die Regel.«

»Faszinierend, aber wir haben keine Zeit für Spielchen. Erzählen Sie mir, was Sie herausgefunden haben.«

»Ich habe mich mit Donovan getroffen.« LuAnn sprach in ihrer gewohnten abgehackten Art. »Er ist der Mann, der mir gefolgt ist. Thomas Donovan.« LuAnn nahm an, daß Jackson inzwischen über Donovans Identität Bescheid wußte. Auf der Fahrt zum Cottage hatte sie beschlossen, auf Nummer sicher zu gehen, Jackson weitgehend die Wahrheit zu sagen und nur an kritischen Stellen zu lügen. Halbwahrheiten eigneten sich hervorragend dazu, Glaubwürdigkeit zu vermitteln, und davon brauchte sie jetzt soviel wie möglich. »Er ist Journalist bei der *Washington Tribune*.«

Jackson ging in die Hocke und hielt die Hände vor sich zusammengepreßt. Die Augen hielt er auf LuAnn geheftet. »Und weiter?«

»Er hat an einem Artikel über die Lotterie gearbeitet. Zwölf von den Gewinnern vor zehn Jahren.« Sie nickte Jackson zu. »Sie kennen diese Leute. Jeder von ihnen hat in den letzten zehn Jahren das Geld nur so gescheffelt.«

»Na und?«

»Donovan wollte wissen, wie die Leute das geschafft haben, wo so viele andere Gewinner pleite gegangen sind. Immer neun von zwölf jedes Jahr, hat er gesagt. Nur Ihre zwölf Gewinner waren die Ausnahme.«

Jackson verbarg seinen Zorn gut. Nichts haßte er mehr, als daß ein Außenstehender ihm nachschnüffelte, und dieser Donovan schien ein gefährlicher Schnüffler zu sein. Lu-Ann ließ Jackson nicht aus den Augen. Sie sah deutlich eine Spur von Selbstzweifel auf seinen Zügen – eine ungemein tröstliche Beobachtung, doch es war nicht die Zeit, sie zu genießen.

»Was haben Sie ihm erzählt?«

»Ich habe ihm gesagt, daß jemand von der Lotteriegesellschaft mir einen hervorragenden Finanzberater empfohlen hat, und ich habe ihm den Namen des Investmentunternehmens genannt, mit dem Sie zusammenarbeiten. Ich nehme an, die Firma ist legal.«

»Allerdings«, erklärte Jackson. »Zumindest an der Oberfläche. Und die anderen Gewinner?«

»Ich habe Donovan gesagt, ich wüßte nichts über sie, aber daß man ihnen vermutlich dasselbe Unternehmen empfohlen hätte.«

»Und das hat er Ihnen abgekauft?«

»Nun ja, er schien enttäuscht zu sein. Er wollte eine Story darüber schreiben, wie die Reichen die Armen ausnehmen – Sie wissen schon. Man gewinnt in der Lotterie, und schon kommen die Parasiten, Finanzhaie, obskure Anlageberater, räumen die Konten ab und nehmen sich die dicksten Stücke vom Kuchen, bis den Gewinnern nichts mehr bleibt als immense Honorare, die sie dem Konkursverwalter zahlen müssen. Ich habe Donovan erklärt, daß ich solche Erfahrungen nicht gemacht hätte. Mir wäre es sehr gut gegangen.«

»Und wußte er über Ihre Situation in Georgia Bescheid?«

»Ich glaube, das hat ihn ursprünglich zu mir geführt.«

LuAnn atmete erleichtert auf, als sie Jackson bei ihrer Bemerkung nicken sah. Offenbar war er selbst zu diesem Schluß gelangt. »Er war der Ansicht, ich könnte irgendeine riesige verbrecherische Verschwörung enthüllen. Nehme ich jedenfalls an.«

Jacksons Augen funkelten gefährlich. »Hat er irgendwelche anderen Theorien erwähnt? Daß die Lotterie manipuliert war, zum Beispiel?«

Jetzt zu zögern wäre eine Katastrophe gewesen. Das wußte LuAnn; deshalb wagte sie den Sprung ins kalte Wasser. »Nein. Er glaubte, er hätte eine Riesenstory. Aber ich sagte ihm, er soll direkt mit der Investmentfirma sprechen. Bei mir wäre er an der falschen Adresse. Ich hätte nichts zu verbergen. Das schien ihm den Wind aus den Segeln genommen zu haben. Ich sagte ihm, wenn er die Polizei in Georgia verständigen wollte – nur zu. Vielleicht ist es Zeit, alles offenzulegen, habe ich ihm gesagt.«

»Das haben Sie doch nicht ernst gemeint!«

»Ich wollte, daß er *glaubte*, es wäre mir ernst. Ich habe mir gedacht ... wenn ich ein großes Geschrei mache und mich weigere, mit ihm zu reden, würde das den Eindruck erwecken, als hätte ich etwas zu verbergen, und dann würde er noch mißtrauischer. Aber so wie es gelaufen ist, sind ihm sämtliche Felle davongeschwommen.«

»Wie sind Sie mit ihm verblieben?«

»Er hat sich bedankt, daß ich zu einem Treffen mit ihm bereit war. Er hat sich sogar entschuldigt, mich belästigt zu haben. Und er sagte, er wollte später vielleicht noch einmal Verbindung mit mir aufnehmen, hielt es aber für unwahrscheinlich.« Wieder sah LuAnn, wie Jackson den Kopf ein wenig schief legte. Das lief ja besser, als sie zu hoffen gewagt hatte. »Er stieg aus meinem Auto, setzte sich in seinen Wagen und fuhr los. Seitdem habe ich ihn nicht mehr gesehen.«

Jackson schwieg eine Zeitlang; dann stand er langsam

auf und applaudierte leise. »Ich liebe gute Vorstellungen, und ich glaube, Sie haben die Situation glänzend bewältigt, LuAnn.«

»Ich hatte einen guten Lehrer.«

»Wie bitte?«

»Vor zehn Jahren. Auf dem Flughafen, als Sie eine Imitation imitiert haben. Sie haben mir damals erklärt: Die beste Methode, möglichst unauffällig zu sein, besteht darin, sich möglichst auffällig zu geben, weil das wider die menschliche Natur ist. Nach diesem Prinzip habe ich gehandelt. Übertrieben offen, kooperativ, ehrlich. Dann überlegen sich sogar sehr mißtrauische Menschen, ob sie überhaupt einen Grund für ihr Mißtrauen haben.«

»Ich fühle mich geehrt, daß Sie sich das alles gemerkt haben.«

Ein paar Streicheleinheiten für das Ego kam bei Männern immer gut an, wie LuAnn wußte. Jackson war zwar in vielen Belangen außergewöhnlich, doch in dieser Hinsicht keine Ausnahme. Als Untertreibung von pyramidaler Größe fügte LuAnn hinzu: »So leicht vergißt man Sie nicht. Wegen Donovan brauchen Sie also nichts zu unternehmen. Er ist harmlos. Aber jetzt erzählen Sie mir etwas über Riggs.«

Jacksons Lippen verzogen sich zu einem Lächeln. »Ich war heute morgen Zeuge Ihres spontanen Treffens mit Riggs auf dem Rasen hinter der Villa. Es war ziemlich malerisch. Ihrer spärlichen Kleidung nach zu schließen könnte ich mir vorstellen, daß Sie einen höchst angenehmen Morgen verbracht haben.«

LuAnn verbarg den Ärger über diese Spitze. Sie konnte sich keinen Zornesausbruch erlauben; im Augenblick brauchte sie Informationen. »Ein Grund mehr, daß ich alles über ihn wissen sollte.«

»Dann fangen wir mal mit seinem richtigen Namen an: Daniel Buckman.«

»Buckman? Warum hat er den Namen geändert?«

»Das ist gerade aus Ihrem Mund eine seltsame Frage. Warum ändern Menschen ihren Namen, LuAnn?«

Schweißtropfen bildeten sich auf ihrer Stirn. »Weil sie etwas zu verbergen haben.«

»Genau.«

»War er ein Spion?«

Jackson lachte. »Nicht ganz. Eigentlich ist er überhaupt nichts.«

»Was soll das heißen?«

»Das heißt, daß tote Menschen im Grunde nichts anderes sein können als tot, nicht wahr?«

»Tot?« LuAnn erstarrte zur Salzsäule. *Hatte Jackson Matthew umgebracht? Das konnte nicht sein.* Sie kämpfte mit aller Kraft gegen eine drohende Ohnmacht. Zum Glück fuhr Jackson fort:

»Ich habe mir seine Fingerabdrücke besorgt und sie in eine Datenbank eingegeben. Der Computer hat ausgespuckt, daß Mr. Riggs nicht mehr unter uns weilt.«

»Der Computer hat sich geirrt.«

»Der Computer stützt sich ausschließlich darauf, was ihm eingegeben wird. Irgend jemand wollte, daß es so aussieht, als wäre Riggs tot ... für den Fall, daß jemand sich nach ihm erkundigt.«

»Wer sollte sich nach ihm erkundigen?«

»Seine Feinde.« Als LuAnn nicht reagierte, sagte Jackson: »Haben Sie schon einmal vom Zeugenschutzprogramm gehört?«

»Nein, sollte ich?«

»Wahrscheinlich nicht. Sie haben zu lange im Ausland gelebt. Das Programm wird von der Bundesregierung durchgeführt, genauer gesagt vom Marshal's Service der Vereinigten Staaten. Es soll Personen schützen, die gegen gefährliche Kriminelle oder das organisierte Verbrechen ausgesagt haben. Diese Leute bekommen eine neue Persönlichkeit, ein neues Leben. Offiziell ist Riggs tot. Er taucht in einer Kleinstadt auf und fängt unter einer neuen Identität noch einmal von vorne an. Vielleicht wurde sogar sein Gesicht ein wenig verändert. Ich weiß es nicht mit absoluter Sicherheit, aber es besteht die begründete Vermutung, daß Riggs zu dieser ausgewählten Gruppe zählt.«

»Riggs – Buckman – war ein Zeuge? Gegen wen hat er ausgesagt?«

Jackson zuckte mit den Schultern. »Wer weiß? Ist doch auch egal. Ich will Ihnen damit nur sagen, daß Riggs ein Krimineller ist – oder war. Wahrscheinlich ging es um Drogen. Vielleicht war er auch Mafia-Spitzel. Handtaschenräubern wird bestimmt kein Zeugenschutz gewährt.«

LuAnn lehnte sich wieder gegen die Wand, um nicht umzukippen. *Riggs – ein Verbrecher?*

»Ich hoffe, Sie haben ihm nicht irgend etwas im Vertrauen erzählt. Niemand weiß, was der Mann im Schilde führt.«

»Ich habe ihm nichts erzählt«, sagte LuAnn, der das Reden plötzlich schwerfiel.

»Gut. Und was können *Sie* mir über den Mann sagen?«

»Nicht annähernd so viel, wie Sie mir gerade erzählt haben. Er weiß nicht mehr als zuvor. Er hält Donovan für einen möglichen Kidnapper, scheint sich ansonsten aber nicht besonders für ihn zu interessieren. Wenn ich bedenke, was Sie mir gerade gesagt haben, könnte ich mir gut vorstellen, daß er keine Aufmerksamkeit auf sich lenken will.«

»Stimmt. Das ist sehr gut für uns. Und ich bin sicher, Ihr kleines Rendezvous heute morgen hat bestimmt nicht geschadet.«

»Das geht Sie einen Dreck an«, entgegnete LuAnn mit scharfer Stimme. Jetzt, da der Informationsaustausch beendet war, wollte sie Jacksons Bemerkung nicht einfach so hinnehmen.

»Ah, Ihr erster Fehler bei unserem heutigen Treffen. Sie bringen aber auch *gar* nichts zuwege, ohne einen groben Patzer zu machen.« Er zeigte mit dem schlanken Finger auf sie.

»Alles, was Sie betrifft, geht auch mich etwas an. Sie sind mein Geschöpf. Deshalb fühle ich mich ehrlich für Ihr Wohlergehen verantwortlich, LuAnn. Und diese Verantwortung nehme ich nicht auf die leichte Schulter.«

»Hören Sie, Mr. Jackson. Die zehn Jahre sind um!« zischte LuAnn ihn wütend an. »Sie haben Ihr Geld gemacht und ich das meine. Ich schlage vor, damit sind wir quitt – für immer. In sechsunddreißig Stunden bin ich auf der anderen Seite der Erde. Sie gehen Ihren Weg, ich gehe meinen, weil mir das alles nämlich furchtbar zum Hals raushängt.«

»Sie haben sich meinen Anordnungen widersetzt.«

»Stimmt. Ich habe zehn verdammte Jahre in zwanzig verdammten Ländern verbracht, habe ständig voller Angst über die Schulter geschaut und *Ihren* Anordnungen gehorcht. Und ich nehme an, jetzt werde ich den Rest meines Lebens genauso verbringen. Also, lassen Sie mich sofort damit anfangen.« Die beiden starrten sich lange Zeit an.

»Sie verlassen umgehend das Land?«

»Geben Sie mir nur Zeit, meine Sachen zu packen. Morgen früh sind wir verschwunden.«

Jackson rieb sich das Kinn und dachte über ihren Vorschlag nach. »LuAnn, nennen Sie mir einen vernünftigen Grund, warum ich Sie nicht hier und jetzt umbringen sollte.«

Sie war auf diese Frage vorbereitet. »Weil Donovan es vielleicht etwas merkwürdig finden könnte, wenn ich gleich nach einem Gespräch mit ihm als Leiche ende. Noch hegt er keinen Verdacht, aber ich garantiere Ihnen, daß sein Radarsystem auf Hochtouren laufen würde, wenn Sie mich töten. Wollen Sie wirklich diesen Ärger?«

Jackson schürzte die Lippen. »Gehen Sie packen.«

LuAnn schaute ihn an und nickte in Richtung Tür. »Nach Ihnen.«

»Gehen wir doch gleichzeitig, LuAnn. In diesem Fall haben wir eine reelle Chance, uns zu revanchieren, falls einer von uns gewalttätig zu werden versucht.«

Sie gingen gemeinsam zur Tür und ließen sich dabei nicht aus den Augen.

Gerade als Jackson öffnen wollte, wurde die Tür so wuchtig aufgestoßen, so daß er beinahe umgerissen wurde.

Riggs stand da, die Waffe direkt auf Jackson gerichtet. Ehe er schießen konnte, hatte Jackson LuAnn vor sich gerissen. Seine Hand glitt nach unten.

»Nein, Matthew!« schrie LuAnn.

Riggs warf ihr einen blitzschnellen Blick zu. »LuAnn ...«

LuAnn spürte es, ehe sie es sah, daß Jackson den Arm krümmte. Er schleuderte das Messer von unten, doch diese Technik war nicht weniger tödlich als ein Wurf aus dem Schultergelenk.

LuAnns Hand schoß vor und stieß mit Jacksons Unterarm zusammen. Im nächsten Moment stöhnte Riggs vor Schmerzen auf. Das Messer steckte in seinem Arm. Riggs stürzte zu Boden, umklammerte den Messergriff. LuAnn zog ihren Revolver und wirbelte herum, wollte auf Jackson zielen. Doch dieser riß sie an sich und warf sich gleichzeitig nach hinten.

LuAnns Schwung und Jacksons Sprung nach hinten riß beide von den Beinen; in einem Splitterregen brachen sie durch die Fensterscheibe und stürzten auf die Veranda. LuAnn prallte auf Jackson und versuchte, seine Handgelenke zu packen. Jeder spürte die Kraft des anderen, als sie von der Veranda fielen und den Kampf im dichten, rutschigen Gras fortführten.

Jackson hielt LuAnn am Hals, sie trat ihm zwischen die Beine. Ein Ellbogen LuAnns landete an Jacksons Kinn. Eng umschlungen kamen beide auf die Beine. Jeder suchte nach einem Vorteil. LuAnn bemerkte, daß Blut aus einer Wunde an Jacksons Hand strömte. Er mußte sich beim Sturz durchs Fenster geschnitten haben.

Er kann nicht mit voller Kraft zudrücken, schoß es LuAnn durch den Kopf. Mit einem so plötzlichen Gewaltausbruch, daß selbst Jackson überrascht war, riß sie sich von ihm los, packte ihn am Gürtel und vorn am Hemd und schleuderte ihn mit dem Gesicht voran gegen die Seitenwand des Hauses, wo er zusammensank, kurzzeitig betäubt vom Aufprall.

Ohne eine Sekunde zu verlieren und ohne überflüssige Bewegung sprang LuAnn auf seinen Rücken, packte mit beiden Händen sein Kinn und zog es nach hinten. Sie gab sich größte Mühe, ihm das Genick zu brechen. Jackson schrie vor Schmerz, als LuAnn immer kräftiger zog. Noch zwei Zentimeter, und er war ein toter Mann. Doch plötzlich rutschten ihre Hände ab, und sie fiel rücklings in die Glasscherben. Blitzschnell war sie wieder auf den Beinen, erstarrte jedoch, als sie nach unten schaute.

Sie hielt Jacksons Gesicht in den Händen.

Taumelnd rappelte Jackson sich auf. Für einen furchtbaren Moment starrten sie einander in die Augen. Zum erstenmal sah LuAnn in Jacksons wahres Gesicht.

Jackson schaute auf ihre Hände. Er berührte sein Gesicht, spürte seine eigene Haut, sein eigenes Haar. Plötzlich ging sein Atem keuchend, stoßweise. Jetzt konnte sie ihn identifizieren. Jetzt mußte sie sterben.

LuAnn hatte den gleichen Gedanken. Sie bückte sich im selben Moment nach dem Revolver, als Jackson sie wild attackierte. Beide rutschten aus, prallten auf die Veranda, glitten auf den feuchten Brettern in Richtung des Revolvers.

»Laß sie los, du Bastard!« brüllte Riggs. LuAnn drehte sich um. Riggs stand totenbleich am Fenster. Sein Hemd war blutdurchtränkt. Er hielt die Waffe in den zitternden Händen. Mit beneidenswerter Schnelligkeit sprang Jackson über das Geländer. Riggs feuerte einen Sekundenbruchteil zu spät. Statt in Jacksons Körper schlugen die Kugeln in die Veranda.

»Scheiße!« stöhnte Riggs und fiel auf die Knie. LuAnn konnte ihn nicht mehr sehen.

»Matthew!« Sie sprang zum Fenster. Inzwischen war Jackson im Wald verschwunden.

LuAnn stürmte durch die Tür und riß sich dabei die Jacke herunter. In der nächsten Sekunde war sie bei Riggs. »Nicht rausziehen, Matthew!« Mit den Zähnen riß sie den Jackenärmel in Streifen. Dann riß sie Riggs' Hemdsärmel auf und legte die Wunde frei, in der Jacksons Messer steckte. Zuerst versuchte sie, die Blutung aufzuhalten, indem sie den Arm abband, doch es gelang ihr nicht. Dann drückte sie einen Finger auf eine bestimmte Stelle in Riggs' Achselhöhle, und der Blutstrom versiegte.

So behutsam wie möglich zog LuAnn das Messer heraus, während Riggs' Finger sich in ihren Arm krallten. Vor Schmerz biß er sich beinahe die Lippe durch. Schließlich warf LuAnn die Klinge auf den Boden.

»Drück genau hier, Matthew, aber nicht zu fest. Ein bißchen Blut muß fließen können.« Sie führte seine Finger zu dem Druckpunkt unter dem Arm.

»Ich habe einen Erste-Hilfe-Kasten im Auto. Ich werde dich verbinden, so gut es geht. Dann müssen wir dich zu einem Arzt bringen.«

LuAnn hob ihren Revolver auf, der noch auf der Veranda lag. Dann hakte sie Riggs unter. Sie gingen zum BMW, wo LuAnn ihn behutsam auf den Beifahrersitz bugsierte. Sie säuberte und verband Riggs' Wunde. Als LuAnn das letzte Stück Klebeband mit den Zähnen abgerissen und auf die Mullbinde geklebt hatte, schaute Riggs sie an. »Wo hast du das gelernt?«

LuAnn grinste. »Weißt du, ich habe das erste Mal einen Arzt gesehen, als Lisa geboren wurde. Und das auch nur für zwanzig Minuten. Wenn du am Arsch der Welt lebst und kein Geld hast, mußt du so etwas lernen, wenn du überleben willst.«

Als sie zu einem ärztlichen Notdienst-Zentrum an der Route 29 gelangten, wollte LuAnn aussteigen, um Riggs zu helfen. Er hielt sie zurück.

»Hör zu, ich glaube, es ist besser, wenn ich allein reingehe.

Ich war schon mal hier. Die Leute kennen mich. In meinem Job verletzt man sich oft. Ich sage ihnen einfach, ich bin ausgerutscht und hab' mich mit dem Jagdmesser in den Arm gestochen.«

»Möchtest du wirklich allein gehen?«

»Ja. Ich glaube, ich habe dir schon genug Scherereien bereitet.«

Er stieg mühsam aus.

»Ich bin hier, wenn du rauskommst. Ich versprech's«, sagte LuAnn.

Riggs lächelte gequält, hielt sich den verletzten Arm und verschwand in der Notdienst-Station.

LuAnn parkte den BMW so, daß sie jeden sehen konnte, der hineinging. Sie betätigte die Türverriegelung und fluchte leise vor sich hin. Riggs war ihr zu Hilfe gekommen; daraus konnte sie ihm kaum einen Vorwurf machen. Aber, verdammt noch mal, sie hatte Jackson gerade davon überzeugt, daß alles zum Besten stünde. Noch eine Minute länger, und sie wären weg gewesen. O Gott, so verdammt knapp!

Sie ließ sich in den Sitz sinken. Es wäre vielleicht möglich gewesen, Jackson gegenüber eine Erklärung für Riggs' plötzliches Auftauchen mit der Waffe zu finden: Riggs war um ihre Sicherheit besorgt gewesen und ihr gefolgt, weil er gedacht hatte, sie würde sich vielleicht mit Donovan treffen. Doch Riggs hatte noch etwas getan, und *das* konnte LuAnn nicht als harmlos hinstellen.

Riggs hatte sie in Jacksons Beisein LuAnn genannt. Dieses eine Wort hatte alles zerstört. Jackson hatte es gehört – todsicher. Und damit wußte er jetzt, daß sie ihn belogen hatte, was Riggs betraf.

LuAnn gab sich keinen Illusionen hin, wie ihre Bestrafung aussah. Noch vor einer halben Stunde war sie so voller Hoffnung gewesen. Jetzt war alles vorbei.

Sie blickte auf den Beifahrersitz und sah die weiße Karte. Donovans Visitenkarte. Sie las die Telefonnummer.

Nach kurzem Nachdenken griff sie zum Hörer. Als sich nur der Anrufbeantworter meldete, fluchte sie. Dann aber hinterließ sie eine längere Nachricht. Sie berichtete Donovan alles, was geschehen war. Sie beschwor ihn nochmals, unterzutauchen, und versprach ihm, für alles zu bezahlen. Donovan war ein aufrechter Mensch, ein lauterer Mann, der nach der Wahrheit suchte. LuAnn wollte nicht, daß er starb. Sie wollte nicht, daß *irgend jemand* ihretwegen starb. Sie hoffte inständig, daß Donovan noch lebte und ihre Nachricht bekam.

Jackson drückte das Tuch gegen die Handfläche, die er sich beim Sturz durch die Scheibe böse zerschnitten hatte. Zur Hölle mit diesem Weibsstück, dachte er zornig. Hätte dieses Flittchen meinen Arm nicht eine Millisekunde zu früh zur Seite geschlagen, als ich das Messer geschleudert habe, wäre Riggs jetzt ein toter Mann.

Behutsam betastete er sein Gesicht. Er fühlte eine kleine Beule, die er einem der Schläge LuAnns verdankte. Jetzt hatte er ihre wahre Kraft kennengelernt. Er mußte zugeben, daß sie die seine übertraf. Wer hätte das gedacht? Keiner dieser durchgestylten Muskelprotze verfügte über eine solche gottgegebene Kraft. Eine Kraft, wie kein Fitneß-Studio sie hervorbringen konnte – eine seltsame Verbindung innerer und äußerer Energie, die sich bei Bedarf in präzisen, wenngleich spontanen Ausbrüchen entlud. Man konnte diese Kraft nicht messen oder einschätzen. Denn wer sie besaß, setzte sie je nach Situation blitzartig frei, paßte sie dabei den Erfordernissen an und behielt soviel in Reserve, daß jeglicher Mißerfolg ausgeschlossen war. Entweder man besaß diese besondere Kraft oder nicht.

LuAnn Tyler besaß sie. Das stand fest. Und das würde Jackson niemals vergessen. Nie wieder würde er versuchen, sie auf diese Weise zu besiegen. Das nächste Mal würde er sich wie immer den Gegebenheiten anpassen und einen anderen Weg finden. Und der Einsatz war so hoch wie nie zuvor – aus einem besonderen Grund.

Die Ironie an der Sache war, daß er LuAnn geglaubt hatte. Er war tatsächlich bereit gewesen, sie laufen zu lassen. Doch sie hatte Riggs ins Vertrauen gezogen; das stand nun fest. Riggs kannte ihren richtigen Namen. Kaum etwas brachte Jackson dermaßen in Rage wie Treuebrüche seiner eigenen Leute. Illoyalität durfte und konnte nicht geduldet werden. Und wenn LuAnn ihn belogen hatte, was Riggs betraf, galt das wahrscheinlich auch für ihr Gespräch mit Donovan. Jackson mußte davon ausgehen, daß der *Tribune*-Reporter der Wahrheit immer näher kam.

Deshalb mußte auch Donovan beseitigt werden.

Alle diese Gedanken gingen Jackson durch den Kopf, als sein Handy läutete. Er nahm den Anruf entgegen, hörte zu, stellte mehrere Fragen und erteilte klare Anweisungen.

Nachdem das Gespräch beendet war, lag tiefe Genugtuung auf Jacksons Gesicht. Der Zeitpunkt hätte nicht besser sein können: Seine Falle war soeben zugeschnappt.

KAPITEL 47

Der Bell-Ranger-Hubschrauber landete auf einer Wiese, auf der drei schwarze Limousinen mit Regierungskennzeichen warteten. George Masters stieg aus dem Helikopter, gefolgt von Lou Berman, einem anderen FBI-Mann. Sie setzten sich in einen der Wagen und fuhren los. Riggs hatte die Reaktionsschnelligkeit der Washingtoner Agenten erheblich unterschätzt.

Zwanzig Minuten später fuhr die Prozession über den Kiesweg zu Riggs' Haus und hielt. Autotüren flogen auf, und Männer mit ernsten, angespannten Mienen, die Waffen im Anschlag, schwärmten aus und bezogen vor und hinter dem Haus und der Scheune Stellung.

Masters ging zur Vordertür. Als niemand auf sein Klopfen reagierte, gab er einem seiner Leute ein Zeichen. Dann trat der bullige Agent kräftig gegen das Schloß. Die Tür flog auf und knallte innen gegen die Wand.

Nachdem die Männer das Haus sorgfältig durchsucht hatten, trafen sie in Riggs' Büro zusammen. Masters setzte sich an den Schreibtisch und blätterte rasch die Papiere durch.

In seinen Augen leuchtete es auf, als er bestimmte Notizen entdeckte. Dann lehnte er sich zurück und las Riggs' Aufzeichnungen über LuAnn Tyler und eine gewisse Catherine Savage.

Schließlich schaute Masters zu Berman auf. »Tyler verschwindet, und Catherine Savage taucht auf. Das ist die Tarnung.«

»Wir könnten bei den Flughäfen überprüfen, ob eine Catherine Savage vor zehn Jahren das Land verlassen hat«, schlug Berman vor.

Masters schüttelte den Kopf. »Das brauchen wir nicht. Es handelt sich um ein und dieselbe Person. Diese Tyler ist hier. Besorg mir Savages Adresse. Pronto! Und ruf ein paar Grundstücksmakler in der Gegend an, die teure Objekte verkaufen. Ich glaube nicht, daß unsere Prinzessin hier wieder im Wohnwagen lebt.«

Berman nickte, holte das Handy hervor und sprach mit den örtlichen FBI-Agenten, die sie hergebracht hatten.

Masters ließ den Blick durch Riggs' Büro schweifen. Er fragte sich, wie Riggs in diese ganze Geschichte hineinpaßte. Er hatte es schön hier – ein friedliches neues Leben, eine neue Karriere, und noch viele Jahre vor sich. Aber jetzt?

Masters hatte an der Besprechung im Weißen Haus teilgenommen – mit dem Präsidenten, der Justizministerin und dem Direktor des FBI. Als Masters seine Theorie erläutert hatte, waren die Gesichter der hohen Damen und Herren sehr, sehr blaß geworden. Ein Skandal entsetzlichen Ausmaßes. Die staatliche Lotterie ein Betrug! Das amerikanische Volk würde der Meinung sein, die eigene Regierung hätte ihm das angetan. Was konnten die Leute auch anderes annehmen? Der Präsident hatte öffentlich seine Unterstützung für die Lotterie bekundet, hatte sogar in einem Fernseh-Werbespot Reklame dafür gemacht. Solange die Milliarden in die Staatskassen flossen und ein paar Glückspilze zu Millionären wurden, war ja auch alles bestens.

Doch das Prinzip der Lotterie war bereits mehrfach angegriffen worden. Die Vorwürfe gingen dahin, daß die Summen, die für die staatliche Fürsorge ausgegeben wurden, nicht die Schäden wettmachten, welche durch die Lotterie selbst verursacht würden: Familien zerbrachen, Spielsucht entstand, und arme Leute wurden noch ärmer, weil sie harte Arbeit und Fleiß für den unrealistischen Traum aufgaben, in der Lotterie zu gewinnen. Ein Kritiker hatte behauptet, es käme dem Versuch eines jungen Basketballamateurs gleich, statt in der Bezirksklasse sofort in der Bundesliga zu spielen. Trotz allem hatte die Lotterie sich als kugelsicher gegenüber diesen Attacken erwiesen.

Falls sich jedoch herausstellte, daß die Ziehung manipuliert war, würde dieser Schuß das ganze Gebilde zum Einsturz bringen. Dann käme eine ungeheure Lawine ins Rutschen, und jeder, angefangen mit dem Präsidenten, würde davon mitgerissen werden. Im Büro des Präsidenten hatte Masters diese Gedanken deutlich auf den Gesichtern der Anwesenden lesen können: beim FBI-Direktor, dem obersten Gesetzeshüter; bei der Justizministerin, der höchsten Juristin; und beim Präsidenten, der Nummer eins. Sie würde die Verantwortung treffen – mit vernichtender Wucht. Deshalb hatte man Masters genaue Anweisungen erteilt: Schaffen Sie LuAnn Tyler her. Ganz gleich, was es kostet oder welche Maßnahmen erforderlich sind.

Genau das wollte Masters jetzt tun.

»Wie fühlst du dich?«

Riggs stieg langsam ins Auto. Sein rechter Arm lag in einer Schlinge. »Na ja, die haben mir so viele Schmerztabletten gegeben, daß ich nicht sicher bin, ob ich überhaupt etwas fühle.«

LuAnn fuhr los und bog auf den Highway ein.

»Wohin fahren wir?« fragte Riggs.

»McDonald's. Ich bin halb verhungert. Kann mich nicht erinnern, wann ich zum letztenmal einen Big Mac und Pommes gegessen habe. Wie wär's damit?«

»Hört sich gut an.«

Sie hielten am Drive-In-Schalter einer McDonald's-Filiale und bestellten Hamburger, Pommes und zwei Kaffee.

Sie aßen beim Weiterfahren. Riggs stürzte den Kaffee hinunter, wischte sich den Mund ab und strich mit dem gesunden Arm nervös über das Armaturenbrett. »Sag schon – wie schlimm hab' ich dir alles vermasselt?«

»Ich gebe dir keine Schuld, Matthew.«

»Ich weiß.« Er schlug auf den Sitz. »Ich dachte, du würdest in eine Falle laufen.«

LuAnn starrte ihn an. »Wieso?«

Riggs schaute lange aus dem Fenster, ehe er antwortete. »Du warst gerade weggefahren, als ich einen Anruf erhielt.«

»Von wem? Und was hatte der Anruf mit mir zu tun?«

Er seufzte tief. »Na ja, fangen wir mal damit an, daß ich gar nicht Matthew Riggs heiße. Das war zwar mein Name in den letzten fünf Jahren, aber es ist nicht mein richtiger Name.«

»Dann brauchen wir uns zumindest in diesem Punkt keine gegenseitigen Vorwürfe zu machen.«

Riggs lächelte gequält. »Daniel Buckman.« Er streckte ihr die Hand hin. »Meine Freunde nennen mich Dan.«

LuAnn beachtete die dargebotene Hand nicht. »Für mich bist und bleibst du Matthew. Wissen deine Freunde auch, daß du aktenmäßig tot bist und unter das Zeugenschutzprogramm fällst?«

Langsam zog Riggs die Hand zurück.

LuAnn warf ihm einen ungeduldigen Blick zu. »Ich habe dir doch gesagt, Jackson ist nichts unmöglich. Ich wünschte, du würdest mir endlich glauben.«

»Ich hab' mir gleich gedacht, daß dieser Kerl den FBI-Computer angezapft hat. Deshalb bin ich dir ja auch gefolgt. Wenn Jackson über mich Bescheid wußte, war nicht vorauszusehen, wie er reagieren würde. Ich hatte Angst, er würde dich umbringen.«

»Damit muß man bei diesem Mann immer rechnen.«

»Ich habe ihn genau gesehen.«

In LuAnn stieg Verzweiflung auf. »Das war doch nicht sein wahres Gesicht. Verdammt, es ist nie sein wahres Gesicht!« Sie dachte an die Gummihaut, die sie in den Händen gehalten hatte. Sie hatte sein richtiges Gesicht gesehen. *Sein wahres Gesicht.* Ihr war klar, was das bedeutete. Jetzt würde Jackson alles in seiner Macht Stehende tun, um sie zu töten.

Nervös rutschten ihre Hände über das Lenkrad. »Jackson hat gesagt, du wärst ein Krimineller. Was hast du verbrochen?«

»Glaubst du eigentlich alles, was dieser Jackson dir erzählt? Falls du es noch nicht gemerkt hast: Der Kerl ist ein Psychopath. Ich habe nicht mehr in solche Augen geschaut, seit man Ted Bundy hingerichtet hat.«

»Willst du damit sagen, du stehst gar nicht unter dem Zeugenschutzprogramm?«

»Nein, das will ich nicht damit sagen. Aber das Programm gilt nicht nur für schwere Jungs.«

Verwirrt schaute sie ihn an. »Was heißt das?«

»Glaubst du etwa, Verbrecher können zum Telefon greifen und sich Informationen beschaffen, wie ich sie über dich bekommen habe?«

»Keine Ahnung. Warum sollten sie das nicht können?«

»Halt an.«

»Was?«

»Halt den verdammten Wagen an.«

LuAnn bog auf einen Parkplatz ab und stoppte.

Riggs beugte sich zu ihr und holte das Abhörgerät unter LuAnns Sitz hervor. »Ich sagte dir doch, daß ich eine Wanze in deinem Wagen versteckt habe.« Er hob die winzige, komplizierte Apparatur hoch. »Schwerverbrechern gibt man keine solchen High-Tech-Geräte, das kannst du mir glauben.«

LuAnn schaute ihn mit großen Augen an.

Riggs holte tief Luft. »Bis vor fünf Jahren war ich Spezialagent beim FBI. Ein ganz *spezieller* Spezialagent, würde ich sagen. Ich habe mich in Verbrecherorganisationen eingeschleust, die in Mexiko und an der texanischen Grenze tätig waren. Die Kerle hatten die Finger in jedem dreckigen Geschäft. Erpressung, Drogenhandel, Auftragsmord – alles, was du dir vorstellen kannst. Ich habe mit diesem Abschaum ein Jahr lang gelebt und geatmet. Als wir das Syndikat gesprengt hatten, habe ich als Kronzeuge für die Anklage ausgesagt. Wir haben die gesamte Organisation zerschlagen und mehrere Burschen lebenslang hinter Gitter geschickt. Aber die mächtigen Bosse, die Drahtzieher in Kolumbien, fanden es gar nicht lustig, daß ich ihnen einen jährlichen Gewinn von ungefähr vierhundert Millionen Dollar aus dem Drogenhandel versaut hatte. Ich wußte, daß sie hinter mir her sein würden wie der Teufel hinter der Seele. Deshalb bat ich darum, von der Bildfläche verschwinden zu dürfen.«

»Und?«

»Und das FBI hat abgelehnt. Mit der Begründung, ich sei im Außeneinsatz zu wertvoll und erfahren. Immerhin war man so freundlich, mich in einer anderen Stadt einzusetzen, in einem anderen Job. Schreibtischarbeit.«

»Also gab es nie eine Ehefrau. Das alles war Lüge.«

Riggs rieb sich den verletzten Arm. »Nein, ich war verheiratet. Vor meinem Umzug. Sie hieß Julie.«

»Hieß?« fragte LuAnn leise.

Langsam schüttelte Riggs den Kopf und trank einen Schluck Kaffee. Der Dampf des heißen Getränks kondensierte auf dem Fensterglas, und Riggs malte mit dem Finger seine Initialen »D« und »B« – Dan Buckman – so sorgfältig auf die beschlagene Scheibe, als würde er es zum erstenmal tun. »Ein Hinterhalt am Pazific Coast Highway. Der Wagen ist mit ungefähr hundert Einschußlöchern über die Klippen gerast. Julie kam bei der Schießerei ums Leben. Ich hab' zwei Kugeln abbekommen, aber keine hatte ein lebenswichtiges Organ getroffen. Ich wurde aus dem Wagen geschleudert und landete auf einem Felsvorsprung. Von daher stammen die Narben, die du gesehen hast.«

»O Gott. Das tut mir leid, Matthew.«

»Kerle wie ich sollten wohl nie heiraten. Eigentlich hatte ich's auch gar nicht vor. Es ist einfach ... so gekommen. Du weißt schon. Man verliebt sich und will heiraten. Und dann hofft man, daß irgendwie doch alles gutgeht. Die Dinge, von denen du *weißt*, daß sie irgendwann passieren und alles zerstören werden, verdrängst du einfach. Hätte ich damals meinen Verstand gebraucht, statt meinen Gefühlen nachzugeben, würde Julie heute noch leben und Erstkläßler unterrichten.« Er blickte auf seine Hände. »Jedenfalls ... damals beschlossen die hohen Tiere beim FBI, daß ich vielleicht doch aus dem aktiven Dienst ausscheiden und meine Identität ändern sollte. Offiziell bin ich bei dem Hinterhalt ums Leben gekommen. Julie liegt jetzt in Pasadena zwei Meter unter der Erde, und ich bin heute ein kleiner Bauunternehmer im idyllischen, sicheren Charlottesville.« Er trank den Kaffee aus. »Zumindest war es bisher sicher.«

LuAnn streckte den Arm aus und nahm seine Hand.

Riggs erwiderte den Druck ihrer Finger. »Es ist schwer, so viele Jahre seines Lebens auszulöschen. Man bemüht sich, nicht mehr daran zu denken. Man versucht, die Menschen und Orte und die Dinge zu vergessen, die so lange wichtig für einen waren. Ständig hat man Angst vor einem Ausrutscher.« Er blickte sie an. »Es ist verdammt hart«, sagte er müde.

Sie strich ihm liebevoll übers Gesicht. »Ich wußte nicht, wieviel wir gemeinsam haben.«

»Da ist noch mehr.« Er hielt inne, und für einen Moment schauten sie sich tief in die Augen. »Seit Julies Tod habe ich mit keiner Frau mehr geschlafen.«

Sie küßten sich langsam, zärtlich.

»Bis heute morgen«, sagte Riggs mit dem Anflug eines Lächelns. »Ich hatte im Laufe der Jahre oft die Gelegenheit, mit Frauen ins Bett zu gehen. Aber es hätte mir nichts gegeben.« Leise fügte er hinzu: »Bis du gekommen bist.«

Sie zog mit dem Zeigefinger die Konturen seines Kinns

nach, dann die Lippen. »Ich hatte auch solche Gelegenheiten«, sagte sie. Wieder küßten sie sich, umarmten sich, hielten sich eng umschlungen – wie zwei Menschen, die nach einer langen, einsamen Nacht endlich ein Licht im Dunkeln erblickten. Mehrere Minuten hielten sie sich so fest, wiegten sich sanft in den Armen.

Als sie sich schließlich voneinander lösten, ließ Riggs den Blick über den Parkplatz schweifen, konzentrierte sich wieder auf das Hier und Jetzt.

»Laß uns zu dir fahren. Du packst ein paar Sachen zum Anziehen zusammen und was du sonst noch brauchst. Dann fahren wir zu mir, und ich packe ebenfalls das Nötigste. Außerdem habe ich die Notizen, die ich bei meinen Telefonaten über dich gemacht habe, auf dem Schreibtisch liegen lassen. Ich will keine Spuren hinterlassen. Ungefähr vier Meilen nördlich gibt es ein Motel am Highway 29.«

»Das ist ein Anfang.«

»Und was wird Jackson deiner Meinung nach jetzt tun?«

»Er weiß, daß ich ihn belogen habe, was dich angeht. Also muß er annehmen, daß ich ihn auch über Donovan angelogen habe. Ich möchte auf keinen Fall, daß die Wahrheit herauskommt – aber genau das will Donovan. Also wird Jackson erst hinter ihm her sein, bevor er Jagd auf mich macht. Ich habe Donovan angerufen und ihm eine Warnung auf dem Anrufbeantworter hinterlassen.«

»He, das ist ja wirklich ermutigend! Nur Nummer zwei auf Mister Psychos Abschußliste«, sagte Riggs und tippte mit der Hand an den Revolver in der Tasche.

Kurz darauf bogen sie auf die Privatstraße zu Wicken's Hunt ein. Die Villa war dunkel. LuAnn parkte vor dem Eingang, stieg mit Riggs aus und gab den Sicherheitscode ein. Die Tür öffnete sich, und sie traten ins Haus.

Riggs saß wachsam auf dem Bett, während LuAnn ein paar Sachen in eine Reisetasche stopfte.

»Bist du sicher, daß es Lisa und Charlie gut geht?«

»So sicher, wie ich sein kann. Sie sind weit weg von hier – und von Jackson. Das kann nur gut sein.«

Riggs trat ans Fenster und blickte hinunter auf die Auffahrt vor dem Haus. Als er sah, was sich der Villa näherte, wurden ihm die Knie weich.

Er packte LuAnn bei der Hand, und beide rannten die Treppe hinunter und stürmten aus der Hintertür.

Die schwarzen Limousinen hielten vor der Villa. Die Männer sprangen aus den Wagen. George Masters legte die Hand auf die Kühlerhaube des BMW und blickte suchend in die Runde. »Der Motor ist noch warm. Sie muß hier irgendwo sein. Sucht sie!« Der Männer schwärmten aus.

LuAnn und Riggs rannten am Pferdestall vorbei in Richtung des dichten Waldes. Plötzlich blieb LuAnn stehen.

Auch Riggs verharrte und hielt sich den verletzten Arm. Er rang nach Atem. Beide zitterten.

»Was ... hast du vor?« fragte er keuchend.

LuAnn deutete zum Pferdestall. »Mit dem Arm kannst du nicht rennen. Und wir können nicht einfach im Wald umherwandern.«

Sie betraten den Pferdestall. Sofort stieß Joy ein freudiges Wiehern aus. LuAnn lief schnell zu ihr hin und beruhigte die Stute.

Während sie das Pferd sattelte, nahm Riggs einen Feldstecher von der Wand und ging nach draußen. Er hockte sich in die dichten Sträucher, die den Pferdestall von der Villa abschirmten, und richtete den Feldstecher auf das Haus.

Instinktiv zuckte er zurück, als er im Schein der Flutlichtanlage, die den gesamten Rasen hinter dem Haus erhellte, den Mann erblickte. Auf seiner Jacke waren die Buchstaben »FBI« aufgedruckt, und er hielt ein Gewehr in der Hand. Riggs fluchte leise vor sich hin. Es war fünf Jahre her, seit er diesen Mann gesehen hatte. George Masters hatte sich kaum verändert. Gleich darauf verschwanden Masters und die anderen FBI-Agenten in der Villa.

Riggs huschte zurück in den Stall, wo LuAnn den Sitz des Sattelgurts überprüfte. Sie tätschelte Joy den Hals und flüsterte der Stute beruhigende Worte ins Ohr, während sie ihr das Zaumzeug überstreifte.

»Bist du soweit?« fragte sie Riggs.

»Ja. Sobald die Kerle feststellen, daß das Haus leer ist, werden sie das Gelände absuchen. Sie wissen, daß wir irgendwo in der Nähe sind. Der Motor deines BMW ist noch warm.«

LuAnn stellte eine Holzkiste neben Joy auf den Boden und hielt Riggs eine Hand hin. »Steig auf die Kiste, und halte dich an mir fest.«

Riggs schaffte es nur mühsam, in den Sattel zu kommen, da er sich den verletzten Arm halten mußte. LuAnn setzte sich vor ihn, und Riggs legte ihr den unverletzten Arm um die Taille.

»Ich reite so langsam wie möglich, aber du wirst trotzdem tüchtig durchgerüttelt. Das läßt sich nun mal nicht vermeiden.«

»Mach dir um mich keine Sorgen. Lieber ertrage ich ein bißchen Schmerz, als daß ich dem FBI alles erklären muß.«

Erst als sie den Waldpfad erreicht hatten, fragte LuAnn: »Also waren die Männer vom FBI? Alte Freunde von dir?«

Riggs nickte. »Zumindest *einer*. Jedenfalls waren wir früher mal befreundet. George Masters. Er war der Bursche, der darauf gedrängt hat, daß ich im Außeneinsatz blieb. Er hat dafür gesorgt, daß ich nicht ins Zeugenschutzprogramm kam. Erst als meine Frau tot war…«

»Du hast keinen Grund, vor den Männern davonzulaufen, Matthew. Du hast nichts verbrochen.«

»Ja. Aber zu Dank verpflichtet bin ich den Burschen auch nicht.«

»Aber wenn sie mich erwischen, und du bist bei mir?«

»Wir dürfen uns eben nicht erwischen lassen.« Er grinste.

»Was ist so lustig daran?«

»Ich habe gerade daran gedacht, wie sehr ich mich in den letzten Jahren gelangweilt habe. Offenbar bin ich erst glücklich, wenn ich irgendwas Gefährliches tue. Wenn ich gute Aussichten habe, daß man mir den Kopf wegpustet.«

»Na, dann hast du dir genau den richtigen Umgang ausgesucht.« LuAnn schaute nach vorn. »Das Motel kommt jetzt wohl nicht mehr in Frage.«

»Stimmt. Motels und Hotels werden sie als erstes absuchen. Außerdem dürfte der Geschäftsführer des Motels Verdacht schöpfen, wenn wir hoch zu Roß bei ihm aufkreuzen.«

»Ich habe einen zweiten Wagen. Steht hinter dem Haus. Aber das hilft uns jetzt herzlich wenig. Wir kämen nie heran, stimmt's?«

»Moment mal. Wir haben einen Wagen.«

»Wo?«

»Wir müssen zum Cottage. Los.«

Als sie zum Cottage gelangten, sagte Riggs: »Halt die Augen offen, falls Du-weißt-schon-wer sich entschlossen hat, zurückzukommen.« Er öffnete die Türen des Schuppens und ging hinein. In der Dunkelheit konnte LuAnn nicht sehen, was er tat. Dann hörte sie das schabende Geräusch des Anlassers. Der Motor stotterte und verstummte. Wieder orgelte der Anlasser, und diesmal sprang der Motor an. Augenblicke später erschien Donovans schwarzer Honda samt kaputter Stoßstange. Riggs hielt den Wagen vor dem Schuppen und stieg aus.

»Was machen wir mit dem Pferd?«

LuAnn schaute sich um. »Ich könnte Joy einen kräftigen Klaps geben. Wahrscheinlich findet sie allein zum Stall zurück. Aber es ist sehr dunkel. Sie könnte in ein Erdloch treten und sich ein Bein brechen.«

»Wie wär's, wenn wir sie in den Schuppen stellen? Und dann schickst du jemand her, der sie abholt?« schlug Riggs vor.

»Gute Idee.« LuAnn stieg ab und führte Joy in den Schuppen.

Sie entdeckte einen Wassertrog, Zaumzeug an der Wand und zwei kleine Heuballen im hinteren Teil.

»Ausgezeichnet. Donovans Vormieter muß ein Pferd gehabt haben. Und diesen Schuppen hat er als Stall benutzt.«

LuAnn nahm Joy Sattel und Zaumzeug ab und band die Stute mit einem Strick, den sie auf dem Boden fand, an einen Haken. Sie legte dem Tier Heu vor; dann füllte sie den Trog, indem sie mehrere Eimer Wasser holte. Sofort tauchte Joy das Maul in den Trog und trank, um sich anschließend über das Heu herzumachen. LuAnn schloß die Stalltüren und setzte sich ans Steuer des Honda. Riggs nahm neben ihr Platz.

Im Zündschloß steckte kein Schlüssel. LuAnn sah unter der Lenksäule Drähte herabhängen. »Lernt man beim FBI, wie man ein Auto kurzschließt?«

»Im Laufe des Lebens lernt man viele Dinge.«

LuAnn legte den Gang ein. »Das kannst du laut sagen.«

Sie schwiegen eine Zeitlang, während LuAnn den Wagen in Fahrtrichtung lenkte. Dann meinte Riggs: »Vielleicht haben wir nur eine Möglichkeit, halbwegs heil aus der Sache rauszukommen.«

»Und welche?«

»Das FBI kann sehr entgegenkommend zu Leuten sein, die mit ihm zusammenarbeiten.«

»Aber, Matthew ...«

»Und Leuten«, unterbrach er sie, »die dem FBI geben, was es haben will, wird fast alles verziehen.«

»Worauf willst du hinaus?«

»Daß wir nichts anderes tun müssen, als ihnen Jackson zu liefern.«

»Wenn's mehr nicht ist. Ich dachte schon, es könnte was Schwieriges sein.«

Sie fuhren im Honda davon.

KAPITEL 48

Es war zehn Uhr morgens. Donovan beobachtete durch das Fernglas ein großes Herrschaftshaus im Südstaaten-Stil, umgeben von einem Park mit alten Bäumen. Er war in Mc-Lean, Virginia, einer der reichsten Gegenden der Vereinigten Staaten. Hier waren Grundstücke im Millionenwert die Regel, wenngleich sie kaum einen halben Hektar groß waren. Das Haus, das Donovan beobachtete, stand auf fast anderthalb Hektar Land und lag sehr abgeschieden. Man mußte schon ziemlich wohlhabend sein, um sich einen solchen Besitz leisten zu können.

Als Donovan auf die Säulen der Veranda blickte, erkannte er, daß die derzeitige Besitzerin mehr als genug Geld besaß. Plötzlich fuhr ein nagelneuer Mercedes aus der Gegenrichtung zu dem schweren Eingangstor, das sich öffnete, kurz bevor die Limousine es erreichte, und die Zufahrt zur Privatstraße freigab. Donovan betrachtete durchs Fernglas die Frau am Steuer. Sie war jetzt Mitte Vierzig, sah aber fast noch so aus wie auf dem Foto der Lotteriegesellschaft, das vor zehn Jahren aufgenommen worden war. Viel Geld kann den Alterungsprozeß verlangsamen, dachte Donovan.

Er warf einen Blick auf die Armbanduhr. Er war absichtlich zu früh gekommen, um die Lage zu peilen. Beim Abhören des Anrufbeantworters hatte er LuAnn Tylers Warnung erhalten. Donovan war nicht sofort geflüchtet, nahm ihren Rat aber sehr ernst. Schließlich war er kein Dummkopf; er wußte, daß ernst zu nehmende, gefährliche Mächte hinter der ganzen Sache steckten.

Er nahm die Waffe aus der Tasche und überzeugte sich, daß sie geladen war. Nochmals ließ er den Blick aufmerksam über die Umgebung schweifen. Er wartete noch ein paar Minuten, um der Frau ein wenig Zeit zu geben, bevor er sie aufsuchte. Dann warf er die dicke Zigarre aus dem Wagenfenster, kurbelte es hoch und fuhr zum Haus.

Am Tor befand sich eine Gegensprechanlage, und Donovan sprach hinein. Die Stimme, die ihm antwortete, klang nervös, aufgeregt. Das Tor öffnete sich. Kurz darauf stand Donovan in der Eingangshalle, die über drei Stockwerke hoch war.

»Miss Reynolds?«

Bobbie Jo Reynolds gab sich große Mühe, ihm nicht in die Augen zu schauen. Sie sagte nichts, nickte nur. Für Donovans Geschmack war sie ziemlich aufgedonnert gekleidet. Man hätte nie vermutet, daß sie vor knapp zehn Jahren eine hungernde Möchtegern-Schauspielerin gewesen war, die sich Drinks erbettelt hatte. Nach längerem Aufenthalt in Frankreich war sie seit fünf Jahren wieder in den Vereinigten Staaten. Im Zuge seiner Nachforschungen über die Lotteriegewinner hatte Donovan die Frau auf Herz und Nieren überprüft. Sie war inzwischen ein hoch geachtetes Mitglied der Washingtoner Gesellschaft. Plötzlich fragte er sich, ob sie und Alicia Crane sich kannten.

Nachdem Donovan bei LuAnn Tyler kein Glück gehabt hatte, hatte er mit den elf anderen Lotteriegewinnern Verbindung aufgenommen. Sie waren viel leichter aufzuspüren gewesen als LuAnn. Keiner flüchtete vor dem Gesetz – jedenfalls noch nicht.

Reynolds war die einzige, die sich bereit erklärt hatte, mit Donovan zu sprechen. Fünf Gewinner hatten sofort aufgelegt. Herman Rudy hatte ihm Prügel angedroht und Ausdrücke benutzt, die Donovan seit seiner Dienstzeit in der

Marine nicht mehr gehört hatte. Die anderen hatten nicht zurückgerufen, nachdem er ihnen eine Nachricht hinterlassen hatte.

Reynolds führte Donovan in den Salon. Es war ein großer, luftiger Raum, mit modernen Möbeln und kostbaren Antiquitäten ausgestattet, offensichtlich mit Hilfe der geschulten und kundigen Augen eines Innenarchitekten.

Bobbie Jo Reynolds setzte sich in einen Ohrensessel und bedeutet Donovan, auf dem kleinen Sofa ihr gegenüber Platz zu nehmen. »Möchten Sie Tee oder Kaffee?« Immer noch vermied sie es, ihn anzuschauen. Ihre Hände schlossen und öffneten sich nervös.

»Nein, vielen Dank.« Er beugte sich nach vorn und nahm sein Notizbuch und ein Diktiergerät hervor. »Macht es Ihnen etwas aus, wenn ich unser Gespräch aufzeichne?«

»Warum ist das notwendig?«

Aha, dachte Donovan. Plötzlich zeigt sie Rückgrat. Er beschloß, dies sofort im Keim zu ersticken, ehe die Frau renitent wurde.

»Eigentlich hatte ich angenommen, Miss Reynolds, daß Sie zu einem Gespräch mit mir bereit sind, da Sie mich zurückgerufen haben. Ich bin Reporter. Ich möchte Ihnen keine Worte in den Mund legen, sondern nur Tatsachen bringen. Verstehen Sie?«

»Ja«, sagte sie nervös. »Deshalb habe ich Sie ja zurückgerufen. Ich möchte nicht, daß mein Name in den Schmutz gezogen wird. Sie müssen wissen, daß ich in dieser Gemeinde seit Jahren sehr geachtet bin. Ich habe zahllosen Wohlfahrtsorganisationen großzügige Spenden zukommen lassen und gehöre mehreren Aufsichtsräten an ...«

»Miss Reynolds«, unterbrach Donovan. »Macht es Ihnen etwas aus, wenn ich Sie Bobbie Jo nenne?«

Das Zucken auf ihrem Gesicht war nicht zu übersehen. »Ich ziehe Roberta vor«, sagte sie pikiert.

Dies erinnerte Donovan so sehr an Alicia, daß er wirklich

versucht war, sie zu fragen, ob die beiden sich kannten. Dann aber verzichtete er darauf. Das war nicht der Grund seines Besuchs.

»Also gut, Roberta. Ich weiß, daß Sie sehr viel Gutes getan haben und in der Tat eine Stütze der Gemeinde sind, aber ich bin nicht an der Gegenwart interessiert. Ich möchte vielmehr über die Vergangenheit reden, besonders über die Zeit vor zehn Jahren.«

»Das haben Sie bereits am Telefon erwähnt. Die Lotterie.« Sie fuhr sich mit zitternder Hand durchs Haar.

»Stimmt. Die Quelle all dieser Pracht.« Er ließ den Blick durch den prunkvollen Salon schweifen.

»Daß ich vor zehn Jahren in der Lotterie gewonnen habe, dürfte jetzt doch kaum noch von Interesse sein, Mr. Donovan.«

»Nennen Sie mich Tom.«

»Nein. Lieber nicht.«

»Wie Sie wünschen, Roberta. Kennen Sie eine gewisse LuAnn Tyler?«

Reynolds dachte kurz nach; dann schüttelte sie den Kopf. »Der Name kommt mir nicht bekannt vor. Sollte ich die Frau kennen?«

»Wahrscheinlich nicht. Sie hat ebenfalls in der Lotterie gewonnen. Zwei Monate nach Ihnen.«

»Das freut mich für sie.«

»Sie ähnelte Ihnen damals sehr. Bettelarm, keine Zukunft, kein Ausweg aus ihrer Misere.«

Reynolds lachte nervös. »Sie schildern das so, als wäre ich verzweifelt gewesen. Aber so war es nicht.«

»Aber Sie sind nicht gerade in Geld geschwommen, stimmt's? Ich meine, deshalb haben Sie doch in der Lotterie gespielt, oder?«

»Na ja, vielleicht. Aber ich hatte nicht mit einem Haupttreffer gerechnet.«

»Wirklich nicht, Roberta?«

Sie schaute ihn überrascht an. »Was reden Sie denn?«

»Wer tätigt Ihre Investitionen?«

»Das geht Sie gar nichts an.«

»Nun, ich vermute, daß es dieselbe Person ist, die das Vermögen von elf anderen Lotteriegewinnern anlegt, darunter das Geld von LuAnn Tyler.«

»Na und?«

»Nun reden Sie schon, Roberta. Irgend etwas stinkt an der Sache. Sie wissen über alles Bescheid, und ich möchte alles herausfinden. Sie haben gewußt, daß Sie die Lotterie gewinnen werden, nicht wahr?«

»Sie sind ja verrückt!« Ihre Stimme zitterte heftig.

»Ach, ja? Das glaube ich nicht. Ich habe viele Lügner interviewt, Roberta. Einige waren hervorragend, aber Sie gehören nicht zu dieser Sorte.«

Reynolds stand auf. »Das muß ich mir nicht anhören.«

Donovan ließ nicht locker. »Die Geschichte wird so oder so veröffentlicht, Roberta. Ich stehe an mehreren Fronten kurz vor dem Durchbruch. Es ist nur noch eine Frage der Zeit. Also, wollen Sie mit mir zusammenarbeiten und halbwegs ungeschoren aus der ganzen Sache herauskommen, oder wollen Sie mit allen anderen zugrunde gehen?«

»Ich ... ich ...«

Donovan fuhr mit fester Stimme fort: »Ich will nicht Ihr Leben zerstören, Roberta. Aber wenn Sie sich an einer kriminellen Verschwörung beteiligt haben mit dem Ziel, die staatliche Lotterie zu manipulieren, auf welche Weise auch immer, kommen Sie nicht ungeschoren davon. Ich aber mache Ihnen das gleiche Angebot, das ich auch LuAnn Tyler gemacht habe. Erzählen Sie mir alles, was Sie wissen. Ich schreibe meine Story, und Sie können tun und lassen, was Sie wollen, bis die Geschichte veröffentlicht wird und die Bombe platzt. Sie könnten zum Beispiel verschwinden. Bedenken Sie die Alternative. Die ist nicht annähernd so angenehm.«

Roberta Reynolds setzte sich wieder und blickte umher. Dann holte sie tief Luft. »Was wollen Sie wissen?«

Donovan schaltete das Diktiergerät ein. »War die Ziehung manipuliert?«

Sie nickte.

»Ich brauche eine hörbare Antwort, Roberta.« Er wies mit dem Kopf auf das Diktiergerät.

»Ja. Die Ziehung war manipuliert.«

»Wie?« Donovan zitterte beinahe, als er auf die Antwort wartete.

»Würde es Ihnen etwas ausmachen, mir ein Glas Wasser aus der Karaffe dort drüben einzuschenken?«

Donovan erhob sich, holte ihr ein Glas und stellte es vor sie auf den Tisch. Dann setzte er sich wieder.

»Wie?« fragte er noch einmal.

»Es hatte mit Chemikalien zu tun.«

Roberta Reynolds holte ein Taschentuch hervor und wischte sich die Augen, in denen plötzlich Tränen schimmerten.

Donovan beobachtete sie. Er war ziemlich sicher, daß die Frau kurz vor dem Zusammenbruch stand – eine Ironie des Schicksals: Ausgerechnet Roberta Reynolds, die einzige, die ihn zurückgerufen hatte, war ein Nervenbündel.

»Ich bin kein Wissenschaftler, Roberta. Erklären Sie es mir so einfach wie möglich.«

Roberta Reynolds knüllte das Taschentuch zusammen. »Alle Kugeln waren mit einer Chemikalie eingesprüht, nur die Kugeln mit den Gewinnzahlen nicht. Auch das Ziehungsgerät, die Röhren und die Öffnungen, durch die die Kugeln fielen, waren mit irgend etwas präpariert. Genau kann ich es nicht erklären, aber ... es hat irgendwie bewirkt, daß nur die Kugeln, die nicht behandelt waren, durch die Öffnungen fielen. Nur die Kugeln mit den Gewinnzahlen, in sämtlichen Körben.«

»Verdammt!« Donovan starrte sie fassungslos an. »Okay,

Roberta. Ich habe noch eine Million Fragen. Wußten die anderen Gewinner auch darüber Bescheid? Wie es gemacht wurde? Und von wem?« Er dachte an LuAnn Tyler. Sie wußte Bescheid; das war sonnenklar.

»Nein. Keiner der Gewinner wußte, wie es gemacht wurde. Nur die Leute, die es getan haben.« Sie wies auf Donovans Diktiergerät. »Das Band ist stehengeblieben.« Voller Bitterkeit fügte sie hinzu: »Und ich bin sicher, Sie möchten kein Wort versäumen.«

Donovan nahm das Diktiergerät und betrachtete es, während er sich ihre Worte durch den Kopf gehen ließ. »Das kann nicht ganz stimmen, Roberta«, sagte er und fingerte an dem Gerät herum. »Schließlich wußten Sie ja, daß die Ziehung gedeichselt war, wie Sie mir gerade erst gesagt haben. Kommen Sie schon, erzählen Sie mir die ganze Wahrheit, und...«

Der wuchtige Schlag an den Oberkörper schleuderte Donovan über den Tisch hinweg. Er schlug schwer auf den Eichenparkettboden. Für einen Moment bekam er keine Luft. Er spürte, wie die gebrochenen Rippen sich in seinem Brustkorb bewegten.

Reynolds ragte über ihm auf. »Tja, die Wahrheit sieht so aus, daß nur die *Person*, die den Plan entworfen hat, darüber Bescheid wußte, wie die Sache bewerkstelligt wurde.« Das Frauenhaar und das weibliche Gesicht verschwanden, und Jackson starrte auf den verletzen Mann hinunter.

Verzweifelt versuchte Donovan, auf die Beine zu kommen. »Großer Gott!«

Jacksons Fuß schnellte vor, traf Donovans Brust und schleuderte ihn nach hinten gegen die Wand. Jackson stand hoch aufgerichtet da. »Das Kickboxen ist eine besonders tödliche Kunstform. Man kann jemanden töten, ohne sich die Hände schmutzig zu machen, im wahrsten Sinne des Wortes.«

Donovans Hand glitt hinunter zur Hosentasche; er tastete nach seiner Waffe. Seine Glieder waren taub, gehorchten ihm kaum noch, und die zersplitterten Rippen stachen ihm in die Lunge. Keuchend rang er nach Atem.

»Sie fühlen sich offensichtlich gar nicht gut. Warten Sie, ich helfe Ihnen.« Jackson kniete nieder, nahm ein Taschentuch und zog damit Donovans Waffe hervor. »Das ist wirklich ideal. Besten Dank.«

Er versetzte dem am Boden liegenden Mann einen brutalen Tritt an den Kopf. Donovans Körper wurde schlaff, und seine Augen schlossen sich. Jackson zog Plastikschnüre aus der Tasche und hatte Donovan binnen einer Minute gefesselt.

Dann nahm er den Rest seiner Verkleidung ab, verstaute alles sorgfältig in einer Tasche, die er unter der Couch hervorzog, und stürmte die Treppe hinauf, wobei er immer zwei Stufen auf einmal nahm. Er rannte über den Flur und öffnete die Tür des Schlafzimmers am hinteren Ende.

Mit ausgestreckten Armen und Beinen lag Bobbie Jo Reynolds auf dem Bett. Fuß- und Handgelenke waren an die Bettpfosten gefesselt, und ihr Mund war mit Klebeband verschlossen. Mit wirrem Blick starrte sie zu Jackson empor, wobei ihr Körper vor panischer Angst in unkontrolliertes Zittern ausbrach.

Jackson setzte sich neben sie aufs Bett. »Ich möchte Ihnen danken, daß Sie meine Anweisungen so gehorsam befolgt haben. Sie haben dem Personal einen Tag frei gegeben und mit Mr. Donovan einen Termin vereinbart. Genau, wie ich Sie gebeten hatte.« Er tätschelte ihre Hand. »Ich wußte, daß ich auf Sie zählen kann. Sie sind das treueste Schaf meiner Herde.« Er schaute sie mit weichen, tröstenden Blicken an, bis ihr Zittern endete. Dann löste er ihre Fesseln und entfernte behutsam das Klebeband vom Mund.

Er stand auf. »Ich muß mich jetzt um Mr. Donovan kümmern. Bald sind wir fort und stören Sie nicht mehr. Sie bleiben hier, bis wir weggefahren sind. Haben Sie verstanden?«

Sie nickte ruckartig und rieb sich die Handgelenke.

Jackson richtete Donovans Pistole auf sie und drückte ab, leerte das ganze Magazin in ihren Körper.

Für einen Moment beobachtete er, wie das Blut aufs Bett spritzte. Dann schüttelte er traurig den Kopf. Es machte ihm keinen Spaß, Lämmer zu schlachten. Aber so lief es nun mal auf dieser Welt. Lämmer waren zu Opfern bestimmt. Sie wehrten sich niemals.

Jackson ging nach unten, holte seinen Make-up-Koffer und den Spiegel. Die nächste halbe Stunde war er mit Donovan beschäftigt.

Als der Journalist schließlich wieder zu sich kam, hatte er das Gefühl, sein Kopf würde ihm jeden Augenblick platzen. Er spürte die inneren Blutungen, aber wenigstens lebte er noch.

Dann stockte ihm das Herz, als er den Blick hob und … Thomas Donovan sah. Die Person trug sogar seinen Mantel und seinen Hut. Donovan bemühte sich, durch den Schleier aus Schmerz und Benommenheit deutlich zu sehen. Anfangs war es ihm so erschienen, als hätte er einen Zwilling vor sich. Nun entdeckte er winzige Unterschiede – Feinheiten, die nicht ganz übereinstimmten. Trotzdem war die Verwandlung verblüffend.

Jackson kniete nieder. »Sie sind überrascht? Nun, ich versichere Ihnen, daß ich äußerst geschickt bin, wenn es darum geht, in andere Persönlichkeiten zu schlüpfen. Puder, Cremes, Latex, Haarteile, flüssiger Gummi, Plastikmasse. Erstaunlich, was sich damit zustande bringen läßt, nicht wahr? Auch wenn alles nur eine Art Illusion ist. Außerdem war es in Ihrem Fall nicht besonders schwierig. Ich meine das nicht abwertend, aber Sie haben ein ziemlich gewöhnliches Gesicht. Ich mußte keine besonderen Kniffe anwenden, nachdem ich es mehrere Tage lang studiert habe. Allerdings haben Sie mich überrascht, als Sie den Bart abrasierten. Doch anstelle des Barts haben wir Stoppeln, dank Crêpehaaren und Klebstoff.«

Er packte Donovan unter den Achseln, hob ihn auf die Couch und setzte sich ihm gegenüber. Der verletzte Mann sank zur Seite. Behutsam stopfte Jackson ihm ein Kissen an die Hüfte.

»Aus nächster Nähe würde es einer Musterung natürlich nicht standhalten, aber wenn man bedenkt, daß ich nur eine halbe Stunde Arbeit investiert habe, ist das Ergebnis nicht übel.«

»Ich muß zu einem Arzt«, brachte Donovan mühsam über die blutverkrusteten Lippen.

»Ich fürchte, das wird nicht gehen. Aber ich werde mir ein paar Minuten Zeit nehmen, um Ihnen einige Dinge zu erklären. Auch wenn Sie nicht viel damit anfangen können – ich finde, ich bin es Ihnen schuldig. Es war genial, wie Sie kombiniert haben, als Sie die Sache mit den Konkursen herausfanden. Ich muß zugeben, daß ich nie daran gedacht habe. Mein Hauptanliegen war, dafür zu sorgen, daß keiner meiner Gewinner je in Geldnot geriet, denn das hätte die Gefahr heraufbeschworen, daß jemand alles ausplaudert. Zufriedene Menschen, die im Reichtum schwelgen, hintergehen ihre Wohltäter nur selten. Sie, Mr. Donovan, haben die undichte Stelle im Plan entdeckt.«

Donovan hustete. Mit letzter Kraftanstrengung gelang es ihm, sich gerade hinzusetzen. »Wie sind Sie mir auf die Spur gekommen?«

»Ich wußte, daß LuAnn nichts Wesentliches verraten würde. Was also würden Sie als nächstes tun? Eine andere Quelle anzapfen. Ich habe alle meine Gewinner angerufen und ihnen gesagt, daß Sie sich vielleicht bei ihnen melden würden. Zehn meiner Schäfchen habe ich befohlen, Sie abzuwimmeln. Nur Bobbie Jo – Verzeihung, Roberta – sollte sich mit Ihnen treffen.«

»Warum ausgerechnet sie?«

»Ganz einfach. Sie wohnt mir am nächsten. Ich mußte eine Nacht durchfahren und dann hier alles vorbereiten.

Übrigens war ich der Fahrer des Mercedes. Ich hatte eine Beschreibung von Ihnen. Ich dachte mir schon, daß Sie der Mann in dem Wagen waren, der dieses Haus hier beobachtet hat.«

»Wo ist Bobbie Jo?«

»Das spielt keine Rolle.« Jackson lächelte. Offensichtlich genoß er seinen Triumph über den erfahrenen Journalisten, den er nun völlig in der Hand hatte, und war begierig darauf, ihm alles zu erklären. »Doch nun weiter. Die Substanz, die auf neun von zehn Kugeln aufgetragen wurde, war dünnes klares Acryl. Falls Sie auf genaue Erläuterungen Wert legen: Es war eine verdünnte Lösung aus Polydimethylsiloxan mit bestimmten Modifizierungen – eine Turbo-Version, wenn Sie so wollen. Es baut eine starke statische Ladung auf und vergrößert den Umfang der Kugel um schätzungsweise einen hundertstel Millimeter, ohne dabei Gewicht, Aussehen oder Geruch der Kugel so zu verändern, daß man es nachweisen könnte. Die Kugeln werden gewogen, müssen Sie wissen, um sicherzustellen, daß alle gleich schwer sind. Nur die Kugeln mit den Gewinnzahlen in jedem der Körbe blieben chemisch unbehandelt. An jeder Röhre, durch die die Gewinnkugel rollen muß, war ebenfalls eine dünne Schicht der modifizierten Polydimethylsiloxan-Lösung aufgetragen. Unter diesen genau kontrollierten Bedingungen konnten die neun behandelten Kugeln aufgrund der statischen Aufladung nicht durch die Öffnung hindurch, weil diese ja mit derselben Substanz behandelt war. Die Kugeln wurden elektrisch abgestoßen, wie die gleichen Pole zweier Magnete. Deshalb schieden die präparierten Kugeln für die Gewinnkombination aus. Nur die unbehandelten Kugeln konnten in die Körbe fallen.«

Das Staunen auf Donovans Gesicht war grenzenlos. Dann aber verdüsterte sich seine Miene. »Moment mal. Wenn die neun Kugeln mit der gleichen Lösung behandelt waren, müßten sie sich doch auch gegenseitig abstoßen. Haben die Ziehungsbeamten das denn nicht gemerkt?«

»Großartige Frage. Ich liebe solche Feinheiten. Nun, die Kugeln haben sich erst bei der Ziehung gegenseitig abgestoßen. Ich habe die Chemikalie nämlich auf eine Weise zusammengestellt, daß sie erst bei Wärme ihre Wirkung entfaltet – in diesem Fall durch die Wärme, die entsteht, wenn die Luft in die Zylinder des Ziehungsgeräts gepumpt wird, um die Kugeln umherzuwirbeln. Bis dahin sind die Kugeln ja bewegungslos.«

Jackson machte eine Pause. Seine Augen glänzten. »Kleine Geister streben nach bombastischen Szenarien. Nur ein brillanter Verstand kommt auf die schlichte Lösung, die wahres Genie verrät. Ich bin sicher, Ihre Nachforschungen haben ergeben, daß alle meine Gewinner arm und verzweifelt waren – Menschen, die sich nach ein bißchen Hoffnung sehnten, ein bißchen Hilfe. Und ich habe sie ihnen gegeben. Allen. Die Lotteriegesellschaft war begeistert. Die Regierung stand wie eine Versammlung mildtätiger Heiliger da, die den Armen aus der Not hilft. Und ihr Presseleute konntet eure Tränendrüsengeschichten schreiben. Auf diese Weise hat jeder gewonnen. Ich auch.« Donovan rechnete beinahe damit, daß Jackson sich verbeugte.

»Und das alles wollen Sie ganz allein gemacht haben?« fragte Donovan höhnisch.

Jacksons Stimme war plötzlich scharf. »Ich habe niemanden gebraucht außer meinen Gewinnern. Menschen sind unendlich fehlbar, vollkommen unzuverlässig. Die Wissenschaft nicht. Die Wissenschaft ist rein und absolut. Sorgt man dafür, daß die Bedingungen A und B gegeben sind, tritt unausweichlich Ergebnis C ein. Bringt man jedoch die menschlichen Unzulänglichkeiten in diese Gleichung ein, geschieht das äußerst selten.«

»Wie haben Sie sich Zugang zu dem Ziehungsgerät und den Kugeln verschafft?« Donovans Stimme wurde undeutlich, da die Verletzungen ihren Tribut forderten.

Jacksons Lächeln wurde noch strahlender. »Es ist mir

gelungen, bei der Firma, die die Ziehungsgeräte zur Verfügung stellt und wartet, eine Anstellung als Techniker zu bekommen. Ich war für diese Stellung in erheblichem Maße überqualifiziert, was einer der Gründe dafür war, daß ich den Job bekam. Und dann hat sich niemand mehr um den kleinen Techniker gekümmert, so als gäbe es mich gar nicht. Ich aber hatte jederzeit ungehinderten Zugang zu den Geräten. Ich habe sogar eines gekauft, um in Ruhe zu experimentieren und die richtigen Zusammensetzungen der Chemikalien zu ermitteln. Da war ich nun, der kleine Techniker, und habe die Kugeln mit einer Substanz eingesprüht, die alle für eine Reinigungsflüssigkeit hielten, um Staubpartikel und den Schmutzfilm zu entfernen. Die Lösung trocknet praktisch sofort. Ich brauchte nichts weiter zu tun, als die Kugeln mit den Gewinnzahlen auszulassen, und alles war bereit.«

Jackson lachte. »Die Leute sollten wirklich mehr Achtung vor Technikern haben, Mr. Donovan. Techniker kontrollieren nämlich alles, weil sie die Geräte kontrollieren, die wiederum den Informationsfluß kontrollieren. Ich nehme die Dienste vieler Techniker in Anspruch. Ich brauchte keine Bosse zu bestechen. Sie sind ohnehin nutzlos. Fette, unfähige Hampelmänner. Da sind mir die Arbeitsbienen viel lieber.«

Jackson stand auf und zog dicke Handschuhe an. »Ich glaube, damit wäre alles gesagt«, erklärte er. »Nachdem ich mit Ihnen fertig bin, werde ich LuAnn einen Besuch abstatten.«

Verdammt, warum habe ich nicht auf Sie gehört, LuAnn, schoß es Donovan durch den Kopf.

Jackson rieb sich die Hand, die er sich an der Scheibe zerschnitten hatte. Er dachte daran, auf welche Weise er sich an LuAnn rächen würde, und lächelte selig.

»Ich gebe dir einen guten Rat, Arschloch«, stieß Donovan hervor. »Leg dich mit der Frau an, und sie schneidet dir die Eier ab.«

»Danke für Ihren Rat.« Jackson packte Donovan bei den Schultern.

»Warum läßt du mich noch leben, du Dreckskerl?« Donovan wollte sich befreien, war aber viel zu schwach.

»Das tue ich doch gar nicht.« Jackson legte beide Hände um Donovans Kopf und drehte ihn mit einem kräftigen Ruck. Das Geräusch der brechenden Knochen war nicht laut, aber dennoch unverkennbar.

Jackson wuchtete sich den Toten auf die Schulter und trug ihn in die Garage. Er öffnete die Fahrertür des Mercedes und drückte Donovans Finger gegen Lenkrad, Blinker- und Schalthebel, Armaturenbrett und andere Flächen, auf denen die Abdrücke gut zu erkennen waren. Schließlich preßte er die Waffe, mit der er Bobbie Jo Reynolds getötet hatte, in die Hand des Toten. Dann wickelte er die Leiche in eine Decke und verstaute sie im Kofferraum des Mercedes. Anschließend ging er zurück ins Haus, holte seine Tasche und Donovans Tonbandgerät, kehrte in die Garage zurück und setzte sich ans Steuer des Mercedes.

Einige Zeit später hatte der Wagen die ruhige Gegend hinter sich gelassen. Jackson hielt am Straßenrand, ließ das Seitenfenster herunter und schleuderte die Waffe in ein Waldstück. Dann fuhr er weiter. Er wollte bis zum Abend warten. Jackson hatte bei seinen Erkundungen in dieser Gegend eine Verbrennungsanlage entdeckt. Sie würde Thomas Donovans letzte Ruhestätte werden.

Beim Weiterfahren dachte Jackson kurz darüber nach, wie er LuAnn und ihren neuen Verbündeten Riggs erledigen würde. Ihre Treulosigkeit stand jetzt außer Zweifel. Nun gab es keinen Strafaufschub mehr. Sehr bald schon konnte er sich ganz auf diese Sache konzentrieren. Doch zuvor mußte er noch etwas anderes erledigen.

Jackson betrat Donovans Wohnung, schloß die Tür und schaute sich erst einmal um. Immer noch trug er die Maske des Toten. Deshalb machte er sich keine Sorgen, selbst wenn jemand ihn sah. Donovans Leiche war verbrannt. Trotzdem blieb Jackson nur eine begrenzte Zeit, die Wohnung des Journalisten zu durchsuchen. Ein Zeitungsmann bewahrte Unterlagen auf, und dieser Unterlagen wegen war Jackson gekommen. Schon bald würde die Haushälterin Bobbie Jo Reynolds' Leiche entdecken und die Polizei verständigen. Die Suche nach dem Täter würde nicht lange dauern. Dank Jacksons Bemühungen würde die Spur rasch zu Thomas Donovan führen.

Jackson durchsuchte die Wohnung schnell, aber methodisch. Bald hatte er das Gesuchte gefunden. Er stapelte die Kartons in der Mitte des kleinen Flurs. Es waren dieselben Kartons, die Donovan im Cottage in Charlottesville dabeigehabt hatte, und darin befanden sich die Unterlagen mit den Ergebnissen seiner Nachforschungen über die Lotterie.

Als nächstes schaltete Jackson Donovans Computer ein und überprüfte den Inhalt der Festplatte. Er war froh, daß Donovan sich nicht die Mühe gemacht hatte, ein Paßwort zu verwenden. Die Festplatte war sauber. Vermutlich speicherte Donovan alles auf Disketten, weil sie leichter zu transportieren waren. Dann schaute Jackson hinter dem Computer und dem Schreibtisch nach, entdeckte aber kein Modem. Doch um sicherzugehen, überprüfte Jackson die Bildleiste des Computers. Es gab keinen Internet-Anschluß bei America Online oder einem anderen Server. Deshalb konnte Jackson sich die Mühe sparen, nach E-Mails zu suchen. Wie altmodisch der Kerl gearbeitet hat, dachte er, als er einen Stapel Dreieinhalb-Zoll-Disketten aus einer Schreibtischschublade nahm und in einem Karton verstaute. Die Disketten konnte er später durchsehen.

Jackson wollte gerade gehen, als ihm der Anrufbeantworter im Wohnzimmer auffiel. Das rote Licht blinkte. Jackson schaltete die Bandansage ein. Die ersten drei Nachrichten waren belanglos. Doch beim Klang der Stimme, die die vierte Nachricht hinterlassen hatte, zuckte Jackson zusammen und brachte das Ohr nahe ans Gerät, um jedes Wort genau zu hören.

Alicia Crane sprach nervös und verängstigt. »Wo steckst du, Thomas?« fragte sie drängend. »Du hast dich nicht gemeldet. Die Sache, an der du arbeitest, ist viel zu gefährlich. Bitte, bitte, ruf mich an.«

Jackson ließ das Band zurücklaufen und hörte sich Alicias Stimme noch einmal an. Dann drückte er auf einen anderen Knopf. Nachdenklich verließ er die Wohnung, die Kartons unter den Armen.

KAPITEL 49

LuAnn schaute zum Lincoln Memorial hinüber, als sie den Honda über die Memorial-Brücke lenkte. Das Wasser des Potomac River war dunkel und kabbelig. Schaumkronen erschienen, um sofort wieder zu verschwinden.

Auf der Brücke herrschte der morgendliche Stoßverkehr. LuAnn und Riggs hatten die erste Nacht in einem Motel in der Nähe von Fredericksburg verbracht, um sich über die nächsten Schritte klarzuwerden. Dann waren sie bis in die Außenbezirke von Washington, D.C., gefahren und hatten in einem Motel unweit von Arlington übernachtet. Riggs hatte mehrmals telefoniert und war in einigen Läden gewesen, um einzukaufen, was er für seinen Plan brauchte.

Anschließend hatten sie im Motelzimmer gegessen, und Riggs hatte seinen Plan noch einmal genau erläutert. LuAnn hatte sich alles genau eingeprägt. Dann hatten sie das Licht gelöscht. Einer schlief, während der andere wachte. So hatten sie es jedenfalls vorgesehen. Doch weder Riggs noch LuAnn fanden Ruhe. Schließlich hatten beide eng umschlungen zusammengesessen. Unter anderen Umständen hätten sie sich geliebt, so aber verbrachten sie die Nacht damit, durchs Fenster auf die dunkle Straße zu starren und auf jedes Geräusch zu lauschen, das die nächste Gefahr ankündigen mochte.

»Ich kann es nicht fassen, daß ich da mitmache«, sagte LuAnn nun, während sie über die Brücke fuhren.

»He, du hast gesagt, du würdest mir vertrauen.«

»Tu' ich ja auch.«

»LuAnn, ich weiß, was ich tue. Und von zwei Dingen verstehe ich was: Wie man etwas baut und wie das FBI arbeitet. Wir können es nur so machen, wie wir's besprochen haben. Es ist die einzige Möglichkeit. Wenn du verschwindest, werden sie dich irgendwann schnappen.«

»Ich bin ihnen schon mal entwischt«, sagte sie zuversichtlich.

»Da hattest du Hilfe und viel bessere Voraussetzungen. Jetzt würde es dir niemals gelingen, das Land zu verlassen. Wenn man dem FBI nicht entfliehen kann, muß man genau das Gegenteil tun und sich direkt in die Höhle des Löwen begeben. Du mußt die Offensive ergreifen.«

LuAnn konzentrierte sich auf den Verkehr, dachte dabei jedoch eingehend darüber nach, was sie zu tun gedachten. Vor allem, was sie selbst tun würde. Charlie war der einzige Mann, dem sie bisher vertraut hatte. Doch dieses vollkommene Vertrauen hatte nicht von vornherein bestanden, sondern war gewachsen und hatte sich im Laufe von zehn Jahren gefestigt. Riggs dagegen kannte LuAnn erst kurze Zeit. Trotzdem hatte er sich binnen weniger Tage ihr Vertrauen erworben. Und was er tat, berührte LuAnn viel tiefer als alle verführerischen Worte.

»Bist du nicht nervös?« fragte sie. »Ich meine, du weißt doch gar nicht genau, auf was du dich einläßt.«

Er grinste sie an. »Das ist ja das Spannende.«

»Du bist verrückt, Matthew Riggs, vollkommen verrückt. Alles, was ich vom Leben will, ist ein bißchen Ruhe und Normalität. Dir aber läuft das Wasser im Mund zusammen, weil du am Rand des Abgrunds wandeln kannst.«

»Das kommt immer darauf an, wie man es betrachtet.« Er schaute aus dem Fenster. »Wir sind da.« Er deutete auf einen Parkplatz am Straßenrand. LuAnn hielt, und Riggs stieg aus, steckte aber noch einmal den Kopf ins Wageninnere. »Alles klar?«

LuAnn nickte. »Wir sind ja gestern abend den Plan noch einmal durchgegangen. Ich weiß, was ich machen muß.«

»Gut, bis bald.«

Als Riggs über die Straße zum öffentlichen Telefon ging, betrachtete LuAnn das große, häßliche Gebäude. J. EDGAR HOOVER BUILDING stand auf der Fassade. Die FBI-Zentrale. Die Leute, die hier arbeiteten, suchten fieberhaft nach ihr, überall, rund um die Uhr – und sie parkte hier, drei Meter vor dem Hauptquartier.

LuAnn schauderte und setzte die Sonnenbrille auf. Sie legte den Gang ein und bemühte sich, ihre Nerven unter Kontrolle zu behalten. Sie hoffte inständig, daß Riggs auch wirklich wußte, was er tat.

Riggs telefonierte. Der Mann am anderen Ende war verständlicherweise aufgeregt. Binnen weniger Minuten war Riggs im Hoover Building und wurde von einem bewaffneten Sicherheitsmann an sein Ziel geleitet.

Der Konferenzraum, in dem man Riggs warten ließ, war sehr groß, aber spärlich möbliert. Er ging an den Stühlen vorüber, die um den kleinen Tisch standen, und wartete im Stehen. Er holte tief Luft. Beinahe hätte er gelächelt. In gewisser Weise war er heimgekehrt. Er ließ den Blick durch den Raum schweifen, suchte nach versteckten Überwachungskameras, sah aber keine, was darauf hindeutete, daß der Raum sowohl per Video als auch über eine Abhöranlage überwacht wurde.

Als die Tür geöffnet wurde, drehte Riggs sich rasch um. Zwei Männer traten ein. Sie trugen weiße Hemden und fast identische Krawatten.

George Masters streckte Riggs die Hand entgegen. Er war groß und schlank und fast kahlköpfig. Lou Berman trug einen Bürstenhaarschnitt und hatte demonstrativ eine finstere Miene aufgesetzt.

»Ist lange her, Dan.«

Riggs schüttelte die dargebotene Hand. »Ich heiße jetzt Matt. Dan ist tot. Erinnern Sie sich, George?«

George Masters räusperte sich und blickte nervös umher. Dann bedeutete er Riggs, an dem schäbigen Tisch Platz zu nehmen. Als alle saßen, wies George Masters mit einem Kopfnicken auf seinen Kollegen. »Lou Berman. Er leitet die Untersuchung, über die wir am Telefon gesprochen haben.« Berman nickte Riggs kurz zu.

Masters schaute Berman an. »Dan ...« Masters verbesserte sich: »Matt war einer der besten verdeckten Ermittler, die wir je hatten.«

»Ich habe für die Gerechtigkeit einiges geopfert, stimmt's, George?« Riggs betrachtete Masters, ohne irgendeine Regung zu zeigen.

»Möchten Sie eine Zigarette?« fragte Masters. »Wenn ich mich recht erinnere, haben Sie geraucht.«

»Ich hab's aufgegeben. Zu gefährlich.« Riggs schaute Berman an. »Der gute George wird Ihnen erklären, daß ich eine Halbzeit zu lange auf dem Spielfeld verbracht habe. Stimmt's, George? Allerdings nicht ganz freiwillig.«

»Das ist schon ewig her.«

»Seltsam. Mir kommt es wie gestern vor.«

»Das liegt an der Umgebung, Matt.«

»Das sagt sich leicht, wenn man nicht miterleben mußte, wie die eigene Frau erschossen wird, weil der Gemahl seinem Scheißjob nachgeht. Wie geht's übrigens Ihrer Frau, George? Sie haben drei Kinder, nicht wahr? Es muß schön sein, Frau und Kinder zu haben.«

»Schon gut, Matt. Ich hab's kapiert. Es tut mir leid.«

Riggs schluckte schwer. Seine Gefühle waren stärker aufgewühlt, als er erwartet hatte. Doch es kam ihm so vor, als wäre das Schreckliche erst gestern geschehen, und er hatte ein halbes Jahrzehnt gewartet, endlich einmal seinem hilflosen Zorn Luft zu machen. »Es hätte mir viel bedeutet, hätten Sie mir das vor fünf Jahren gesagt, George.«

Riggs' Blick war dermaßen durchdringend, daß Masters die Augen niederschlug.

»Kommen wir zur Sache«, sagte Riggs schließlich und riß sich aus den Gedanken an die Vergangenheit los.

Masters stützte die Ellbogen auf den Tisch und blickte ihn an. »Zu Ihrer Information, ich war vor zwei Tagen in Charlottesville.«

»Wunderschöne kleine Universitätsstadt.«

»Ich war an mehreren Orten. Eigentlich hatte ich erwartet, Sie irgendwo anzutreffen.«

»Ich gehöre zur arbeitenden Bevölkerung und muß etwas tun.«

Masters betrachtete die Schlinge. »Unfall?«

»Das Baugeschäft kann sehr gefährlich sein. Ich bin hier, um einen Handel abzuschließen, George. Einen für alle Seiten zufriedenstellenden Handel.«

»Wissen Sie, wo LuAnn Tyler ist?« Berman beugte sich vor. Seine Blicke huschten über Riggs' Gesicht.

Riggs legte den Kopf schief. »Sie sitzt unten in meinem Wagen, Lou. Möchten Sie nachschauen?« Riggs holte einen Schlüsselbund aus der Tasche und ließ ihn vor dem Gesicht des FBI-Agenten baumeln. Es waren die Hausschlüssel, doch Riggs war sicher, daß Berman sein Angebot ausschlagen würde.

»Ich bin nicht hier, um irgendwelche Spielchen zu spielen«, wies Berman ihn scharf zurecht.

Riggs steckte die Schlüssel ein. »Ich auch nicht. Wie ich schon sagte: Ich bin wegen eines Handels hier. Wollen Sie meinen Vorschlag hören?«

»Warum sollten wir mit uns handeln lassen? Woher sollen wir wissen, daß Sie nicht mit Tyler zusammenarbeiten?«

»Falls es so ist, kann es Ihnen doch egal sein.«

Bermans Gesicht wurde rot. »Sie ist eine Kriminelle.«

»Die meiste Zeit meiner Karriere habe ich mit Kriminellen zusammengearbeitet, Lou. Außerdem – wer sagt denn, daß sie eine Kriminelle ist?«

»Der Staat Georgia.«

»Haben Sie sich den Fall mal richtig angesehen? Ich meine, haben Sie ihn genau studiert? Aus meinen Quellen geht hervor, daß das alles Scheißdreck ist.«

»Ihre Quellen?« fragte Berman spöttisch.

Masters schaltete sich ein. »Ich habe mir die Akten angesehen, Matt. Möglicherweise ist tatsächlich nichts dran.« Er warf Berman einen ärgerlichen Blick zu. »Und selbst wenn dem nicht so ist – mit diesem Problem muß sich der Staat Georgia befassen, nicht wir.«

»Richtig. Ihre Interessen sollten woanders liegen.«

Berman wollte nicht aufgeben. »Tyler hat Steuern hinterzogen. Sie hat hundert Millionen Dollar gewonnen, ist danach zehn Jahre lang verschwunden und hat Onkel Sam keinen Cent bezahlt.«

»Ich dachte, Sie wären FBI-Mann, nicht Buchhalter«, erwiderte Riggs ironisch.

»Nun mal ruhig, Männer«, sagte Masters.

Riggs beugte sich vor. »Ich dachte, Sie wären viel mehr an der Person interessiert, die hinter LuAnn Tyler steht. An dem eigentlichen Drahtzieher. Dieser milliardenschwere Unsichtbare läuft frei herum, treibt seine Spielchen, sorgt für ein Chaos nach dem anderen und macht Ihnen das Leben schwer. Was wollen Sie eigentlich? Den Kerl fassen oder mit LuAnn Tyler wegen ihrer Aufstellung steuermindernder Sonderausgaben sprechen?«

»Was schlagen Sie vor?«

Riggs lehnte sich zurück. »Wir machen es wie in alten Zeiten, George. Wir schnappen uns den großen Fisch und lassen den kleinen weiterschwimmen.«

»Das gefällt mir nicht«, brummte Berman.

Riggs' Blicke glitten über sein Gesicht. »Aufgrund meiner Erfahrungen mit dem FBI bringt es Ihnen eine Beförderung ein, wenn Sie einen dicken Fisch fangen – und was noch wichtiger ist, eine Gehaltserhöhung. Wenn Sie den kleinen Fisch abliefern, kriegen Sie gar nichts.«

»Sie brauchen mich nicht über das FBI zu belehren, Riggs. Ich bin auch kein Neuling bei diesem Verein.«

»Gut, Lou. Dann sollten wir keine Zeit mehr verschwenden. Wir bringen Ihnen diesen Mann, und LuAnn Tyler kann gehen. Ungehindert von allem, schlage ich vor – vom FBI, von der Steuer und vom Staat Georgia.«

»Das können wir nicht garantieren, Matt. Die Jungs von der Steuerbehörde haben ihren eigenen Kopf.«

»Na schön. Vielleicht legt Tyler ein paar Dollar auf den Tisch.«

»Vielleicht legt sie einen ganzen Berg Dollar auf den Tisch.«

»Aber sie geht nicht ins Gefängnis. Sollten wir uns darauf nicht einigen können, läuft gar nichts. Sie müssen die Anklage wegen Mordes niederschlagen.«

»Wie sieht's aus, wenn wir Sie jetzt festnehmen, Matt, und so lange hinter Gittern behalten, bis Sie uns sagen, wo Tyler ist?« Berman rückte ganz nahe an Riggs heran.

»Und wie sieht's aus, wenn Sie den größten Fall Ihrer Karriere niemals lösen? Denn LuAnn Tyler wird verschwinden, und Sie können ganz von vorn anfangen. Übrigens, mit welcher Anklage wollen Sie mich hier behalten?«

»Beihilfe«, erklärte Berman wie aus der Pistole geschossen.

»Was für Beihilfe?«

Berman dachte kurz nach. »Einer Flüchtigen Unterschlupf und Hilfe zu gewähren.«

»Na, toll. Haben Sie denn irgendeinen hieb- und stichfesten Beweis, daß ich Tylers Aufenthaltsort kenne? Sie können mir ja nicht einmal nachweisen, daß ich sie je getroffen habe.«

»Sie haben Nachforschungen über Tyler angestellt. Wir haben die Notizen in Ihrem Haus gesehen.«

»Oh, Sie waren bei Ihrem Besuch in Charlottesville auch

in meinen vier Wänden? Sie hätten vorher anrufen sollen, dann hätte ich uns was Leckeres zum Abendessen gekocht.«

»Und wir haben eine Menge interessante Dinge gefunden«, erklärte Berman.

»Wie schön für Sie. Darf ich mal den Durchsuchungsbefehl sehen? Oder haben Sie etwa mein Grundstück und mein Haus ohne richterliche Erlaubnis betreten – von meiner ganz zu schweigen?«

Berman wollte antworten, schloß den Mund aber wieder.

Auf Riggs' Gesicht erschien ein leises Lächeln. »Ist ja interessant. Kein Durchsuchungsbefehl. Damit sind alle Ihre sogenannten Beweise wertlos. Und seit wann ist es ein Verbrechen, einen Anruf zu machen und sich *allgemein zugängliche* Informationen über eine bestimmte Person zu beschaffen? Wobei ich hinzufügen möchte, daß ich diese Informationen vom FBI erhalten habe.«

»Dann hat irgendein Arschloch sie Ihnen unerlaubt gegeben, aber nicht wir«, sagte Berman drohend.

»Für mich seid ihr alle wie eine große glückliche Familie.«

»Angenommen, wir machen mit«, sagte Masters langsam und bedächtig. »Sie haben uns noch nicht erklärt, wie die Verbindung zwischen Tyler und dieser anderen Person aussieht.«

Riggs hatte diese Frage längst erwartet. Er war überrascht, daß sie ihm erst jetzt gestellt wurde. »Der Betreffende mußte sich von irgendwoher das Geld besorgen.«

Masters dachte kurz nach. Dann blitzte es in seinen Augen auf. »Hören Sie, Matt, die Sache ist viel größer, als Ihnen offenbar bekannt ist.« Er blickte Berman an, ehe er fortfuhr. »Wir wissen – das heißt, wir glauben –, daß die Lotterie...« Masters hielt inne und suchte nach den richtigen Worten. »Wir glauben, daß die Lotterie irgendwie in Mißkredit geraten ist. Stimmt das?«

Riggs lehnte sich zurück und trommelte auf die Tischplatte. »Kann sein.«

Wieder wählte Masters seine Worte sehr sorgfältig. »Ich möchte Ihnen eins klarmachen: Der Präsident, die Justizministerin und der Direktor des FBI wurden darüber informiert, daß die staatliche Lotterie möglicherweise manipuliert wurde. Können Sie sich ihre Reaktion vorstellen? Sie waren entsetzt. Zutiefst schockiert.«

»Kann ich mir denken.«

Masters ignorierte Riggs' sarkastischen Tonfall. »Wenn die Lotterie manipuliert war, muß diese Sache mit größtem Feingefühl gehandhabt werden.«

Riggs lachte kurz. »Im Klartext: Wenn die Öffentlichkeit davon erfährt, wird halb Washington – darunter der Präsident, die Justizministerin, der FBI-Direktor und ihr beiden Hübschen – die Stellenanzeigen studieren. Sie schlagen also vor, die Sache in großem Stil zu vertuschen?«

»Moment mal. Falls überhaupt, ist diese Geschichte vor zehn Jahren passiert. Da haben wir noch nicht die Verantwortung getragen«, sagte Berman.

»Oh, toll, Lou. Das wird in der Öffentlichkeit bestimmt prima ankommen. Wen soll man denn verantwortlich machen? Nein, Freunde, ihr steht unter Beschuß, euer ganzer Saftladen, und das wißt ihr genau.«

Masters hämmerte die Faust auf den Tisch. »Ist Ihnen eigentlich klar, was passiert, wenn die Öffentlichkeit erfährt, daß die Lotterie manipuliert war?« stieß er wütend hervor. »Können Sie sich die Flut gerichtlicher Klagen, die Untersuchungen, den ganzen verdammten Skandal vorstellen? Dieser Schlag würde die guten alten USA voll in die Magengrube treffen. Es wäre fast so schlimm, als würde der Staat seine Schulden nicht bezahlen. Das darf nicht passieren. Das wird nicht passieren.«

»Und was schlagen Sie vor, George?«

Masters wurde sofort wieder ruhig und zählte die Punkte an den Fingern auf. »Sie bringen LuAnn Tyler her. Wir befragen sie und bringen sie dazu, mit uns zu kooperieren.

Mit Hilfe ihrer Informationen nehmen wir die Personen fest ...«

»Die *Person*, George«, unterbrach Riggs. »Es gibt nur eine einzige, aber die ist ein ganz besonderes Kaliber, das kann ich Ihnen versichern.«

»Okay, mit Tylers Hilfe nageln wir ihn fest.«

»Und was geschieht mit LuAnn Tyler?«

Masters spreizte hilflos die Hände. »Nun machen Sie mal halblang, Matt. Der Staat Georgia fahndet wegen Mordes nach ihr. Sie hat fast zehn Jahre lang keine Steuern bezahlt. Wir müssen davon ausgehen, daß sie beim Lotteriebetrug mitgemacht hat. Das reicht für mehrere Male lebensläng-lich. Aber ich begnüge mich mit einmal lebenslänglich. Und vielleicht kommt sie nach fünfzehn, zwanzig Jahren raus, wenn sie wirklich mit uns zusammenarbeitet. Aber verspre-chen kann ich nichts.«

Riggs stand auf. »Das wär's dann, Männer. War nett, mit euch zu plaudern.«

Berman war sofort aufgesprungen und zur Tür gelaufen, um sich Riggs in den Weg zu stellen.

»Lou, ich habe immer noch einen gesunden Arm, und mich juckt's wie der Teufel in der Faust, Ihnen eins in die Fresse zu schlagen. Also geben Sie lieber den Weg frei.« Riggs ging weiter in Richtung Tür.

»Verdammt noch mal! Setzt euch wieder! Beide!« brüllte Masters.

Riggs und Berman starrten sich geziemend lange dro-hend an. Dann gingen sie langsam zurück zu ihren Stühlen.

Riggs schaute Masters an. »Glauben Sie wirklich, die Frau würde hier antanzen und ihr Leben aufs Spiel setzen, damit Sie diesen Kerl fassen können? Und zur Belohnung darf sie den Rest ihres Lebens im Knast verbringen? Wenn Sie das glauben, George, sind Sie schon zu lange beim FBI. Dann ist Ihr Verstand im Arsch.«

Berman wollte aufbrausen, aber Riggs richtete den Zeigefinger auf ihn und fuhr fort: »Lassen Sie mich Ihnen ein paar Dinge erklären. Es ist das Spiel des Lebens und heißt: ›Wer am längeren Hebel sitzt‹. Sie rufen in Georgia an und erklären den dortigen Behörden, daß LuAnn Tyler nicht mehr wegen Mordes gesucht wird – oder wegen sonst etwas. Selbst wenn sie einen Scheißstrafzettel wegen Falschparkens bekommen hat, ist diese Sache ebenfalls erledigt. Verstehen Sie? LuAnn Tyler hat eine saubere Weste. Blütenrein. Dann rufen Sie die Steuerbehörde an und sagen denen, daß Tyler zahlt, was sie Vater Staat schuldet, aber daß eine Gefängnisstrafe *absolut* nicht in Frage kommt. Und falls sich herausstellt, daß Tyler bei der Lotterieschiebung mitgemacht hat und die Sache noch nicht verjährt ist, wird ihr auch in dieser Sache Straffreiheit zugesichert. Auch die lächerlichste Anklage, die Tyler für eine Sekunde ins Gefängnis bringen könnte, ist ausgelöscht. Futsch. Sie ist ein freier Mensch.«

»Sie sind ja verrückt«, sagte Berman.

Masters beachtete ihn nicht. »Oder?« fragte er ruhig, ohne Riggs aus den Augen zu lassen.

»Oder wir gehen mit der ganzen Sache an die Öffentlichkeit, George. Was hat Tyler zu verlieren? Wenn sie lebenslang ins Gefängnis wandert, wird sie reichlich Zeit für ein paar Hobbys haben, um sich die Zeit zu vertreiben. Ich denke da an Fernsehauftritte bei diversen Talkshows wie *Sixty Minutes*, *Dateline*, *Prime Time Live*, vielleicht sogar bei *Oprah*. Ein Buchvertrag dürfte auch noch rausspringen. Sie kann sich alles vom Herzen reden ... wie die Lotterie manipuliert wurde, wie der Präsident und die Justizministerin und der Direktor des FBI alles vertuschen wollten, um ihre Jobs zu behalten, und daß sie so dämlich waren, einen verdammten Hurensohn entwischen zu lassen, einen Superganoven, der seit Jahren die halbe Welt in ein Chaos verwandelt hat. Und das alles nur, um eine junge Frau, die in bitterer Armut aufgewachsen ist, in den Knast zu bringen, weil sie etwas getan hat, das die meisten von uns auch getan hätten. Jederzeit und liebend gern.« Riggs lehnte sich zurück und blickte beide Männer an. »Das, meine Herren, meine ich mit ›am längeren Hebel sitzen‹.«

Während Masters nachdachte, schnaubte Berman verächtlich. »Ein *einziger* Mann? Das glaube ich nicht. Wir haben es mit einer großen Organisation zu tun. Nie im Leben könnte ein einziger Mensch das alles allein schaffen. Bis jetzt konnten wir noch nichts beweisen, aber wir wissen, daß viele Spieler an der Sache beteiligt waren.«

Riggs dachte zurück ans Cottage, an die Sekunde, ehe das Messer in seinen Arm fuhr. Er hatte in die tödlichsten Augen geblickt, die er je gesehen hatte. Während der Jahre, die er als verdeckter Ermittler gearbeitet hatte, war er in sehr brenzlichen Situationen gewesen und hatte mehr als einmal Angst gehabt; schließlich war er auch nur ein Mensch. Aber nie zuvor hatte er die animalische, nervenzerfetzende Furcht gespürt, die diese Augen in ihm ausgelöst hatten. Hätte er ein Kruzifix dabei gehabt – er hätte es hervorgeholt, um den Kerl abzuwehren.

Er blickte Berman an. »Wissen Sie, Lou, Sie wären überrascht. Dieser Mann ist ein Meister der Verkleidung. Er kann wahrscheinlich genügend Rollen spielen, um ein ganzes Broadway-Musical allein aufzuführen. Und weil der Bursche alles im Alleingang macht, muß er nie befürchten, daß jemand ihn verraten oder ausschalten will.«

»Vor nicht allzu langer Zeit waren Sie einer von uns, Matt«, sagte Masters leise. Offenbar versuchte er es jetzt mit einer neuen Masche. »Vielleicht sollten Sie mal darüber nachdenken. Sie haben das Vertrauen LuAnn Tylers erworben. Bringen Sie die Frau her, und ... nun, sagen wir mal so: Die Regierung würde sich als überaus dankbar erweisen. Kein Hämmern und Sägen mehr, um sich den Lebensunterhalt zu verdienen.«

»Lassen Sie mich einen Moment darüber nachdenken,

George.« Riggs schloß die Augen, öffnete sie aber sofort wieder und sagte: »Ich würde sagen ... leck mich am Arsch!«

Masters' Gesicht lief knallrot an.

»Also, wie sieht's aus, George? Soll ich jetzt sofort CNN anrufen, oder gilt der Handel?«

Langsam, beinahe unmerklich, nickte Masters.

»Ich möchte hören, wie Sie es *sagen*, George.«

Berman öffnete den Mund, doch Masters warf ihm einen so vernichtenden Blick zu, daß er schwieg.

»Ja, der Handel gilt«, erklärte Masters. »Kein Gefängnis.«

»Und der Staat Georgia?«

»Im Staat Georgia liegt nichts gegen LuAnn Tyler vor.«

»Sind Sie auch sicher, daß Sie die erforderliche Befugnis haben? Reicht Ihr starker Arm wirklich bis nach Georgia?« fragte Riggs spöttisch.

»Meiner nicht. Aber ich glaube kaum, daß der Präsident der Vereinigten Staaten diesbezüglich Probleme hat. Meine Anweisungen lauten, zu verhindern, daß etwas über diese Sache an die Öffentlichkeit gelangt – um jeden Preis. Ich garantiere Ihnen, daß der Präsident oder die Justizministerin den Anruf nach Georgia tätigen werden.«

»Gut. Dann holen Sie jetzt die Justizministerin und den Direktor des FBI hierher, weil ich das auch von den beiden hören will. Am besten auch den Präsidenten selbst.«

»Es gibt absolut keine Möglichkeit, daß der Präsident sich mit Ihnen trifft.«

»Dann holen Sie mir den Direktor und die Justizministerin, George. Sofort.«

»Trauen Sie meinem Wort nicht?«

»Sagen wir mal, Ihre bisherigen Leistungen auf diesem Gebiet haben mir nicht allzu viel Vertrauen eingeflößt. Ich würde mich entschieden besser fühlen, wenn nicht bloß einer mir sein Wort gibt.« Er nickte zum Telefon. »Na los, machen Sie schon.«

Masters und Riggs starrten sich mindestens eine Minute

an. Dann nahm Masters langsam den Hörer ab und sprach lange hinein. Die Terminpläne mußten gehörig durcheinandergewirbelt werden, doch eine halbe Stunde später saßen der Direktor des FBI und die Justizministerin der Vereinigten Staaten Riggs gegenüber. Er schlug ihnen denselben Handel vor wie Masters, und es gelang ihm, von beiden die gleichen Zusicherungen zu erhalten.

Riggs stand auf. »Ich danke Ihnen für Ihre Kooperation.«

Auch Berman erhob sich. »Na schön. Ab jetzt arbeiten wir also zusammen. Dann schaffen Sie die Tyler her, damit wir sie verdrahten und ein Team zusammenstellen können, um diese Ein-Mann-Verbrechens-Woge festzunehmen.«

»O nein, Lou. Wir haben ausgehandelt, daß ich den Kerl festnehme, nicht das FBI.«

Berman sah aus, als würde er jeden Moment explodieren. »Jetzt hören Sie mal zu, Sie …«

»Halten Sie den Mund, Lou!« fuhr der FBI-Direktor ihn an. Dann wandte er sich Riggs zu. »Glauben Sie wirklich, Sie schaffen das allein?«

Riggs lächelte. »Habe ich das FBI je im Stich gelassen?« Er schaute zu Masters hinüber.

Masters erwiderte das Lächeln nicht, sondern studierte Riggs' Gesicht. »Wenn Sie es nicht schaffen, sind alle Zusagen nichtig. Für LuAnn Tyler …«, er machte eine Pause und fügte drohend hinzu: »Und für Sie. Ihre Tarnung ist aufgeflogen. Und ich bin nicht sicher, ob uns viel daran liegt, Ihnen eine neue zu verschaffen. Und Ihre Feinde sind immer noch äußerst aktiv.«

Riggs ging durchs Zimmer zur Tür und drehte sich dort noch einmal um. »Wissen Sie, George, ich habe von euch Typen nie etwas anderes erwartet. Ach ja – versucht nicht, mich zu beschatten. Ich würde stinksauer reagieren und einen Haufen Zeit verschwenden. Okay?«

Masters nickte hastig. »Alles klar. Machen Sie sich keine Sorgen.«

Die Justizministerin stellte die abschließende Frage. »War die Lotterie manipuliert, Mr. Riggs?«

Riggs schaute sie an. »Allerdings. Und soll ich Ihnen den Knüller verraten? Es sieht so aus, als sei die Lotterie der Vereinigten Staaten dazu benützt worden, die Pläne eines des gefährlichsten Psychopathen zu finanzieren, der mir je untergekommen ist. Ich hoffe aufrichtig, daß diese Information nie in den Sechs-Uhr-Nachrichten gebracht wird.« Er ließ den Blick durchs Zimmer schweifen und sah, wie sich Panik auf den Gesichtern ausbreitete. »Einen schönen Tag noch.« Riggs schloß die Tür hinter sich.

Im Konferenzzimmer wurden betroffene Blicke getauscht. »Verdammter Mist!« fluchte der FBI-Direktor. Sein Kopf pendelte von einer Seite zur anderen.

Masters griff zum Telefon und sagte in den Hörer: »Er verläßt jetzt das Gebäude. Er weiß, daß er beschattet wird. Nehmt ihn an die kurze Leine, aber laßt ihm ein bißchen Freiraum. Er ist ein Experte auf diesem Gebiet, also wird er euch einmal kreuz und quer durch die Stadt schleifen und dann versuchen, euch abzuschütteln. Paßt bloß auf! Meldet mir sofort, wenn er sich mit Tyler trifft. Observiert beide, aber haltet euch von ihnen fern.« Er schaute zur Justizministerin hinüber. Sie nickte zustimmend. Masters legte auf und holte tief Luft.

»Glauben Sie Riggs' Geschichte, daß nur ein einziger Mann hinter der ganzen Sache steckt?« fragte der FBI-Direktor und schaute Masters nervös an.

»Es hört sich zwar unglaublich an, aber ich hoffe inständig, daß es stimmt«, antwortete Masters. »Ich habe es lieber mit einem Mann als mit einem weltweiten Verbrechersyndikat zu tun.« Die Justizministerin und der Direktor nickten.

Berman schaute fragend in die Runde. »Und wie sieht der Plan aus?«

Der Direktor räusperte sich laut. »Die Sache darf auf keinen Fall an die Öffentlichkeit gelangen. Das wissen Sie alle.

Ganz gleich, was passiert. Ganz gleich, wer dabei etwas abkriegt. Selbst wenn Riggs Erfolg hat und wir diesen Kerl und alle anderen festnehmen können, die bei dem Betrug mitgemacht haben, stehen wir vor einem Riesenproblem.«

Die Justizministerin verschränkte die Arme vor der Brust und nahm diesen Gedanken auf. »Selbst wenn wir eine Anklage gegen diesen Mann erheben können, weiß er, daß er ›am längeren Hebel sitzt‹, um Riggs' Ausdruck zu benützen. Und er wird dasselbe Druckmittel einsetzen wie Riggs: Entweder schließen wir einen Handel mit ihm ab, oder er wendet sich an die Öffentlichkeit. Ich sehe seinen Verteidiger schon vor mir sitzen und mir das unter die Nase reiben.« Unwillkürlich schauderte sie.

»Sie meinen also, daß diese Sache nie vor Gericht kommen darf?« fragte Berman. »Aber was sollen wir dann tun?«

Die Justizministerin beachtete ihn nicht und wandte sich an Masters. »Glauben Sie, daß Riggs es ehrlich mit uns meint?«

Masters zuckte mit den Schultern. »Er war einer unserer besten verdeckten Ermittler. In diesem Job muß man ständig lügen, ohne es andere merken zu lassen. Die Wahrheit rückt da in den Hintergrund, die Realität wird manchmal verschwommen. Und alte Gewohnheiten sterben nur schwer.«

»Das heißt, wir können ihm nicht vollkommen trauen«, sagte die Justizministerin.

Masters schaute nachdenklich drein. »Nicht mehr als er uns.«

»Es wäre doch möglich, daß wir den Täter nicht lebend festnehmen«, sagte der FBI-Direktor und blickte die anderen an. »Nicht wahr?«

Alle nickten. »Wenn er nur halb so gefährlich ist, wie Riggs gesagt hat, würde ich erst auf ihn schießen und ihn dann fragen«, sagte Masters. »Vielleicht löst unser Problem sich von selbst.«

»Und was ist dann mit Riggs und dieser Tyler?« fragte die Justizministerin.

Berman ergriff das Wort. »Nun ja, wenn wir diesen Weg beschreiten, weiß man nie, wer ins Kreuzfeuer gerät. Ich meine, selbstverständlich will keiner von uns, daß den beiden etwas passiert. Aber denken Sie an Riggs' Frau. Manchmal sterben auch Unschuldige.«

»LuAnn Tyler dürfte alles andere als unschuldig sein«, sagte der Direktor.

»Das stimmt«, pflichtete Masters ihm bei. »Und wenn Riggs sich mit ihr verbündet und nicht mit uns ... nun, dann muß er eben die Konsequenzen tragen, wie immer sie aussehen mögen.«

Alle schauten sich an. Niemand fühlte sich wohl in seiner Haut. Unter normalen Umständen hätte keiner von ihnen so etwas auch nur im entferntesten in Betracht gezogen. Sie hatten ihr Leben der Aufgabe gewidmet, Verbrecher zu fassen und dafür zu sorgen, daß sie ihrer Taten wegen vor Gericht gestellt und nach Recht und Gesetz verurteilt wurden. Nun aber beteten sie stumm, daß diesmal nicht die Gerechtigkeit ihren Lauf nehmen möge, sondern daß statt dessen mehrere Menschen starben, ehe ein Richter oder Geschworene zu hören bekamen, was diese Menschen vorzubringen hatten. Ein Gedanke, der alle Anwesenden frösteln ließ. Doch im vorliegenden Fall ging es um weit mehr als um die Jagd auf einen Verbrecher. Diesmal war die *Wahrheit* viel gefährlicher als die Täter.

»Ganz gleich, wie die Konsequenzen aussehen«, wiederholte der Direktor.

KAPITEL 50

Riggs ging die Straße hinunter und schaute auf die Uhr. Das Uhrgehäuse war zugleich ein äußerst kompliziertes Aufzeichnungsgerät, und die winzigen Löcher im Lederarmband waren Mini-Lautsprecher. Am Vortag hatte Riggs einige Zeit in einem bekannten »Spion-Laden« verbracht, vier Querstraßen vom FBI-Gebäude entfernt. Die Technologie hatte sich, wie er feststellen mußte, in den letzten Jahren rasant weiterentwickelt. Er hatte sichergehen wollen, daß er eine Aufzeichnung seiner Absprache mit dem FBI und der Regierung besaß – nicht nur in seinem Gedächtnis, sondern auch auf Band. Bei solchen Operationen durfte er keinem Menschen zu sehr trauen, ganz gleich, auf welcher Seite er stand.

Die Regierung konnte nicht zulassen, daß die Wahrheit ans Licht kam; das wußte Riggs. Im vorliegenden Fall war es ebenso schlimm, den Verbrecher lebend in die Hände zu bekommen, als ihn überhaupt nicht zu fassen – vielleicht sogar noch schlimmer. Und jeder, der die Wahrheit kannte, war ernsthaft in Gefahr, nicht nur durch Jackson.

Riggs wußte, das FBI würde niemals absichtlich einen Unschuldigen über den Haufen schießen, doch er wußte ebensogut, daß das FBI LuAnn wohl kaum für unschuldig hielt. Und da Riggs ihr seine Unterstützung gewährte, warf man ihn gemeinsam mit LuAnn in einen Topf und betrachtete ihn als Feind. Sollte es zum Schluß heiß hergehen und sollte LuAnn sich dann in der Nähe Jacksons aufhalten, würden die

FBI-Agenten bestimmt nicht allzu sehr darauf achten, wen die Schüsse trafen.

Und Jackson war nicht der Mann, der sich einfach abknallen ließ. Er würde sein Leben so teuer verkaufen, wie er nur konnte. Das hatte Riggs in den Augen des Mannes gesehen, damals, im Cottage. Jackson hatte nicht die geringste Achtung vor dem Leben. Für ihn war ein Mensch lediglich ein Gegenstand, den man benutzen oder eliminieren konnte, je nachdem, wie die Umstände es erforderten. Als verdeckter Ermittler hatte Riggs jahrelang mit solchen Leuten zu tun gehabt.

Das FBI würde den Mann eher töten als lebend festnehmen, um ihn vor Gericht zu stellen. Und Riggs war sich völlig im klaren darüber, daß die Regierung keinen triftigen Grund hatte, Jackson vor Gericht zu bringen – aber viele Gründe, es nicht zu tun.

Riggs' Aufgabe bestand also darin, Jackson aufzuscheuchen. Was das FBI dann mit dem Kerl anstellte, war ihm egal. Falls sie Jackson mit Blei vollpumpen wollten, würde er gern dabei helfen. Aber er würde sein Möglichstes tun, LuAnn von dem Mann fern und aus der Schußlinie zu halten. Sie durfte nicht ins Kreuzfeuer geraten. So etwas hatte Riggs schon früher einmal schmerzlich erlebt. Eine solche Geschichte durfte sich nicht wiederholen.

Riggs machte sich nicht die Mühe, über die Schulter zu schauen. Er wußte, daß er beschattet wurde. Masters hatte mit Sicherheit die Observierung angeordnet, ungeachtet seiner gegenteiligen Beteuerungen. An seiner Stelle hätte Riggs dasselbe getan. Jetzt mußte er die Verfolger abschütteln, ehe er sich mit LuAnn traf. Er lächelte. Es war wie in den alten Zeiten.

Während Riggs mit dem FBI verhandelt hatte, war LuAnn zu einem öffentlichen Telefon gefahren und hatte eine bestimmte Nummer gewählt. Es klingelte mehrmals. LuAnn glaubte schon, daß niemand abheben würde, als die Stimme sich plötzlich meldete. Sie konnte ihn kaum verstehen, so schlecht war die Verbindung.

»Charlie?«

»LuAnn?«

»Wo bist du?«

»Unterwegs. Ich kann dich kaum verstehen. Bleib dran, ich fahre gerade an einer Hochspannungsleitung vorbei.«

Im nächsten Moment war die Stimme deutlicher.

»Das ist besser«, sagte LuAnn.

»Warte, hier ist jemand, der mit dir reden möchte.«

»Mom?«

»Hallo, Baby.«

»Ist bei dir alles in Ordnung?«

»Mir geht es bestens, mein Schatz. Ich habe dir doch gesagt, daß Mom nichts passiert.«

»Onkel Charlie hat gesagt, daß du dich oft mit Mr. Riggs getroffen hast.«

»Das stimmt. Er hilft mir bei einigen Sachen.«

»Ich bin froh, daß du nicht allein bist. Du fehlst mir.«

»Du fehlst mir auch, Lisa. Ich kann dir gar nicht sagen, wie sehr.«

»Können wir bald nach Hause kommen?«

Nach Hause? Wo ist jetzt unser Zuhause? »Ja, mein Herz, ich glaube schon. Mom tut alles dafür.«

»Ich hab' dich lieb.«

»Ich dich auch, mein Schatz.«

»Ich gebe dir jetzt wieder Onkel Charlie.«

»Lisa?«

»Ja?«

»Ich werde mein Versprechen halten und dir alles erzählen. Die Wahrheit. Okay?«

»Schon gut, Mom.« Die Stimme klang leise, ein bißchen verängstigt.

Als Charlie wieder am Telefon war, bat LuAnn ihn, nur

zuzuhören. Sie berichtete ihm von den jüngsten Ereignissen, auch von Riggs' Plan und seiner wahren Vorgeschichte.

Charlie konnte seine Erregung nur mit Mühe unterdrücken. »Ich halte in zwei Minuten an einer Raststätte. Ruf mich dort noch mal an.«

»Bist du verrückt?« fragte Charlie wütend, als LuAnn ihn wieder an der Strippe hatte.

»Wo ist Lisa?«

»Auf der Toilette.«

»Ist es dort sicher?«

»Ich stehe direkt vor der Tür, und hier wimmelt's von Familien. Und jetzt beantworte meine Frage.«

»Nein, ich glaube nicht, daß ich verrückt bin.«

»Du läßt Riggs, einen ehemaligen FBI-Agenten, ins Hoover Building gehen und einen Handel für dich abschließen? Woher, zum Teufel, willst du wissen, daß er dich nicht verkauft? Vielleicht genau jetzt, in diesem Augenblick.«

»Ich vertraue ihm.«

»Vertrauen?« Charlies Gesicht wurde puterrot. »Du kennst den Mann doch kaum, LuAnn. Du machst einen großen Fehler. Einen verdammt großen Fehler.«

»Das glaube ich nicht. Riggs spielt mit offenen Karten. Das weiß ich. Ich habe in den letzten Tagen einiges über ihn erfahren.«

»Zum Beispiel, daß er ein ausgebuffter verdeckter Ermittler ist, ein Experte im Lügen.«

LuAnn schluckte kurz, als sie diese Worte in sich aufnahm. Plötzlich keimte ein Same des Mißtrauens in ihrem Inneren auf und drang in das Vertrauen ein, das sie Matthew Riggs entgegenbrachte.

»LuAnn, bist du noch dran?«

Sie umklammerte den Hörer. »Ja. Wenn Riggs mich verrät und verkauft, werde ich es bald herausfinden.«

»Du mußt sofort verschwinden. Du hast gesagt, du hast den Wagen. Verdammt, hau sofort ab!«

»Charlie, Riggs hat mir das Leben gerettet. Jackson hätte ihn beinahe umgebracht, als er mir helfen wollte.«

Charlie schwieg eine Zeitlang. In seinem Inneren tobte ein heftiger Kampf. Was LuAnn ihm über Riggs erzählt hatte, deutete tatsächlich darauf hin, daß der Mann auf ihrer Seite stand. Und Charlie war ziemlich sicher, den Grund dafür zu kennen: Riggs hatte sich in LuAnn verliebt. Liebte LuAnn ihn auch? Warum eigentlich nicht? Aber wo stand dann er, Charlie?

Er *wollte*, daß Riggs log, wie er nun erkannte. Er wollte, daß dieser Mann aus ihrem Leben verschwand. Der Gedanke war übermächtig. Doch Charlie liebte LuAnn. Und er liebte auch Lisa. Und stets hatte er seine Interessen hinter den ihren zurückgestellt.

Bei diesem Gedanken verschwand sein innerer Konflikt. »Vermutlich hast du recht, LuAnn. Wenn ich es mir recht überlege, ist Riggs wahrscheinlich in Ordnung. Aber halt die Augen offen. Versprichst du mir das?«

»Ja, Charlie, ich verspreche es dir. Wo bist du jetzt?«

»Von West Virginia aus sind wir nach Kentucky gefahren, an der Grenze zu Tennessee entlang. Jetzt geht's wieder in Richtung Virginia weiter.«

»Ich muß los. Ich rufe dich später wieder an und erzähle dir, was sich getan hat.«

»Ich hoffe, der Rest dieses Tages ist nicht so aufregend wie die beiden letzten.«

»Das hoffe ich auch. Danke, Charlie.«

»Wofür? Ich habe nichts getan.«

»Na, na. Wer lügt jetzt?«

»Paß auf dich auf.«

LuAnn hängte den Hörer ein. Wenn alles nach Plan lief, würde sie bald Riggs treffen. Doch als sie zum Wagen ging, fiel ihr Charlies erste Reaktion ein. Konnte sie Riggs tatsächlich vertrauen?

Sie setzte sich ans Steuer des Honda. Sie hatte den Motor laufen lassen, weil sie keinen Schlüssel besaß und nicht über Riggs' Fähigkeiten verfügte, die Zündung kurzzuschließen. Sie wollte gerade den Gang einlegen, als sie innehielt. Es war der denkbar ungünstigste Zeitpunkt, aber plötzlich überkamen LuAnn so heftige Zweifel, daß die Hand ihr den Dienst verweigerte.

KAPITEL 51

Riggs ging langsam die Neunte Straße hinunter und gab sich den Anschein, als hätte er alle Zeit der Welt. Eine eiskalte Bö traf ihn. Er blieb stehen, zog vorsichtig den verletzten Arm aus der Schlinge und steckte ihn in den Mantelärmel. Dann knöpfte er den Mantel zu. Als der bitterkalte Wind weiterhin die Straße hinunterwehte, schlug er den Mantelkragen hoch und setzte eine Strickmütze mit dem weithin sichtbaren Abzeichen der Washington Redskins auf. Er zog die Mütze so tief ins Gesicht, daß nur der untere Teil seiner Wangen zu sehen waren, die der kalte Wind rot färbte. Dann betrat er ein Lebensmittelgeschäft an einer Straßenecke.

Die beiden Agententeams, die ihn beschatteten – eines zu Fuß, das andere in einem grauen Ford –, bezogen schnell Position. Ein Team behielt den Eingang des Ladens im Auge, das andere wartete am Hinterausgang. Die Männer wußten, daß Riggs ein erfahrener verdeckter Ermittler war, und wollten kein Risiko eingehen.

Riggs kam wieder aus dem Laden hervor, eine Zeitung unter dem Arm, und schlenderte ein Stück die Straße hinunter; dann winkte er ein Taxi heran. Rasch stiegen die Agenten in den Ford und folgten dem Taxi.

Kaum war der Ford verschwunden, erschien der echte Matthew Riggs. Er trug jetzt eine dunkle Pelzmütze und ging schnell in die andere Richtung. Der Schlüssel zum Erfolg war die bunte, auffällige Mütze gewesen. Seine Verfolger würden sich an die burgunderroten und goldenen Farben wie an ein

Leuchtfeuer halten, um ihre Zielperson nicht zu verlieren. Dabei würden sie die leichten Unterschiede nicht bemerken, was den Mantel, die Hose und die Schuhe betraf.

Am Abend zuvor hatte Riggs einen alten Freund, der ihn längst für tot gehalten hatte, um diesen Gefallen gebeten. Nun beschattete das FBI den falschen Mann und folgte ihm bis zu seiner Kanzlei in der Nähe des Weißen Hauses. Er wohnte unweit des FBI-Gebäudes, so daß es ihm nicht schwer fallen würde, den Agenten zu erklären, was er in dieser Gegend zu suchen hatte. Außerdem trugen viele Washingtoner Bürger um diese Jahreszeit Strickmützen mit dem Emblem der Redskins. Und letztendlich konnte das FBI unmöglich von der Verbindung aus längst vergangenen Zeiten zwischen beiden Männern wissen. Die Agenten würden Riggs' Freund kurz befragen, ihren Fehler bemerken, Masters und dem Direktor den Fehlschlag melden und sich als Dank für ihre Bemühungen eine Standpauke einhandeln, die sich gewaschen hatte.

Riggs stieg in ein Taxi und nannte dem Fahrer eine Adresse. Der Wagen fuhr los. Riggs war froh, das Täuschungsmanöver hinter sich zu haben, und fuhr sich mit der Hand durchs Haar. Zwar waren er und LuAnn noch lange nicht aus dem Schneider, doch es war ein gutes Gefühl zu wissen, daß er noch etwas draufhatte, zumindest ein bißchen. Als das Taxi vor einer roten Ampel hielt, schlug Riggs die Zeitung auf, die er im Laden gekauft hatte.

Von der Titelseite starrten ihn die Fotos zweier Gesichter an. Die eine Person kannte Riggs, die andere war ihm fremd. Er überflog den Artikel, betrachtete dann wieder die Fotos. Thomas Donovan sah verschlafen aus. Der Presseausweis baumelte um seinen Hals, und aus seiner Hemdtasche ragten Stift und Notizbuch hervor. Er sah aus, als wäre er soeben aus einem Flugzeug gestiegen, das ihn nach anstrengenden Recherchen über ein bedeutsames Ereignis vom anderen Ende der Welt nach Hause gebracht hatte.

Die Frau auf dem anderen Foto hätte keinen größeren Gegensatz zum leicht ramponierten Aussehen des Journalisten bilden können. Sie trug ein elegantes Kleid, und das Make-up und die Frisur waren makellos; offensichtlich das Werk eines Starfriseurs. Der Hintergrund des Bildes wirkte in seinem überschwenglichen Luxus beinahe surreal: Eine Wohltätigkeitsveranstaltung, auf der die Reichen und Prominenten sich versammelt hatten, um Geld für die weniger Glücklichen zu sammeln.

Roberta Reynolds nahm schon lange an derartigen Veranstaltungen teil. Der Verfasser des Artikels drückte sein tiefes Bedauern darüber aus, daß der brutale Mord an Roberta Reynolds die Wohltätigkeitsgemeinde in Washington und Umgebung einer großen Gönnerin beraubt hätte. Nur in einer Zeile wurde den Ursprung von Reynolds' Reichtum erwähnt: Der Gewinn von fünfundsechzig Millionen Dollar in der Lotterie vor einigen Jahren. Offensichtlich hatte sie inzwischen weit mehr als die genannte Summe besessen.

Dem Artikel zufolge war Roberta Reynolds von einem gewissen Thomas Donovan ermordet worden. Man hatte ihn in der Nähe ihres Hauses gesehen. Auf dem Anrufbeantworter der Toten war eine Nachricht von Donovan gewesen – die Bitte um ein Interview. Man hatte Donovans Fingerabdrücke auf einer Wasserkaraffe und einem Glas im Haus der Reynolds entdeckt, was darauf hindeutete, daß die beiden sich tatsächlich getroffen hatten. Und schließlich hatte man die Pistole, mit der Donovan vermutlich die Frau ermordet hatte, in einem Waldstück ungefähr eine Meile von ihrer Villa entfernt gefunden, ebenso den Mercedes des Opfers. Überall im Wagen hatte man Donovans Fingerabdrücke entdeckt. Die ermordete Frau war auf ihrem Bett aufgefunden worden. Es gab deutliche Hinweise darauf, daß der Täter sie eine Zeitlang gefesselt hatte – ein Beweis dafür, daß das Verbrechen geplant gewesen sei, wie die Zeitung schrieb. Donovan war zur Fahndung ausge-

schrieben, und die Polizei war zuversichtlich, ihn bald festnehmen zu können.

Riggs las den Artikel zu Ende und faltete langsam die Zeitung zusammen. Er wußte, daß die Polizei sich gründlich irrte. Donovan hatte Reynolds nicht getötet. Und es war sehr
wahrscheinlich, daß auch Donovan nicht mehr lebte. Riggs
holte tief Luft und überlegte, wie er LuAnn die Nachricht
übermitteln sollte.

KAPITEL 52

Der bullige Mann schaute sich um, betrachtete die anderen Häuser in der besten Wohngegend von Georgetown. Er war Mitte Fünfzig, blaß, und trug einen ordentlich gestutzten Schnurrbart. Schließlich zog er die Hose hoch, steckte das Hemd unter den Gürtel und klingelte an der Vordertür.

Alicia Crane öffnete. Sie sah besorgt und müde aus.

»Ja?«

»Alicia Crane?«

»Ja.«

Der Mann zückte seinen Ausweis. »Hank Rollins, Detective, Mordkommission, Fairfax County, Virginia.«

Alicia starrte auf das Foto und die Dienstmarke des Mannes. »Ich weiß nicht ...«

»Sind Sie eine Bekannte von Thomas Donovan?«

Alicia schloß die Augen und biß sich auf die Lippe. Als sie die Augen wieder aufschlug, sagte sie: »Ja.«

Rollins rieb sich die Hände. »Ma'am, ich muß Ihnen ein paar Fragen stellen. Wir können das auf dem Revier erledigen. Sie können mich aber auch hereinbitten, ehe ich erfriere. Es liegt ganz bei Ihnen.«

Alicia bat den Mann sofort herein. »Verzeihung. Bitte, treten Sie ein.« Sie führte ihn ins Wohnzimmer. Nachdem sie ihm einen Platz auf dem Sofa angeboten hatte, fragte sie, ob er einen Kaffee möchte.

»Das wäre furchtbar nett, Ma'am.«

Kaum hatte sie das Zimmer verlassen, sprang Rollins auf

und schaute sich um. Ein Gegenstand erregte sofort seine Aufmerksamkeit. Es war das Foto, auf dem Donovan den Arm um Alicia Crane gelegt hatte. Es sah ziemlich neu aus, und beide machten einen überaus glücklichen Eindruck.

Rollins hielt das Foto in der Hand, als Alicia wieder ins Zimmer kam. Sie trug ein Tablett mit zwei Tassen Kaffee, ein Milchkännchen und zwei blaue Tütchen Süßstoff.

Sie stellte das Tablett auf den Couchtisch. »Ich konnte den Zucker nicht finden. Die Haushälterin kauft gerade ein. Sie ist in einer knappen Stunde wieder da, und normalerweise mache ich nicht ...« Ihre Blicke hefteten sich auf das Foto.

»Darf ich das zurückhaben?« fragte sie und streckte die Hand aus.

Rollins gab ihr das Foto und setzte sich wieder. »Ich möchte gleich zur Sache kommen, Miss Crane. Ich nehme an, Sie haben die Zeitung gelesen.«

»Sie meinen diesen Haufen Lügen.« Für einen Moment blitzte es in ihren Augen zornig auf.

»Nun ja, Sie haben recht. Zum gegenwärtigen Zeitpunkt ist alles weitgehend Spekulation. Aber vieles weist darauf hin, daß Thomas Donovan der Mörder von Roberta Reynolds ist.«

»Seine Fingerabdrücke und seine Pistole?«

»Die Ermittlungen der Mordkommission sind noch nicht abgeschlossen, Miss Crane, deshalb kann ich mich Ihnen gegenüber nicht dazu äußern. Aber ... ja, diese Hinweise spielen eine Rolle.«

»Thomas kann keiner Fliege etwas zuleide tun.«

Rollins nahm eine Tasse Kaffee und goß ein bißchen Milch hinein. Er probierte; dann schüttete er ein Heftchen Süßstoff hinein, ehe er fortfuhr: »Aber er hat Roberta Reynolds besucht.«

Alicia verschränkte die Arme vor der Brust und blickte ihn empört an. »Ach, wirklich?«

»Hat er Ihnen gegenüber nicht erwähnt, daß er sich mit ihr treffen wollte?«

»Er hat mir nie etwas erzählt.«

Rollins dachte einen Moment darüber nach. »Ma'am, wir haben Ihren Namen von Donovans Anrufbeantworter in seiner Wohnung. Sie haben auf Band gesprochen und ziemlich aufgeregt geklungen. Sie haben ihm die Nachricht hinterlassen, daß es gefährlich sei, woran er gearbeitet hat.«

Alicia schluckte den Köder nicht.

»Seine Wohnung wurde durchsucht. Alle seine Unterlagen und Aufzeichnungen sind verschwunden.«

Alicia begann zu zittern. Rasch krampfte sie die Hände um die Armlehnen des Sessels.

»Vielleicht sollten Sie Ihren Kaffee trinken, Miss Crane. Sie sehen aus, als wäre es mit Ihren Nerven nicht zum besten bestellt.«

»Mir geht es gut.« Doch sie hob die Tasse an den Mund und trank nervös mehrere Schluck. »Aber wenn jemand Thomas' Wohnung durchsucht hat, wie Sie sagen, dann muß noch jemand in die Sache verstrickt sein. Sie sollten sich darauf konzentrieren, diese Person festzunehmen.«

»Da würde ich Ihnen vollkommen beipflichten, aber es gibt keine Hinweise in dieser Richtung. Also muß ich mich daran halten, was ich habe. Ich brauche Ihnen wohl nicht zu sagen, daß Miss Reynolds ein sehr prominentes Mitglied der Washingtoner Gesellschaft war. Man setzt uns ganz schön unter Druck, ihren Mörder schnellstmöglich zu finden. Ich habe bereits mit jemandem von der *Tribune* gesprochen. Man sagte mir, Donovan würde an einer Geschichte arbeiten, die mit den Gewinnern der Lotterie zu tun hat. Und Roberta Reynolds war eine der Gewinnerinnen. Ich bin zwar kein Reporter, aber wenn es um derartige Summen geht, wäre das durchaus ein Mordmotiv.«

Alicia lächelte kurz.

»Möchten Sie mir jetzt etwas sagen?«

Alicia machte wieder das verschlossene Gesicht und schüttelte den Kopf.

»Miss Crane, ich bin bei der Mordkommission, seit mein Jüngster geboren wurde, und der hat inzwischen selbst schon Kinder. Bitte, verstehen Sie mich nicht falsch, aber Sie verheimlichen mir etwas, und ich würde gern den Grund dafür wissen. Einen Mord sollte man wirklich nicht auf die leichte Schulter nehmen.« Er blickte sich in dem eleganten Raum um. »Mörder oder Personen, die Mördern helfen, enden an Orten, die nicht annähernd so gemütlich sind wie dieses Zimmer.«

»Was wollen Sie damit unterstellen?«

»Ich unterstelle überhaupt nichts. Ich bin hergekommen, weil ich nach Fakten suche. Ich habe Ihre Stimme auf Donovans Anrufbeantworter gehört. Diese Stimme hat mir zwei Dinge verraten: Erstens hatten Sie Angst um ihn. Zweitens wußten Sie ganz genau, warum Sie Angst um ihn hatten.«

Alicia rang die Hände im Schoß. Rollins wartete geduldig, während sie sich zu einem Entschluß durchrang.

Als sie sprach, kamen die Worte stoßweise. Rollins holte sein Notizbuch hervor und schrieb mit.

»Ursprünglich hatte Thomas mit den Nachforschungen über die Lotterie angefangen, weil er überzeugt war, daß mehrere fragwürdige Anlageberaterfirmen das Geld der Gewinner so schlecht investiert hatten, daß es verloren ging, oder daß diese Firmen Unsummen an Provision kassierten – abschöpfen nannte er es. In allen Fällen mit dem Ergebnis, daß die Gewinner schließlich nichts mehr besaßen. Deshalb haßte er auch die Regierung, weil sie die armen Menschen ihrem Schicksal überließ. Keiner der Gewinner hatte auch nur die leiseste Ahnung von den Steuergesetzen. Dann kam das Finanzamt und hat sich alles zurückgeholt – und noch mehr. Zum Schluß standen die Leute ohne einen Cent da.«

»Wie ist er zu dieser Schlußfolgerung gelangt?«

»Konkurserklärungen«, sagte sie nur. »Alle diese Leute

haben sehr viel Geld gewonnen, und fast alle mußten hinterher Konkurs anmelden.«

Rollins kratzte sich am Kopf. »Ach ja, davon habe ich hin und wieder gelesen. Aber ich dachte bisher immer, daß die Gewinner nicht sparsam mit dem Geld umgegangen sind. Sie wissen schon. Sie geben alles mit vollen Händen aus und vergessen, die Steuern zu zahlen, wie Sie sagten. Man kann auch große Summen ziemlich schnell durchbringen. Wahrscheinlich würde es mir genauso ergehen. Ich würde durchdrehen und mein Geld ziemlich schnell auf den Kopf hauen.«

»Aber Thomas war überzeugt, daß das nicht alles war. Er hat noch etwas entdeckt.« Wieder trank sie einen Schluck Kaffee. Ihre Wangen röteten sich, als sie daran dachte, wie klug ihr Thomas war.

»Und was war das?« bohrte Rollins nach.

»Daß zwölf Lotteriegewinner nacheinander keinen Konkurs angemeldet haben.«

»Na und?«

»Thomas hat die zurückliegenden Jahre unter die Lupe genommen. Stets war der Prozentsatz der Gewinner, die Konkurs anmelden mußten, gleichbleibend. Bis dann plötzlich diese zwölf Gewinner vor zehn Jahren das Gesetz der Serie unterbrachen. Sie haben nicht pleite gemacht. Sie sind im Gegenteil viel reicher geworden.«

Rollins rieb sich das Kinn und schaute sie skeptisch an. »Ich sehe immer noch nicht, wo da Stoff für eine Story sein sollte.«

»Thomas war sich auch noch nicht über alles im klaren. Aber er kam der Sache näher. Er hat mich regelmäßig von unterwegs angerufen, um mir zu sagen, wie alles läuft und was er herausgefunden hat. Deshalb habe ich mir solche Sorgen gemacht, als ich nichts mehr von ihm hörte.«

Rollins blickte in sein Notizbuch. »Stimmt. Bei Ihrem Anruf haben Sie ihn vor der Gefahr gewarnt.«

»Thomas hat einen der zwölf Lotteriegewinner aufgestöbert.« Alicia machte eine Pause und versuchte krampfhaft, sich an den Namen zu erinnern. »LuAnn ... Tyler, richtig. LuAnn Tyler. Thomas sagte, sie sei angeklagt gewesen, jemand umgebracht zu haben, ehe sie in der Lotterie gewann. Danach ist sie verschwunden. Er hat sie hauptsächlich aufgrund ihrer Steuerunterlagen gefunden. Er hat sie sogar besucht.«

»Und wo war das?« Rollins machte sich wieder Notizen.

»Charlottesville. Ein wundervolles Herrenhaus in wunderschöner Gegend. Waren Sie schon mal dort?«

»Mit meinem Gehalt? Da kann ich mir kein Herrenhaus leisten. Und dann?«

»Er hat die Frau zur Rede gestellt.«

»Und?«

»Und sie ist schwach geworden. Na ja, beinahe. Thomas sagt, das sieht man immer in den Augen.«

»Oh.« Rollins verdrehte die Augen. »Und welchen Aufhänger wollte Donovan benützen?«

»Bitte?«

»Sein Aufhänger. Die Story, hinter der er her war. Was war so gefährlich daran, daß Sie es für nötig hielten, ihn zu warnen?«

»Na ja, die Frau ist eine Mörderin. Sie hat einmal einen Menschen getötet, und sie könnte es wieder tun.«

Rollins lächelte. »Verstehe.«

»Ich habe das Gefühl, Sie nehmen das nicht ernst.«

»Ich nehme meine Arbeit sehr ernst, aber ich sehe die Verbindung nicht. Wollen Sie etwa behaupten, diese LuAnn Tyler ist die Mörderin von Roberta Reynolds? Warum sollte sie die Frau ermorden? Wir wissen ja nicht einmal, ob die beiden sich gekannt haben. Glauben Sie, daß diese Tyler Mr. Donovan bedroht hat?«

»Ich behaupte ja gar nicht, daß LuAnn Tyler jemanden bedroht oder umgebracht hat. Ich meine, ich habe keine Beweise dafür.«

544

»Aber?« Rollins bemühte sich, nicht die Geduld zu verlieren.

Alicia blickte zur Seite. »Ich ... ich weiß nicht. Ich meine, ich bin mir nicht sicher.«

Rollins stand auf und klappte das Notizbuch zu. »Na gut. Falls ich weitere Informationen brauche, melde ich mich wieder bei Ihnen.«

Alicia saß regungslos da, die Augen im blassen Gesicht fest geschlossen. Rollins war schon fast an der Tür, als Alicia sagte: »Die Ziehung war manipuliert.«

Langsam drehte Rollins sich um und kam zurück. »Manipuliert?«

»Thomas hat mich vor zwei Tagen angerufen und es mir erzählt. Ich mußte ihm aber versprechen, es niemandem zu sagen.« Nervös zupfte sie am Rocksaum. »Diese LuAnn Tyler hat praktisch zugegeben, daß die Ziehung manipuliert war. Thomas' Stimme klang – wie soll ich sagen? – na ja, ein bißchen so, als hätte er Angst. Und jetzt mache ich mir schreckliche Sorgen um ihn. Er sollte mich anrufen, hat sich aber nicht gemeldet.«

Rollins ließ sich wieder aufs Sofa sinken. »Was hat er Ihnen sonst noch erzählt?«

»Daß er mit den anderen elf Gewinnern Verbindung aufgenommen hat, aber nur einer hat ihn zurückgerufen.« Ihre Lippen bebten. »Roberta Reynolds.«

»Dann hat Donovan sich doch mit ihr getroffen«, sagte Rollins vorwurfsvoll.

Alicia wischte sich eine Träne aus dem Auge. Sie sagte nichts, schüttelte nur den Kopf. Endlich fand sie die Sprache wieder. »Er hat schon lange an dieser Geschichte gearbeitet, hat mich aber erst kürzlich ins Vertrauen gezogen. Er hatte Angst. Das habe ich an seiner Stimme gehört.« Sie räusperte sich. »Ich weiß nur, daß er sich mit Roberta Reynolds treffen wollte. Er wollte sie gestern besuchen, am Vormittag. Seitdem habe ich nichts mehr von ihm gehört ... und dabei

hatte er versprochen, mich gleich nach dem Besuch anzurufen.«

»Hat er Ihnen gesagt, wer die Ziehung manipuliert hat?«

»Nein, aber LuAnn Tyler hat ihn gewarnt. Er sollte sich
vor einem Mann hüten, der ihn töten wollte und Thomas auf
den Fersen sei. Dieser Mann soll sehr gefährlich sein. Ich bin
sicher, daß *er* etwas mit dem Tod dieser Frau zu tun hat.«

Rollins lehnte sich zurück, schaute Alicia traurig an und
trank einen großen Schluck Kaffee.

Alicia blickte nicht auf. »Ich habe Thomas gebeten, zur
Polizei zu gehen und alles zu sagen, was er weiß.«

Rollins beugte sich vor. »Und hat er es getan?«

Sie schüttelte den Kopf. »Verdammt noch mal, nein!«
Heftig stieß sie den Atem aus. »Ich habe ihn angefleht. Wenn
jemand die Ziehung manipuliert hat ... und wo es um so viel
Geld geht. Ich glaube, dafür würden Menschen töten. Sie
sind Polizist. Das dürfte für Sie wohl nichts Neues sein.«

»Ich kenne Leute, die einem Menschen für ein paar
Dollar das Herz herausschneiden«, sagte Rollins mit eiskalter Stimme. Dann blickte er in seine leere Tasse. »Hätten Sie
noch einen Kaffee für mich?«

Alicia zuckte zusammen. »Bitte? Oh, ja, sicher. Ich mache
rasch noch eine Kanne.«

Rollins holte wieder sein Notizbuch hervor. »Das ist sehr
freundlich. Wenn Sie fertig sind, müssen wir noch einmal jedes Detail durchsprechen. Dann rufe ich Verstärkung herbei.
Dieser Fall sieht so aus, als wäre er eine Nummer zu groß für
mich. Wären Sie bereit, mit mir aufs Polizeirevier zu fahren?«

Alicia nickte ohne große Begeisterung und verließ das
Zimmer. Wenige Minuten später kam sie mit einem Holzta-
blett zurück. Ihre Augen waren auf die gefüllten Tassen gerichtet. Sie gab sich große Mühe, nichts zu verschütten. Als
sie aufschaute, wurden ihre Augen groß. Sie konnte nicht
fassen, was sie sah. Es krachte und klirrte, als sie das Tablett
fallen ließ.

»Peter?«

Die Überbleibsel von Detective Rollins – Perücke, Schnurrbart, Gesichtsmaske und Gummipölsterchen – lagen ordentlich auf dem Armsessel. Peter Crane, Alicias älterer Bruder, schaute sie mit besorgter Miene an. Er hatte den Kopf auf die rechte Hand gestützt.

Donovans Beobachtung, daß Bobbie Jo Reynolds seiner Freundin Alicia Crane verblüffend ähnlich sah, war zutreffend gewesen. Die Familienähnlichkeit des Mannes, der die Rolle Bobbie Jos gespielt hatte, mit Alicia Crane war erstaunlich.

»Hallo, Alicia.«

Sie starrte auf die abgelegte Verkleidung. »Was soll das? Was willst du?«

»Ich glaube, du solltest dich erst einmal setzen. Soll ich die Scherben wegräumen?«

»Rühr bloß nichts an!« Sie stützte eine Hand gegen den Türrahmen, um Halt zu finden.

»Ich wollte dich nicht so erschrecken«, sagte ihr Bruder mit plötzlich aufrichtiger Reue. »Ich ... ich schätze, wenn mir eine Auseinandersetzung bevorsteht, fühle ich mich wohler, wenn ich ich selbst bin.« Er lächelte verkrampft. Bei all seinen vielen Verkleidungen hatte Jackson das Lächeln in seinem eigenen Gesicht nie gelernt.

»Ich finde das überhaupt nicht komisch. Ich hätte fast einen Herzschlag bekommen!«

Schnell stand er auf, legte Alicia einen Arm um die Taille und führte sie zum Sofa. Liebevoll tätschelte er ihre Hand. »Es tut mir leid, Alicia, ehrlich.«

Alicia starrte auf den Mann, in den der bullige Detective der Mordkommission sich verwandelt hatte. »Was ist eigentlich los, Peter? Warum hast du mir all diese Fragen gestellt?«

»Na ja, ich mußte herausfinden, wieviel du weißt. Ich mußte wissen, was Donovan dir erzählt hat.«

Sie entriß ihm die Hand. »Thomas? Wieso weißt du etwas von Thomas? Ich habe dich seit drei Jahren weder gesehen noch gesprochen.«

»Ach, ist es schon so lange her?« meinte er ausweichend. »Brauchst du irgend etwas? Du hättest mich doch nur zu fragen brauchen.«

»Deine Schecks kommen so regelmäßig wie ein Uhrwerk«, sagte sie mit leichter Verbitterung. »Ich brauche nicht mehr Geld. Aber es wäre schön gewesen, dich ab und zu mal zu sehen. Ich weiß, daß du sehr beschäftigt bist, aber wir sind doch eine Familie.«

»Ich weiß.« Er schlug die Augen nieder. »Ich habe versprochen, daß ich immer für dich sorgen werde. Und das werde ich auch. Familie ist schließlich Familie.«

»Da wir gerade davon sprechen ... neulich habe ich mit Roger telefoniert.«

»Und wie geht es unserem dekadenten, nutzlosen jüngeren Bruder?«

»Er hat Geld gebraucht – wie immer.«

»Ich hoffe, du hast ihm keins geschickt. Ich habe ihm so viel gegeben, daß es ein Leben lang reicht. Ich habe es sogar für ihn angelegt. Er braucht nichts anderes zu tun, als mit dem auszukommen, was er hat, und das ist mehr als genug.«

»Roger ist unvernünftig. Das weißt du doch.« Sie schaute ihn nervös an. »Ich habe ihm ein wenig Geld geschickt.« Ehe er etwas erwidern konnte, fuhr Alicia hastig fort: »Ich weiß, was du damals gesagt hast. Aber ich konnte doch nicht zulassen, daß man ihn einfach auf die Straße setzt.«

»Warum nicht? Vielleicht wäre es für ihn das beste gewesen. New York ist nicht die richtige Stadt für ihn. Es ist zu teuer.«

»Er würde es nicht überleben. Er ist nicht stark, nicht wie Vater.«

Jackson biß sich auf die Zunge, als Alicia den Vater erwähnte. Sie bewunderte ihn noch immer; die Jahre hatten ihrer Blindheit nichts anhaben können, was den Vater betraf. »Vergiß es. Ich möchte keine Zeit mit einem Gespräch über Roger verschwenden.«

»Peter, bitte, sag mir doch endlich, was eigentlich los ist.«

»Wann hast du Donovan kennengelernt?«

»Warum?«

»Bitte, beantworte die Frage.«

»Vor knapp einem Jahr. Er schrieb einen längeren Artikel über Vater und seine Bilderbuchkarriere im Senat. Es war ein großartiger, ein wunderbarer Artikel. Thomas ist ein edler Mensch mit hehren Zielen.«

»Wie Vater?« Jacksons Mund verzog sich zu einem Grinsen.

»Ja, er ist Vater sehr ähnlich«, erwiderte sie verärgert.

»Die Welt ist wirklich klein«, meinte er ironisch und schüttelte den Kopf.

»Warum sagst du das?«

Jackson stand auf und breitete in großer Geste die Arme aus. »Alicia, woher stammt das alles hier? Was meinst du?«

»Was soll diese Frage? Aus dem Familienvermögen natürlich.«

»Familienvermögen? Das gibt es nicht mehr. Alles futsch. Schon vor Jahren.«

»Was redest du da? Ich weiß, daß Vater mal in finanziellen Schwierigkeiten gesteckt hat, aber davon hat er sich erholt – wie immer.«

Jackson schaute sie mit tiefer Verachtung an. »Sich erholt? So ein Blödsinn, Alicia. Nicht einen Cent hat der alte Mistkerl selbst verdient. Er wurde in den Reichtum hineingeboren. Und was hat dieser Narr getan? Er hat alles durchgebracht. Mein Erbe, dein Erbe. Er hat es für sich selbst verschleudert, für seine beschissene Großmannssucht.«

Sie sprang auf und gab ihm eine Ohrfeige. »Wie kannst du es wagen! Alles, was du hast, verdankst du nur ihm.«

Jackson rieb sich die Wange, wo ihre Hand ihn getroffen hatte. Seine echte Haut war sehr blaß und so glatt, als hätte er sein ganzes Leben als Gefangener oder als Mönch im Kloster verbracht, was in gewisser Weise auch zutraf.

»Ich war es, der vor zehn Jahren die Ziehung manipuliert hat«, erklärte er ruhig. Seine dunklen Augen glitzerten, als er in Alicias kleines, verblüfftes Gesicht starrte. »Alles was du besitzt, jeder Cent, stammt von diesem Geld. Von mir. Nicht vom lieben alten Dad.«

»Was meinst du? Wie konntest du ...«

Jackson schob sie zurück aufs Sofa. »Ich habe fast eine Milliarde Dollar von zwölf Lotteriegewinnern kassiert«, unterbrach er sie. »Es waren dieselben Leute, über die Donovan Nachforschungen angestellt hat. Ich habe ihren Gewinn genommen und das Geld investiert.

Erinnerst du dich an Großvaters Verbindungen an der Wall Street? Seine Zusammenarbeit mit den besten Finanzexperten? Er hat sein Geld tatsächlich *verdient*. Ich habe diese Kontakte über die Jahre hinweg gepflegt, mit einem klaren Ziel vor Augen. Mit dem Geld der Lotteriegewinner, das man an der Wall Street für unser ›Familienvermögen‹ hielt, war ich dort einer der bevorzugten Kunden. Ich habe äußerst günstige Abschlüsse gemacht und bei sämtlichen Aktien, die erstmals an die Börse kamen, die erste Wahl bekommen. Die todsicheren Treffer.

Das ist ein sorgsam gehütetes Geheimnis der Reichen, Alicia. Sie erhalten in allen Dingen den ersten Zuschlag: Ich bekomme eine Aktie für zehn Dollar pro Anteil, ehe sie an die Börse kommt. Binnen vierundzwanzig Stunden, nachdem sie auf dem Markt ist, steigt sie auf siebzig Dollar. Dann verkaufe ich sie ans gewöhnliche Volk, kassiere meine sechshundert Prozent Gewinn und widme mich dem nächsten lukrativen Geschäft. Es ist so, als würde man das Geld drucken. Alles hängt davon ab, wen man kennt und was man auf den Tisch legt. Wenn du eine Milliarde Dollar hinblätterst, spitzen alle die Ohren. Dann bist du wer, das kannst du mir glauben.«

Alicias Lippen zitterten heftig, als sie ihrem Bruder zuhörte, der immer aufgeregter gesprochen hatte, wie im Fieber, und wild gestikulierte.

»Wo ist Thomas?« Ihre Frage war kaum hörbar.

Jackson schaute zur Seite und leckte sich die trockenen Lippen. »Er war nicht gut für dich, Alicia. Überhaupt nicht gut. Ein Opportunist. Ich bin sicher, ihm hat das alles hier sehr gefallen. Alles, was du besitzt. Alles, was ich dir gegeben habe. Er war wirklich nicht gut für dich.«

»*War? War* nicht gut?« Alicia stand auf. Ihre Hände verkrampften sich so stark, daß die Haut schneeweiß aussah.

»Wo ist er? Was hast mit ihm gemacht?«

Jackson blickte sie an, suchte irgend etwas in ihrem Gesicht. Plötzlich wurde ihm klar, daß er nach einem Hauch von Versöhnlichkeit suchte. Aus der Ferne hatte er seine einzige Schwester seit langem verklärt gesehen und sie auf ein Podest erhoben. Jetzt aber, von Angesicht zu Angesicht, mußte er feststellen, daß dieses Bild nicht mehr zutraf. Obwohl sein Tonfall ganz beiläufig klang, waren seine Worte alles andere als beiläufig, nachdem er endlich einen Entschluß gefaßt hatte.

»Ich habe ihn getötet, Alicia.«

Einen Moment lang stand sie erstarrt da; dann sank sie zu Boden. Er legte sie aufs Sofa, diesmal allerdings nicht sehr behutsam. »Jetzt führ dich nicht so auf! Es werden noch andere Männer kommen, das kann ich dir versichern. Du kannst durch die ganze Welt reisen und nach einem Mann suchen, der wie unser Vater ist. Donovan war nicht wie Vater, aber ich bin sicher, du wirst deine Suche nicht aufgeben.« Er bemühte sich nicht, den Sarkasmus in seiner Stimme zu unterdrücken.

Doch Alicia hörte ihm nicht mehr zu. Tränen strömten ihr über die Wangen.

Trotz der Tränen sprach Jackson weiter. Er schritt vor seiner Schwester auf und ab wie ein Lehrer vor seiner Klasse, die nur aus einem einzigen Schüler bestand. »Alicia, du mußt das Land verlassen. Die Nachricht, die du auf dem Anrufbeantworter für Donovan hinterlassen hast, habe ich gelöscht, damit die Polizei keinen Hinweis findet, der zu dir führt. Da eure Beziehung aber fast ein Jahr gedauert hat, wissen andere mit Sicherheit davon. Irgendwann wird die Polizei kommen und dir Fragen stellen. Ich treffe alle Vorkehrungen. Wenn ich mich recht entsinne, hast du Neuseeland doch immer sehr gemocht. Oder vielleicht Österreich? Dort haben wir als Kinder öfters schöne Ferien verbracht.«

»Hör auf! Hör sofort auf, du Bestie!«

Sie war aufgesprungen.

»Alicia ...«

»Ich fahre nirgendwohin.«

»Moment mal. Du mußt dir über eines im klaren sein: Du weißt zuviel. Die Polizei wird Fragen stellen. Du hast in solchen Dingen keine Erfahrung. Sie werden sehr leicht die Wahrheit aus dir herausholen.«

»Da hast du vollkommen recht. Ich werde sofort die Polizei anrufen und alles sagen. Alles.«

Sie wollte zum Telefon, doch er versperrte ihr den Weg. »Alicia, jetzt sei vernünftig.«

Sie schlug ihm die Fäuste mit aller Kraft ins Gesicht. Zwar richteten ihre Schläge keinen körperlichen Schaden bei ihm an, doch sie beschworen die Erinnerung an andere gewalttätige Auseinandersetzungen mit einem anderen Familienangehörigen herauf. Damals war Jackson seinem Vater körperlich unterlegen gewesen, und der Vater hatte ihn auf eine Art und Weise beherrscht, die er sich später nie wieder hatte gefallen lassen, von niemandem.

»Ich habe ihn geliebt. Geh zum Teufel! Ich habe Thomas geliebt!« schrie Alicia ihm ins Gesicht.

Jackson betrachtete sie mit feuchten Augen. »Ich habe

auch jemanden geliebt«, sagte er. »Jemand, der mich auch hätte lieben und achten sollen. Aber er hat es nicht getan.« Trotz der vielen Jahre voller Schmerzen, Schuld und Peinlichkeiten hegte Jacks Sohn immer noch tief in seinem Inneren Gefühle für den alten Mann. Gefühle, mit denen er sich bis jetzt nicht beschäftigt, sie auch nie in Worte gefaßt hatte. Daß diese Gefühle nun plötzlich in ihm aufwallten, hatte eine überwältigende Wirkung.

Er packte seine Schwester an den Schultern und schleuderte sie aufs Sofa.

»Peter...«

»Halt's Maul, Alicia.« Er setzte sich neben sie. »Du verläßt das Land. Du wirst die Polizei nicht anrufen. Hast du kapiert?«

»Du bist ja verrückt. Wahnsinnig. O Gott, ich kann nicht glauben, was hier geschieht.«

»Verrückt? Wahnsinnig? Ich bin vollkommen sicher, daß ich im Augenblick das vernünftigste Mitglied unserer Familie bin.« Er starrte sie an. »Du redest mit niemandem, Alicia. Hast du das kapiert?« wiederholte er ganz langsam.

Sie schaute ihm in die Augen und erschauerte bis ins Innerste ihrer Seele. Zum erstenmal, seit der Streit begonnen hatte, spürte sie schreckliche, riesige Angst. Ihre Wut war verflogen. Plötzlich kannte sie den Jungen nicht mehr, mit dem sie einst glücklich herumgetollt hatte, von dessen Reife und Intelligenz sie fasziniert gewesen war. Der Mann, der ihr nun in die Augen starrte, war nicht ihr Bruder. Dieses Wesen besaß keine menschlichen Züge.

Blitzschnell wechselte sie die Taktik und sagte so ruhig sie konnte: »Ja, Peter, ich habe verstanden. Ich ... ich packe gleich heute abend.«

Auf Jacksons Gesicht stand eine so tiefe Verzweiflung, wie er sie seit vielen Jahren nicht empfunden hatte. Er hatte Alicias Gedanken und Ängste gelesen. Sie standen überdeutlich auf dem dünnen Pergament ihrer weichen Züge.

Seine Finger krampften sich um das große Kissen, das auf dem Sofa zwischen ihnen lag.

»Wohin möchtest du fahren, Alicia?«

»Irgendwohin, Peter. Wohin du willst. Neuseeland. Du hast von Neuseeland gesprochen. Das wäre wundervoll.«

»Es ist ein herrliches Land. Oder Österreich, wie ich schon sagte. Damals hat es uns doch gut gefallen, oder?« Er packte das Kissen noch fester. »Oder?« wiederholte er.

»Ja, es war wirklich schön.« Alicia verfolgte jede seiner Bewegungen. Sie wollte schlucken, doch ihre Kehle war pulvertrocken. »Vielleicht ... könnte ich erst nach Österreich ... und dann nach Neuseeland fliegen.«

»Und kein Wort zur Polizei? Versprichst du das?« Er hob das Kissen.

Ihr Kinn zitterte unkontrolliert, als das Kissen sich ihrem Gesicht näherte. »Peter. Peter. Bitte, nicht!«

Er sprach sehr präzise und überlegt. »Ich heiße Jackson, Alicia. Einen Peter Crane gibt es hier nicht.«

Urplötzlich stieß er sie aufs Sofa und preßte ihr das Kissen aufs Gesicht. Sie wehrte sich verzweifelt. Sie kratzte, stieß um sich, wand sich, doch sie war so klein und schwach. Er spürte kaum, wie sie ums Überleben kämpfte. Viele Jahre lang hatte er versucht, seinen Körper so hart wie Fels zu machen. Alicia dagegen hatte diese Zeit mit Warten verbracht – dem Warten darauf, daß ein Abbild ihres Vaters, strahlend wie ein Ritter, in ihr Leben trat. Und dabei waren ihre Muskeln und ihr Verstand verweichlicht.

Es war rasch vorbei. Vor Jacksons Augen wurden die heftigen Bewegungen seiner Schwester schwächer und endeten schließlich ganz. Ihr blasser rechter Arm baumelte schlaff über die Kante des Sofas. Er nahm das Kissen weg und zwang sich, seine Schwester anzuschauen. Das zumindest war er ihr schuldig. Ihr Mund stand leicht offen, die Augen waren aufgerissen und leer. Rasch streifte er die Lider über die starren Pupillen, setzte sich zu der Toten und tätschelte zärtlich ihre Hand. Er kämpfte nicht gegen die Tränen. Es hätte nichts genützt. Verzweifelt versuchte er sich zu erinnern, wann er das letzte Mal geweint hatte, doch es gelang ihm nicht.

Schließlich verschränkte er ihre Arme über der Brust; dann aber gefiel es ihm besser, sie über die Taille zu legen. Behutsam hob er ihre Beine aufs Sofa und legte ihr das Kissen, mit dem er sie getötet hatte, unter den Kopf. Dann breitete er ihre Haare über das Kissen aus. Er fand, daß sie wunderschön aussah, auch wenn sie so still und regungslos dalag. Sie war von einer Aura des Friedens umhüllt, von der tiefen und heiteren Ruhe eines Frühlingsmorgens, die ihn tröstete, als wäre das, was er gerade getan hatte, gar nicht so schlimm.

Er zögerte noch einen Moment. Dann prüfte er ihren Puls. Hätte sie noch gelebt, wäre er sofort aus dem Haus gestürmt und hätte das Land noch am selben Tag verlassen. Er hätte sie nicht noch einmal angerührt. Schließlich war sie seine Schwester. Sein Fleisch, sein Blut. Aber sie war tot. Er stand auf und schaute ein letztes Mal auf sie hinunter.

Es hätte nicht so enden müssen. Jetzt war der Nichtsnutz Roger der einzige Familienangehörige, den es noch gab. Eigentlich hätte dieser Versager dort liegen müssen, nicht seine geliebte Alicia. Doch Roger war die Mühe nicht wert.

Plötzlich richtete Jackson sich auf. Ihm war eine Idee gekommen. Vielleicht konnte Roger in seinem Stück eine Nebenrolle spielen. Ja, er würde seinen jüngeren Bruder anrufen und ihm ein Angebot machen. Er war sicher, daß Roger diesem Angebot nicht widerstehen konnte, weil Bargeld winkte – die stärkste Droge, die es gab.

Sorgfältig und methodisch legte Jackson wieder die Verkleidung an. Dabei warf er immer wieder verstohlene Blicke auf seine tote Schwester. Da er seine Hände mit einer lackähnlichen Substanz bestrichen hatte, brauchte er sich keine Sorgen zu machen, Fingerabdrücke hinterlassen zu haben.

Er verließ das Haus durch die Hintertür. Man würde Alicia bald finden. Sie hatte gesagt, die Haushälterin wäre fortgegangen, um Besorgungen zu machen. Die Chancen standen sehr gut, daß die Polizei davon ausging, Thomas Donovan hätte seine Mordserie fortgesetzt und seine Freundin getötet, Alicia Morgan Crane. Sie würde einen großen Nachruf erhalten. Schließlich war ihre Familie sehr bedeutend gewesen; man konnte viel darüber schreiben. Und irgendwann mußte Jackson zurückkommen – wieder als Peter Crane – und sie beerdigen. Diese Aufgabe konnte man Roger nicht anvertrauen.

Es tut mir leid, Alicia. Es hätte nicht dazu kommen dürfen. Diese unerwartete Wendung der Ereignisse hatte ihn näher an den Zustand völliger Lähmung gebracht als jemals zuvor. Für Jackson stand die völlige Kontrolle an erster Stelle, und plötzlich war etwas außer Kontrolle geraten. Er blickte auf seine Hände, die Werkzeuge, mit denen er seine Schwester getötet hatte. Seine Schwester. Selbst jetzt noch hatte er weiche Knie; Körper und Geist arbeiteten nicht synchron.

Als Jackson die Straße hinunterging, schwirrte ihm immer noch der Kopf bei dem Gedanken an das Verbrechen, das er soeben begangen hatte. Dann aber richteten seine geistigen Energien sich wieder auf jenen Menschen, der seiner Meinung nach für alles verantwortlich war.

LuAnn Tyler würde für jedes Leid büßen, das er jetzt verspürte. Alle Qualen, alle Schmerzen, die so gnadenlos in ihm tobten, würde er ihr hundertfach zurückzahlen – so lange, bis sie ihn *anflehte*, ihrem Leben ein Ende zu machen, sie zu ersticken, weil jeder Atemzug die Hölle war, schmerzlicher als alles, was ein Mensch aushalten konnte. Selbst LuAnn Tyler.

Und am schönsten war, daß er sie nicht einmal suchen mußte. Sie würde zu ihm kommen. Sie würde zu ihm rennen, mit all der Geschwindigkeit und Kraft ihres außergewöhnlichen Körpers. Denn er würde etwas haben, für das LuAnn überall hin laufen würde, für das sie alles tun würde. Für das sie sterben würde. *Und das wirst du, LuAnn Tyler. Catherine Savage.* Das schwor er sich.

Als das Haus hinter ihm verschwand, hatte Jackson noch immer einen warmen, schlaffen Körper vor seinem geistigen Auge, dessen geliebtes Gesicht dem seinen sehr ähnelte.

KAPITEL 53

Zum zehntenmal schaute Riggs sich im Einkaufszentrum um; dann blickte er wieder auf die Uhr. Durch seinen Deal mit dem FBI hatte er sich auf den zerbrechlichsten Ast der Welt hinausgewagt – und LuAnn war drei Stunden überfällig. Was sollte er anstellen, wenn sie überhaupt nicht kam? Jackson war irgendwo da draußen. Riggs bezweifelte stark, daß das Messer ein zweites Mal sein Ziel verfehlen würde. Falls er Jackson nicht dem FBI auslieferte, falls er seinen Teil des Handels mit seinem früheren Arbeitgeber nicht erfüllte und falls er nicht wieder in seine Tarnexistenz schlüpfen konnte, war es aus und vorbei.

Die Bosse des Drogenkartells, die vor fünf Jahren geschworen hatten, ihn zu töten, würden schnell erfahren, daß er noch lebte, und würden es mit Sicherheit wieder versuchen. Zurück in sein Haus konnte er nicht. Seine Firma ging höchstwahrscheinlich den Bach hinunter, und er hatte zur Zeit fünf Dollar in der Tasche und nicht einmal ein Auto. Selbst wenn Riggs sein Leben mit Absicht noch schlimmer hätte kaputtmachen wollen – er hätte nicht gewußt, wie er es anstellen müßte.

Er setzte sich auf eine Bank und starrte zum Washington Monument hinauf, während der kalte Wind über den leeren Platz zwischen dem Lincoln Memorial und dem Kapitol wehte. Der Himmel war bedeckt. Bald würde es zu regnen anfangen; man konnte es bereits riechen. Einfach großartig. *Und du sitzt genau zwischen Baum und Borke, Mr. Riggs,* sagte er sich. Sein Gefühlsbarometer war auf den niedrigsten Stand gefallen, seit seine Frau vor fünf Jahren bei dem Bandenüberfall getötet worden war.

War es wirklich erst eine Woche her, daß er ein halbwegs normales Leben geführt hatte? Daß er für reiche Leute Bauaufträge ausgeführt hatte? Daß er am Ofen in seinem Haus gesessen und Bücher gelesen hatte? Ein paar Abendseminare an der Universität besucht und ernsthaft darüber nachgedacht hatte, endlich einmal richtig Urlaub zu machen?

Er blies sich in die kalten Hände und schob sie in die Taschen. Seine verletzte Schulter schmerzte. Gerade als er gehen wollte, berührte jemand seinen Arm.

»Es tut mir leid.«

Er drehte den Kopf, und seine gedrückte Stimmung hob sich so rasch, daß ihm schwindlig wurde. Unwillkürlich lächelte er – ein Lächeln, das er bitter nötig hatte.

»Was tut dir leid?«

LuAnn setzte sich neben ihn und hakte sich bei ihm ein. Sie antwortete nicht sofort. Nachdem sie eine Zeitlang vor sich hingestarrt hatte, holte sie tief Luft. Dann schaute sie ihm in die Augen und streichelte seine Hand.

»Ich hatte Zweifel.«

»Wegen mir?«

»Ich weiß, es war dumm. Nach allem, was du für mich getan hast, hätte ich niemals an dir zweifeln dürfen.«

Er schaute sie liebevoll an. »Doch. Ich kann es verstehen. Jeder hat Zweifel. Und nach den letzten zehn Jahren solltest du mehr Zweifel haben als die meisten Menschen.« Er tätschelte ihre Hand und sah die Tränen in ihren Augen. »Aber jetzt bist du da. Du bist gekommen. Also muß wohl alles in Ordnung sein, oder? Ich habe den Test bestanden. Kein Zweifel mehr?«

LuAnn nickte bloß; sie konnte nicht sprechen.

»Ich schlage vor, wir suchen uns ein warmes Plätzchen, wo ich dir vom neuesten Stand der Dinge erzählen kann.

Dann müssen wir unseren Schlachtplan diskutieren. Hört sich gut an, oder?«

»Da bin ich ganz deiner Meinung.« LuAnn umklammerte Riggs' Hand, als wollte sie sie nie wieder loslassen. Und das war ihm im Augenblick sehr recht.

Sie ließen den Honda stehen, dessen Motor Schwierigkeiten machte, und mieteten sich einen anderen Wagen. Überdies hatte Riggs keine Lust mehr, immer wieder die Zündung kurzzuschließen.

Sie fuhren bis zur westlichen Grenze des Fairfax County, um dort in einem Restaurant zu Mittag zu essen. Unterwegs berichtete Riggs LuAnn von der Besprechung im Hoover Building. Dann gingen sie an der Bar des fast leeren Restaurants vorüber und setzten sich an einen Tisch in der Ecke.

LuAnn beobachtete gedankenverloren, wie der Barkeeper am Senderknopf der Fernsehers drehte, um die tägliche Seifenoper besser zu empfangen, die er sich offenbar anschauen wollte. Dann lehnte der Mann sich an den Tresen und stocherte sich mit einem Cocktailquirl zwischen den Zähnen, während seine Blicke auf den Bildschirm gerichtet waren. Es muß herrlich sein, dachte LuAnn, so entspannt zu sein, so sorglos.

Sie bestellten ihr Essen. Dann holte Riggs die Zeitung hervor. Er sagte kein Wort, bis LuAnn den Artikel gelesen hatte.

»Du lieber Gott!«

»Donovan hätte auf dich hören sollen.«

»Glaubst du, Jackson hat ihn umgebracht?«

Riggs nickte. »Wahrscheinlich hat er ihm eine Falle gestellt. Reynolds hat Donovan auf Jacksons Anweisung hin angerufen und ihm versprochen, alles zu erzählen. Dann tauchte Jackson auf, hat beide erschossen und die Sache so gedeichselt, daß Donovan die Schuld für den Mord an Reynolds zugeschoben wird.«

LuAnn schlug die Hände vors Gesicht.

Riggs strich ihr liebevoll übers Haar. »He, LuAnn, du hast den Mann gewarnt. Mehr konntest du nicht tun.«

»Ich hätte Jacksons Angebot vor zehn Jahren zurückweisen können. Dann wäre das alles nicht passiert.«

»Stimmt. Aber hättest du damals abgelehnt, hätte er dich auf der Stelle getötet. Jede Wette.«

LuAnn wischte sich mit dem Ärmel über die Augen. »Und jetzt habe ich dieses tolle Abkommen mit dem FBI, das du für mich ausgehandelt hast. Und damit auch alles klappt, brauchen wir nur dafür sorgen, daß uns Luzifer ins Netz geht.« Sie trank einen Schluck Kaffee. »Würdest du mir mal erklären, wie wir das anstellen sollen?«

Riggs legte die Zeitung zur Seite. »Ich habe lange darüber nachgedacht, wie du dir vorstellen kannst. Das Problem besteht darin, daß wir nicht zu einfach, andererseits aber auch nicht zu kompliziert vorgehen dürfen. In beiden Fällen würde Jackson die Falle riechen.«

»Ich glaube kaum, daß er sich noch einmal mit mir treffen will.«

»Das wollte ich auch nicht vorschlagen. Denn er würde nicht selbst kommen, sondern jemand schicken, der dich umbringen soll. Das ist viel zu gefährlich.«

»Weißt du nicht, daß ich die Gefahr liebe, Matthew? Würde ich nicht ständig bis zum Hals drinstecken, wüßte ich gar nicht, womit ich mir die Zeit vertreiben sollte. Okay, kein Treffen. Was dann?«

»Wie ich schon sagte, wenn wir herausfinden, wer er wirklich ist, können wir ihn aufspüren, und dann sind wir vielleicht im Geschäft.« Riggs machte eine Pause, als das Essen serviert wurde. Nachdem die Kellnerin gegangen war, aß er sein Sandwich, redete aber zwischen den Bissen weiter. »Erinnerst du dich an irgend etwas Auffälliges an dem Kerl? Irgendwas, das uns auf die richtige Spur führen könnte? Wir müssen herausbekommen, wer er in Wahrheit ist.«

»Er war immer verkleidet.«

»Und diese Geschäftspapiere, die er dir geschickt hat?«

»Die kamen von einem Investmentunternehmen in der Schweiz. Ich habe einige Unterlagen im Haus, aber die kann ich ja nicht holen. Oder wäre ich dabei durch dein Abkommen mit dem FBI geschützt?« Sie hob eine Braue.

»Ich rate dir dringend davon ab, LuAnn. Wenn du jetzt dem FBI über den Weg läufst, könnten die Burschen unseren kleinen Handel womöglich vergessen.«

»Ich habe noch andere Dokumente. In meiner Bank in New York.«

»Auch zu riskant.«

»Ich könnte mich an dieses Schweizer Unternehmen wenden. Aber ich glaube nicht, daß die irgend etwas wissen. Und falls doch, würden sie's mir nicht mitteilen. Die berühmten Schweizer Konten, stimmt's?«

»Stimmt. Sonst noch was? Es muß doch irgend etwas geben, das dir an dem Kerl aufgefallen ist. Wie er gekleidet war, wie er gerochen hat, geredet hat, sich bewegt hat. Irgendwelche ausgefallenen Interessen. Was ist mit Charlie? Könnte er irgendwas über Jackson wissen?«

LuAnn zögerte. »Wir könnten ihn fragen«, sagte sie und wischte die Hände an der Serviette ab. »Aber ich glaube nicht, daß es viel bringt. Charlie sagte mir, daß er nie persönlich mit Jackson gesprochen hat, immer nur am Telefon.«

Riggs ließ sich im Stuhl zurücksinken und rieb sich den schmerzenden Arm.

»Ich sehe einfach keine Möglichkeit, an ihn heranzukommen, Matthew.«

»Es gibt eine Möglichkeit, LuAnn. Wahrscheinlich ist es sogar der einzige Weg. Ich habe dich nur deshalb gefragt, weil ich sichergehen wollte, daß es nicht vielleicht doch noch andere Möglichkeiten gibt. Aber das können wir wohl vergessen.«

»Und wie sieht dein Plan aus?«

»Du hast doch die Telefonnummer, unter der du Jackson erreichen kannst.«

»Ja, und?«

»Wir vereinbaren ein Treffen.«

»Aber du hast doch gerade gesagt...«

»Ein Treffen mit mir, nicht mit dir.«

LuAnn fuhr wütend hoch. »Niemals, Matthew. Nicht um alles auf der Welt lasse ich dich in die Nähe von diesem Scheißkerl. Sieh doch, was er bereits mit dir angestellt hat.« Sie wies auf seinen Arm. »Beim nächstenmal wird es schlimmer. Viel schlimmer.«

»Es wäre schon viel schlimmer gewesen, hättest du nicht seinen Arm zur Seite geschlagen.« Er lächelte sie liebevoll an. »Ich rufe Jackson an und sage ihm, daß du das Land und alle Probleme hinter dir läßt. Du weißt, daß Donovan tot ist. Damit kann Jackson dich nicht mehr erpressen.«

LuAnn schüttelte vehement den Kopf.

»Und dann sage ich ihm noch«, fuhr Riggs fort, »daß ich alles weiß, daß ich die Arbeit am Bau satt habe und daß ich Schweigegeld haben will.«

»Nein, Matthew, nein.«

»Jackson hält mich doch sowieso für einen Kriminellen. Mein Erpressungsversuch würde da gut ins Bild passen. Ich werde ihm erzählen, daß ich eine Wanze in deinem Schlafzimmer angebracht habe. Und dann habe ich sein Gespräch mit dir auf Band aufgezeichnet, als ihr an dem Abend in deinem Haus über sehr brisante Dinge geredet habt.«

»Bist du verrückt?«

»Ich will Geld. Viel Geld. Dann bekommt Jackson das Band.«

»Er wird dich umbringen.«

Riggs' Gesicht verdüsterte sich. »Das will er doch sowieso. Ich sitze nicht gern untätig herum und warte, daß der zweite Schuh runterfällt. Da gehe ich lieber in die Offensive. Soll er doch mal zur Abwechslung schwitzen. Ich bin kein

Killer wie dieser Kerl, aber eine Niete bin ich auch nicht. Ich bin ein erfahrener FBI-Agent. Auch ich habe schon Menschen getötet, wenn mir keine andere Wahl blieb. Und wenn du glaubst, daß ich auch nur eine Sekunde zögern würde, diesem Mistkerl das Gehirn rauszupusten, dann kennst du mich schlecht!«

Riggs blickte kurz zu Boden, um seine aufgewühlten Nerven zu beruhigen. Sein Plan war riskant, doch in diesem Fall gab es keine Möglichkeit, der Gefahr aus dem Weg zu gehen. Riggs wollte noch etwas hinzufügen und schaute LuAnn wieder an, doch als er ihren Gesichtsausdruck sah, blieben ihm die Worte im Halse stecken.

»LuAnn?«

»O nein!« Panik lag in ihrer Stimme.

»Was ist los?« Riggs packte sie an der Schulter. LuAnn zitterte. Sie antwortete ihm nicht. Sie blickte starr über seine Schulter. Riggs fuhr herum. Er rechnete damit, Jackson auf sie zustürmen zu sehen, Fleischermesser in beiden Händen. Doch das Restaurant war immer noch fast leer. Plötzlich fiel Riggs' Blick auf den Fernseher. Eine Nachrichtensondersendung lief.

Auf dem Bildschirm war das Gesicht einer Frau zu sehen. Vor zwei Stunden war Alicia Crane, eine bekannte Washingtoner Bürgerin, von ihrer Haushälterin tot in ihrer Wohnung aufgefunden worden. Die bisherigen Hinweise deuteten darauf hin, daß sie ermordet worden war. Riggs' Augen wurden groß, als er den Reporter sagen hörte, daß Thomas Donovan, Hauptverdächtiger beim Mord an Roberta Reynolds, offensichtlich ein enger Freund Alicia Cranes gewesen sei.

LuAnn konnte die Augen nicht von diesem Frauengesicht abwenden. Sie hatte diese Züge schon einmal gesehen, und diese Augen – auf der Veranda des Cottage. Damals, als sie zum ersten und einzigen Mal Jacksons Gesicht gesehen hatte.

Sein wahres Gesicht.

564

Damals war es ihr eiskalt über den Rücken gelaufen, als sie dieses Gesicht gesehen hatte. Nein – als ihr klargeworden war, *was* sie gesehen hatte. Sie hatte gehofft, nie mehr in diese Augen schauen zu müssen. Jetzt starrte sie hinein. Sie waren auf dem Bildschirm.

Als Riggs LuAnn wieder anschaute, deutete sie mit zitterndem Finger auf den Fernseher. »Das ist Jackson«, sagte sie mit brüchiger Stimme. »Er ist als Frau verkleidet.«

Riggs blickte zum Fernseher. Das kann niemals Jackson sein, dachte er. »Woher weißt du das? Du hast gesagt, er sei immer verkleidet gewesen.«

LuAnn konnte den Blick nur mit Mühe vom Fernseher lösen. »Im Cottage, als ich mit ihm durchs Fenster gestürzt bin. Wir haben gekämpft, und sein Gesicht – aus Plastik oder Gummi oder sonst etwas – löste sich. Da habe ich sein wirkliches Gesicht gesehen. Dieses Gesicht.« Wieder zeigte sie zum Bildschirm.

Riggs' erster Gedanke war richtig. *Verwandschaft?* Großer Gott, war das möglich? Die Verbindung zu Donovan konnte kein Zufall sein – oder doch? Er stürmte zum Telefon.

»Tut mir leid, daß ich Ihre Jungs abgehängt habe, George. Ich hoffe, es hat Sie keine Pluspunkte an höherer Stelle gekostet.«

»Wo stecken Sie?« wollte Masters wissen.

»Hören Sie mir zu.« Riggs berichtete über die Nachrichtensendung, die er soeben gesehen hatte.

»Sie glauben also, daß Jackson mit Alicia Crane verwandt ist?« fragte Masters aufgeregt. Sein Zorn auf Riggs war für den Moment verflogen.

»Es wäre möglich. Vom Alter her könnte es stimmen. Vielleicht ist er der ältere oder jüngere Bruder. Ich weiß es nicht.«

»Dank sei Gott für starke Gene!«

»Wie sieht Ihr Schlachtplan aus?«

»Wir überprüfen die Angehörigen der Ermordeten. Das dürfte nicht allzu schwierig sein. Ihr Vater war jahrelang Senator der Vereinigten Staaten. Sehr bekannte Familie. Wenn sie Brüder, Vettern oder sonstwas hat, werden wir das sehr schnell wissen und die Betreffenden zur Befragung vorladen. Teufel auch, es kann auf keinen Fall schaden.«

»Ich glaube nicht, daß Jackson wartet, bis Sie an seine Haustür klopfen.«

»Das tun Verbrecher nie, stimmt's?«

»Falls er in der Nähe ist, sollten Sie lieber vorsichtig sein, George.«

»Ja, schon gut. Wenn Sie recht haben ...«

Riggs beendete den Satz: »Dann hat der Kerl seine eigene Schwester ermordet. Und dann möchte ich lieber nicht erleben, was er mit jemandem anstellt, der *nicht* zu seiner Familie gehört.«

Riggs legte auf. Zum erstenmal hegte er tatsächlich Hoffnung. Er gab sich nicht der Illusion hin, daß Jackson noch in der Gegend war, so daß die FBI-Agenten ihn sich schnappen konnten. Er war aufgeflogen, abgeschnitten von seiner Basis. Mit Sicherheit war er stinkwütend und schmiedete irgendwo Rachepläne.

Nun, sollte er ruhig. Er würde Riggs das Herz herausschneiden müssen, ehe er an LuAnn herankam. Und sie beide würden ihm keine festen Ziele bieten. Jetzt war es an der Zeit, ständig in Bewegung zu bleiben.

Zehn Minuten später saßen sie wieder im Auto und fuhren mit unbestimmtem Ziel weiter.

KAPITEL 54

Jackson stieg in die Maschine der Delta Airlines nach New York. Er brauchte zusätzliche Ausrüstungsgegenstände und wollte Roger abholen. Er konnte sich nicht darauf verlassen, daß sein dämlicher Bruder allein dort ankam, wo er ankommen sollte. Darum würde er mit Roger gemeinsam zurück nach Süden reisen.

Während des kurzen Fluges ließ Jackson sich von dem Informanten Bericht erstatten, der Charlie und Lisa beschattete. Sie hatten eine Rast eingelegt. Charlie hatte telefoniert. Zweifellos mit LuAnn. Dann waren sie weitergefahren und würden nun bald wieder den Süden Virginias erreichen. Alles klappte wie am Schnürchen.

Eine Stunde später saß Jackson in einem Taxi und ließ sich durch das Verkehrsgewühl Manhattans zu seiner Wohnung bringen.

Horace Parker blickte sich neugierig um. Er war seit mehr als fünfzig Jahren Pförtner in einem Gebäude, in dem die Durchschnittswohnungen dreihundertfünfzig Quadratmeter groß waren und fünf Millionen Dollar kosteten. Das Penthouse war dreimal so groß und kam auf zwanzig Millionen. Doch so etwas wie heute hatte Horace Parker nie zuvor erlebt. Er beobachtete, wie die kleine Armee der FBI-Männer in Windjacken durch die Eingangshalle fegte und den Privataufzug benützte, der nur zum Penthouse führte. Alle sahen tödlich entschlossen aus und waren schwer bewaffnet.

Parker verließ das Gebäude und blickte die Straße hinauf und hinunter. Ein Taxi hielt. Ein Mann stieg aus, und Parker ging sofort zu ihm. Der Pförtner hatte ihn schon als kleinen Jungen gekannt. Vor vielen Jahren hatte er mit diesem Mann und dessen jüngerem Bruder Roger Centstücke in den Springbrunnen in der Eingangshalle geschnippt. Um sich ein bißchen dazu zu verdienen, hatte er bei den Jungen den Babysitter gespielt und war mit ihnen an Wochenenden in den Central Park gegangen. Parker hatte ihnen die ersten Biere gekauft, kaum daß sie in der Pubertät waren. Er hatte miterlebt, wie die Jungen erwachsen wurden und das elterliche Nest verließen. Dann hatten die Cranes irgendein geschäftliches Unglück erlebt, soweit Parker wußte, und waren aus New York weggezogen. Doch Peter Crane war heimgekehrt und hatte das Penthouse gekauft. Offensichtlich hatte er es zu etwas gebracht.

»Guten Abend, Horace«, sagte Jackson leutselig.

»Guten Abend, Mr. Crane.« Parker tippte an seine Mütze. Jackson wollte an ihm vorbei.

»Mr. Crane, Sir?«

Jackson drehte sich um. »Was ist denn? Ich habe es eilig, Horace.«

Parker schaute nach oben. »Vorhin sind Männer ins Gebäude gekommen, Mr. Crane. Sie sind direkt in Ihre Wohnung gefahren. Ein ganzer Haufen. FBI. Schwer bewaffnet. So was habe ich noch nie gesehen. Die sind immer noch oben. Ich glaube, die warten, daß Sie nach Hause kommen, Sir.«

»Vielen Dank für diese Information, Horace«, sagte Jackson vollkommen ruhig. »Ein Mißverständnis, weiter nichts.«

Jackson streckte die Hand aus. Parker ergriff sie. Dann machte Jackson kehrt, verließ das Gebäude und verschwand die Straße hinunter. Als Parker die Hand öffnete, befand sich ein Bündel Hundertdollarscheine darin. Er schaute sich vorsichtshalber um, ehe er das Geld diskret in die Tasche steckte und wieder seinen Posten an der Tür bezog.

Aus den Schatten einer Seitenstraße blickte Jackson zu seiner Wohnung hinauf, zu seinem Penthouse. Er sah die Silhouetten langsam an den hell erleuchteten Fenstern vorübergehen. Seine Lippen bebten vor Zorn angesichts dieses unverschämten Eindringens in seine Privatsphäre. An die Möglichkeit, das FBI könne ihm bis in seine Wohnung folgen, hatte er nie gedacht. Wie, zum Teufel, konnte das passieren?

Doch jetzt war nicht die Zeit, sich Gedanken darüber zu machen. Jackson ging zur nächsten Kreuzung und telefonierte. Zwanzig Minuten später holte eine Limousine ihn ab. Er rief seinen Bruder an und befahl ihm, sofort die Wohnung zu verlassen, ohne irgend etwas zu packen, und ihn vor dem St. James Theater zu treffen. Jackson war nicht sicher, wie die Polizei seine Identität festgestellt hatte, aber er konnte nicht ausschließen, daß die Bullen jede Minute vor Rogers Wohnung auftauchten.

Er hielt kurz bei einer anderen Wohnung, die er unter falschem Namen gemietet hatte, um die notwendigen Utensilien zu holen. Eine seiner zahllosen Firmen besaß in La Guardia einen Privatjet samt vollständiger Besatzung. Jackson rief dort an, damit der diensthabende Pilot so schnell wie möglich den Flugplan erstellen konnte. Jackson hatte nicht die Absicht, in der Wartehalle Däumchen zu drehen. Die Limousine würde ihn und Roger direkt zum Flugzeug bringen.

Kurz darauf holte Jackson seinen Bruder vor dem Theater ab.

Roger war zwei Jahre jünger als sein älterer Bruder und schlank, aber ebenso drahtig. Er hatte das gleiche dichte, dunkle Haar und ebenso feine Gesichtszüge. Roger platzte beinahe vor Neugier, warum Peter so plötzlich wieder in sein Leben getreten war. »Ich konnte es nicht glauben, als du aus heiterem Himmel bei mir angerufen hast. Was ist los, Peter?«

»Sei ruhig. Ich muß nachdenken.« Dann fragte er abrupt: »Hast du die Nachrichten gesehen?«

Roger schüttelte den Kopf. »Ich sehe normalerweise nicht fern. Warum?«

Offenbar wußte er noch nichts von Alicias Tod. Das war gut. Jackson antwortete seinem Bruder nicht. Er ging in Gedanken unzählige Szenarien durch.

In einer halben Stunde waren sie am Flughafen La Guardia. Kurz darauf flimmerte die Skyline Manhattans am Horizont. Sie waren auf dem Weg nach Süden.

Das FBI traf ein wenig zu spät in Roger Cranes Wohnung ein. Doch was sie bei Peter Crane entdeckt hatten, war ohnehin weitaus faszinierender.

Masters und Berman schritten durch Jacksons riesiges Penthouse. Sie entdeckten sein Make-up-Zimmer, seine Archivräume und sein Computer-Kontrollzentrum.

»Verdammt, nicht zu fassen!« sagte Berman, die Hände in den Taschen, als er auf die vielen Masken, Cremetöpfchen, Schminken und die umfangreiche Garderobe starrte.

Masters hielt vorsichtig das Notizbuch in den behandschuhten Händen. FBI-Techniker schwärmten überall umher und sammelten Beweisstücke.

»Sieht aus, als hätte Riggs recht. *Ein Mann*. Vielleicht *können* wir das alles hier überleben«, sagte Masters.

»Und was ist unser nächster Schritt?«

Masters antwortete sofort. »Wir konzentrieren uns auf Peter Crane. Großfahndung an sämtlichen Flughäfen, Bahnhöfen und Busstationen. Ich will, daß an allen größeren Ausfallstraßen Sperren errichtet werden. Sie werden die Männer instruieren, daß der Verdächtige extrem gefährlich und ein Meister der Verkleidung ist. Lassen Sie Fotos von dem Kerl rausschicken, an sämtliche Dienststellen, obwohl uns das einen Dreck nützen wird. Wir haben ihn zwar von seiner Zentrale abgeschnitten, aber der Bursche hat offensichtlich unglaubliche finanzielle Mittel. Wenn es uns gelingt, ihn aufzuspüren, will ich keine unnötigen Risiken. Sagen Sie den Männern, sie sollen sofort schießen, falls es auch nur im geringsten bedrohlich aussieht.«

»Und was ist mit Riggs und Tyler?« fragte Berman.

»Solange sie uns nicht in die Quere kommen, unternehmen wir gar nichts. Falls sie sich aber irgendwann mit Crane einlassen ... tja, dann gibt es keine Garantie. Ich werde nicht das Leben meiner Männer aufs Spiel setzen, um dafür zu sorgen, daß den beiden nichts passiert. Meiner Meinung nach gehört LuAnn Tyler ins Gefängnis. Und damit haben wir ein Druckmittel gegen sie in der Hand. Wir können sie in den Knast schicken oder ihr zumindest damit drohen. Ich glaube, sie wird den Mund halten. Und jetzt sichern Sie die restlichen Beweisstücke.«

Während Berman sich darum kümmerte, setzte sich Masters und las die Hintergrundinformation, die an LuAnns Foto geheftet war.

Er war gerade damit fertig, als Berman wieder zu ihm kam.

»Glauben Sie, daß Crane sich jetzt LuAnn Tyler vornehmen will?« fragte Berman.

Masters antwortete nicht. Er blickte nur auf das Bild, auf dem LuAnn Tyler ihn aus dem Fotoalbum heraus anstarrte. Jetzt verstand er, warum Jackson sie als Gewinnerin der Lotterie ausgewählt hatte. Warum er sie *alle* ausgewählt hatte. Nun hatte Masters eine viel klarere Vorstellung, wer LuAnn Tyler war und warum sie getan hatte, was sie getan hatte. Sie war verzweifelt gewesen, gefangen im Teufelskreis der Armut, mit einer Tochter, die noch ein Säugling war. Keine Hoffnung. Ein gemeinsames Merkmal aller Gewinner, die Jackson ausgewählt hatte: keine Hoffnung. Sie waren wie geschaffen für die finsteren Pläne dieses Mannes.

Masters' Gesicht verriet seine Gefühle. In diesem Augenblick kam George Masters sich aus mehreren Gründen unendlich schuldig vor.

Es war fast Mitternacht, als Riggs und LuAnn vor einem Motel hielten. Nachdem sie das Zimmer bezogen hatten, rief Riggs George Masters an. Der FBI-Mann war gerade aus New York zurückgekehrt und berichtete Riggs, was sich seit ihrem letzten Gespräch ereignet hatte. Nachdem Riggs die Informationen erhalten hatte, legte er auf und blickte zur gespannten LuAnn hinüber.

»Was ist passiert? Was hat er gesagt?«

Riggs schüttelte den Kopf. »Wie erwartet. Jackson war nicht da, aber sie haben genug Beweise gefunden, um ihn für den Rest seines Lebens – und noch länger – ins Gefängnis zu stecken. Unter den Beweisstücken war auch ein Notizbuch mit Eintragungen über sämtliche Lotteriegewinner.«

»Also *hatte* er mit Alicia Crane zu tun.«

Riggs nickte. »Ihr älterer Bruder. Peter. Peter Crane ist Jackson. Zumindest deutet alles darauf hin.«

LuAnns Augen wurden groß. »Dann hat er die eigene Schwester ermordet.«

»So sieht's aus.«

»Weil sie zuviel wußte? Wegen Donovan?«

»Genau. Jackson konnte das Risiko nicht eingehen. Vielleicht ist er verkleidet bei ihr aufgetaucht, vielleicht auch nicht. Er hat alles aus ihr rausgeholt, was er wissen wollte. Möglicherweise hat er ihr gesagt, daß er Donovan umgebracht hat. Wer weiß. Offensichtlich war Alicia eng mit Donovan befreundet. Vielleicht ist sie durchgedreht und hat Jackson gedroht, die Polizei anzurufen. Und da hat er sie ermordet. Da bin ich ganz sicher.«

LuAnn schauderte. »Und wo ist er jetzt? Was meinst du?«

Riggs zuckte mit den Schultern. »Das FBI war in seiner Wohnung, aber wie die Bude aussieht, hat der Mann so viel Geld, daß er damit heizen kann. Es gibt eine Million Orte, wohin er fahren oder fliegen könnte, und das mit einem Dutzend verschiedener Gesichter und Identitäten. Es wird nicht leicht sein, ihn zu fassen.«

»Um unseren Handel abzuschließen?« In LuAnns Stimme lag leichter Sarkasmus.

»Wir haben dem FBI die Identität dieses Mistkerls geliefert. Sie sind jetzt in seinem ›Welthauptquartier‹. Als ich sagte, daß wir ihnen Jackson liefern, habe ich damit nicht gemeint, daß wir ihn in einem Geschenkkarton mit Schleifchen an der Schwelle des Hoover Buildings abstellen. Was mich betrifft, haben wir unseren Teil der Abmachung erfüllt.«

LuAnn stieß einen tiefen Seufzer der Erleichterung aus. »Heißt das, alles ist erledigt? Mit dem FBI? Und auch, was Georgia betrifft?«

»Wir müssen noch ein paar Einzelheiten klären, aber ja, ich glaube schon. Ich habe die gesamte Unterredung im Hoover Building aufgezeichnet, ohne Wissen des FBI. Ich habe Masters' Aussage, die des FBI-Direktors, der Justizministerin der Vereinigten Staaten ... alle mit Vollmacht des Präsidenten. Ich habe auf Band, wie ich ihnen unseren Deal vorschlug, und wie sie sich einverstanden erklärten. Jetzt müssen sie ihr Wort halten.

Aber ich will dir gegenüber ehrlich sein. Die Finanzbehörde wird ein großes Loch in dein Bankkonto reißen. Die Steuer für die vielen Jahre, plus Geldstrafe, plus Säumniszuschläge. Ich habe keine Ahnung, wieviel dir hinterher noch bleibt, falls überhaupt.«

»Das ist mir völlig egal. Ich werde meine Steuern bezahlen, und wenn es mich alles kostet, was ich besitze. Ich habe mein Geld gestohlen! So sieht die Wahrheit aus. Ich möchte nur noch wissen, ob ich für den Rest meines Lebens ständig über die Schulter blicken muß, weil das FBI hinter mir her ist.«

»Du wirst nicht ins Gefängnis gehen, falls du das meinst.« Er streichelte ihre Wange. »Du siehst gar nicht glücklich aus.«

Sie wurde rot und lächelte. »Bin ich aber.« Doch das Lächeln verschwand gleich wieder.

»Ich weiß, was dir durch den Kopf geht.«

»Bis sie Jackson erwischt haben, ist mein Leben keinen Pfifferling wert. Deines auch nicht. Und auch nicht Charlies«, stieß sie hervor. Ihre Lippen bebten. »Oder Lisas.« Plötzlich sprang sie auf und griff zum Telefon.

»Was hast du vor?« fragte Riggs.

»Ich muß meine Tochter sehen. Ich muß wissen, daß sie in Sicherheit ist.«

»Moment mal, was willst du ihnen sagen?«

»Daß wir uns irgendwo treffen könnten. Ich will Lisa in meiner Nähe haben. Ihr wird nichts passieren, das nicht vorher auch mir passiert ist.«

»LuAnn, hör mal ...«

»Was Lisa angeht, gibt es keine Diskussion«, sagte sie wild entschlossen.

»Schon gut, schon gut. Aber wo sollen wir uns treffen?«

LuAnn strich sich über die Stirn. »Keine Ahnung. Wieso fragst du? Muß ich auf irgendwas achten?«

»Wo sind die beiden jetzt?« fragte Riggs.

»Als letztes habe ich gehört, daß sie in den Süden Virginias unterwegs waren.«

Er rieb sich das Kinn. »Welchen Wagen fährt Charlie?«

»Den Range Rover.«

»Großartig. Dann haben wir alle Platz im Auto. Wir treffen uns dort, wo sie gerade sind. Wir lassen den Mietwagen stehen und hauen ab. Dann warten wir irgendwo, bis das FBI den Hurensohn geschnappt hat. Ruf Charlie an. Ich fahre schnell zu dem Burger-Laden, den wir gesehen habe, und hol' uns was zu essen.«

»In Ordnung.«

Als Riggs mit zwei Tüten zurückkam, war LuAnn nicht mehr am Telefon.

»Hast du sie erreicht?«

»Sie sind in einem Motel am Stadtrand von Danville, Virginia. Aber ich muß sie noch mal anrufen und ihnen sagen, wann wir dort eintreffen.« Sie blickte ihn an. »Wo, zum Teufel, sind wir hier eigentlich?«

»In Edgewood, Maryland, nördlich von Baltimore. Danville liegt gut hundert Meilen südlich von Charlottesville. Das heißt, wir brauchen bis Danville fünf, sechs Stunden.«

»Okay, wenn wir sofort losfahren ...«

»LuAnn, es ist nach Mitternacht. Die beiden sind bestimmt im Bett.«

»Na und?«

»Na und? Wir könnten ein bißchen schlafen. Wir haben's dringend nötig. Dann stehen wir früh auf und treffen die beiden morgen um die Mittagszeit.«

»Ich will nicht warten. Ich will Lisa bei mir haben. In Sicherheit.«

»LuAnn, wir sind völlig übermüdet. Selbst wenn wir sofort aufbrechen, sind wir nicht vor fünf oder sechs Uhr morgen früh am Ziel. Und bis dahin wird sowieso nichts passieren. Komm schon, sei vernünftig. Ich finde, wir hatten genug Aufregung für einen Tag. Und wenn Lisa jetzt hört, daß du kommst, macht sie bestimmt kein Auge zu.«

»Das ist mir egal. Von mir aus kann sie müde sein, solange sie nur sicher ist.«

Riggs schüttelte langsam den Kopf. »LuAnn, es gibt noch einen Grund, daß wir uns nicht sofort mit den beiden treffen sollten. Und der hat mit Lisas Sicherheit zu tun.«

»Was redest du da?«

Riggs schob die Hände in die Taschen und lehnte sich an die Wand. »Jackson ist irgendwo da draußen. Das wissen wir. Als wir ihn das letzte Mal gesehen haben, ist er in den Wald getürmt. Es ist gut möglich, daß er zurückgekommen und uns gefolgt ist.«

»Aber was ist mit Donovan und Bobbie Jo Reynolds und Alicia Crane? Er hat sie ermordet.«

»Wir *nehmen an*, daß er sie ermordet hat. Vielleicht hat er aber auch jemand geschickt, um sie zu töten. Oder er hat sie tatsächlich selbst getötet und jemandem den Auftrag erteilt, uns zu beschatten. Der Mann hat unvorstellbar viel Geld. Der kann sich fast alles kaufen.«

LuAnn dachte an Anthony Romanello. Jackson hatte ihn gekauft, um sie, LuAnn, zu töten. »Dann könnte Jackson von deiner Besprechung beim FBI wissen? Und vielleicht sogar, wo wir im Augenblick sind?«

Riggs nickte. »Und wenn wir jetzt losfahren, um Lisa zu treffen, führen wir ihn direkt zu ihr.«

LuAnn sank aufs Bett. »Das dürfen wir nicht, Matthew«, sagte sie niedergeschlagen.

Er rieb ihre Schultern. »Ich weiß.«

»Aber ich möchte mein kleines Mädchen sehen. Geht das wirklich nicht?«

Riggs dachte lange darüber nach. Dann setzte er sich neben LuAnn aufs Bett und nahm ihre Hände in die seinen. »Wir bleiben heute nacht hier. LuAnn. Nachts kann jemand uns viel leichter unbemerkt folgen. Morgen brechen wir in aller Frühe auf und fahren Richtung Danville. Ich halte die Augen offen, ob jemand sich verdächtig verhält. Davon verstehe ich was. Schließlich war ich verdeckter Ermittler. Wir fahren auf Nebenstraßen, halten oft an und nehmen nur ab und zu die Interstate. Dadurch machen wir eine Verfolgung unmöglich. Wir treffen Charlie und Lisa im Motel. Dann bringt Charlie die Kleine direkt zum örtlichen FBI-Büro in Charlottesville. Wir folgen den beiden in unserem Wagen, gehen aber nicht hinein. Ich will nicht, daß die FBI-Leute dich jetzt schon in die Finger kriegen. Aber nachdem wir mit dem FBI ein Abkommen getroffen haben, können wir auch seinen Schutz in Anspruch nehmen. Wie hört sich das an?«

LuAnn lächelte. »Dann sehe ich Lisa morgen?«

Er umfaßte ihr Kinn mit einer Hand. »Ja, morgen.«

LuAnn rief noch einmal Charlie an und nannte ihm dreizehn Uhr als Ankunftszeit im Motel in Danville. Wenn sie mit Charlie, Riggs und ihrer Tochter zusammen war, konnte Jackson ruhig versuchen, ihnen etwas anzutun. Dann würde er vielleicht sein blaues Wunder erleben.

Sie gingen ins Bett. Riggs legte den gesunden Arm um LuAnns schlanke Taille und kuschelte sich dicht an sie. Seine Neunmillimeter steckte unter dem Kopfkissen, und ein Stuhl war unter dem Türknopf eingeklemmt. Riggs hatte eine Glühbirne herausgeschraubt und zerbrochen und die Scherben vor der Tür verstreut. Obwohl er nicht damit rechnete, daß etwas passierte, wollte er möglichst früh gewarnt werden, falls doch was geschah.

Als er neben LuAnn lag, war er zuversichtlich und besorgt zugleich, was LuAnn offenbar spürte. Sie drehte sich zu ihm und streichelte ihm liebevoll das Gesicht.

»Machst du dir Sorgen?«

»Es ist die Erwartung, nehme ich an. Als ich beim FBI war, ist es mir immer schwer gefallen, nicht die Geduld zu verlieren. Ich scheine eine natürliche Abneigung zu haben, darauf warten zu müssen, daß ein Wunsch sich erfüllt.«

»Ist das alles?«

Riggs nickte langsam.

»Bist du sicher, daß es dir nicht leid tut, in diese Sache verwickelt zu sein?«

Er zog sie näher an sich. »Warum, um alles in der Welt, sollte es mir leid tun?«

»Tja, dann werde ich dir mal ein paar Dinge nennen. Ein Messerstich, der um ein Haar tödlich gewesen wäre. Ein Wahnsinniger, der sich wahrscheinlich die größte Mühe gibt, uns umzubringen. Drogenbosse, die hinter dir her sind. Du hast beim FBI deinen Kopf für mich hingehalten, und deine Tarnung ist geplatzt. Die Leute, die dich vor fünf Jahren töten wollten, könnten jetzt wieder deine Fährte aufnehmen. Du fährst mit mir durchs Land und versuchst, den anderen stets einen Schritt voraus zu sein, während dein Bauunternehmen den Bach runtergeht. Und es sieht so aus, als hätte ich bald keinen Cent mehr, um dich für alles zu bezahlen, was du getan hast. Genügt das?«

Riggs strich LuAnn durchs Haar und beschloß, es ihr gleich jetzt zu sagen. Wer wußte schon, wie sich alles entwickeln würde. Vielleicht würde er keine zweite Chance bekommen.

»Du hast dabei eins vergessen: daß ich dich für eine wunderbare Frau halte.«

Sie hielt den Atem an. Ihre Augen musterten sein Gesicht und nahmen jede Einzelheit auf, jede noch so winzige Bewegung, um allem sofort eine Bedeutung verleihen zu können. Dabei hallten seine Worte in LuAnns Innerem wider. Sie wollte etwas sagen, brachte jedoch kein Wort heraus.

Er brach das Schweigen. »Ich weiß, es ist wahrscheinlich der unpassendste Moment, aber ich wollte, daß du es weißt.«

»Oh, Matthew«, brachte sie schließlich hervor. Ihre Stimme zitterte.

»Ich bin sicher, du hast diese Worte schon früher gehört. Oft sogar. Und von Typen, die wahrscheinlich viel besser zu dir paßten als ...«

Sie legte ihm die Hand auf den Mund, sagte aber nicht gleich etwas. Er küßte ihre Finger.

Ihre Stimme klang heiser, als würde sie tief in ihr Inneres greifen, um die Worte heraufzuholen. »Ja, das haben auch andere Männer zu mir gesagt. Aber bei dir war es das erste Mal, daß ich richtig zugehört habe.«

Sie fuhr ihm durchs Haar; dann suchten ihre Lippen seinen Mund. Sie küßten sich lange und leidenschaftlich. In der Dunkelheit zogen sie sich gegenseitig aus. Ihre Finger tasteten sich behutsam vor, streichelten ihn liebevoll. LuAnn fing leise zu weinen an, als die ungleichen Zwillinge – die schreckliche Angst und das unbeschreibliche Glücksgefühl – um die Herrschaft rangen. Schließlich gab sie sich ganz dem Augenblick hin und überließ sich dem, wonach sie seit so vielen Jahren gesucht hatte, in so vielen Ländern. Kostbare Träume hatten sich in schreckliche Alpträume verwandelt, die auf boshafte Weise die Realität verschleiert hatten, in der nur Furcht und Schuldgefühle konstante Größen gewesen waren.

Sie klammerte sich an Matthew Riggs, als wüßte sie, daß dieser Mann vielleicht ihre letzte Chance war. Lange Zeit blieben ihre Körper eng umschlungen, ehe sie zurücksanken. Dann schliefen beide erschöpft ein, sicher und behütet in den Armen des anderen.

KAPITEL 55

Charlie starrte aufs Telefon und rieb sich die vor Müdigkeit brennenden Augen. Es waren mehrere Stunden vergangen, seit LuAnn ihm von den jüngsten Ereignissen berichtet hatte, doch er fand immer noch keinen Schlaf.

Jackson hieß also in Wirklichkeit Peter Crane. Diese Information nützte Charlie zwar nichts, würde den Behörden aber ungemein helfen, den Kerl aufzuspüren. Allerdings war zu bedenken, über welche Fähigkeiten Jackson verfügte; dieser unberechenbare Irre würde fuchsteufelswild reagieren, wenn er erfuhr, daß seine Identität bekannt war. Und Charlie wollte nicht, daß jemand, den er liebte, in der Nähe dieses Mannes war, sobald das geschah.

Charlie erhob sich von der Couch. Seine Knie schmerzten mehr als sonst. Die langen Fahrten setzten ihm ziemlich zu. Er freute sich riesig, LuAnn wiederzusehen. Und auch Riggs. Der Mann hatte LuAnn sehr geholfen, und er schien tatsächlich etwas für sie übrig zu haben – und sie für ihn. Allerdings würde es an ein Wunder grenzen, wenn Riggs diese Sache zu einem erfolgreichen Ende brachte.

Charlie ging ins Schlafzimmer und schaute nach Lisa. Sie schlief tief und fest. Er betrachtete das fein geschnittene Gesicht des Mädchens. Sie hatte viel von ihrer Mutter. Auch Lisa würde zu einer großen, schlanken Frau heranwachsen. Wo sind die letzten Jahre geblieben, fragte sich Charlie. Und wo werden wir alle nächste Woche sein? Wo werde ich sein?

Nachdem Riggs nun in LuAnns Leben getreten war, wurde der gute alte Charlie vielleicht schon bald nicht mehr gebraucht. Er zweifelte nicht daran, daß LuAnn ihn finanziell gut versorgen würde – aber alles würde anders für ihn werden. Ach, zum Teufel! Die letzten zehn Jahre mit ihr und Lisa waren wunderschön gewesen. Weit mehr, als er verdient hatte.

Er erschrak, als das Telefon klingelte. Er schaute auf die Uhr. Fast zwei Uhr morgens. Er nahm den Hörer ab.

»Charlie?«

Im ersten Moment erkannte Charlie die Stimme nicht. »Wer sind Sie?«

»Matt Riggs.«

»Riggs? Wo ist LuAnn? Ist alles in Ordnung?«

»Es geht ihr blendend. Man hat Jackson festgenommen. Sie haben den Mistkerl endlich erwischt!« Unverhohlene Freude klang aus diesen Worten.

»Halleluja! Gott sei Dank! Wo?«

»In Charlottesville. Die FBI-Leute hatten am Flughafen Posten bezogen, und Jackson ist ihnen mitsamt seinem Bruder direkt in die Arme gelaufen. Ich schätze, er war gekommen, um sich an LuAnn zu rächen.«

»Jackson hat einen Bruder?«

»Ja. Er heißt Roger. Das FBI weiß noch nicht, ob er mitschuldig ist, aber ich glaube, der Junge ist ihnen erst einmal ziemlich egal. Hauptsache, sie haben Peter Crane. LuAnn soll morgen früh nach Washington kommen, um ihre Aussage zu machen.«

»Morgen? Wir wollten uns doch hier treffen.«

»Deshalb rufe ich ja an. Sie und Lisa, ihr sollt sofort packen und uns in Washington treffen. Am Hoover Building. Neunte Straße, Ecke Pennsylvania Avenue. Ihr werdet erwartet. Ich habe alles organisiert. Wenn Sie gleich losfahren, können wir zusammen frühstücken. Mir ist verdammt nach Feiern zumute.«

»Und das FBI? Was ist mit der Mordanklage?«

»Alles erledigt, Charlie. LuAnn bleibt völlig ungeschoren.«

»Das ist ja phantastisch, Riggs. Das sind die großartigsten Neuigkeiten, die ich seit ewigen Zeiten gehört habe. Wo ist LuAnn?«

»Ist gerade am anderen Apparat und spricht mit dem FBI. Richten Sie Lisa bitte aus, daß ihre Mutter sie liebt und es gar nicht erwarten kann, sie wiederzusehen.«

»Alles klar.« Charlie legte auf und machte sich sofort daran, zu packen. Zu gern hätte er Jacksons Gesicht gesehen, als das FBI ihn festgenommen hatte. Dieses Schwein.

Charlie wollte startklar sein, ehe er Lisa weckte. Sie sollte so lange wie möglich schlafen. Sobald das Mädchen die Neuigkeiten über ihre Mutter hörte, würde sie kein Auge mehr zutun. Wie es aussah, hatte Matt Riggs es tatsächlich geschafft.

Charlie war so leicht ums Herz, wie seit Jahren nicht mehr. Mit einer Tasche unter jedem Arm öffnete er die Tür ...

Und erstarrte zur Salzsäule. Vor ihm stand ein Mann. Eine schwarze Skimaske bedeckte sein Gesicht. Er hielt eine Pistole in der Hand. Mit einem Wutschrei schleuderte Charlie eine der Taschen auf ihn, daß der Unbekannte die Pistole fallen ließ. Blitzschnell packte Charlie den Mann an der Maske und zerrte ihn mit einem wilden Ruck ins Zimmer, so daß er gegen die Wand prallte und zu Boden ging. Ehe der Fremde sich aufrappeln konnte, war Charlie bei ihm und versetzte ihm rechte und linke Haken. Seine alten Boxkenntnisse waren wieder da, als hätte er den Ring nie verlassen.

Charlies wuchtige Hammerschläge forderten ihren Tribut. Der Mann wand sich stöhnend, bis er schließlich das Bewußtsein verlor. Charlie atmetete tief durch – und drehte sich um, als er in der plötzlichen Stille spürte, daß noch jemand im Zimmer war.

»Hallo, Charlie.« Jackson schloß die Tür hinter sich.

Kaum hatte Charlie die Stimme erkannt, ging er auf den

neuen Gegner los, mit einer Schnelligkeit, die Jackson verblüffte. Die beiden Pfeile aus der Betäubungspistole trafen Charlie in die Brust, doch zuvor schmetterte er Jackson so wuchtig die Faust ans Kinn, daß dieser gegen die Tür geschleudert wurde. Doch Jackson drückte weiterhin auf den Abzug und jagte die lähmenden Stromstöße in Charlies Körper.

Charlie ging in die Knie, bot aber seine ganze gewaltige Kraft auf, um Jackson bewußtlos zu schlagen, bevor er selbst die Besinnung verlor. Er wollte sich nach vorn werfen, schaffte es aber nicht. Mit jeder Faser seines Inneren wehrte Charlie sich gegen die Lähmung. Alle seine Gedanken waren nur noch auf das eine Ziel gerichtet, diesen Mann zu vernichten. Doch der Körper verweigerte ihm den Dienst. Als Charlie langsam zu Boden sank, sah er eine völlig verängstigte Lisa in der Tür zum Schlafzimmer stehen.

Er wollte etwas sagen, wollte ihr zurufen, sie solle weglaufen, so schnell sie konnte, doch es kamen nur dumpfe, unverständliche Laute über seine Lippen.

Voller Panik beobachtet er, wie Jackson sich aufraffte, zu Lisa lief und ihr etwas vor den Mund preßte. Das Mädchen wehrte sich tapfer, doch es half ihr nichts. Durch die Nase atmete sie das Chloroform ein und lag bald neben Charlie auf dem Boden.

Jackson wischte sich das Blut vom Gesicht und zerrte seinen Schergen grob auf die Beine. »Bringen Sie die Kleine ins Auto, aber so, daß keiner Sie sieht.«

Der Mann nickte benommen. Nach Charlies Faustschlägen tat ihm der ganze Körper weh.

Hilflos mußte Charlie zusehen, wie der Mann die bewußtlose Lisa aus dem Zimmer trug. Dann richtete er den Blick auf Jackson, der neben ihm kniete und sich vorsichtig das Kinn rieb.

Plötzlich sagte Jackson mit Riggs' Stimme: »»Man hat Jackson festgenommen. Sie haben den Mistkerl endlich erwischt. Mir ist nach Feiern zumute.«« Er lachte schallend.

Charlie lag nur da, beobachtete, wartete.

Jackson fuhr mit seiner eigenen Stimme fort: »Ich wußte, mein Anruf würde Sie dazu bringen, weniger vorsichtig zu sein. Die Tür zu öffnen, ohne vorher nachzusehen und ohne schußbereite Waffe in der Hand. Wirklich sehr nachlässig, Charlie. Aber wegen möglicher Verfolger waren Sie übervorsichtig. Das wußte ich. Deshalb habe ich gleich in der ersten Nacht in Charlottesville der Garage von LuAnns Villa einen kleinen Besuch abgestattet. Bei jedem Fahrzeug habe ich an der Radinnenseite einen Sender angebracht, auch bei Ihrem Range Rover. Es ist ein spezieller Sender, der ursprünglich für den militärischen Einsatz entworfen wurde, für die Satellitenüberwachung. Diese Dinger haben eine unglaubliche Reichweite. Ich hätte Ihnen um den gesamten Globus folgen können. Diese Sender waren sehr teuer, sind aber offenbar ihr Geld wert.

Nach der Unterhaltung mit LuAnn war mir klar, daß sie Lisa mit Ihnen fortschicken würde. Ich mußte also stets wissen, wo Sie sich gerade befanden, falls ich die kleine Lisa für den letzten Kampf brauchte. Ich liebe strategisches Denken. Sie auch? Es ist selten, daß jemand so logisch und geradlinig denkt. Wie sich gezeigt hat, brauche ich Lisa. Deshalb bin ich hier.«

Charlie zuckte leicht zusammen, als Jackson das Messer aus der Manteltasche zog, und noch einmal, als Jackson ihm den Hemdärmel hochschob.

»Ich liebe auch dieses Gerät«, sagte Jackson und betrachtete die Betäubungspistole. »Meines Wissens ist es eines der wenigen Instrumente, die einem völlige Kontrolle über einen Menschen verleihen, ohne ihn ernsthaft zu verletzen. Er bleibt die ganze Zeit bei vollem Bewußtsein.«

Jackson steckte die Betäubungspistole in die Tasche. Die Pfeile ließ er in Charlies Körper stecken. Diesmal machte er sich keine Gedanken darüber, ob er Beweise hinterließ.

»Sie haben sich auf die falsche Seite geschlagen«, sagte Jackson und riß Charlies Ärmel bis zur Schulter auf, um Platz zu haben für das, was jetzt kam. »Sie waren LuAnn treu ergeben. Jetzt sehen Sie, wohin es Sie gebracht hat.« Jackson schüttelte traurig den Kopf, doch das Lächeln auf seinen Lippen verriet seine Genugtuung und Schadenfreude.

Charlie bemühte sich, so langsam wie möglich die Beine zu bewegen. Es tat scheußlich weh, doch er spürte, daß er sich rühren konnte. Jackson hatte keine Ahnung, daß ein Pfeil das Kruzifix getroffen hatte, das Charlie trug, und darin steckengeblieben war. Der andere Pfeil hatte das Medaillon gestreift, ehe er in die Brust gedrungen war. Aus diesem Grund war der Stromstoß, der Charlies Körper geschüttelt hatte, weniger stark gewesen, als Jackson vermutete.

»Die Betäubung wird ungefähr fünfzehn Minuten anhalten«, belehrte Jackson ihn. »Leider werden Sie aus dem Schnitt, den ich Ihnen jetzt beibringe, bereits in ungefähr zehn Minuten so viel Blut verlieren, daß Sie sterben. Aber Sie werden keinerlei körperliche Schmerzen haben. Mental allerdings kann es ziemlich entnervend sein, sich selbst verbluten zu sehen und dabei völlig hilflos zu sein, nichts dagegen tun zu können. Ich könnte Sie schnell töten, aber diese Methode bereitet mir sehr viel mehr Vergnügen.«

Während Jackson redete, machte er einen präzisen tiefen Schnitt in Charlies Oberarm. Charlie biß die Zähne zusammen, als er spürte, wie die scharfe Klinge ins Fleisch drang. Als Charlies Blut in stetem Strom floß, erhob sich Jackson.

»Leben Sie wohl, Charlie. Ich werde LuAnn von Ihnen grüßen. Kurz bevor ich sie töte.« Jackson stieß den letzten Satz mit haßverzerrtem Gesicht hervor. Dann lächelte er und schloß die Tür.

Trotz der rasenden Schmerzen rollte Charlie sich ganz langsam auf den Rücken. Mit ebenso großer Mühe gelang es ihm, die Hände an die Pfeile zu bringen. Vom Blutverlust war ihm bereits schwindlig. Schweiß lief ihm über die Stirn. Er zog mit aller Kraft, und tatsächlich lockerten die Pfeile sich nach einiger Zeit. Schließlich zog Charlie sie heraus und warf sie beiseite.

Wenngleich es nicht das taube Gefühl seines Körpers milderte, half es doch. Mühsam schob Charlie sich rücklings zur Wand. Noch immer wollten seine Gliedmaßen ihm nicht gehorchen, doch es gelang ihm, sich aufzusetzen. Seine Beine brannten wie Feuer, als steckten Millionen glühender Nadeln darin. Sein Körper war mit Blut bedeckt. Wie tote Bleigewichte hingen die Gliedmaßen an ihm und zogen ihn nach unten, doch mit gewaltiger Willensanstrengung schob Charlie sich an der Wand nach oben, wobei er nur die Kraft seiner Beine benutzte.

Ironischerweise hatte die Wirkung der Betäubungspistole dazu geführt, daß seine Knie so wenig schmerzten wie seit Jahren nicht mehr. Als er endlich stand, bewegte er sich langsam zum Kleiderschrank, immer an der Wand Halt suchend. Mit Mühe öffnete er ihn. Dann holte er mit den Zähnen einen hölzernen Kleiderbügel heraus. Inzwischen brannten alle seine Gliedmaßen höllisch, doch seltsamerweise belebte es Charlie, gab ihm Auftrieb, da dieses schmerzhafte Brennen ein Beweis dafür war, daß die motorischen Funktionen seines Körpers allmählich wiederkehrten.

Er packte den Kleiderbügel mit einer Hand und brach das dünne Rundholz heraus, über dem normalerweise die Hosen hingen. Den Rest des Bügels ließ er fallen, stieß sich von der Wand ab und landete auf dem Bett. Mit den Zähnen und einer Hand riß er das Laken in Streifen. Er arbeitete jetzt schneller, da seine Glieder ihm immer besser gehorchten. Dann aber stieg Übelkeit in ihm auf. Der Blutverlust machte sich bemerkbar. Die Zeit wurde knapp. So schnell er konnte, wickelte er sich einen Streifen direkt über die Schnittwunde um den Arm. Dann steckte er das Holz in den behelfsmäßigen Knoten und drehte. Der primitive Druckverband übte seine lebensrettende Magie aus. Der Blutstrom versiegte. Charlie stieß den Hörer vom Telefon und drückte die 911.

Nachdem er gemeldet hatte, wo er sich befand, ließ er sich wieder schwer aufs Bett fallen. Schweiß lief ihm in Bächen übers Gesicht. Sein ganzer Körper war rot vom eigenen Blut. Immer noch war er nicht sicher, ob er überleben würde oder nicht. Trotzdem galt sein einziger Gedanke Lisa, die Jackson in seiner Gewalt hatte. Er wußte genau, was Jackson mit dem kleinen Mädchen anstellen würde. Lisa war sein Köder. Der Köder, um die Mutter anzulocken. Und falls LuAnn anbiß, würde Jackson beide umbringen, da gab es für Charlie keinen Zweifel.

Mit diesem letzten schrecklichen Gedanken versank er in Bewußtlosigkeit.

Während Jackson über den Highway fuhr, blickte er auf die bewußtlose Lisa. Er richtete den Strahl einer Taschenlampe auf das Mädchen, um ihr Gesicht deutlicher zu sehen. »Du bist tatsächlich das Abbild deiner Mutter«, murmelte er vor sich hin. »Und du hast auch ihren Kampfgeist«, fügte er hinzu.

Jackson berührte das Gesicht des Mädchens. »Du warst noch ein kleines Baby, als ich dich das letzte Mal gesehen habe.« Er machte eine Pause und schaute hinaus in die Dunkelheit, ehe er den Blick wieder auf Lisa richtete. »Es tut mir leid, daß es so gekommen ist.«

Sanft streichelte er Lisas Wange. Dann zog er langsam die Hand zurück. Roberta, Donovan, seine Schwester Alicia und jetzt das kleine Mädchen. Wie viele Menschen mußte er noch töten? Wenn alles vorüber ist, werde ich an den abgelegensten Ort der Welt gehen, den ich finden kann, und fünf Jahre lang überhaupt nichts tun, sagte er sich. Wenn ich meine Gedanken von den Geschehnissen dieser Woche gereinigt habe, werde ich mein Leben weiterführen. Doch zuvor muß ich noch LuAnn beseitigen. Und wegen *ihres* Todes werde ich keine Minute Schlaf verlieren.

»Ich komme, LuAnn«, sagte er in die Dunkelheit hinein.

LuAnn setzte sich kerzengerade im Bett auf, als stünde jeder Nerv in Flammen. Ihr Atem ging stoßweise, ihr Herz raste.

»Was ist denn, Liebling?« Auch Riggs setzte sich auf und legte einen Arm um LuAnns zitternde Schultern.

»O Gott, Matthew.«

»Was ist? Was ist los?«

»Lisa ist etwas zugestoßen!«

»Beruhige dich, LuAnn. Du hattest einen schlimmen Traum, das ist alles.«

»Er hat sie. Er hat mein Baby. O Gott, er hat sie angefaßt. Ich habe es gesehen.«

Riggs drehte sie zu sich um. Ihre Blicke suchten den Raum ab.

»LuAnn, Lisa ist nichts passiert. Du hattest einen Alptraum. Das ist unter diesen Umständen ganz normal.« Riggs gab sich Mühe, so ruhig wie möglich zu sprechen, obwohl LuAnn ihn mit ihrem hysterischen Ausbruch aus tiefem Schlaf gerissen und ebenfalls unruhig und ängstlich gemacht hatte.

Sie stieß ihn weg, sprang auf, schleuderte Gegenstände vom Nachttisch.

»Wo ist das Telefon?«

»Was?«

»Wo ist das Scheiß-Telefon?« schrie sie. Doch gleich darauf entdeckte sie den Apparat.

»Wen rufst du an?«

Sie antwortete nicht. Mit fliegenden Fingern drückte sie die Tasten des Handys. Sie zitterte am ganzen Leib, als sie wartete. »Herrgott, sie melden sich nicht!«

»Das hat nichts zu besagen, LuAnn. Wahrscheinlich hat Charlie das Telefon abgestellt. Weißt du, wie spät es ist?«

»Das Telefon abgestellt? Er würde das verdammte Telefon niemals abstellen.« Sie wählte noch einmal. Wieder ohne Ergebnis.

»Der Akku könnte leer sein. Vielleicht hat Charlie vergessen, ihn im Motel aufzuladen.«

LuAnn schüttelte den Kopf. »Unsinn. Da ist irgendwas passiert. Da stimmt etwas nicht.«

Riggs stand auf und ging zu ihr. »LuAnn, hör mir zu.« Er schüttelte sie, soweit sein verletzter Arm es erlaubte. »Würdest du mir einen Moment zuhören?«

Endlich wurde sie ein wenig ruhiger und schaute ihn an.

»Lisa geht es gut. Charlie geht es gut. Du hattest einen Alptraum. Das ist alles.« Er legte den Arm um sie und drückte sie an sich. »Wir sehen die beiden morgen. Und alles wird gut, glaub mir. Wenn wir jetzt losfahren und man folgt uns, merken wir's nicht. Laß dich nicht von einem Alptraum zu einer Dummheit verleiten, die Lisa *tatsächlich* in Gefahr bringt.«

Sie starrte ihn an. Immer noch lag Panik in ihren Augen.

Riggs murmelte ihr weitere besänftigende Worte ins Ohr. Sein gelassener, beschwichtigender Tonfall beruhigte sie schließlich. Sie ließ sich von ihm zurück zum Bett führen, und beide legten sich hin.

Während Riggs wieder einschlief, starrte LuAnn an die Decke und betete stumm, daß es wirklich nur ein Alptraum gewesen sein möge. Doch tief in ihrem Inneren sagte ihr eine Stimme, daß sie recht hatte, daß Lisa in schrecklicher Gefahr schwebte. In der Dunkelheit sah sie etwas, das einer Hand ähnelte. Die Hand griff nach ihr. Ob diese Geste freundlich und tröstlich oder boshaft und bedrohlich gemeint war, sollte LuAnn niemals erfahren, denn die schemenhafte Hand löste sich auf. Mit einem Mal war der Spuk verschwunden.

Schützend legte LuAnn einen Arm um den schlafenden Riggs. Sie hätte alles dafür gegeben, hätte sie dasselbe für ihre Tochter tun können.

KAPITEL 56

Die beiden FBI-Agenten nippten am heißen Kaffee und genossen die morgendliche Stille und die Schönheit der Gegend. Doch der Wind frischte auf. Eine Unwetterfront näherte sich und verhieß für die kommende Nacht und den nächsten Tag Sturmböen und Regen. Die beiden erfahrenen Beamten waren an der Straße postiert, die zu LuAnns Villa führte. Bis jetzt hatte sich nicht viel getan, doch die Männer hielten trotzdem die Augen offen.

Um elf Uhr näherte sich ein Auto ihrem Kontrollpunkt und hielt. Auf der Fahrerseite glitt die Scheibe herunter.

Sally Beecham, LuAnns Haushälterin, schaute den einen Beamten fragend an. Der Mann winkte sie rasch weiter. Sally war vor zwei Stunden von der Villa losgefahren, um einige Besorgungen zu machen. Sie war sehr nervös gewesen, als sie den Kontrollpunkt passiert hatte. Die Männer vom FBI hatten Sally nicht viel gesagt, hatten ihr lediglich erklärt, daß sie nichts zu befürchten habe. Sie solle ›ganz normal ihre Arbeit tun‹; alles würde seinen gewohnten Gang gehen. Sie hatten Sally eine Telefonnummer gegeben, die sie anrufen könne, falls irgend etwas ihr verdächtig vorkam.

Als Sally diesmal den Kontrollpunkt passierte, sah sie gelassener aus, vielleicht sogar ein bißchen eingebildet, weil das mächtige FBI ihr, Sally Beecham, Aufmerksamkeit schenkte.

»Ich glaube nicht, daß die Tyler zurückkommt, um irgendwas von dem zu essen, was die gute Frau da eben angeschleppt hat«, sagte der eine FBI-Mann zu seinem Kollegen. Der grinste zustimmend.

Das nächste Fahrzeug, das am Kontrollpunkt hielt, zog besondere Aufmerksamkeit auf sich. Der ältere Mann am Steuer des Lieferwagens erklärte, er sei der Gärtner. Der jüngere Mann neben ihm war sein Gehilfe. Sie konnten sich ausweisen. Die Beamten überprüften alles genau, fragten sogar telefonisch nach. Sie schauten auch hinten in den Lieferwagen. Tatsächlich lagen dort Gartenwerkzeuge, Kisten und alte, aufgerollte Planen. Doch um ganz sicherzugehen, folgte ein FBI-Mann dem Lieferwagen.

Sally Beechams Wagen parkte vor dem Eingang. Aus dem Haus ertönte ein schrilles Pfeifen. Die Vordertür stand offen. Der FBI-Mann sah, wie die Haushälterin drinnen den Alarm ausschaltete; jedenfalls nahm er es an. Als das durchdringende Pfeifen verstummte, sah der FBI-Mann seine Vermutung bestätigt. Er beobachtete, wie die Männer aus dem Lieferwagen stiegen, Werkzeug ausluden, es auf eine Schubkarre legten und hinter dem Haus verschwanden. Der FBI-Agent stieg wieder in den Wagen und fuhr zurück zum Kontrollpunkt.

LuAnn und Riggs gingen auf dem Parkplatz vor dem Motel in Danville, Virginia, auf und ab. Riggs hatte mit dem Geschäftsführer des Motels geredet und hatte erfahren, daß in der Nacht zuvor die Polizei verständigt worden war. Jemand hatte den Gast in Zimmer 112 angegriffen und schwer verletzt – so schwer, daß man einen Rettungshubschrauber gerufen hatte, um den Mann in eine Klinik zu fliegen. Doch der Überfallene konnte nicht Charlie gewesen sein; der Mann hatte einen anderen Namen angegeben. Aber das hieß gar nichts. Und der Geschäftsführer hatte kein Mädchen in Begleitung des Mannes gesehen.

»Bist du sicher, daß sie in Zimmer hundertzwölf waren?«

LuAnn wirbelte herum. »Natürlich bin ich sicher!«

Sie schloß die Augen, blieb stehen und wippte auf den Fersen. Sie wußte es! Sie *wußte*, was passiert war. Der Gedanke, daß Jackson Lisa anrührte, daß er ihr etwas antun würde, weil er ihr, LuAnn, die Verantwortung für die Fehlschläge gab, lähmte sie dermaßen, daß sie nicht mehr klar denken und handeln konnte.

»Willst du damit sagen, du stehst mit diesem Kerl in irgendeiner psychischen Verbindung?« fragte Riggs.

»Nein, nicht mit ihm! Mit *ihr*! Mit meiner Tochter!«

Riggs blieb wie angewurzelt stehen und blickte zu Boden, während LuAnn weiter auf und ab schritt.

»Wir brauchen Informationen, Matthew. Jetzt. Sofort.«

Riggs stimmte ihr zu, wollte aber nicht zur Polizei gehen. Das wäre reine Zeitverschwendung. Endlose Erklärungen, die am Schluß nur dazu führen konnten, daß die Cops LuAnn an Ort und Stelle festnahmen. Schließlich sagte Riggs: »Los, komm!«

Sie gingen ins Motel. Vom öffentlichen Telefon aus rief Riggs Masters an. Das FBI hatte keine neuen Erkenntnisse. Jackson und Roger Crane waren noch nicht aufgetaucht.

Riggs berichtete Masters von den Vorfällen im Motel in der vergangenen Nacht.

»Bleiben Sie am Apparat«, sagte Masters.

Riggs wartete und schaute zu LuAnn hinüber, die ihn aus angsterfüllten Augen anstarrte. Stumm wartete sie auf die schlimmste Nachricht, die sie bekommen konnte. Sie wußte mit absoluter Sicherheit, daß diese Nachricht kommen würde. Riggs bemühte sich, sie aufmunternd anzulächeln. Doch bei genauerem Nachdenken verging ihm das Lächeln. Im Augenblick durfte er LuAnn wirklich keine Hoffnung machen; es gab nicht den geringsten Grund dafür. Und überhaupt – was brachte es, ihr vor einem tiefen Sturz in den Abgrund noch Mut zu machen?

Als Masters sich wieder meldete, klang seine Stimme nervös, und er sprach sehr leise. Riggs drehte sich um, während er in den Hörer sprach. Er brachte es einfach nicht fertig, LuAnn anzuschauen.

»Ich habe mich gerade bei der Polizei in Danville erkundigt«, sagte Masters. »Ihre Information ist zutreffend. In einem Motel am Stadtrand ist ein Mann durch eine Messerwunde schwer verletzt worden. Den Ausweisen zufolge, die man bei ihm gefunden hat, heißt er Robert Charles Thomas.«

Charlie? Riggs leckte sich die Lippen und umkrampfte den Hörer. »Seine Ausweise? Konnte er denn nicht mit der Polizei reden?«

»Er war bewußtlos. Hat eine Menge Blut verloren. Ist ein verdammtes Wunder, daß er noch lebt, wurde mir gesagt. Die Schnittwunde stammt von einem Profi. Sie ist so ausgeführt, daß das Opfer langsam verblutet. Außerdem hat man die Pfeile einer Betäubungspistole im Zimmer gefunden. Ich vermute, man hat das Opfer damit außer Gefecht gesetzt. Heute früh waren die Ärzte noch nicht sicher, ob der Mann durchkommt.«

»Wie sieht er aus?« Riggs hörte am anderen Ende der Leitung Papier rascheln. Er war ziemlich sicher, daß es sich um Charlie handelte, aber er brauchte hieb- und stichfeste Beweise.

»Anfang Sechzig, ungefähr einsneunzig groß, kräftig und muskulös. Muß stark wie ein Ochse sein, wenn er bis jetzt überlebt hat«, sagte Masters.

Riggs holte tief Luft. Nun gab es keine Zweifel mehr: Es war Charlie. »Wo ist er jetzt?«

»Der Rettungshubschrauber hat ihn nach Charlottesville geflogen, in die Universitätsklinik.«

Riggs spürte die Nähe eines anderen Menschen. Er drehte sich um. LuAnn stand dicht hinter ihm und schaute ihn mit großen, angsterfüllten Augen an.

»Hatte der Mann ein zehnjähriges Mädchen dabei?«

»Ich habe mich erkundigt. In dem Bericht steht, daß der

Mann für ein paar Sekunden zu sich kam und einen Namen gerufen hat.«

»Lisa?«

Riggs hörte, wie Masters sich räusperte. »Ja.« Riggs schwieg. »LuAnn Tylers Tochter, nicht wahr? Der Kerl hat sie in seiner Gewalt, stimmt's?« fragte Masters.

»So sieht es aus«, brachte Riggs mühsam hervor.

»Wo sind Sie?«

»Diese Information möchte ich Ihnen noch nicht geben, George.«

»Er hat das Mädchen!« sagte Masters energisch. »Und Sie beide könnten die nächsten sein, Matt. Denken Sie mal darüber nach. Wir können Sie und Miss Tyler schützen. Sie müssen herkommen.«

»Ich weiß nicht...«

»Hören Sie. Fahren Sie zurück zu Tylers Villa. Ich lasse die Zufahrt vierundzwanzig Stunden lang bewachen. Wenn Tyler sich bereit erklärt, zur Villa zu fahren, schicke ich ein kleines Heer von Agenten dorthin.«

»Moment, George. Bleiben Sie dran.« Riggs hielt den Hörer gegen die Brust und schaute LuAnn an. Seine Augen sagten ihr alles, was sie wissen mußte.

»Charlie?«

»Messerwunde. Er liegt im Krankenhaus. Die Ärzte wissen nicht, ob er durchkommt. Man hat ihn mit dem Rettungshubschrauber in die Universitätsklinik geflogen.«

»Nach Charlottesville?« fragte sie.

Riggs nickte. »Mit dem Hubschrauber ist es nur ein Katzensprung von Danville aus, und die Uniklinik ist erstklassig. Charlie ist dort in besten Händen.«

LuAnn starrte ihn an, wartete. Und Riggs wußte ganz genau, worauf.

»Wahrscheinlich hat Jackson Lisa in seiner Gewalt.« Dann sprach er hastig weiter: »LuAnn, das FBI möchte, daß wir uns stellen, damit sie uns beschützen können. Wir können nach Wicken's Hunt fahren, wenn du willst. FBI-Leute bewachen schon die Zufahrt. Masters meint, daß ...«

LuAnn riß ihm das Telefon aus der Hand.

»Ich will keinen Schutz«, schrie sie in den Hörer. »Ich brauche euren verdammten Schutz nicht. Jackson hat meine Tochter. Und jetzt muß ich nur eins: sie finden. Ich werde sie mir holen. Haben Sie verstanden?«

»Miss Tyler ... ich nehme doch an, Sie sind LuAnn Tyler. Ich halte es für besser ...«

»Sie halten sich da gefälligst raus!« schrie LuAnn. »Er wird sie umbringen, wenn er auch nur *vermutet*, daß Sie in der Nähe sind. Das ist so sicher wie das Amen in der Kirche.«

Masters bemühte sich, ruhig zu bleiben, als er die furchtbaren Worte aussprach: »Miss Tyler, Sie können nicht sicher sein, daß er ... daß er ihr nicht schon etwas angetan hat.«

Ihre gelassene Antwort erstaunte sie selbst. »Ich weiß, daß er ihr nichts getan hat. Noch nicht.«

»Der Mann ist ein Psychopath. Sie können nicht wissen ...«

»Den Teufel kann ich! Ich weiß genau, was er will. Und er will nicht Lisa. Halten Sie sich aus der Sache raus, FBI-Mann! Wenn meine Tochter stirbt, weil Sie uns in die Quere gekommen sind, gibt es keinen Ort auf der Welt, an dem ich Sie nicht finden werde.«

George Masters saß an seinem Schreibtisch im streng bewachten Hoover Building. Fünfundzwanzig Jahre erfolgreiche kriminalistische Tätigkeit, auch auf höchster Ebene, lag hinter ihm. In dieser Zeit hatte er es mit mehr schrecklichen Verbrechen zu tun gehabt, als ihm lieb war. Jetzt war er von tausend hervorragend ausgebildeten, harten FBI-Spezialagenten umgeben; trotzdem lief es ihm bei diesen Worten kalt über den Rücken.

Als nächstes hörte er, wie der Hörer auf die Gabel geschmettert wurde.

Riggs lief LuAnn hinterher, als diese zum Auto rannte.

»LuAnn, warte doch, verdammt noch mal!«

Sie drehte sich um.

»Hör zu. Was George gesagt hat, war vernünftig.«

LuAnn warf beide Hände hoch und wollte in den Wagen steigen.

»LuAnn, geh zum FBI. Laß dich vor diesem Irren beschützen. Ich bleibe ihm auf der Fährte. Ich spüre ihn auf.«

»Lisa ist meine Tochter. Ich bin schuld, daß sie in Gefahr ist, und ich allein hole sie da raus. Nur ich. Sonst niemand. Der Kerl hätte Charlie beinahe getötet. Und auch du wärst beinahe umgebracht worden. Drei andere Menschen wurden ermordet. Ich werde nicht *noch mehr* Leute in mein verkorkstes, elendes, beschissenes Leben hineinziehen!« Sie schrie ihm diese Worte entgegen. Als sie verstummte, zitterten beide heftig vor Erregung.

»LuAnn, ich lasse dich nicht allein gegen den Kerl kämpfen. Wenn du nicht zum FBI willst, gut. Ohne dich gehe ich auch nicht hin. Aber du wirst nicht allein gegen Jackson kämpfen. Das lasse ich nicht zu. Es wäre der sichere Tod für dich und Lisa.«

»Hast du mir eigentlich zugehört, Matthew? Hau ab! Geh zu deinen Kumpels vom FBI und besorg dir ein neues Leben, weit weg von hier. Vor allem weit weg von *mir*. Willst du sterben? Wenn du in meiner Nähe bleibst, *wirst* du sterben. Das ist so sicher, wie ich dich jetzt anschaue.« Die polierte Fassade war abgefallen, abgestreift wie die Haut einer Schlange im Herbst. Jetzt war LuAnn nur noch ein bloßgelegter, kampfbereiter Muskel.

»Er wird mich trotzdem nicht in Ruhe lassen, LuAnn«, sagte Riggs ruhig. »Er wird mich verfolgen und umbringen, ganz gleich, ob ich zum FBI gehe oder nicht.« Sie sagte nichts; deshalb fuhr er fort: »Und ehrlich gesagt, bin ich zu alt und müde, um wegzulaufen und mich wieder zu verstecken. Lieber gehe ich ins Nest der Kobra und kämpfe mit ihr. Und am liebsten würde ich dieses Risiko eingehen, wenn du bei mir bist. Lieber habe ich dich an meiner Seite als einen FBI-Mann oder den besten Polizisten des Landes. Wahrscheinlich haben wir nur eine einzige Chance, und ich möchte es mit dir zusammen versuchen.« Er hielt inne. LuAnn schaute ihn stumm an. Ihr langes Haar flatterte im Wind. Ihre kräftigen Hände ballten sich zu Fäusten und entspannten sich wieder. »Falls du es auch willst«, fügte Riggs schließlich hinzu.

Der Wind hatte stark aufgefrischt. Die beiden standen nur einen halben Meter voneinander entfernt. Die Distanz würde jetzt viel größer oder kleiner werden; es hing von LuAnns Antwort ab. Trotz der Kälte hatten sich auf beiden Gesichtern Schweißtropfen gebildet.

Schließlich brach LuAnn das Schweigen.

»Steig ein.«

Das Zimmer war stockdunkel. Draußen goß es in Strömen. Es hatte fast den ganzen Tag geregnet. Lisa saß festgebunden auf einem Stuhl in der Zimmermitte. Ohne viel Erfolg bemühte sie sich, mit der Nase die Maske hochzuschieben, die ihre Augen bedeckte. Die absolute Dunkelheit – sie war völlig blind – zehrte an ihren Nerven. Sie hatte den Eindruck, daß gefährliche Ungeheuer in ihrer Nähe lauerten. Was das betraf, hatte sie völlig recht.

»Hast du Hunger?« Die Stimme erklangt direkt neben ihr. Lisa blieb vor Schreck beinahe das Herz stehen.

»Wer ist da? Wer sind Sie?« fragte sie mit zittriger Stimme.

»Ich bin ein alter Freund deiner Mutter.« Jackson kniete neben ihr. »Die Stricke sitzen doch nicht zu fest, oder?«

»Wo ist Onkel Charlie? Was haben Sie mit ihm gemacht?« Plötzlich war Lisas Mut wieder da.

Jackson lachte leise. »Onkel, ach ja?« Er stand auf. »Das ist gut, wirklich gut.«

»Wo ist er?«

»Das ist unwichtig«, fuhr Jackson sie an. »Wenn du Hunger hast, mußt du es mir sagen.«

»Ich will nichts essen.«

»Etwas trinken?«

Lisa zögerte. »Vielleicht … einen Schluck Wasser.«

Sie hörte im Hintergrund Glas klirren. Dann spürte sie etwas Kaltes an den Lippen und zuckte zurück.

»Es ist nur Wasser. Ich vergifte dich schon nicht«, sagte Jackson in so herrischem Tonfall, daß Lisa rasch den Mund öffnete und trank. Jackson hielt ihr das Glas so lange an die Lippen, bis es leer war.

»Wenn du sonst etwas willst, wenn du zum Beispiel aufs Klo mußt, brauchst du es nur zu sagen. Ich bin da.«

»Wo sind wir?« Als Jackson nicht antwortete, fragte sie: »Warum tun Sie das?«

Jackson stand in der Dunkelheit und dachte sorgfältig über die Frage nach, ehe er antwortete. »Deine Mutter und ich haben noch eine Rechnung offen. Das hängt mit Dingen zusammen, die vor vielen Jahren geschehen sind. Allerdings hat es in jüngster Zeit Rückschläge gegeben, die mir sehr zu schaffen machen.«

»Ich wette, daß meine Mom nichts mit Ihnen zu schaffen hat.«

»Im Gegenteil. Obwohl sie mir ihr ganzes jetziges Leben verdankt, hat sie alles getan, mir zu schaden.«

»Ich glaube Ihnen kein Wort«, erklärte Lisa hitzig.

»Das erwarte ich auch nicht«, sagte Jackson. »Du glaubst an deine Mutter. Das ist auch richtig so. Familienbande sind sehr wichtig.« Er verschränkte die Arme und dachte für einen Moment an seine eigene Familie, an Alicias süßes, friedliches Gesicht. *Süß und friedlich im Tod.* Nur mit Mühe verdrängte er das Bild.

»Meine Mom wird kommen und mich holen.«

»Das erwarte ich auch von ihr.«

Lisa steckte ein Kloß im Hals, als ihr die Bedeutung dieser Worte klar wurde. »Sie wollen ihr weh tun, nicht wahr? Sie wollen meiner Mom weh tun, wenn sie herkommt.« Ihre Stimme klang jetzt schrill.

»Ruf mich, wenn du etwas brauchst. Ich will dich nicht unnötig leiden lassen.«

»Bitte, tun Sie meiner Mom nichts.« Tränen strömten unter der Maske hervor.

Jackson gab sich größte Mühe, das Flehen zu ignorieren. Lisa schluchzte laut, doch nach einiger Zeit wimmerte sie nur noch leise vor Erschöpfung. Jackson hatte Lisa zum erstenmal als acht Monate alten Säugling gesehen. Sie war zu einem wunderschönen Mädchen herangewachsen. Hätte LuAnn sein Angebot damals nicht akzeptiert, würde das Waisenkind Lisa jetzt irgendwo bei Pflegeeltern leben.

Jackson schaute zu ihr hinüber. Sie litt entsetzlich. Ihr Kopf war nach vorn gesunken. Für das Mädchen war diese Sache eindeutig zuviel. Vielleicht wäre es ihr bei Pflegeeltern besser ergangen; vielleicht wäre es besser gewesen sie hätte die Mutter nie kennengelernt. Nun, diese Mutter würde Jackson jetzt aus dem Leben des Mädchens auslöschen.

Ihm lag nichts daran, auch der Tochter Schmerz zuzufügen, aber so war das Leben nun einmal. Es war ungerecht. Das hatte er LuAnn bereits an dem Tag erklärt, als sie sich zum erstenmal getroffen hatten. Wenn du etwas willst, mußt du es dir nehmen, ehe ein anderer es dir wegnimmt. Wenn man das Leben auf diesen einen Grundsatz reduzierte, bestand es aus einer langen Reihe von Sprüngen, von einem Seerosenblatt zum nächsten. Nur die Schnellen und Erfindungsreichen vermochten sich anzupassen und zu überleben. Alle anderen wurden zerquetscht, wenn geschicktere, klügere, schnellere Wesen auf dem Seerosenblatt landeten, das die Schwachen und Wertlosen so lange besetzt hatten.

Jackson stand völlig regungslos da, als wollte er seine gesamte Energie aufsparen für das, was vor ihm lag. Er starrte in die Dunkelheit. Sehr bald würde alles beginnen. Und sehr bald würde alles enden.

KAPITEL 57

Zu den medizinischen Einrichtungen der Universität von
Virginia gehörte nicht nur ein Lehrstuhl, sondern auch ein
sehr angesehenes Krankenhaus mit einer erstklassigen In-
tensivstation. LuAnn stürmte über den Korridor. Riggs wollte nachkommen, sobald er einen Parkplatz gefunden hatte.
Ganz kurz mußte LuAnn daran denken, daß sie noch nie in
einem Krankenhaus gewesen war. Der Geruch und die At-
mosphäre waren ihr auf Anhieb unsympathisch. Wahrscheinlich lag es vor allem daran, daß sie hier war, um Charlie zu sehen.

Er lag in einem Privatzimmer. Vor der Tür stand ein Polizist aus Charlottesville Wache. LuAnn wollte sich an ihm
vorbei ins Zimmer drängen.

»Moment mal, Ma'am. Keine Besucher«, sagte der Polizist, ein kräftig gebauter Mann Anfang Dreißig, und streckte
den Arm aus.

LuAnn wollte sich blindwütig auf ihn stürzen, als Riggs
herbeigelaufen kam.

»Hallo, Billy.«

Der Polizist drehte sich um. »Hallo, Matt. Wie geht's?«

»Könnte besser sein. Die nächste Zeit werde ich wohl
nicht mit dir Basketball spielen können.«

Billy betrachtete Matts Armschlinge. »Wie ist das passiert?«

»Ist 'ne lange Geschichte. Übrigens, der Mann da drinnen
ist ihr Onkel.« Er nickte zu LuAnn.

Billy schaute verlegen drein. »Tut mir leid, Ma'am. Das wußte ich nicht. Ich habe den Befehl, keine Besucher hineinzulassen. Aber das gilt bestimmt nicht für Familienangehörige. Gehen Sie nur hinein.«

LuAnn stieß die Tür auf und ging ins Zimmer. Riggs folgte ihr.

Charlie lag im Bett. Doch als würde er spüren, daß LuAnn bei ihm war, schlug er die Augen auf und schaute sie an. Ein Lächeln legte sich auf sein Gesicht. Er war blaß, doch seine Augen blickten wach und klar.

»Verdammt, was für ein hübscher Anblick«, sagte er.

Im nächsten Moment war LuAnn an Charlies Seite und nahm seine Pranke in ihre Hand. »Gott sei Dank, du lebst.«

Charlie wollte etwas sagen, als die Tür geöffnet wurde und ein Mann mittleren Alters in weißem Kittel den Kopf hereinsteckte. »Ich muß jetzt Visite machen, Herrschaften.« Er kam ins Zimmer. In der Hand hielt er ein Klemmbrett.

»Dr. Reese«, stellte er sich vor.

»Matt Riggs. Das ist Charlies Nichte Catherine.« Riggs zeigte auf LuAnn, die dem Arzt die Hand schüttelte.

Dr. Reese untersuchte Charlie, sprach dabei aber weiter. »Tja, es war ein Glück, daß Charlie sich einen so guten Druckverband angelegt hatte. Damit hat er den Blutverlust gestoppt, ehe es wirklich kritisch wurde.«

»Dann wird er wieder ganz gesund?« fragte LuAnn besorgt.

Reese warf ihr über den Brillenrand einen Blick zu. »O ja. Er ist außer Gefahr. Wir haben ihm eine Bluttransfusion gegeben, und die Wunde ist genäht. Jetzt braucht er nur noch Ruhe, um wieder zu Kräften zu kommen.« Reese trug seine Untersuchungsergebnisse auf Charlies Krankenblatt ein.

Charlie setzte sich halb auf. »Ich fühle mich bestens. Wann kann ich raus?«

»Ich glaube, wir lassen Ihnen noch ein paar Tage Zeit, um wieder auf die Beine zu kommen.«

Charlie war über diese Antwort offensichtlich alles andere als erfreut.

»Morgen früh schaue ich wieder nach Ihnen«, sagte Reese; dann wandte er sich an LuAnn und Riggs. »Bleiben Sie bitte nicht zu lange. Er braucht Ruhe.«

Kaum war Dr. Reese verschwunden, setzte Charlie sich ganz auf. »Irgendwas Neues über Lisa?«

LuAnn schloß die Augen. Tränen quollen unter ihren Lidern hervor. Zum erstenmal sah Charlie Riggs an.

»Wir vermuten, Jackson hat Lisa in seiner Gewalt, Charlie«, sagte Riggs.

»Ich *weiß*, daß er sie hat. Ich habe den Bullen sofort alles gesagt, als ich wieder bei Bewußtsein war.«

»Ich bin sicher, die Polizei tut, was sie kann«, meinte Riggs lahm.

Charlie schlug mit der Faust gegen den Metallrahmen des Bettes. »Verdammt. Sie werden Jackson nie erwischen. Er ist längst über alle Berge. Wir müssen etwas unternehmen. Hat er versucht, Verbindung mit euch aufzunehmen?«

»Ich werde Verbindung mit *ihm* aufnehmen«, sagte LuAnn und schlug die Augen auf. »Aber vorher mußte ich dich sehen. Sie haben gesagt ... sie haben gesagt, du kämst vielleicht nicht durch.« Ihre Stimme zitterte. Sie umklammerte seine Hand.

»Da muß aber schon mehr kommen als so ein läppischer Schnitt, um den alten Charlie ins Jenseits zu befördern.« Er machte eine Pause. Die nächsten Worten fielen ihm offensichtlich sehr schwer. »Tut mir leid, LuAnn. Der Hurensohn hat Lisa, und es ist meine Schuld. Er hat mitten in der Nacht angerufen, mit Riggs' Stimme. Er hat gesagt, das FBI hätte Jackson festgenommen und daß ich nach Washington kommen sollte, um dich am FBI-Gebäude zu treffen. Ich bin unvorsichtig geworden und direkt in seine Falle gelaufen.« Charlie schüttelte den Kopf. »Verflucht, ich hätte Verdacht schöpfen müssen. Aber seine Stimme hat sich genauso angehört wie die von Riggs.«

LuAnn umarmte ihn. »Oh, Charlie, beinahe wärst du wegen ihr getötet worden – und meinetwegen.«

Charlie zog LuAnn zu sich heran. Riggs beobachtete stumm, wie die beiden sich in den Armen hielten.

»Lisa geht es bestimmt gut, Charlie.« LuAnn klang viel zuversichtlicher, als sie tatsächlich war. Doch Lisa war nicht damit gedient, wenn ihre Mutter jetzt einen hysterischen Anfall bekam und womöglich schlappmachte.

»LuAnn, du kennst den Kerl. Er könnte ihr alles mögliche antun.«

»Er will mich, Charlie. Seine ganze Welt fällt auseinander. Das FBI ist ihm auf den Fersen. Er hat Donovan und Bobbie Jo Reynolds ermordet – und höchstwahrscheinlich seine eigene Schwester. Und ich weiß, daß er mir für alles die Schuld gibt.«

»Das ist doch hirnrissig.«

»Ja. Aber das spielt keine Rolle, wenn Jackson davon überzeugt ist.«

»Aber du kannst doch nicht einfach zu ihm gehen und dich ihm ausliefern.«

»Genau das meine ich auch«, mischte Riggs sich ein. »Du kannst den Kerl nicht einfach anrufen und sagen: ›Mach dir keine Sorgen. Ich komme gleich rüber, damit du mich umbringen kannst.‹«

LuAnn antwortete ihm nicht.

»Er hat recht, LuAnn«, sagte Charlie. Dann wollte er aufstehen.

»Was hast du vor, zum Teufel?« fuhr sie ihn an.

»Mich anziehen.«

»Aber ... hast du nicht gehört, was der Arzt gesagt hat?«

»Ich bin alt, und mein Gehör verläßt mich. Genauso, wie ich jetzt das Krankenhaus verlasse.«

»Charlie ...«

»Hör mal zu, LuAnn«, sagte er zornig und versuchte, die Hose anzuziehen. LuAnn hielt seinen unverletzten Arm, während Riggs ihn von der anderen Seite stützte. »Ich bleibe nicht hier im Bett liegen, solange dieser Saukerl Lisa in seiner Gewalt hat. Wenn du das nicht verstehst, ist mir das scheißegal.«

LuAnn nickte und half ihm, die Hose anzuziehen. »Du bist ein großer, alter, aufmüpfiger Bär, weißt du das?«

»Ein einarmiger Bär. Aber der eine Arm reicht noch, um den Scheißkerl zu zerquetschen.«

Riggs hielt seinen verletzten Arm hoch. »Zu zweit haben wir *zwei* gesunde Arme. Und ich bin dem Burschen auch noch was schuldig.«

LuAnn stemmte die Hände in die Hüften. »Draußen steht ein Polizist.«

»Um den kümmere ich mich«, sagte Riggs.

LuAnn stopfte Charlies Habseligkeiten, auch das Handy, in eine Plastiktüte des Krankenhauses.

Als Charlie angezogen war, verließ Riggs das Zimmer und redete mit Billy.

»Billy, würden Sie so nett sein, uns aus der Cafeteria Kaffee und etwas zu essen holen? Ich würde ja selbst gehen, aber mit dem Scheißarm kann ich nichts tragen.« Er nickte mit dem Kopf zum Zimmer. »Und sie ist im Moment ziemlich mit den Nerven runter. Ich möchte sie nicht allein lassen.«

»Eigentlich darf ich meinen Posten nicht verlassen, Matt.«

»Ich bleibe da, Billy. Das geht schon in Ordnung.« Riggs hielt ihm Geldscheine hin. »Hier, holen Sie sich auch etwas. Ich kann mich erinnern, daß Sie nach unserem letzten Basketballspiel drei Pizzas verdrückt haben.« Er betrachtete Billys pralle Figur. »Ich möchte nicht, daß Sie vom Fleisch fallen.«

Lachend nahm Billy das Geld. »Sie kennen den Weg ins Herz Ihrer Mitmenschen.«

Sobald Billy im Fahrstuhl verschwunden war und sich die Türen geschlossen hatten, kamen Charlie, LuAnn und Riggs aus dem Zimmer und verließen das Krankenhaus über die Hintertreppe. LuAnn und Riggs stützten Charlie, als sie durch den strömenden Regen zum Wagen gingen. Der dicken Wolken wegen war es bereits ziemlich dunkel, und die Sicht wurde mit jeder Minute schlechter.

Kurz darauf erreichten die drei die Route 29. Charlie nutzte die Fahrt, LuAnn und Riggs zu berichten, was im Motel passiert war und daß Jackson einen zweiten Mann dabei hatte.

Als Charlie geendet hatte, beugte er sich vor. »Und wie sieht nun der Plan aus?« Er stöhnte, als der Wagen über ein Schlagloch fuhr und sein Arm durchgeschüttelt wurde.

LuAnn hielt an einer Tankstelle. Sie holte einen Zettel aus der Tasche. »Ich rufe ihn jetzt an.«

»Und was dann?« fragte Riggs.

»Das wird er mir schon sagen«, antwortete sie.

»Du weißt, was der Kerl sagen wird«, schimpfte Charlie. »Er wird ein Treffen vorschlagen, nur du und er. Und wenn du hingehst, bringt er dich um.«

»Und wenn ich nicht hingehe, bringt er Lisa um.«

»Er wird sie auf alle Fälle umbringen«, sagte Riggs wütend.

LuAnn schaute ihn an. »Nicht, wenn ich ihn zuvor erwische.« Sie dachte an die letzte Begegnung mit Jackson im Cottage. Sie war stärker als er. Nicht viel, aber sie war ihm körperlich überlegen. Aber das wußte Jackson auch. Sie hatte es in seinen Augen gelesen. Und das bedeutete, er würde sich nicht wieder auf einen Nahkampf einlassen. Das durfte sie auf keinen Fall vergessen. Und wenn Jackson sich umstellen konnte, konnte sie es auch.

»LuAnn, ich traue dir sehr viel zu«, sagte Riggs. »Aber dieser Kerl ist ein ganz besonderes Kaliber.«

»Er hat recht, LuAnn«, meinte Charlie.

»Vielen Dank für diesen Vertrauensbeweis, meine Herren.« LuAnn wartete gar nicht auf eine Erwiderung, sondern holte das Handy aus der Tüte und wählte. Ehe es klingelte, schaute sie Riggs und Charlie an. »Aber vergeßt nicht, ich habe zwei gesunde Arme.«

Riggs griff in die Jacke, bis er das Vertrauen einflößende, kalte Metall der Pistole spürte. Diesmal mußte er viel genauer zielen. Er hoffte, nicht wieder schmerzlich durch ein Messer abgelenkt zu werden, das sich in seinen Arm bohrte.

Riggs und Charlie ließen LuAnn nicht aus den Augen, als sie telefonierte. Sie gab die Nummer des Handys durch. Dann schaltete sie das Gerät aus und wartete. Immer noch schaute sie die beiden Männer nicht an. Keine drei Minuten später klingelte das Telefon.

Ehe LuAnn etwas sagen konnte, sprach Jackson bereits. »Falls Sie gerade in einem Polizeirevier sitzen, möchte ich Ihnen sagen, daß an meinem Telefon ein Gerät angeschlossen ist, das sofort anzeigt, wenn ein Anruf zurückverfolgt wird. Nach fünf Sekunden weiß ich Bescheid. Und dann werde ich sofort auflegen und Ihrer Tochter die Kehle durchschneiden.«

»Ich bin nicht bei der Polizei, und ich verfolge auch Ihren Anruf nicht zurück.«

Fünf Sekunden sagte Jackson nichts. LuAnn sah ihn direkt vor sich, wie er auf das Gerät starrte. Vielleicht hoffte er, daß sie ihn belog. »Ich gratuliere Ihnen, daß Sie das Nächstliegende vermieden haben«, sagte er freundlich.

»Wann und wo?« fragte LuAnn.

»Keine Begrüßung? Kein gemütliches Plaudern? Wo bleiben Ihre guten Manieren? Ist die Prinzessin, die für so viel Geld herangezüchtet wurde, plötzlich wieder zum Aschenputtel geworden? Wie eine Blume ohne Wasser? Ohne Sonnenschein?«

»Ich möchte mit Lisa sprechen. Sofort.«

»Tut mir leid wegen Onkel Charlie«, sagte Jackson. Er

saß in der Dunkelheit auf dem Fußboden und hielt sich das Telefon dicht an den Mund. Er redete langsam und so ungezwungen, wie er nur konnte. Er wollte, daß LuAnns Angst ständig wuchs. Er wollte sie spüren lassen, daß er die völlige Kontrolle über die Situation besaß. Er wollte, daß sie gehorsam und unterwürfig angekrochen kam, wenn der Zeitpunkt da war, um ihre Bestrafung zu empfangen. Er wollte, daß sie ihrem Henker schwach und zitternd entgegentrat.

Jackson wissen zu lassen, daß Charlie direkt hinter ihr saß und den sehnlichen Wunsch hatte, ihm den Hals umzudrehen, kam für LuAnn überhaupt nicht in Frage. »Ich will mit Lisa sprechen.«

»Wie können Sie so sicher sein, daß ich sie nicht bereits getötet habe?«

»Was?«

»Sie können mit ihr sprechen, aber woher wissen Sie, ob nicht ich es bin und mit verstellter Stimme rede? ›Mom, Mom‹, könnte ich sagen. ›Komm und hilf mir.‹ Das könnte ich sagen, ohne daß Sie einen Unterschied bemerken. Wenn Sie mit Lisa reden wollen – in Ordnung. Aber ein Beweis ist es nicht.«

»Scheißkerl!«

»Möchten Sie immer noch mit ihr sprechen?«

»Ja«, sagte LuAnn.

»Wo bleiben Ihre Manieren, meine Liebe? Ja – und?«

LuAnn zögerte einen Augenblick; dann holte sie tief Luft und bemühte sich, nicht die Nerven zu verlieren, sondern ruhig zu bleiben. »Ja, bitte.«

»Einen Moment. Wo habe ich das Kind bloß hingebracht?«

Riggs versuchte mitzuhören. Wütend stieg LuAnn aus dem Wagen. Verzweifelt bemühte sie sich, irgendwelche Hintergrundgeräusche zu hören.

»Mom? Mom, bist du das?«

609

»Schätzchen, Baby, ja, hier ist Mom. O Gott, Liebling, es tut mir so leid.«

»Oh, Verzeihung, LuAnn, das bin immer noch ich«, sagte Jackson. »»Mom, Mom, bist du das?‹« Wieder ahmte er Lisas Stimme perfekt nach.

LuAnn war dermaßen fassungslos, daß sie kein Wort hervorbrachte.

Dann hörte sie wieder Jacksons echte Stimme. Sein Tonfall schmerzte ihr im Ohr, so eindringlich sprach er. »Ich lasse Sie jetzt mit ihr reden, wirklich mit ihr. Sie können Ihr gefühlvolles Mutter-Tochter-Gespräch führen. Aber danach werde ich Ihnen genau sagen, was Sie zu tun haben. Sollten Sie auch nur um einen Hauch von meinen Anweisungen abweichen…«

Er beendet den Satz nicht. Das war auch nicht nötig. Beide schwiegen und lauschten auf den Atem des anderen. Zwei Züge, die außer Kontrolle gerieten und jeden Moment in der drahtlosen Leere zwischen den Telefonen aufeinanderprallen würden.

LuAnn gab sich größte Mühe, den Luftstrom zurückzuhalten, der gegen ihre Kehle drückte. Sie wußte, was Jackson tat. Was er ihr antat. Aber sie wußte auch, daß sie nichts dagegen unternehmen konnte. Zumindest nicht jetzt.

»Haben Sie verstanden?«

»Ja.« Kaum hatte LuAnn das Wort ausgesprochen, hörte sie es. Sie hörte ein Geräusch im Hintergrund, das sie dazu brachte, zu lächeln und zugleich die Stirn zu runzeln. Sie schaute auf die Uhr. Es war fünf. Ihr Lächeln wurde stärker. In ihren Augen blitzte es. Es war ein Funken Hoffnung.

In der nächsten Minute sprach sie mit Lisa. Schnell stellte sie ihr Fragen, die nur das Mädchen beantworten konnte. In der Dunkelheit, die Mutter und Tochter trennte, sehnten beide sich verzweifelt nach dem anderen.

Dann kam Jackson wieder ans Telefon und erteilte LuAnn genaue Instruktionen, was das Wo und Wann betraf.

LuAnn hörte ihm genau zu, lauschte dabei aber wieder auf die Geräusche im Hintergrund. Zum Schluß sagte Jackson spöttisch: »Also, bis bald.«

LuAnn schaltete das Handy aus und stieg wieder in den Wagen. Sie machte einen so ruhigen Eindruck, daß die beiden Männer völlig verblüfft waren.

»Ich soll ihn morgen vormittag um zehn Uhr anrufen. Dann nennt er mir den Treffpunkt. Er läßt Lisa frei, wenn ich allein komme. Doch wenn er auch nur das Gefühl hat, daß jemand bei mir ist, bringt er Lisa um.«

»Also du im Austausch für Lisa«, sagte Riggs.

Sie schaute beide Männer an. »Genau.«

»LuAnn …«

»Genauso wird es gemacht!« erklärte sie mit Nachdruck.

»Und woher weißt du, daß er Lisa laufen läßt? Du kannst ihm nicht trauen«, gab Charlie zu bedenken.

»Doch, kann ich. Er will nur mich.«

»Es muß noch einen anderen Weg geben«, rief Riggs.

»Es gibt nur einen Weg, Matthew, und das weißt du genau.« Sie schaute ihn traurig an, ehe sie losfuhr.

Sie hatte noch einen letzten Trumpf im Ärmel. Doch sie würde Charlie und Riggs nicht einladen, bei diesem Spiel mitzumachen. Die zwei hatten bereits zu viel für sie geopfert. Jackson hätte die beiden Männer um ein Haar getötet, und LuAnn wollte ihm keine Chance geben, es noch einmal zu versuchen. Denn LuAnn wußte, wie es ausgehen würde, falls Jackson eine zweite Chance bekam. Jetzt lag alles bei ihr. Es lag allein bei ihr, Lisa zu retten, und in ihren Augen war das auch vollkommen richtig so. Fast ihr ganzes Leben lang hatte sie sich nur auf sich selbst verlassen müssen, und wenn sie ehrlich zu sich selbst war, gefiel ihr das. Dieses Wissen gab ihr Zuversicht.

Und sie wußte noch etwas.

Sie wußte, wo Jackson und Lisa waren.

KAPITEL 58

Der Regen hatte endlich aufgehört. Trotzdem waren die Frühlingsschauer noch längst nicht vorüber. LuAnn hatte eine Decke über das zerbrochene Fenster des Cottage genagelt. Riggs hatte die Heizung voll aufgedreht, so daß es halbwegs gemütlich war. Die Reste der Mahlzeit standen neben dem Ausguß in der Küche.

Riggs betrachtete die Flecken auf dem Fußboden des Eßzimmers. Sein Blut. Charlie und Riggs hatten aus dem Schlafzimmer im ersten Stock Matratzen heruntergeholt und auf den Boden gelegt. Sie hatten beschlossen, die Nacht im Cottage zu verbringen; es war der geeignetste Ort. Charlie und Riggs hatten stundenlang mit LuAnn gestritten und versucht, sie von ihrem Entschluß abzubringen. Am Ende willigte sie ein, daß die beiden morgen früh das FBI anrufen sollten, ehe sie mit Jackson telefonierte. Damit hatte sie die Männer so weit beruhigt, daß sie LuAnn die erste Wache überließen. Riggs wollte sie in zwei Stunden ablösen.

Beide Männer waren erschöpft und schnarchten schon bald. LuAnn stand mit dem Rücken zum Fenster und betrachtete sie stumm. Dann blickte sie auf die Uhr. Es war nach Mitternacht. Sie vergewisserte sich, daß ihre Pistole geladen war. Dann kniete sie neben Charlie nieder und hauchte ihm einen Kuß auf die Wange. Er bewegte sich kaum.

Sie ging zu Riggs. Seine Brust hob und senkte sich unter den regelmäßigen Atemzügen. LuAnn schob ihm das Haar aus der Stirn und schaute ihn eine Zeitlang an. Sie wußte, daß ihre Chancen schlecht standen und daß sie die beiden Männer vielleicht nie wiedersehen würde. Nachdem sie Riggs auf den Mund geküßt hatte, stand sie auf und lehnte sich an die Wand. Sie atmete schwer, weil die Gefahr, der sie sich aussetzen wollte, ihr mit einem Mal schreckliche Angst einjagte.

Trotzdem kletterte sie kurz darauf durchs Fenster, um die Männer nicht durch das Quietschen der Tür zu wecken. Sie zog sich die Kapuze über den Kopf, um sich gegen den Nieselregen zu schützen. Sie wollte nicht den Wagen nehmen, weil der Motor zu viel Lärm gemacht hätte; deshalb öffnete sie die Tür des Schuppens, der als Pferdestall diente. Joy stand noch da. LuAnn hatte vergessen, jemanden anzurufen, um das Tier abzuholen. Doch im Schuppen war es warm und trocken, und es gab auch ausreichend Heu und Wasser.

Rasch sattelte LuAnn die Stute und führte sie ins Freie. Dann stieg sie auf und ritt in den Wald, so leise sie konnte.

Als sie die Grenze zu ihrem Grundstück erreichte, stieg sie ab und führte Joy in den Stall unweit der Villa. Nach kurzem Zögern nahm sie das Fernglas von der Wand. Sie kroch durchs Gebüsch und bezog am Waldrand ihren Beobachtungsposten. Es war dieselbe Stelle, an der zuvor Riggs gesessen hatte. Sie suchte die Rückfront des Hauses ab.

Plötzlich blitzten Autoscheinwerfer auf. Erschrocken setzte LuAnn das Fernglas ab. Das Auto fuhr zur Garage, doch sie öffnete sich nicht. Ein Mann stieg aus und ging hinten ums Haus, als wäre er auf einem Patrouillengang. Im Licht der Scheinwerfer sah LuAnn die Buchstaben ›FBI‹ auf der Windjacke des Mannes. Dann stieg er wieder in den Wagen und fuhr davon.

LuAnn rannte zum Haus. Von dort aus beobachtete sie, wie das Auto auf der Privatstraße in Richtung Hauptstraße fuhr. Dort war sie vor Donovan geflohen; es kam LuAnn so vor, als wäre seitdem eine Ewigkeit vergangen. Kurz dachte sie an die Autoverfolgungsjagd, mit der dieser ganze Alptraum begonnen hatte.

Dann kehrten ihre Gedanken in die Gegenwart zurück. Das Auftauchen des Mannes vorhin konnte nur bedeuten, daß das FBI die Zufahrt zur Villa bewachte. Plötzlich fiel ihr ein, daß Riggs es während seiner Gespräche mit Masters erwähnt hatte. Mit Freuden hätte LuAnn die Unterstützung eines erfahrenen FBI-Agenten in Anspruch genommen, doch er hätte sie zweifellos auf der Stelle verhaftet.

Aber die Angst vor dem Gefängnis war nicht das Ausschlaggebende. Es ging darum, daß LuAnn keinen weiteren Menschen mehr in ihre Problem hineinziehen wollte. Niemand sollte mehr um ihretwillen verletzt oder gar getötet werden. Jackson wollte sie – und nur sie. LuAnn wußte, was er von ihr erwartete: daß sie demütig zu ihm gekrochen kam, um ihre Strafe entgegenzunehmen, im Austausch für die Freiheit und das Leben ihrer Tochter. Doch Jackson würde mehr bekommen, als er wollte. Viel mehr.

Sie und Lisa würden überleben.

Jackson nicht.

LuAnn wollte zur Hintertür, als ihr etwas auffiel: Sally Beechams Auto stand vor der Villa. Für einen Moment blickte sie verwundert auf den Wagen; dann ging sie achselzuckend um das Haus nach hinten.

Das Geräusch, das LuAnn beim Telefonat mit Jackson im Hintergrund gehört hatte, hatte sie hierher geführt. Der unverkennbare Klang der alten Uhr, des Familienerbstücks, der Uhr, die ihre Mutter ihr vermacht hatte und von der LuAnn sich nie hatte trennen wollen. Und nun zeigte sich, daß diese Uhr ihr wertvollster Besitz war: Es war das unregelmäßige Ticken dieser alten Uhr gewesen, das LuAnn im Hintergrund gehört hatte, als sie mit Jackson telefonierte.

Jackson hatte sie aus ihrer Villa angerufen. Und LuAnn war überzeugt, daß Lisa sich jetzt dort befand. Und Jackson ebenfalls. LuAnn mußte die Nerven des Mannes bewundern, hierherzukommen, obwohl das FBI unten auf der Zufahrt wartete. In wenigen Minuten würde sie ihrem schlimmsten Alptraum von Angesicht zu Angesicht gegenüberstehen.

Sie preßte sich dicht an die Mauer und spähte durch die Scheiben der Seitentür. Waren die Lichter der Alarmanlage grün oder rot? Erleichtert atmete sie auf, als sie das freundliche Grün sah. Selbstverständlich kannte sie den Code, um die Alarmanlage zu entschärfen, doch beim Ausschalten gab die Anlage stets einen schrillen Pfeifton von sich, und der würde alles gefährden.

Ganz langsam schloß LuAnn die Tür auf. Dann wartete sie eine Minute lang und hielt die Pistole schußbereit. Sie hörte nichts; aber das war nicht weiter verwunderlich, denn inzwischen war es weit nach Mitternacht. Trotzdem – irgend etwas störte sie.

Eigentlich hätte sie sich besser fühlen müssen, weil sie sich wieder im eigenen Haus befand, aber dem war nicht so. Statt dessen waren ihre Nerven zum Zerreißen gespannt. Wenn sie sich jetzt von der vertrauten Umgebung zur Nachlässigkeit verleiten ließ und unachtsam wurde, war es sehr gut möglich, daß sie und Lisa den Sonnenaufgang nicht mehr erlebten.

LuAnn schlich den Korridor entlang. Plötzlich blieb sie wie angewurzelt stehen. Sie hörte ein Gespräch. Es waren mehrere Personen. Sie erkannte keine einzige Stimme. Langsam atmete sie erleichtert aus, als die Musik eines Werbespots erklang. Irgend jemand sah fern. Aus dem Türspalt am Ende des Flures drang Licht hervor. Vorsichtig schlich LuAnn weiter bis zu dem Lichtspalt zwischen der Tür und dem Türrahmen. Sie lauschte. Dann schob sie mit der linken Hand die Tür auf; in der rechten hielt sie die Pistole. Lautlos schwang die Tür nach innen. Im Zimmer war es dunkel; nur der Bildschirm des Fernsehers leuchtete.

Plötzlich stockte LuAnn der Atem. Direkt vor ihr saß jemand mit dunklem Haar, im Nacken kurz geschnitten und auf dem Kopf zu einem Bienenkorb hochfrisiert. Sally Beecham. Sie saß in ihrem Schlafzimmer und sah fern. Aber war es wirklich Sally? Sie saß so still da, so reglos, daß Lu-Ann nicht sagen konnte, ob sie lebte oder nicht.

Einen Sekundenbruchteil lang: Das Bild, wie LuAnn vor zehn Jahren durch den Wohnwagen geht und Duane auf der Couch findet. Sie bewegt sich auf ihn zu, geht direkt zu ihm. Und dann dreht er sich vor ihren Augen, ganz langsam. Das viele Blut auf der Brust. Sein Gesicht, grau wie Zement. Dann sieht sie ihn sterbend von der Couch gleiten. Und plötzlich legt sich eine Hand von hinten auf ihren Mund. Von hinten!

LuAnn wirbelte herum, aber da war niemand. Doch ihre abrupte Bewegung hatte ein Geräusch verursacht. Als sie sich erneut umdrehte, starrte Sally Beecham sie entsetzt an. Als sie LuAnn erkannte, schien sie sich ein wenig zu entspannen. Sie legte die Hand auf die Brust, die sich unter schweren Atemzügen hob und senkte.

Sie wollte etwas sagen, doch LuAnn legte ihr einen Finger an die Lippen und flüsterte: »Pssst.«

Sally erstarrte.

»Jemand ist im Haus«, flüsterte LuAnn. »Haben Sie jemand gesehen?« Sally schüttelte den Kopf und deutete auf sich. Ihr gespenstisch blasses Gesicht war von Sorgenfalten durchzogen.

In diesem Augenblick traf LuAnn die Erkenntnis wie ein Blitzschlag, und ihr Gesicht wurde so totenbleich wie Sallys.

Sally Beecham parkte nie vor dem Haus, sondern immer in der Garage, von der aus man direkt in die Küche gelangen konnte. LuAnns Hand krampfte sich um die Pistole. Wieder schaute sie in das Gesicht. Bei der schwachen Beleuchtung war es nicht deutlich zu erkennen, aber sie wollte kein Risiko eingehen. »Passen Sie auf, Sally. Sie gehen jetzt in die Speisekammer, und ich schließe Sie darin ein. Dort sind Sie auf alle Fälle sicher.«

LuAnn sah, wie die Blicke Sallys über ihr Gesicht huschten. Dann bewegte sich eine Hand hinter dem Rücken der Frau.

LuAnn richtete die Pistole auf sie. »Sie gehen sofort los, sonst erschieße ich Sie gleich hier. Und holen Sie die Waffe heraus. Aber am Lauf.«

Als die Frau langsam die Pistole hervorgeholt hatte, deutete LuAnn auf den Boden. Die Waffe polterte aufs Parkett.

Als die Person vortrat, riß LuAnn ihr blitzschnell die Perücke vom Kopf. Es war ein Mann. Er hatte kurzes, dunkles Haar. LuAnn drückte ihm die Pistole aufs Ohr.

»Gehen Sie ganz langsam, Mr. Jackson. Oder sollte ich Mr. Crane sagen?« Sie gab sich keinen falschen Hoffnungen hin, was das Schicksal Sally Beechams betraf, doch in der momentanen bedrohlichen Lage durfte sie keinen Gedanken daran verschwenden. LuAnn hoffte, überhaupt noch Gelegenheit zu haben, um Sally zu trauern.

Als sie in die Küche kamen, stieß LuAnn den Mann in die Speisekammer und schloß von außen ab. Die Tür stammte aus dem ursprünglichen Haus und war aus Eichenholz, fast zehn Zentimeter dick und mit einem schweren Riegel versehen. Dahinter saß der Mann sicher. Jedenfalls eine Zeitlang. Und viel Zeit brauchte LuAnn nicht.

Sie rannte den Korridor entlang und die mit Teppich ausgelegte Treppe hinauf. Sie schaute in sämtliche Zimmer. Sie war fast sicher, daß Lisa sich im Schlafzimmer ihrer Mutter befand, doch sie durfte kein Risiko eingehen. Ihre Augen hatten sich inzwischen an die Dunkelheit gewöhnt. Schnell schaute sie in jedem Zimmer nach. Sie alle waren leer. LuAnn rannte weiter. Es war nur noch ein Schlafzimmer übrig: ihres. LuAnn lauschte, so angestrengt sie konnte. Sie wollte nur eines hören: Daß Lisa stöhnte, murmelte oder atmete – Hauptsache, ihre Mutter wußte, daß das Mädchen noch am Leben war. Rufen konnte LuAnn nicht. Das war zu gefährlich. Ihr fiel ein, daß Jackson jetzt einen Helfershelfer hatte. Wo steckte dieser Mann?

Sie legte die Hand um den Türknopf ihres Schlafzimmers, holte tief Luft und drehte ihn.

Ein greller Blitz zuckte über den Himmel, gefolgt von einem ohrenbetäubenden Donnerschlag. Im selben Moment wurde die Decke vom Fenster geweht, und Regen fegte ins Zimmer.

Der plötzliche Lärm, die Kälte und die Nässe weckten Riggs. Er setzte sich auf. Im ersten Augenblick wußte er nicht, wo er sich befand, und schaute sich um. Dann sah er das offene Fenster, durch das Wind und Regen hereindrangen. Er warf einen Blick auf den noch schlafenden Charlie. Dann kehrte die Erinnerung wieder.

Er stand auf. »LuAnn? LuAnn?« Seine Rufe weckten Charlie.

»Was ist los, zum Teufel?« fragte er.

Kurz darauf hatten sie das Cottage durchsucht.

»Sie ist nicht da«, rief Riggs.

Beide liefen nach draußen. Das Auto stand noch an seinem Parkplatz. Unsicher schaute Riggs sich um.

»LuAnn«, brüllte Charlie, um das Gewitter zu übertönen.

Riggs blickte zum Schuppen. Die Tür stand offen. Blitzartig wußte er, was geschehen war. Er lief hinüber. Der Schuppen war leer, doch selbst in der Dunkelheit sah er die Hufspuren im Schlamm, die vom Schuppen wegführten. Er folgte den Spuren bis zum Waldrand.

»Joy war im Schuppen«, erklärte er Charlie, als er zurück war. »Sieht so aus, als wäre LuAnn zur Villa geritten.«

»Warum sollte sie das tun?«

Riggs dachte angestrengt nach. »Waren Sie nicht auch überrascht, als sie einverstanden war, daß wir am Morgen das FBI anrufen?«

»Ja«, sagte Charlie. »Aber ich war viel zu müde und erleichtert, um lange darüber nachzudenken.«

»Warum ist sie zur Villa geritten?« Riggs kratzte sich am

Kopf. »Das FBI bewacht das Grundstück. Was könnte in der Villa sein, daß LuAnn ein solches Risiko eingeht?«

Charlie wurde blaß und taumelte leicht.

»Was ist los, Charlie?«

»LuAnn hat mir mal etwas erzählt, das Jackson ihr gesagt hatte. Eine seiner Lebensregeln.«

»Und wie lautet sie?« fragte Riggs ungeduldig.

»Wenn du etwas verstecken willst, leg es ganz offen hin, weil dann niemand darauf achtet.«

Jetzt war es an Riggs, blaß zu werden. Die Wahrheit traf ihn wie ein Schlag ins Gesicht. »Lisa ist im Haus.«

»Und Jackson.«

Sie rannten zum Wagen.

Als die Limousine über die Straße raste, griff Riggs zum Handy. Er wählte die Nummer der Polizei; dann die des örtlichen FBI. Er war geschockt, als Masters antwortete.

»Er ist hier, George«, sagte Riggs. »In Wicken's Hunt. Bring alle Männer auf die Beine, die du hast.« Riggs hörte, wie das Telefon auf den Schreibtisch knallte, dann die polternden Geräusche schnell umherlaufender Männer. Er schaltete das Handy aus und trat aufs Gaspedal.

Als die Tür aufging, stürmte LuAnn ins Zimmer. In der Mitte stand ein Stuhl, und an diesem Stuhl war Lisa festgebunden. Vor Erschöpfung war ihr Kopf nach vorn gesunken. Als nächstes hörte LuAnn das mühselige Ticken der Uhr – dieser wunderbaren, wunderschönen Uhr.

LuAnn schloß die Tür hinter sich, lief zu ihrer Tochter und nahm sie fest in die Arme. LuAnns Gesicht war ein einziges Lächeln, als Lisa ihr in die Augen schaute.

Und dann lag plötzlich eine dicke Schnur um LuAnns Hals. Ein Ruck, die Schlinge straffte sich, und LuAnn bekam keine Luft mehr. Die Pistole fiel auf den Fußboden.

Lisa schrie und schrie in stummer, qualvoller Panik, da ihr Mund mit einem Klebestreifen verschlossen war. Sie trat gegen den Stuhl und versuchte, ihn umzustoßen, um zu ihrer Mutter zu gelangen und ihr irgendwie zu helfen, ehe der Mann sie umbrachte.

Jackson stand direkt hinter LuAnn. Er hatte neben der Frisierkommode im Dunkeln gelauert und beobachtet, wie LuAnn auf ihre Tochter zugestürzt war, offenbar ohne seine Anwesenheit zu bemerken. Dann hatte er blitzschnell gehandelt. An der Schnur war ein Stück Holz festgebunden. Jackson wickelte die Schnur enger und enger.

LuAnns Gesicht verfärbte sich blaurot. Ihr schwanden die Sinne, als die Schnur sich tief in ihren Hals grub. Sie versuchte, nach Jackson zu schlagen, doch ihre Fäuste zischten hilflos durch die Luft, nahmen ihr den letzten Rest ihrer Kraft. Sie stieß mit dem Bein nach Jackson, doch er wich blitzschnell aus. Sie zerrte mit den Händen an der Schnur, aber sie hatte sich so tief in das Fleisch eingeschnitten, daß LuAnn die Finger nicht darunter bekam.

Dann flüsterte Jackson ihr ins Ohr: »Tick-tack, LuAnn. Tick-tack. Das Ührchen hat Sie wie ein Magnet zu mir geführt. Ich habe das Telefon direkt davor gehalten. Sie konnten das Ticken gar nicht überhören. Ich habe Ihnen gesagt, daß ich über jemanden, mit dem ich geschäftlich zu tun habe, immer alles herausfinde. Ich habe Ihren Wohnwagen im guten alten Rikersville besucht. Ich habe mehrmals dem seltsamen Ticken dieser Uhr gelauscht. Und ich habe die Uhr an dem Abend, als ich Sie hier das erste Mal besucht habe, an der Wand Ihres Schlafzimmers hängen sehen. Ihr armseliges, billiges Familienerbstück.« Er lachte. »Ich hätte zu gern Ihr Gesicht gesehen, als Sie glaubten, mich ausgetrickst zu haben. War es ein glückliches Gesicht, LuAnn?«

Jacksons Lächeln wurde breiter, als er spürte, daß LuAnns berühmt-berüchtigte Kraft so gut wie verschwunden war. »Vergessen Sie Ihre Tochter nicht. Da sitzt sie.« Er schaltete das Licht ein und riß LuAnn heftig herum, so daß sie Lisa sehen konnte. »Sie wird zuschauen, wie Sie sterben,

LuAnn. Und dann ist sie an der Reihe. Sie haben mich ein Familienmitglied gekostet. Jemand, den ich geliebt habe. Was ist es für ein Gefühl, wenn man für den Tod seiner Tochter verantwortlich ist?« Er zerrte wieder brutal an der Schnur. »Stirb, LuAnn. Finde dich damit ab. Schließ die Augen und hör einfach auf zu atmen. Tu es! Es ist so leicht. Tu es! Tu es für mich. Du weißt, daß du es willst«, zischte er ihr zu.

LuAnns Augen traten aus den Höhlen. Jeden Moment mußte ihr die Lunge platzen. Sie hatte das Gefühl, tief unter Wasser zu sein. Sie hätte alles darum gegeben, nur einen einzigen Atemzug tun zu können, ein einziges Mal tief Luft holen. Sie hörte die höhnischen Worte und wurde viele Jahre in der Zeit zurückversetzt: Auf den Friedhof, an das Grab mit der kleinen Messingplatte. Jetzt war sie auf dem Weg dorthin. Tu es für Big Daddy. *Es ist ganz leicht. Komm und besuche Big Daddy. Du weißt, daß du es willst.*

Aus dem Winkel ihres blutunterlaufenen rechten Auges konnte sie Lisa gerade noch sehen. Das kleine Mädchen schrie stumm nach der Mutter, über den Abgrund hinweg, der in wenigen Sekunden ein Abgrund der Ewigkeit sein würde.

In diesem Moment jagte aus einer Tiefe in ihrem Inneren, von der LuAnn nie geahnt hatte, daß es sie gab, ein Kraftstoß empor – so unglaublich stark, daß es sie fast von den Beinen riß. Sie warf den Kopf zurück; dann bückte sie sich blitzschnell und riß den überraschten Jackson mit sich, so daß er den Boden unter den Füßen verlor und auf LuAnns Rücken zu liegen kam. Sie schlang die Arme um seine Beine, machte einen riesigen Satz nach vorn und schleuderte Jackson gegen die schwere Eichenkommode an der Wand. Die scharfe Kante traf genau seine Wirbelsäule.

Er stieß einen Schmerzensschrei aus, ließ die Schnur um LuAnns Hals aber nicht los. LuAnn grub ihre Fingernägel in die frische Wunde an Jacksons Hand, die noch vom Kampf im Cottage herrührte, und riß den Schnitt weiter auf. Wieder schrie Jackson auf, und diesmal ließ er die Schnur los. Kaum spürte LuAnn, daß die Schlinge sich gelockert hatte, bückte sie sich erneut, so daß Jackson in hohem Bogen über ihre Schultern flog und in dem großen Wandspiegel landete.

Wie betrunken taumelte LuAnn in der Mitte des Schlafzimmers umher und sog tief die Luft ein. Dann richtete sie die Blicke auf den Mann.

Jackson preßte die Hand auf den verletzten Rücken und wollte aufstehen. Doch dazu kam er nicht mehr. Mit einem heiseren Schrei warf LuAnn sich auf ihn und preßte ihn zu Boden. Ihre Beine legten sich wie Schraubstöcke um seinen Körper, so daß er sich nicht rühren konnte. Dann drückte sie ihm mit beiden Händen die Kehle zu, daß sein Gesicht blaurot anlief. Dieser Würgegriff war zehnmal so kräftig wie damals auf der Veranda des Cottage.

Jackson starrte in LuAnns blutunterlaufene Augen. Die Kapillargefäße waren geplatzt, als er sie beinahe erwürgt hatte. Er wußte, daß er sich nie aus ihrem Würgegriff würde befreien können. Seine Hände tasteten auf dem Fußboden umher, während LuAnn weiter das Leben aus ihm herauspreßte. Auch vor Jacksons Augen stiegen nun Visionen auf, Bilder aus der Vergangenheit, doch sie wurden von keinem Kraftstoß begleitet. Sein Körper wurde schlaff. Seine Augen rollten in den Höhlen nach oben, und jeden Moment drohten seine Halswirbel zu brechen.

In diesem Augenblick schlossen seine Finger sich um eine Scherbe des zerbrochenen Spiegels. Er hob die Hand und schnitt LuAnn durch die Kleidung tief in den Arm. Doch sie lockerte den Griff nicht. Noch einmal schnitt Jackson sie. Wieder reagierte sie nicht. LuAnn war jenseits aller Schmerzempfindung und ließ nicht mehr los.

Mit allerletzter Kraftanstrengung drückte Jackson ihr die Finger in die Achselhöhle, so fest er konnte. Plötzlich wurde LuAnns Arm taub, da Jackson genau den neuralgischen Punkt gefunden hatte. Abrupt lockerte sich ihr Griff. Blitzschnell stieß Jackson sie von sich und stürmte durchs Zimmer, wobei er keuchend nach Atem rang.

Entsetzt sah LuAnn, wie Jackson Lisas Stuhl packte und zum Fenster zerrte. Sie rannte zu ihm. Sie wußte genau, was er vorhatte, aber sie würde es verhindern – oder sterben. Jackson hob den Stuhl mit Lisa in die Höhe. LuAnn machte einen Satz und erwischte Lisa in dem Moment am Fußknöchel, als der Stuhl gegen die Scheibe des Fensters knallte, das sich über der zehn Meter tiefer gelegenen Terrasse befand. Inmitten der Glasscherben fiel LuAnn mit ihrer Tochter auf den Boden.

Jackson wollte sich ihre Pistole greifen, doch LuAnn war ihm einen Schritt voraus. Sie trat Jackson, der ihr zu nahe gekommen war, genau zwischen die Beine. Stöhnend krümmte er sich. Sofort versetzte sie ihm einen wuchtigen Kinnhaken mit der Rechten. Jackson stürzte zu Boden und blieb liegen.

In der Ferne hörte LuAnn Polizeisirenen. Jackson fluchte vor sich hin und kam mühsam auf die Beine. Dann preßte er die Hand auf seine Geschlechtsteile und rannte steifbeinig aus dem Zimmer. Die Tür schlug hinter ihm zu.

LuAnn ließ ihn laufen. Sie weinte und schluchzte vor Erleichterung, als sie Lisa behutsam die Stricke und das Klebeband abnahm. LuAnn drückte Lisa an sich, vergrub das Gesicht in ihrem Haar, sog tief den wundervollen Duft ihres kleinen Mädchens ein. Dann stand sie auf, nahm die Pistole und feuerte zwei Schüsse aus dem Fenster.

Riggs, Charlie und die Männer vom FBI standen gerade lebhaft diskutierend an der Zufahrt zur Privatstraße, als sie die Schüsse hörten. Riggs legte den Gang ein und raste los. Die FBI-Beamten stürmten zu ihrem Auto.

Jackson lief den Korridor hinunter. Plötzlich blieb er stehen und schaute in Sally Beechams Schlafzimmer. Leer. Er sah die Pistole auf dem Fußboden und hob sie auf. Dann hörte er wildes Klopfen. Er rannte in die Küche, schloß die Vorratskammer auf und schob den schweren Riegel zurück. Sein Bruder Roger taumelte ihm blinzelnd und zitternd entgegen.

»Gott sei Dank, Peter. Sie hat eine Pistole. Sie hat mich hier eingesperrt. Ich ... ich habe alles genauso gemacht, wie du gesagt hast.«

»Danke, Roger.« Jackson hob die Pistole. »Grüß Alicia von mir.« Dann schoß er seinem Bruder direkt ins Gesicht. Im nächsten Moment war er durch die Tür verschwunden und lief über den Rasen zum Wald.

Als die Männer aus ihren Wagen sprangen, sah Riggs Jackson als erster und rannte ihm hinterher. Trotz seines angeschlagenen Zustands blieb Charlie ihm dicht auf den Fersen. Die Gesetzeshüter trafen Sekunden später ein. Sie liefen zum Haus.

LuAnn erwartete die Männer an der Treppe. »Wo sind Matthew und Charlie?«

Die FBI-Agenten schauten sich an. »Ich habe jemand in den Wald laufen sehen«, antwortete der eine.

Dann rannten alle auf den Rasen vor dem Haus. Trotz des Regens und Windes hörten sie den Hubschrauber. Er landete vor ihnen. Alle sahen das FBI-Emblem an der Seite und liefen los. LuAnn und Lisa erreichten den Hubschrauber als erste.

Mehrere Polizeifahrzeuge hielten beim Springbrunnen, und eine kleine Armee sprang aus den Wagen.

Dann kletterte George Masters aus dem Hubschrauber, gefolgt von mehreren FBI-Beamten. Er schaute sie an. »LuAnn Tyler?« Sie nickte. Masters wies mit einer Kopfbewegung auf Lisa. »Ihre Tochter?«

»Ja«, antwortete LuAnn.

»Gott sei Dank.« Er seufzte erleichtert und streckte ihr

die Hand entgegen. »George Masters, FBI. Ich bin hergeflogen, um Charlie Thomas zu befragen. Als ich ins Krankenhaus kam, war er ausgeflogen.«

»Wir mußten Jackson stellen, ich meine ... Peter Crane. Er ist in den Wald gelaufen«, erklärte LuAnn. »Matthew und Charlie haben die Verfolgung aufgenommen, aber ich wollte, daß Lisa in Sicherheit ist. Ich kann nicht weg, solange ich nicht weiß, daß sie vollkommen sicher ist.«

Masters betrachtete Mutter und Tochter. Die Ähnlichkeit war in der Tat verblüffend. Dann schaute er zum Hubschrauber.

»Wir bringen das Mädchen mit dem Helikopter zum FBI-Büro in Charlottesville. Ich setze sie mitten in ein Zimmer mit einem halben Dutzend schwer bewaffneter FBI-Beamter. Reicht Ihnen das?« Er lächelte leicht.

LuAnn schaute ihn dankbar an. »Ja. Vielen Dank für Ihr Verständnis.«

»Ich habe auch Kinder, LuAnn.«

Während Masters dem Piloten Anweisungen erteilte, umarmte LuAnn Lisa noch einmal und gab ihr einen Kuß. Dann rannte sie in den Wald, gefolgt von einem Schwarm Polizisten und FBI-Beamten. Doch LuAnn war so schnell und kannte zudem das Gelände, so daß sie die Männer schon bald abgehängt hatte.

Riggs hörte, wie jemand vor ihm lief. Charlie war ein Stück zurückgefallen, doch Riggs hörte seinen schweren Atem nicht weit hinter sich. Im Wald herrschte beinahe völlige Dunkelheit. Der Regen prasselte herab. Riggs blinzelte, um die Augen an die Dunkelheit zu gewöhnen, zückte die Pistole und legte den Sicherheitshebel um. Dann blieb er abrupt stehen, weil die Geräusche vor ihm plötzlich verstummt waren.

Er ging in die Hocke und suchte mit Blicken die Umgebung ab. Dabei beschrieb er mit der Pistole große Halbkreise. Doch das Geräusch hinter ihm hörte er einen Sekundenbruchteil zu spät.

Der Fuß traf ihn direkt in den Rücken, daß er nach vorn geschleudert wurde. Er landete hart auf dem nassen Boden und rutschte bäuchlings ein Stück weiter bis zu einem Baum. Riggs' Pistole prallte gegen den Stamm. Durch den Aufprall fing seine Armwunde wieder zu bluten an. Als er sich auf den Rücken rollte, sah er, wie der Mann bereits den Fuß gehoben hatte, um erneut erbarmungslos zuzutreten. In diesem Augenblick warf Charlie sich von hinten auf Jackson. Beide Männer gingen zu Boden.

Von lodernder Wut erfüllt, hämmerte Charlie mit den Fäusten auf Jackson ein. Dann holte er weit aus, um einen vernichtenden K.-o.-Schlag zu landen. Doch wendig wie ein Aal wich Jackson ihm aus und hämmerte die Faust genau auf Charlies Armwunde.

Charlie schrie vor Schmerz und krümmte sich. Jackson hob die Arme und schmetterte beide Handflächen gegen Charlies Ohren, als wären sie ein Becken. Durch den Schlag preßte er einen so heftigen Luftstoß in Charlies Gehörgänge, daß ein Trommelfell platzte. Charlie wurde übel; Schwindel überkam ihn, und stöhnend fiel er vor Jackson auf den Boden.

»Ich hätte dir im Motel die Kehle aufschlitzen sollen«, stieß Jackson wütend hervor und wollte Charlie einen tödlichen Tritt gegen den Kopf versetzen, als Riggs ihn anbrüllte.

»Weg von ihm, sonst puste ich dir den Schädel runter!«

Als Jackson zu Riggs hinüberschaute, hatte dieser die Pistole auf ihn gerichtet. Jackson trat ein paar Schritte zurück.

»Endlich treffen wir uns. Riggs, der Kriminelle. Was halten Sie davon, über ein finanzielles Arrangement zu sprechen, das Sie zu einem sehr reichen Mann machen würde?« fragte Jackson. Seine Stimme klang immer noch heiser: die

Wirkung von LuAnns Würgegriff. Er hielt sich die verletzte Hand. Er blutete im Gesicht, da Charlies Schläge Riß- und Platzwunden hinterlassen hatten.

»Ich bin kein Krimineller, du Arschloch. Ich war FBI-Agent und habe gegen ein Drogenkartell ausgesagt. Deshalb stehe ich unter Zeugenschutz.«

Jackson näherte sich ihm vorsichtig. »Ex-FBI? Nun, dann kann ich ja sicher sein, daß Sie mich nicht kaltblütig abknallen.« Er hob warnend den Zeigefinger. »Aber Sie müssen sich über eins im klaren sein: Wenn ich untergehe, geht LuAnn ebenfalls unter. Ich werde Ihrem früheren Arbeitgeber erzählen, daß sie bei allem mitgemacht hat, mir sogar bei der Planung geholfen hat. Ich werde ein so düsteres Bild von ihr zeichnen, daß sie von Dank sagen kann, wenn sie mit lebenslänglich davonkommt. Dafür werden meine Anwälte sorgen. Aber keine Angst. Meines Wissens sind jetzt in manchen Gefängnissen einmal pro Jahr Ehebesuche erlaubt.«

»Sie werden im Knast verfaulen.«

»Das glaube ich kaum. Ich überlege bereits, welchen Handel ich mit dem FBI abschließen kann. Denn die Behörden werden *alles* tun, um zu verhindern, daß diese Geschichte an die Öffentlichkeit gelangt. Und wenn die ganze Sache erst vorbei ist, werden wir uns wiedersehen. Da bin ich ganz sicher. Ich freue mich sogar darauf.«

Jacksons höhnische Worte brannten sich tief in jede Faser von Riggs' Körper. Es trieb ihn beinahe in den Wahnsinn, daß alles, was Jackson sagte, sehr wohl eintreffen konnte. Aber das würde nicht geschehen, schwor sich Riggs. »Da irren Sie sich ganz gewaltig«, sagte er.

»Wie meinen?«

»Daß ich Sie nicht kaltblütig erschießen würde.« Riggs drückte ab.

Das Geräusch, das *nicht* ertönte, schien den letzten Blutstropfen aus seinem Körper zu pressen. Die Pistole feuerte nicht. Der Abzugsbügel hatte sich beim Aufprall gegen den Baum verklemmt. Noch einmal drückte Riggs ab. Wieder erklang nur ein metallisches Klicken.

Jackson zückte sofort seine Waffe und richtete sie auf Riggs.

Riggs ließ die nutzlose Pistole fallen und wich zurück, als Jackson auf ihn zuging. Plötzlich trat Riggs' Fuß ins Leere. Er blieb schwankend stehen, schaute über die Schulter. Hinter ihm gähnte ein Abgrund. Ganz unten war schäumendes Wasser zu sehen. Riggs schaute Jackson wieder an. Der grinste.

Und feuerte.

Die Kugel schlug direkt vor Riggs' Füßen ein. Schwankend ging er einige Zentimeter weiter auf den Abgrund zu.

»Mal sehen, wie Sie ohne Arme schwimmen.« Der nächste Schuß traf Riggs' gesunden Arm. Er stöhnte vor Schmerzen laut auf und krümmte sich, versuchte verzweifelt, das Gleichgewicht zu wahren, und schaffte es im letzten Augenblick. Er schaute auf, direkt in Jacksons höhnisch grinsendes Gesicht.

»Kugel oder Sprung in die Tiefe. Sie haben die Wahl. Aber beeilen Sie sich, ich habe nicht viel Zeit.«

Riggs blieb nur ein Sekundenbruchteil. Er ließ sich zusammensinken. Dabei glitt der soeben getroffene Arm innen an der Schlinge entlang – eine unter diesen Umständen vollkommen normale Bewegung. Jackson hatte Riggs' Erfindungsreichtum unterschätzt. Er war nicht der einzige, der über Gerissenheit und Intelligenz verfügte und sich dank seines raschen Verstandes aus den schwierigsten Situationen herausgewunden hatte.

Was Riggs jetzt vorhatte, hatte ihm bei seiner Arbeit als verdeckter Ermittler schon einmal das Leben gerettet, als er bei einer Drogenfahndung in die Klemme geraten war. Diesmal würde es nicht ihm das Leben retten, aber mehreren anderen Menschen – darunter der Frau, an deren Leben Riggs mehr gelegen war als an seinem eigenen: LuAnn.

Er starrte Jackson in die Augen. Seine Wut loderte so heiß, daß sie ihn die Schmerzen in beiden Armen vergessen ließ. Seine Hand schloß sich um die kleine Pistole, die er in der Armschlinge festgeklebt hatte. Es war dieselbe Waffe, die er für gewöhnlich im Holster am Fußknöchel trug. Die Mündung war direkt auf Jackson gerichtet. Trotz des verwundeten Arms war Riggs' Hand so ruhig wie immer. Außerdem stand Jackson nur wenige Schritte entfernt. Aber schon der erste Schuß mußte sitzen.

»Riggs!« schrie Charlie.

Jackson ließ Riggs nicht aus den Augen. »Du bist der nächste, *Onkel Charlie*.«

Nie würde Matt Riggs den Blick auf Jacksons Gesicht vergessen, als der erste Schuß, den er durch die Schlinge abfeuerte, Jackson mitten ins Gesicht traf. Die Kugel fand ihren Weg durch Puder, Schminke und Latex, um eine Mikrosekunde später Fleisch zu zerfetzen und Knochen zu zerschmettern. Ein verblüffter Ausdruck legte sich auf Jacksons schrecklich verstümmeltes Gesicht. Die Pistole fiel ihm aus der Hand.

Riggs drückte immer wieder auf den Abzug und feuerte eine Kugel nach der anderen auf Jacksons Kopf, den Oberkörper, die Beine, die Arme – Riggs verfehlte keinen Körperteil, bis der Hahn nach zwölf Schüssen auf eine leere Kammer schlug.

Die ganze Zeit gab Jackson keinen Laut von sich, behielt nur die Haltung absoluter Fassungslosigkeit bei, obwohl die Kugeln seinen Körper zerfleischten und sein Blut sich mit falschem Haar und Plastikhaut vermischte. Schminke und Puder färbten sich dunkelrot. Die Wirkung war gespenstisch; es sah aus, als würde der Mann sich auflösen. Dann fiel Jackson auf die Knie. Blut strömte aus einem Dutzend Wunden. Langsam kippte er nach vorn, schlug mit dem Gesicht auf den Boden und rührte sich nicht mehr. Sein letzter Auftritt.

In diesem Moment stürzte Riggs über den Rand des Abgrunds. Die Rückstöße der Pistole hatten ihn aus dem Gleichgewicht gebracht. Seine Füße fanden auf dem glitschigen roten Lehm keinen Halt mehr. Doch er blickte mit grimmiger, wilder Genugtuung in die Tiefe, als er stürzte. Zwei nutzlose Arme, Wunden, an denen er verbluten würde. Tiefes, eiskaltes, reißendes Wasser. Nirgends ein Halt. Es war vorbei.

Charlie kroch an den Rand des Abhangs und wollte gerade springen, als ein Körper an ihm vorbei in die Tiefe sauste.

Augenblicke später kam LuAnn an die Wasseroberfläche, verschwand aber sofort wieder. Verzweifelt gingen ihre Blicke über die tosende Gischt, während die starke Strömung sie flußabwärts riß.

Charlie kämpfte sich am Ufer durchs Gebüsch und versuchte, mit der davontreibenden LuAnn Schritt zu halten. Die Rufe der Polizisten und der Männer des FBI wurden lauter. Doch es sah nicht so aus, als würde die Hilfe noch rechtzeitig eintreffen.

»Matthew!« schrie LuAnn. Nichts. Sie tauchte, suchte methodisch beide Ufer ab. Zwanzig Sekunden später kam sie wieder an die Oberfläche und holte keuchend Luft.

»LuAnn!« rief Charlie.

Sie ignorierte seinen Ruf. Der kalte Regen peitschte ihr ins Gesicht. Noch einmal holte sie tief Atem und tauchte wieder unter Wasser. Charlie blieb stehen. Seine Blicke gingen hin und her über die Wasseroberfläche. Er versuchte zu erahnen, wo LuAnn wieder auftauchen würde. Er wollte nicht beide verlieren, LuAnn und den Mann, den sie liebte.

Als LuAnn diesmal die Wasseroberfläche durchstieß, war sie nicht allein. Sie hatte die Arme um Riggs' Brust geschlungen. Die Strömung trieb beide ab. Riggs hustete und spuckte Wasser, als seine Lungen wieder zu arbeiten begannen. LuAnn versuchte, quer zur Strömung zu schwimmen, kam aber kaum voran. Ihr war bitterkalt. Noch eine Minute

Unterkühlung, und ihr Körper wäre gelähmt. Und Riggs war nichts als totes Gewicht. LuAnn spürte, wie ihr die Kräfte schwanden. Sie legte die Beine um Riggs' Oberkörper, so daß sein Gesicht gerade noch über Wasser war, und preßte seinen Bauch zusammen. Dadurch drückte sie das Zwerchfell nach oben und unten, womit sie zugleich das Wasser aus Riggs' Lungen preßte und deren Atemtätigkeit unterstützte.

Verzweifelt schaute LuAnn hinter sich, suchte nach einem Ausweg. Ein umgestürzter Baum fiel ihr ins Auge. Ein dicker Ast ragte dicht über dem Wasser in den Fluß hinein. Es war knapp. Sie schätzte Entfernung und Höhe ab. Dann preßte sie die Beine fester um Riggs' Leib und schnellte mit allerletzter Kraft in die Höhe.

Ihre Hand bekam den Ast zu fassen. Sie zog sich und Riggs ein Stück nach oben. Jetzt waren sie beide bis zu den Hüften aus dem Wasser heraus. LuAnn versuchte sich noch höher zu ziehen, schaffte es aber nicht. Riggs war zu schwer. Er schaute sie an. Sein Atem ging stoßweise. Entsetzt sah LuAnn, wie er ihre Beine von sich abstreifen wollte.

»Matthew, nein! Bitte!«

Durch die blauen Lippen, die er furchtbar langsam bewegte, preßte er hervor: »Wir werden ... nicht *beide* sterben, LuAnn.«

Wieder zerrte er an ihren Beinen. Jetzt mußte sie gegen ihn und die Strömung kämpfen. Die lähmende Kälte breitete sich in ihrem Körper aus. Alles tat ihr weh. Vor Wut und Hilflosigkeit zitterten ihre Lippen, als sie mit ansehen mußte, wie Riggs sich verzweifelt losmachen wollte, um sie von seiner Last zu befreien. Sie hätte einfach den Ast loslassen und gemeinsam mit Riggs ertrinken können. Aber was wurde dann aus Lisa?

Schwarze Verzweiflung packte LuAnn. Sie wußte nicht, was sie tun sollte. Dann aber nahm die tiefe Erschöpfung ihr die Entscheidung ab. Zum erstenmal in ihrem Leben versagten LuAnn die Kräfte. Der Ast entglitt ihr. Sie sank nach unten.

In diesem Moment packte sie eine riesige Pranke, und im nächsten Augenblick wurden sie und Riggs mit gewaltiger Kraft aus dem Wasser gezogen.

LuAnn legte den Kopf zurück und schaute in ein Gesicht. Trotz seines verletzten Arms saß Charlie rittlings auf dem Baumstamm. Ächzend und keuchend zerrte er LuAnn und Riggs auf den schmalen Uferstreifen. Dann brachen alle drei erschöpft zusammen.

Der Fluß rauschte nur wenige Handbreit an ihnen vorüber. LuAnns Beine waren immer noch eisern um Riggs' Leib geschlungen. Sie lag auf dem Rücken, den Kopf auf Charlies Brust, die sich der gewaltigen Anstrengung wegen heftig hob und senkte. LuAnn ließ die rechte Hand zu Riggs gleiten. Er nahm sie, legte sie an seine Wange. Mit der linken Hand faßte LuAnn Charlies Schulter. Er bedeckte ihre Hand mit seiner Pranke. Keiner der drei sagte ein Wort.

KAPITEL 59

»So, das wär's«, sagte Riggs und legte den Hörer auf. LuAnn, Charlie und Lisa waren in seinem Büro. Draußen rieselte sanft der Schnee. Weihnachten stand vor der Tür.

»Und was ist dabei rausgekommen?« fragte LuAnn.

LuAnn und Charlie waren wieder völlig gesund. Auch Riggs war fast wiederhergestellt. Sein Arm lag nicht mehr in der Schlinge, und der Gips, den er hatte tragen müssen, bis der Knochen verheilt war, den Jacksons Kugel zerschmettert hatte, war vor kurzem abgenommen worden. Trotzdem bewegte er sich noch langsam.

»Sieht nicht besonders gut aus. Die Finanzbehörde hat die Steuern errechnet, die du Vater Staat für ungefähr acht Jahre schuldest, samt Strafen und Säumniszuschlägen.«

»Und?«

»Und die Summe beläuft sich auf dein gesamtes Bargeld, alle deine Investitionen und deinen gesamten Grundbesitz, einschließlich Wicken's Hunt.« Er lächelte gequält, um die Wirkung der niederschmetternden Neuigkeiten zu mildern. »Dir fehlten sogar fünfundsiebzig Cent, aber die habe ich draufgelegt. Gratis.«

Charlie schnaubte empört. »Was für ein Weihnachtsgeschenk«, sagte er. »Und die anderen Lotteriegewinner können ihr ganzes Geld behalten. Das ist ungerecht.«

»Die anderen haben ihre Steuern pünktlich bezahlt, Charlie«, erklärte Riggs.

»LuAnn hat auch Steuern bezahlt.«

»Erst seit sie in die Vereinigten Staaten zurückgekehrt ist –
und unter dem Namen Catherine Savage.«

»Vorher konnte sie doch nicht zahlen! Sonst wäre sie in
den Knast gewandert – wegen eines Verbrechens, das sie gar
nicht begangen hat.«

»Alle Achtung, Charlie. Das ist *wirklich* ein zwingendes
Argument.«

»Aber die anderen haben doch alle durch Betrug gewonnen«, hielt Charlie ihm entgegen.

»Das wird die Regierung der Öffentlichkeit wohl kaum
auf die Nase binden, wo sie mit der Lotterie Milliarden
scheffelt. Wenn die Wahrheit herauskäme, wäre es damit
aus und vorbei. Meinen Sie nicht auch?«

»Und was ist mit all den Millionen, die LuAnn für wohl-
tätige Zwecke gespendet hat? Zählt das gar nichts?« fragte
Charlie wütend.

»Die Finanzbehörde hat LuAnns Großherzigkeit in den
höchsten Tönen gelobt, aber sie können es nicht berücksichtigen, weil LuAnn eben nie eine Steuererklärung eingereicht hat. Glaubt mir, der Handel ist gar nicht so übel. Lu-
Ann hätte wegen der Sache auch gut und gern für lange Zeit
ins Gefängnis wandern können. Andererseits … ein *bißchen*
Geld hätte man ihr schon lassen sollen; der Meinung bin ich
auch. Aber Sheriff Harvey ließ sich nicht so leicht überzeugen, die Anklage fallenzulassen.«

»Ich kann diesen Scheiß nicht glauben. Nach allem,
was LuAnn durchgemacht hat. Sie hat Cranes weltweites
Verbrechersyndikat gesprengt. Das FBI steht als Heldenver-
ein da. Es hat Jacksons gesamtes Vermögen konfisziert.
Milliarden Dollar für die Staatskasse! Und LuAnn steht mit
nichts da. Bekommt nicht mal ein Schulterklopfen. Das ist
nicht fair!«

LuAnn legte Charlie beschwichtigend die Hand auf die
Schulter. »Schon gut, Charlie. Ich habe das Geld nicht verdient. Und ich wollte meine Schulden bezahlen. Ich wollte

einfach nur wieder LuAnn Tyler sein. Das habe ich Matthew erklärt. Aber ich habe niemanden umgebracht. Alle Anklagen gegen mich sind fallengelassen, nicht wahr?« Sie schaute Riggs an.

»So ist es«, bestätigte er. »Die Finanzbehörde, die Vereinigten Staaten, der Staat Georgia – alles erledigt. Du bist frei wie ein Vogel.«

»Ja, und arm wie eine Kirchenmaus«, meinte Charlie verärgert.

»Und das ist jetzt wirklich alles, Matt? Sie können später nicht wiederkommen? Die Steuer, meine ich. Wegen mehr Geld?«

»Alle Papiere sind unterzeichnet. Sie haben alles niedergeschlagen. Es ist vorbei. Sie haben alle deine Konten konfisziert, und die Villa wird zwangsversteigert. Und selbst wenn sie noch mal zu dir kämen, hätten sie keine Handhabe mehr.«

»Vielleicht können wir hier einziehen, Mom«, meinte Lisa; dann fügte sie schnell hinzu: »Ich meine, für ein Weilchen.« Nervös blickte sie ihre Mutter und Riggs an. LuAnn lächelte ihrer Tochter zu. Lisa die ganze Wahrheit zu erzählen war das Schlimmste gewesen, das sie je hatte tun müssen. Doch als sie es hinter sich hatte, war sie erleichtert gewesen wie nie zuvor. Lisa hatte die Neuigkeiten bewundernswert ruhig aufgenommen. Jetzt konnte LuAnns Beziehung zu Riggs vielleicht doch wachsen und reifen, wie sie es sich erhofft hatten.

Riggs blickte LuAnn an. Auch er war nervös. »Daran habe ich auch schon gedacht.« Er schluckte. »Würdet ihr uns einen Moment entschuldigen?« fragte er Charlie und Lisa.

Er nahm LuAnns Arm und ging mit ihr hinaus. Charlie und Lisa schauten ihnen lächelnd hinterher.

Riggs bat LuAnn, vor dem Kamin Platz zu nehmen. Dann stellte er sich vor sie hin. »Ich wäre sehr glücklich, wenn ihr alle hier einziehen würdet – du, Lisa und Charlie. Platz gibt es hier ja mehr als genug. Aber ...« Er blickte zu Boden.

»Aber was?« fragte sie.

»Ich dachte eigentlich an ein Arrangement von längerer Dauer.«

»Verstehe.«

»Ich meine, ich verdiene nicht schlecht. Und ... na ja, jetzt, wo du nicht mehr das viele Geld hast...« LuAnn legte den Kopf schief, als Riggs tief ausatmete. »Ich wollte nicht, daß du auf den Gedanken kommst, ich sei nur hinter deinem Geld her. Das hätte mich verrückt gemacht. Es war wie eine riesige Straßensperre, um die ich nicht herumfahren konnte. Nicht, daß du denkst, daß ich mich darüber freue, daß man dir alles weggenommen hast. Wenn es eine Möglichkeit gegeben hätte, daß du dein Geld hättest behalten können, wäre das großartig gewesen. Aber jetzt, wo du keine Reichtümer mehr hast, möchte ich dir sagen...« Er verhaspelte sich wieder und konnte nicht weitersprechen. Er war plötzlich in Panik, daß er sich in so tiefe Gewässer gewagt hatte.

»Ich liebe dich, Matthew«, sagte LuAnn schlicht.

Riggs' Züge entspannten sich. Er konnte sich nicht erinnern, je so glücklich gewesen zu sein. »Ich liebe dich auch, LuAnn Tyler.«

»Bist du schon mal in der Schweiz gewesen?« fragte sie.

Er schaute sie verwundert an. »Nein. Warum?«

»Ich habe mir immer gewünscht, meine Flitterwochen dort zu verbringen. Die Schweiz ist so romantisch, so schön. Besonders zur Weihnachtszeit.«

Riggs machte eine besorgte Miene. »Na ja, Liebling, ich arbeite hart, aber Ein-Mann-Bauunternehmer in einer kleinen Stadt verdienen normalerweise nicht genug, um sich ein solches Vergnügen leisten zu können. Tut mir leid.« Er leckte sich nervös die Lippen. »Ich verstehe, wenn du das nicht akzeptieren kannst, nachdem du so viele Jahre lang im Reichtum geschwommen bist.«

Als Antwort holte LuAnn ein Blatt Papier aus ihrer Handtasche. Darauf stand die Kontonummer bei einer Schweizer Bank. Das Konto war mit einhundert Millionen Dollar eröffnet worden. Jacksons Rückgabe ihres Kapitals. Es war alles da, wartete nur auf sie. Allein die Zinsen beliefen sich auf sechs Millionen pro Jahr.

Letztendlich würde sie ihren Lotteriegewinn doch behalten. Und diesmal hatte sie keinerlei Schuldgefühle. Vielmehr hatte sie das Gefühl, das Geld verdient zu haben. Sie hatte die letzen zehn Jahre damit verbracht, jemand zu sein, der sie nicht war. Nun aber konnte sie den Rest ihres Lebens als die Frau verbringen, die sie wirklich war. Und das würde sie genießen. Sie hatte eine wunderschöne, gesunde Tochter und zwei Männer, die sie liebten. Für LuAnn Tyler gab es kein Weglaufen mehr, kein Verstecken mehr. Sie war wirklich ein Glückskind.

Sie lächelte Riggs an und streichelte sein Gesicht.

»Weißt du was, Matthew?«

»Was?«

Ehe sie ihn küßte, sagte sie: »Ich glaube, wir werden sehr glücklich sein.«

Die Wahrheit kann tödlich sein ...

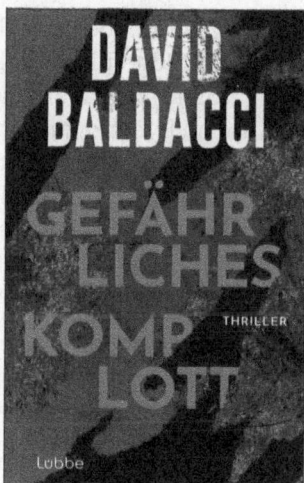

David Baldacci
GEFÄHRLICHES
KOMPLOTT
Thriller. Ein
gefährliches
Katz-und-Maus-Spiel
zwischen einer ehemaligen
Polizistin und einer
Betrügerin
Aus dem amerikanischen
Englisch von
Rainer Schumacher
496 Seiten
ISBN 978-3-7577-0041-6

Die ehemalige Polizistin Mickey Gibson macht inzwischen reiche Steuerbetrüger ausfindig. Als eine neue Kollegin sie bittet, persönlich ein Inventar von einem großen Anwesen zu erstellen, denkt Mickey sich nichts dabei. Doch kaum dort angekommen, findet sie in einem geheimen Zimmer die Leiche des Besitzers. Wie sich herausstellt, ist Mickey einer Betrügerin auf den Leim gegangen. Denn die Polizei verdächtigt sie, den Mann vergiftet zu haben. Aber wer hat sie so aufs Glatteis geführt? Bald ist Mickey gefangen in einem mörderischen Duell mit einer brillanten Frau ohne Namen. Aber ist die Unbekannte in diesem Spiel auf Leben und Tod wirklich Mickeys größter Feind?

Es ist Zeit, einen Mörder zu fassen

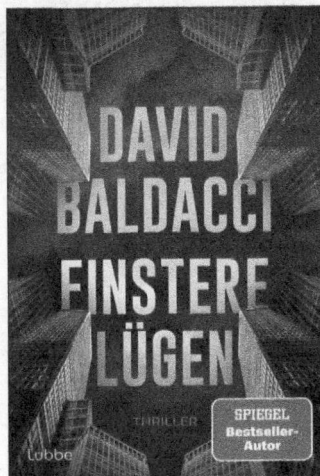

David Baldacci
FINSTERE LÜGEN
Thriller
Aus dem amerikanischen
Englisch von
Rainer Schumacher
496 Seiten
ISBN 978-3-404-19318-9

»Sie ist tot.« Diese Nachricht unterbricht den Alltag des ehemaligen US-Army-Rangers Travis Devine. An seinem Arbeitsplatz erfährt er, dass seine Ex-Freundin und Kollegin Sara ermordet wurde. Und er steht ganz oben auf der Liste der Verdächtigen. Da scheint ein zweischneidiges Angebot des US-Geheimdienstes der einzige Ausweg zu sein: als Undercover-Agent dem illegalen Treiben seines Arbeitgebers auf die Spur kommen und dabei Saras Mörder finden. Anderenfalls droht sein dunkelstes Geheimnis an die Oberfläche zu gelangen. Travis begibt sich in das verhängnisvolle Fadenkreuz der Finanzwelt, nicht ahnend, dass er für den Mörder längst zur Zielscheibe geworden ist ...

Lübbe